DAVID BALDACCI

ABGETAUCHT

THRILLER

Ins Deutsche übertragen
von Norbert Jakober

WILHELM HEYNE VERLAG
MÜNCHEN

Die Originalausgabe *A Minute to Midnight* erschien erstmals
bei Grand Central Publishing / Hachette Book Group Inc., New York.

FSC www.fsc.org
MIX
Papier aus verantwortungsvollen Quellen
FSC® C014496

Penguin Random House Verlagsgruppe FSC® N001967

Vollständige Taschenbuchausgabe 12/2021

in der Penguin Random House Verlagsgruppe GmbH,
Neumarkter Straße 28, 81673 München
Redaktion: Wolfgang Neuhaus
Printed in Germany
Umschlaggestaltung: Nele Schütz Design / Margit Memminger,
unter Verwendung von shutterstock.com
(Scott Prokop, TKKGP, Weston) und Trevillion (Stephen Mulcahey)
Satz: Schaber Datentechnik, Austria
Druck und Bindung: GGP Media GmbH, Pößneck

ISBN 978-3-453-44142-2

www.heyne.de

Zur Erinnerung an Bob Schule

Einen besseren Freund kann es nicht geben.
Du wirst uns fehlen und nie vergessen sein.

1

Es war ein Trip ins Tal des Todes.

Auch wenn das »Tal« in diesem Fall in Colorado lag und sich ADX Florence nannte – das einzige Hochsicherheitsgefängnis im US-Bundesstrafvollzug, das den »Supermax«-Standard erfüllte, die höchste Sicherheitsstufe. Von einem »Tal des Todes« zu sprechen war gar nicht so weit hergeholt. Hier roch es tatsächlich nach Tod, schon wegen der Verbrechen, die die Häftlinge begangen hatten.

FBI-Agentin Atlee Pine hatte ihren Oldtimer, einen 1967er Ford Mustang Cabrio im original Frost-Türkis-Farbton, mit Vollgas über die Highways gejagt. Zwei Jahre lang hatte sie dem einstigen Besitzer geholfen, den Wagen zu restaurieren. Der Mann war selbst FBI-Agent gewesen und so etwas wie Pines Mentor, nachdem sie ihre Ausbildung in Quantico absolviert hatte. Mittlerweile verstorben, hatte er ihr das Cabrio vermacht. Es war für Pine undenkbar, sich jemals davon zu trennen.

Nach ihrer rasanten Fahrt saß sie nun auf dem Gefängnisparkplatz hinter dem Lenkrad und versuchte sich zu sammeln. Es verlangte einigen Mut, das schlimmste Ungeheuer zu besuchen, das diese Mauern beherbergten, in denen nicht wenige Bestien in Menschengestalt einsaßen – Psychos, die Tausende hilfloser Opfer abgeschlachtet hatten, ohne einen Funken Reue zu zeigen.

Pine gab sich einen Ruck und stieg aus. Abgesehen von ihrer weißen Bluse war sie ganz in Schwarz gekleidet. Ihre FBI-Dienstmarke hatte sie sich ans Revers ihrer Jacke geheftet. Sie brauchte zehn Minuten, um die Sicherheitskontrollen zu passieren, wo sie ihre beiden Waffen abgeben musste: eine Glock 23 und eine Beretta Nano, die sie als Zweitwaffe in einem Fußholster trug. Zwar kam Pine sich ohne die Waffen nackt vor, doch das ADX Florence hatte seine eigenen Regeln. Und dass Besucher keine Waffen tragen durften, war aus verständlichen Gründen eine der wichtigsten.

Pine setzte sich auf den Hocker in einer Nische des Besucherraums und schlang ihre langen Beine um die Metallstützen des Sitzmöbels. Vor ihr befand sich eine dicke Trennscheibe aus Sicherheitsglas. Auf der anderen Seite würde jeden Moment das Monster erscheinen, das der Grund ihres Besuchs war.

Wenige Minuten später führten sechs stämmige Wärter den mit Fußketten gefesselten Daniel James Tor herein, befestigten die Ketten an einem Stahlring, der im Fußboden eingelassen war, und verschwanden wieder. Zurück blieben die Vertreterin des Gesetzes und der Gesetzesbrecher, nur durch die Panzerglasscheibe voneinander getrennt.

Tor war eine furchteinflößende Erscheinung, über eins neunzig groß und hundertdreißig Kilo schwer, davon größtenteils Muskelmasse. Obwohl er bereits auf die sechzig zuging, wirkte er fit genug, um in der Football-Profiliga mitmischen zu können. Pine wusste, dass der Körper des Mannes von oben bis unten mit Tattoos bedeckt war. Einige hatte er sich von den Menschen machen lassen, die er kurz darauf getötet hatte. Er musste sich seiner Macht sehr sicher gewesen sein, wenn er seinem Opfer eine Nadel in die Hand gegeben hatte – eine provisorische Waffe, die sie hätten benutzen können, um ihrem Albtraum ein Ende zu machen. Keines seiner Opfer hatte es auch nur versucht.

Tor war physisch und psychisch ein Ungeheuer. Ein narzisstisch veranlagter Soziopath, wie sämtliche Experten übereinstimmend urteilten. Er verkörperte die wohl tödlichste Kombination, die die Natur einem menschlichen Wesen mitgeben konnte: brutale Kraft und völlige Gewissenlosigkeit. Dieser Mann tötete nicht aus irgendeinem tief sitzenden Hass auf die Menschheit heraus; ihn trieb allein das unbezähmbare Verlangen, die Macht über Leben und Tod zu spüren und seine Opfer schlussendlich zu vernichten – was er mindestens dreißigmal getan hatte. Aber das waren lediglich die Morde, die Tor gestanden hatte. Pine und andere gingen davon aus, dass die Zahl seiner Opfer in Wahrheit doppelt, vielleicht sogar dreimal so hoch war.

Tors massiger Schädel war vollkommen haarlos und so glatt rasiert wie sein Gesicht. Mit seinen kalten, leeren Augen fixierte er Pine wie eine Schlange ihre Beute, bevor sie zuschlug. Es war der lauernde Blick eines Raubtiers, dessen einziger Gedanke auf das Töten gerichtet war. Das Tückische dabei war, dass Tor über das Talent verfügte, in die verschiedensten Rollen zu schlüpfen, um seine Opfer ins Verderben zu locken. Er konnte vollkommen überzeugend wie ein normaler Mensch auftreten – bis sein wahres Ich zum Vorschein kam.

»Sie schon wieder«, sagte er herablassend.

»Aller guten Dinge sind drei«, gab Pine zurück, so ruhig sie konnte.

»So langsam öden Sie mich an. Hoffentlich haben Sie diesmal was Interessantes zu sagen.«

»Beim letzten Mal habe ich Ihnen ein Foto meiner Schwester Mercy gezeigt.«

»Und ich habe Ihnen gesagt, ich brauche mehr Informationen.«

Pine wusste, dass ihr Besuch diesem Mann eine willkommene Gelegenheit bot, Macht auszuüben, auch wenn er so tat, als wäre er ihrer überdrüssig. Doch die Aufmerksamkeit, die sie Daniel James Tor schenkte, war eine Selbstbestätigung für ihn und bestärkte ihn in der Überzeugung, dass seine Existenz einem ganz besonderen Zweck diente.

Pine versuchte, die Situation zu ihrem Vorteil zu nutzen. »Das verstehe ich, aber ich habe Ihnen alles gesagt, was ich weiß.«

»*Glauben* Sie vielleicht. Ich hatte Ihnen geraten, Ihre Hausaufgaben zu machen, bevor Sie wieder zu mir kommen. Und? Haben Sie? Oder werden Sie mich schon wieder enttäuschen?«

Pine wusste, dass sie sich auf schmalem Grat bewegte. Sie musste sein Interesse wachhalten, ohne sich völlig von ihm vereinnahmen zu lassen, denn das hätte ihn *wirklich* gelangweilt. »Vielleicht können Sie ein paar Gedanken beisteuern, die mir weiterhelfen.«

Er sah sie mürrisch an. »Sie sagen, Ihre Zwillingsschwester war sechs, als sie entführt wurde.«

»Das stimmt.«

»Mitten in der Nacht aus ihrem Zimmer in Andersonville, Georgia?«

»Ja.«

»Und Sie haben neben ihr geschlafen?«

»Ja.«

»Und Sie glauben, *ich* sei es gewesen? Sie glauben, ich hätte Sie bewusstlos geschlagen? Weil ich gar nicht die Absicht hatte, Sie zu töten?«

»Nun ja, Sie haben mir immerhin den Schädel gebrochen.«

»Und dabei soll ich einen Abzählreim aufgesagt haben, um den Zufall entscheiden zu lassen, wen von euch beiden ich mitnehme?«

»Ene, mene, muh – und raus bist du.«

»Dann wäre meine Wahl kein Zufall gewesen. Dann hätte von vornherein festgestanden, wen es trifft.«

Pine beugte sich vor. »Warum haben Sie dann bei mir angefangen, wenn Sie schon vorher wussten, dass Mercy verliert?«

»Immer langsam, Agentin Pine. Nichts überstürzen, sonst kommen wir nicht weiter.«

»Ich habe aber keine Lust, noch mehr Zeit zu verschwenden«, platzte Pine heraus.

Tor lächelte und rasselte mit den Ketten. »*Ich* habe alle Zeit der Welt.«

»Warum haben Sie mich am Leben gelassen, und nicht Mercy? War es Zufall? Oder Ihre Entscheidung?«

»Lassen Sie sich nicht von Ihrem schlechten Gewissen leiten, das Sie als Überlebende verständlicherweise verspüren. Ich stehe nicht auf Jammerlappen. Dafür ist mir meine Zeit zu schade.« Mit einem Lächeln fügte er hinzu: »Auch wenn ich mehr als dreißigmal lebenslänglich absitzen muss.« Offenbar war er stolz auf sein unerhörtes Strafmaß. *Vielleicht,* überlegte Pine, *betrachtet er es als eine Art Auszeichnung.*

»Okay«, erwiderte sie, so ruhig sie konnte. »Wenn Sie mir nur sagen, weshalb Sie sich für Mercy entschieden haben.«

»Habe ich Ihnen wirklich den Schädel gebrochen? Mann, da hätten Sie aber genauso gut tot sein können.«

»War ich aber nicht. Und das ist seltsam, weil Sie bei Ihren Opfern sonst immer auf Nummer sicher gegangen sind.«

»Ist Ihnen klar, dass Sie sich jetzt selbst widersprechen? Bisher haben Sie immer behauptet, ich sei der Täter gewesen. Aber Sie leben noch. Das würde bedeuten, dass ich es *doch* nicht war.«

»Das habe ich nicht gesagt.«

»Na gut, dann bin jetzt mal *ich* an der Reihe, eine Frage zu stellen. Ist Ihnen auch nur ein einziger Fall bekannt, bei dem ich ein sechsjähriges Mädchen aus seinem Zimmer geholt und einen Zeugen am Leben gelassen hätte?«

Pine lehnte sich wieder zurück. »Nein.«

»Warum hätte ich dann bei Ihnen eine Ausnahme machen sollen? Nur weil Sie unter Hypnose darauf gekommen sind, wie Sie mir bei Ihrem letzten Besuch anvertraut haben? Ist schon eine komische Sache mit der Hypnose. Manchmal kommt etwas Richtiges dabei raus, aber mindestens genauso oft was Falsches. Außerdem hatten Sie sich vorher eingehend mit mir beschäftigt. Das habt ihr beim FBI ja alle gemacht«, fügte er beiläufig hinzu, doch Pine hörte ihm an, wie stolz er darauf war. »Sie haben gewusst, dass ich zur fraglichen Zeit in Georgia aktiv war. Sie haben es selbst gesagt. Wissen Sie, für mich ist die Sache ziemlich klar. Die Hypnose hat bei Ihnen keine verschütteten Erinnerungen hervorgeholt.«

»Sondern?«

»Sie hat Ihnen eine Schlussfolgerung bestätigt, die Sie zuvor gezogen hatten – auf der Basis Ihrer Informationen über mich.« Er schüttelte den Kopf. »Vor Gericht kämen Sie nie damit durch. Sie haben in mir den Täter gesehen, weil Sie es sich in den Kopf gesetzt hatten. Weil Sie den Täter in Wahrheit gar nicht gesehen haben oder sich nicht mehr erinnern können. Da kam ich gerade recht, um die Lücke in Ihrer Erinnerung zu füllen, also haben Sie sich auf mich fixiert. Sie sehnen sich so sehr danach, die Sache endlich abzuschließen und Ihren Frieden zu finden, dass Ihnen jedes Mittel recht ist, selbst wenn es nichts mit der Wahrheit zu tun hat.«

Pine schwieg. Es war gut möglich, dass der Mann recht hatte.

»Agentin Pine?«, fragte Tor, noch während sie darüber nachdachte. »Hören Sie mir noch zu?« Er rasselte mit seinen Ketten. »Hallo, FBI? Mein Interesse geht so langsam den Bach runter.«

Pine starrte ihn an. »Sie haben Ihre Vorgehensweise mit der Zeit geändert. Ihre Methoden waren in späteren Jahren anders als früher.«

»Tja, man entwickelt sich nun mal weiter. Es ist wie in jedem Job – je länger man ihn macht, desto besser wird man. Bei mir war es nicht anders. Ich bin sozusagen ein Paradebeispiel für meine spezielle berufliche Nische.«

Pine schluckte den Hass hinunter, den seine Bemerkung in ihr weckte. Wahrscheinlich wartete er darauf, Abscheu in ihrem Gesicht zu sehen, weil er seine Morde als normale berufliche Tätigkeit hinstellte. Diese Genugtuung würde sie ihm nicht geben.

»Verstehe«, sagte sie. »Aber nur, weil Sie nie zuvor so vorgegangen sind, schließt das nicht aus, dass Sie es in diesem einen Fall getan haben. Als Ergebnis Ihres Entwicklungsprozesses, wie Sie selbst sagen.«

»Zugegeben, aber haben Sie irgendwann gehört, dass ich es danach noch einmal so gemacht hätte?«

Pine war auf diesen Einwand vorbereitet. »Wir wissen in Wahrheit doch nur von einem Teil Ihrer Opfer, oder? Also kann ich Ihre Frage nicht beantworten.«

Tor lehnte sich zurück und nahm ihren Konter mit einem widerstrebenden Lächeln zur Kenntnis. »Sie wollen also eine Antwort von mir? Ob ich es getan habe oder nicht? Ja oder nein?«

»Sie hätten keine Nachteile, wenn Sie es mir sagen. Man würde Sie auch für den Mord an meiner Schwester nicht hinrichten.«

»Ich könnte Ihnen jetzt einfach erzählen, dass Sie mit Ihrer Annahme richtigliegen. Das allerdings könnte gelogen sein. Hilft es Ihnen trotzdem weiter?«

»Ich bin FBI-Agentin.«

»Und das heißt?«

»Das heißt, ich bräuchte …«

»Die Leiche, ja. Das Skelett, genauer gesagt. Mehr wäre nach so langer Zeit ja nicht übrig.«

»Ich brauche einen Beweis«, erwiderte Pine, ohne auf seine Bemerkung einzugehen. »Eine Bestätigung.«

Er zuckte mit den Schultern. »Ich glaube, ich weiß gar nicht mehr, wo die vielen Leichen vergraben sind.«

»Dann ist es wohl doch nicht so weit her mit dem fotografischen Gedächtnis, das man Ihnen nachsagt.«

»Sie ziehen schon wieder falsche Schlüsse. Mein Gedächtnis ist perfekt. Wenn ich etwas vergessen habe, dann *wollte* ich es vergessen.«

»Warum?«

Er beugte sich zur Glasscheibe vor. »Weil sie nicht *alle* so unvergesslich waren, Agentin Pine. Und ich habe keine Lust, irgendwelchen Angehörigen einen Gefallen zu tun, die mich um Informationen anflehen, weil sie ihren Frieden finden wollen. Das interessiert mich einen Scheiß, falls Sie es noch nicht bemerkt haben.«

»Können Sie sich erinnern, wo Sie Mercy verscharrt haben?«

»Kommen Sie ein andermal wieder, dann plaudern wir weiter. Das viele Reden ermüdet mich.«

»Aber wir haben doch gerade erst angefangen!«, stieß Pine verzweifelt hervor.

»Nennen Sie mich Dan.«

Sie sah ihn verständnislos an. Das hatte sie nun wirklich nicht erwartet. »Was?«

»Das ist jetzt schon unser drittes Treffen. Es wird Zeit, dass wir uns mit dem Vornamen anreden, Atlee.«

»Und wenn ich nicht will?«

Er klatschte leise in die Hände. »Dann wird es für immer ein Rätsel bleiben, was aus der armen, wahrscheinlich toten Mercy Pine geworden ist. *Paff.*«

»Wann reden wir weiter? Was schlagen Sie vor?«

»In einem Monat … Atlee. Ich bin ein viel beschäftigter Mann. Also sagen Sie es, oder wir sind fertig. Für immer.«

»Okay … Dan.«

Pine ging hinaus und ließ sich ihre Waffen zurückgeben. Sie musste sich zusammenreißen, um nicht zurück in den Besucherraum zu stürmen und *Dan* den Schädel wegzupusten.

Bedrückt stieg sie in ihren Wagen und fuhr zurück nach Shattered Rock, Arizona, wo sie als einzige FBI-Agentin für ein riesiges, dünn besiedeltes Gebiet zuständig war.

Pine war eine Stunde unterwegs, als auf ihrem Handy eine Vermisstenmeldung einging. Ein junges Mädchen war entführt worden. Der mutmaßliche Täter war mit einem grauen Nissan Pick-up ganz in der Nähe von Pines derzeitiger Position unterwegs.

Der Gott von Recht und Ordnung meinte es gut mit Atlee Pine: Fünf Minuten später kam ihr im silbernen Licht des Vollmonds der graue Pick-up entgegen und jagte an ihr vorbei.

Pine riss das Lenkrad des Mustang herum, wendete mit kreischenden Reifen und schaltete das Blaulicht ein, das sie in den Kühlergrill integriert hatte.

Sie trat das Gaspedal aus poliertem Chrom bis zum Anschlag durch. Jetzt galt es, das Leben des Mädchens zu retten.

Du wirst es nicht vermasseln, schwor sie sich.

2

Bei Entführungen gilt vor allem eine Regel: Man muss schnellstmöglich an den Täter heran und ihm den Fluchtweg abschneiden. Danach kamen, je nach Situation, verschiedene Vorgehensweisen in Betracht, von kompromisslosem Zuschlagen bis hin zu Gesprächen mit dem Entführer, um ihn davon abzuhalten, der Geisel etwas anzutun.

Als der Pick-up von der Hauptstraße abbog – offenbar hatte der Fahrer das Blaulicht hinter sich herannahen sehen –, wusste Pine, dass sie in wenigen Minuten eine rasche Entscheidung treffen musste. Zum Glück war ihr die Gegend nicht unbekannt. Nach ihrem zweiten Besuch im Hochsicherheitsgefängnis hatte sie auf der Rückfahrt einen Umweg über genau diese Straße genommen, um wieder klaren Kopf zu bekommen. Deshalb wusste sie bereits, dass der Entführer sich in einer Sackgasse befand – eine Bergstraße ohne Abzweigung.

Pine gab ihre Position an die örtliche Polizei durch, die sofort alle verfügbaren Kräfte einsetzen würde. Doch es war eine ziemlich abgelegene Gegend, sodass wertvolle Minuten verstreichen würden, bis die Cops zur Stelle waren. Im Moment war Pine auf sich allein gestellt. Alles, was sie hatte, waren ihre beiden Pistolen, ihr Verstand und die Erfahrung, die sie in den zwölf Jahren beim FBI gesammelt hatte. Das alles musste sie jetzt in die Waagschale werfen, wollte sie das Mädchen retten.

Es war fast dunkel, als die beiden Fahrzeuge die gewundene Straße hinaufjagten, wobei die Fahrbahn, die nahe am Abgrund entlangführte, immer schmaler wurde.

Pine versuchte, einen Blick ins Fahrerhaus des Pick-ups zu werfen, erkannte aber nur die schattenhaften Umrisse des Mannes und des Mädchens. Doch der Wagen trug das Kennzeichen, das in der Meldung durchgegeben worden war, und der Fahrer war unübersehbar auf der Flucht. Allerdings schien ihm nicht klar zu sein, dass diese Straße ins Nichts führte.

Pine klammerte die Hände ums Lenkrad. *Das wird eng,* schoss es ihr durch den Kopf. Aber mit Grenzsituationen fertigzuwerden, hatte sie in ihrer Ausbildung bis zum Exzess trainiert.

Eine halbe Meile weiter endete die Straße. Pine stellte ihren Mustang quer über die schmale Fahrbahn, um den Fluchtweg zu blockieren. Die Beifahrerseite war dem Pick-up zugewandt. Falls der Entführer versuchen sollte, den Mustang zu rammen, würde Pine durch seine Frontscheibe auf ihn feuern. Sie zog ihre Glock, zielte durch das offene Beifahrerfenster.

Der Nissan wendete und blieb stehen, den Motor im Leerlauf. Pine spürte, wie es in dem Fahrer arbeitete: *Soll ich's riskieren?*

Als er das Fernlicht aufflammen ließ – wahrscheinlich, um sie zu blenden –, schoss Pine die Lichter aus. Spätestens jetzt hatte sie seine ungeteilte Aufmerksamkeit. Nachdem sie den örtlichen Cops noch einmal ihre Position durchgegeben hatte, saß sie da und wartete, in der einen Hand die Pistole, die andere am Türgriff.

Längere Zeit standen beide Fahrzeuge da, die Motoren im Leerlauf, während Pine und der Entführer einander belauerten. Nach zehn Minuten öffnete sich die Fahrertür des Nissan. Der Mann hatte einen Entschluss gefasst.

Die Nervenschlacht begann.

Pine öffnete ebenfalls die Fahrertür und beobachtete das Geschehen am Pick-up.

Vier Füße landeten auf dem Asphalt neben dem Fahrerhaus.

Pine schwang ihre langen Beine aus dem Cabrio und richtete sich auf.

Als der Entführer und das Mädchen hinter der Deckung der Fahrertür hervorkamen, hob Pine die Waffe und zielte auf die breite Brust des Mannes.

»FBI. Lassen Sie das Mädchen los. Legen Sie sich auf den Boden, Gesicht nach unten, Beine auseinander, Hände hinter dem Kopf. Na los!«

Der Mann dachte nicht daran, der Aufforderung nachzukommen. Stattdessen duckte er sich hinter das Mädchen.

Der Mistkerl, schoss es Pine durch den Kopf. *Er nutzt das Kind als Schutzschild. Dem ist jedes Mittel recht.*

Im Licht der Innenbeleuchtung des Pick-ups hatte Pine gesehen, dass der Mann Anfang fünfzig war, mittelgroß, stämmig, muskulös. Sein Kopf war kahl bis auf einen wirren grauen Haarkranz. Das zerfurchte Gesicht war zu einer hässlichen Fratze verzerrt. Der ganze Kerl war das Klischee eines alternden Pädophilen. Sein schmuddeliges T-Shirt ließ seine dicken Oberarme sehen; dazu trug er eine staubige Cordhose und ausgelatschte Stiefel.

Das Mädchen war zehn oder elf, groß für ihr Alter und schlank, aber kräftig. Ihre blonden Haare waren zu Zöpfen geflochten. Sie trug grasfleckige Fußballshorts und ein dazu passendes Trikot. Ihre Knie waren ebenso schmutzig wie die langen Stutzen und ihre Adidas-Fußballschuhe. Trotz ihrer Angst lag ein Ausdruck von Trotz in ihren Augen.

Pine konnte nicht wissen, ob der Entführer ein Fremder oder ein Verwandter des Mädchens war. Er sah zu alt aus, um ihr Vater sein zu können, doch auszuschließen war es nicht.

Der Mann starrte Pine schweigend an.

»*¿Habla ingles?*«, fragte sie.

»Ich bin Amerikaner, du Schlampe«, blaffte er. »Sehe ich vielleicht aus wie ein verdammter Mexikaner?«

»Wenn Sie mich verstehen, dann tun Sie, was ich gesagt habe.«

Er zog eine Sig Sauer aus dem Hosenbund und drückte dem Mädchen die Mündung an den Kopf.

»*Das* ist mein Freifahrtschein. Wirf die Knarre weg, sonst puste ich der Prinzessin das Hirn raus.«

»*Sie* legen jetzt die Waffe nieder. Wenn das hier vorbei ist, nehmen Sie sich einen Anwalt und sitzen Ihre Strafe ab.«

»Hab ich alles schon erlebt. Hat mir aber gar nicht gefallen.«

»Wie heißen Sie?«

»Kommen Sie mir nicht mit dem Guter-Cop-Stuss.«

»Ich bin sicher, wir finden einen Weg, das Ganze ohne Blutvergießen zu beenden.«

»Scheiße, wollen Sie mir einen Deal anbieten?«, stieß der Mann ungläubig hervor.

»Lassen Sie das Mädchen gehen, dann findet sich ein Weg.«

»Glauben Sie wirklich, ich falle auf diesen Blödsinn rein?«

Beide hörten Sirenen in der Ferne, die sich rasch näherten.

»Das ist kein Blödsinn. Es ist die Lösung.«

»Ich verhandle nicht.«

»Was wollen Sie dann?«

»Dass Sie Ihre Schrottmühle wegfahren und den Weg freigeben. Ich hab mit der hübschen Maus was vor. Ich kann's gar nicht erwarten.« Er legte den Arm um den Hals des Mädchens und drückte ihr die Luftröhre zu.

Pines Finger zuckte am Abzug. Sollte sie einen Fangschuss riskieren? »Und was ist mit den Cops, die jeden Moment hier sind?«

»Rede du mit denen.«

»Ich habe keinen Einfluss auf sie. Die werden garantiert nicht nachgeben.«

»Jetzt hör mal gut zu, Nutte. Ich hab die kleine Schnalle hier, also halte *ich* die Trümpfe in der Hand. Du tust, was ich sage, nicht umgekehrt.«

»Sie kommen hier nicht weg. Nicht mit dem Mädchen.«

»Dann hast du ein Problem, Miststück.«

Pine beschloss, ihre Taktik zu ändern. Sie schaute das Mädchen an. »Kennst du den Mann?«

Das Mädchen schüttelte den Kopf.

»Wie heißt du?«

»Ich …«

»Schnauze!«, blaffte der Mann und ruckte mit der Waffe, die am Kopf des Mädchens lag. »Und du hältst ebenfalls die Fresse!«, rief er Pine zu.

»Wir alle können heil aus der Sache rauskommen, wenn …«

»Du meinst, du und die Kleine hier. Was mit mir passiert, ist dir doch scheißegal.«

»Ich will nicht auf Sie schießen, aber wenn Sie mich dazu zwingen, bleibt mir keine Wahl.«

»Dann ist die Kleine tot.«

Pine schaute erneut zu dem Mädchen. Es erinnerte sie an sich selbst in diesem Alter. Groß, athletisch. Pine fiel auf, wie bemerkenswert ruhig ihre Augen waren. Sie ließ den Blick über das schmutzige Fußballtrikot schweifen, die grasfleckigen Shorts, die aufgeschürften Knie. Dieses Mädchen war eine Kämpferin.

Pine kam eine Idee. Es war ein Vabanquespiel, aber eine andere Möglichkeit sah sie nicht.

»Du spielst Fußball?«

Das Mädchen nickte.

In diesem Moment wich der Mann zurück, zerrte seine Geisel mit zum Abgrund. Noch drei, vier Schritte, dann ging es mehr als dreihundert Meter in die Tiefe.

»Stehen bleiben!«, forderte Pine ihn auf. »Keinen Zentimeter näher an den Abgrund!«

Der Mann verharrte.

Das Sirenengeheul wurde lauter. Wenn sie jetzt nicht schnell handelte, das wusste Pine, würde die Lage spätestens in dem Augenblick eskalieren, wenn die Cops erschienen.

»Ich hab keinen Bock mehr, hier zu stehen«, rief der Mann. »Was ist jetzt?«

»Ich habe Ihnen einen Ausweg angeboten. Das Gefängnis ist immer noch besser als der Tod. Sechs Fuß unter der Erde gibt es keine vorzeitige Entlassung wegen guter Führung.«

Der Mann machte einen weiteren Schritt zum Abgrund und zog das Mädchen mit sich.

»Halt!«, rief Pine und richtete das Tritium-Nachtvisier ihrer Glock auf das Ziel. Diese Visiereinrichtung ermöglichte auch in der Dämmerung eine hohe Treffgenauigkeit, dennoch konnte Pine keinen Schuss riskieren. Zu leicht hätte sie das Mädchen erwischen können – oder der Abzugsfinger des Entführers zuckte noch im Tod, wenn Pines Kugel ihn traf.

Der Mann grinste triumphierend, als ihm bewusst wurde, dass Pine in der Klemme steckte. »Du drückst nicht ab, du Hure. Das wagst du nicht. Tja, ich würde sagen, ich bin im Vorteil.«

Okay, schoss es Pine durch den Kopf. *Alles oder nichts.*

Sie schaute zu dem Mädchen. »Ich habe übrigens auch mal Fußball gespielt. Dribbeln war meine Stärke. Ich hab den Ball immer genau zwischen den Beinen des Gegners hindurchgetreten.« Pine sah dem Mädchen eindringlich in die Augen und versuchte ihr mit Blicken verständlich zu machen, was sie meinte.

»Halt dein Drecksmaul!«, brüllte der Mann. »Zum letzten Mal, wirf die Knarre weg, oder …«

Das Mädchen beugte sich blitzartig nach vorn und trat dabei nach hinten aus. Ihr Fußballschuh traf den Mann voll in die Weichteile. Er ließ das Mädchen los, krümmte sich vor Schmerz. Seine Pistole fiel zu Boden. »Biest!«, stöhnte er, das

Gesicht knallrot. »Kleine Nutte!« Er sank auf die Knie, rang nach Atem.

Pine war mit drei langen Schritten bei ihm, trat die Pistole weg und zog das Mädchen an sich.

Damit hätte es eigentlich zu Ende sein müssen. Das Mädchen war in Sicherheit, die Waffe für den Mann außer Reichweite.

Dann aber geschah etwas Unerwartetes. Der Mann kämpfte sich hoch, starrte Pine verächtlich an. »Glaubst du etwa, du hast mich erwischt?«, spie er hervor. »Ich hab neun Leben, Miststück!« Er schaute wütend zu dem Mädchen, das seinen Blick erwiderte, zitternd vor Abscheu. »Ich weiß gar nicht, wie viele von diesen kleinen Schnitten ich schon vernascht und hinterher aufgeschlitzt habe.« Er schaute zu Pine. »Hast du kapiert, FBI-Schlampe?«

Pine starrte ihn an. Und während die Sekunden zäh verrannen, veränderte sich die Fratze des Mannes, verwandelte sich in das Gesicht eines anderen.

Pine wusste, sie hätte sich nicht provozieren lassen dürfen. Doch in diesem Moment war es ihr völlig egal.

Sie blickte zum Vollmond, der nicht strahlend gelb war wie sonst, sondern in einem trüben Orangerot leuchtete. Ein Blutmond.

Oder Jägermond, fügte Pine in Gedanken hinzu. *Und jetzt bin ich auf der Jagd.*

Sie steckte die Pistole ins Holster und ging auf den Mann zu.

In Gedanken sah sie Daniel James Tor vor sich, diesen Albtraum aus Fleisch und Blut, der ihr Leben schon so lange Zeit verdüsterte. Sie würde dafür sorgen, dass dieser Albtraum verschwand.

Der Mann grinste triumphierend. »Du hast gerade einen Riesenfehler gemacht.«

»Wirklich?« Pine wusste genau, was er meinte.

»Falls du's noch nicht mitbekommen hast, du dämliches Luder, ich bin ein *Mann.*« Wie ein wilder Stier ging er auf sie los.

Im nächsten Augenblick taumelte er benommen nach hinten, das Gesicht blutend von dem wuchtigen Tritt, den Pine ihm mit dem Stiefel versetzt hatte. Er krümmte sich, stöhnte auf.

»Und falls *du* es noch nicht mitbekommen hast«, sagte Pine, »ich habe genug von deinem Geschwätz.«

Sie riss das Bein hoch, trat ihm gegen das Kinn. Die Wucht des Treffers riss den Kopf des Mannes in den Nacken. Sofort setzte Pine nach, drosch ihm die Handfläche auf die Nase. Der Mann heulte vor Schmerz, kippte nach hinten und blieb liegen, als hätte ein Huftritt ihn erwischt.

Spätestens jetzt hätte die Auseinandersetzung beendet sein sollen, doch Pine konnte sich nicht mehr bremsen. Sie warf sich auf den Mann, klemmte seine Arme zwischen ihren muskulösen Beinen fest und deckte ihn mit einem Schlaghagel zu, traf ihn mit Faust, Ellbogen und Handfläche, wie sie es in jahrelangem Nahkampftraining gelernt hatte.

Es war, als würde eine in dreißig Jahren aufgestaute Wut aus ihr hervorbrechen. Sie spürte, wie Knochen und Knorpel des Mannes nachgaben, als sie auf ihn einschlug, während der FBI-Engel auf ihrer Schulter ihr verzweifelt ins Ohr schrie, sie verstoße gegen alle Regeln des FBI und der menschlichen Vernunft. Dennoch, Pine konnte nicht aufhören.

Zuerst versuchte der Mann sich gegen den Schlaghagel zu wehren, doch schon nach kurzer Zeit erschlaffte sein Körper, als er in Bewusstlosigkeit versank. Sein Gesicht war so blutig und zerschunden, dass es kaum noch zu erkennen war. Pine roch seine stinkenden Ausdünstungen, die sich mit ihrem eigenen Schweißgeruch und dem kupfernen Gestank des Blutes vermischten. Es war ekelerregend und befreiend zugleich.

Endlich ließ sie erschöpft von ihm ab und stand zitternd auf. Erst jetzt, als der FBI-Engel auf ihrer Schulter zu ihr durchdrang, erkannte sie entsetzt, was sie getan hatte. Sie atmete tief ein und aus und starrte entgeistert auf ihre blutigen Hände, ehe sie sich die Finger an der Hose abwischte. Dann ging sie zu dem Mädchen, das einen Schritt zurückwich, panische Furcht in den Augen. Pine blieb stehen. Beinahe schämte sie sich, dass das Mädchen Angst vor ihr hatte.

»Alles in Ordnung?«, fragte sie. »Hat er dir wehgetan? Hat er irgendwas Schlimmes mit dir gemacht?«

Sie schüttelte den Kopf, schaute zu dem Mann, der reglos am Boden lag.

»Ist er … ist er tot?«

»Nein. Nur bewusstlos.« Obwohl Pine sich nicht wirklich sicher war. Sie ging in die Hocke. »Wie heißt du?«

»Holly.«

»Du bist sehr tapfer, Holly. Und es war richtig, was du getan hast. Du hast genau verstanden, was ich dir sagen wollte, stimmt's?«

»Ich hab drei große Brüder.« Holly lächelte schwach. »Wenn die mir auf den Senkel gehen, kann ich ganz schön zutreten.«

Pine legte ihr die Hand auf die Schulter und drückte sie. »Ich bin froh, dass dir nichts passiert ist.«

»Bist du wirklich FBI-Agentin?«

»Ja.«

»Wirklich? Ich dachte immer, Mädchen können so was nicht werden. Höchstens im Fernsehen, aber nicht in echt.«

»Wir Mädchen können alles, wenn wir wollen. Das darfst du nie vergessen.«

Pine richtete sich auf, als der Höllenlärm der Sirenen verstummte und wenige Meter entfernt die Streifenwagen zum Stehen kamen. Kurz blickte sie zu dem Mann, der blutüberströmt am Boden lag und sich nicht rührte; dann zückte sie ihre Dienstmarke und ging zu den Cops, um ihnen zu berichten, was geschehen war. Auch, dass sie ihren Gegner beinahe zu Tode geprügelt hätte.

Und das, ging es ihr durch den Kopf, *könnte das unrühmliche Ende der ach so vielversprechenden Laufbahn von Special Agent Atlee Pine bedeuten.*

3

Pine trat durch die Sicherheitstür ihres Büros in Shattered Rock, Arizona, einer kleinen Stadt unweit des Grand Canyon, dem größten Naturwunder der Vereinigten Staaten. Pine war für alle Verbrechen in dieser Region zuständig, sofern sie in den Kompetenzbereich der Bundesbehörden fielen.

Carol Blum, Pines Sekretärin und Assistentin, saß an ihrem Schreibtisch im Vorzimmer des Büros. Die knapp sechzigjährige Frau war seit Jahrzehnten beim FBI und hatte dabei in unterschiedlichen Funktionen und an verschiedenen Dienststellen für das Bureau gearbeitet. Die Mutter von sechs erwachsenen Kindern, die alle in verschiedenen Bundesstaaten lebten, erschien jeden Tag früh zum Dienst und ging spät nach Hause. Das FBI war ihr Lebensinhalt, wie sie Pine gegenüber gern betonte, zumal sie keine nennenswerten Hobbys hatte. Blum war eine elegante, attraktive Frau, stets makellos frisiert und dezent geschminkt, mit unfehlbarem Geschmack für stilvolle Kleidung.

»Wie war Ihr Workout?«, fragte sie.

Für gewöhnlich besuchte Pine dreimal die Woche ein Bodybuilding-Studio in der winzigen Innenstadt von Shattered Rock, wo sie gemeinsam mit Fitnessfreaks trainierte, die mit sparsamsten Mitteln größtmögliche Resultate erzielen wollten. Es gab keine neumodischen Geräte, keinen Schnickschnack, nicht mal eine Klimaanlage. Nur Tonnen von Gewichten, die von keuchenden, stöhnenden Menschen zur Hochstrecke gebracht wurden.

Und literweise Schweiß.

»Heute hab ich's nicht geschafft. Ich bin vorgestern Nacht später als erwartet aus Colorado zurückgekommen und habe gestern ausgeschlafen. Deshalb bin ich heute länger liegen geblieben, weil ... Es gibt da ein paar Dinge, die mich beschäftigen.«

Blum schaute sie besorgt an. »Zum Beispiel?«

»Kommen Sie in mein Büro, dann erfahren Sie es in allen Einzelheiten. Es könnte übrigens sein, dass Sie einen neuen Vorgesetzten bekommen.«

Blums Gesicht zeigte keine Regung. Pine schätzte es sehr, dass diese Frau sich durch nichts erschüttern ließ. Wahrscheinlich, weil sie in den vielen Jahren beim FBI so ziemlich alles erlebt hatte.

»Möchten Sie einen Kaffee?«, fragte Blum.

»Sie müssen mir keinen Kaffee machen, Carol. Das sind genau diese überkommenen Rollenklischees, mit denen wir aufräumen sollten.«

»Was ist verkehrt daran, wenn ich Ihnen eine Tasse Kaffee *anbiete?* Sie haben ja nicht verlangt: ›Koch mir einen Kaffee, Carol.‹ Dann sähe die Sache anders aus. Leider kann ich mich an viele Agenten erinnern, die es so gemacht haben.«

»Wie haben Sie darauf reagiert?«

»Ich habe ihnen meine Einstellung deutlich gemacht«, erklärte Blum lächelnd. Sie ging zur Kaffeemaschine, schaltete sie ein und holte ein Pad aus einer Schublade.

Als sie kurz darauf mit der dampfenden Kaffeetasse in Pines Büro kam, saß diese bereits an ihrem Schreibtisch. Blum stellte die Tasse ab und setzte sich ihrer Chefin gegenüber.

Das Büro war frisch renoviert – nur die beiden alten Dellen in der Wand waren noch da. Sie stammten von einem Vorfall mit einem Verdächtigen, den Pine hier befragt hatte und der handgreiflich geworden war. Pine war seiner Faust ausgewichen, die statt ihrer die Wand getroffen hatte. Der zweite, deutlich größere Abdruck war einen Augenblick später entstanden, als Pine den Schädel des Mannes gegen die Wand gerammt hatte. Blum hatte damals vorgeschlagen, den Schaden nicht zu beheben, da die Dellen eine abschreckende Wirkung besäßen. *Ein Bild sagt bekanntlich mehr als tausend Worte,* hatte sie gemeint.

»Und?«, fragte sie nun erwartungsvoll. »Was ist passiert?«

Pine trank einen Schluck Kaffee, bevor sie antwortete.

»Ich war auf dem Rückweg aus Colorado, da kam eine Vermisstenmeldung rein. Zufällig war ich ganz in der Nähe. Ich hab den Kerl gestellt und verhindert, dass er mit der kleinen Holly verschwinden konnte.«

»Das ist ja großartig! Das wird Ihnen eine Belobigung einbringen, Agentin Pine.« Blum hielt inne. »Ich verstehe nur nicht, wo das Problem liegt.«

»Tja, die Sache ist die – ich habe bei der Festnahme ein bisschen die Beherrschung verloren.«

»Die Beherrschung verloren? Was meinen Sie damit?«

»Der Mann liegt mit einem Schädelbruch im Krankenhaus … und das ist nicht die einzige Verletzung.«

»Ich bin sicher, Sie haben nur getan, was nötig war, um den Kerl zu überwältigen.«

»Ihn so zuzurichten war jedenfalls *nicht* nötig.«

»Warum haben Sie es dann getan?«

»Er hat mich angegriffen. Als ich mich wehrte, ist bei mir die Sicherung durchgebrannt, und ich bin ein bisschen zu weit gegangen. Ich habe meinen Frust an ihm ausgelassen.«

»Ihren Frust?«

»Ich hatte kurz vorher mit Tor gesprochen.«

»Sie meinen, Sie haben in diesem Moment *Tor* in dem Kerl gesehen?«

»Das hätte mir nicht passieren dürfen.«

»Aber wenn er Sie doch angegriffen hat …«

Pine schüttelte den Kopf. »Das Mädchen war schon in Sicherheit, aber ich habe meine Waffe weggesteckt und die Situation eskalieren lassen.«

»Das sagt sich hinterher so leicht. Aber wenn man in der Situation drinsteckt, ist es viel schwerer, kühlen Kopf zu bewahren und nüchterne Entscheidungen zu treffen.«

»Aber genau dazu sind wir beim FBI ausgebildet worden, Carol. Man erwartet von uns, dass wir bedrohliche Situationen nüchtern einschätzen können.«

»Stimmt auch wieder«, räumte Blum ein.

Ein Klopfen an der Außentür ließ die Frauen innehalten. Sie wechselten einen raschen Blick.

»Ich glaube, das sind die Wölfe«, sagte Pine.

Blum ging hinaus, öffnete und führte einen Mann in Pines Büro. Es war Clint Dobbs, der als Special Agent in Charge für sämtliche FBI-Dienststellen in Arizona verantwortlich zeichnete. Dobbs war Mitte fünfzig, knapp über eins achtzig groß, grauhaarig, mit breiten Schultern und leichtem Bauchansatz. Er stand in der Hackordnung so hoch über Pine, dass sie ihn allenfalls zu Gesicht bekam, wenn sich eine mittlere Katastrophe ereignet hatte. Was ihr unterlaufen war, fiel offenbar in diese Kategorie. Umso mehr überraschte es sie, dass Dobbs allein gekommen war. Normalerweise ließ er sich immer von mehreren Agenten begleiten. *Warum diesmal nicht?*, fragte sie sich.

Dobbs setzte sich Pine gegenüber, die sich von ihrem Stuhl erhoben hatte. Blum wollte das Büro verlassen, aber Dobbs hob die Hand. »Sie können bleiben, Carol. Was ich zu sagen habe, geht auch Sie an.«

Blum warf Pine einen kurzen Blick zu und blieb am Schreibtisch stehen.

Dobbs wandte sich an Pine. Seine Miene war schwer zu deuten, als er sie aufforderte: »Setzen Sie sich.«

»Ich nehme an, es geht um den Vorfall in Colorado«, sagte Pine.

»Ja. Es sei denn, Sie haben noch jemandem den Schädel eingeschlagen, ohne mir davon zu berichten«, erwiderte er mürrisch.

»Nein, Sir«, sagte Pine ruhig. »Es war nur der eine.«

Dobbs nickte. »Der Typ, den Sie gefasst haben, heißt Clifford Rogers, ein berüchtigter Sexualstraftäter. Er wurde erst vor einem halben Jahr aus der Haft entlassen, nachdem er wegen Entführung und Vergewaltigung einer Neunjährigen eingebuchtet worden war. Man hat ihn vorzeitig auf freien Fuß gesetzt. Der Typ hat neunzehn Jahre gesessen, aber da unsere Gefängnisse aus allen Nähten platzen, hat dieser miese Anwalt ihn mit irgendwelchen formalen Tricks rausgeholt. Rogers steht außerdem im Verdacht, eine Achtjährige ermordet zu haben, nachdem er gerade mal zwei Wochen in Freiheit war. Es wurde aber keine Leiche gefunden, deshalb mussten sie ihn laufen lassen. So war es schon in vier anderen Fällen in den letzten drei Jahrzehnten. Der Kerl ist ein Monster, aber bis auf die eine Vergewaltigung konnte man ihm nichts nachweisen. Das kleine Mädchen, das Sie gerettet haben, hat er nach einem Fußballmatch entführt. Hätten Sie nicht so schnell eingegriffen, wäre die Kleine jetzt nicht bei ihrer Familie, sondern mausetot.«

»Ist Rogers schon bei Bewusstsein?«

»Ja.«

»Und?«

»Er sagt, Sie hätten ihn ohne Grund halb totgeschlagen.«

»Das hat er gesagt?«

»Wie ist Ihre Version?«

»Ich habe meinen Job gemacht. Vielleicht ein bisschen übereifrig.«

»Verstehe.«

»Hat er was anderes behauptet?«

»Es interessiert mich herzlich wenig, was der Typ sagt«, erwiderte Dobbs zu Pines Erstaunen. Immerhin war der Special Agent in Charge dafür bekannt, sich streng an die Vorschriften zu halten.

»Will er mich verklagen?«

»Das hat er vor.«

»Nun ja«, warf Blum ein, die aufmerksam zugehört hatte. »Vielleicht überlegt er es sich anders.«

Dobbs musterte sie einen Moment lang. »Was wollen Sie damit sagen, Carol?«

»Ich erinnere an einen Fall vor sechs Jahren. Special Agent Voorhies aus Tucson.«

»Sie haben ein gutes Gedächtnis.« Dobbs nickte anerkennend. »Fakt ist, dass man sich damals geeinigt hat. Agent Voorhies hat getan, was zu tun war, und hat anschließend weiterhin gute Arbeit geleistet.«

»Was *hat* er denn damals getan?«, wollte Pine wissen.

»Sagen wir mal, er hat eine Linie überschritten.« Dobbs lehnte sich nachdenklich zurück. »Was halten Sie davon, wenn ich mich mit Mr. Rogers unterhalte und ihm klarmache, dass er nichts davon hat, Sie zu verklagen?«

»Ich möchte nicht, dass Sie Schwierigkeiten kriegen wegen dem, was ich getan habe, Sir«, sagte Pine.

»Genau darum bin ich bereit, eine Ausnahme zu machen. Sie sind eine gute Agentin. Ich will nicht, dass Sie wegen dieser Sache Ihre Dienstmarke zurückgeben müssen.«

Blum sah zu Dobbs. »Glauben Sie, Rogers geht darauf ein?«

»Bei seinem letzten Gefängnisaufenthalt war er in Einzelhaft, weil er selbst darum gebeten hatte. Im normalen Vollzug überlebt er als Kinderschänder keine fünf Minuten. Und er weiß genau, dass wir es in der Hand haben, ihn von den anderen Knackis fernzuhalten.«

Blum schaute zu Pine. »Okay, klingt nach einem Plan.«

»Aber es gibt doch bestimmt eine interne Untersuchung«, wandte Pine ein.

»Sie haben nicht von Ihrer Waffe Gebrauch gemacht. Der Typ hat's überlebt. Rogers wird auf eine Anzeige verzichten. Und aus Colorado hört man, dass der dortige Bürgermeister Ihnen den Stadtschlüssel überreichen will.«

»Na toll«, sagte Pine, war aber immer noch skeptisch.

Dobbs richtete sich auf. »Trotzdem will ich eins klarstellen, Pine. Was Sie getan haben, ist inakzeptabel. Sie haben Ihren Bonus aufgebraucht. Anders gesagt, so etwas darf sich nicht wiederholen.«

»Heißt das, ich komme ohne Disziplinarverfahren davon?«

»Ja. *Diesmal.*«

Pine senkte den Blick, starrte auf den Fußboden. »Das weiß ich zu schätzen, Sir. Ich … ich habe mit ernsten Konsequenzen gerechnet.«

Dobbs rieb sich das Kinn. »Sie haben eine Ewigkeit keinen Urlaub mehr gemacht, stimmt's?«

»Urlaub? Oh, das ist noch gar nicht so lange her. Ich war in …«

»Das war kein richtiger Urlaub, das wissen Sie so gut wie ich. Im Urlaub ist man nicht ständig in Lebensgefahr, so wie Sie in den zwei Wochen damals.«

»Wenn Sie es so sehen …«

»Also, ich persönlich gehe jedes Jahr zum Fliegenfischen. Ich habe noch nie etwas gefangen und genieße trotzdem jede Minute.«

»Und wie lange soll mein Urlaub dauern?«

Dobbs erhob sich und knöpfte seine Anzugjacke zu. »Nehmen Sie sich so viel Zeit, wie Sie brauchen, Pine.« Er ging zur Tür, drehte sich aber noch einmal zu ihr um. »Wie war eigentlich Ihr Besuch im ADX Florence?«

»Nicht sehr aufschlussreich.«

»Dann können Sie Ihren Urlaub ja dazu benutzen, in der Sache ein paar Schritte weiterzukommen.« Die Hand an der Klinke, verharrte er an der Tür und blickte zu Boden. »Könnte es sein, dass dieser Drecksack Rogers Sie an jemanden erinnert hat?«

»Ja, irgendwie schon, aber …«

»Aber Daniel Tor ist eine ganz andere Liga, nehme ich an.«

»Als würden Sie ein NBA-Team mit einer Highschool-Mannschaft vergleichen.«

»Nun ja, dieses Ungeheuer ist für immer hinter Gittern. Das Problem ist, dass auch Sie, Pine, nicht wirklich frei sind, solange Sie die Sache mit sich herumschleppen. In gewisser Weise sind Sie Gefangene Ihrer eigenen Vergangenheit. Oder wie sehen Sie das?«

»Ich habe einige Rätsel zu lösen und ein paar Dinge zu erledigen, das stimmt.«

»Nehmen Sie sich Zeit dafür.«

Blum meldete sich zu Wort. »Ich finde, ich sollte Agentin Pine bei der Sache unterstützen.«

Dobbs und Pine schauten sie an. Schließlich sagte Dobbs: »Das muss Pine entscheiden.«

Pine schaute zu ihrer Assistentin. »Carol«, sagte sie, »Sie müssen das nicht …«

»Doch«, fiel Blum ihr ins Wort.

»Okay«, sagte Dobbs, »das überlasse ich Ihnen.« Er nickte den beiden Frauen zu und ging.

Blum schaute ihre Chefin erwartungsvoll an.

»Das alles ist sehr lange her, Carol«, sagte Pine schließlich. »Ich fürchte, meine Chancen sind nicht gerade blendend.«

»Ich habe miterlebt, wie Sie einen Fall nach dem anderen aufgeklärt haben. Ihnen ist immer eine Lösung eingefallen. Vielleicht ist es an der Zeit, sich endlich auch diese Sache vorzunehmen.«

»Ich habe schon dreimal mit Tor gesprochen.«

»Aber Sie wissen ja nicht einmal, ob er überhaupt mit dem Verschwinden Ihrer Schwester zu tun hat.«

Pine schaute auf ihre Hände. »Ich … ich weiß nicht, ob ich bereit dafür bin, Carol.«

»Wenn Sie mir die Bemerkung gestatten – ich glaube, Sie sind bereit. Zumindest sollten Sie es sein, denn wie Agent Dobbs gesagt hat: Sie haben Ihren Bonus aufgebraucht. Es wäre jammerschade, würden Sie aus dem Bureau ausscheiden. Sie sind die geborene FBI-Agentin.«

Pine erhob sich hinter ihrem Schreibtisch. »Trotzdem, es ist nicht Ihr Problem.«

»Ich bin Ihre Assistentin und werde Ihnen helfen. So einfach ist das.«

Pine lächelte unwillkürlich. »Das ist sehr nett von Ihnen.« Ihr Blick schweifte in die Ferne. »Also gut, packen wir unsere Sachen.«

»Wohin geht die Reise?«

»Weiter, als Sie ahnen, Carol. Weit in die Vergangenheit.«

4

»Okay, Sie haben mir eine Reise in die Vergangenheit versprochen«, sagte Blum. »Mir war nur nicht klar, dass Sie es wortwörtlich meinen.«

Pine saß am Steuer des gemieteten SUV, Blum hatte es sich auf dem Beifahrersitz bequem gemacht, während sie durch die triste Main Street einer kleinen Ortschaft fuhren. Sie waren mit dem Flugzeug in Atlanta angekommen und von dort gut zwei Stunden Richtung Süden gefahren bis nach Andersonville im Sumter County, Georgia, ein winziges Kaff mit rund 250 Einwohnern.

»Irgendwann in den Siebzigern hatten der Bürgermeister und ein paar andere die Idee, die Uhr zurückzudrehen und Andersonville zu einer Touristenattraktion zu machen«, ging Pine auf Blums Bemerkung ein. »Und wissen Sie, wie? Indem sie die Zeit des Bürgerkriegs wiederaufleben ließen. Wir sind hier in der Church Street – der Hauptstraße, wenn Sie so wollen. Auf den Bahngleisen, die senkrecht zur Straße verlaufen, wurden die Gefangenen nach Andersonville gebracht. Das Kriegsgefangenenlager war für viele die letzte Station ihres Lebens.«

»Ist das Lager hier in der Nähe?«

Pine hielt den Wagen an und deutete auf die Straße. »Sehen Sie die aufgemalten Fußabdrücke? Hier sind die Gefangenen die Viertelmeile zum Lager marschiert. Wahrscheinlich der schwerste Gang ihres Lebens.«

Blum schauderte. »Furchtbar.«

Pine streckte den Arm aus. »Da drüben hat die Stadt die Pioneer Farm angelegt, ein drei Hektar großes Gelände mit einer Schmiede, einem Gefängnis, einer Räucherkammer, einer Zuckerrohrmühle und noch ein paar anderen Attraktionen. Sehen Sie das Schild? ›Welcome to Andersonville Civil War Village.‹«

Blum las die Aufschrift und nickte anerkennend. »Mit eigenem Wohnmobilpark und Restaurant.«

»Jedes Jahr kommen um die achtzigtausend Besucher, also dürfte der Plan des Bürgermeisters aufgegangen sein. Demnächst gibt es sogar eine noch größere Attraktion.«

»Und welche?«

»Sie stellen Schlachten aus dem Bürgerkrieg nach – mit großem Festzug, Marschkapelle und allem Drum und Dran. Überall Soldaten in Blau und Grau, dazu Musik, Line Dance und natürlich jede Menge zu essen und zu trinken. Kurz gesagt, ein Riesenfest. Man kann Uniformen, Revolver und Säbel kaufen, auch Fahnen, Decken und anderen Kram. Der Eintritt kostet nur vier Dollar.«

»Woher wissen Sie das so genau?«

»Steht auf dem Schild da drüben.«

Sie sahen sich lächelnd an.

»Und die vielen Touristen kommen allein deswegen hierher?«, hakte Blum nach.

»Nicht nur. Sie kommen natürlich auch wegen des berüchtigten Kriegsgefangenenlagers, das die Konföderierten hier eingerichtet hatten.«

»Die Leute besuchen ein Gefängnis? Ist ja krass.«

»Es war immerhin das schlimmste Gefängnis zur Zeit des Bürgerkriegs. Fast dreizehntausend Unionssoldaten sind hier gestorben. Heute ist es eine nationale Gedenkstätte mit einem großen Soldatenfriedhof. Nach Kriegsende wurde der Lagerkommandant Henry Wirz als Kriegsverbrecher verurteilt und gehängt.« Pine deutete auf eine Säule in Gestalt eines Obelisken in der Mitte der Straße. »Das ist das Wirz-Denkmal.«

»Was denn – ein Kriegsverbrecher kriegt hier ein Denkmal?«

»Von den Töchtern der Konföderation. Vermutlich fanden sie das Urteil gegen Wirz ungerecht. Mag schon sein, dass er in gewisser Weise als Sündenbock herhalten musste.« Sie stockte einen Moment. »Tor wusste, dass Wirz gehängt worden war. Er hat es bei meinem ersten Besuch im Gefängnis erwähnt, als ich ihm sagte, dass ich aus der Gegend um Andersonville stamme.«

»Dann war er wirklich hier?«

»Er war hier in Georgia aktiv, als meine Schwester entführt wurde, und hat hier mehrere Morde verübt – in Macon, Atlanta, Columbus und Albany. Deshalb kam mir der Verdacht, dass er Mercy entführt haben könnte. Aber dass er von Wirz wusste, kann auch einen simpleren Grund haben. Vielleicht hatte er sich über mich informiert, bevor ich ihn zum ersten Mal besucht habe. Dabei könnte er auch ein paar Dinge über den Bürgerkrieg gelesen haben.«

»Ich dachte, Sie sind durch eine Hypnosesitzung auf Tor als möglichen Täter gekommen?«

Pine nickte. »Nur bleibt dabei die alte Frage, was früher da war, die Henne oder das Ei. Ich hatte natürlich von Tor gehört, bevor ich mich zu der Hypnose entschlossen hatte. Es kann also sein, dass er mir deshalb als Täter erschienen ist. Bei meinem letzten Besuch im Gefängnis hat sogar er selbst mich auf diese Möglichkeit hingewiesen.«

Blum verzog das Gesicht. »Ich kann mir gar nicht vorstellen, auch nur fünf Minuten mit einem solchen Monster allein zu sein, geschweige denn mit ihm zu reden.«

»Ja, er hat etwas Unheimliches an sich. Und dann die Art, dir alles, was du sagst, im Mund herumzudrehen. Obwohl er sich äußerlich normal gibt und ganz vernünftig argumentiert, kann man spüren, dass sich hinter der Fassade ein Ungeheuer verbirgt.«

»Gruselig.« Blum verzog das Gesicht. »Reden wir lieber von was anderem. Hier in der Stadt leben die meisten vom Tourismus, oder?«

»Nicht ganz. Seit den Sechzigerjahren werden hier weiße Tonerde und vor allem Bauxit abgebaut. Jede Woche werden über zweitausend Tonnen Bauxiterz mit dem Güterzug wegtransportiert.«

»Bauxit?«

»Ein wichtiger Rohstoff zur Herstellung von Aluminium, aber auch von Schleifmitteln. Neuerdings wird es beim Fracking verwendet, um an besonders tiefe Öl- und Gasvorkommen heranzukommen. Deshalb ist Bauxit heute wieder sehr begehrt.« Pine deutete auf eine Fensterfront an der Straße. »Das Drummer Boy Civil War Museum. Da werden Originalgegenstände aus dem Krieg ausgestellt – Uniformen, Fahnen, Waffen und vieles mehr.«

»Schön, dass der Bürgerkrieg wenigstens für einige Leute noch einen Nutzen hat. Wo ich aufgewachsen bin, hat man nicht so viel darüber gehört.«

»Im Süden ist es so etwas wie eine zweite Bibel.«

»Wo haben Sie damals gewohnt?«

»Das zeige ich Ihnen gleich.«

Die Straße, die zu ihrem einstigen Zuhause führte, war immer noch so, wie Pine sie in Erinnerung hatte. Eine abgelegene, gewundene Schotterstraße mit Resten von Asphalt, voller Risse und Schlaglöcher.

Blum ließ erstaunt den Blick schweifen. Sie waren seit fast einer Meile an keinem Haus mehr vorbeigekommen. »Was um alles in der Welt haben Sie und Mercy bloß gemacht, wenn Sie spielen wollten? Mit Nachbarskindern können Sie sich kaum getroffen haben.«

»Außerdem hatte unsere Mom kein Auto. Mein Dad ist mit unserem Wagen zur Arbeit in die Bauxitmine gefahren. Wir mussten fast alles zu Fuß erledigen. Später, als wir alt genug waren, sind wir mit dem Rad gefahren. Meistens haben wir nur draußen im Garten gespielt. Am Wochenende ist Mom oft mit uns zum Einkaufen nach Americus gefahren. Und da drüben sind wir in den Schulbus gestiegen.« Sie deutete auf eine alte, ausladende Eiche und fügte leise hinzu: »Wir waren in der ersten Klasse, als Mercy entführt wurde.«

Pine spürte plötzlich ein Kratzen im Hals. Sie hustete, fuhr langsamer und schob die Sonnenbrille hoch, um sich über die Augen zu wischen.

Blum warf ihr einen abwägenden Blick zu. »Wann waren Sie das letzte Mal hier?«

Pine nahm sich einen Moment, um sich zu sammeln, und schob die Sonnenbrille wieder herunter. »Ist sehr lange her. Kurz nachdem Mercy entführt wurde, sind wir von hier weggezogen. Seitdem war ich nicht mehr in dieser Stadt.«

»Kein einziges Mal?«

Pine schüttelte den Kopf. »Es gab nichts mehr, weswegen ich hätte zurückkommen sollen, Carol.«

»Leuchtet mir ein.« Blum legte ihr verständnisvoll und tröstend zugleich die Hand auf die Schulter. »Zumal Ihr Vater sich hier das Leben genommen hat, nicht wahr?«

»An meinem Geburtstag. Er hat sich eine Schrotflinte in den Mund gesteckt und abgedrückt.«

»An Ihrem Geburtstag? Das ist ja schrecklich.«

»Wahrscheinlich wollte er mir damit auf irgendeine verzweifelte Weise zeigen, dass er an mich denkt. Wissen Sie, meine Eltern haben sich schwere Vorwürfe gemacht, nachdem das mit Mercy passiert war. Anscheinend waren beide sturzbetrunken und high, als meine Schwester entführt und ich halb totgeschlagen wurde. Zuerst hat jeder sich selbst die Schuld gegeben, dann haben sie sich gegenseitig viele Vorwürfe gemacht. Das war einer der Gründe, dass sie sich schließlich getrennt haben.«

Blum schüttelte den Kopf. »Ich möchte mir nicht vorstellen, was für eine Hölle das gewesen sein muss.«

Nach einer lang gezogenen Kurve erblickten sie ein heruntergekommenes, halb verfallenes Haus am Ende einer unbefestigten Zufahrt.

»Sieht unbewohnt aus«, meinte Blum.

»Ist es aber nicht.« Pine deutete auf einen alten Ford Pickup, der hinten im Hof geparkt war. Der Wagen schien fast nur noch aus Rost zu bestehen. Auf der Veranda döste ein großer schwarzer Labrador.

»Sind Sie sicher, dass da jemand wohnt? Die Bruchbude sieht aus, als würde der nächste Windstoß sie wegblasen.«

Pine runzelte die Stirn. »Es gibt Gegenden, da sind die Leute froh, wenn sie ein Dach über dem Kopf haben.«

Sie hielten auf der festgestampften Erde des Vorgartens und stiegen aus. Pine betrachtete das Haus, in dem sie die ersten sechs Jahre ihres Lebens verbracht hatte. Es war kleiner, als sie es in Erinnerung hatte, aber das war vermutlich ganz normal, wenn man so viele Jahre später zurückkehrte.

Die Haustür stand offen. Das halb verfaulte Holz der Veranda hing ein wenig durch, dem Gesetz der Schwerkraft folgend. Ein Fenster war gesprungen; überall blätterte die Farbe ab. Im Garten häuften sich Abfälle. Mittendrin stand ein großes, mit verkohlten Überresten gefülltes Ölfass. Wahrscheinlich verbrannte man den Müll hier auf diese Weise.

Der Hund rührte sich, erhob sich langsam auf seinen arthritischen Beinen und ließ ein halbherziges Bellen vernehmen. Seine Schnauze war grau, und er wirkte unsicher auf den Beinen.

»Na, alter Junge, wie geht's?«, rief Pine ihm mit ruhiger Stimme zu.

Langsam näherte sie sich dem Hund, streckte ihm die Hand hin und ließ ihn daran schnuppern. Dann kraulte sie ihn am Ohr, was er honorierte, indem er ihr die Finger leckte.

Pine setzte sich auf die Veranda, ließ den Blick schweifen und streichelte den Hund, während Blum neben ihr stehen blieb. »Wer mag jetzt hier wohnen?«

»Ich.«

Beide Frauen drehten sich um.

Da stand ein Mann, der soeben um die Hausecke gebogen sein musste. Die doppelläufige Schrotflinte in seinen Händen, eine Remington Kaliber 12, war auf sie beide gerichtet.

5

Pine erhob sich von den Verandabrettern. »Wohnen Sie wirklich hier?« Sie schaute den Mann ganz ruhig an, während ihre rechte Hand sich der Glock im Holster näherte.

Der Fremde war schlank und hochgewachsen. Trotz seiner weißen Haare und des ebenso weißen Barts schien sein Körper straff und fest, wie aus Granit gemeißelt. In seinem Mundwinkel baumelte eine Zigarette. Auf dem Kopf trug er einen schweißfleckigen Stetson, unter dem die widerspenstigen weißen Haare hervorlugten. Sein Gesicht war von Sonne und Wind gegerbt und von tiefen Furchen durchzogen. Pine schätzte ihn auf Mitte sechzig, auch wenn sein kurzärmeliges Hemd die sehnigen Arme eines sehr viel jüngeren Mannes sehen ließ. Die alten Jeans, die er trug, war verwaschen und saß eng um seine langen Beine und die schmalen Hüften. Seine ausgelatschten Stiefel wurden, so schien es, nur noch von gutem Willen und gelegentlichen Gebeten zusammengehalten.

»Ja, ich wohne hier, und das heißt, ihr Mädels begeht soeben Hausfriedensbruch.«

»Ich habe früher hier gewohnt«, erklärte Pine und sah über die Schulter zum Haus zurück.

Der Mann senkte die Schrotflinte, wenn auch nur einen Fingerbreit. »Wann?«

»Mitte der Achtziger.«

Er musterte sie eingehend. »Da müssen Sie noch ein kleines Kind gewesen sein.«

»Ich und meine Schwester.«

Er schaute zu Blum. »Ist das Ihre Mutter?«

»Nein, eine gute Freundin.«

»Und was machen Sie hier? Sightseeing? Gibt nicht viel zu sehen. Den Soldatenfriedhof und das alte Gefängnis der Konföderierten.«

»Ich wollte einfach nur mein altes Zuhause wiedersehen. Wie lange wohnen Sie schon hier?«

»An die drei Jahre. Wie heißen Sie?«

»Atlee Pine. Das ist Carol Blum.«

Blum beäugte den Mann genauer. »Und Sie heißen …?«

»Cyrus Tanner. Freunde nennen mich Cy.«

»Kann ich Sie Cy nennen, auch wenn wir nicht direkt befreundet sind?«, fragte Blum. »Und wären Sie so freundlich, die Waffe woandershin zu richten? Meine Freundin und ich haben gute Nerven, aber mit so einem Ding kann leicht ein Unglück passieren.«

»Was? Oh, sorry, war nicht so gemeint.«

Tanner ließ die Flinte sinken und beäugte die beiden Frauen nervös. »Was wollen Sie wirklich hier?«

»Nur ein bisschen umsehen«, versicherte Pine. »Pure Nostalgie. Sind Sie aus Andersonville?«

»Nein, ich bin aus Alabama hergekommen. Davor war ich in Mississippi.«

»Und Sie haben das Haus gekauft?«

Tanner lachte. »Nee. Um ein Haus zu kaufen, fehlt mir das nötige Kleingeld, selbst wenn es so heruntergekommen ist wie dieses. Ich … äh, hab's gemietet.« Er deutete auf den betagten Labrador, der es sich wieder bequem gemacht hatte. »Ich und Roscoe. Stimmt's, alter Knabe?«

Roscoe ließ seine gelben Zähne sehen, sichtlich erfreut, seinen Namen zu hören.

»Roscoe und ich, wir sind schon lange Partner. Er ist der beste Freund, den ich je hatte. Da kann kein Mensch mithalten. Nicht annähernd.«

»Stört es Sie, wenn ich mich ein bisschen umschaue?«, fragte Pine.

»Viel gibt's hier aber nicht zu sehen.«

»Arbeiten Sie in der Bauxitmine?«, fragte Blum.

Tanner warf ihr einen kurzen Blick zu. »In der Mine? Nee, ich mache verschiedene Arbeiten hier in der Gegend. Kenne mich gut mit Motoren aus. So was alles. Wenn was kaputtgeht, kann ich's meistens reparieren. Ich lass mich bar auf die Hand bezahlen, das spart Steuern. Ich komme zurecht und begleiche meine Rechnungen. Hauptsache, wir haben ein Dach überm Kopf, Roscoe und ich. Was macht ihr Mädels beruflich?«

Pine zog ihren Ausweis hervor. »Ich bin FBI-Agentin. Carol ist meine Assistentin.«

Tanner riss die Augen auf. »Sie sind bei den Feds? Hören Sie, das mit den Steuern hab ich nicht so gemeint ...«

»Ich bin nicht vom Finanzamt, Mr. Tanner, und es interessiert mich nicht, ob Sie es cool finden, Steuern zu zahlen.«

»Okay«, murmelte er, nicht ganz überzeugt. »Warum sind Sie wirklich hier? Bestimmt nicht, um irgendwelchen Plunder aus dem Bürgerkrieg zu bewundern«, fügte er mit einem schwachen Lächeln hinzu.

Pine warf Blum einen kurzen Blick zu, bevor sie sich erneut Tanner zuwandte. »Vor fast dreißig Jahren wurde meine Schwester aus diesem Haus entführt. Man hat den Täter nie gefunden. Meine Schwester auch nicht. Deshalb bin ich zurückgekommen. Um die Wahrheit herauszufinden.«

Dem Mann fiel beinahe die Kippe aus dem Mund. »Heilige Scheiße, ist das wahr?«

»Leider.«

Er blickte zum Haus. »Das habe ich nicht gewusst, als ich hier eingezogen bin.«

»Wie hätten Sie's auch wissen sollen.«

»Sie sagen, der Bastard wurde nie erwischt?«

»Und meine Schwester nie gefunden.«

»Also sind Sie hier, um … nach irgendwelchen Spuren zu suchen? Ich meine, es ist lange her.«

»Ich will hier keine Spurensicherung machen, falls Sie das meinen. Nein, ich möchte ein paar offene Fragen klären und sehen, wie weit ich damit komme. Jedenfalls habe ich beschlossen, hier anzufangen, wo es sich zugetragen hat.«

Tanner legte die Schrotflinte auf die Veranda. »Möchten Sie sich erst mal umsehen?«

»Das wäre toll.« Pine zeigte auf die Waffe. »Wollen Sie die einfach so hier liegen lassen?«

»Ach, das Ding ist gar nicht geladen. Ich hab's nur zur Abschreckung, dafür ist es ganz nützlich.«

»Haben Sie manchmal Ärger hier draußen?«

»Gelegentlich treiben sich junge Typen hier rum, die einen Platz suchen, um zu trinken und Sex zu haben. Verstehen Sie mich nicht falsch, ich gönne ihnen beides, aber nicht in meinem Haus.«

Er führte sie ins Wohnzimmer. Die Tapete hing in Fetzen von der Wand, und an Einrichtung gab es nur einen großen Sitzsack, einen verkratzten Beistelltisch, auf dem ein klobiger alter Fernseher mit Hasenohren-Antenne stand, und ein verdreckter Teppich mit vereinzelten Urinflecken.

»Roscoe hat's an den Nieren«, sagte Tanner kleinlaut, als er auf die Flecken blickte.

»Wie ist eigentlich der Fernsehempfang hier draußen?«, wollte Blum wissen.

»Beschissen. Aber ich bastle manchmal dran herum und krieg auch oft was rein. Meistens Sport.« Er grinste. »Wenn die

Nachrichten kommen, drehe ich einfach den Ton ab. Ist mir zu deprimierend.«

Pine schaute sich im Zimmer um. Sie konnte sich kaum vorstellen, einmal hier gewohnt zu haben. Alles wirkte fremd.

»Wo haben Sie und Ihre Schwester geschlafen?«, fragte Blum.

Pine deutete zur Treppe. »Oben.«

Tanner trat zur Seite und ließ die beiden Frauen auf den ausgetretenen Sperrholzstufen vorausgehen.

Mit jedem Schritt schien Pine der schrecklichen Nacht vor fast dreißig Jahren näherzukommen. Auf dem Flur vor der Schlafzimmertür schließlich waren ihr Geist und ihre Seele endgültig in diese ferne Zeit zurückgekehrt. Einen Moment lang starrte sie auf die Tür, als wäre sie das Tor in ein anderes Universum, in dem sie die Antworten auf alle offenen Fragen bekommen würde.

Soll keiner behaupten, ich lege mir die Latte zu niedrig.

»Sie können ruhig hineingehen, Ma'am«, hörte sie Tanner sagen. »Ist sowieso nichts drin. Ich schlafe im Sitzsack unten im Wohnzimmer. Bett hab ich keins.«

Pine packte den Türknauf, als wäre er das Einzige, was sie auf dieser Erde festhielt, und drückte die Tür auf.

Von einem Moment zum anderen kehrte sie zurück ins Jahr 1989 – und zu den schrecklichsten Minuten ihres Lebens. Sie sah das Bett, den Nachttisch, die billige Lampe, die Kommode, auf der sie und Mercy ihre Puppen ablegten. Den Teppich mit dem *My little Pony*-Motiv. Den schmalen Schrank, in dem ihre wenigen Kleider gehangen hatten. Den blauen Ball, mit dem die kleine Atlee Fußball und Handball gespielt hatte, das Ballettkleid, das Mercy, die Tänzerin, die Mädchenhafte von ihnen beiden, so geliebt hatte. Sie hatte das Kleidchen so oft getragen, dass es irgendwann nicht mehr weiß, sondern braun war vor Schmutz, bis ihre Mutter es eines Nachts nahm und im Waschbecken wusch. Eine Waschmaschine hatten sie nicht besessen.

Und schließlich das Schlafzimmerfenster, durch das Daniel James Tor – oder ein anderes Monster wie er – eingestiegen war und den beiden Mädchen mit behandschuhten Händen den Mund zugehalten hatte, sodass sie nicht schreien konnten. Dann hatte er den Kinderreim aufgesagt und ihnen im Takt der Verse abwechselnd die Hand auf die Stirn geschlagen, bis er schließlich Mercy zum Opfer erkor, während er Atlee mit solcher Wucht gegen den Kopf schlug, dass sie einen Schädelbruch erlitt. Am nächsten Morgen war ihre Mutter ins Zimmer gekommen, noch verkatert von Gras und Bier, und hatte feststellen müssen, dass eine Tochter verschwunden war und die andere mehr tot als lebendig im Bett lag.

Dann die Fahrt im Rettungswagen zum Krankenhaus, die besorgten Gesichter um sie her, das makellos-klinische Weiß des Fahrzeugdachs über ihr – vielleicht ein erster Blick in den Himmel –, die rasante Fahrt auf der Liege durch die Flure des Krankenhauses. Der Nadelstich, die Narkose, die Schädeloperation, von der sie gottlob nichts mitbekam, gefolgt von einer langen, beängstigenden Zeit der Genesung – beängstigend deshalb, weil Atlee nicht begriff, was mit ihr geschehen war.

Dann die Zeit zu Hause, ohne Mercy, dafür mit ihren Eltern, beide hilflos, beide verzweifelt, am Boden zerstört. Sie hatten Atlee keine Sekunde aus den Augen gelassen, hatten es aber nicht fertiggebracht, sie in den Arm zu nehmen oder über Mercy zu sprechen – und über das, was geschehen war. Die Last der Schuld lag bleischwer auf ihnen und erdrückte nach und nach, was von der Familie übrig war.

»Agentin Pine?«

Atlee tauchte aus ihren Gedanken auf, wie sie damals nach der Operation aus der Narkose erwacht war: schlagartig wach, aber noch immer leicht benommen, als wäre sie zu schnell aus tiefem Wasser aufgetaucht.

Blum musterte sie besorgt. »Alles in Ordnung?«

Pine nickte. »Ich habe mich nur an ein paar Dinge erinnert.«

»Irgendwelche neuen Einsichten?«

Pine durchquerte das Zimmer, öffnete das Fenster und schaute nach unten.

»Eine Leiter. Der Täter muss eine Leiter benutzt haben, um hier raufzukommen.«

»Hat man damals keine gefunden?«, fragte Tanner neugierig.

»Nein. Jedenfalls habe ich nichts davon gehört. Aber ich war ja erst sechs. Die Polizei hat kaum mit mir gesprochen, sobald klar war, dass ich den Täter nicht beschreiben konnte und auch sonst nicht viel beizutragen hatte.«

»Gab es keine Verdächtigen?«, fragte Blum.

»Mein Vater war der erste Verdächtige, vielleicht sogar der einzige.«

Blum und Tanner wechselten einen kurzen Blick.

»Glauben Sie tatsächlich, Ihr Vater hat den eigenen Kindern so etwas angetan?«, fragte Tanner ungläubig.

»Nein. Mein Vater war es ganz bestimmt nicht. Ich hätte ihn erkannt. Und warum hätte er durchs Fenster kommen sollen? Außerdem waren meine Eltern an dem Abend unten im Haus, haben getrunken und Gras geraucht. Dad hätte niemals die Treppe geschafft, ohne sich die Knochen zu brechen, geschweige denn eine Leiter raufzusteigen. Außerdem sah ich den Mann durchs Fenster kommen, auch wenn ich ihn hinterher nicht beschreiben konnte.«

»Aber die Polizei hat Ihnen nicht geglaubt?«, hakte Blum nach. »Die haben trotzdem Ihren Vater verdächtigt?«

»Deshalb mussten wir schließlich von hier wegziehen. In Andersonville hielten die meisten Leute Dad für den Täter, obwohl es nicht den kleinsten Beweis gab.«

»Und Ihr Dad?«, fragte Tanner.

»Lebt nicht mehr.«

»Ihre Mom?«

Pine schwieg. In gewisser Weise war das Verschwinden ihrer Mutter fast noch rätselhafter als das ihrer Schwester.

Blum musterte sie aufmerksam, doch Pine schien es nicht zu bemerken.

»Darüber möchte ich nicht reden«, sagte sie schließlich. Sie schloss das Fenster, nachdem sie noch einmal in die schreckliche Nacht eingetaucht war, um einen versteckten Hinweis, eine verborgene Erinnerung zu finden, dass es wirklich Daniel Tor gewesen war, der damals durchs Fenster ins Zimmer gekommen war. Doch sie konnte es unmöglich mit Sicherheit sagen.

Sie verließen das Schlafzimmer. Pine setzte sich wieder auf die Veranda und kraulte Roscoes Kopf.

»Er mag Sie«, sagte Tanner anerkennend. »Roscoe kann den Charakter der Leute gut einschätzen. Wenn ich mal jemanden nach Hause bringe, und er mag ihn nicht, zeigt er das auch. Die Leute kommen dann nicht wieder. Ja, der alte Roscoe bewahrt mich vor Dummheiten. Es klappt zwar nicht immer, aber ich mache auf jeden Fall weniger Blödsinn als früher.«

»Es gab Zeiten, da hätte auch ich einen Roscoe gebrauchen können«, warf Blum ein.

Sie und Tanner wechselten einen wissenden Blick.

Pine erhob sich. »Danke, dass Sie uns ins Haus gelassen haben, Cy.«

»Bleiben Sie länger in der Stadt?«

»So lange wie nötig.«

»Vielleicht laufen wir uns ja noch mal über den Weg. Ich und Roscoe, wir essen oft in einem kleinen Lokal an der Hauptstraße zu Abend. *Clink* heißt der Laden, wahrscheinlich wegen dem Gefängnis. Die haben gutes Essen, und das Bier kostet nicht viel.«

»Dann sehen wir uns vielleicht dort«, sagte Blum.

Tanner zog zum Abschied den Hut, unter dem seine dichten, gewellten Haare zum Vorschein kamen, und lächelte breit.

Die beiden Frauen stiegen in ihren Mietwagen und fuhren los.

Nach einer Weile sagte Pine: »Ich habe mich immer schon gefragt, was aus dem Marlboro-Mann geworden ist. Jetzt weiß ich's.«

»Ein heißer Typ.« Blum warf einen Blick in den Außenspiegel und sah Tanner auf der Veranda stehen. »Er sieht auf raue Art gut aus. Immer noch rank und schlank. Na ja, vielleicht hat er kein Sixpack mehr unterm Hemd, aber garantiert einen Waschbrettbauch, was für sein Alter verdammt beachtlich ist.«

»Wenn ihm an seiner Gesundheit liegt, sollte er lieber das Rauchen aufgeben.«

Carol lächelte. »Aber es verleiht ihm einen leicht verruchten Charme, finden Sie nicht?«

»Jetzt werden Sie mal wieder nüchtern, Carol.«

»Keine Angst. Als Mutter von sechs Kindern lernt man Disziplin. Wenn man das schafft, ohne den Verstand zu verlieren, haut einen so schnell nichts mehr um.«

»Da bin ich ja beruhigt.«

»Und Sie wollen wirklich nicht über Ihre Mutter reden?«

Pine setzte zu einer Erwiderung an, stockte kurz, um ihre Gedanken zu ordnen, und sagte schließlich: »Was mit meinem Vater passiert ist, weiß ich. Von meiner Mutter weiß ich es nicht.«

»Soll das heißen, Sie wissen nicht, wie sie … gestorben ist?«

»Sie kann genauso gut noch am Leben sein. Ich habe keine Ahnung.«

»Sie wissen nicht mal, wo sie sein könnte?«

»Ich habe keinen blassen Schimmer.«

»Haben Sie denn mal versucht, sie zu finden?«

»Oft sogar. Ohne Erfolg.«

»Wie kann das sein? Sie sind FBI-Agentin.«

»Gute Frage, Carol. Gute Frage.«

6

Sie hatten Zimmer in einem kleinen Gästehaus unweit des Ortszentrums von Andersonville reserviert. Es war ein großes, altes Wohnhaus, das für die Beherbergung von Gästen umgebaut worden war und sich *Cottage* nannte.

Pine war es gewohnt, mit leichtem Gepäck zu reisen. Ein Koffer oder eine Reisetasche, mehr brauchte sie normalerweise nicht. Diesmal aber hatte sie einen zweiten, kleineren Koffer gepackt. Nun legte sie ihn aufs Bett, öffnete ihn und blickte auf die eigenwillige Zusammenstellung von Dingen, die sie sorgfältig darin verstaut hatte.

Neben dem Foto von ihr und Mercy befand sich in dem Koffer alles, was Pine von den Eltern geblieben war. Die schwarze Frackschleife ihres Vaters. Ein Schlüsselanhänger mit dem eingravierten Namen und Logo des Bauxit-Unternehmens. Ein Dutzend Untersetzer, mit denen Atlee und Mercy Dame gespielt hatten. Ein lavendelfarbenes Haarband ihrer Mutter. Ein Ring und Ohrringe – nichts Wertvolles, aber für Pine unendlich kostbar. Ein kleiner Gedichtband. Ein Taschenmesser ihres Vaters mit seinen Initialen. Ein *Wonder Woman*-Comic. Eine gesprungene Teetasse. Und schließlich …

Pine nahm die kleine Puppe mit dem verbeulten Gesicht aus dem Koffer und strich eine Strähne des Kunsthaars aus dem rechten Kullerauge. Es war *ihre* Puppe. Skeeter hieß sie, nach der Zeichentrickserie *Muppet Babies*.

Mercy hatte die gleiche Puppe besessen, hatte sie aber Sally genannt. Atlee hatte sie zu überreden versucht, die Puppe Scooter zu nennen, weil Skeeter dessen Zwillingsschwester bei den Muppet Babies war, doch Mercy wollte nichts davon wissen, weil Scooter »ein Junge« war. Pine lächelte, als sie sich daran erinnerte.

Vor langer Zeit war sie nahe daran gewesen, die alten Sachen in den Müll zu werfen, doch irgendetwas – was, wusste sie nicht – hatte sie davon abgehalten. Nun legte sie die Erinnerungsstücke vorsichtig zurück und schloss den Koffer.

Nachdem sie sich unten im Empfangsraum mit Blum getroffen hatte, machten die beiden Frauen sich zu Fuß auf den Weg zu dem Restaurant, das Tanner ihnen empfohlen hatte.

Vom *Cottage* gingen sie die Hauptstraße hinunter, die malerisch und schäbig zugleich wirkte. Es war ein schöner, klarer Abend; sie waren nicht die Einzigen, die um diese Zeit noch unterwegs waren. Viele Passanten waren Touristen, wie man unschwer an den Kameras und Handys erkennen konnte, mit denen die Leute Gebäude, Straßen und Schilder fotografierten, die ihnen interessant vorkamen.

Über dem Eingang des *Clink* hing ein lustiges Schild, das die Silhouette eines Mannes hinter Gittern zeigte. Auf dem Fenster prangte in altmodischen Lettern die vielversprechende Aufschrift: GUTES ESSEN ZU FAIREN PREISEN – AUCH OHNE KNAST

Sie traten ein und wurden von einer blonden jungen Frau mit Pferdeschwanz an einen Tisch geführt. Sie trug eine schwarze, hüftlange Bluse, dunkle Jeans und Ballerinas. Pine und Blum studierten die Speisekarte und entschieden sich beide für Rindfleisch mit Wurzelgemüse. Pine bestellte dazu Bier vom Fass, Blum einen Gin Tonic. Eine Kellnerin mit heiserer Stimme, strähnigen grauen Haaren und müden Augen nahm die Bestellung auf.

»Nette Kneipe«, meinte Blum und blickte sich in dem gut besuchten Restaurant um. »Wie es aussieht, isst ganz Andersonville im *Clink* zu Abend.«

»Ich nehme an, dass auch ein paar Touristen hier sind.«

Als sie bei ihren Getränken saßen, fragte Blum: »Gibt es viel in dieser Stadt, an das Sie sich erinnern?«

»Eher nicht. Dieses Restaurant hier beispielsweise gab es damals noch gar nicht. Außerdem waren wir nicht oft in der Stadt selbst. Aber ich habe den Eindruck, dass sich hier gar nicht so viel verändert hat. Und das ganze Touristengeschäft mit dem Bürgerkrieg hatten sie damals noch nicht so groß aufgezogen.«

»Tja, eine Kleinstadt muss halt irgendwie überleben.«

»Vor allem die Leute, die in solchen Städten leben«, fügte Pine hinzu.

Sie waren mit dem Essen fast fertig, als Cy Tanner in Begleitung einer älteren Dame ins Lokal kam und sich umschaute. Sein Blick fiel auf Pine und Blum. Schnurstracks kam er zu ihnen an den Tisch. Die Frau folgte ihm ein wenig langsamer.

Blum begrüßte Tanner mit einem Lächeln. »Hallo, Cy. Wo haben Sie Roscoe gelassen?«

Tanner lächelte und zog den Hut. »Der alte Knabe liegt draußen, kaut auf einem Gummiknochen und macht nebenbei den Türsteher.« Er blickte zu der Frau, die mit ihm gekommen war. »Das ist Agnes Ridley«, stellte er sie vor, wandte sich dann Pine zu und fügte ein wenig aufgekratzt hinzu: »Sie erinnert sich an Ihre Familie.«

Pine musterte die Frau neugierig. Sie war Ende siebzig und hatte feines weißes Haar, das die Kopfhaut durchschimmern ließ. Sie war klein und rundlich, hatte ein freundliches Gesicht und war mit Flanellhemd, Jeans und klobigen orthopädischen Turnschuhen bekleidet. Vor ihren blau-grau gesprenkelten Augen trug sie eine dicke Hornbrille.

»Setzen Sie sich zu uns, Mrs. Ridley«, forderte Pine sie auf.

»Ich möchte Sie nicht beim Essen stören, meine Liebe«, erwiderte Ridley zurückhaltend.

»Sie stören nicht. Bitte. Wir sind sowieso fast fertig.«

Ridley und Tanner setzten sich. Pine betrachtete die Frau einen Moment lang. Ridley erwiderte ihren Blick mit einem Ausdruck des Staunens, als traue sie ihren Augen nicht. »Sie werden sich wahrscheinlich nicht an mich erinnern«, begann sie schließlich. »Aber ich muss schon sagen, Sie sind ordentlich gewachsen. Nun ja, Sie und Ihre Schwester waren schon damals groß für Ihr Alter.«

»Ich überlege gerade, woher ich Sie kenne, aber ich komme einfach nicht drauf.«

»Damals haben Sie mich jedenfalls nicht ›Mrs. Ridley‹ genannt, sondern ›Missy Aggie‹.«

»Na klar!« Der Name löste bei Pine eine Erinnerung aus. »Ja, *das* weiß ich noch.«

»Wir haben ein paar Meilen entfernt gewohnt, aber auch hier im Sumter County. Ich habe Ihre Mutter immer in der Kirche getroffen. Ich selbst hatte keine Kinder und war viel zu Hause, darum habe ich oft auf Sie und Ihre Schwester aufgepasst.«

Pine riss die Augen auf. »Auf mich und Mercy?«

»Ja. Den Namen Atlee habe ich schon vorher gekannt. Ich hatte eine Tante, die auch so hieß. Natürlich nannten wir Sie ›Lee‹. Aber eine Mercy ist mir kein zweites Mal begegnet.«

»Alle haben mich ›Lee‹ genannt, bis ich aufs College ging.«

Ridley kniff ihr faltiges Gesicht zusammen. »Ihr beiden wart vielleicht ein Pärchen. Unzertrennlich. Ich konnte euch nie auseinanderhalten.«

Blum schaute Pine ein wenig vorwurfsvoll an. »Sie haben nie erwähnt, dass Sie und Mercy sich so ähnlich sahen.«

»Ich wollte einfach nicht darüber reden.« Pines Gesicht nahm einen milderen Ausdruck an. »Meine Schwester hatte eine Sommersprosse – genau hier.« Sie deutete auf eine Stelle neben ihrer Nase. »Mercy hat immer gesagt, Gott habe sie geküsst, weil sie als Erste auf die Welt gekommen sei, und dass daraus eine Sommersprosse wurde.«

»Also, das ist wirklich süß«, kommentierte Blum.

Pine wandte sich wieder an Agnes Ridley. »Sie erinnern sich an meine Eltern, sagen Sie?«

Ridleys Lächeln schwand. »Ich habe Ihre Mom gut gekannt und sehr gemocht, Lee.« Sie stockte einen Moment. »Ich meine, Atlee.«

»Sie können ruhig bei Lee bleiben, Mrs. Ridley.«

»Ich war natürlich um einiges älter als sie, trotzdem waren wir gute Freundinnen, Ihre Mutter und ich. Julia hat hart gearbeitet, um über die Runden zu kommen. Sie hat immer wieder kleine Jobs übernommen, deshalb hat sie oft jemanden für euch Kinder gebraucht. Ihren Dad habe ich nicht so gut gekannt. Aber ich weiß, dass er seine kleinen Mädchen vergöttert hat.«

»Wie konnte Mom diese Jobs machen? Sie hatte kein Auto.«

»Ich habe ihr meinen alten Dodge Pick-up geliehen, mit dem ich immer zu euch rübergefahren bin. Sie konnte mir nicht viel bezahlen, aber es ging mir auch gar nicht ums Geld. Mein Mann hatte einen gut bezahlten Job. Wir waren nicht auf zusätzlichen Verdienst angewiesen.« Sie verstummte einen Moment, und ihre Miene wurde melancholisch. »Mein Lohn war die Zeit, die ich mit euch Mädchen verbracht habe.«

Blum betrachtete die ältere Frau. »Sie hätte ich mir als Nachbarin gewünscht. Eine Zeit lang hatte ich sechs Kinder unter zwölf Jahren zu versorgen. Meistens habe ich mich gefühlt, als hätte mich ein Güterzug überrollt.«

»Und Sie wissen noch, was damals passiert ist?«, hakte Pine nach, den Blick auf Ridley gerichtet.

Die ältere Dame nickte langsam. »Ja. Es war ein schwerer Schlag für die ganze Stadt. So etwas hatte es hier noch nie gegeben. Und Gott sei Dank ist danach nie wieder so etwas vorgefallen.«

»Was können Sie mir darüber erzählen?«, hakte Pine nach. »Ich war noch sehr jung und kann mich an kaum etwas erinnern. Und die Erwachsenen wollten nicht mit der Sprache heraus.«

»Die haben sicher befürchtet, dass es Sie zu sehr mitnimmt. Also, ich bin damals gleich ins Krankenhaus gefahren, um Ihre Mutter ein bisschen zu unterstützen. Sie ist praktisch nicht von Ihrer Seite gewichen, solange Sie im Krankenhaus waren.«

»Ich weiß noch, wie ich aufgewacht bin und als Erstes meine Mom gesehen habe.«

»Julia war völlig am Ende. Eine Tochter verloren, und die zweite beinahe auch noch. Ich weiß nicht, ob Ihnen bewusst ist, wie knapp Sie überlebt haben, Lee.«

»Darüber habe ich mir keine Gedanken gemacht. Was können Sie mir über Mercys Verschwinden sagen?«

»Sie wissen wahrscheinlich auch, dass die Polizei genauso ratlos war wie alle anderen.«

»Sheriff Dalton von Macon County, ja.« Pine nickte.

»Dalton lebt nicht mehr. Aber einer der Deputys, die mit dem Fall zu tun hatten, ist heute Sheriff drüben in Macon.«

»Wer?«

»Dave Bartles. Er war als einer der Ersten bei euch zu Hause, nachdem Ihre Mutter den Notruf verständigt hatte. Ich weiß das, weil Julia auch mich angerufen hatte. Ich bin sofort rübergekommen. Sheriff Bartles steht heute kurz vor dem Ruhestand.«

»Aber wir sind hier im Sumter County«, wandte Blum ein. »Warum hat man die Polizei von Macon County gerufen? Warum nicht die örtliche Polizei?«

Pine schaute Blum an. »Andersonville hat kein eigenes Polizeirevier, deshalb ist der Sheriff von Sumter County zuständig. Unser Haus stand aber auf der anderen Seite der Grenze, im

Macon County, darum hat das dortige Sheriff's Office die Ermittlungen durchgeführt.«

Ridley nickte. »Der Sheriff hat die State Police eingeschaltet, und die wiederum das FBI.«

»Weil es Kidnapping war«, erklärte Pine.

»Ja, das stimmt wohl. Cy hat mir schon erzählt, dass Sie jetzt beim FBI sind, Lee. Ich … ich schätze, das hat auch ein bisschen damit zu tun, was mit Ihrer Schwester passiert ist.«

»Hat es«, sagte Pine. *Vielleicht sogar mehr, als mir selbst bewusst war.*

Ridley nahm einen langen Atemzug und schaute Pine betrübt an. »Die Polizei hat damals geglaubt, dass Ihr Daddy es getan hat.«

»Und ich habe denen gesagt, dass Dad nichts damit zu tun hat«, erwiderte Pine entschieden.

»Für mich war schon damals völlig klar, dass Ihr Vater unschuldig ist«, versicherte die alte Dame. »Die Cops hatten ja nie auch nur das Geringste gegen Tim in der Hand. Und wenig später seid ihr dann weggezogen.«

»Wahrscheinlich ist uns nichts anderes übrig geblieben«, meinte Pine. »Mein Dad hat damals seinen Job verloren. Hier konnten wir nicht überleben.«

»Mag sein. Es ist nur so, dass Sie und Ihre Familie praktisch bei Nacht und Nebel verschwanden.«

»Ich kann mich erinnern, dass wir ziemlich überstürzt aufgebrochen sind. Aber war es wirklich so, dass meine Eltern es niemandem gesagt haben?«

»Ja, so war es. Niemand wusste etwas. Ihr wart von einem Tag auf den anderen verschwunden – nur ein paar Monate, nachdem man Sie aus dem Krankenhaus entlassen hatte. Ich bin zu euch rübergefahren, um zu sehen, wie es euch geht, aber das Haus stand leer. Ihre Eltern haben nicht viel besessen, und das wenige haben sie mitgenommen. Da waren nur noch ein paar

Möbelstücke. Wahrscheinlich hat ein Umzugsdienst die Sache übernommen. Ich hab gedacht, ich sehe nicht recht. Nicht mal eine Nachricht hatten Ihre Eltern hinterlassen. Kein Wort, rein gar nichts. Seither habe ich nie wieder von ihnen gehört.«

Pine ließ sich einen Moment Zeit, um alles zu verarbeiten, ehe sie erwiderte: »Ich weiß auch nicht, warum sie es niemandem gesagt haben.«

»Cy hat mir erzählt, dass Ihr Daddy tot ist. Das tut mir sehr leid. Ich habe Tim nicht besonders gut gekannt, habe ihn aber gut leiden können. Was ist mit Ihrer Mom? Lebt Julia noch?«

»Ich … ich weiß es nicht.«

Ridley wirkte verdutzt. »Hatten Sie in letzter Zeit keinen Kontakt?«

»Nicht bloß in letzter Zeit«, sagte Pine ausweichend.

»Oh.« Ridley schaute sie betrübt an. »Das tut mir leid.«

»Haben Ihre Eltern Ihnen denn nicht erklärt, warum sie von hier weggegangen sind?«, warf Blum ein, um das Thema zu wechseln. Sie sah, dass Pine nicht über ihr Verhältnis zu ihrer Mutter sprechen wollte. »Nicht einmal, wohin sie wollten?«

»Ich erinnere mich an das neue Haus, an die neue Schule. Erst danach habe ich erfahren, dass wir nach South Carolina gezogen waren, ungefähr fünfzig Meilen von Columbia entfernt.«

»Du meine Güte«, murmelte Ridley.

»Ich war damals erst sechs. Wahrscheinlich dachten meine Eltern, es sei mir nicht wichtig, wohin wir gehen«, sagte Pine ausweichend. »Außerdem sind wir später noch mehrere Male umgezogen.«

»Bis Ihre Eltern sich scheiden ließen?«, fragte Blum.

»Ja«, erwiderte Pine knapp. Ihr war anzusehen, dass sie sich nicht wohl dabei fühlte, zwei Fremden so persönliche Dinge zu erzählen, zumal sie mit Blum nie darüber gesprochen hatte.

Einige Augenblicke herrschte Schweigen. Pine spürte, wie ihr Gesicht glühte, und starrte auf die Tischplatte.

»Und jetzt sind Sie nach Andersonville zurückgekommen, um herauszufinden, was damals geschehen ist?«, fragte Ridley schließlich.

»Das hätte ich schon viel früher tun sollen.«

Ridley musterte sie einen Moment lang, ehe sie leise sagte: »Sie kennen doch sicher das Sprichwort, dass man schlafende Hunde nicht wecken soll?« Sie warf Tanner einen unsicheren Blick zu.

»Das ist mir bekannt, nur ist es in diesem Fall nicht angebracht.«

»Wieso nicht?«

»Weil die Möglichkeit besteht, dass meine Schwester noch lebt.«

»Glauben Sie wirklich?« Ridley machte ein skeptisches Gesicht. »Nach so langer Zeit?«

»Zugegeben, es ist nicht sehr wahrscheinlich. Aber ich habe schon andere unwahrscheinliche Dinge erlebt.«

Ridley musterte sie nachdenklich. »Ich glaube, ich kann Sie verstehen. Sie wollen die Wahrheit wissen, auch wenn es wehtut.«

»Genau.«

»Und wenn sich herausstellt, dass es doch Ihr Vater getan hat?«

»Dann werde ich es akzeptieren müssen. Aber so weit sind wir noch lange nicht.«

Cy Tanner meldete sich zu Wort. »Wie wollen Sie diese harte Nuss knacken?«

»Es gibt gewisse Richtlinien, wie man an einen Cold Case herangeht. Zuerst nimmt man sich alle vorhandenen Aufzeichnungen vor, in der Hoffnung, irgendeine Spur oder einen Widerspruch zu finden – irgendetwas, das damals übersehen wurde.«

»Dann werden Sie auch mit diesem Dave Bartles sprechen, oder?«, fragte Tanner.

»Ja.«

Pine schaute zu Agnes Ridley. Die alte Dame erwiderte ihren Blick und sagte schließlich: »Einige Leute in dieser Stadt haben bereits mitbekommen, dass Sie hier sind.«

»Die Neuigkeit hat sich vom *Cottage* aus verbreitet, nehme ich an«, warf Blum ein.

»Nun ja, Gladys Graham, die Inhaberin, ist nicht gerade die Verschwiegenste.« Ridley lächelte wissend. »Obwohl sie sich nicht mehr Gladys nennt. Den Namen hat sie anscheinend nie gemocht.« Die alte Frau lachte. »Mir geht's mit meinem Namen ja nicht anders. Wer heißt heute schon noch Agnes?«

»Wie nennt Gladys sich denn jetzt?«, hakte Pine nach.

»Lauren.«

»War das ihr zweiter Name?«

»Nein. Ich glaube, sie findet ihn einfach schick. Klingt wie dieser berühmte Modemensch.«

»Sie meinen Ralph Lauren?«, fragte Blum.

»Genau der. Sie hat ihren Namen offiziell ändern lassen. Jedenfalls brauchen wir diese ganzen sozialen Medien hier nicht. Das übernimmt Gladys für uns. Sie ist Facebook und Twitter in einer Person.« Ridley legte ihre plumpe kleine Hand auf Pines Arm. »Liebes, wollen Sie wirklich in der Vergangenheit wühlen?«

Pine erwiderte den Blick der alten Dame voller Entschlossenheit. »Mir bleibt nichts anderes übrig. Ich muss mich der Vergangenheit stellen, wenn ich eine Zukunft haben will.«

7

Pine und Blum durchquerten den Empfangsraum des *Cottage,* als eine Stimme nach ihnen rief.

»Sie erinnern sich wahrscheinlich nicht an mich.«

Beide drehten sich um und sahen eine Frau auf sich zukommen.

Dic Unbekannte war Mitte vierzig, schlank und hübsch, hatte kurz geschnittenes rotes Haar und einen federnden Gang. Sie trug eine weiße, am Kragen geöffnete Bluse, schwarze Pumps und eine dunkelgrüne Hose, die einen attraktiven Kontrast zu ihrer Haarfarbe bildete.

»Ich bin Lauren Graham«, stellte sie sich vor und hielt Pine die Hand hin. »Ich war auf der Highschool, als Sie noch mit Ihren Eltern hier wohnten. Tut mir leid, dass ich nicht da war, als Sie eingecheckt haben.«

Pine schüttelte ihr die Hand. »Ich kann mich leider nicht an Sie erinnern.«

»Kein Wunder. Sie waren ein kleines Mädchen.«

Ein wenig befangen musterten die beiden Frauen einander.

»Ist sicher unwirklich für Sie, nach so langer Zeit zurückzukommen«, sagte Graham schließlich.

»Ich habe den Eindruck, dass die Stadt sich gar nicht so sehr verändert hat.«

»Die Stadt vielleicht nicht, aber andere Dinge umso mehr.«

Pine überlegte einen Moment und nickte dann. »Wahrscheinlich ist es überall so, ob es uns passt oder nicht.« Sie räusperte sich, fügte in sachlicherem Tonfall hinzu: »Waren Sie damals, als wir noch hier gewohnt haben, bei uns zu Hause?«

»Ja. Ich habe Ihrer Mutter manchmal beim Putzen und Einkaufen geholfen. Sie und Ihre Schwester habe ich allerdings nicht oft gesehen. Ich kam nicht regelmäßig, nicht jede Woche oder so. Aber ich war froh, mir ein bisschen was verdienen zu können.«

»Vorhin bin ich Agnes Ridley begegnet.«

»Agnes? Ja, sie hat oft auf Sie und Mercy aufgepasst.«

Es war eigenartig für Pine, die Leute von ihrer Schwester reden zu hören, als würde Mercy irgendwo anders ein ganz normales Leben führen.

»Ich war ganz schön überrascht, dass Sie nach so langer Zeit zurückkommen. Als Ihre Familie damals weggezogen ist, hätte ich nie gedacht, Sie noch einmal in Andersonville zu sehen. Nicht nach dieser furchtbaren Sache.«

»Ich habe gehört, dass meine Eltern und ich damals bei Nacht und Nebel aufgebrochen sind«, sagte Pine erwartungsvoll.

Lauren Graham musterte sie nachdenklich. »Ich weiß noch, dass es tagelang *das* Gesprächsthema in der Stadt war. Es war, als hätten Sie nie hier gewohnt. Niemand hier hat jemals wieder etwas von Ihren Eltern gehört.«

»Das hat Agnes Ridley auch gesagt. Es muss ziemlich überraschend gekommen sein.«

»Ich würde Ihren Eltern keinen Vorwurf machen. Die Leute haben unschöne Dinge über sie gesagt … widerliche Sachen. An ihrer Stelle wäre ich auch gegangen. Wer will sich schon den ganzen Dreck anhören nach einem so schmerzlichen Verlust?«

»Viele hielten meinen Vater für den Täter oder glaubten, dass er irgendwie in die Sache verwickelt war.«

»Ja. Andere haben ihm vorgeworfen, ihm seien Bier und Hasch wichtiger als seine Kinder. Aber ich habe das nie so gesehen.«

»Warum?«

»Ihre Eltern haben einen Fehler gemacht, und das hat jemand ausgenutzt. Man kann seine Kinder nicht rund um die Uhr im Auge behalten. Ihre Eltern haben Sie und Ihre Schwester geliebt. Ihre Mutter wäre eher gestorben als zuzulassen, dass ihren Mädchen etwas zustößt.«

Pine war überrascht. »Ich ... nun ja, ich habe nie wirklich mit ihr darüber gesprochen. Sie ist dem Thema immer ausgewichen.«

»Kann ich nachvollziehen. Genauso verstehe ich, dass Sie wahrscheinlich hunderttausend Fragen hatten und niemanden, der sie Ihnen beantwortet hat.«

Pine sah Graham plötzlich in einem anderen, vorteilhafteren Licht. »Ja, stimmt. Und die Fragen sind bis heute offen.«

Graham blickte auf das FBI-Abzeichen an Pines Hüfte. »Sie sind heute FBI-Agentin, wie ich sehe. Beeindruckend.«

»Sie erkennen das Abzeichen auf den ersten Blick?«

»Ich habe gegoogelt, nachdem Sie die Zimmer reserviert hatten, und Ihren Namen wiedererkannt.«

»Verstehe.«

»Wo leben Sie jetzt?«

»Arizona.«

Auf Grahams Gesicht erschien ein sehnsüchtiger Ausdruck. »Da war ich noch nie. Es soll sehr schön sein.«

»Ist es«, warf Blum ein, da Pine schwieg. »Ganz anders als hier, obwohl diese Gegend auch ihre Reize hat.«

Pine blickte zu ihrer Assistentin, dann wieder zu Graham. »Tut mir leid, ich habe wohl meine Manieren vergessen. Das ist Carol Blum, meine Assistentin.«

»Hi, Carol.« Graham lächelte sie an. »Nun ja, ich bin nicht allzu viel herumgekommen. Zuerst habe ich die Georgia

Southwestern State University besucht und später in Atlanta im Gastgewerbe gearbeitet, bis ich dann wieder hier gelandet bin.«

»Sind Sie verheiratet?«

»Ich *war* verheiratet. Ist schon eine Weile her.« Sie ließ ihren Blick einen Moment lang schweifen. »Ich habe das Haus gekauft und mich selbstständig gemacht. Wir haben hauptsächlich Touristen hier, die das Gefängnis sehen wollen. Aber ich kann davon leben, und das ist ja die Hauptsache. Früher hatte ich größere Pläne, aber heute passt es ganz gut für mich. Allerdings würde ich sehr gern mal auf Reisen gehen. Und wer weiß, vielleicht heirate ich ja irgendwann wieder.«

»Das ist ein wirklich reizendes Haus«, meinte Blum anerkennend.

»Danke. Ich bin hier aufgewachsen.«

»Tatsache? Ihre Familie hat hier gewohnt?«, fragte Blum überrascht.

»Wir waren fünf Kinder. Meine Eltern sind schon vor Jahren gestorben. Meine Geschwister wollten das Haus nicht, und so hat sich eins zum anderen gefügt. Ich hatte Geld gespart, habe die anderen ausbezahlt und dann den Sprung ins kalte Wasser gewagt.« Graham wandte sich Pine zu. »Ihre Schwester … man weiß bis heute nicht, was mit ihr geschehen ist, nicht wahr?«

»Stimmt.«

»Aber Sie sind hergekommen, um nachzuforschen?«

»Ja. Können Sie sich erinnern, was damals passiert ist? Mich interessiert jede Kleinigkeit.«

Graham blickte kurz zu Carol Blum. »Möchten Sie einen Kaffee? Ich habe gerade eine frische Kanne aufgesetzt. Wir können ihn drüben im Frühstücksraum trinken.«

Pine und Blum nahmen die Einladung an. Während Graham Kaffeekanne und Geschirr holte, ließen sie den Blick durch den Frühstücksraum schweifen. An einer Wand stand ein breiter Glasschrank, der bis zur Decke reichte; eine umfangreiche Sammlung von Puppen war darin ausgestellt. Manche waren so groß, dass sie beinahe lebendig aussahen, andere winzig klein, und alle trugen altmodische Kleider.

Blum ging näher an die Puppen heran. »Die sind wirklich hübsch. Ziemlich alt. Die größte sieht gar nicht aus wie eine Puppe, eher wie eine Schaufensterfigur. Die Sammlung muss eine Stange Geld gekostet haben.«

»Ich sehe, Sie haben meine kleine Sammlung bemerkt.«

Pine und Blum drehten sich um. Graham war zurück und stand in der Tür, in den Händen ein Tablett mit Kaffee und Keksen.

Sie setzten sich an einen Tisch. Die Gastgeberin schenkte ihnen ein und warf dann einen Blick auf die Vitrine. »Meine Mutter hat damit angefangen. Als ich klein war, habe ich mit den Puppen gespielt, als wären sie Freundinnen. Ich habe jeder einen Namen und eine eigene Geschichte gegeben. Für mich waren sie beinahe lebendig.« Ein wenig verlegen senkte sie den Blick.

»Kinder haben eine lebhafte Fantasie«, sagte Blum diplomatisch, während Pine ihre Gastgeberin nachdenklich musterte.

»Ich selbst habe keine Kinder«, erklärte Graham.

Pine warf Blum einen kurzen Blick zu, ehe sie sich wieder Graham zuwandte. Die Frau wirkte nervös, zugleich schien sie auf seltsame Weise aufgekratzt. Wahrscheinlich geschah nicht viel Aufregendes in ihrem Leben, vermutete Pine. Da war es eine interessante Abwechslung, wenn jemand kam und versuchte, ein altes Rätsel zu lösen.

»Kommen wir auf die Ereignisse vor dreißig Jahren zurück«, sagte Pine.

»Ja, sicher. Ich war an dem Tag in der Schule. Alle haben von nichts anderem gesprochen«, erinnerte sich Graham. »Wir hörten die Sirenen des Rettungswagens, als Sie ins Krankenhaus gebracht wurden. Der Sheriff hat das Georgia Bureau of Investigation eingeschaltet.« Das GBI war gewissermaßen das bundesstaatliche Äquivalent zum FBI. »Einige Zeit später kamen sogar Leute vom Bureau.« Wieder fiel ihr Blick auf Pines FBI-Abzeichen. »Ich bin an dem Tag noch zu euch rausgefahren, um zu helfen. Ihr Vater war zu Hause, und Ihre Mom war bei Ihnen im Krankenhaus drüben in Americus.« Die Erinnerung schien ihr seltsam peinlich zu sein. »Vor dem Haus hatte sich eine Menschenmenge versammelt, aus purer Neugier. Das war nicht in Ordnung. Aber ich hätte wirklich gerne geholfen«, fügte sie rasch hinzu.

Sie stockte, trank einen Schluck Kaffee und warf kurze Blicke zu Pine und Blum, als wollte sie deren Reaktion einschätzen.

»Haben Sie an dem Tag meinen Vater gesehen?«, fragte Pine mit gepresster Stimme. Blum schaute besorgt zu ihr und bemerkte, wie innerlich aufgewühlt ihre Chefin war. Offenbar fiel es ihr schwer, die Sache mit professioneller Distanz anzugehen. Sie schien nicht gefasst zu sein auf das, was diese Reise in die Vergangenheit emotional in ihr auslöste.

»Ihr Vater …«, begann Graham leise, »nun ja, Tim hatte einiges getrunken. Wer könnte es ihm verdenken nach dem, was passiert war?«

»Erzählen Sie weiter.«

»Es kam zu einem Streit mit einem der Gaffer, und sie wurden handgreiflich. Zum Glück ging jemand dazwischen.«

»Warum war die Polizei nicht vor Ort?«, hakte Pine nach. »Es war immerhin ein Tatort und hätte abgesperrt werden müssen. Außerdem hätte mein Vater sich gar nicht dort aufhalten sollen.«

Graham warf ihr einen abschätzenden Blick zu. »Sie meinen, weil er für die Polizei ein Verdächtiger war?«

»Er war sogar der einzige Verdächtige.«

»Hm, ja. Soviel ich weiß, hatten die Cops nie jemand anderen in Verdacht ...« Sie brach ab und schaute Pine unbehaglich an.

»Ich habe der Polizei damals gesagt, dass mein Vater nichts damit zu tun hat.«

»Tja, nur dass Sie noch ein Kind waren, Lee.«

»Heute würde ich ›Atlee‹ bevorzugen.«

»Wie Sie wünschen, Atlee. Außerdem waren Sie schwer verletzt. Wahrscheinlich hat es damals eine Woche gedauert, bis Sie der Polizei überhaupt etwas sagen konnten. Der Täter hatte Ihnen den Schädel gebrochen.« Lauren Graham hatte Tränen in den Augen.

»Dann haben die Cops mir wohl nicht geglaubt, als ich ihnen sagte, dass mein Dad unschuldig sei«, murmelte Pine, die plötzlich das Gefühl hatte, in einem Sumpf zu versinken, der von ihr selbst geschaffen worden war.

Blum warf ihr einen raschen Blick zu und übernahm dann selbst die Befragung. »Erinnern Sie sich sonst noch an etwas, Lauren?«

»Das FBI wurde hinzugezogen, als feststand, dass die örtliche Polizei und die State Police den Fall nicht aufklären konnten.«

»Das bedeutet dann wohl, sie hatten keinen Beweis gegen Atlees Vater in der Hand, obwohl er ihr einziger Verdächtiger war?«

»Wissen Sie, Verbrechen hat es in dieser Gegend immer schon gegeben, damals wie heute«, entgegnete Graham. »Aber keine Entführungen. Und erst recht keinen Mord. Heute haben wir's vor allem mit Schlägereien zwischen Betrunkenen oder Drogensüchtigen zu tun. Hin und wieder auch Einbrüche. Julia Pine hat damals geschworen, dass ihr Mann sturzbetrunken auf dem Fußboden im Wohnzimmer gelegen und geschlafen hat. Und Julias Aussage zufolge lag er immer noch dort, als sie gegen sechs Uhr aufgewacht war und nach Atlee und ihrer Schwester gesehen hatte. Allein die Zahl der leeren Bierflaschen und der gerauchten Joints spricht dafür, dass es so war.«

»Es gab nie irgendwelche forensischen Spuren, die meinen Vater belastet hätten«, erklärte Pine.

»Und es waren bestimmt überall im Haus Fingerabdrücke von ihm«, meinte Blum. »Die lassen sich ja auch kaum vermeiden, wenn man irgendwo wohnt.«

»Außerdem habe ich einen Mann durchs Fenster hereinkommen sehen«, fügte Pine hinzu. »Er hat Handschuhe getragen, also kann der Täter selbst keine Fingerabdrücke hinterlassen haben.«

Graham, die soeben ihre Tasse anhob, hätte beinahe ihren Kaffee verschüttet. »Sie haben einen Mann gesehen?«

»Ja. Schon deshalb kann es nicht mein Vater gewesen sein. Warum hätte Dad durchs Fenster steigen sollen?«

»Und das haben Sie der Polizei gesagt?«

Pine zögerte einen Moment. »Ich glaube schon. Aber ich war ja nur ein verwirrtes kleines Mädchen mit einem Schädelbruch. Wahrscheinlich haben sie meine Aussage gar nicht für voll genommen.«

»Waren Sie schon drüben in Ihrem alten Haus?«

»Ja. Ein gewisser Cyrus Tanner wohnt jetzt dort. Er hat es gemietet, sagt er.«

»Ein interessanter und attraktiver Mann«, warf Carol Blum ein.

Graham lächelte. »Oh ja. Nur dass Cy Tanner viel erzählt, und nicht alles ist wahr.«

»Dann stimmt es also nicht, dass er das Haus gemietet hat?«, hakte Blum nach.

»Ich glaube nicht, dass überhaupt noch jemand weiß, wem das Haus gehört. Deshalb kann ich mir nicht vorstellen, dass Tanner jemandem Miete bezahlt.«

»Sie meinen, er wohnt illegal dort?«

»Er wäre nicht der Einzige. Seit dem Jahr 2000 hat die Stadt fast ein Drittel ihrer Einwohner verloren. Aber die Entwicklung in Sumter County ist allgemein nicht schlecht. Die Löhne gehen nach oben, die Leute finden wieder Arbeit, und dementsprechend ziehen auch die Immobilienpreise an. Es leben wieder mehr junge Leute in der Gegend. Trotzdem gibt es leer stehende Häuser, wie zum Beispiel das, in dem Sie gewohnt haben.«

»Irgendwie logisch«, meinte Blum.

»Glauben Sie wirklich, Sie können nach so vielen Jahren herausfinden, was damals vorgefallen ist?«

»Solche Cold-Case-Ermittlungen führen oft Jahre später noch zu einem Ergebnis«, erklärte Blum.

»Mag sein, aber die meisten ungeklärten Fälle bleiben ungeklärt«, hielt Graham dagegen.

»Woher wissen Sie das?«, fragte Pine.

»Ich arbeite gerade an einem Kriminalroman«, erklärte Graham. »Wie gesagt, ich kann von dem Haus ganz gut leben, aber irgendwie genügt mir das nicht. Ich möchte mir als Schriftstellerin einen Namen machen, und mein Gebiet sind historische Kriminalromane.«

»Dann sind Sie wohl doch ambitionierter, als Sie gesagt haben«, warf Blum ein.

Graham senkte den Blick. »Vermutlich.«

»Lassen Sie mich raten – Ihre Geschichten spielen zur Zeit des Bürgerkriegs«, meinte Pine.

»Gut kombiniert. Ein historischer Roman lebt von der Atmosphäre. Und diese Stadt ist irgendwie vom Krieg durchdrungen, ob es uns nun passt oder nicht. Mir bringt es hoffentlich etwas Gutes. Was ich damit sagen will … ich habe mich intensiv mit alten Kriminalfällen beschäftigt. Von daher weiß ich, dass die meisten dieser Fälle ungelöst bleiben.«

Pine erhob sich von ihrem Platz. »Meiner hoffentlich nicht. Was das angeht, werde ich alles tun, was ich kann. Wenn Sie mich jetzt entschuldigen, es war ein langer Tag.«

Sie ging hinaus, ohne auf die beiden Frauen zu warten.

Graham schaute Blum unsicher an. »Kann sie das schaffen? Was meinen Sie?«

»Wenn sie es nicht schafft, schafft es keiner.«

8

»Als ich Sie zum letzten Mal gesehen habe, waren Sie ein kleines Mädchen. Tja, die Zeit rennt.«

Am nächsten Tag befanden sich Pine und Blum in Oglethorpe, Georgia, wo sie Dave Bartles, dem Sheriff von Macon County, in dessen Büro gegenübersaßen.

Bartles war ein Mann in den Fünfzigern mit eisengrauen Haaren, scharf geschnittenen Gesichtszügen und dem Blick eines Mannes, der in seiner Laufbahn im Polizeidienst allzu oft erlebt hatte, wozu Menschen fähig waren.

»So ist es«, sagte Pine, die Lippen zusammengepresst.

»Sie sind FBI-Agentin, habe ich gehört.«

»Ja.«

»Ich kann mir schon denken, warum Sie hier sind.«

»Ist ja auch ziemlich naheliegend.«

»Wir haben den Fall damals nicht aufklären können. Die Leute vom GBI ebenso wenig. Sogar das FBI hat sich die Zähne daran ausgebissen.«

»Sie, Sheriff, hatten damals einen Verdächtigen.«

»Ja, Ihren Vater.«

»Glauben Sie immer noch, dass er es getan hat?«

»Wir hatten nicht einmal genug für eine Anklage. Ein Motiv konnten wir auch nicht finden. Ihre Eltern waren noch sehr jung, aber allen Aussagen zufolge liebevoll und fürsorglich.« Er stockte einen Moment. »Wenn sie nicht betrunken oder high waren.«

»Wollen Sie damit andeuten, mein Vater wäre über Mercy und mich hergefallen, weil er zugedröhnt war? War das Ihr Verdacht?«

»Zu Anfang schon. Aber was hätte er mit der Leiche gemacht? Ihre Eltern hatten nur ein Auto, und an dem schrecklichen Abend hat niemand Ihren Vater wegfahren sehen. Wir haben uns am Haus und in dem Waldstück in der Nähe umgesehen, aber nirgends eine frisch umgegrabene Stelle oder sonst einen Hinweis gefunden. Es ist schon nüchtern nicht einfach, einen Leichnam verschwinden zu lassen. Umso schwieriger ist es für einen Betrunkenen.«

»Ganz genau zu der Zeit war Daniel James Tor in dieser Gegend.«

Bartles musterte sie nachdenklich. »Ja, er hatte ein kleines Mädchen aus Macon ermordet, ungefähr eine Stunde von hier. Zum Glück hat das FBI den Dreckskerl erwischt. Glauben Sie, er hat Ihre Schwester entführt?«

»Es wurde in diese Richtung ermittelt, aber Mercys Entführung passt nicht in das geometrische Muster, nach dem Tor vorgegangen ist.«

Bartles schaute sie stirnrunzelnd an. »Geometrisches Muster? Was meinen Sie damit?«

»Tor hat eine mathematische Ader. Er hat sich seine Opfer an Orten ausgesucht, die ein geometrisches Muster gebildet haben. Und das wurde ihm am Ende zum Verhängnis. Die Fahnder haben vorhergesehen, wo er das nächste Mal zuschlagen würde, und hatten Einsatzkräfte vor Ort, als er auftauchte.«

»Und Ihr Haus hat nicht in sein ›geometrisches Muster‹ gepasst?« Pines Theorie schien ihn nicht zu überzeugen.

»Nein. Tor soll damals in einem Zeitraum von achtzehn Monaten vier Leute im Bundesstaat Georgia entführt und ermordet haben – in Albany, Columbus, Atlanta und Macon, wie

Sie eben erwähnt haben. Zieht man gedachte Linien zwischen diesen Städten, ergibt sich eine geometrische Figur. Ich habe sie diamantförmig genannt, aber Tor hat mich korrigiert und sie als Rhombus bezeichnet, eine Raute.«

»*Tor* hat Sie korrigiert?«, fragte Bartles ungläubig.

»Ich war dreimal im ADX Florence, um mit ihm zu sprechen.«

»Ich wusste gar nicht, dass dieses Monster noch lebt. Die hätten ihn längst exekutieren sollen.«

»Der Mann sitzt so oft lebenslänglich ab, dass er nie wieder rauskommen wird.«

»Moment mal …« Bartles beugte sich vor. »Wenn Sie Tor besucht haben, müssen Sie doch angenommen haben, dass er der Täter ist, auch wenn die Tat nicht in sein Muster passt.«

»Mir ist der Verdacht gekommen, dass er dahinterstecken könnte, weil er zu der Zeit in der Gegend war.«

»Verstehe. Ich kann mich da an noch etwas erinnern – etwas, das Sie damals gesagt haben, als Sie aus dem Krankenhaus entlassen wurden. Sie hätten einen Mann durchs Fenster hereinkommen sehen. Glauben Sie, es war Tor?«

Blum beobachtete Pine aufmerksam.

»Ich habe mich einer Hypnose unterzogen, um verdrängte Erinnerungen freizusetzen.«

»Hat es funktioniert?«

»Schwer zu sagen. Der Mann, den ich gesehen habe, *könnte* Tor gewesen sein. Das Problem ist nur, dass ich vorher schon einiges über ihn gewusst habe und dass er zur Tatzeit in der Gegend war …«

»Und das könnte Ihre Erinnerungen beeinflusst und Ihnen vorgegaukelt haben, Tor gesehen zu haben?«

»Genau.«

»Was hat Tor gesagt, als Sie bei ihm im Knast gewesen sind?«, hakte Bartles nach.

»Er wird es nie zugeben. Und falls doch, würde er uns keinen Beweis liefern, der uns Gewissheit verschaffen könnte. Er weiß, dass er durch ein solches Geständnis nichts gewinnen kann. Deshalb ist dieser Weg eine Sackgasse.«

Der Sheriff breitete die Hände aus. »Was wiederum erklärt, warum Sie hier sind.«

»Könnte ich einen Blick in die Akte werfen?«

»Können Sie. Ich weiß nur nicht, was Sie sich davon erhoffen, nachdem drei Jahrzehnte vergangen sind.«

»Ich weiß es selbst nicht. Aber einen Versuch ist es mir auf jeden Fall wert.«

Bartles nickte. »Ich lasse die Akte raufbringen und kopieren. Nur damit Sie sich keine falschen Hoffnungen machen – wir hatten damals nur sehr wenig in der Hand.«

»Es wundert mich, dass Sie die Akte überhaupt so lange aufgehoben haben.«

»Das liegt daran, dass der Fall nie aufgeklärt wurde, Agentin Pine. Und man kann ja nie wissen, stimmt's?«

»Stimmt.«

Bartles geleitete seine Besucherinnen aus dem Büro. »Nie hätte ich damit gerechnet, dass Sie mal FBI-Agentin werden.«

»Tja, das Leben ist immer für Überraschungen gut.«

»Sie arbeiten in Arizona?«

»Haben Sie das vom Lauren-Graham-Infodienst?«

Bartles lachte. »Wir sind ganz gut befreundet, ja. Nettes Mädchen. Gefällt es Ihnen drüben im Westen?«

»Es ist in mancher Hinsicht anders als hier. Manches ist aber auch ziemlich ähnlich.«

»Die Menschen sind überall gleich«, warf Blum ein. »Egal, wo sie zu Hause sind.«

»Falls Sie irgendwas herausfinden, lassen Sie es mich wissen«, sagte Bartles. »Wir haben hier nicht viele ungeklärte Fälle. Ich würde auch diesen Fall gern abschließen.«

»Okay.«

Pine und Blum wandten sich zum Gehen, als Bartles' Stimme sie innehalten ließ.

»Dieser Daniel Tor … welchen Eindruck haben Sie von dem Kerl?«

Pine drehte sich zu ihm um. »Stellen Sie sich Ihren schlimmsten Albtraum vor und multiplizieren Sie es mit hundert.«

»Dann sieht man es ihm an? Man weiß, was los ist, wenn man ihm gegenübersteht?«

»Eben nicht. Genau das macht ja den Albtraum aus. Es wird einem gar nicht bewusst, dass man es mit einem Monster zu tun hat – bis es zu spät ist.«

9

»Bartles hat nicht geflunkert«, meinte Blum. »Viel ist es wirklich nicht.«

Sie hatten die kopierten Dokumente, Notizen, Berichte und Beweisfotos auf dem Bett in Pines Zimmer ausgebreitet. Es war eine klägliche Sammlung.

Blum hob ein Foto auf und hielt es Pine hin. »Sie und Ihre Schwester?«

Pine nahm ihr das Bild ab und nickte. »Das war an unserem fünften Geburtstag. Ich habe eins davon in meiner Brieftasche. Das einzige Foto, das ich von uns beiden habe. Meine Eltern hatten keine Kamera. Meine Mom hat sich die Polaroid einer Freundin geborgt und drei Bilder geknipst. Zwei für uns beide, eins für sich selbst. Sie muss ihr Foto der Polizei gegeben haben, wegen der Suche nach Mercy.«

»Sie und Ihre Schwester haben sich wirklich unglaublich ähnlich gesehen.«

Pine betrachtete die zwei kleinen Mädchen aus ferner Vergangenheit. Dieses Lächeln, diese strahlenden Augen. »Wir waren unzertrennlich. Mercy und Lee Pine. Zwei Mädchen, die in Wahrheit eins waren. Aber das ist unendlich lange her«, fügte sie wehmütig hinzu. »Ich frage mich jeden Tag, wie es wäre, wenn es Mercy noch gäbe. Wir waren immer die besten Freundinnen. Ich … ich stelle mir oft vor, dass es noch immer so ist.«

Pine fragte sich, wie Mercy jetzt wohl aussehen würde. Würden sie sich immer noch so ähnlich sehen oder hätten sich mit den Jahren Unterschiede herausgebildet? Sie hoffte so sehr, dass Mercy noch lebte. Aber wie realistisch war das?

»Wäre dieses schreckliche Verbrechen damals nicht passiert, wären Sie heute nicht beim FBI«, meinte Blum.

»Das wäre mir scheißegal, wenn Mercy dafür noch leben würde.«

»Ja, ich würde auch so denken«, räumte Blum ein. Sie griff nach den dreißig Jahre alten Röntgenbildern. »Ihre Verletzungen waren wirklich ernst, Agentin Pine. Sie wären fast gestorben.«

Pine nickte gedankenverloren. »Ich weiß noch, wie ich im Krankenhaus aufgewacht bin und meine Mutter am Bett gesehen habe. Im ersten Moment dachte ich, ich wäre tot und Mom ein Engel.« Sie schaute Blum ein wenig verlegen an. »Die dummen Gedanken eines kleinen Mädchens.«

»Es hat Ihnen sicher sehr geholfen, dass Ihre Mutter da war«, betonte Blum.

Pine blickte auf die Unterlagen, die auf dem Bett ausgebreitet lagen. »Nicht mal das FBI hat irgendwas Brauchbares finden können. Keine Hinweise. Kein Motiv. Nichts. Eine totale Sackgasse.«

»Niemand hat etwas beobachtet oder gehört?«

»Sie haben ja gesehen, wie abgelegen das Haus ist. Vielleicht wohnten die nächsten Nachbarn damals noch weiter weg als heute.«

»Was hat die Polizei getan?«

»Abgesehen davon, meinen Vater zu verdächtigen? Nicht viel.«

Blum schaute auf die Uhr. »Eigentlich wäre es Zeit fürs Abendessen.«

»Okay.«

»Im selben Restaurant?«

»Warum nicht. Hoffen Sie, Cy Tanner wiederzusehen?«

»Sagen Sie nicht so was, Agentin Pine, sonst werde ich noch rot.«

»Ehrlich gesagt, Carol, bin ich gar nicht hungrig. Außerdem wäre ich gern ein bisschen allein.«

»Ich kann mir vorstellen, dass Sie über einiges nachzugrübeln haben, Agentin Pine.«

»Die Sache beschäftigt mich seit dreißig Jahren, wie Sie wissen, aber ich bin nie auf einen grünen Zweig gekommen, weil ich im Grunde gar nichts unternommen habe. Das soll mir diesmal nicht wieder passieren.«

»Rufen Sie mich an, falls Sie mich brauchen.«

»Mach ich.«

Als Blum gegangen war, sammelte Pine die Unterlagen zusammen und legte sie zurück in die Schachtel, die man ihr im Büro des Sheriffs gegeben hatte.

Sie verließ ihr Zimmer und ging hinaus auf die Hauptstraße von Andersonville.

Die Nachtluft war herbstlich kühl, und sie war froh, ihre Jacke dabeizuhaben, als sie durch die stillen Straßen schlenderte. Es gab nicht viel hier, an das sie sich erinnern konnte. Sie war viel zu jung gewesen, als sie mit ihren Eltern von hier weggezogen war. Vor allem war diese Zeit ihres Lebens von Mercys Entführung überschattet gewesen.

Die Gebäude in Andersonville waren alt und nicht in allerbestem Zustand, schienen sich aber nicht allzu sehr verändert zu haben. Der Wasserturm auf seinen Metallstützen, auf dem der Name der Stadt prangte, war immer noch da. Pine kam an kleinen Läden vorbei, die in alten Häusern mit tiefem Dachvorsprung untergebracht waren. Hinter einem schwach beleuchteten Fenster sah sie Kästen mit uralten leeren Limonadenflaschen in einem Laden, der »Antiquitäten« verkaufte. Ein bisschen fühlte Pine sich an die kleine Stadt aus dem Film *Wer die Nachtigall stört* erinnert. Ein idyllischer Ort irgendwo im

Süden, wo man nicht so recht wusste, was die Zukunft bringen würde, wo das Leben aber weiterging, im Vertrauen darauf, dass bald bessere Zeiten anbrechen würden.

Dann waren da die in dieser Gegend allgegenwärtigen Eisenbahnschienen, ohne die hier wohl nie eine Ansiedlung entstanden wäre. Pine befand sich nun in unmittelbarer Nähe des National Prisoner of War Museum, des alten Kriegsgefangenenlagers und des weitläufigen Soldatenfriedhofs – alles großzügig beschildert, damit die Touristen genau wussten, was sie zu besichtigen und wo sie ihre Dollars auszugeben hatten. Wahrscheinlich blieb einer Kleinstadt wie dieser gar nichts anderes übrig, als alle geldlichen Möglichkeiten auszuschöpfen, die sich ihr boten, vermutete Pine. Wenn man schon ein berüchtigtes Gefängnis aus der Zeit des Bürgerkriegs besaß, lag es auf der Hand, davon zu profitieren, um an die dringend benötigten Einnahmen zu kommen. Vielleicht ließ sich sogar etwas daraus lernen, wenn man sich selbst und den Besuchern vor Augen führte, welch schreckliche Grausamkeiten Menschen einander antun konnten.

Pine stieg über frische Pfützen hinweg. Der Regen hatte den harten roten Lehm zum Vorschein kommen lassen, der für Georgia so typisch war. In dieser Gegend wuchsen hohe, schlanke Kiefern, die mit ihren flachen Wurzeln leicht von Stürmen geknickt oder entwurzelt werden konnten.

Pine setzte sich auf eine nasse Bank und starrte in die Dunkelheit.

Ihre Mutter hatte ihr irgendwann einmal anvertraut, dass die Entbindung so anstrengend und schmerzhaft gewesen sei, dass sie die erste ihrer beiden Töchter Mercy getauft habe. Julia hatte es als Gnade empfunden, zumindest die Hälfte der Qualen überstanden zu haben.

Nachdem Mercy in jener schicksalhaften Nacht entführt worden war, hatte Julia diesen Namen sehr lange nicht mehr ausgesprochen. Erst als Atlee aufs College ging, hatte Julia ihr verraten, welchem Umstand Mercy ihren Namen zu verdanken hatte.

Eines Tages, als die jugendliche Atlee in den Sommerferien nach Hause kam, hatte sie nur noch eine kurze Nachricht von ihrer Mutter vorgefunden, die in Wahrheit nichts erklärte. Sie dachte an den Moment zurück, als sie die Wohnung betreten hatte, die sie sich damals mit Julia teilte. Als sie den kleinen Zettel fand und ihr nach und nach klar wurde, dass sie einen weiteren schweren Verlust erlitten hatte.

Pine schmetterte die Faust auf die Armlehne der Bank und unterdrückte das Verlangen, laut zu schreien.

Warum hast du mich alleingelassen, Mom? Mutterseelenallein! Einfach so, von einem Tag auf den anderen. Zuerst Mercy, dann Dad, dann du …

Bei ihrem ersten Besuch im Hochsicherheitsgefängnis hatte Daniel James Tor gemeint, der Verlust ihrer Zwillingsschwester habe eine Lücke in Pines Leben hinterlassen, die niemals geschlossen werden könne. Dass sie nie wieder imstande sei, jemandem zu vertrauen. Dass sie eines Tages einsam und allein sterben und den Verlust ihrer Zwillingsschwester noch genauso schmerzlich empfinden würde wie am ersten Tag.

Vielleicht hat er recht. Trotzdem kann ich immer noch herausfinden, was mit Mercy geschehen ist. Möglicherweise kann das die Lücke schließen. Wenigstens ein bisschen.

Aber was war mit dem Verschwinden ihrer Mutter? Wie sollte sie *diese* Lücke schließen? Im Gegensatz zu Mercy war Julia aus freien Stücken gegangen. Pine erinnerte sich noch gut daran, wie sie benommen auf dem Boden gesessen hatte, den Zettel mit Julias Nachricht in der Hand. Tagelang war sie wie im Nebel umhergeirrt, bis sie sich so weit gefasst hatte, dass sie mit ihrem Leben weitermachen konnte.

Sie hatte die Polizei angerufen, aber da Atlee kein Kind mehr war, war Julia nicht mehr für sie verantwortlich und konnte tun und lassen, was sie wollte. In den Jahren darauf hatte Atlee immer wieder versucht, Julia zu finden. Als FBI-Agentin hatte sie die Suche fortgesetzt, doch ihre Mutter blieb spurlos verschwunden. Es war, als hätte sie nie existiert.

Wenn ich diesen Teil meines Lebens nicht endlich auf die Reihe kriege, kann ich meinen Job als Agentin vergessen. Dobbs hat seine Warnung ernst gemeint. Noch so ein Vorfall wie mit diesem Dreckskerl Cliff Rogers, und ich bin raus aus dem FBI. Und was dann?

In ihrer Ratlosigkeit und Beklemmung stand Pine auf und ging weiter. Bis sie die Schreie hörte.

Ohne auch nur einen Augenblick zu zögern, riss sie ihre Pistole heraus und rannte auf die Stimme zu.

Ihre langen Beine trugen sie rasch zu einem schlecht beleuchteten Abschnitt der Hauptstraße. Zuerst sah sie nur die alte Frau. Sie hatte ihre Handtasche fallen lassen, der Inhalt lag auf der dunklen Straße verstreut.

»Was ist?« Pine nahm die Frau beim Arm.

Die alte Dame deutete mit zittriger Hand auf eine Stelle zwischen zwei unbeleuchteten Gebäuden.

Pine brauchte einen Moment, um zu erkennen, was da auf dem Boden lag.

Das kann nicht sein, durchfuhr es sie. *Bitte, nicht das.*

10

Eine Frau Ende zwanzig, blasse Haut, schlank und gut gebaut, mit langem braunem Haar und ungewöhnlich scharf geschnittenem Gesicht.

Leider war der Körper, der diese äußeren Merkmale trug, nicht mehr von Leben erfüllt.

Zwei Deputys der Polizei von Sumter County standen bei Pine und sahen auf die Tote hinunter. Alle drei befanden sich hinter dem Sichtschutz, den die Männer aufgestellt hatten, um den Leichnam vor neugierigen Blicken abzuschirmen. Der eine Deputy war hager und hochgewachsen, ein Mann Mitte zwanzig. Sein kreidebleiches Gesicht ließ vermuten, dass es sein erster Mord war. Sein Partner war um die vierzig, stämmig, und sah nicht viel besser aus.

»Sind Sie beide auch für die Ermittlungen zuständig?«, fragte Pine.

Der ältere Deputy schüttelte den Kopf. »Nein, wir sichern nur den Tatort. Für alles andere ist die Fahndungsabteilung zuständig. Wahrscheinlich wird auch das GBI eingeschaltet.«

Pine hatte den beiden bereits ihren FBI-Ausweis gezeigt. Die alte Frau, die die Tote gefunden hatte, saß auf einer Bank, schluchzte und zitterte am ganzen Körper. Pine hatte vergeblich versucht, sie zu beruhigen.

Mittlerweile hatten sich ein paar Schaulustige eingefunden, doch die Deputys hatten den Tatort rasch abgesperrt und den Sichtschutz aufgestellt.

»Was ist das für eine Aufmachung?«, fragte der jüngere Deputy und deutete auf die Tote.

Pine war dieses Detail sofort aufgefallen, als sie die Leiche entdeckt hatte. »Das ist ein Schleier. Sieht aus wie ein Brautschleier.«

»Ein Brautschleier? Was hat das zu bedeuten?«, warf der ältere Cop ein.

Jedenfalls nichts Gutes, dachte Pine.

Als sie und die Deputys hinter dem Sichtschutz hervortraten, fuhr ein klappriger Ford Crown Victoria vor, und ein Mann Ende fünfzig stieg aus. Er war eins achtzig groß und stattlich, mit schütterem grauem Haar und schweren Hängebacken. Sein Anzug war ausgebeult, sein Hemd zerknittert, und seine Krawatte saß schief. Doch der Blick des Mannes war wach und entschlossen, und er bewegte sich mit einer Sicherheit, als würde ihn so schnell nichts aus der Ruhe bringen. Er kam zu Pine und den beiden Deputys und stellte sich als Max Wallis vom GBI vor. »Ich werde gleich einen Blick auf die Leiche werfen«, erklärte er und schaute Pine an. »Haben Sie die Tote gefunden?«

Pine deutete auf die alte Frau, die zusammengesunken auf der Bank saß. »Ich war als Zweite da.«

»Ich würde mich trotzdem gern mit Ihnen unterhalten«, sagte Wallis.

»Sie ist vom FBI, Sir«, erklärte der ältere Deputy.

Wallis verzog das Gesicht, als hätte ihm jemand eine Ohrfeige verpasst. »Wie bitte?«

Pine hielt ihm ihren Dienstausweis hin. »Ich stamme zwar aus Andersonville, bin aber nur zu Besuch hier. Als ich Schreie hörte, bin ich hergerannt.«

Wallis betrachtete ihren Ausweis und hob die Augenbrauen. »Okay. Gehen Sie bitte nicht weg.«

Er ging zu der alten Dame und setzte sich zu ihr. Pine beobachtete, wie er sich mit ihr unterhielt und ihr ein Papiertaschentuch reichte, als sie wieder zu schluchzen begann. Wallis hielt ihre Hand und tätschelte ihr tröstend die Schulter.

Nach einer Weile stand er auf, ging zu den Deputys und wies einen der beiden an, die Frau nach Hause zu fahren. Die Sachen, die ihr aus der Handtasche gefallen waren, hatten sie bereits aufgesammelt. Der jüngere Deputy fuhr mit ihr davon, während sein Kollege am Tatort blieb.

»Konnte sie Ihnen etwas Brauchbares sagen?«, wollte Pine wissen.

Wallis blätterte in seinem Notizbuch und schüttelte den Kopf. »Nein. Als sie die Tote entdeckt hat, ist sie in Panik geraten und hat ihre Handtasche fallen lassen. Sie hat aber nichts gesehen oder gehört, und sie kennt die Tote auch nicht.«

»In einer so kleinen Stadt kennt normalerweise jeder jeden. Offenbar ist die Tote nicht von hier.«

»Die Spurensicherung wird jeden Moment da sein. Vielleicht hat die Frau einen Ausweis bei sich.«

»Das bezweifle ich.«

»Wieso?«

»Keine Handtasche, gar nichts. Außerdem sieht es so aus, als hätte der Täter sie mit Absicht genau so hingelegt. Ich glaube nicht, dass er ihren Ausweis zurückgelassen hätte. Falls doch, wollte er, dass wir die Identität der Toten erfahren.« Pine schaute auf die Uhr. »Ich bin vor ungefähr vierzig Minuten hierher zum Tatort gekommen. Die alte Dame war vielleicht ein paar Minuten vor mir da.«

»Das heißt, der Täter ist längst über alle Berge.«

»Es war dunkel, als ich herkam. Und wir sind hier am anderen Ende der Hauptstraße. Dahinter sind nur noch Bäume.«

»Sie glauben nicht, dass der Täter die Leiche hierhergetragen hat?«

»Ich halte es für wahrscheinlicher, dass er sie mit dem Auto hergebracht hat. Die Läden an diesem Teil der Straße haben geschlossen. Drüben, am anderen Ende, sieht es anders aus. Da ist es heller.«

»Das könnte bedeuten, dass der Täter die Gegend kennt«, meinte Wallis.

»Mich würde vor allem der Todeszeitpunkt interessieren.«

»Warum?«

»Ich glaube nicht, dass die Frau hier umgebracht wurde. Als ich dazukam, habe ich mich umgesehen, aber nichts Verdächtiges bemerkt. Ich vermute, sie wurde irgendwo anders getötet und dann hergebracht, damit sie hier gefunden wird.«

»Hört sich so an, als hätten Sie das schon öfter gemacht.«

»Habe ich auch.«

»Sie sind nur zu Besuch hier, sagten Sie?«

»Mehr oder weniger.«

Wallis überlegte einen Moment, ehe er fragte: »Möchten Sie in der Sache mit mir zusammenarbeiten?«

»Wenn es für Sie in Ordnung geht.«

»Klar. Das GBI hat gute Leute und viel Erfahrung, aber wir sind hier im ländlichen Georgia, und wir arbeiten schon lange am Limit. Wie könnte ich da auf qualifizierte Hilfe verzichten, wenn sie sich durch einen glücklichen Zufall anbietet?«

Pine blickte zum Tatort. »Also gut. Es gibt da aber eine Sache, auf die ich Sie hinweisen möchte.«

»Und die wäre?«

»Sie werden es gleich selbst sehen, aber der Täter hat der Toten einen Brautschleier aufgesetzt.«

»Einen Brautschleier?«

»Ja.«

»Woher wissen Sie, dass die Frau ihn nicht selbst aufgesetzt hat?«

»Sie ist Ende zwanzig, trägt eine teure Jeans, Kaschmirpullover, Raulederjacke und Krokodillederstiefel. Ich glaube kaum, dass sie zu diesem Outfit einen Brautschleier trägt. Außerdem sieht es mir nach einem Schleier aus Großmutters Zeiten aus – viel älter, als die Frau ist.«

Wallis kratzte sich die stoppelbärtige Wange. »Das hieße, der Schleier hat irgendeine Bedeutung für den Täter? Irgendwas Symbolisches?«

Pine nickte. »Die Art und Weise, wie er die Leiche abgelegt hat, deutet auf so etwas hin. Es sieht fast nach einer Zeremonie aus, die der Täter damit andeuten wollte.«

»Wie würden Sie die Situation vorläufig zusammenfassen?«

»Ich bin mir zumindest in einem Punkt ziemlich sicher.«

»Und der wäre?«

»Dass uns dieser Täter nicht zum letzten Mal beschäftigt.«

11

Pine und Wallis sahen auf die Tote hinunter.

Die Techniker der Spurensicherung und ein Mitarbeiter der Fahndungsabteilung des Sheriff's Office von Sumter County waren in einem schwarzen Van eingetroffen. Eine Minute später erschien ein kleiner, schmächtiger Mann im dunklen Anzug am Tatort: der Gerichtsmediziner. Man hatte ihn gerufen, um den Tod einer Frau festzustellen, an dem es nicht den leisesten Zweifel gab.

Wenig später traf auch Carol Blum ein, die von Pine per SMS verständigt worden war. Pine stellte sie Wallis vor.

»Tut mir leid, Mrs. Blum, dass ich Ihnen den Aufenthalt hier ein wenig verderben muss«, sagte Wallis.

»Wie meinen Sie das?«, fragte Blum.

»Da Ihre Chefin gerade hier in der Stadt ist, habe ich die Chance genutzt und sie überredet, mir zu helfen.«

»Ich glaube nicht, dass dafür große Überredungskünste nötig waren.« Blum schaute auf die Tote. »Ein Brautschleier«, bemerkte sie mit einem Blick zu Pine.

Pine nickte.

»Ein Symbol?«

»Anzunehmen.«

Blum begutachtete den Schleier. »Der muss sehr alt sein. So einen hat die Generation meiner Mutter getragen. Man sieht es am Design. So um den Zweiten Weltkrieg herum.«

Wallis warf ihr einen anerkennenden Blick zu. »Sie haben ein gutes Auge.«

Blum lächelte. »Schön, das immer wieder gesagt zu bekommen.«

Pine ging in die Hocke, besah sich die Tote genauer, schaute in die aufgerissenen, hervortretenden Augen und ließ den Blick über Gesicht und Hals schweifen. Am Hals waren blaue Male zu erkennen.

»Sie ist an einer eingedrückten Luftröhre gestorben«, stellte Pine fest.

Wallis nickte. »Erstickt.«

Der Gerichtsmediziner war auf der anderen Seite der Toten in die Hocke gegangen, um den Leichnam zu untersuchen. Zuerst überprüfte er die Augen; dann leuchtete er mit einer Taschenlampe in den Mund und tastete den Hals ab.

»Das kann ich bestätigen«, sagte er. »Das Zungenbein ist gebrochen.«

»Punktförmige Blutungen«, fügte Wallis hinzu und deutete auf die Augen der Ermordeten.

Der Gerichtsmediziner nickte. »Durch die Strangulation entsteht ein immer größerer Druck auf die Blutgefäße, bis sie platzen.« Mit einer Stiftlampe leuchtete er der Toten in die Augen. »Die Pupillen sind verengt, und die Iris hat sich bereits verändert. Der Tod liegt eine Weile zurück.«

Pine griff nach einem Arm der Toten. »Ja, die Leichenstarre ist eingetreten. Können Sie feststellen, wie lange schon?«

»Mal sehen.« Der Gerichtsmediziner nahm einen kleinen Einschnitt am Unterleib vor, führte eine Sonde zur Messung der Lebertemperatur ein, zog sie wieder heraus und las den Wert ab. »Wenn man die Außentemperatur und die Luftfeuchtigkeit berücksichtigt, dazu Größe, Kleidung und Alter der Toten, dann würde ich sagen, dass sie seit über zwölf Stunden tot sein muss. Das würde sich mit der Ausprägung der Totenstarre und dem Zustand ihrer Augen decken. Genaueres werden wir nach der Obduktion wissen.«

»Hatte sie einen Ausweis dabei?«, fragte Wallis einen der Spurensicherer.

»Wir haben jedenfalls keinen gefunden.«

»Sie trägt einen Verlobungs- und Ehering«, stellte Blum fest und deutete auf die linke Hand der Toten. »Wenn ich mir den Stein und die Fassung so ansehe, dürfte es ein teures Stück sein. Falls er echt ist.«

»Und schaut euch die Körperhaltung an«, sagte Pine. »Das sieht mir nicht nach Zufall aus.«

Wallis nickte. »Stimmt. Sie wurde mit Absicht so hingelegt. Die Hände über dem Bauch, wie in einem …«

»Sarg«, führte Blum seinen Gedanken zu Ende.

Wallis blickte zu ihr. »Genau.«

Der Gerichtsmediziner trat beiseite, um sich Notizen zu machen, während Blum die steifen Finger der Toten näher untersuchte.

»Unter den Fingernägeln ist nichts zu sehen. Kein Blut, keine Hautfetzen, keine Haare.« Sie schob die Ärmel der Jacke und des Pullovers hoch. »Auch hier keine Spuren.«

»Also deutet nichts darauf hin, dass sie sich gewehrt hat«, fasste Wallis Blums Beobachtungen zusammen; dann schaute er zu Pine. »Wann sind Sie hergekommen?«

»Es war vielleicht eine halbe Stunde dunkel.« Pine blickte zu den Häusern und den Bäumen dahinter.

»Die Tote liegt sicher nicht schon seit Stunden hier«, stellte Wallis fest.

Pine nickte. »Wahrscheinlich wurde sie erst kurz bevor die alte Dame sie gefunden hat hier abgelegt. Läge sie schon Stunden hier, wäre sie stärker von Insekten befallen.«

»Damit hätten wir schon mal ein ungefähres Zeitfenster, von dem wir ausgehen können«, meinte Wallis.

»Und falls wir Verdächtige finden«, sagte Pine, »können wir anhand dieses Zeitfensters die Alibis überprüfen. Nicht nur für die Tatzeit, auch für das Ablegen der Leiche.«

Wallis nickte nachdenklich. »Okay, was haben wir? Tod durch Strangulation. Die Leiche wurde in einer rituellen Pose abgelegt. Der Täter ist möglicherweise Einheimischer oder zumindest jemand, der mit den örtlichen Gegebenheiten vertraut ist.« Er klappte sein Notizbuch zu, trat hinter dem Sichtschutz hervor und duckte sich unter dem Absperrband hindurch. »Ich muss jetzt erst mal eine rauchen. Kommen Sie mit? Ich will den Tatort nicht kontaminieren.«

Pine und Blum folgten ihm.

»Wann hatten Sie das letzte Mal einen ungewöhnlichen Mordfall hier?«, fragte Pine.

Wallis stippte eine Zigarette aus der Packung, die er aus der Jackentasche gefischt hatte, schob sie sich zwischen die Lippen und zündete sie an. »Vor dreißig Jahren gab es hier mal eine Entführung … ein kleines Mädchen namens Mercy Pine«, antwortete er und nahm einen tiefen Zug. »Aber keinen Mord, jedenfalls nicht offiziell.« Er schaute Pine vielsagend an.

Sie nickte. »Ich habe mir schon gedacht, dass Ihnen mein Name etwas sagt. Außerdem haben Sie meinen Ausweis eingehend studiert.«

»Ja«, sagte Wallis. »Wissen Sie, damals hatte ich gerade beim GBI angefangen. Ich war mit der Entführung Ihrer Schwester zwar nicht befasst, aber ich habe die Sache natürlich verfolgt, vor allem weil der Fall ungeklärt blieb. Und aus einem weiteren Grund.«

»Weil Daniel James Tor damals hier in der Gegend aktiv war?«, mutmaßte Pine.

Wallis nickte und blies den Rauch durch die Nase aus. »Unter anderem.« Er schaute auf die glühende Zigarette. »Ich habe ungefähr hundertmal versucht, damit aufzuhören. Vielleicht sollte ich's mit diesen E-Zigaretten probieren, bevor ich mit einem Herzinfarkt oder Schlaganfall umkippe.«

»E-Zigaretten enthalten auch Nikotin«, erklärte Blum. »Und nach meiner Erfahrung machen sie es einem nur noch schwerer, vom Rauchen loszukommen. Als wäre es nicht so schon schwer genug«, fügte sie verständnisvoll hinzu.

»Also gab es hier keine Mordfälle?«, griff Pine ihre Frage von zuvor wieder auf. »In all den Jahren?«

»Doch, gab es. Meistens ging es um Geld, Drogen oder ein Mädchen. Aber Sie hatten ja nach ungewöhnlichen Fällen gefragt. Und eine Leiche mit einem alten Brautschleier hatten wir hier meines Wissen noch nie. Außerdem war in den Fällen, die mir untergekommen sind, immer klar, wer was warum getan hat. Diesmal liegt die Sache anders.« Er warf die Kippe auf den Boden und trat sie aus. »Hier gibt es keine Spuren, keine Fingerabdrücke und keine Zeugen, abgesehen von Ihnen und der alten Frau.«

»Wie geht es jetzt weiter?«, wollte Pine wissen.

»Sobald der Gerichtsmediziner seinen Bericht abliefert, wird eine Obduktion beantragt. Die ist unter solchen Umständen zwingend, versteht sich.«

»Und wo wird sie vorgenommen?«

»In Macon gibt es ein Pathologielabor. Dorthin wird die Leiche gebracht.«

»Sagen Sie mir Bescheid, sobald der Termin der Obduktion feststeht«, bat Pine. »Ich wäre gern dabei.«

Wallis warf ihr einen nachdenklichen Blick zu; dann schaute er zu den Forensikern hinüber, die immer noch beschäftigt waren. »Die Jungs scheinen nicht viel zu finden.«

»Wahrscheinlich ist der Täter extrem sorgfältig vorgegangen und wusste genau, worauf er zu achten hat.«

»Was wollen Sie damit sagen?«

»Es war nicht sein erster Mord.«

»Sie sind wirklich nur zu Besuch hier?« Wallis musterte sie prüfend.

»Darüber können wir uns vielleicht später mal unterhalten.«

Wallis nickte, langte nach der Zigarettenpackung, zögerte kurz und sah zu Blum. »Sie meinen, ein kalter Entzug ist das Beste?«

Sie lächelte aufmunternd. »Es ist zu schaffen. Ich spreche aus Erfahrung. Die ersten paar Tage sind echt hart. Steigen Sie auf Kaugummi um, und lenken Sie sich mit Arbeit und anderen Beschäftigungen ab.«

Wallis nickte und ging zum Sichtschutz zurück.

Blum blickte zu Pine. »Das kommt jetzt ziemlich unerwartet.«

»In meinem Leben ist das Unerwartete fast schon normal. Wie war das Abendessen?«

»Nicht annähernd so aufregend wie das hier.«

»War das Restaurant voll?«

»Ziemlich voll. Warum?«

Pine gab keine Antwort.

Etwas später beobachteten sie, wie der Leichnam der Frau in einen schwarzen Sack mit Reißverschluss gelegt und auf einer Bahre zu einem Wagen gebracht wurde.

»Ein Verlobungs- und Ehering«, sagte Pine nachdenklich. »Und wo ist der Ehemann? Der ist nämlich in neun von zehn Fällen der Täter.«

»Da bin ich ja beinahe erleichtert, dass ich Single bin«, meinte Blum.

»Geht mir genauso.«

12

Wieder ein Leichenschauhaus, wieder eine Obduktion.

Kein schöner Ort, aber in Pines Job nicht zu vermeiden. Hin und wieder machte ihr nur eines Sorgen: Dass sie sich inzwischen daran gewöhnt hatte, zuzusehen, wie ein Mensch aufgeschnitten wurde, und dass sie dabei außer professioneller Neugier kaum noch etwas empfand.

Ich darf es nicht zu nahe an mich herankommen lassen, sonst kann ich meine Arbeit nicht mehr machen, sagte sie sich. *Die Frage ist nur, wie man dabei ein Mensch bleibt.*

Einen Tag, nachdem die Tote gefunden worden war, lag sie nun auf dem schimmernden Stahltisch. Die Obduktion wurde von einer energischen Frau in den Fünfzigern vorgenommen. Sie war kräftig gebaut, hatte breite Schultern, aber ein feines Händchen, wie Pine in den zwei Stunden beobachtet hatte, die die Gerichtsmedizinerin nun schon an der Leiche arbeitete. Wallis war ebenfalls zugegen.

Die Lampen an der Decke tauchten den Raum in grelles Licht. Während der Obduktion sprach die Gerichtsmedizinerin ihre Erkenntnisse in ein von der Decke hängendes Mikrofon. Pine hatte jedes Wort aufmerksam verfolgt.

Die Frau hatte die Organe entnommen, untersucht, gewogen und gemessen und schließlich wieder in die Körperhöhle zurückgelegt. Die Kopfhaut wurde nach unten gezogen, der Schädel mit einer Stryker-Säge geöffnet, das Gehirn entnommen und ebenfalls eingehend in Augenschein genommen. Mit dem Y-Schnitt in der Brust sah die Verstorbene aus wie in einem Horrorfilm. Und es *war* ein Horror – schließlich hatte ihr jemand gewaltsam das Leben genommen.

Pine stand neben Wallis, dessen Anzug genauso ausgebeult war wie der vom Vortag. Nur sein Hemd war nicht so zerknittert, und die Krawatte saß einigermaßen gerade.

»Eine erste Einschätzung?«, fragte er.

»Tod durch Ersticken«, erklärte die Gerichtsmedizinerin.

»Gibt es Wunden, die darauf hindeuten, dass sie sich gewehrt hat? Oder Spuren unter den Fingernägeln?«, fragte Pine. »Ich habe sie am Tatort flüchtig untersucht, aber nichts gefunden.«

Die Pathologin schüttelte den Kopf. »Danach habe ich auch gesucht.« Sie blickte auf den Leichnam hinunter. »Aber ich habe etwas anderes gefunden, das Sie interessieren dürfte.«

»Und was?«, fragte Wallis ungeduldig.

»Sie hat mindestens ein Kind entbunden.« Sie deutete auf das Gesicht der Toten. »Und es gab Schönheitsoperationen. Sie hat hier, hier und hier einiges ändern lassen. Wangenlifting, eine Kieferkorrektur, außerdem wurde die Nase schmaler gemacht.« Sie deutete zwischen die Beine. »Ein Riss in der Vagina.«

»Wurde sie vergewaltigt?«, fragte Wallis.

»Nicht in letzter Zeit. Es gibt keine Anzeichen von sexueller Gewalt.« Sie deutete auf die großen Brüste der Frau. »Sie hat sich außerdem Brustimplantate einsetzen lassen. Helfen Sie mir mal, sie umzudrehen.«

Gemeinsam drehten sie den Leichnam auf den Bauch. Die Gerichtsmedizinerin deutete auf die Hinterbacken. »Auch hier Implantate. Und ein Analriss, ebenso verheilt wie bei der Vagina.«

»Was sagt uns das?«, fragte Wallis.

»Wahrscheinlich eine Prostituierte«, beantwortete Pine seine Frage.

»Bingo«, bestätigte die Gerichtsmedizinerin.

»Leider sind Morde an Prostituierten keine Seltenheit. Es ist ein riskantes Geschäft.«

Pine deutete auf ein paar merkwürdig aussehende Male auf den Gesäßbacken und den Rückseiten der Oberschenkel. »Runde Abdrücke.«

»Die könnten von etwas stammen, auf dem sie gelegen hat«, meinte Wallis.

Pine nickte. »Vielleicht irgendwas im Kofferraum eines Autos. Als der Täter sie hergebracht hat.«

»Könnte sein.«

»Die Totenflecke sind voll ausgeprägt, deshalb gehen diese Abdrücke nicht mehr weg«, erklärte die Gerichtsmedizinerin.

»Wir brauchen Fotos davon«, sagte Pine.

»Schon geschehen.«

Sie drehten den Leichnam wieder auf den Rücken.

Die Ärztin zeigte auf Spuren an den Armen der Toten. »Sie hat regelmäßig Drogen genommen. Es lässt sich an verschiedenen Merkmalen erkennen, aber das hier ist der deutlichste Hinweis. Ich bin mir ziemlich sicher, dass sich im Blut Spuren finden lassen von dem, was immer sie genommen hat.«

Pine warf einen Blick auf die Zähne der Toten. »Da sind Flecken – die könnten tatsächlich von Kokain, Meth oder Heroin stammen.«

»Dazu die Abnutzung der Zähne«, stellte Wallis fest. »Ich habe gehört, dass Zähneknirschen bei Drogenabhängigen recht verbreitet ist. Außerdem verringert Drogenkonsum den Speichelfluss.«

Die Gerichtsmedizinerin nickte. »Und schauen Sie sich die Nasenscheidewand an. Die war in Auflösung begriffen.«

Pine warf einen Blick darauf. »Die Lady hat gekokst.«

Die Gerichtsmedizinerin deckte die Tote zu.

»Gut, was haben wir also«, fasste Pine zusammen. »Eine drogenabhängige Prostituierte wird stranguliert und in einer rituellen Pose mit einem Brautschleier abgelegt.«

»Der Schleier stammt aus den 1940ern«, fügte die Gerichtsmedizinerin hinzu. »Ich habe online recherchiert.«

»Ihre Assistentin lag also absolut richtig«, sagte Wallis zu Pine. »Apropos, wo ist Mrs. Blum?«

»Sie holt ein paar Informationen ein.«

»Ich habe mir schon gedacht, dass eine Obduktion nicht so ihr Ding ist.«

»Oh, sie ist ziemlich taff. Wissen Sie schon etwas über den Verlobungsring der Toten?«

»Er sieht zwar teuer aus«, erklärte Wallis, »aber das täuscht. Der Stein ist ein Zirkonia, eine beliebte Diamantimitation.«

»Möglicherweise hat der Täter ihr diesen Ring zusammen mit dem Ehering an den Finger gesteckt«, meinte Pine.

»Glauben Sie?«

»Nun ja, es gibt sicher Ausnahmen, aber welche Frau würde sich beim Verlobungsring mit einer billigen Imitation zufriedengeben?«

Die Gerichtsmedizinerin lächelte wissend.

»Gibt es schon Fortschritte, was die Identität der Toten betrifft?«, fragte Pine.

»Wir lassen ihre DNA durch die üblichen Datenbanken laufen. Bis jetzt kein Treffer.«

»Was ist mit den Datenbanken zur Gesichtserkennung?«

»Das kann ich übernehmen«, warf die Gerichtsmedizinerin ein und blickte zu Wallis. Er nickte.

»Vielleicht ist sie in einer Datenbank für vermisste Personen«, meinte Pine.

»Könnte sein.«

»Wurden in letzter Zeit Prostituierte vermisst gemeldet? Vielleicht aus einem Bordell in der Gegend?«

»In Georgia ist Prostitution illegal«, stellte Wallis klar.

»Prostitution ist in vielen Gegenden illegal und wird trotzdem betrieben«, hielt Pine dagegen.

»Ich werd's überprüfen.«

Pine begutachtete das Gesicht der Toten. »Sie sagen, die Frau hat einiges an ihrem Aussehen machen lassen – trotzdem scheint mir das Gesicht auf eine Herkunft aus Osteuropa hinzudeuten.«

»Wir werden ihr Foto veröffentlichen«, sagte Wallis. »Vielleicht meldet sich jemand, der sie kennt.«

Er und Pine verließen den Obduktionssaal und gingen den Flur hinunter.

»Falls die Frau wirklich Prostituierte war, könnte es ein Freier gewesen sein, der sie entführt, ermordet und dort abgelegt hat, wo sie gefunden wurde«, mutmaßte Wallis. »So was soll vorkommen.«

»Ich könnte mir vorstellen, dass sie bewusstlos war, als sie stranguliert wurde. Vielleicht aufgrund einer Überdosis. Das würde jedenfalls erklären, warum nichts darauf hindeutet, dass sie sich gewehrt hat.«

»Als Erstes müssen wir herausfinden, wer die Frau ist und was für ein Leben sie geführt hat.«

»Könnten wir die Fotos in den Unterlagen der Kfz-Zulassungsstelle einsehen?«

»Welche Fotos?«

»Die aller männlichen Einwohner Andersonvilles.«

Wallis warf ihr einen überraschten Blick zu. »Warum? Wir haben keine Augenzeugen.«

»Carol hat gestern im *Clink* zu Abend gegessen, wahrscheinlich kurz bevor die Leiche an der Straße abgelegt wurde. Sie sagt, es war ziemlich voll dort. Wenn sie irgendwelche Gäste auf den Fotos der Kfz-Unterlagen wiedererkennt, scheiden die Betreffenden schon mal aus.«

»Glauben Sie wirklich, Mrs. Blum kann sich an so viele Gesichter erinnern?«

»Einen Versuch ist es allemal wert, solange Sie keinen besseren Vorschlag haben.«

»Habe ich nicht. Sie gehen also davon aus, dass es ein Einheimischer war?«

»Ich weiß es nicht, aber es könnte sein. Und an dem Abend waren bestimmt einige in dem Restaurant.«

»Also gut, ich werde dafür sorgen, dass Mrs. Blum sich die Fotos ansehen kann.« Wallis fischte eine Zigarette aus der Schachtel und schob sie sich zwischen die Lippen, zündete sie aber nicht an. Als er Pines Blick bemerkte, sagte er: »Ich fange mit kleinen Schritten an.«

Pine nickte. »Ich nehme an, Sie haben einen Onlinedoktor konsultiert.«

»Ja, ein Segen und ein Fluch zugleich. Nach dem, was ich gelesen habe, müsste ich an mindestens sechs Krankheiten leiden, die allesamt tödlich enden. Aber zurück zu unserem Täter. Sie vermuten, dass es nicht sein erstes Mal war?«

»Das kann ich natürlich nicht mit Bestimmtheit sagen, aber in diesem Fall lässt sich eine Sorgfalt erkennen, wie man sie bei einem Serienmörder zu Beginn seiner Laufbahn noch nicht findet.«

»Laufbahn?« Wallis warf ihr einen schiefen Blick zu. »Sie reden, als ob es ein Job wäre wie jeder andere.«

»Für die Leute, die solche Verbrechen verüben, ist es viel mehr als das. Es ist eine Obsession. Ihr Lebenselixier. Sie existieren für nichts anderes mehr.«

»Vermutlich ist Daniel Tor so ein Fall, oder?«

»Kann man wohl sagen. Sein Gehirn tickt vollkommen anders als Ihres oder meins.«

»Glauben Sie, unser Täter wird wieder zuschlagen?«

»Ich hoffe nicht, aber es deutet manches darauf hin, dass wir ihn noch öfter am Werk sehen werden. Die Art, wie er sein Opfer abgelegt und mit einem Brautschleier geschmückt hat, muss irgendeine Bedeutung für ihn haben. Ich fürchte, er hat zu diesem Thema noch mehr zu sagen.«

»Haben Sie eine Vermutung, auf wen er es als Nächstes abgesehen haben könnte?«

Pine zuckte mit den Schultern. »Ich habe die eine oder andere Theorie, aber nichts Handfestes. Im Moment lässt sich viel spekulieren.«

»Soweit wir wissen, ist die ermordete Frau nicht von hier, aber sollten wir die Leute nicht zur Wachsamkeit aufrufen?«

»Könnte nicht schaden. Aber behutsam, damit keine Panik entsteht. Es genügt, wenn die Leute ein paar Vorsichtsmaßnahmen beherzigen. Abends nicht allein rausgehen, abgelegene Viertel meiden, die Türen abschließen, die Augen offen halten ... so was alles.«

Wallis nickte. »Was haben Sie als Nächstes vor?«

»Wir erkundigen uns in Quantico, ob ein Serienmörder bekannt ist, der eine solche Handschrift am Tatort hinterlässt. Carol kümmert sich bereits darum.«

»Sie meinen, so was wie die Handschrift eines Bombenbauers?«

»Genau. Leute, die Bombenanschläge verüben, entwickeln eine bestimmte Methode, die sie beibehalten, denn eine Abweichung würde das Risiko erhöhen, sich irgendwann selbst in die Luft zu jagen. Bei Serienmördern ist es oft eine bestimmte Symbolik, an der sie festhalten. Diese Routine hilft ihnen, Fehler zu vermeiden, die sie überführen könnten. Ich sage Ihnen Bescheid, sobald ich etwas herausfinde.«

»Danke. Fahren Sie zurück?«

»Ja.«

»Okay. Ich bin froh, dass Sie dabei sind.«

»Ich helfe Ihnen gern bei dem Fall, aber ich bin noch aus einem anderen Grund in Andersonville.«

»Die Sache mit Ihrer Schwester?«

»Ja.«

»Dann wünsche ich Ihnen viel Glück.«

»Ich fürchte, Glück wird nicht reichen. Bei Weitem nicht.«

13

»Auch mal wieder im Lande?«

Cy Tanner beobachtete, wie Pine aus ihrem Mietwagen stieg und zum Haus kam. Cy war gekleidet wie beim letzten Mal, nur dass er heute ein T-Shirt mit einem Bild der Doobie Brothers trug.

»Wie Sie sehen«, sagte Pine. »Wo ist Roscoe?«

»Wahrscheinlich im Haus, pinkeln. Wo ist Ihre Partnerin?«

»Die checkt ein paar Dinge. Macht es Ihnen was aus, wenn ich mich noch mal in meinem alten Zimmer umsehe?«

»Bitte, nur herein in die gute Stube. Ich bin sowieso in meiner Werkstatt und repariere einen Motor. Von dem, was ich dafür kriege, kann ich die nächsten vier Monate leben, wenn ich sparsam bin.« Er blickte auf das heruntergekommene Haus und lachte. »Aber dass ich hier nicht im Luxus lebe, sehen Sie ja selbst.«

»Ich habe mal einem Kollegen vom FBI geholfen, einen 1967er Ford Mustang zu restaurieren.«

Ein Lächeln erschien auf Tanners Gesicht. »Verdammt! Welche Farbe?«

»Das klassische Frost-Türkis, mit originalgetreuem Verdeck.«

»Mann! Wenn ich ein Traumauto hätte, müsste es ungefähr so aussehen.«

»Er fährt sich so toll, wie er aussieht.«

»Glaub ich unbesehen. Okay, ich will Sie nicht aufhalten. Gehen Sie nur rein. Aber passen Sie auf, dass Sie nicht in Roscoes kleine Hinterlassenschaften treten.«

Tanner verschwand in seiner Werkstatt hinter dem Haus, während Pine den Flur betrat. Sie traf Roscoe nicht beim Pinkeln an, vielmehr schlief er tief und fest im Sitzsack. Sie weckte ihn nicht, sondern stieg gleich die Treppe hinauf.

Pine öffnete die Tür zu ihrem ehemaligen Zimmer, trat ans Fenster und schaute hinaus. Um von draußen hier heraufzukommen, benötigte man eine Leiter. Es war zu hoch, um zu klettern; außerdem gab es nirgends Halt an der glatten Holzwand. Doch eine Leiter war schwer zu verstecken oder zu beseitigen. Außerdem hätte sie Abdrücke im Boden hinterlassen. Aus dem alten Polizeibericht wusste Pine, dass man diese Möglichkeit in Betracht gezogen hatte, nur waren keine Spuren zu finden gewesen.

Um es mit Sherlock Holmes zu sagen: So, wie ich es darstelle, ist es unmöglich, also muss ich es irgendwie falsch dargestellt haben.

Wieder kehrte Pine in Gedanken ins Jahr 1989 zurück. Sie sah das Zimmer so vor sich, wie es damals gewesen war – das Bett. Die Kommode mit dem Schwenkspiegel. Ein kleiner Tisch. Zwei Stühle, auf die Winnie Puuh und Tigger gemalt waren. Ein alter Hutständer. Ein Kleiderschrank am Fußende des Bettes, der vor allem mit ihren Spielsachen gefüllt war.

Eine Zeit lang ging Pine im Zimmer auf und ab.

Moment mal.

Sie blieb abrupt stehen, spulte die Bilder in ihrer Erinnerung zurück.

Ihr war etwas eingefallen, das ihr bisher entgangen war.

Der Spiegel auf der Kommode.

Die Kommode hatte drüben beim Fenster gestanden.

Direkt neben dem Fenster.

Pine schloss die Augen und versuchte, sich genauer an die Nacht vor so vielen Jahren zu erinnern.

Sie und Mercy hatten in ihrem gemeinsamen Bett geschlafen. Das Bett war zum Fenster hin ausgerichtet. In jener Nacht hatte es offen gestanden, weil es ein sehr heißer Tag gewesen war; ihre Mutter hatte gemeint, dass sie besser schliefen, wenn sie die frische Nachtluft ins Zimmer ließen.

Irgendwann in der Nacht war da ein Geräusch gewesen und hatte Atlee geweckt. Sie hatte keinen so tiefen Schlaf gehabt wie ihre zehn Minuten ältere Schwester.

Pine kniff die Augen fest zusammen.

Komm schon, erinnere dich. Der Kerl ist durchs Fenster gekommen. Du hast ihn doch gesehen, klar und deutlich. Da muss noch mehr sein, an das du dich erinnern könntest.

Sie stellte sich den Eindringling als Daniel James Tor vor. Er musste es gewesen sein. Wer sonst?

Moment mal.

Ein schmerzhafter Stich durchzuckte ihr Hirn.

War das möglich? Hatte sie das Problem all die Jahre von der falschen Seite betrachtet? Ging es gar nicht so sehr darum, *wer* der Eindringling war? Stellte sich nicht vielmehr die Frage, *wie er ins Haus gelangt war?*

Sie blickte zur Zimmertür.

Hatte sie vielleicht gar keinen Mann durchs Fenster hereinkommen sehen, sondern das *Spiegelbild* des Eindringlings *neben* dem Fenster? Das würde bedeuten, dass der Mann durch die Tür ins Zimmer gekommen war, nicht durchs Fenster. Und das wiederum würde erklären, warum man keine Abdrücke einer Leiter gefunden hatte.

Und es bedeutete außerdem, dass der Täter durch das Haus gekommen war, an ihren Eltern vorbei, die sich unten aufgehalten hatten. Oder gab es noch eine andere Erklärung?

Pine schloss die Augen. Ein scheußliches Gefühl kroch in ihr hoch. *Nein, es kann nicht Dad gewesen sein. Das ist völlig unmöglich. Das kann nicht sein.*

Also musste der Entführer ein Bekannter ihrer Eltern gewesen sein. Vielleicht sogar jemand, der an dem Abend mit ihnen Bier getrunken und Gras geraucht hatte.

Pine lehnte sich an die Wand, atmete tief durch. In diesem Moment hörte sie Schritte von der Treppe. Augenblicke später erschien Tanner in der Tür.

»Ich hab nach Roscoe gesehen und mir gedacht, ich frag Sie bei der Gelegenheit, ob Sie was brauchen.« Er schaute sich in dem leeren Zimmer um. »Ist Ihnen irgendwas eingefallen?«

»Ja. Könnte sein.«

»Hey, sehr gut!«

»Vielleicht. Denn ich weiß leider nicht, wie ich es überprüfen kann.«

»Solche Fälle sind wohl nicht einfach zu knacken, was?«

»Stimmt«, murmelte Pine. »Kein bisschen.«

»Sie denken aber nicht daran, aufzugeben?«

»Würden Sie mich kennen, müssten Sie mich das nicht fragen.«

Doch als Pine das Zimmer verließ, war sie sich dessen gar nicht so sicher.

Auf der kurzen Fahrt zurück nach Andersonville wirbelten ihr alle möglichen Gedanken durch den Kopf. Es gab zwar neue Hoffnung, aber auch eine Menge neuer Fragen, auf die sie keine Antwort hatte. Sie wusste immerhin, worum es jetzt vor allem ging: Sie musste Leute finden, die ihre Eltern damals gekannt hatten. Die Frage war, wie viele davon noch hier lebten.

Immerhin wusste Pine, wo sie ansetzen konnte. Agnes Ridley und Lauren Graham hatten zu den Bekannten ihrer Eltern gezählt. Die beiden kamen für Pine zwar nicht als Verdächtige infrage, doch sie konnten ihr vermutlich am ehesten sagen, wer von den damaligen Bekannten ihrer Eltern noch in der Gegend lebte.

Pine rief Carol Blum an und erzählte ihr, was sie entdeckt hatte. Die beiden Frauen vereinbarten, sich im *Cottage* zu treffen. Blum würde in der Zwischenzeit versuchen, Lauren

Graham zu erreichen und um ein Treffen zu bitten. Anschließend würden sie Agnes Ridley aufsuchen.

Pine nahm einen tiefen Atemzug. In ihrem Innern mischten sich Furcht und bange Erwartung. Nach all den Jahren hatte sie endlich eine neue Erkenntnis, auf der sie aufbauen konnte. *Vielleicht ist das die Chance, auf die ich so lange gewartet habe.*

14

»Da müsste ich erst mal nachdenken«, sagte Lauren Graham, nachdem Pine ihr die Frage nach früheren Bekannten ihrer Eltern gestellt hatte, die noch in Andersonville wohnten. Sie waren im Frühstücksraum des *Cottage* zusammengekommen. Graham saß Pine und Blum an einem der Tische gegenüber. Sie trug einen hellblauen Rock, einen schwarzen Pullover und Stiefeletten. Ihre Frisur saß perfekt, und sie war sorgfältig geschminkt, wenn auch nach Pines Geschmack ein bisschen übertrieben. Aber was wusste sie schon von solchen Dingen? Sie benutzte vielleicht zweimal im Jahr Wimperntusche und Lippenstift.

»Das wäre sehr hilfreich«, sagte sie nun. »Ich kann mich schwach an ein paar Bekannte erinnern, die manchmal bei uns waren.«

»Darf ich fragen, warum Sie diese Leute suchen?«

Blum warf Pine einen kurzen Blick zu, als diese antwortete: »Das ist reine Routine bei einer solchen Ermittlung. Man weiß nie, ob nicht vielleicht jemand etwas gesehen oder gehört hat. Es mag dem Betreffenden selbst unwichtig erscheinen, könnte für die Ermittlung aber von Bedeutung sein.«

Graham nickte, wirkte aber nicht überzeugt. »Was ist mit der armen Frau, die tot aufgefunden wurde?«

»Was soll mit ihr sein?«

»Weiß man schon, wer sie ist?«

»Noch nicht. Wir arbeiten daran.«

»*Sie* arbeiten daran?«, fragte Graham überrascht.

»Man hat mich gefragt, ob ich helfen will, und ich war einverstanden.«

»Ihnen fällt also spontan niemand ein, der die Pines gut gekannt hat und noch hier in der Gegend wohnt?«, griff Blum den Faden ihres Gesprächs wieder auf.

»Doch, einen gibt es«, erwiderte Graham, nachdem sie kurz überlegt hatte. »Jackson Lineberry.«

Pine runzelte die Stirn. »Der Name sagt mir nichts.«

»Er war mit Ihrem Vater befreundet, soviel ich weiß.«

»Wo wohnt er heute?«

»Ungefähr eine Stunde von hier. Im Norden, Richtung Atlanta. Er hat ein tolles Haus, ein richtiges Anwesen. Vielleicht das schönste in der ganzen Gegend. Er ist sehr wohlhabend, hat sogar einen eigenen Jet.«

»Womit ist er so reich geworden?«, wollte Pine wissen.

»Mit seiner Investmentfirma. Er hat ein paar Jahre woanders gelebt und ist dann zurückgekommen.«

Graham gab ihnen die Adresse des Mannes. Pine bedankte sich und bat die Frau, ihnen Bescheid zu sagen, falls ihr noch jemand einfiel. Graham versprach es.

Sie stiegen in den Mietwagen ein und fuhren los, nachdem Pine bei Lineberry angerufen und ein Treffen vereinbart hatte.

»Was haben Sie bei Ihrer Suche herausgefunden, Carol?«, wollte sie dann wissen.

»Ich habe in der VICAP-Datenbank recherchiert.« Blum bezog sich auf das FBI-Programm zur Erfassung von Gewaltverbrechen. »Ich habe alle Fakten eingegeben, die uns derzeit bekannt sind. Wie sich gezeigt hat, ist es schon öfter vorgekommen, dass Serienmörder ihren Opfern irgendwelche Sachen anziehen, aber nichts in der Art, mit der wir es hier zu tun haben.«

Pine nickte. »Hoffentlich stellt sich bald heraus, wer die Tote war. Das würde uns weiterhelfen.«

Blum schaute aus dem Autofenster, während sie nach Norden zu Lineberrys Anwesen fuhren. »Sie glauben also, es war nur das Spiegelbild des Täters, das Sie damals gesehen haben? Dass er gar nicht durchs Fenster in Ihr Zimmer eingestiegen ist?«

»Sicher bin ich mir nicht, aber ich halte es für ziemlich wahrscheinlich.«

»Aber es ist sehr lange her. Sie waren ein kleines Kind.«

»Die Erinnerung hat sich mir eingebrannt, Carol.«

»Trotzdem haben Sie jahrelang geglaubt, er sei durchs Fenster reingekommen?«

»Ich sehe den Widerspruch«, räumte Pine ein. »Wahrscheinlich ist mir der Gedanke, es könnte anders gewesen sein, deshalb gekommen, weil ich wieder in meinem Zimmer war. Ich hätte schon viel früher herkommen sollen. Ich weiß gar nicht, was mich abgehalten hat.«

»Nun ja, wer würde denn schon an einen so traumatischen Ort zurückkehren wollen? Es war grauenhaft, was damals geschehen ist.«

»Aber ich bin FBI-Agentin, Carol. Ich bin dazu ausgebildet, auf ein Problem zuzugehen und nicht davonzulaufen.«

»Trotzdem.«

Eine Zeit lang fuhren sie schweigend.

»Warum gerade Andersonville?«, überlegte Blum laut.

Pine warf ihr einen Seitenblick zu. »Warum nicht? Serienmörder schlagen oft in ländlichen Gegenden zu, nicht nur in Städten oder Vororten.«

»Aber man kann sich leichter der Verfolgung entziehen, wenn man von anonymen Menschenmengen umgeben ist.«

»Dafür gibt es in der Stadt viel mehr Polizei, Heerscharen von Sicherheitskräften, Überwachungskameras und was sonst noch alles. Da wird sogar ein verrückter Killer es sich zweimal überlegen, ob er nicht besser hierher ausweicht.«

»Stimmt schon. Aber ich sehe noch eine andere Möglichkeit, die mir Sorgen macht.«

»Was meinen Sie?«

»War es tatsächlich Zufall? War es nicht vielmehr Ursache und Wirkung?«

Pine warf ihr einen scharfen Blick zu. »Wovon reden Sie?«

»Davon, dass einen Tag nachdem Sie in die Stadt gekommen sind eine tote Frau auf der Straße liegt. Zufall? Oder ist es passiert, *weil* Sie nach Andersonville zurückgekehrt sind?« Blum warf Pine einen besorgten Blick zu.

»Sie meinen, es könnte zu dem Mord an der Frau gekommen sein, weil ich hier bin, um herauszufinden, was damals im Haus meiner Eltern geschehen ist?«

»Ich spreche von einer Möglichkeit, nicht mehr. Andererseits wäre es ein unglaublicher Zufall.«

»Trotzdem.« Pine schüttelte den Kopf. »Es wäre extrem schwierig, das alles in so kurzer Zeit zu planen, ein Opfer zu finden und den Mord zu verüben.«

»Stimmt, das klingt unrealistisch«, räumte Blum mit einer gewissen Erleichterung ein.

Pine sah sie einen Moment lang an. »Halten Sie es vielleicht auch für möglich, dass derjenige, der meine Schwester entführt hat, jetzt diese Frau ermordet hat?«

»Ich gebe zu, der Gedanke ist mir gekommen.«

Pine schüttelte den Kopf. »Ausgeschlossen.«

»Sie glauben also nicht an einen Zusammenhang zwischen diesem Mord und dem Verschwinden Ihrer Schwester?«

»Seit damals sind dreißig Jahre vergangen. Serienmörder sind kaum einmal so lange aktiv. Die meisten verschwinden von der Bildfläche, wenn sie über vierzig sind. Viele schon früher.«

»Die meisten, aber nicht alle. Manche nehmen eine längere Auszeit und schlagen dann wieder zu.«

»Dreißig Jahre wären eine verdammt lange Auszeit.«

»Sicher«, gab Blum zu. »Aber unmöglich ist es nicht.«

»Bevor wir weiter spekulieren, Carol, hören wir uns erst mal an, was dieser Lineberry uns zu erzählen hat.«

»Okay.«

Nach einer Weile fragte Blum: »Was ist es für ein Gefühl, nach so langer Zeit zurück zu sein?«

»Im Moment … ein Scheißgefühl.«

15

»Wow«, sagte Blum staunend. »Lauren Graham hat nicht geflunkert. Der Typ stinkt vor Geld.«

»Sieht ganz danach aus. So was sieht man sonst höchstens in Bel Air oder Montecito, Kalifornien.«

Das Anwesen war von einem hohen Zaun umgeben; das eigentliche Wohngebäude besaß die Größe eines Einkaufszentrums, nur dass es deutlich aufwendiger gestaltet war.

Pine hielt vor dem Zufahrtstor, an dem eine Kamera angebracht war, und ließ das Fenster herunter. Sie stellte sich vor und hielt ihren Ausweis hoch.

Das massive Tor schwang auf, und sie fuhren auf das Anwesen.

Als sie beim Haus ausstiegen, kamen zwei Männer im dunklen Anzug auf sie zu.

»Sind Sie bewaffnet?«, fragte der eine. Er war um die vierzig, schlank und hochgewachsen.

»Natürlich«, gab Pine zurück.

»Dann müssen Sie Ihre Waffen abgeben.«

»Ganz sicher nicht.«

Der andere Mann war äußerlich eine Kopie des ersten, wenn auch ein paar Jahre älter. »Dann kommen Sie nicht rein«, stellte er klar.

»Okay. Ihr Boss kann ja rauskommen und hier mit mir sprechen.«

»Mr. Lineberry kommt nicht nach draußen, um mit irgendwem zu sprechen!«, schnauzte der jüngere Mann.

»Schon gut, Jerry. Die Ladies können reinkommen, mitsamt ihren Waffen und allem.«

Pine und Blum drehten sich um und sahen einen groß gewachsenen, eleganten, weißhaarigen Mann in der offenen Haustür stehen. Er trug eine makellos gebügelte dunkle Hose, ein weißes Hemd mit offenem Kragen und Straußenlederschuhe.

Der Mann namens Jerry starrte Pine finster an. »Sie haben es gehört. Gehen wir.«

Als er die Hand nach ihrer Schulter ausstreckte, um sie zur Eile anzutreiben, wich Pine mit einem Schritt zur Seite. »Das würde ich nicht tun.«

»Sie halten sich wohl für etwas Besonderes?«

»Nein, ich mag es bloß nicht, wenn jemand glaubt, er kann mich herumschubsen.«

»Manchmal kann man's sich nicht aussuchen«, konterte Jerry.

»Mag sein, aber von Ihnen werde ich mir sicher nicht vorschreiben lassen, was ich zu tun und zu lassen habe, *Jerry*. Und jetzt verschonen Sie mich mit Ihrer gekränkten Eitelkeit und gehen Sie voraus. Keine Angst, ich sichere nach hinten.«

Jerrys Gesicht rötete sich vor Zorn, doch er fuhr herum und stapfte zur Haustür. Blum und Pine folgten ihm.

Blum flüsterte ihr zu: »Habe ich Ihnen schon mal gesagt, dass ich Ihren Stil absolut geil finde?«

Lineberry begrüßte sie freundlich, schickte Jerry auf seinen Posten zurück und geleitete die Besucherinnen über einen breiten, elegant gestalteten Flur mit Marmorboden zu einem luxuriös eingerichteten Arbeitszimmer. Auf einem riesigen antiken Schreibtisch waren drei Computerbildschirme angeordnet; dazu gab es bequeme Polstermöbel und an einer Wand einen Fernseher von der Größe einer Kinoleinwand. Abgerundet wurde das Ganze von einem Bücherregal aus massiver

Kiefer mit vergoldeten Kanten, mehreren Ölgemälden und einer komplett eingerichteten Bar samt hochlehnigen Hockern.

Lineberry deutete auf eine Ledercouch und fragte die Besucherinnen nach ihren Getränkewünschen. Beide entschieden sich für Kaffee. Lineberry drückte auf ein paar Tasten an einem Bildschirm und setzte sich den Besucherinnen gegenüber.

»Der Kaffee kommt gleich.« Er wandte sich mit einem warmen Lächeln an Pine. »Ich war völlig von den Socken, als Sie angerufen haben. Lee Pine. Ich hätte nie damit gerechnet, Sie wiederzusehen. Man konnte damals schon erkennen, dass Sie mal groß werden. Julia war über eins achtzig, fast so groß wie ich.«

»Sie haben meine Eltern gut gekannt, nicht wahr?«

»Ja, vor allem Ihren Vater. Tim und ich haben zusammen im Bergbauunternehmen gearbeitet.«

»*Sie* haben mal in der Mine gearbeitet?«, fragte Blum erstaunt. »Ich kann mir Sie schwer mit Helm und Spitzhacke vorstellen.«

Er schaute sie lächelnd an. »Nach Bauxit gräbt man nicht so tief wie nach Kohle. Die Lagerstätten liegen ziemlich dicht unter der Oberfläche. Man braucht keine Schächte und Stollen, man fördert das Erz im Tagebau. Manchmal wird auch Sprengstoff eingesetzt, um an eine etwas tiefer gelegene Lagerstätte heranzukommen. Tim hat die schweren Maschinen bedient, mit denen das Erz aus dem Boden geholt wurde, während ich in der Verwaltung beschäftigt war, aber wir waren trotzdem befreundet. Wir haben dieselbe Kirche besucht.«

»Ich habe gehört, Sie betreiben heute eine Investmentfirma. Erstaunlicher Wechsel – von Bauxit zur Geldanlage.«

»Ich habe mich schon früher mit Daytrading beschäftigt, um ein bisschen was dazuzuverdienen. Als ich erkannte, dass ich ein Händchen dafür habe, habe ich meinen eigenen Investmentfonds gegründet. Heute verwaltet meine Firma, Jackson Lineberry and Associates, mehrere Milliarden Dollar für eine ganze Reihe von Kunden und für mich selbst. Wir sind erfolgreich, deshalb kann ich mir diesen Lebensstil leisten.«

»Ich dachte immer, die großen Fondsmanager sitzen in New York oder Kalifornien«, meinte Pine.

»Mit der entsprechenden Technologie können Sie den Job heutzutage überall machen. Ich bin hier eine knappe Stunde von Atlanta entfernt. Ich fahre öfters hin, wegen der Restaurants und der kulturellen Möglichkeiten. Außerdem steht mein Jet dort, obwohl ich zur Not auch hier eine Landebahn habe.«

»Was für einen Jet haben Sie?«, wollte Blum wissen.

»Eine Bombardier 7500. Damit können Sie von hier nach Moskau fliegen, ohne nachzutanken.«

»Haben Sie denn vor, nach Moskau zu fliegen?«, fragte Pine.

Lineberry grinste. »Ich wüsste keinen Grund, warum ich das tun sollte. Sollte auch keine Angabe sein.«

Die Tür ging auf, und eine Frau in Dienstmädchenuniform kam herein, ein Tablett in den Händen. Sie stellte Kaffee, Zucker und Sahne auf den Couchtisch und verschwand wieder.

Pine und Blum tranken ihren Kaffee schwarz, während Lineberry reichlich Sahne und Zucker dazugab. Pine musterte den Mann aufmerksam. Er sah gut aus, wie ein älterer Schauspieler oder ein Männermodel reiferen Alters. Und er hatte irgendetwas an sich, das Pine auf seltsame Weise vertraut vorkam. Vielleicht lag es daran, dass sie ihn vor vielen Jahren öfter gesehen hatte.

»Sie sagten, Sie sind aus einem ganz bestimmten Grund hier«, begann Lineberry.

»Ja. Meine Schwester Mercy.«

Sein Gesicht verdüsterte sich. »Das war furchtbar. Sie wurde nie gefunden, oder?«

»Nein. Haben Sie gewusst, dass man damals meinen Vater in Verdacht hatte?«

Lineberry tat diese Möglichkeit mit einer wegwerfenden Handbewegung ab. »Tim hatte mit der Sache nicht mehr zu tun als ich. Er war völlig fertig. Es hat letztlich seine Ehe ruiniert.« Lineberry wurde blass. »Tut mir leid. Das hätte ich nicht sagen sollen.«

»Schon gut. Ich habe selbst erlebt, was diese Sache mit der Ehe meiner Eltern angestellt hat. Ob es an den Schuldgefühlen lag, die sie wegen der Geschichte hatten? Was meinen Sie?«

Die Frage schien ihm unangenehm zu sein. »Ja, das glaube ich.«

»Wir sind aber von hier weggezogen, *bevor* meine Eltern sich getrennt haben. Woher haben Sie gewusst, dass die Ehe in die Brüche ging?«

Lineberry trank einen Schluck Kaffee und hielt die Tasse in beiden Händen. »Ich bin mit Ihrem Vater in Kontakt geblieben.«

»Ich habe erst jetzt erfahren, dass meine Eltern praktisch über Nacht fortgegangen sind, ohne dass jemand wusste, wohin.«

»Das stimmt. Wir haben uns alle gefragt, warum sie das getan haben. Aber Ihr Vater hat mich ein paar Jahre später angerufen.«

»Warum?«

»Ich glaube, er wusste, dass ich nach ihm gesucht habe, weil ich wissen wollte, was aus ihm und seiner Familie geworden ist.«

»Ich habe bei meiner Mutter gelebt, nachdem meine Eltern sich getrennt hatten.«

»Ja. Tim meinte, es sei besser so. Und ehrlich gesagt wollten Sie auch bei Ihrer Mutter bleiben, Lee.«

»Dann wissen Sie wohl auch, was mit Dad passiert ist?«

»Er hat sich an Ihrem Geburtstag erschossen. Sie waren gerade neunzehn geworden.«

»Woher wissen Sie das alles?«, fragte sie mit einer Spur von Misstrauen.

Lineberry zögerte einen Moment. »Ich habe seine Leiche gefunden.«

Pine saß wie erstarrt da. Lineberry musterte sie aufmerksam.

»Hat Ihre Mutter es Ihnen denn nicht erzählt?«

»Nein.«

»Ihr Vater war mein Freund. Ich habe es als schrecklich ungerecht empfunden, was er durchmachen musste. Und als wäre es nicht genug, dass er eine Tochter verloren hat, hat man ihn auch noch verdächtigt, ihr etwas angetan zu haben. Dabei hat er sich selbst die größten Vorwürfe gemacht, weil er an dem Abend … betrunken war.«

»Das war meine Mutter auch.«

»Mag sein, aber Ihr Dad war da altmodisch. Für ihn war es Aufgabe des Mannes, die Familie zu beschützen.«

»Wie kam es, dass Sie ihn gefunden haben?«

»Ich hatte ihm einen Job angeboten, nachdem wir wieder Kontakt hatten. Ihr Dad war ein kluger Bursche. Ich habe immer gewusst, dass er viel mehr kann, als einen Bulldozer hin und her zu fahren. Also habe ich ihm einen Job angeboten. Wir haben ein Treffen ausgemacht, um die Einzelheiten zu klären, aber er ist nicht gekommen. Ich habe ihn anzurufen versucht, konnte ihn aber nicht erreichen. Damals gab es noch kein Smartphone und keine E-Mails, also bin ich zu ihm gefahren.« Lineberry verstummte, senkte den Blick. »Da habe ich ihn gefunden … tot.«

»In einem schäbigen Motel in Louisiana.«

Zu Pines Überraschung schüttelte Lineberry den Kopf. »Nein, in seiner Wohnung in Virginia. Er hatte dort irgendeinen Job als Verkäufer, hatte er mir erzählt.«

Pine war so perplex, dass sie aufstand und im Zimmer auf und ab ging, während Blums Blick auf Lineberry gerichtet blieb. »Meine Mutter hat mir etwas anderes erzählt.« Pine ballte die Hände; es sah aus, als wollte sie die Fäuste gegen die Wand schmettern. »Sie wollte nicht, dass ich sie zu Dad begleite, als wir erfuhren, dass er tot war. Sie ist hingefahren und hat ihn einäschern lassen.«

»Sie hätten Ihren Vater bestimmt nicht so sehen wollen, Lee. Glauben Sie mir. Ich musste ihn identifizieren, und es war … schwer. Die Schrotflinte hatte …«

»Ich mag es nicht, wenn man mich anlügt.«

»Ihre Mutter hatte es in der Situation für das Beste gehalten«, erklärte Lineberry.

Pine setzte sich wieder. »Haben Sie meine Mutter damals gesehen? Ich meine, als es passiert war?«, fragte sie schroff.

»Nein. Ich muss schon wieder zurückgefahren sein, als sie kam.« Er schüttelte betrübt den Kopf. »Es war ein schrecklicher Verlust für Ihre Mom. Obwohl Ihre Eltern zu der Zeit nicht mehr zusammen waren, weiß ich, dass sie einander immer noch viel bedeutet haben. Natürlich war es für Sie genauso schlimm, den Vater zu verlieren …«

»Dad ist manchmal vorbeigekommen«, sagte Pine gedankenversunken. »Nicht regelmäßig, und er ist auch nie sehr lange geblieben … aber ich wollte ihn die ganze Zeit sehen. *Öfter* sehen.«

»Das verstehe ich gut, Lee. Die Familie ist etwas Besonderes.«

»Haben Sie auch Familie?«, wollte Blum wissen.

»Nein, ich habe mich nie dazu entschließen können. Die Zeit verging, und auf einmal war ich sechzig.«

»Es ist nie zu spät, um ›Ja, ich will‹ zu sagen«, meinte Blum.

»Für mich schon, fürchte ich.«

»Mr. Lineberry«, kam Pine auf ihr Anliegen zurück, »ich bin hergekommen, weil ich herausfinden möchte, was mit meiner Schwester geschehen ist.«

Lineberry nickte bedächtig und stellte seine Tasse ab. »So etwas habe ich mir schon gedacht.« Er warf einen Blick auf die Dienstmarke, die Pine am Gürtel trug. »FBI-Agentin? Wäre ich Psychologe, würde ich vielleicht einen Zusammenhang zwischen den Vorfällen damals und der Tatsache herstellen, dass Sie Polizistin geworden sind.«

»Um darauf zu kommen, muss man wohl nicht Psychologie studieren«, erwiderte Pine.

»Stimmt. Okay, Lee, kann ich Ihnen irgendwie helfen?«

»Sie haben meine Eltern gekannt. Können Sie mir sagen, mit wem sie damals noch befreundet waren oder engeren Kontakt hatten?«

Lineberry lehnte sich zurück. »Darf ich fragen, warum Sie das wissen wollen?«

»Sie sagten eben, Sie könnten sich nicht vorstellen, dass mein Vater irgendeine Schuld am Verschwinden meiner Schwester trägt.«

»Das ist richtig.«

»Nun, irgendjemand *hat* sie entführt. Ich will herausfinden, wer.«

Lineberrys Kinnlade klappte herunter. »Sie … Sie glauben, der Täter war jemand, der Ihre Familie gekannt hat? Ich hatte immer angenommen, dass es ein Fremder war.«

»Es ist viel wahrscheinlicher, dass jemand dahintersteckt, der meine Familie kannte«, entgegnete Pine.

»Das kann ich nicht glauben. In Andersonville hat jeder jeden gekannt.«

»Mag sein«, meldete Blum sich zu Wort. »Aber manchmal glaubt man, jemanden zu kennen und hat in Wahrheit keine Ahnung, was in dem anderen vorgeht.«

»Sie meinen, wir alle haben unsere dunkle Seite?«

»Ja, nur ist sie bei manchen noch viel dunkler als bei den meisten anderen.«

Lineberry beäugte die beiden Frauen argwöhnisch. »Nun, ich *war* ein Freund der Familie. Das macht mich dann wohl auch verdächtig.«

Pine schüttelte den Kopf. »Ich sage nicht, dass jeder verdächtig ist. Bei einer solchen Ermittlung muss man sämtliche Möglichkeiten in Betracht ziehen. Aber auch wenn es ein Fremder war, macht es Sinn, mit allen Freunden und Bekannten meiner Eltern zu sprechen. Vielleicht ist einem von ihnen aufgefallen, dass jemand das Haus beobachtet hat. Jede Kleinigkeit kann wichtig sein.«

»Haben Sie denn nicht Ihre Mutter gefragt, mit wem sie und Tim damals Kontakt hatten? Sie kann Ihnen doch am besten weiterhelfen.«

»Darüber habe ich nie mit ihr gesprochen, und es ist auch nicht sehr wahrscheinlich, dass ich es tun werde.«

»Warum nicht, wenn ich fragen darf?«

»Sagen wir, es war ihre Entscheidung, nicht meine.«

Lineberry schwieg einen Moment. »Okay, ist Ihre Sache. Ich will da nicht weiter nachhaken.«

»Danke für Ihr Verständnis.«

»Freunde und Bekannte also, sagen Sie. Ich glaube kaum, dass noch viele davon in dieser Gegend leben.«

»Es wäre schon hilfreich, wenn Sie sich an irgendeinen Namen erinnern. Alles andere nehme ich dann selbst in die Hand.«

»Lassen Sie mir Ihre Telefonnummer da. Ich melde mich, wenn mir etwas einfällt.«

»Gut. Danke.«

Beim Hinausgehen fragte Lineberry: »Und wenn sich nun herausstellt, dass die Wahrheit schlimmer ist, als im Ungewissen zu sein?«

»Ich glaube kaum, dass so etwas möglich ist. Aber wenn doch, muss ich es akzeptieren.«

»Ich beneide Sie nicht um Ihre Situation.«

»Ehrlich gesagt, ich mich auch nicht.«

16

Am nächsten Morgen stieg Pine aus der Dusche und trocknete sich die Haare vor dem Badezimmerspiegel. Ihr Blick fiel auf die Tätowierungen auf ihren ausgeprägten Deltamuskeln: die Symbole des Tierkreiszeichens Zwillinge und des Planeten Merkur. Dazu auf beiden Unterarmen die Worte »No Mercy«.

Keine Gnade.

Diese Worte hatten eine doppelte Bedeutung für sie, sehr konkret und kein bisschen esoterisch. Seit man ihr Mercy genommen hatte, gab es in ihrem Leben keine Gnade mehr, nur noch harte Arbeit. Im Vergleich zu dem, was ihre Schwester hatte durchmachen müssen, war Atlees Leben ein Kinderspiel; deshalb hatte sie sich geschworen, sich niemals der Bequemlichkeit oder gar Trägheit hinzugeben. Sie betrachtete es als Verpflichtung, stets ihr Äußerstes zu geben. Sie kannte keine Gnade, jammerte aber auch nicht, wenn das Leben ihr wieder mal einen Arschtritt verpasst hatte.

Keine Gnade für mich.

Die Bedeutung der Tätowierungen war ebenso unmissverständlich: Gemini – Zwillingsschwestern. Und der Planet Merkur war Schutzpatron der Zwillinge.

Pine stützte die Hände aufs Waschbecken und betrachtete ihr Spiegelbild.

Ich könnte die Tattoos ebenso gut im Gesicht tragen. Ich kann mich sowieso nicht verstellen.

Doch es war ihr schon lange egal, was die Leute dachten. Sie fuhr mit dem Finger über die Christophorus-Medaille, die sie um den Hals trug. Ein Geschenk ihrer Mutter – das letzte, das sie von ihr bekommen hatte. Mehr als einmal hatte sie sich vorgenommen, die Medaille wegzuwerfen, doch irgendetwas hatte sie stets zurückgehalten.

Vielleicht bringt sie mir irgendwann Glück. Vielleicht führt sie mich eines Tages zu Mom.

Pine zog sich langsam an und dachte darüber nach, was sie erfahren hatte, seit sie hier war.

Es war im Grunde nicht viel. Ein Durchbruch war höchstens die Erkenntnis, dass der Täter möglicherweise durchs Haus gekommen war und nicht durchs Fenster – aber auch das half ihr nur weiter, wenn es tatsächlich so gewesen war. Die große Frage lautete, wie sie das nach so vielen Jahren herausfinden sollte.

Pine schaute aus dem Fenster auf die Straße hinunter. Verschwommen erinnerte sie sich, wie ihre Eltern mit ihr und Mercy manchmal auf den Friedhof gegangen waren, vorbei an den endlos langen Reihen weißer Grabsteine. Für die Mädchen hatte es damals nur bedeutet, dass hier überall Tote lagen, was beiden ziemlich unheimlich gewesen war.

Pine schloss die Augen, lehnte sich gegen die Wand. Ihr war nur zu deutlich bewusst, wie unwahrscheinlich es war, dass Mercy noch lebte. Die einzige halbwegs realistische Hoffnung war, eine Spur zu finden, die sie, Atlee Pine, zum Grab ihrer Zwillingsschwester führen würde. Auch wenn heute nur noch Knochen übrig sein würden, so wie auf dem alten Gefängnisfriedhof. Mercys Skelett.

Ich wäre schon mit ein paar Knochen zufrieden. Es wären immerhin ihre Überreste. Ich will einfach nur wissen, was mit ihr geschehen ist.

Die kleine, vertraute Hand in ihrer, das Gesicht, das sie anschaute, als wäre es ihr Spiegelbild. Mercys Anblick hatte immer etwas Tröstliches gehabt. Damals war Atlee überzeugt gewesen, dass es ihr Leben lang so sein würde. Doch sie hatte Mercy nur für sechs Jahre gehabt. Seither hatte sie sich einsam und allein gefühlt, hatte nie wieder eine solche Nähe gespürt.

Vielleicht, überlegte sie, *ist jedem Menschen eine so enge Verbindung nur einmal im Leben vergönnt. Möglicherweise ist das der Grund, warum es mir so schwerfällt, Beziehungen zu knüpfen.*

Als sie sich angezogen hatte, summte ihr Handy. Es war eine Nachricht von Jackson Lineberry. Ihm seien nur zwei Personen bekannt, die noch in der Gegend lebten und mit den Pines befreundet gewesen waren. Myron und Britta Pringle, beide in den Fünfzigern, etwa im gleichen Alter wie Pines Eltern.

Die Namen sagten Pine nichts; dennoch hoffte sie, dass ein Gespräch mit diesen Leuten Hinweise zutage fördern würde.

Sie traf sich mit Carol Blum unten im verglasten Frühstücksraum. Bei Kaffee und Croissants erzählte Pine ihr von Lineberrys Nachricht.

»Und Sie erinnern sich nicht an diese Pringles?«, fragte Blum.

Pine schüttelte den Kopf. »Im Moment jedenfalls nicht.« Bitter fügte sie hinzu: »Ich erinnere mich überhaupt an sehr wenig, nicht wahr? Es ist fast schon lächerlich.«

Blum stellte die Tasse ab und legte ihre Hand auf die von Pine. »Überlegen Sie doch mal, was Sie Schreckliches in dieser Stadt durchgemacht haben, und das als sechsjähriges Mädchen. Mein Gott, es ist ein Wunder, dass Sie es überwunden und obendrein Ihren Weg gemacht haben. Sie dürfen nicht immer so hart zu sich selbst sein.«

Pine wich Blums Blicken aus. In ihrem Innern krampfte sich irgendetwas schmerzhaft zusammen. »Das kann ich nicht, Carol. Es im Leben leicht zu haben steht mir nicht zu.«

»Leicht haben? Wann haben Sie es jemals leicht gehabt? Sie sind nicht mit dem silbernen Löffel im Mund aufgewachsen.

Als Kind wurden Sie beinahe ermordet. Ihr Dad hat sich an Ihrem Geburtstag erschossen. Von Ihrer Mutter haben Sie schon ewig nichts mehr gehört. Und Sie haben Ihre Zwillingsschwester verloren. Sie hatten nun wirklich nicht die rosigsten Aussichten. Trotzdem haben Sie eine Menge erreicht, und das sicher nicht durch Glück oder Zufall. Nicht einmal jeder vierte FBI Special Agent ist eine Frau!«

Lauren Graham kam mit dem Frühstück zu ihnen.

»Hat Jack Ihnen etwas Interessantes sagen können?«, fragte sie, als sie Teller mit Eiern, Maisgrütze, Schinken und Toast auf den Tisch stellte. An diesem Morgen trug sie eine schwarze Hose, dazu eine weiße Bluse und ein buntes Kopftuch. Ihr Make-up war makellos, ihre Blicke wachsam.

Als wäre es ihr wichtig, dass ihr nichts entgeht, schoss es Pine durch den Kopf.

»Es war ganz angenehm, mit ihm zu reden«, erwiderte sie ausweichend.

Blum begutachtete neugierig die Grütze. »Was ist das?«

»Es nennt sich Grits und ist nichts anderes als Maisgrütze«, erklärte Graham. »So ähnlich wie Haferbrei, nur mit viel Salz und Butter.«

»Wenn Sie es sagen«, murmelte Blum ein wenig skeptisch und wandte ihre Aufmerksamkeit den Eiern und dem Schinken zu.

Graham blieb am Tisch stehen. »Jack hat wirklich viel erreicht, das muss man ihm lassen.«

»Absolut.« Pine stocherte ein wenig lustlos in ihrem Essen.

»Keinen Appetit?«, fragte Graham.

»Nicht besonders. Eher auf Antworten. Lineberry hat mir die Namen von zwei Leuten gegeben, die damals hier gelebt haben.«

»Wer?«

»Myron und Britta Pringle.«

Graham wirkte einen Moment lang konsterniert. »Die Pringles, natürlich. An die habe ich gar nicht mehr gedacht. Ich hatte sie ganz vergessen.«

»Woran liegt's?«, fragte Blum. »Waren sie so zurückhaltend?«

»Nein, das nicht. Die Pringles sind interessante Leute, besonders Myron. Aber es ist einfach schon so lange her.«

Pine wechselte einen kurzen Blick mit Blum. »Lineberry hat mir die Anschrift der Pringles gegeben, hatte aber keine Telefonnummer oder E-Mail-Adresse. Seltsam, nicht?«

»Nun ja, Sie könnten einfach hinfahren und es darauf ankommen lassen.«

»Was können Sie mir über die beiden sagen? Aus der Zeit, als sie noch hier gewohnt haben, meine ich.«

Graham zog sich einen Stuhl heran und setzte sich zu ihnen. »Also, Myron war immer schon ein bisschen eigen, aber auf seinem Gebiet ein Genie.«

»Was hat er beruflich gemacht?«, wollte Pine wissen.

»Damals hat er im Bergbauunternehmen gearbeitet. Irgendein Bürojob.«

»Und seine Frau?«

»Britta war ganz anders als Myron, normal halt. Sie hatten Kinder, einen Jungen und ein Mädchen, aber ich kann mich nicht wirklich an sie erinnern. Ich war um einiges älter. Die Kinder müssten heute ungefähr in Ihrem Alter sein. Britta war ganz nett. Ich weiß nicht, ob sie auch gearbeitet hat. Damals waren die meisten Frauen in Andersonville entweder zu Hause oder hatten einen Teilzeitjob.«

»Wenn die Kinder in meinem Alter waren, müsste ich sie eigentlich von damals kennen. Wissen Sie noch, wo die Familie gewohnt hat?«

»Ungefähr eine Meile von Ihnen entfernt. In dem kleinen grünweißen Haus in Ihrer Straße. Das letzte Haus, wenn man aus der Stadt zu Ihnen rausgefahren ist.«

Pine dachte scharf nach, konnte sich aber weder an das Haus noch an die Pringles selbst erinnern.

»Okay«, meinte sie schließlich, »jetzt haben wir ja die Chance, die Leute kennenzulernen.«

Sie aßen zu Ende und stiegen eine halbe Stunde später in ihren Mietwagen.

»Vielleicht ist das der Durchbruch«, meinte Blum hoffnungsvoll.

»Solche Fälle werden selten mit einem Knalleffekt gelöst, Carol. Meist sind es die kleinen Schritte, die am Ende zur Lösung führen. Aber wenn sich ein Durchbruch ergeben sollte – umso besser.«

17

»Wenn ich mal vorhabe, einen Slasher-Film zu drehen, hätte ich soeben den idealen Schauplatz gefunden«, meinte Blum.

Sie waren eine gewundene Kiesstraße entlanggefahren, die sich zwischen ausladenden, moosbewachsenen Eichen dahinschlängelte. Es war wie eine Fahrt durch einen dunklen Tunnel, in den kein Sonnenstrahl vordrang. Sie befanden sich wieder im Macon County, gut fünfundvierzig Autominuten von Andersonville entfernt.

»Eine ziemliche Strecke«, meinte Pine. »Wahrscheinlich hat Lauren Graham deshalb nicht gewusst, dass die Pringles sich wieder in der Gegend niedergelassen haben. Ihr Haus ist doch ziemlich weit von der Stadt entfernt. Vielleicht kommen sie überhaupt nie nach Andersonville.«

»Können Sie sich denn gar nicht an die beiden erinnern?«, wollte Blum wissen.

Pine schüttelte den Kopf. »Aber wir werden ja gleich mehr über sie erfahren.«

Sie ließen den Tunnel aus alten Eichen hinter sich, doch die düstere Atmosphäre blieb, denn die Sonne wurde noch immer von einer Baumgruppe vor dem Haus verdeckt, das erst nach der letzten Biegung vor ihnen auftauchte.

»Na, das hätte ich jetzt nicht erwartet«, staunte Blum. »Ich habe es mir eher wie das Haus Usher vorgestellt.«

Das Wohnhaus der Pringles war groß, neu und überaus modern gestaltet, mit großen Metall- und Glasflächen.

»So was stellt sich normalerweise irgendein Hightech-Mogul in Palo Alto hin«, meinte Pine, als sie den Wagen vor dem Haus parkte.

Sie stiegen aus und schauten sich um.

»Niemand zu sehen«, stellte Blum fest.

»Nicht mal Autos. Aber die Garage ist wahrscheinlich hinter dem Haus.«

»Suchen Sie jemanden?«, fragte eine Stimme.

Sie drehten sich um, konnten aber niemanden entdecken.

»Kann ich Ihnen irgendwie helfen?«, fragte die Frauenstimme, die von der Haustür zu kommen schien.

»Die haben wahrscheinlich so ein Video-Sicherheitssystem«, meinte Pine. Sie gingen zur Haustür, und Pine hielt ihre Dienstmarke hoch. »Ich bin FBI Special Agent Atlee Pine. Jack Lineberry hat mir Ihre Adresse gegeben. Ich glaube, Sie haben meine Eltern gekannt, Tim und Julia Pine.«

Die Stimme schwieg. Pine sah Blum unschlüssig an.

»Habe ich irgendwas Falsches gesagt?«

Sekunden später wurde die Haustür geöffnet, und eine attraktive Frau in den Fünfzigern stand vor ihnen. Sie war mittelgroß und trug ihr blond gefärbtes Haar kurz geschnitten, was ihren langen Hals betonte. Sie war schlank, sportlich und elegant mit schwarzer Hose, blassblauer Bluse und einem leichten Pullover bekleidet. Dazu trug sie Schuhe mit klobigen Absätzen. Selbst aus der Entfernung konnte Pine den Brillanten an ihrem Ringfinger funkeln sehen.

»Lee Pine? Sind Sie es wirklich?«

»Ja. Ich …«

»Mein Gott, ich hätte Sie nie im Leben wiedererkannt.«

»Sind Sie Britta Pringle?«

»So ist es. Sie können sich wahrscheinlich nicht an mich erinnern. Sie waren ja noch so jung.«

»Das ist meine Assistentin Carol Blum.«

Sie schüttelten einander die Hand.

»Ein schönes Haus haben Sie«, meinte Blum. »So etwas hätte ich nicht erwartet, hier draußen in …«

»… in einer so abgelegenen Gegend?«, führte Britta den Satz mit einem müden Lächeln zu Ende. »Das verstehe ich. Mein Mann hat das Haus entworfen. Er ist ganz der Silicon-Valley-Typ. Ich selbst würde besser nach Cape Cod passen.«

Britta schaute Pine an und lächelte. »Sie haben viel von Ihrer Mutter, wissen Sie das? Ein klein wenig auch von Tim, vor allem die Wangenpartie.«

Ihre Bemerkung brachte Pine ein wenig aus dem Konzept. Bei der Befragung potenzieller Zeugen ging sie stets nach einem Plan vor, ließ bei dessen Umsetzung jedoch eine gewisse Flexibilität walten, je nachdem, wie das Gespräch verlief. Aber das hier war keine Ermittlung wie jede andere. Diesmal ging es um ihre Familie. Letztlich auch um sie persönlich.

»Ein bisschen Ähnlichkeit gibt's«, sagte sie kurz angebunden.

»Und was führt Sie hier heraus? Sie sind jetzt FBI-Agentin, sagten Sie?«

»Schon mehr als zehn Jahre.«

»Wie die Zeit vergeht.«

»Ich bin wegen meiner Schwester hier.«

Britta sah sie entgeistert an. »Wegen Ihrer Schwester?« Sie blickte zu Blum, dann wieder zu Pine. »Hat … hat man sie gefunden?«

Die Frage traf Pine wie ein Schlag in die Magengrube und machte ihr erneut deutlich, wie sehr diese Ermittlung sie persönlich betraf. Beinahe hätte sie sich gewünscht, sich auf den Mord an der unbekannten jungen Frau konzentrieren zu können. Diesen Fall konnte sie mit gewohnter nüchterner Professionalität angehen, ohne persönlichen Ballast. Bei Mercy jedoch …

»Nein, Mercy ist immer noch verschwunden. Deshalb bin ich hier. Ich möchte herausfinden, was damals wirklich geschehen ist.«

Britta verschränkte die Arme vor der Brust. »Nach so vielen Jahren? Aber ich kann Sie gut verstehen. Ich würde es wohl auch so machen, wenn es um meine Schwester ginge.« Jetzt erst wurde ihr bewusst, dass sie die Besucherinnen draußen stehen ließ. »Bitte, kommen Sie doch rein.«

Sie öffnete die Haustür und bedeutete ihnen einzutreten.

Die Eingangshalle war zwei Stockwerke hoch, mit viel Glas und Metall gestaltet und lichtdurchflutet, obwohl das Haus von Bäumen umgeben war. In dem offenen Wohnbereich gab es reichlich Sitzgelegenheiten, teure maßgefertigte Möbel und Lampen in modernem Design. Dicke, farbenfrohe Teppiche unterteilten den mit Fossilienmustern geschmückten Fliesenboden.

»Wow«, staunte Blum.

»Diese Reaktion erlebe ich öfter«, sagte Britta. »Aber Sie haben Jack Lineberry erwähnt. Seine Villa ist dreimal so groß wie unsere und mit modernster Technik ausgestattet.«

»Ja, wir waren dort«, sagte Blum. »Sie beide haben einiges erreicht.«

»Was mein Mann und ich heute haben, hat unmittelbar mit dem Erfolg von Jacks Firma zu tun.«

»Inwiefern?«, fragte Pine.

»Ich erzähle es Ihnen bei einer Tasse Kaffee. Wie wär's?«

»Gern, danke.«

Britta Pringle führte sie in einen Küchenbereich, der einen Blick auf den weitläufigen Garten hinter dem Haus gewährte. Hinter einem Swimmingpool stand ein Gästehaus, das von Farbe und Stil her gar nicht zum Wohnhaus passte, denn es war mit grau gestrichenem Holz verkleidet und mit schmucken Türmchen und breiter Veranda versehen. Auf dem Dach schien sogar eine Aussichtsterrasse angelegt zu sein. Vor einer Garage, die Platz für sechs Wagen bot, war ein großzügiger Barbecue-Bereich eingerichtet, mit fest installiertem Grill und viel schimmerndem Edelstahl. Das Anwesen sah aus wie eine Hochglanzseite aus dem *Architectural Digest*.

Als sie die Küche betraten, kam eine Hispanierin in Dienstmädchenuniform mit Eimer und Wischlappen herein. Sie erschrak, als sie die drei Frauen sah.

»Oh, Kalinda«, sagte Britta Pringle, »tut mir leid, aber wir haben unerwarteten Besuch. Können Sie zuerst woanders sauber machen? Danke.«

Kalinda, eine dünne, grauhaarige Frau in den Fünfzigern, nickte dumpf und verschwand aus der Küche. Britta sah ihr einen Moment lang nach.

»Es war Myrons Idee, sie einzustellen, obwohl ich ihm gesagt habe, dass ich mich allein um das Haus kümmern kann.«

»Nun ja, in Anbetracht der Größe des Hauses ist es sicher nett, ein wenig Hilfe zu haben«, meinte Blum.

»Das stimmt schon. Außerdem schickt sie regelmäßig Geld nach Guatemala, ihre alte Heimat. Wahrscheinlich ist sie illegal hier, aber ich finde, diese Leute haben es auch verdient, sich hier ihren Lebensunterhalt zu verdienen. Und sie ist wirklich fleißig.«

Britta füllte Wasser in die Kaffeemaschine und deutete auf das kleinere Gästehaus. »Das da war mein Beitrag zu dem Ganzen hier. Ich bin oft drüben. Dieses Haus ist ein bisschen zu kalt und steril für meinen Geschmack.«

Sie gingen mit den vollen Kaffeetassen zu dem Tisch, von dem aus man den Garten hinter dem Haus überblickte, und setzten sich.

»Also, wie ich bereits sagte«, begann Pine. »Wir haben mit Jack Lineberry gesprochen.«

»Er hat Ihnen sicher auch erzählt, dass er eine Investmentfirma betreibt – mit großem Erfolg. Er setzt dabei auf computergestützten Wertpapierhandel, besonders Sekundenhandel. Ich verstehe es nur zum Teil, aber kurz gesagt, beruht der Erfolg darauf, schneller zu reagieren, als ein menschlicher Wertpapierhändler es könnte. Und hier kommt mein Mann ins Spiel.«

»Inwiefern?«, fragte Pine.

»Myron ist ein Computerfreak und absolute Spitze auf dem Gebiet. Er entwickelt die Algorithmen und Trading-Programme, die Jacks Firma am Laufen halten. Das hatte er schon in der Bauxitfirma getan, wo Jack und Myron sich kennengelernt haben, aber damals waren Algorithmen und das alles noch nicht annähernd so wichtig wie heute.«

»Wo ist Ihr Mann jetzt?«, wollte Pine wissen.

»Myron ist eine Nachteule. Er arbeitet oft bis in den frühen Morgen und schläft dann bis Mittag. Wenn er aufsteht, frühstückt er erst einmal.« Sie lächelte ein wenig bekümmert. »Tja, wir müssen unseren Genies ihre Eigenheiten lassen.«

»Das hat Mrs. Einstein auch immer gesagt«, meinte Blum lachend.

»Also, wie kann ich Ihnen helfen?«, fragte Britta.

»Es wundert mich, dass Lineberry Ihnen nicht von unserem Besuch bei ihm erzählt hat. Immerhin hat er mir Ihre Anschrift gegeben, aber keine Telefonnummer oder E-Mail-Adresse.«

»Das konnte er auch nicht, weil wir keine haben.«

»Sie haben weder Telefon noch E-Mail?«, fragte Pine erstaunt.

»Myron findet es zu riskant. Er meint, auf diesem Weg könnte uns zu leicht jemand ausspionieren.«

»Auch so eine kleine Eigenheit von ihm?«, fragte Pine.

Britta lächelte matt. »Ja. Da kommt so einiges zusammen.«

Pine nahm einen Schluck aus ihrer Tasse, beugte sich vor und stützte die Ellbogen auf den Tisch. »Ich habe aus verschiedenen Gründen beschlossen, mich noch einmal intensiv mit der Frage zu beschäftigen, was damals mit meiner Schwester geschehen ist.«

»Verstehe.« Britta wirkte plötzlich hellwach.

»Ich habe lange geglaubt, dass ein Mann durchs Fenster hereingekommen ist und Mercy entführt hat.«

»Ein Mann? Durchs Fenster? Davon wusste ich noch gar nichts.«

»Wie es scheint, hat die Polizei mir damals nicht geglaubt. Schließlich hatte ich eine schwere Kopfverletzung.«

»An der Sie beinahe gestorben wären«, fügte Britta hinzu. »Sie Arme. Sie haben damals wochenlang im Krankenhaus gelegen. Julia war ganz verrückt vor Sorge.«

»Sie hatte schon eine Tochter verloren und wollte nicht auch noch die zweite verlieren«, sagte Pine und wartete auf Brittas Reaktion.

»Ja, das sicher auch.«

»Nur bin ich mir heute nicht mehr sicher, ob der Mann wirklich durchs Fenster eingestiegen ist.«

Britta starrte sie mit weit aufgerissenen Augen an. »Ich verstehe nicht …«

»Mittlerweile glaube ich, dass der Täter durch die Tür ins Zimmer gelangt sein könnte. Und das würde bedeuten, er ist durchs Haus zu uns heraufgekommen.«

»Und Ihre Eltern?«, fragte Britta. »Hätten sie ihn nicht …?«

»Meine Eltern waren … nun ja, nicht ganz bei sich. Wussten Sie das nicht?«

»Es ist sehr lange her, Lee. Ich habe ein ziemlich gutes Gedächtnis, aber so gut nun auch wieder nicht.«

»Klar. Verstehe.«

»Trotzdem, auch wenn Ihre Eltern nicht ganz … wach waren, müssten sie es doch bemerkt haben, wenn ein Fremder ins Haus eindringt und an ihnen vorbeigeht?«

»Vielleicht war es kein Fremder.«

Britta starrte sie an. »Sind Sie deshalb zurückgekommen? Weil Sie glauben, dass irgendein Freund Ihrer Eltern …?«

»Ich bin FBI-Agentin. Was ich glaube, ist nicht von Belang. Es geht darum, was die Fakten sagen. Ich muss jede Möglichkeit in Betracht ziehen. Und eine dieser Möglichkeiten, an die ich zuvor nie gedacht hatte, ist die, dass die Person, die Mercy entführt und mich beinahe umgebracht hat, meine Familie kannte.«

»Ich hoffe, Sie verdächtigen jetzt nicht uns. Ich meine …«

»Aber nein, Britta. Schließlich waren Sie mit meinen Eltern befreundet und hatten nicht das geringste Motiv, so etwas zu tun. Ich bin lediglich dabei, Informationen zu sammeln.«

Die Frau schien beruhigt. Sie nickte, und ihr Gesicht entspannte sich. »Natürlich. Ich kann mir gar nicht vorstellen, was Sie durchmachen, Lee. Wie kann ich Ihnen helfen?«

»Erzählen Sie mir einfach, woran Sie sich erinnern können. Aus der Zeit, als es passiert ist.«

Britta trank einen Schluck Kaffee. »Andersonville war damals eine kleine Stadt, kleiner noch als heute. Jeder kannte jeden. Doch in den letzten dreißig Jahren sind viele Leute von hier weggezogen oder verstorben.«

»Ja, das erschwert die Sache«, meinte Pine.

Britta schürzte die Lippen und schüttelte entschieden den Kopf. »Ich kann nicht glauben, dass jemand von hier etwas so Furchtbares getan haben könnte, schon gar nicht jemand, der Ihre Eltern gekannt hat. Ich meine, aus welchem Grund?«

»Manche Leute brauchen keinen besonderen Grund.«

Carol Blum schaltete sich in das Gespräch ein. »Agentin Pine spricht von Serienmördern, Mrs. Pringle. Und deren einziges Motiv ist, dass sie besessen sind von dem, was sie tun. Sie können nicht anders.«

»Sie glauben, es könnte ein Serienmörder gewesen sein?«

»Möglich wäre es.«

»Aber so einen Täter hat es bei uns niemals gegeben.«

»Es könnte jemand gewesen sein, der gerade erst damit angefangen hatte. Oder der danach nie wieder in Aktion getreten ist.«

»Das kann ich mir unmöglich vorstellen«, beharrte Britta. »Warum sollte ein Serienmörder ausgerechnet hierherkommen?«

»Gute Frage«, sagte Pine. »Was ist Ihnen von damals in Erinnerung geblieben? Jede Kleinigkeit könnte wichtig sein.«

Britta war jetzt sichtlich nervös. »Ich weiß noch, wie Ihre Mutter mich angerufen hat. Sie war in Panik. Damals hatten wir noch Telefon, und wir waren die nächsten Nachbarn Ihrer Eltern. Julia war außer sich vor Sorge. Mercy war verschwunden. Ihr Vater war mit der Polizei unterwegs, um nach ihr zu suchen. Sie, Lee, wurden schwer verletzt ins Krankenhaus gebracht. Ihre Mom hat Sie begleitet und ist dann schnell wieder nach Hause, um ein paar Sachen für Sie zu holen. Danach sind wir zusammen zum Krankenhaus gefahren. Ich weiß nicht, ob Sie's wissen, aber Ihre Mutter ist nicht von Ihrer Seite gewichen, bis Sie entlassen wurden. Ihr Vater hat Sie zwar auch oft besucht, aber Julia war immer bei Ihnen.«

»Ich habe es erst jetzt erfahren, als ich zurückgekommen bin. Agnes Ridley hat es mir erzählt.«

»Du meine Güte, auch ein Name aus der Vergangenheit. Agnes! Ich habe nicht mehr von ihr gehört, seit wir weggezogen sind.«

»Woran erinnern Sie sich noch? An irgendetwas, das meine Eltern gesagt haben?«

Britta nahm einen kräftigen Schluck Kaffee und dachte über Pines Frage nach. »Ich weiß noch, dass Julia die Puppe Ihrer Schwester nicht finden konnte. Ich habe aber keine Ahnung, warum sie so verzweifelt danach gesucht hat. Aber in einer solchen Situation tut man wahrscheinlich verrückte Dinge.«

»Hat Ihr Mann meinem Vater geholfen, nach Mercy zu suchen?«

»Nein, Myron war im Büro. Er ist an dem Tag sehr früh zur Arbeit gefahren. Ich hatte damals kein eigenes Auto. Als Ihre Mutter angerufen hat, bin ich zu euch rübergelaufen, so schnell ich konnte.«

»Wie sind Sie und meine Mutter dann ins Krankenhaus gekommen?«

»Ein Polizist hat uns hingefahren.«

»Sind Ihnen zu der Zeit Fremde in der Stadt aufgefallen? Jemand, der Ihnen irgendwie merkwürdig vorkam?«

Britta schüttelte den Kopf. »Wir waren nicht oft in der Stadt, genau wie Ihre Familie. Damals sind wir gerade so über die Runden gekommen. Myron hatte sein Talent für Computer noch nicht entdeckt. Wir waren froh, wenn wir unsere Rechnungen bezahlen konnten, so wie Ihre Eltern auch. Aber euch Mädchen hat es trotzdem an nichts gefehlt. Ihr habt nie hungern müssen.«

»Sie haben auch Kinder, nicht wahr?«, sagte Blum.

»Ich *hatte* Kinder. Joe und Mary«, erwiderte Britta und schaute Pine an. »Sie haben mit Ihnen und Mercy gespielt.«

»Wie meinen Sie das, Sie *hatten* Kinder?«, fragte Pine.

»Leider leben sie nicht mehr.«

»Was ist passiert? Sie waren in meinem Alter, soviel ich weiß.«

»Mein Sohn hatte einen Unfall, und meine Tochter … bei ihr waren Drogen im Spiel.« Britta senkte den Blick.

»Das tut mir sehr leid«, sagte Pine.

»Möchten Sie Fotos sehen?«

Pine warf Blum einen kurzen Blick zu. »Ja, sicher.«

Britta nahm ein gerahmtes Bild von einem Regal. »Das ist ungefähr drei Jahre her.«

Pine und Blum betrachteten das Foto von Mary, einer bildschönen jungen Frau mit langen blonden Haaren und einem verschmitzten Lächeln. An ihrer Seite stand Joe, groß und schlank, einen Arm um die Schultern seiner Schwester gelegt.

»Die beiden standen sich sehr nahe. Sie sind innerhalb eines Monats gestorben.«

»Meine Güte«, murmelte Blum. »Das ist furchtbar.«

»Ja, das war es.« Britta stellte das Bild auf den Tisch.

Pine räusperte sich und zögerte einen Moment, ehe sie sagte: »Lauren Graham hat mir erzählt, dass mein Vater an dem Tag, nachdem Mercy verschwunden war, einen Streit mit einem Gaffer hatte. Sie wurden handgreiflich, bis jemand dazwischenging. Wissen Sie, wer das war?«

»Das war ich.«

Sie drehten sich zur Tür, wo ein Mann in den Fünfzigern stand, gut eins neunzig groß und schlaksig. Er hatte strubbelige dunkelgraue Haare und braune Augen, trug eine Khakihose und ein zerknittertes T-Shirt und war barfuß.

»Ich bin Myron Pringle.«

18

»Myron, du bist schon auf?« Britta, sichtlich überrascht, erhob sich und sah auf ihre Uhr.

»Ich konnte nicht mehr schlafen«, erwiderte Myron, ohne den Blick von Pine zu wenden.

»Das ist …«

»Ja, ich weiß. Lee Pine. Tim und Julias übrig gebliebene Tochter.«

Pine und Blum schauten einander an, ein wenig befremdet angesichts seiner seltsamen Wortwahl.

Pine erhob sich und hielt ihm ihre Hand hin. »Hallo, Mr. Pringle.«

Mit leichtem Widerwillen schüttelte er ihr die Hand.

»Das ist meine Assistentin Carol Blum.«

Myron würdigte Blum keines Blickes. »Sie sind hier, um das Verschwinden Ihrer Schwester zu untersuchen?«

»Ja.«

»Ihre Erfolgsaussichten sind nicht gerade astronomisch.«

»Myron …«, sagte seine Frau vorwurfsvoll.

Er ignorierte sie, öffnete den Kühlschrank, nahm einen Milchkarton heraus, trank einen Schluck und wischte sich mit dem Handrücken über den Mund. »Ich sehe es rein statistisch. Natürlich *könnten* Sie Erfolg haben – ich sage nur, dass die Wahrscheinlichkeit gegen Sie spricht.«

»Danke, aber das war mir auch bewusst.«

Er stellte die Milch in den Kühlschrank, schloss die Tür und lehnte sich an die mit einer Granitplatte versehene Kücheninsel.

»Sie sind damals dazwischengegangen und haben die Auseinandersetzung zwischen diesem Gaffer und meinem Vater beendet?«, fragte Pine.

Pringle nickte. »Ihr Vater war betrunken.«

»Myron, bitte«, sagte Britta beinahe flehend.

Ihr Tonfall verriet Pine, dass sie des Öfteren etwas an ihm auszusetzen hatte.

»Es war nun mal so. Ihr Vater war sturzbetrunken, aber ich kann ihn irgendwie verstehen. Eine Tochter verschwunden, die andere schwer verletzt – da hätte ich auch zur Flasche gegriffen«, räumte er ein.

»Wer hat den Streit angefangen?«, hakte Pine nach.

»Ein gewisser Barry Vincent.«

»Wie kam es dazu?«

»Vincent hat Ihren Vater beschuldigt, Sie verletzt zu haben und in die Entführung Ihrer Schwester verwickelt zu sein.«

»Wahrscheinlich war dieser Vincent nicht der Einzige, der diesen Verdacht hatte«, meinte Pine.

»So etwas hätte Ihr Vater niemals getan«, stellte Britta entschieden klar.

Pine musterte Myron aufmerksam. »Was denken Sie?«

»Ich denke, dass Menschen zu fast allem fähig sind. Andererseits habe ich gesehen, wie Ihr Vater zu Ihnen und Ihrer Schwester war. Er hat Sie beide vergöttert. Sie waren sein Stolz und seine Freude. Der Mann hat immer hart gearbeitet und für seine Familie gesorgt. Sie war alles, was er hatte. Ich kann mir schwer vorstellen, dass ein Mann wie er das alles zerstören würde.«

»Aber in der Nacht damals hat er einiges getrunken und Gras geraucht«, rief Pine ihm in Erinnerung.

»Das hat er öfter getan. Ich weiß es, weil ich mit ihm getrunken und geraucht habe. Er ist davon nie gewalttätig geworden. Eher schläfrig.«

»Was mit seiner Aussage übereinstimmen würde, geschlafen zu haben, als es passiert ist«, warf Blum ein.

»Sie beide waren also an jenem Abend nicht bei meinen Eltern?«, hakte Pine nach.

Myron schwieg. Pine schaute zu Britta.

»Ich glaube, wir sind an dem Abend ausgegangen«, sagte die Frau. »Es ist seltsam. An den Tag danach kann ich mich erinnern, als wäre es gestern gewesen, aber an den Abend davor so gut wie gar nicht. Bei Ihren Eltern waren wir aber ganz sicher nicht, das wüsste ich noch.«

Pine schaute zu Myron. »Können Sie noch etwas dazu beitragen? Sie scheinen mir ein gutes Gedächtnis zu haben.«

»Ich habe nichts hinzuzufügen. Was haben Sie jetzt vor? Werden Sie mit allen reden, die Ihre Familie gekannt haben und noch hier wohnen?«

»Ja. Auch mit Jack Lineberry. Sie beide haben gemeinsam ein erfolgreiches Unternehmen aufgebaut, wie ich hörte.«

»Ja. Jack profitiert als Inhaber natürlich sehr viel mehr, aber uns geht es auch gut. Ich bin ja nur der Computertyp. Jack ist für den gesamten Verkauf zuständig, muss Leute überzeugen und so was alles. Das kann er verdammt gut. Schon damals, als wir noch Bauxit abgebaut haben.«

»Ihr Fachgebiet sind Algorithmen?«, fragte Pine.

»Genauer gesagt geht es um automatisierte Trading-Programme. Manches davon dient nur dazu, größere Investments effizient und kostengünstig zu bewegen. Mit einigen dieser Programme können Sie am Computer Aktiengeschäfte tätigen und dabei Ihren Ertrag steigern. Komplizierte mathematische Formeln und superschnelle Computernetzwerke ermöglichen eine effiziente Umsetzung von Anlagestrategien. Diese Programme spüren kleinste Veränderungen auf den Finanzmärkten auf und ziehen die richtigen Schlüsse daraus. Deshalb ist heute ein großer Teil des Finanzmarktes automatisiert. Das Ganze ist im Grunde eine einzige große Abwärtsspirale. Es hat zwar die Liquidität des Marktes erhöht, aber auch den Flashcrash von 2010 verursacht, als die Kurse rapide in den Keller gingen. Das Gute ist, dass der Computer keine Emotionen hat. Wenn der Markt einbricht, bringen diese Programme die Dinge schneller wieder ins Lot, als Menschen es könnten. Trotzdem ist es ein abgekartetes Spiel.«

»Sie meinen, die Kleinen zahlen drauf?«, fragte Pine.

Myron schaute sie an; seine buschigen Brauen zuckten. »Auf den Finanzmärkten zahlen die Kleinen *immer* drauf. Darauf basiert das ganze System, und warum? Weil es die Großen entwickelt haben. Und die sind darauf aus, die breite Masse nicht ans Gold heranzulassen.«

»Müssen Sie die Algorithmen immer wieder verändern und weiterentwickeln?«, wollte Pine wissen.

»Unbedingt. Wer in dem Geschäft die Hände in den Schoß legt, wird nicht lange Erfolg haben. Den hat man nur, wenn man hellwach ist. Und da alle, die auf dem Markt mitmischen, ungefähr die gleichen Algorithmen zur Verfügung haben, ist die Konkurrenz enorm. Heutzutage kann jeder algorithmisches Trading betreiben, der sich mit der Programmiersprache Python auskennt, um ein Beispiel zu nennen. Das hält mich und mein Team auf Trab. Bis jetzt ist es immer gut gelaufen – deshalb können wir uns ein solches Haus leisten, Britta und ich. Leute wie ich sind sehr gefragt, weil das System immer gieriger wird und die Technologie vor den Menschen kommt.«

»Sie sind auch nur ein Mensch«, wandte Blum ein.

»Stimmt. Aber erst vor zwei Jahren hat Goldman Sachs fast sechshundert Mitarbeiter gefeuert und durch zweihundert Computertechniker ersetzt, die die Trading-Programme betreuen.

Andere machen es ebenso. Und so geht es nicht bloß auf dem Finanzsektor, auch in den meisten anderen Bereichen. Alles wird automatisiert. In Zukunft werden viele von uns sehr viel Freizeit haben, aber kein Geld, um etwas damit anzufangen. Die Milliardäre im Silicon Valley wissen genau, dass es so kommen wird. Deshalb fordern viele von ihnen schon jetzt ein garantiertes Grundeinkommen für jeden. Allerdings nicht aus reiner Menschenliebe – jedenfalls die meisten von ihnen nicht.«

»Warum sonst?«, fragte Blum.

»Sie brauchen die Leute als Käufer für den ganzen Scheiß, den sie produzieren. Und vor allem wollen sie verhindern, dass der Pöbel aus Wut in ihre umzäunten Anwesen eindringt und sie abschlachtet.«

»Also wirklich, Myron«, tadelte Britta. »Ich kann mir nicht vorstellen, dass es so weit kommt.«

»Du wirst dich wundern.«

»Arbeiten Sie hier im Haus, oder haben Sie irgendwo ein Büro?«, fragte Blum.

»Ich habe mein Büro hier.«

»Dürfen wir es sehen?«, wollte Pine wissen.

»Warum?«, fuhr Myron auf. »Es hat ja wohl kaum etwas mit dem zu tun, was vor dreißig Jahren passiert ist.«

»Man kann nie wissen.«

»Ich lasse grundsätzlich niemanden in mein Büro. Das ist eine Regel, mit der ich sehr gut fahre.«

»Bei jeder Regel gibt es eine Ausnahme. Vielleicht fällt Ihnen in einer Umgebung, in der Sie viel kreative Zeit verbringen, etwas Hilfreiches ein. Ich wäre Ihnen wirklich dankbar. Sagen wir, um der alten Zeiten willen?«

Myron wirkte immer noch pikiert und blickte zu Britta. Schließlich zuckte er mit den Schultern, drehte sich um und ging hinaus.

Britta blieb in der Küche, während Myron die beiden Frauen durch einen eleganten Flur führte, dann eine gewundene Treppe aus Zebraholz hinauf. Die Geländer besaßen Handläufe aus Edelstahl.

Im ersten Stock gelangten sie zu einer Tür mit einem Sicherheitssystem, an dem ein rotes Licht leuchtete. »Bevor Sie hineingehen, müssen Sie Ihr Handy abschalten«, verlangte Myron.

Pine und Blum warfen sich einen verdutzten Blick zu, kamen der Aufforderung aber widerspruchslos nach.

Myron beugte sich nahe an die Sicherheitsvorrichtung, bis seine Augen nur noch Zentimeter davon entfernt waren.

»Ein Netzhautscanner«, erklärte er, als sich das Schloss mit einem Klicken öffnete.

»Augenscheinlich«, meinte Pine.

»Das war jetzt kein Wortspiel, oder?«, warf Blum ein.

Sie betraten einen gut neunzig Quadratmeter großen, rechteckigen Raum ohne Fenster. Der Fußboden fühlte sich weich und federnd an.

»Willkommen in der Welt der Cyborg-Finanzgeschäfte, gewürzt mit einer Prise digitaler Alchemie«, bemerkte Myron trocken.

Pine berührte eine Wand. »Beton?«

Myron bestätigte ihre Vermutung. »Mit einer Kupferschicht darunter, um elektronische Signale zu blockieren.«

»Sie fürchten Spione hier im Macon County?«, fragte Pine verwundert.

»Spione gibt es überall.« Myron deutete zur Decke. »Denken Sie an die zahllosen Satelliten.«

An einer Wand entdeckte Pine eine Zahlenreihe, die ausschließlich aus ungeraden Zahlen bestand: 1, 3, 5, 7, 9, 7, 9, 5, 3.

Myron bemerkte ihren Blick und lächelte. »Mir sind ungerade Zahlen lieber als gerade. Bis zu einem gewissen Punkt.«

»Aha«, sagte Pine leicht verwirrt.

Auf einem Schreibtisch von der Größe eines stattlichen Esstisches waren mehrere riesige Computerbildschirme angeordnet. Alle waren dunkel.

Myron hielt eine weiße Plastikkarte hoch. »Das System reagiert darauf, wie viele Personen im Raum sind. Falls eine oder mehrere dieser Personen nicht über eine solche Karte mit der entsprechenden Freigabe verfügt, erkennt das System, dass Unbefugte anwesend sind, und die Bildschirme werden schwarz.«

»Solche Systeme gibt es auch bei Geheimdiensten«, meinte Pine.

»Ich weiß. Von denen haben wir es abgeguckt.«

»Hier sitzen Sie also und arbeiten an … Algorithmen?«, fragte Blum.

»Nicht nur. Ich überwache auch die Sicherheit der Datenleitungen und überarbeite die Abläufe. Aber es stimmt schon, ich wende viel Zeit dafür auf, neue Programme zu entwickeln. Das ist Schwerarbeit, weil Sie nebenbei immer auf die Bedrohung durch Viren und Hackerangriffe achten müssen. Die Russen sind rund um die Uhr aktiv, aber auch in China, Indien und im Nahen Osten sitzen in irgendwelchen dunklen Zimmern Vierzehnjährige an einem Mac und haben kein anderes Ziel, als die weltweiten Finanzmärkte lahmzulegen.«

»Aber wenn Ihr Büro so gut von der Außenwelt abgeschirmt ist, wie sind Sie dann mit dem Internet verbunden?«, wollte Pine wissen.

»Wir haben ein firmeneigenes Netzwerk«, erklärte Myron. »Es beruht auf einem cloudgestützten System, das der Öffentlichkeit nicht zugänglich ist, und auch sonst niemandem.«

»Sind Sie der einzige Computerfachmann, der für Jack Lineberry arbeitet?«

»Aber nein, wir haben eine ganze Abteilung mit Mitarbeitern weltweit. Aber ich bin der Chef, der alles koordiniert. Das Team ist mit den Jahren enorm angewachsen. Die IT ist unsere wertvollste Ressource. Ohne sie wären wir nur ein Haufen Computerfreaks, die Monopoly spielen. Wir kommunizieren rund um die Uhr über sichere, an beiden Enden verschlüsselte Leitungen.«

»Ihre Frau sagt, Sie benutzen weder Telefon noch E-Mail.«

»Ich habe auch keine Alexa, keinen Google-Assistenten oder sonstige Spione im Haus. Ich besitze nicht mal eine Kreditkarte. Und ich surfe nie im Internet. Ist sowieso lächerlich. Die meisten Leute sind gutgläubige Trottel. Sie geben ihre Privatsphäre auf, bloß für ein bisschen Unterhaltung und Komfort.«

»Das mag schon sein«, erwiderte Pine. »Aber es hat auch seinen Nutzen.«

»Ja – für die andere Seite. Die wissen alles über uns. Diese Leute wissen mehr über Sie, als Sie selbst je über sich erfahren können. Was glauben Sie, warum Facebook und Google einen so hohen Marktwert haben? Bestimmt nicht, weil sie es Ihnen möglich machen, ein Foto von Ihrer Katze für Ihre Freunde zu posten oder die Antwort auf irgendeine schwierige Frage zu finden. Es geht auch nicht darum, eine von diesen Communitys aufzubauen«, fügte er spöttisch hinzu. »Nicht mal um die Werbung, auch wenn einige Anbieter damit viel Geld verdienen. Nein, es geht um das Sammeln von Daten. Daten über uns alle. Es ist der größte Schwindel aller Zeiten. Und obwohl wir das mittlerweile wissen, wollen die Leute nicht davon lassen. Weil sie süchtig sind. Erinnern Sie sich noch an die Zeiten, als die Leute sich immer und überall eine Zigarette angesteckt haben, egal, was sie gerade getan haben? Im Auto, beim Essen, jederzeit. Und was beobachten Sie heute? Leute, die ihr Smartphone checken. Leute jeden Alters, von der Wiege bis zum Grab. Die Welt ist süchtig danach. Big Brother sammelt in jeder Millisekunde Terabytes von Daten und zahlt keinen lausigen Cent dafür.«

»Eine beängstigende Vorstellung«, meinte Blum.

»Offenbar nicht beängstigend genug, sonst würden die Leute damit aufhören. Verdammt, es ist sowieso zu spät. Die Welt ist praktisch versklavt. Ein Zurück gibt es nicht mehr. Es geht einfach um zu viel Geld und Macht.«

Pine hatte mit wachsendem Interesse zugehört. »Angeblich sind das Mikrofon und die Kamera eines Computers immer an. Das heißt, die sehen und hören uns zu, auch wenn es uns überhaupt nicht bewusst ist.« Sie blickte auf die Geräte auf Myrons Schreibtisch.

»Ja. Egal, wo Sie sind. Zum Beispiel, wenn Sie gerade draußen auf der Terrasse Ihres Hauses stehen und sich mit einer Freundin über Hundefutter unterhalten. Und zack, schon erscheint auf Ihrem Handy Werbung für alle möglichen Produkte für den geliebten Vierbeiner. Wie ist so was bloß möglich, frage ich Sie.«

»Wie Sie schon sagten, Big Brother schläft nicht«, warf Blum ein.

»Und deshalb habe ich hier so strikte Regeln. Keine Mikrofone, keine Kameras, keine Minispione.«

»Darum wollten Sie, dass wir die Handys ausschalten«, sagte Pine.

»Ich glaube, jetzt haben wir uns verstanden.«

Blum deutete auf ein eingerahmtes Dokument auf dem Schreibtisch.

»Ist das eine Patenturkunde?«

Myron lächelte. »Ja. Sie können einen Algorithmus zwar nicht patentieren lassen, aber seine *Anwendung*. Und das habe ich getan. Damit habe ich schon gutes Geld verdient.«

»Gehört das Patent denn nicht Jack Lineberrys Firma?«, fragte Pine. »Immerhin arbeiten Sie für ihn. Warum hat nicht die Firma das Patent angemeldet?«

»In diesem Land können nur Personen ein Patent anmelden, obwohl eine Firma natürlich die Nutzungsrechte an dem Patent besitzen kann. Aber um Ihre Frage zu beantworten, ich habe die Arbeit in meiner Freizeit gemacht. Lineberry hatte kein Problem damit, denn das Programm hatte nichts mit Investments und Finanzmärkten zu tun, also war es keiner seiner

Konkurrenten, dem ich die Nutzungsrechte überlassen habe. Das hier war für einen ganz anderen Bereich. Hat ein hübsches sechsstelliges Sümmchen abgeworfen.«

Blum besah sich die Patentschrift genauer. »Sie sind als Inhaber des Patents ausgewiesen. Und der Algorithmus heißt … *Stardust?*«

Myrons Lächeln wurde breiter. »Früher war ich regelmäßig in Las Vegas, um dort zu spielen. Ich habe allerdings nicht die Karten gezählt, wie andere es tun, ich hatte mein eigenes System. Ich bin immer in das alte Stardust Casino gegangen, das es heute nicht mehr gibt. Hab einen Haufen Geld gewonnen. Als sich die Gelegenheit mit dem Patent ergab, fand ich es ganz witzig, den Namen zu benutzen. Auch das hat sich als Jackpot erwiesen.« Er setzte sich in einen ergonomischen Stuhl und wandte sich Pine zu. »Also, warum sind Sie wirklich zurückgekommen?«

»Das habe ich Ihnen doch schon gesagt.«

Myron musterte Pine so eindringlich, dass es ihr unangenehm wurde. »Ich weiß nicht, ob ich Ihnen glauben soll.«

»Können Sie mir sagen, wo Sie in der Nacht waren, als meine Schwester entführt wurde?«

»Haben Sie mich das nicht schon vorhin in der Küche gefragt?«

»Schon, aber Sie sind mir ausgewichen.«

»Ich sagte bereits, dass ich nichts hinzuzufügen habe.«

»Das ist keine Antwort.«

»Offenbar habe ich aus den Augen verloren, dass Sie Ermittlerin sind, kein sechsjähriges Mädchen mehr.«

»Hat das Einfluss auf Ihre Antwort?«

Myron tippte mit dem Finger gedankenverloren auf die Armlehne seines Stuhls. »Ich weiß nicht.«

»Können Sie mir denn gar nichts sagen? Über das Verbrechen damals?«

»Ich kann nicht glauben, dass jemand, der Ihre Eltern kannte, eine solche Tat begangen hat.«

»Ich auch nicht. Aber im Moment bin ich dabei, Fakten zusammenzutragen.«

»Tja, nur kann ich leider nichts dazu beitragen. Im Moment fällt mir jedenfalls nichts ein.«

Pine gab ihm ihre Karte. »Meine Handynummer. Wenn Sie sich doch noch an irgendetwas erinnern, rufen Sie mich an.«

»Ich habe kein Telefon.«

»Im *Clink* gibt es einen Münzfernsprecher. Und wir wohnen im *Cottage*. Wenn wir gerade nicht da sein sollten, können Sie eine Nachricht hinterlassen.«

»Ich komme nicht oft in die Stadt. Ich wüsste nicht, was ich da soll.«

Pine musterte ihn. Ihr war klar, dass er ihr nicht alles gesagt hatte, was er wusste. Aber das überraschte sie nicht weiter. Es kam nur selten vor, dass jemand im ersten Gespräch alles preisgab – nicht deshalb, weil der Betreffende etwas verschweigen wollte, sondern weil er sich nicht an alles erinnerte. Doch ihr Bauchgefühl sagte ihr, dass es in diesem Fall anders war. Myron Pringle wusste genau, was er tat. Und was er ihr verschwieg.

»Also gut«, sagte sie. »Dann muss ich eben so lange zu Ihnen kommen, bis Ihr Erinnerungsvermögen wieder einsetzt.«

»Sie können mich nicht zwingen, mit Ihnen zu sprechen.«

»Stimmt, aber ich kann trotzdem ziemlich nervig sein.«

»Sie wollen mich unter Druck setzen?«, ereiferte er sich.

»Ich will die Wahrheit herausfinden. Falls Sie damit ein Problem haben, kriegen Sie ein Problem mit *mir*. Wir sehen uns, Myron.«

Sie drehte sich um und ging. Blum folgte ihr.

Myron Pringle starrte ihnen finster hinterher.

19

Eine Stunde nachdem sie im *Cottage* eingetroffen waren, kam Max Wallis vorbei. Sein Anzug und sein Hemd waren arg zerknittert, und die dunklen Tränensäcke verrieten, dass er kaum geschlafen hatte. Sie alle gingen in den Frühstücksraum und setzten sich an einen Tisch. Wallis legte ein ringgebundenes Notizbuch vor sich hin.

»Wir haben die Identität der Ermordeten«, begann er gähnend.

»Wer ist sie?«, fragte Pine.

Wallis schlug sein Notizbuch auf. »Hanna Rebane. Sie lagen mit Ihrer Vermutung richtig. Sie stammt wirklich aus Osteuropa, um genau zu sein, aus Estland.«

»Was wissen Sie über die Frau?«

»Sie hat ein beachtliches Vorstrafenregister. Drogen, illegale Prostitution, Gelegenheitsdiebstahl. Nichts Gravierendes. Kaum Haftzeit, hauptsächlich Geldstrafen und Sozialdienst. Wahrscheinlich hat eins zum anderen geführt, wie so oft. Um ihre Sucht zu finanzieren, hat sie sich auf Prostitution verlegt. Die alte Geschichte.«

»Oder jemand hat sie drogenabhängig gemacht und zur Prostitution gezwungen«, meinte Pine. »Das ist die neuere Version der alten Geschichte.«

»Aber wie ist sie hierhergekommen?«, wollte Carol Blum wissen. »Hat sie ihr Gewerbe hier ausgeübt?«

Wallis konsultierte seine Unterlagen. »Nein, das glaube ich nicht. Dann hätte jemand sie gesehen. Und ihre Vorstrafen hat sie in Atlanta und Charlotte aufgebrummt bekommen, einmal in Asheville. Ich versuche gerade, ihre letzte bekannte Adresse zu ermitteln.«

»Also ist sie irgendwann in den Süden gezogen«, sagte Pine nachdenklich. »Stellt sich die Frage, warum. Aber vielleicht war es ja gar nicht ihre Entscheidung.«

»Sie meinen, der Mörder hat sie irgendwo aufgegabelt und hierhergebracht?«

Pine nickte. »Falls es so war, muss er sie irgendwo festgehalten oder versteckt haben, lebend oder tot, bevor wir ihre Leiche gefunden haben. Haben Sie sonst noch etwas?«

Wallis reichte das Notizbuch an Blum weiter. »Fotos von der Kfz-Zulassungsstelle. Alles Männer aus der Gegend. Sie können einfach diejenigen ankreuzen, die Sie an dem Abend im Restaurant gesehen haben.«

»Mach ich.«

Wallis wandte sich wieder Pine zu. »Wie kommen Sie mit Ihrer anderen Ermittlung voran?«

»Langsam. Was zu erwarten war, wenn man bedenkt, wie lange es her ist.«

»Wenn Sie irgendetwas brauchen, sagen Sie mir Bescheid.«

»Nett von Ihnen. Danke.«

»Ich melde mich, sobald ich Rebanes letzte bekannte Adresse habe. Möchten Sie mitkommen, wenn ich dorthin fahre?«

»Ja, so machen wir's.«

Nachdem er gegangen war, starrte Pine gedankenverloren aus dem Fenster.

»Ein FBI-Gehalt für Ihre Gedanken«, sagte Blum.

»Ich weiß nicht, ob die so viel wert sind.«

»Lassen wir's drauf ankommen.«

»Agnes Ridley, Lauren Graham, Dave Bartles, Jack Lineberry und die Pringles. Sie alle haben damals, als Mercy entführt wurde, hier gelebt. Wir haben mit allen gesprochen und ein paar interessante Dinge erfahren. Aber es ist noch ein weiter Weg.«

»Nun ja, wir haben gerade erst angefangen. Und Sie hatten diesen Geistesblitz mit dem Spiegelbild. Außerdem haben Sie von Jack Lineberry ein paar Dinge über den Tod Ihres Vaters erfahren.«

»Ja«, sagte Pine mit einem Hauch von Bitterkeit. »Falls Lineberry die Wahrheit sagt – und ich sehe keinen Grund, daran zu zweifeln –, hat meine Mutter mich belogen.«

»Vielleicht hatte sie ihre Gründe. Die meisten Mütter würden ihre Kinder nur anlügen, wenn sie es für notwendig erachten.«

»Wenn ich sie bloß danach fragen könnte …«

»Sie haben nicht die leiseste Ahnung, wo Ihre Mom sein könnte?«

Pine schüttelte den Kopf. »Ich weiß nicht mal, ob sie noch lebt.«

»Wäre es anders, hätte man Sie doch sicher verständigt.«

»Nicht, wenn sie niemandem von mir erzählt hat.«

Blum blickte ihre Vorgesetzte ein wenig beklommen an. »Agnes Ridley meinte, man solle schlafende Hunde nicht wecken. Hat Ihnen das ein bisschen Angst gemacht? Wäre ja irgendwie verständlich.«

Pine nickte. »Vielleicht mehr, als ich mir selber eingestehe. Vor allem nach meinem unerwarteten ›Geistesblitz‹.«

»Möchten Sie mir erzählen, was Ihnen wirklich Sorgen macht?«

Pine beugte sich vor und legte die Hände auf den Tisch, den Blick gesenkt.

»Falls mein Vater …«

»… doch mit der Sache zu tun hätte«, fiel Blum ihr ins Wort. »Ist es das, was Sie sagen wollen? Weil Sie inzwischen davon ausgehen, dass der Täter durchs Haus nach oben gekommen ist?«

Pine nickte, ohne aufzublicken.

»Hören Sie, Agentin Pine, entweder Sie wollen wissen, was damals geschehen ist, oder nicht. In letzterem Fall können wir sofort nach Hause fahren. Aber was hieße das für Ihre Zukunft? Würden Sie dann nicht in jedem Verdächtigen, der Ihnen unterkommt, Daniel Tor sehen?«

»Ich weiß es nicht – und das ist Grund genug, weiter nach der Wahrheit zu suchen.« Pine warf einen Blick auf das Notizbuch. »Sie könnten ja schon mal auf Ihr Zimmer gehen und die Fotos durchsehen.«

»Und was haben Sie vor?«

»Ich mache noch eine kleine Reise in die Vergangenheit.«

Regen lag in der Luft; man spürte es an der kühleren Brise und dem auffrischenden Wind. Pine trug eine wasserdichte Jacke mit Kapuze und ließ sich deshalb von der Aussicht auf ein bisschen Regen nicht abhalten. Sie stapfte die Hauptstraße von Andersonville hinunter, während sich der Himmel verdunkelte.

Als es zu nieseln anfing, näherte Pine sich bereits dem Fundort der Leiche. Sie blieb stehen und betrachtete die Stelle, an der Hanna Rebanes Leichnam abgelegt worden war. Die kaputte Straßenlampe, das Pflaster ringsum, das Absperrband, das im Wind flatterte. Der Sichtschutz war nicht mehr da, und auch kein Polizist, der den Tatort im Auge behielt. Wahrscheinlich fehlte es am nötigen Personal für solche Aufgaben. Der Tatort wurde einmal inspiziert, und das war's dann.

In der Öffentlichkeit herrschte der Irrglaube vor, dass alle Polizeiabteilungen ihre Ermittlungen so durchführten, wie es in den Fernsehserien dargestellt wurde. Tolle Büros, Hightech zur Spurensicherung, unbeschränkte Ressourcen, coole Typen mit den modernsten Waffen, Frauen in engen Kleidern, die ein bisschen Dekolleté sehen ließen.

Das mit den unbeschränkten Ressourcen war ein schlechter Scherz und traf nicht einmal auf das FBI zu. Und das letzte Mal, dass Pine in ihrem Job Dekolleté gezeigt hätte, war … nie.

Sie duckte sich unter dem Absperrband hindurch und näherte sich den alten Gebäuden, die die Hauptstraße säumten. Der Täter musste von hier gekommen sein. Pine ging am äußersten Rand des Weges entlang, um keine Spuren zu verwischen. Normalerweise sollte die örtliche Polizei die Umgebung bereits eingehend auf Fußabdrücke und andere Spuren abgesucht haben, doch Pine bezweifelte, dass die Spurensicherung mit der nötigen Sorgfalt erfolgt war.

Über eine Stunde ging sie kreuz und quer, bis sie auf ihrem Weg zum Waldrand gelangte. Dort zog sie ihre Maglite-Stablampe aus der Tasche, knipste sie an und schaute sich zwischen den Bäumen um, während der Regen immer stärker wurde. Wenigstens gab es kein Gewitter. Pine folgte einem ausgetretenen Pfad, bis die Bäume hinter ihr zurückblieben. Sie gelangte zu einer unbefestigten Straße, die der Regen immer mehr in eine Schlammwüste verwandelte. Reifenspuren, das wusste Pine, würde sie hier keine mehr finden.

Sie kehrte zur Hauptstraße zurück und suchte unter dem Vordach eines Ladens Schutz vor dem Regen. Die Hände in den Jackentaschen vergraben, überlegte sie, was sie als Nächstes tun sollte.

Die Gerichtsmedizinerin hatte ihr die Fotos der runden Abdrücke auf Rebanes Gesäß und Schenkeln gemailt. Pine zog ihr Handy hervor und schaute sich die Bilder genauer an. Die Abdrücke konnten von allem Möglichen stammen. Die Ermittlungen würden erst dann wirklich voranschreiten, wenn man sich über die Ursache dieser Abdrücke im Klaren war. Im Moment waren sie weit davon entfernt.

Pine schaute sich in dem kleinen Stadtzentrum um. Bei dem Regen waren nicht viele Fußgänger zu sehen, nur ein paar Unerschrockene waren noch unterwegs. Alles kam ihr mehr oder weniger so vor wie früher – zumindest, soweit sie sich erinnern konnte. In diesem Moment wünschte sie sich ein perfektes Gedächtnis, auch wenn so etwas in der Realität unmöglich war. Pine wusste aus Erfahrung, dass Augenzeugen nie hundertprozentig zuverlässig waren. Der durchschnittliche Beobachter nahm nur einen Bruchteil dessen wahr, was um ihn her vorging. Und selbst das war oft fehlerbehaftet.

Pine lehnte sich an einen Stützpfeiler und beobachtete, wie der Regen immer stärker wurde und die Straße zu überschwemmen begann.

Heute ist mein Gedächtnis dank meiner Ausbildung wahrscheinlich besser als der Durchschnitt, ging es ihr durch den Kopf, *aber mit sechs Jahren? Da war es sicher nicht besser als bei allen anderen.*

Der Beweis dafür war ihre späte Erkenntnis, dass der Täter damals nicht durchs Fenster gekommen war und sie wahrscheinlich nur sein Spiegelbild neben dem Fenster gesehen hatte.

Aber was ist, wenn auch diese Erinnerung sich als falsch herausstellt? Wenn ich niemanden im Spiegel gesehen habe?

Pine war eine erfahrene Ermittlerin, aber sie hatte noch nie mit einem Fall zu tun gehabt, bei dem es um jemanden aus ihrer Familie ging. Sie war verwirrt, verunsichert und unvorbereitet – und das konnte sie sich nicht leisten, wollte sie die Wahrheit herausfinden.

Doch eins war ihr klar: Sie musste Myron Pringle noch einmal auf den Zahn fühlen. Er hatte ihr nicht die ganze Wahrheit erzählt, aus welchem Grund auch immer.

»Sie sehen nachdenklich aus.«

Pine blickte zu dem golden lackierten Porsche SUV, der vor ihr gehalten hatte. Aus dem heruntergelassenen hinteren Wagenfenster schaute Jack Lineberry zu ihr heraus.

»Kann gut sein«, sagte Pine. »Ich muss mir über einige Dinge den Kopf zerbrechen.«

»Hätten Sie trotzdem Zeit für einen Lunch? Ich kenne ein nettes Restaurant drüben in Americus. Anschließend kann ich Sie beim *Cottage* absetzen.«

Pine war nicht besonders hungrig – umso mehr Appetit hatte sie auf handfeste Informationen. »Okay.«

Sie rannte die paar Schritte durch den Regen und stieg ein.

20

Pine sah, dass Jerry, der Kotzbrocken, der für Lineberrys Sicherheit zuständig war, am Lenkrad saß. Tyler, sein Kollege, hatte auf dem Beifahrersitz Platz genommen. Jerry warf Pine im Innenspiegel einen finsteren Blick zu und gab Gas, bevor sie Gelegenheit hatte, sich anzuschnallen. Die abrupte Beschleunigung warf sie gegen die Rücksitzlehne.

Lineberry trug einen marineblauen Blazer, eine graue Wollhose und ein weißes Anzughemd mit offenem Kragen, dazu ein weißes Einstecktuch.

»Ziemlich kalt für die Jahreszeit«, meinte er.

»Der Regen macht es auch nicht besser.« Pine schnallte sich an und warf Jerry im Innenspiegel einen Blick zu. *Blödmann,* lautete die unausgesprochene Botschaft.

»Bei Ihnen im Wüstenstaat Arizona regnet es wahrscheinlich nicht so oft.«

»Meist ist es heiß und trocken. Aber wenn es mal regnet, dann wie aus Eimern.«

»Wahrscheinlich kommt Ihnen Andersonville heute ziemlich hinterwäldlerisch vor.«

»Solche Kleinstädte, in denen die Leute sich einfach nur bemühen, über die Runden zu kommen, gibt es in Arizona genauso. Ich wohne in einer ganz ähnlichen Stadt, mitten unter Arbeitern, indianischen Ureinwohnern, Einwanderern und Durchreisenden aus anderen Bundesstaaten, die das warme Wetter lieben. Milliardäre werden Sie dort keine finden.« Sie warf ihm einen Blick zu. »Nichts gegen Sie persönlich.«

»Kein Problem.«

»Es ist ja auch nichts Verkehrtes daran, Geld zu verdienen.«

Er nickte. Dann aber verfinsterte sich sein Gesicht. »Ich habe von der toten Frau gehört, die an der Straße gefunden wurde. Weiß man schon, wer sie ist?«

»Die Ermittler arbeiten noch daran«, antwortete Pine ausweichend.

»Sind Sie auch mit dem Fall befasst?«

»Hat das irgendeine Bedeutung für Sie?«

»Nein, natürlich nicht. Aber allein die Sache mit Ihrer Schwester dürfte ein Fulltime-Job sein, oder?«

»Es könnte einer werden. Ich war heute Morgen draußen bei den Pringles.«

»Sie haben Myron besucht? Am *Morgen?*« Er wirkte überrascht.

»Offenbar kennen Sie seine Schlafgewohnheiten.«

Lineberry nickte. »Er ist ein komischer Vogel, aber auf seinem Gebiet ein Genie.«

»Er hat mir sein Büro gezeigt.«

»Tatsächlich? Er ist verdammt pingelig, was die Sicherheit betrifft.«

»Ich weiß. Alle Computerbildschirme erloschen, weil wir als Unbefugte erkannt wurden. Und wir mussten unsere Handys ausschalten.«

Lineberry lächelte. »Das kann ich mir vorstellen. Haben Sie von ihm und Britta irgendetwas Brauchbares erfahren?«

»Nicht viel. Was können Sie mir über die beiden sagen? Wo haben sie gelebt, bevor sie in diese Gegend zurückkamen?«

»In North Carolina. Die Pringles müssen von hier fortgezogen sein, kurz nachdem Ihre Familie von hier weggegangen war.«

»Wie sind Sie dann mit ihnen zusammengekommen?«

»Ich kannte Myron schon aus der Bauxitfirma, genau wie Ihren Vater. Ich habe damals schnell bemerkt, dass Myron ein Talent für Computer hat. Er hat nicht am MIT oder in Stanford studiert – er war eine Naturbegabung. Für seinen Job in der Bauxitfirma war er hoffnungslos überqualifiziert. Als ich damals mein Unternehmen gegründet habe, kam die Sache mit dem automatisierten Wertpapierhandel gerade erst auf. Mein Gefühl sagte mir, dass die Sache Zukunft hat und dass Myron sich dabei als überaus wertvoll erweisen könnte. Und so war es dann auch.«

»Ich weiß nicht, ob er ganz ehrlich zu mir war.«

Lineberry warf ihr einen scharfen Blick zu. »Inwiefern?«

»Er wollte mir nicht sagen, wo er in der Nacht war, als meine Schwester verschwunden ist.«

»Also, ich kann mir beim besten Willen nicht vorstellen, dass Myron damit zu tun haben könnte.«

»Warum hat er mir dann nicht offen gesagt, wo er gewesen ist?«

»Vielleicht kann er sich nicht erinnern.«

»Meines Erachtens hat er ein extrem gutes Gedächtnis.«

Lineberry wollte etwas einwenden, ließ es dann aber. »Wahrscheinlich haben Sie recht«, sagte er vorsichtig. »Trotzdem.«

Den Rest der Fahrt legten sie schweigend zurück.

Das Restaurant in Americus lag direkt gegenüber dem Windsor Hotel, einem Gebäude im Queen-Anne-Stil.

»Waren Sie schon mal hier?«, fragte Lineberry.

»In dem Restaurant oder in Americus?«

»Beides.«

»Im Restaurant nicht, in Americus schon. Damals wurde ich hierher ins Krankenhaus gebracht, nachdem Mercys Entführer mir den Schädel eingeschlagen hatte.«

Lineberry wirkte zerknirscht. »Tut mir leid, daran hätte ich mich erinnern sollen.«

»Wieso? Ich kann mich ja selbst kaum daran erinnern. Es wurde mir später erzählt.«

Im Restaurant fanden sie einen freien Tisch und gaben ihre Bestellung auf. Das Essen kam wenige Minuten später.

»Martin Luther King hat 1961 hier im Gefängnis gesessen, nachdem er in Albany gegen die Rassentrennung protestiert hatte. Wussten Sie das?«, fragte Lineberry.

Pine schüttelte den Kopf. »Aber es wundert mich nicht. Schließlich sind wir hier in Georgia.«

»Richtig. Auf der anderen Seite muss man sehen, dass hier in Americus die Hilfsorganisation *Habitat for Humanity* gegründet wurde.«

»Tatsache?«

»Wie Sie sicher wissen, setzt diese Organisation sich dafür ein, dass jeder ein Dach über dem Kopf hat. Irgendwie passend – schließlich haben wir hier ein extremes Wirbelsturmgebiet.« Er trank einen Schluck Eistee. »2007 fegte ein Riesentornado durch die Stadt. Ich hatte verdammtes Glück, dass ich ungeschoren davonkam, denn ich war gerade erst aus der Stadt gefahren. Der Sturm schlug eine vierzig Meilen breite Schneise der Zerstörung durch Americus und das Umland. Ganze Straßenzüge wurden niedergerissen – Wohnhäuser, Läden, Kirchen, sogar das Krankenhaus. Hinterher mussten sie es abreißen und neu aufbauen. Ich habe das Ganze beobachtet. Noch nie hat mir etwas eine solche Heidenangst gemacht.«

»Wie es aussieht, ist der Wiederaufbau gelungen.«

Er schaute sie über seine Suppenschüssel hinweg an. »Sie haben in Ihrem Job wahrscheinlich schlimmere Dinge gesehen.«

Pine dachte an Daniel James Tor. »Einige Verbrecher, die mir begegnet sind, hatten schon etwas Unheimliches an sich. Ich weiß allerdings nicht, wie man das im Vergleich mit einem Tornado einordnen könnte.«

Lineberry nickte und senkte den Blick.

Jerry, der Sicherheitsmann, war draußen im Porsche geblieben, während Tyler, sein Kollege, an einem Tisch in der Nähe saß und einen Kaffee trank. Pine blickte durch das breite Frontfenster zum Wagen hinaus.

»Wie lange ist Jerry schon bei Ihnen?«, fragte sie zwischen zwei Schlucken Eistee.

»Ungefähr fünf Jahre. Davor war er beim Secret Service.«

»Tatsache?«

»Überrascht Sie das?«

»Dass Sie einen Ex-Secret-Service-Agenten als Sicherheitsmann engagieren? Nein. Die gehören zu den Besten der Welt.«

»Was dann?«

»Als ich zu Ihnen nach Hause kam, hat Jerry die Situation unnötig angeheizt, statt sie zu entschärfen. Ich kenne viele Secret-Service-Leute, aktive und ehemalige. So etwas tun die normalerweise nicht. Sie handeln respektvoll und professionell und versuchen jede Situation zu entschärfen, solange es möglich ist. Eine Eskalation ist nie ihre erste Option, es sei denn, jemand greift zur Waffe.«

Lineberry blickte zum Porsche hinaus. »Für mich macht Jerry einen guten Job.«

»Und der andere?«

»Tyler Straub war bei einem privaten Sicherheitsdienst. Auch ein guter Mann.«

»Warum so viel Security, Mr. Lineberry?«

»Bitte sagen Sie Jack. Nun, ich will nicht prahlen, aber ich bin ziemlich wohlhabend. Da wird man schnell zur Zielscheibe.«

»Hat man Sie bedroht?«

»Ja. Teilweise waren es die üblichen Anfeindungen. Dass ich einer dieser kapitalistischen Bastarde sei, die die Welt ausbeuten. Andere Drohungen kamen von ehemaligen Mitarbeitern, sogar von einem alten Kunden, der uns vorgeworfen hat, ihn übers Ohr gehauen zu haben.«

»Was natürlich gelogen war.«

Lineberry lächelte. »Wenn ich anfange, meine Kunden übers Ohr zu hauen, würde ich mich nicht lange im Geschäft halten.«

»Bernie Madoff, der Finanzjongleur, hat es ziemlich lange hingekriegt.«

»Wir haben jedes Jahr eine unabhängige Prüfung. Außerdem stecken wir das Geld unserer Kunden in solide Unternehmen und Wertanlagen. Wir sind völlig transparent. Die Leute werden direkt von den Firmen, in die sie investieren, auf dem Laufenden gehalten. Von uns bekommen sie nur Informationen über unsere gesamten Investments und die Performance des Unternehmens, wozu wir rechtlich verpflichtet sind.«

»Warum war der Typ dann so sauer auf Sie?«

»Weil wir ihm nicht zu hundert Millionen Gewinn verholfen haben, wie er es anscheinend erwartet hatte. Es waren nur fünfzig Millionen. Das war immer noch eine Verdopplung seines ursprünglichen Investments – für einen Anlagezeitraum von nur fünf Jahren verdammt ordentlich. Die meisten haben in der Zeit höchstens die Hälfte herausgeholt.«

»Fünfundzwanzig Millionen Gewinn? Und der Kerl war allen Ernstes unzufrieden?«

»Erst hat er mich verklagt, dann bedroht. Er ist sogar in mein Büro gekommen, mit einer Bombe in der Aktentasche – hat er jedenfalls behauptet.«

»Wie ging es mit ihm weiter?«

»Es sitzt jetzt in einer psychiatrischen Anstalt. Ich glaube, das viele Geld hat ihn verrückt gemacht.«

»Tja, Geld macht anscheinend doch nicht glücklich.«

»Das nicht, aber es kann einem Unabhängigkeit und ein angenehmes Leben verschaffen.«

»Ich will ja nicht unhöflich sein«, wechselte Pine das Thema, »aber wie komme ich zu der plötzlichen Einladung zum Lunch?«

»Ich war gerade in Andersonville unterwegs und wollte sowieso hier essen. Da habe ich Sie gesehen.«

Sie schüttelte den Kopf. »Es liegt in meiner DNA, skeptisch zu sein. Und ich werde das Gefühl nicht los, dass ein viel beschäftigter Mann wie Sie noch einen anderen Grund hat.«

Lineberry wischte sich den Mund mit der Serviette ab und legte den Löffel beiseite. »Okay, vielleicht gibt es tatsächlich noch einen anderen Grund.«

»Ich höre.«

»Dann frage ich einfach mal ganz direkt. Was ist aus Julia geworden?«

Plötzlich wurde Pine bewusst, dass sie mit einer solchen Frage hätte rechnen müssen. »Warum?«

»Sie war eine Freundin, eine *gute* Freundin. Ich weiß, was mit Ihrem armen Vater passiert ist. Jetzt wüsste ich gern, ob es Ihrer Mutter gut geht.«

Pine musterte ihn abschätzend. »Kommt darauf an, was Sie darunter verstehen.«

Er verzog das Gesicht. »Das klingt nicht gut.«

»Es ist lange her, und Sie haben seither ein ganz anderes Leben geführt. Sicher, Sie waren damals befreundet, aber …«

»Wir alle waren jung, obwohl ich der Älteste in der Clique war. Die Freundschaften, die man schließt, wenn man erwachsen wird und nach und nach anfängt, sein Leben in die Hand zu nehmen, prägen einen. Außerdem hatte ich nie eine eigene Familie, deshalb habe ich die Kinder der anderen in gewisser Weise adoptiert, als wären es meine eigenen. Als die Pringles ihre Tochter und den Sohn verloren haben, war ich fix und fertig.«

»Ein Unfall und eine Überdosis.«

Er nickte. »Ja.«

»Was für ein Unfall war das?«

»Ist das wichtig?«

Obwohl Pine sich gar nicht an die beiden Kinder der Pringles erinnern konnte, sagte sie: »Wir haben zusammen gespielt. Sie sind nicht der Einzige, dem so etwas nahegeht.«

Lineberry sah sie reumütig an. »Ja, natürlich. Also, Joe hat seine Schrotflinte gereinigt, da ist sie losgegangen.«

»Er hat eine geladene Waffe gereinigt?«

»Ich glaube, er hatte was getrunken.«

»Wo ist es passiert?«

»In North Carolina. Er hat zu der Zeit dort gelebt.«

»Und Mary, die Tochter? Britta sagte mir, sie sei an einer Überdosis gestorben.«

»Heroin, soviel ich weiß.«

»War sie lange abhängig?«

»Nein. Ich glaube sogar, es ist passiert, als sie das Zeug zum ersten Mal genommen hat.«

»Und zum letzten Mal.«

»Ja. Zuerst ist Mary gestorben. Joe starb einen Monat später. Britta und Myron waren am Boden zerstört.«

»Sie scheinen es ziemlich gut weggesteckt zu haben, soweit das überhaupt möglich ist.«

»Myron ist Myron. Er … na ja, er betrachtet alles unter rein logischen Gesichtspunkten. Er analysiert eine Situation und macht dann weiter. Bei Britta bin ich mir nicht so sicher. Ich weiß nicht, ob sie je darüber hinwegkommt.«

»Sie hat dieses Cape-Cod-Häuschen im Garten. Mit der modernen Welt kann sie sich offenbar nicht so recht anfreunden.«

»Ich glaube, sie sitzt oft allein in dem Häuschen und denkt über alles nach.«

Pine nickte.

»Kommen wir auf Ihre Mutter zurück …«

»Ich sag's, wie es ist. Sie hat viel durchgemacht – das hat Spuren hinterlassen.«

»Inwiefern?«

»Darüber möchte ich nicht reden.«

Lineberry legte den Kopf schief. »Ist sie in irgendeinem Krankenhaus?«

»So was in der Richtung«, wich Pine aus.

»Wie ist ihr Zustand, ihre Prognose?«

»Ich weiß nicht, ob ich das irgendjemandem sagen kann.«

Er nickte. »Das tut mir leid.«

Sie zuckte mit den Schultern. »Das Leben ist kein Wunschkonzert. Fällt Ihnen außer den Pringles noch jemand ein, mit dem ich sprechen könnte?«

»Nein, eigentlich nicht.«

»Gut. Ich glaube, dann sind wir fertig.« Sie zog ihre Geldbörse hervor.

»Nein, lassen Sie. Ich habe Sie ja eingeladen.«

»Ich fühle mich wohler, wenn ich mein Essen selbst bezahle.« Pine reichte ihm einen Zwanzigdollarschein.

Kurz darauf gingen beide hinaus zum Porsche und stiegen ein. Jerry fuhr los.

»Wenn Sie Ihre Mutter das nächste Mal sehen, richten Sie ihr bitte einen Gruß von mir aus, ja?«, bat Lineberry.

»Mach ich.« *Falls ich sie noch mal wiedersehe,* fügte Pine in Gedanken hinzu.

Lineberry setzte sie beim *Cottage* ab.

»Falls Ihnen noch etwas einfällt, rufen Sie mich bitte an«, sagte Pine, bevor sie ausstieg.

»Klar«, versprach Lineberry.

Als der Porsche davonfuhr, dachte Pine: *Warum fällt es mir schwer, das zu glauben?*

21

»Hundertprozentig sicher bin ich mir natürlich nicht, aber ich habe alle Männer angekreuzt, die nach meiner Erinnerung an dem Abend im *Clink* waren«, sagte Blum und reichte Pine das Ringbuch.

Pine legte es auf ihr Bett und blätterte es durch. »Bleiben an die zwanzig Männer übrig, die nicht dort waren. Davon sehen einige zu alt und gebrechlich aus, als dass sie eine Frau tragen könnten, geschweige denn sie bis zu der Stelle zu schleppen, an der die Leiche gefunden wurde.«

Blum nickte. »Übrigens, Agnes Ridley und Cyrus Tanner waren an dem Abend ebenfalls im *Clink*, deshalb habe ich auch ihnen die Fotos gezeigt. Wir sind mehr oder weniger zu der gleichen Liste gekommen.«

»Aber Myron Pringle und Jack Lineberry waren nicht da.«

»Ich habe mich ein bisschen umgehört. Beide gehen so gut wie nie ins *Clink*.«

»Kann ich mir vorstellen«, entgegnete Pine. »Sie wohnen ja auch ein Stück außerhalb. Lineberry hat wahrscheinlich seinen eigenen Koch, und Pringle hätte Angst, dass ihm jemand einen Spionagechip ins Kartoffelpüree schmuggelt.«

»Wie ist es bei Ihnen gelaufen?«

Pine berichtete von ihrer ergebnislosen Untersuchung des Tatorts und ihrem unerwarteten Lunch mit Lineberry. »Es war schon seltsam, dass er mich so direkt nach meiner Mutter gefragt hat.«

»Nun ja, er und Ihre Mom waren befreundet.«

»Mag sein, aber es ist sehr lange her. Außerdem hatte er mit meinem Dad auch später noch Kontakt – warum nicht auch mit meiner Mom?«

»Tja, er wird wohl nicht gewusst haben, wo sie ist. Was werden Sie jetzt mit meiner Liste anfangen?«

»Die kriegt Wallis. Vielleicht ergibt sich daraus ja irgendeine Spur.«

»Das Problem mit unserem Mörder ist, dass er auch ein Tourist gewesen sein könnte, der längst über alle Berge ist.«

»Wenn es so ist, hätten wir es jedenfalls nicht verhindern können. Wir hätten ja nicht die ganze Stadt abriegeln können. Und Sicherheitskameras dürfte es hier auch nicht viele geben.«

»In der betreffenden Gegend wahrscheinlich gar keine, sonst hätte Wallis es sicher erwähnt.«

Pine fotografierte die Bilder der Männer, die an dem fraglichen Abend nicht in dem Restaurant gewesen waren, und schickte das Material an Wallis. »Mal sehen, was er damit anfangen kann.«

»Und wie geht es jetzt weiter?«, wollte Blum wissen.

Pines Handy summte. Es war Wallis. Er bestätigte den Empfang der Fotos und hatte ihr seinerseits etwas zu berichten. Pine hörte eine Weile zu, beendete das Gespräch und schaute Blum an. »Wallis hat Hanna Rebanes letzte bekannte Adresse ermittelt. Er ist schon unterwegs, um uns abzuholen.«

»Es ist nicht weit von Fort Benning«, erklärte Wallis, als er zusammen mit Pine und Blum in seinem rostigen Ford Crown Victoria zu der Adresse fuhr. Überall im Wagen lagen Fastfood-Kartons, verbeulte Limodosen und Plastikbecher. Es roch nach alten Pommes und Zigarettenrauch.

»Columbus, Georgia«, sagte Pine. »An der Grenze zu Alabama.«

»Genau. Waren Sie schon mal hier?«

»Ein Mal, wegen einer gemeinsamen Ermittlung mit der Army, genauer gesagt, dem Militärnachrichtendienst.«

»Der CID? Ich hatte auch schon mit denen zu tun. Mit wem haben Sie zusammengearbeitet?«

»Mit einem Special Agent namens John Puller.«

»Puller? War sein Vater nicht ein Kriegsheld?«

»Ist er immer noch. Und John genauso. Toller Typ. Von ihm habe ich einiges über das Militär gelernt. Das ist eine ganz eigene Welt.«

»Kann man wohl sagen. Ich hab's aus erster Hand mitbekommen, als ich in Fort Benning war.«

»Okay, was wissen wir über Hanna Rebane?«, fragte Blum.

»Sie hat sich eine Wohnung mit einer Freundin geteilt.«

»Kommt ihre Zimmerpartnerin auch aus Osteuropa?«

»Nein, sie heißt Beth Clemmons. Und das ist ihr richtiger Name, nicht ihr Künstlername.«

»Sie hat einen Künstlernamen?«, fragte Pine.

»Clemmons ist Pornodarstellerin. Raven McCoy heißt sie in den … äh … Filmen.«

»Hat Rebane auch in Pornofilmen mitgespielt?«, wollte Pine wissen. »Das würde einiges von dem erklären, was wir bei der Obduktion festgestellt haben.«

»Wir überprüfen es gerade.«

Der Wohnkomplex lag in Sichtweite des Chattahoochee River, der die Grenze zwischen Georgia und dem Nachbarstaat Alabama bildete.

Pine ließ den Blick über das schicke Apartmenthaus schweifen, als sie aus Wallis' Wagen stiegen.

»Das ist schöner, als ich dachte«, meinte sie.

»Die Schauspielerei wird anscheinend gut bezahlt«, stellte Blum fest.

»Ich habe Beth Clemmons bereits angerufen«, erklärte Wallis. »Sie erwartet uns.«

Sie meldeten sich beim Portier an. Pine schaute sich in der eleganten Lobby um und musste gestehen, dass dieses Gebäude viel ansprechender gestaltet war als ihr Apartmenthaus in Arizona.

Sie fuhren mit dem Aufzug in den sechsten Stock, wo Wallis an Tür 611 klopfte. Es dauerte nur wenige Sekunden, bis eine zierliche, aber gut gebaute Frau mit gefärbten blonden Haaren und blutunterlaufenen Augen öffnete. Sie trug ein Trägertop, schwarze Leggings und war barfuß. In einer Hand hielt sie ein paar zusammengeknüllte Papiertaschentücher.

Beth Clemmons wirkte völlig aufgelöst.

Sie trat einen Schritt zurück, um die Besucher hereinzulassen, nachdem Wallis und Pine ihre Ausweise vorgezeigt hatten.

Clemmons führte sie in ein sonnendurchflutetes Zimmer mit spektakulärer Aussicht auf die umliegende Landschaft und den Chattahoochee River. Soweit Pine es beurteilen konnte, war die Wohnung professionell eingerichtet; die Auswahl der Möbel und Gemälde verriet Geschmack und Stil. Pine selbst hatte immer eher spartanisch gelebt, hatte bei ihren Ermittlungen aber die Wohnungen vieler Wohlhabender zu sehen bekommen und kannte daher den Unterschied zwischen gutem Geschmack und einer willkürlichen Anhäufung teurer Dinge.

Sie setzten sich an einen großen Couchtisch aus Holz und Metall. Beth Clemmons tupfte sich die Augen trocken und sah zu ihnen auf.

»Sind Sie sicher, dass es Hanna ist?«, fragte sie mit heiserer Stimme.

Wallis zog ein Foto hervor. »Die Fingerabdrücke stimmen überein. Aber ich kann Ihnen dieses Bild hier zeigen.«

»Ist sie …?«, fragte Clemmons und riss die Augen auf.

»Ja. Aber es sieht aus, als würde sie schlafen.«

Er reichte ihr das Foto. Clemmons betrachtete es einen Moment lang; dann gab sie es zurück und nickte. »Sie ist es. Das ist Hanna.« Sie war so blass, als müsste sie sich jeden Moment übergeben.

»Es tut mir leid«, sagte Wallis. »Niemand sollte so sterben müssen.«

Clemmons atmete mehrmals tief durch und fasste sich ein wenig.

»Sie sagen, Hanna wurde erdrosselt und irgendwo auf einer Straße liegen gelassen? In … wie heißt die Stadt noch mal?«

»Andersonville, Georgia.«

»Waren Sie oder Hanna schon einmal dort?«, fragte Pine.

Clemmons schüttelte den Kopf. »Ich habe noch nie von dieser Stadt gehört. Ich glaube auch nicht, dass Hanna schon mal dort war, aber sicher weiß ich es nicht.«

»Wie haben Sie sich kennengelernt?«, fragte Wallis und hielt Notizbuch und Kugelschreiber bereit.

»Ich sag's ganz offen. Wir sind uns begegnet, als wir beide für einen Eskortdienst gearbeitet haben.« Sie warf Wallis einen nervösen Blick zu.

Er bemerkte es und beeilte sich, sie zu beruhigen. »Ich ermittle nur wegen des Mordes, Ms. Clemmons. Alles andere interessiert mich nicht. Und ich werde auch nichts von dem, was Sie mir erzählen, an irgendwelche Kollegen weitergeben, die sich mit der Tätigkeit von Eskortdiensten beschäftigen.«

Clemmons nickte. »Das machen wir sowieso schon lange nicht mehr. Wir haben uns beide auf die Schauspielerei verlegt. Ich habe damit angefangen und dann Hanna reingebracht. Sie hatte diesen unglaublichen exotischen Look, anders als alle anderen. Ihre Wangenknochen sind einfach göttlich. So wie ich sehen viele aus, aber Hanna hatte etwas Besonderes. Sie hatte tolle Aussichten.«

»Sie sprechen von Filmen für *Erwachsene,* oder?«, warf Blum ein.

»Ja«, entgegnete Clemmons, einen trotzigen Ausdruck im Gesicht.

»Aber in Georgia können Sie keine Pornofilme drehen«, sagte Wallis. »Oder irre ich mich da?«

Es war Pine, die seine Frage beantwortete. »Der Oberste Gerichtshof hat sich gegen ein Verbot ausgesprochen, sofern alle Beteiligten über achtzehn sind. Die Richter haben mit dem Grundrecht auf Redefreiheit argumentiert. Man braucht also nur eine Kamera einzuschalten und jedem etwas dafür zu bezahlen, und schon ist es Kunst, keine Prostitution. Aber wie die Gesetze in Georgia genau sind, kann ich auch nicht sagen.«

»Es ist ja auch gar nicht wichtig, weil wir nicht in Georgia drehen«, erklärte Clemmons. »Wir fliegen alle zwei Monate nach Florida, drehen zwei Wochen lang und kommen wieder zurück.«

Wallis blickte sich in dem luxuriös eingerichteten Wohnzimmer um. »Was verdient man da so?«

»Hängt davon ab, ob man sich schon einen Namen gemacht hat. Beliebtheit und Erfahrung, darauf kommt es an. Wir beide haben uns nach oben gearbeitet. Hanna hat drei Riesen pro Film verdient. Ich liege bei zweieinhalb pro Streifen, obwohl ich schon länger im Geschäft bin. Es liegt an diesem exotischen Reiz, den Hanna ausstrahlt. Wir haben gut zehn bis zwölf Filme in zwei Wochen gemacht.«

»Zwölf Filme in zwei Wochen?«, staunte Blum.

Clemmons nickte. »Es ist ja nicht Shakespeare oder so. Niemand wird dafür einen Oscar kriegen. Die Geschichten sind ziemlich einfach gestrickt, und die Dialoge … na ja, die Leute schauen keine Pornofilme, weil sie geschliffene Dialoge hören wollen. Das Aufwendige daran sind die Frisuren und das Make-up, das kann schon mal zwei Stunden dauern. Aber wir drehen normalerweise immer im selben Haus in verschiedenen Zimmern, deshalb müssen wir nicht mal den Schauplatz wechseln. Der Kameramann filmt aus verschiedenen Positionen, darum müssen wir auch nicht unterbrechen und eine neue Szene vorbereiten. Das Ganze ist sehr effizient.«

»Hanna hat also für einen halben Monat Arbeit sechsunddreißigtausend Dollar verdient?«, hakte Wallis nach.

»Obwohl ich mir vorstellen kann, dass es keine leichte Arbeit ist«, wandte Pine ein.

»Manchmal kann es echt nervig sein«, räumte Clemmons ein, sichtlich dankbar für Pines Verständnis.

»Klar«, murmelte Wallis verlegen und räusperte sich. »Also, wann haben Sie Hanna das letzte Mal gesehen?«

»Vor vier Tagen. In einer Woche hätten wir den nächsten Drehtermin gehabt. Wir haben früher mehr Zeit zusammen verbracht, Hanna und ich. In letzter Zeit sind wir mehr unsere eigenen Wege gegangen. Wir waren aber immer noch gut befreundet, haben uns ja auch die Wohnung geteilt.«

»Wie lange haben Sie zusammen gewohnt?«, wollte Pine wissen.

»Ungefähr zwei Jahre. Die meiste Zeit hier. Wir haben das Apartment zusammen gekauft.«

»Sie sagen, Sie haben Hanna vor vier Tagen zum letzten Mal gesehen«, griff Wallis den Faden wieder auf. »Wo war das?«

»Wir haben uns zu einem späten Lunch getroffen, in einem Restaurant ungefähr eine Meile von hier. Danach bin ich zu meinem Freund gefahren und habe bei ihm übernachtet. Am nächsten Nachmittag bin ich nach Hause gefahren.«

»Kennen Sie andere Freundinnen und Freunde von Hanna?«, hakte Wallis nach. »Hat sie einen festen Freund gehabt oder vor Kurzem jemanden kennengelernt?«

»Soviel ich weiß, hatte sie keinen festen Freund. Sie hatte überhaupt wenig Freunde.«

»Sie sagten, Sie beide waren in letzter Zeit nicht mehr so viel zusammen«, meinte Blum. »Da könnte es doch sein, dass Hanna jemanden kennengelernt hat, ohne dass Sie davon wissen.«

»Ja, stimmt.«

»Gab es einen besonderen Grund, dass Sie und Hanna nicht mehr so viel zusammen waren?«, hakte Pine nach.

Clemmons wirkte verunsichert. Sie schwieg.

»Ms. Clemmons, wenn Sie etwas wissen, das uns weiterhelfen könnte …«, drängte Wallis.

»Sagen Sie bitte Beth zu mir.« Sie seufzte, drückte die Fäuste in ihre Schenkel. »Nun ja, Hanna war in letzter Zeit irgendwie … anders.«

»Wie anders?«, fragte Pine.

»In sich gekehrt, schweigsam. Sie hat überlegt, aus dem Geschäft auszusteigen. Das hat sie mir bei unserem Lunch neulich gesagt.«

»Hat sie auch gesagt, warum? Hatte sie etwas anderes vor?«, hakte Wallis nach.

»Nicht wirklich. Aber ich hatte schon den Eindruck, dass sie von jemandem beeinflusst wurde.« Clemmons lächelte ein wenig verlegen. »Hanna war schön und erfolgreich, aber sie hat sich nie viele Gedanken gemacht. Sie hat mehr im Augenblick gelebt. Sie war ja erst siebenundzwanzig und hatte keine großen Pläne für ihre Zukunft oder so. Sie hat das Leben genossen, wie es war.« Sie sah sich in dem geräumigen, hellen Wohnzimmer um. »Sie hat das alles hier geliebt. Da, wo sie herkommt, hat sie in Armut gelebt.«

»Sie kommt aus Estland«, warf Pine ein.

»Das wusste ich noch gar nicht. Sie hat nie darüber gesprochen. Mir hat sie nur gesagt, dass sie nicht hier geboren ist. Aber das hat man auch an ihrem Akzent gehört. Manchmal habe ich sie kaum verstanden.«

»Sie hatte ein langes Vorstrafenregister«, sagte Wallis. »Illegale Prostitution, Drogen.«

»Das ist Jahre her«, erwiderte Clemmons. »Sie war schon lange sauber. Und wir haben mit unseren Filmen richtig gut verdient …« Sie brach ab und verstummte.

»Die Obduktion hat ergeben, dass Hanna immer noch Drogen genommen hat, Beth«, sagte Pine. »Koks und Meth, es war nicht zu übersehen. Sie und Hanna haben zusammengewohnt, da müssen Sie doch etwas bemerkt haben.«

Pine blickte auf die nackten Arme der Frau. Sie hatte sich bereits vergewissert, dass keine Einstichspuren zu sehen waren. Doch ihr war etwas anderes aufgefallen …

»Beth?«, drängte Pine.

»Wir haben zusammen einen Entzug gemacht«, platzte Clemmons heraus. »Okay? Hanna war clean. Jedenfalls eine ganze Weile. Dann bekam sie einen Rückfall. Ich habe versucht, ihr ins Gewissen zu reden, bin aber nicht an sie herangekommen. Sie hat ihren Job gemacht wie immer, aber …«

»Vielleicht hatte sie jemanden kennengelernt, der sie beeinflusst hat«, meinte Blum, den Blick auf Clemmons gerichtet. »Irgendwann in den letzten Wochen. Jemand, durch den sie wieder mit Drogen in Berührung gekommen ist.«

»Möglich. Mir gegenüber hat sie aber niemanden erwähnt.«

»Hat sie vielleicht mal davon gesprochen, dass sie über eine Heirat nachdenkt?«, hakte Pine nach.

Beth Clemmons riss die Augen auf. »Heirat? Nein, davon hat sie kein Wort gesagt. Wie kommen Sie darauf?«

»Wir gehen jeder Möglichkeit nach. Hat sie sich mal Brautkleider angesehen, oder Schleier?«

»Nein, nie.«

»Haben Sie gewusst, dass Hanna schon einmal ein Kind geboren hat?«, fragte Wallis.

»*Was?*«, fragte Beth perplex. »O Gott, meinen Sie das ernst?«

»Die Obduktion hat es eindeutig ergeben.«

»Sie … nein, das wusste ich nicht! Herrgott, das ist so …« Ihre Stimme brach. Sie hob die Hand, kaute an einem Fingernagel.

»Hat sie Angehörige, die wir verständigen müssten?«, wollte Wallis wissen.

»Erwähnt hat sie jedenfalls keine. Sie hatte auch nie irgendwelche Verwandte zu Besuch. Schon gar nicht ein Kind.«

»Können wir uns in Hannas Zimmer umsehen?«, fragte Wallis.

»Ja, sicher. Es ist gleich da vorn.«

Clemmons führte sie hin und ging über den Flur zurück.

Pine, Blum und Wallis schauten sich in dem geräumigen Zimmer um, an das sich ein eigenes Bad anschloss. Beim Anblick der persönlichen Gegenstände dachte Pine kurz an die Frau, die nie mehr hierher zurückkehren würde, ehe sie ihre Aufmerksamkeit wieder auf ihre Aufgabe richtete.

»Okay, machen wir uns an die Arbeit.«

22

Eine Stunde später setzte Pine sich aufs Bett und schaute zu, wie Blum und Wallis die Wohnung einer Ermordeten namens Hanna Rebane durchsuchten, um mehr über sie und ihr Leben zu erfahren.

Wallis kam aus dem Badezimmer und schüttelte den Kopf. »Hier drin ist nicht viel.«

Carol Blum schloss die letzte Schublade im begehbaren Schrank. »Sie hatte Designerklamotten, teure Schuhe und Taschen«, berichtete sie. »Alles echt, keine billigen Kopien.«

»Aber kein Handy, nur das Ladegerät hier.« Pine deutete auf einen kleinen, in die Wand eingebauten Schreibtisch neben dem Bett. Das Kabel steckte noch in der Steckdose.

»Wenn sie ihr Handy mitgenommen hat, warum dann nicht auch das Ladekabel?«, wunderte sich Wallis.

»Vielleicht wollte sie nur mal kurz weg«, meinte Pine. »Wenn sie vorhatte, am Abend wieder zu Hause zu sein, hätte sie das Ladegerät nicht mitnehmen müssen. Es gibt bestimmt Überwachungskameras hier beim Haus. Vielleicht lässt sich feststellen, wann sie zuletzt gekommen und gegangen ist. Und vor allem, ob jemand sie begleitet hat.«

Sie gingen zurück ins Wohnzimmer, wo Beth Clemmons bei einer Tasse Tee saß.

Während Wallis sich auf den Weg zum Sicherheitsdienst machte, um nach Überwachungsvideos zu fragen, setzten sich Pine und Blum der sichtlich erschütterten Frau gegenüber.

»Hatte Hanna ein Auto?«, wollte Pine wissen.

»Nein. Ich auch nicht. Ich komme ganz gut mit Uber oder Lyft aus. Manchmal nehme ich ein Zipcar, wenn ich einen Wagen für mehr als nur eine Fahrt brauche. Die meisten Wege erledige ich sowieso zu Fuß, weil wir hier alles haben, was wir brauchen. Deshalb haben wir uns ja für dieses Haus entschieden.«

Blum lächelte. »So machen es die Millenials heute. Als ich mit sechzehn meinen Führerschein gemacht habe, war das Erste, auf das ich gespart habe, ein eigenes Auto.«

»Dann hätte Hanna einen Fahrdienst genommen, wenn sie irgendwohin wollte?«, fragte Pine.

»Ja.«

»Haben Sie ihr Handy irgendwo gesehen?«

»Nein, das wird sie mitgenommen haben.«

»Hatte sie einen Laptop, ein iPad oder so was?«

»Nein, nur ihr Handy. Das hat sie für alles benutzt.«

»Wir können trotzdem ihre Anrufe checken und herausfinden, ob sie irgendeinen Fahrdienst angerufen hat.« Pine blickte zu Blum. »Und wir können versuchen, ihr Handy aufzuspüren.« Sie wandte sich wieder an Clemmons. »Haben Sie sich keine Sorgen gemacht, weil Ihre Freundin so lange nicht nach Hause gekommen ist? Haben Sie sie als vermisst gemeldet?«

»Nein. Es ist öfter vorgekommen, dass Hanna drei, vier Tage nicht zu Hause war, und jedes Mal ist sie gesund wieder aufgetaucht.«

»Hat sie Ihnen nie erzählt, wo sie gewesen ist?«

»Nein, und ich wollte nicht neugierig sein.«

»Stand sie manchmal unter Drogen, wenn sie zurückkam?«

Clemmons war die Frage sichtlich unangenehm. »Ich weiß nicht. Kann sein.«

»Hat sie das auch früher schon gemacht, dass sie länger wegblieb, oder erst in letzter Zeit?«

»Eigentlich erst in den letzten Wochen. Obwohl es kein Problem gewesen wäre, wenn sie jemanden bei sich hätte übernachten lassen. Ich habe auch öfter mal einen Freund über Nacht bei mir gehabt.«

»Und sie hat wirklich nie einen Freund erwähnt? Oder haben Sie vielleicht mal ein Foto auf ihrem Handy gesehen?«

»Nein.«

»War sie in den sozialen Medien aktiv? Facebook, Twitter, Instagram oder sonst irgendwas?«

»Früher schon, aber seit einem halben Jahr nicht mehr. Mit Facebook haben wir beide aufgehört. Sie war noch bei Instagram, hat aber auch lange nichts mehr gepostet.«

»Hat sie gesagt, warum sie damit aufgehört hat?«

»Nein, und ich habe auch nie gefragt. Aber es kommt ja öfter vor, dass die Leute einfach genug davon haben. Es war ja auch nicht so, dass wir eine Million Follower hatten und Geld damit verdient hätten, unsere Fotos zu posten oder irgendwelche Produkte zu bewerben. Wir sind ja nicht die Kardashians.«

»Haben Sie denn eine Idee, was mit Hanna los gewesen sein könnte?«

Ihre Augen füllten sich mit Tränen. »Nein. Wenn ich das bloß wüsste! Sie war wirklich nett. Ich verstehe einfach nicht, wie jemand ihr so etwas antun kann.«

»Es ist vielleicht auch besser, dass Sie Menschen, die so etwas tun, nicht verstehen können«, sagte Pine entschieden. »Das ist eine verdammt finstere Welt.«

Blum warf ihr einen vielsagenden Blick zu.

»Wahrscheinlich.« Clemmons rieb sich die Augen.

»War sonst noch irgendwas Ungewöhnliches, als Sie neulich zusammen gegessen haben? Abgesehen davon, dass Hanna

Ihnen verraten hat, dass sie aus dem Filmgeschäft aussteigen will. War sie angespannt? Geistesabwesend? Wirkte sie verängstigt?«

»Nein, eigentlich nicht. Wir haben einfach nur gegessen, das war alles. Es hat mich überrascht, dass sie diese Einnahmequelle sausen lassen will, andererseits kann ich es verstehen. Auch ich habe vor, in spätestens zwei Jahren damit aufzuhören. Danach will ich die Krankenpflegeschule machen, da suchen sie dringend Leute.«

»Gute Idee«, meinte Blum. »Und sicher eine bessere Art, Ihr Leben zu führen.«

»Ich hoffe, Sie fällen kein Urteil über mich, weil ich solche Filme mache«, sagte Clemmons stirnrunzelnd.

»Ich könnte jetzt antworten, dass ich es toll finde, aber das wäre gelogen. Wir alle beurteilen doch ständig, was andere tun. Auf dem Gebiet war meine Mutter Weltmeisterin.«

»Sie klingen fast wie *meine* Mutter.«

»Ich könnte ja auch Ihre Mutter sein. Und ich bin sicher, Ihre Mom möchte auch nur das Beste für Sie. Eins steht fest: Die Arbeit als Krankenpflegerin dürfte langfristig gesünder sein, als in Pornofilmen mitzuspielen. Ich bin sicher, die Statistik spricht eine eindeutige Sprache.«

»Aber man verdient sehr gut.«

»Klar, Beth, das bestreitet ja keiner. Aber was ist besser – einem Kind zu helfen, gesund zu werden, oder einem männlichen Darsteller einen Orgasmus zu verschaffen?«

»Sie sind ganz schön direkt.«

»Ich lebe schon lange genug, um zu wissen, wann Höflichkeit angebracht ist und wann es besser ist, direkt zu sein. Ich wünsche Ihnen jedenfalls alles Gute.«

Pine erhob sich, Blum ebenfalls. Pine reichte Clemmons ihre Karte. »Falls Ihnen noch irgendwas einfällt, rufen Sie mich bitte an.«

Clemmons blickte auf die Karte. »Und Sie sagen mir Bescheid, wenn Sie den Täter gefunden haben, ja?«

»Machen wir.« Pine bückte sich, um ihre Schuhe zu binden, richtete sich auf und warf Blum einen kurzen Blick zu, ehe sie hinausgingen.

In der Lobby trafen sie auf Wallis, der sie bereits ungeduldig erwartete.

»Die haben wirklich Außenkameras hier. Ich habe mir das Material besorgt. Wir können uns in ein Hinterzimmer setzen und uns die Aufnahmen gleich hier ansehen.«

»Großartig!«, sagte Pine.

»Außerdem habe ich den Portier gefragt, ob Rebane mal Besuch bekommen hat«, fuhr Wallis fort. »Er sagt, ihm ist niemand untergekommen. Auch der diensthabende Sicherheitsmann hat niemanden bemerkt. Sie werden sich bei ihren Kollegen erkundigen, ob vielleicht einer etwas beobachtet hat. Und wir werden die Nachbarn der Frau abklappern und sie das Gleiche fragen.«

Er führte sie in einen Raum am hinteren Ende der Lobby, in dem ein uniformierter Sicherheitsmann an einem Kontrollpult saß. Wallis nannte ihm Datum und Uhrzeit, an denen sie mit ihren Nachforschungen ansetzen wollten. Pine und die anderen beobachteten, wie der Mann die Daten in das System eingab, worauf der Bildschirm auf dem Pult zum Leben erwachte.

Es war Pine, die es ungefähr eine Stunde später als Erste sah. »Da – die Haustür. Halten Sie bitte an.«

Der Wachmann drückte eine Taste, und das Bild fror ein.

Wallis warf einen Blick auf den Zeitstempel am Bildrand. »Das war vermutlich der Abend, an dem Hanna Rebanes Zimmerpartnerin bei ihrem Freund übernachtet hat.«

»Lassen Sie weiterlaufen«, sagte Pine.

Wieder drückte der Sicherheitsmann eine Taste. Pine und die anderen verfolgten, wie Hanna aus dem Haus kam und kurz darauf aus dem Blickfeld der Kameras verschwand. Soweit sie erkennen konnten, traf die Frau sich mit niemandem.

»So wie sie angezogen ist, dürfte sie ein Date gehabt haben«, meinte Blum und betrachtete das Bild aufmerksam. »Designerkleid, teure Tasche, und auch die Schuhe dürften keine billigen Kopien sein.«

Wallis schaute sie überrascht an. »Das sehen Sie alles auf diesen Aufnahmen? Alle Achtung.«

Blum blickte zu ihm. »Man muss nur wissen, wonach man sucht, Detective. Außerdem war ihr Schrank bis obenhin voll mit Designerklamotten.«

Sie saßen noch eine Zeit lang vor dem Bildschirm und sichteten die Aufnahmen der Außenkamera.

Von Hanna Rebane war nichts mehr zu sehen.

23

Es war schon spät, als sie schweigend nach Andersonville zurückfuhren, jeder in seine eigenen Gedanken versunken. Pine schaute aus dem Fenster auf die vorübergleitende Landschaft, die sie zum letzten Mal vor Jahrzehnten als Kind gesehen hatte. Es war eine schöne Gegend: Wiesen und Felder, dazwischen immer wieder kleine Kiefern- und Eichenwälder. Aber ziemlich abgelegen, was bedeutete, dass jemand mit krimineller Energie hier auf wenig Widerstand stieß.

So wie damals in der Nacht, die mein Leben verändert hat. Der Täter konnte völlig ungehindert vorgehen.

Wallis setzte Pine und Blum beim *Cottage* ab und kündigte an, er werde überprüfen, ob es in der Nähe von Hanna Rebanes Wohnhaus noch mehr Kameras gab, die Auskunft über ihren Verbleib geben konnten, nachdem Hanna am fraglichen Abend das Haus verlassen hatte. Außerdem würden so schnell wie möglich die Nachbarn befragt.

»Sie sollten auch ein Spurensicherungsteam rüberschicken, um nach Fingerabdrücken und anderen Hinweisen zu suchen«, meinte Pine. »Falls Rebane sich wirklich mit jemandem getroffen hat, könnte der Betreffende bei ihr in der Wohnung gewesen sein, wenn Beth Clemmons nicht zu Hause war. Außerdem sollten wir ihre Handyaktivitäten und Kreditkartenbewegungen checken. Vielleicht hilft uns das weiter.«

»Okay.«

Nachdem sie dem davonfahrenden Wallis zugewinkt hatten, gingen Pine und Blum in den leeren Frühstücksraum und setzten sich einander gegenüber an einen der Tische.

»Und?«, fragte Blum.

»Haben Sie Beth Clemmons zu hundert Prozent geglaubt, was sie uns erzählt hat?«

»Ich glaube grundsätzlich nichts, solange es nicht bewiesen ist. Alte FBI-Regel. Aber wollen Sie auf etwas Bestimmtes hinaus?«

»Clemmons hat gelogen, was den Drogenkonsum betrifft.«

»Sie hat immerhin zugegeben, dass Rebane in letzter Zeit wieder zu dem Zeug gegriffen hat.«

»Ich meine ihren eigenen Drogenkonsum.«

»Wie bitte?«

»Sie spritzt sich das Zeug zwischen die Zehen. Ich konnte es sehen, als ich mir die Schuhe gebunden habe.«

»Dann hatten Sie wohl schon einen Verdacht, wenn Sie zu so einer List gegriffen haben.«

»Die Frau kam mir extrem nervös vor. Das mag in dieser Situation verständlich sein, aber ich hatte trotzdem das Gefühl, dass sie irgendwie … aufgeputscht war.«

»Ihre Pupillen waren aber nicht erweitert. Ich hatte auch an so was gedacht und sie mir genau angeschaut.«

»Nein, im Gegenteil. Ihre Pupillen waren verengt. Das heißt, sie hat irgendein Opiat wie Oxycodon genommen, vielleicht auch Morphium oder Heroin.«

»Ein Wunder, dass sie trotzdem ihren Alltag auf die Reihe kriegt. Das sind harte Drogen.«

»Wahrscheinlich hat sie eine hohe Toleranz aufgebaut«, meinte Pine nicht ohne Bitterkeit. »Vielleicht hat sie sich einen schnellen Kick verpasst, um sich auf das Gespräch mit uns vorzubereiten.«

»Das ist echt traurig.«

»Ich habe außerdem ein Fläschchen Naloxon unter Hanna Rebanes Kopfkissen gefunden.«

»Warum haben Sie es Detective Wallis nicht gesagt? Gibt es einen bestimmten Grund?«

»Nur so ein Bauchgefühl. Wir sind hier auf fremdem Territorium, Carol. Da kann es von Vorteil sein, manche Dinge für sich zu behalten. Wallis weiß ohnehin, dass Rebane rückfällig geworden ist. Dafür muss ich ihm das mit dem Naloxon gar nicht erzählen.«

»Wie geht's jetzt weiter?«

»Wir müssen abwarten, bis Wallis weitere Hinweise findet. Hoffentlich hat irgendwer in dem Haus unseren Mister X gesehen.«

»Sie gehen fest davon aus, dass es da jemanden gibt? Ich meine, selbst Clemmons war sich nicht sicher, dass Hanna jemanden kennengelernt hatte.«

»Die Veränderungen, die Beth an ihrer Freundin beobachtet hat, dass sie aus dem Pornogeschäft aussteigen wollte und plötzlich sehr verschlossen war – das alles deutet schon darauf hin, dass jemand sie beeinflusst hat. Und Clemmons glaubt ja auch, dass Hanna dafür empfänglich war. So etwas nutzen manche Kerle aus.«

»Aber …«, wandte Blum ein.

»Aber das heißt nicht, dass dieser Jemand sie umgebracht hat.«

»Ich frage mich nur, warum der Täter die Leiche ausgerechnet in Andersonville deponiert hat.«

»Das könnte auf irgendeine Verbindung zur Stadt hindeuten. Mörder mögen eine vertraute Umgebung. Sie legen sich gern vorher zurecht, wie sie rein- und rauskommen. So verschaffen sie sich zwar den Kick, nach dem sie süchtig sind, können aber das Risiko minimieren, erwischt zu werden.«

»Glauben Sie, der Mörder wird wieder zuschlagen?«

»Ja. Ich fürchte, das war erst der Anfang …« Pine stockte; ihr Gesicht spannte sich an.

»Was ist?«, fragte Blum.

»Es könnte sein, dass Sie mit Ihrer Vermutung richtigliegen, Carol. Dass meine Anwesenheit so etwas wie ein Auslöser für den Mord war, und dass schon deshalb weitere folgen könnten.«

»Ich habe diese Möglichkeit in den Raum gestellt, ja, aber das heißt noch lange nicht, dass Sie irgendeine Schuld daran tragen.«

»Das ist mir klar, Carol. Aber am Ende macht es keinen Unterschied. Das Entscheidende ist, dass Menschen sterben müssen.«

»Trotzdem hat der Mörder einen Fehler gemacht.«

»Welchen?«

»Dass er sich mit Ihnen anlegt. Ich weiß, dass Sie ihm früher oder später einen Riesenarschtritt verpassen werden.«

Blum ging auf ihr Zimmer, um sich hinzulegen, während Pine noch im Frühstücksraum blieb.

»Sie sehen nachdenklich aus.«

Pine hob den Kopf und sah Lauren Graham in der Tür stehen.

Sie trug eine hellblaue Hose, einen cremefarbenen Pullover, einen dazu passenden blauen Haarreifen in ihrem kurzen, rötlichbraunen Haar und Schuhe, deren Farbe mit denen des Pullovers harmonierte.

Pine kam der Gedanke, dass die Frau ihr Outfit mit einem Farbkreis abstimmte.

»Ein bisschen chillen.«

Lauren Graham kam zu ihr an den Tisch und ließ sich auf dem Stuhl nieder, auf dem Blum gesessen hatte. »Sie und chillen – das passt irgendwie nicht zusammen.«

»Ich habe heute mit Jack Lineberry zu Mittag gegessen.«

»Wo?«

»In Americus. In einem Restaurant gegenüber dem Windsor Hotel.«

»Mich hat er nie zum Essen eingeladen.« In Grahams Stimmer lag ein Hauch Bitterkeit.

»Er sagte, es sei ihm ganz spontan eingefallen.«

»Das klingt gar nicht nach Jack.«

»Ich hab's ihm auch nicht abgenommen«, sagte Pine, worauf Graham ihr einen verwirrten Blick zuwarf. »Er hat sich sehr dafür interessiert, was aus meiner Mom geworden ist.«

»Nun, das wundert mich eigentlich nicht. Julia und er waren gut befreundet.«

»Vor dreißig Jahren. Seither haben sie sich nie wieder gesehen.«

»Ich habe Ihre Mutter auch nie mehr zu Gesicht bekommen. Was mag aus ihr geworden sein?« Pine schwieg, sodass Graham fragte: »Geht es ihr gut?«

»Ich kann Ihnen nur sagen, was ich auch Lineberry gesagt habe. Sie hat einiges durchgemacht, seit wir von hier weggezogen sind. Das macht ihr heute noch zu schaffen.«

»Tut mir leid.«

»Wie kommen Sie mit dem Roman voran?«

»Langsam. Das Schreiben ist viel schwerer, als die meisten glauben.«

»Kann ich mir vorstellen.«

»Wissen Sie schon mehr über die Frau, die tot aufgefunden wurde?«

»Wir gehen verschiedenen Hinweisen nach.«

»Verstehe.« Graham ruckte unruhig auf ihrem Stuhl hin und her; dann warf sie Pine einen nervösen Blick zu. »Ich wollte Sie etwas fragen, das sich wahrscheinlich komisch anhört. Wären Sie eventuell bereit, mir ein bisschen was über Ihre Fälle zu erzählen? Für meinen Roman, meine ich.«

»Über konkrete Fälle kann ich nicht sprechen.«

»Das ist mir klar. Aber vielleicht ganz allgemein.«

»Ich müsste darüber nachdenken.«

Graham wirkte enttäuscht, schwieg jedoch.

»Es war ein langer Tag«, sagte Pine schließlich. »Ich werde mich aufs Ohr hauen.«

»Worüber haben Sie noch mit Jack gesprochen?«, fragte Graham in beiläufigem Ton, obwohl Pine spürte, wie angespannt die Frau war.

»Ach, nichts Besonderes.«

»Wirklich?«

»Wirklich. Wenn Sie mich jetzt entschuldigen.«

Pine stand auf und ging.

24

Es war eine unruhige Nacht voller wirrer Träume, in denen Atlee Pine Verbrecher jagte – dunkle Schemen, die sich jedes Mal in Daniel James Tor oder Clifford Rogers verwandelten –, bis sie gegen sechs Uhr morgens aufwachte.

Im *Cottage* gab es keinen Fitnessraum, doch Pine hatte eine Workout-App auf ihrem Handy – mit Übungen, für die sie keine Geräte oder sonstige Hilfsmittel benötigte, nur ihren Körper und die Bereitschaft, sich zu quälen und zu schwitzen. Und das tat sie in ihrem Zimmer intensive fünfundvierzig Minuten lang. Als sie hinterher keuchend auf dem Boden saß, wurde ihr wieder einmal bewusst, dass die Ausschüttung von Endorphinen kein schlechter Start in den Tag war.

Pine duschte, zog sich an und ging hinaus in den erwachenden Tag. Auf dem Bürgersteig war noch niemand unterwegs, und auf den Straßen waren kaum Autos zu sehen.

Sie fuhr in ihrem Mietwagen über den Highway 49 und weiter zur nationalen Gedenkstätte von Andersonville. Die Anlage bestand hauptsächlich aus dem alten Kriegsgefangenenlager, mehreren großen Standbildern, dem weitläufigen Soldatenfriedhof und dem National Prisoner of War Museum.

Die Räume wurden erst um acht Uhr für Besucher geöffnet, also stellte Pine ihren Wagen ab und spazierte um die Anlage herum. Als sie noch in Andersonville gewohnt hatte, hatte es das Kriegsgefangenenmuseum noch nicht gegeben, es war erst in den späten Neunzigern eröffnet worden.

Pine betrat die historische Anlage in dem Moment, als das Tor geöffnet wurde. Ein Ranger des National Park Service begrüßte sie. Da es im Moment keine anderen Besucher gab, bot er an, sie ein bisschen herumzuführen. Er stellte sich als Barry Lamb vor, ein Mann um die vierzig, eins achtzig groß und muskulös, mit großen grünen Augen. Seine Ranger-Uniform stand ihm gut.

»FBI?«, sagte er mit einem Blick auf die Dienstmarke an Pines Gürtel.

Sie nickte. »Ich bin hier nur zu Besuch. Üblicherweise bin ich für den Grand Canyon zuständig.«

»Der Grand Canyon?« Lamb sah sie wehmütig an. »Wow, da wäre ich auch gern beschäftigt.«

»Kann ich verstehen. Für einen Park Ranger muss es ein toller Arbeitsplatz sein. Der Grand Canyon ist einzigartig. Wie lange arbeiten Sie schon hier?«

»Sechs Jahre. Hier ist es auch interessant, keine Frage, aber nach einer Weile kennt man jeden Zentimeter. So groß ist die Anlage ja nicht. Nur hat das alles etwas Deprimierendes. Die vielen Unionssoldaten, die sinnlos gestorben sind.«

»Die haben immerhin dazu beigetragen, dass die Sklaverei abgeschafft wurde. Also war es nicht vollkommen sinnlos.«

»Ja, sicher, ist aber eine Schande, dass dazu ein so brutaler Krieg notwendig war.«

Er führte Pine in den Bereich, wo sich einst das Kriegsgefangenenlager befunden hatte, das so getreu wie möglich wiederhergestellt worden war. Lamb deutete auf eine Stelle bei den hölzernen Palisaden und erzählte Pine, dass sich hier einst die sogenannte Deadline befunden habe.

»Wer diese Linie überschritten hat, wurde erschossen«, erklärte Lamb. »Daher der Name. Vermutlich haben einige Gefangene den Tod bewusst in Kauf genommen, um aus ihrem

Elend erlöst zu werden. Hier im Lager sind sie verhungert oder an Seuchen krepiert.«

»Ich kann mir vorstellen, dass man in einer solch ausweglosen Situation keine andere Lösung sieht«, räumte Pine ein.

»Bis 1864 haben die Konföderierten ihre Gefangenen überallhin mitgenommen. Als das nicht mehr ging, haben sie diese Anlage gebaut. Sie war für zehntausend Häftlinge gedacht. Das Problem war, dass es schon nach einem Jahr mehr als viermal so viele gab.«

Pine blickte auf die Planen, die zwischen Holzpfosten aufgespannt waren. »Wo waren die Gefangenen untergebracht?«

»Ein Dutzend Männer waren unter zwei dieser Gummiplanen zusammengepfercht. Es gab keine Gebäude oder Zellen. Wenn ein Gefangener starb, wurde erbittert um seine Kleidung und die Schuhe gekämpft. Als das Gefängnis 1865 befreit wurde, sahen die Überlebenden aus wie die Menschen auf den Bildern, die man von den deutschen Konzentrationslagern kennt. Henry Wirz, der Lagerkommandant, wurde später als Kriegsverbrecher hingerichtet.«

»Ja, das wurde mir schon erzählt. Ihm ist die Statue in der Stadt gewidmet. Ist überhaupt jemand aus dem Gefängnis entkommen?«

»Oh ja. Es gab Männer, die bei der Überstellung fliehen konnten, oder bei einem Arbeitseinsatz. Eine Gruppe von Unionssoldaten hat sogar Fluchttunnels gegraben. Von einigen sind noch Teile übrig. Da drüben zum Beispiel.«

Er führte Pine zu einer abseits gelegenen Stelle, die von Warnschildern umgeben war. Das Loch in der Erde war mit einem Stahlgitter abgedeckt. »Hier fängt der Tunnel an. Hier war damals ungefähr die Mitte der Gefängnisanlage. Der Gang verläuft nach Westen, unter der Mauer des ursprünglichen Lagers hindurch, bis in den Wald hinein. Einige haben es auf diesem Weg bis zu den Linien der Unionstruppen geschafft.«

»Na, Gott sei Dank.«

»Kommen Sie. Jetzt zeige ich Ihnen die Mutter aller Kriegsgefangenen, die hier interniert waren.«

Es handelte sich um eine riesige Marmorstatue. Die eingemeißelte Aufschrift verriet, dass die Statue vom Bundesstaat Michigan errichtet worden war, um an »seine« Soldaten und Matrosen zu erinnern, die die Konföderierten hier gefangen gehalten hatten. Die Statue zeigte eine Frau mit Helm und langem, wehendem Kleid, die den linken Arm über die Spitze des Denkmals gelegt hatte und den Blick wie in Trauer gesenkt hielt. Man konnte sie sich tatsächlich als »Mutter aller Kriegsgefangenen« vorstellen, wie Lamb es bezeichnet hatte.

»Ich muss gestehen, das ist bewegend«, sagte Pine leise.

»Nichts lässt sich mit der Liebe einer Mutter vergleichen.«

»Oder ihrer Trauer«, fügte Pine hinzu.

Als sie zum Friedhof gingen, blieb Lamb an einer Stelle stehen und deutete auf eine Reihe von Gräbern. »Das sind die sechs Anführer einer berüchtigten Bande, die Raiders. Haben Sie schon mal von denen gehört?«

Pine schüttelte den Kopf.

»Es war eine Gruppe von Gefangenen, die Mitgefangene terrorisiert haben.«

»Und die Wachen haben nicht eingegriffen?«

»Es gab nicht annähernd genug Wachmänner, um für Ordnung zu sorgen. Es ging zu wie in einem Slum in einem Dritte-Welt-Land. Die Gefangenen waren praktisch auf sich allein gestellt.«

»Wie ist es ausgegangen?«

»Irgendwann hat sich eine Gruppe von Gefangenen zusammengetan, hat die Sache in die eigene Hand genommen und diesen Raiders das Handwerk gelegt. Henry Wirz hat einen Prozess abgehalten, in dem einige Gefangene Richter und

Geschworene waren. Die meisten Verurteilten erhielten milde Strafen, zumindest für damalige Begriffe. Daumenschrauben oder ein Spießrutenlauf, bei dem sie mit Knüppeln geschlagen wurden. Aber die sechs Anführer wurden zum Tod verurteilt und gehängt. Da drüben sind ihre Gräber, ein Stück abseits von den anderen, um darauf hinzuweisen, unter welchen Umständen sie gestorben sind.«

Pine blickte auf die eingesunkenen Grabstellen. »Anscheinend braucht es nicht viel, damit aus zivilisierten Menschen wilde Tiere werden.«

»In Ihrem Job werden Sie wahrscheinlich immer wieder daran erinnert.«

»Öfter, als mir lieb ist.«

Pine trennte sich von dem Ranger und ging zum Museum.

Es war ein großes Gebäude, in dem neben dem eigentlichen Museum eine Bibliothek und ein Filmvorführungsraum untergebracht waren. Das Museum erzählte die Geschichte amerikanischer Kriegsgefangener von der Zeit des Unabhängigkeitskrieges bis zur Gegenwart. Mittels Ausstellungsstücken und informativen Texten wurde die Geschichte der Kriegsgefangenen erzählt: Gefangennahme, Haftbedingungen, das Verhältnis zu den Wachen und gelegentliche Fluchtversuche bis hin zur Befreiung der einzelnen Lager. Als Pine den Ort schließlich verließ, war sie überwältigt von der Tapferkeit der Kriegsgefangenen, zugleich aber deprimiert, dass eine »zivilisierte Welt« solche Dinge zuließ.

Ein paar Augenblicke stand sie draußen in der zunehmenden Hitze, während die Sonne höher stieg und die Luftfeuchtigkeit spürbar zunahm. Unwillkürlich blickte sie noch einmal zu den Gräberreihen auf dem Friedhof. Es war ein düsterer, bedrückender Ort. Sie musste daran denken, dass wahrscheinlich auch Mercy irgendwo in einem namenlosen Grab lag. Aber nicht auf einem Friedhof, sondern in einer flachen Grube irgendwo im Niemandsland, ihre Ruhestätte wahrscheinlich von wilden Tieren entweiht.

Pine griff zu ihrer Pistole und verspürte das heftige Verlangen, denjenigen, der Mercy das angetan hatte, zu töten. Auf der Stelle. Aber das war ein Ding der Unmöglichkeit. Falls es für dieses Verbrechen je so etwas wie Gerechtigkeit geben sollte, musste sie dafür einen langen Weg gehen.

Pine stieg in ihren Mietwagen und fuhr zurück in die Stadt. Unterwegs fragte sie sich, wann Hanna Rebanes Mörder erneut zuschlug.

Es sollte nicht lange dauern.

25

Pine war es gewohnt, zu den unmöglichsten Zeiten angerufen zu werden. Das brachte der Job einer FBI-Agentin mit sich.

Als sie Max Wallis' Stimme hörte und sah, dass es erst fünf Uhr morgens war, wusste sie auf Anhieb Bescheid. Sie setzte sich im Bett auf und schwang die Füße auf den Boden.

»Wo?«, kam sie sofort auf den Punkt.

Wallis war ein zu erfahrener Polizist, als dass er gefragt hätte, woher sie den Grund seines Anrufs kannte.

»Auf dem Friedhof. Von Ihnen aus gesehen auf der anderen Seite des Highways.«

»Was?« Pine konnte es kaum glauben. »In der Gedenkstätte? Da war ich erst gestern früh.«

»Ich erwarte Sie beim Eingangstor.«

Sie benötigte fünf Minuten, um sich anzuziehen und sich auf den Weg zu machen – ohne Carol Blum. Es gab keinen Grund, sie deswegen aus dem Bett zu holen. Später war Zeit genug, ihr alles zu berichten. Allmählich bereute es Pine, Blum überhaupt mitgenommen und in die Sache hineingezogen zu haben. Aber wer hätte vorhersehen können, dass ausgerechnet jetzt ein mutmaßlicher Serienmörder in Andersonville sein Unwesen trieb?

Pine verließ das *Cottage,* setzte sich in ihren Mietwagen und traf wenige Minuten später beim Friedhof ein. Es war noch stockdunkel; nicht der kleinste Hauch der Morgendämmerung zeigte sich am Horizont.

Ein Mord, ein Friedhof und tiefschwarze Nacht. Die perfekte Kombination.

Zwei Wagen der County Police waren bereits vor Ort; daneben parkte Wallis' klappriger Crown Victoria.

Der Detective stand in seinem zerknitterten beigefarbenen Trenchcoat beim Eingangstor, einen Becher Kaffee in der Hand. Er wirkte zehn Jahre älter als beim letzten Mal.

Als Pine zu ihm trat, sah sie bereits die Lichter in der Ferne. Gemeinsam gingen sie darauf zu.

»Diesmal ist es ein Mann«, berichtete Wallis. »Schwarz, um die dreißig.«

»Todesursache?«

»Höchstwahrscheinlich eine Schusswunde in der Brust.«

»Irgendwas Ungewöhnliches?«

»Sehen Sie sich's selbst an«, erwiderte Wallis kryptisch.

Sie erreichten den Friedhof und gingen zwischen den Grabreihen hindurch, bis sie zu dem mit Scheinwerfern ausgeleuchteten Bereich kamen. In der Mitte stand ein Pop-up-Zelt, unter dem sich, wie Pine vermutete, die Leiche befand.

»Wer hat ihn gefunden?«

»Ein Ranger, der zum Frühdienst kam. Der Tote lag mitten auf einem Grab.«

Pine schaute sich um und erkannte plötzlich die Stelle, an der sie sich befanden. »Sie meinen, auf dem Grab eines *Raiders?*«

Wallis schaute sie verständnislos an. »Das Grab eines *was?*«

Pine erzählte ihm, was sie tags zuvor von dem Ranger erfahren hatte.

»Sie glauben, das war Absicht?«, fragte Wallis.

»Derzeit können wir davon ausgehen. Sehen wir uns den Leichnam an.«

Sie gingen an dem Polizisten vorbei, der das Zelt bewachte, und duckten sich durch die Zeltklappe, nachdem sie Überschuhe und Latexhandschuhe übergestreift hatten.

Dann blickten Pine und Wallis auf den Toten hinunter, der, von einer Lampe beleuchtet, auf dem Grab lag.

Pine schüttelte ungläubig den Kopf. »Im Smoking, mit Ansteckstäußchen an der Jacke. Sogar einen Zylinder hat der Täter dazugelegt.«

»Ja, genauso altmodisch wie der Schleier der ermordeten Frau«, meinte Wallis.

»Es *war* also ein Brautschleier«, stellte Pine fest. »Sie ist die Braut, er der Bräutigam. Erinnert mich an das Brautpaar auf einer Hochzeitstorte.«

»Genau das habe ich auch gedacht. Aber was will der Täter damit ausdrücken? Richten sich die Morde gegen die Ehe im Allgemeinen? Aber Hanna Rebane war nicht verheiratet, soweit wir wissen.«

»Aber sie hatte ein Kind. Vielleicht war dieser Mann der Vater.«

»Wie sollen wir das je beweisen? Wir wissen ja nicht mal, wo sich das Kind aufhält.«

»Wir müssen erst einmal herausfinden, wer der Tote ist. Falls er auf irgendeine Weise mit Hanna Rebane zu tun hat, haben wir möglicherweise die Antwort.«

»Wir haben bereits Fingerabdrücke genommen. Hoffentlich liefern sie uns ein Ergebnis.«

Pine ging in die Hocke und besah sich den Mann und den Boden, auf dem er lag. Sie berührte seine Hand. »Kalt.« Sie versuchte, den Arm des Toten zu beugen. »Die Totenstarre ist voll ausgeprägt. Er ist seit mindestens zwölf Stunden tot, wahrscheinlich sogar länger.«

»Der Gerichtsmediziner hat das Gleiche gesagt. Nach der Obduktion wissen wir mehr.«

Pine untersuchte die Wunde in der Brust des Mannes. »Er wurde eindeutig nicht hier getötet. Sonst müsste er schon seit gestern Nachmittag hier liegen – so lange, wie er schon tot ist. Außerdem ist hier nirgends Blut. Er muss also woanders gestorben sein.«

»So wie das erste Opfer. An einem anderen Ort ermordet als der, an dem die Leiche später deponiert wurde.«

Pine öffnete die Smokingjacke und suchte nach einem Etikett, konnte aber keines finden. Die Begutachtung des Zylinders blieb ebenfalls ergebnislos. »Smoking und Zylinder sind gar nicht so leicht zu bekommen. Falls der Mörder die Sachen irgendwo bestellt hat, wäre das eine Spur. Beides sieht ziemlich abgenutzt aus. Vielleicht hat er die Sachen in einem Secondhandshop gekauft. Oder geerbt.«

Sie inspizierte die Fingernägel des Toten. »Keine Hautfetzen, kein Blut. Gibt es Wunden, die darauf hindeuten, dass der Mann sich gewehrt hat?«

»Auf den ersten Blick haben wir nichts entdeckt. Da er erschossen wurde, ist das aber auch nicht unbedingt zu erwarten.«

Pine erhob sich, schaute auf den Toten hinunter.

»Was denken Sie?«, fragte Wallis.

»Ich frage mich, ob die Hautfarbe des Opfers Zufall ist, oder ob auch das irgendeine Bedeutung hat.«

»Sie meinen, weiße Braut und schwarzer Bräutigam?«

Pine nickte. »Vielleicht haben wir es mit einer Art Hassverbrechen zu tun. Für eine brauchbare Einschätzung wissen wir einfach nicht genug.«

»Jetzt geht es erst einmal darum, die Identität des Mannes festzustellen.«

»Wenn er kein Vorstrafenregister hat, könnte das schwierig werden. Ich kann ein paar Anrufe machen und seine Fingerabdrücke durch unsere Datenbanken laufen lassen.«

»Klar. Wir sind nicht zu stolz, um die Hilfe des FBI anzunehmen. Rufen Sie an, wo immer Sie können. Ich kann Ihnen Fotos der Fingerabdrücke auf Ihr Handy schicken.«

»Okay. Sagen Sie mir Bescheid, sobald der Termin für die Obduktion feststeht.«

»Mach ich.«

»Haben Sie auf dem Bildmaterial der Sicherheitskamera vor Hanna Rebanes Haus noch irgendwas gefunden? Oder haben ihre Handyaufzeichnungen und Kreditkartenbewegungen etwas ergeben?«

»Wir haben uns gestern das restliche Material angesehen, aber nichts Interessantes entdeckt, auch nicht bei Handy und Kreditkarten.«

Die beiden verließen das Zelt und schauten sich um.

»Ganz schön riskant vom Täter, die Leiche an einem so öffentlichen Platz abzulegen«, meinte Pine.

»Obwohl zu dem Zeitpunkt sicher niemand in der Nähe war.«

»Wenn er aus der Stadt gekommen ist, muss er mit dem Auto den Highway überquert haben. Ich kann mir nicht vorstellen, dass er den Toten mitten in der Nacht über die Straße und bis zu dem Grab geschleppt hat.«

»Er könnte von der anderen Seite gekommen sein«, meinte Wallis.

»Dann muss er trotzdem hergefahren sein.«

»Hier kommen jede Menge Autos vorbei. Der Parkplatz ist asphaltiert. Wir haben keine brauchbaren Spuren gefunden.«

»Vielleicht war irgendjemand noch spät unterwegs und hat etwas gesehen.«

»Das überprüfen wir natürlich«, versicherte Wallis.

»Wir haben es hier mit einem Serienmörder zu tun, so viel ist klar.«

»Um das zu erkennen, muss man kein Genie sein.«

»Nein, ich will auf etwas Bestimmtes hinaus. Sie müssen einen Anruf machen.«

»Bei wem?«

»Beim FBI.«

»Sie *sind* vom FBI.«

»Ich bin privat hier. Sie müssen offiziell die Hilfe des Bureau anfordern. Dafür sind die zuständig. Das FBI hat die nötigen Ressourcen und Spezialisten für solche Fälle. Ich war selbst früher in einem solchen Team.«

»Sie meinen, Profiler und das alles?«

»Profiler gibt es beim FBI eigentlich nicht. Dort nennt man sie Fallanalytiker.«

»Soll ich denen sagen, dass Sie mir helfen?«

Pine zögerte einen Moment. »Wäre vielleicht besser. Die werden es so oder so herausfinden.«

»Was haben Sie jetzt vor?«

»Mich noch mal aufs Ohr legen. Ich glaube, ich kann's brauchen.«

26

»Was glauben Sie, wen die herschicken?«, fragte Carol Blum. »Jemanden aus Quantico?« Blum bezog sich auf die BAU, die berühmte Abteilung für Verhaltensanalyse beim FBI.

Sie saßen in Pines Zimmer im *Cottage*. Pine hatte Blum von dem neuen Mordfall berichtet; nun war es später Vormittag.

»Ich weiß es nicht. Mir wurde damals eine Stelle in der Unit Three angeboten, als ich in Washington stationiert war. Aber das ist lange her.«

»Die Unit Three ist für Verbrechen an Kindern zuständig«, stellte Blum fest.

Pine nickte. »Und Unit Four für Verbrechen an Erwachsenen. Zu dieser Einheit gehört die VICAP-Datenbank, die Sie eben für unsere Ermittlungen benutzt haben. Dort habe ich ein Jahr lang gearbeitet.«

»Nur ein Jahr? Bleiben denn die meisten Agenten nicht viel länger?«

»Sagen wir mal so – ich hatte genug.«

»Irgendwo habe ich gelesen, dass psychologisches Profiling von manchen kritisch gesehen wird.«

»Es ist nicht perfekt und auch nur ein Werkzeug von vielen, die wir zur Verfügung haben. Aber es führt durchaus zu Ergebnissen. Wenn ein Team von Spezialisten herkommt, können sie tiefer in die Sache eindringen und auch die Fakten aus dem zweiten Fall heranziehen.«

»Der Mann auf dem Friedhof war als Bräutigam ausstaffiert, sagen Sie?« Blum schauderte. »Das ist bizarr.«

»Der Täter verfolgt einen ganz bestimmten Plan und weiß genau, was er tut. Außerdem scheint er die Gegend gut zu kennen. Und es muss etwas zu bedeuten haben, dass der Mörder die Leiche eines dunkelhäutigen Mannes auf das Grab eines Unionssoldaten legt. Aber es ist das Grab eines *Raiders*. Das waren diese Schufte, die ihre Kameraden terrorisiert haben. Ich weiß nicht, welche Botschaft der Täter damit übermitteln will, aber an einen Zufall kann ich nicht glauben.«

»Wie geht es jetzt weiter?«

»Wir haben keine konkreten Hinweise, also konzentriere ich mich wieder auf das, weswegen ich hergekommen bin. Mercys Entführung.«

»Haben Sie eine neue Spur?«

»Einen kleinen Hinweis gibt es schon. Ene, mene, muh – der Kinderreim, den dieser Kerl aufgesagt hat, bevor er Mercy mitgenommen hat. Ich weiß, dass ich mir das nicht eingebildet habe. Aber falls es nicht Tor war – wer dann? Und warum der Kinderreim?«

»Um zu entscheiden, wen von Ihnen beiden es treffen soll«, mutmaßte Blum.

»Warum nur eine von uns?«

»Beide konnte er wohl nicht mitnehmen.«

»Wirklich? Meine Eltern haben zugedröhnt unten im Haus gelegen, und er war über die Treppe zu uns heraufgekommen, falls meine Theorie stimmt. Wenn er Mercy nach unten getragen hat, warum dann nicht auch mich? Wir waren sechs Jahre alt. Wahrscheinlich hätte er uns beide gleichzeitig tragen können. Aber er hat nur Mercy mitgenommen und mir mit einem Schlag den Schädel gebrochen.«

»Vielleicht wollte er aus irgendeinem Grund nur eine von Ihnen.«

»Ja. Aber aus *welchem* Grund? Und wenn er mich hätte umbringen wollen, hätte er auf Nummer sicher gehen und mich ersticken oder mir das Genick brechen können. Aber er hat mir einen Faustschlag versetzt. Er konnte unmöglich wissen, ob ich an den Verletzungen sterbe oder nicht.«

Blum lehnte sich im Stuhl zurück und dachte nach. »Ganz schön knifflig.«

»Myron Pringle weiß mehr, als er uns erzählt hat.«

»Aber wie wollen Sie es aus ihm herauskriegen?«

»Ich werde noch mal mit ihm sprechen. Wir müssen hinfahren – er hat ja weder Telefon noch E-Mail.«

»Was halten Sie davon, wenn ich mich mit Britta unterhalte, während Sie mit Myron reden? Ich glaube, auch sie hat ihre Geheimnisse. Vielleicht kann ich von Mutter zu Mutter mit ihr sprechen und ihr ein paar Infos entlocken.«

»Okay, fahren wir.«

Knapp eine Stunde später bogen sie in die gespenstisch stille Auffahrt ein und hielten vor dem hypermodernen Haus. Noch bevor sie die Treppe erreichten, wurde die Haustür geöffnet, und Britta Pringle trat heraus. Sie trug einen hellgrauen Faltenrock, der ihre gebräunten, straffen Waden sehen ließ, dazu einen blauen Pullunder, ein weißes Langarmshirt und graue Leinenschuhe.

»Ich habe Sie kommen sehen. Myron hat überall Überwachungskameras installiert.«

»Das wundert mich nicht.« Pine stieg mit Blum die Treppe hinauf. »Ich platze ungern so herein. Ich hätte ja angerufen, aber …«

Britta zuckte resignierend mit den Schultern. »Aber wir haben nun mal kein Telefon, ich weiß. Das macht es nicht gerade einfach, Freundschaften und Kontakte zu pflegen.« Pine hatte den Eindruck, dass die Frau nicht besonders glücklich darüber war.

»Was kann ich für Sie tun?«, fragte Britta.

»Ich wollte noch einmal mit Myron sprechen. Er ist doch schon auf?«

»Ja, er hat gerade gefrühstückt.«

»Wenn er ein bisschen Zeit erübrigen könnte …«

»Worum geht es?«, wollte Britta wissen.

»Nun, es gibt da noch ein paar Dinge, die ich ihn fragen möchte.«

Britta führte sie ins Haus. »In den Nachrichten habe ich gehört, dass in Andersonville schon wieder ein Toter gefunden wurde.«

»Ja, auf dem Friedhof beim alten Gefängnis.«

»O Gott. Bedeutet das, hier treibt ein Serienmörder sein Unwesen?«

»Wir können es nicht ausschließen. Wahrscheinlich wird sich das FBI damit beschäftigen.«

»Aber *Sie* sind doch hier.«

»Eher privat. Wo ist Myron?«

»Draußen im Pool. Das macht er gern nach dem Essen.«

»Dann hält er wohl nicht viel von der Regel, dass man wenigstens eine halbe Stunde warten soll, bevor man ins Wasser geht?«, warf Blum ein.

»Er schwimmt ja nicht. Ich weiß gar nicht, ob er es überhaupt kann. Er liegt einfach nur auf einem Schwimmkissen und lässt sich treiben. Dabei kann er gut nachdenken, sagt er, und dass es sich anfühlt wie im Mutterleib.«

»Kann ich zu ihm rausgehen?«, fragte Pine.

»Ja, sicher.«

Als Blum sich nicht vom Fleck rührte, schaute Britta sie überrascht an. »Gehen Sie nicht mit?«

»Ich glaube, Agentin Pine möchte allein mit ihm sprechen. Vielleicht können Sie und ich in der Zwischenzeit ein bisschen plaudern?«

Brittas Miene hellte sich auf. »Klar! Ich kann uns Kaffee machen. Zufällig habe ich gerade Muffins gebacken.«

»Das wäre prima.«

Pine und Blum wechselten einen vielsagenden Blick, ehe sie in entgegengesetzten Richtungen davongingen.

27

So viel weiße Haut, dachte Pine, als sie an den Beckenrand trat.

Myron Pringle lag in einer schwarzen Badehose auf einem blauen Schwimmkissen, die Waden im Wasser. Er trug eine Sonnenbrille und war so blass und regungslos, dass man ihn für eine Leiche hätte halten können.

Pine ging in die Hocke und hielt die Hand ins Wasser. Es war geheizt.

Myron war sehr groß, aber dünn, kein bisschen athletisch und von oben bis unten behaart. Pine sah keinen ausgeprägten Muskel am Körper des Mannes. Dafür war sein Gehirn wahrscheinlich olympiareif.

»Mr. Pringle?«

Er reagierte nicht auf ihre Stimme, obwohl sie das Gefühl hatte, dass er sie hatte kommen sehen, es aber vorzog zu schweigen. »Mr. Pringle?«

Endlich drehte er den Kopf leicht in ihre Richtung.

»Ja?«

»Stört es Sie, wenn ich Ihnen ein paar Fragen stelle?«

»Ja. Ich bin gerade beim Nachdenken.«

Pine stellte einen Korbstuhl an den Beckenrand und setzte sich. »Ich könnte Ihnen auch etwas zum Nachdenken liefern.«

Myron schob seine Sonnenbrille bis auf die Stirn hoch und schaute sie an. »Zum Beispiel?«

»Keine Algorithmen, nur damit Sie Bescheid wissen.«

»Es geht um Ihre Mutter, stimmt's?«

»Würden Sie mir freundlicherweise erzählen, was Sie mir beim letzten Mal verschwiegen haben?«

»Ich weiß nicht, was Sie meinen.«

»Doch, Sie wissen es – so schlau, wie Sie sind.«

Er schob die Brille wieder nach unten. »Dafür bin ich wohl nicht schlau genug, also werden Sie es mir schon sagen müssen, Agentin Pine.«

»Dann fange ich am besten mit dem Gespräch an, das ich neulich beim Lunch mit Jack Lineberry hatte.«

»*Jack?* Hat er gesagt, dass Sie ihn *Jack* nennen sollen?«

»Ja.«

»Okay.«

»Wie nennen Sie ihn denn?«

»Boss.«

»Interessiert es Sie nicht, warum er mit mir essen wollte?«

»Nicht übermäßig.«

»Er wollte wissen, was aus meiner Mutter geworden ist.«

»Aha.«

»Finden Sie das nicht merkwürdig?«

Wieder schob er seine Brille hoch. »Worauf wollen Sie eigentlich hinaus?«

»Haben Sie gewusst, dass Lineberry meinen Vater tot aufgefunden hat?«

»Ich glaube, er hat es mal erwähnt.«

»Sie *glauben?* Erzählt Ihnen so oft jemand, dass er einen Toten gefunden hat? Jemanden, der sich mit einer Schrotflinte den Kopf weggepustet hat? Ich hätte Ihnen ein überdurchschnittliches Gedächtnis zugetraut.«

»Okay, ich kann mich erinnern, dass Jack es mir erzählt hat. Aber es ist lange her. Was hat das überhaupt damit zu tun, dass er wissen will, wie es Ihrer Mutter geht?«

»Vielleicht nichts – schwer zu sagen.«

»Was haben Sie ihm über Ihre Mutter erzählt?«

»Es interessiert Sie also auch?«

Er schob seine Sonnenbrille zum dritten Mal hoch. »Ich war ebenfalls mit ihr befreundet.«

»Ich kann mich aber nicht erinnern, dass Lineberry oder Sie je versucht hätten, mit meiner Mutter Kontakt aufzunehmen, nachdem wir aus Andersonville verschwunden sind.«

»Ich wusste ja nicht, wo Sie hingezogen waren.«

»Aber Lineberry ist mit meinem Vater in Verbindung geblieben. Mein Dad hätte ihm sagen können, wo wir wohnen. Lineberry hätte ihn nur fragen müssen.«

Myron Pringle schob die Brille nach unten. »Mag sein. Hören Sie, ich weiß nicht, was ich Ihnen sagen soll.«

»Dann waren Sie mit meinem Vater wohl doch nicht so eng befreundet, wie Sie behauptet haben.«

»Was wollten Sie mich eigentlich fragen?«, fuhr er gereizt auf.

»Wo waren Sie in der Nacht, als meine Schwester entführt wurde? Britta hat gesagt, sie könne sich nicht erinnern.«

»Warum sollte *ich* mich dann erinnern können?«

»Können Sie oder können Sie nicht?«

»Da müsste ich erst mal nachdenken.«

»Und am nächsten Tag? Erzählen Sie mir doch mal, was Sie da getan haben.«

»Da war ich im Büro.«

»Wann haben Sie erfahren, was geschehen ist?«

»Britta hat mich gleich am Morgen im Büro angerufen.«

»Was haben Sie dann getan?«

»Ich konnte nicht alles stehen und liegen lassen. Aber ich bin zu euch rausgefahren, sobald ich von der Arbeit wegkonnte. Britta hatte Ihre Mutter ins Krankenhaus begleitet. Ihr Dad war unterwegs und hat nach Ihrer Schwester gesucht. Als er zurückkam, habe ich ihn gesehen. Da hat Barry Vincent, dieser Idiot, ihn beschuldigt, selbst hinter der furchtbaren Sache zu stecken. Ihr Vater ist auf Vincent losgegangen. Ich bin dazwischen und habe die beiden getrennt. Zum Glück bin ich kein Zwerg, und damals war ich auch kräftig.«

Pine musterte ihn. Er war wirklich sehr groß. Größer sogar als Daniel Tor. Und vor dreißig Jahren konnte er durchaus kräftiger gewesen sein.

»Warum waren keine Polizisten beim Haus, die den Streit hätten schlichten können?«

»Woher soll ich das wissen? Ich kann Ihnen nur sagen, dass keine da waren. Bloß ein Haufen Gaffer.«

»Hat die Polizei sich erkundigt, ob an dem Abend jemand bei meinen Eltern war?«

»Noch einmal: Ich habe keine Ahnung. Ich weiß nur, dass Britta und ich nicht bei euch waren.«

»Und wo waren Sie?«

»Wenn Sie es unbedingt wissen müssen – wir waren zu Hause und hatten Freunde eingeladen.«

»Warum haben Sie mir das nicht schon beim letzten Mal erzählt?«

»Sie waren ziemlich direkt mit Ihren Fragen. Mir hat Ihre Art nicht gefallen, wenn Sie es genau wissen wollen.«

»Ich will es immer genau wissen. Wer waren die Freunde, die bei Ihnen zu Hause waren?«

»Freunde halt. Wir haben ein bisschen was getrunken und Gras geraucht.«

»Freunde haben einen Namen.«

»Die wohnen nicht mehr in dieser Gegend.«

Pine dachte einen Moment darüber nach, während Myron vom Schwimmkissen stieg und an den Beckenrand kam. »Jetzt möchte ich *Sie* mal was fragen. Was wissen Sie eigentlich über die Vergangenheit Ihrer Eltern?«

»Nicht viel. Sie haben sich in Kansas auf der Highschool kennengelernt, sich verliebt und geheiratet. Als meine Schwester und ich geboren waren, sind sie mit uns nach Georgia gezogen.«

»Wirklich? Wer hat Ihnen das erzählt?«

Pine verzog das Gesicht. »Meine Eltern natürlich, warum?«

»Weil Ihre Mutter seit ihrem sechzehnten Lebensjahr als Model gearbeitet hat. Sie war in Mailand, London, Paris. Ich kann mir schwer vorstellen, dass die zwei auf derselben Highschool waren, oder dass es in Kansas gewesen sein soll. Julia hat die Highschool wahrscheinlich gar nicht abgeschlossen.«

Pine brauchte einen Moment, bis sie sich gefangen hatte. »Quatsch!«, fuhr sie ihn an.

»Kommen Sie mal mit.«

Myron stieg aus dem Becken, trocknete sich ab, streifte ein T-Shirt über und stieg zusammen mit Pine eine Außentreppe hoch. Im Haus öffnete er eine Tür, trat ein und bedeutete Pine, ihm zu folgen. Der kleine Raum war als Arbeitszimmer eingerichtet. Myron zog eine Schublade eines Aktenschranks auf, kramte einen Moment lang darin und brachte dann eine Zeitschrift zum Vorschein. Er schlug sie auf einer bestimmten Seite auf und reichte sie Pine.

»Ihre Mutter auf einem Laufsteg in London.«

Mit einem unbehaglichen Gefühl im Magen starrte Pine auf das Bild, das ein groß gewachsenes, schlankes Mädchen zeigte, das ihr selbst in diesem Alter erstaunlich ähnlich sah.

»Das überrascht Sie, nehme ich an«, sagte Myron, ohne den Blick von ihr zu wenden.

»Woher haben Sie das Foto?«

»Wenn Ihre Mom etwas getrunken oder geraucht hatte, wurde sie gesprächiger und hat einiges über sich erzählt. Zum Beispiel, dass sie als junges Mädchen als Model gearbeitet hat. Das hat mich fasziniert.«

»Das erklärt nicht, wie Sie zu dieser Zeitschrift gekommen sind.«

»Das war lange nachdem Ihre Familie aus Georgia fortgezogen war. Eigentlich ist es erst ein paar Jahre her. Ich habe online ein bisschen über Ihre Mutter nachgeforscht, aber nichts gefunden. Zufällig habe ich jemanden gekannt, der mit der Modewelt zu tun hatte. Ich habe ihm alles über Ihre Mom erzählt, was ich wusste, und ihm ein Foto gegeben, das ich mal von ihr gemacht hatte. Es dauerte fast ein Jahr, dann hat er mir das hier geschickt.«

»Da steht aber nicht ihr Name darunter.«

»Gibt es irgendeinen Zweifel daran, dass das Ihre Mutter ist? Ich habe noch nie eine Frau gesehen, die so aussieht.«

»Sie ist es. Hat der Typ, den Sie engagiert haben, Ihnen noch irgendwas erzählt?«

Myron beäugte sie aufmerksam. »Als Erstes hat er gesagt, dass ihr Name gar nicht Julia ist.«

»Wie bitte?«

»Er meinte, sie hätte das Zeug gehabt, es ganz nach oben zu schaffen, aber sie hat nach wenigen Jahren alles hingeschmissen. Niemand wusste, warum oder was aus ihr geworden ist. Auch ihren Nachnamen hat er nicht herausfinden können. Aber ihr Vorname war anscheinend Amanda. Jedenfalls hat sie sich damals so genannt.«

»Warum hätte meine Mutter ihren Namen ändern sollen?«, fragte Pine völlig verwirrt.

Myron breitete seine langen dünnen Arme aus. »Woher soll ich das wissen? Ich gebe nur wieder, was der Typ mir berichtet hat. Und der ist nicht irgendwer, verstehen Sie? Er ist ein echter Kenner der Szene.«

»Kann ich mit diesem ›Kenner‹ sprechen?«

»Leider nein.«

»Warum nicht?«

»Weil er, einen Monat nachdem er mir das erzählt hat, an einem Herzinfarkt gestorben ist.«

Pine fühlte sich wie von einem Lastwagen überrollt.

»Ich sehe Ihnen an, dass das alles ein Schock für Sie ist«, sagte Myron verständnisvoll.

Pine musterte ihn misstrauisch. »Warum haben Sie sich die Mühe gemacht, etwas über die Vergangenheit meiner Mutter herauszufinden?

»Wie gesagt, ich bin nun mal ein sehr neugieriger Mensch. Sie wissen ja sicher selbst, dass die meisten gerne über ihre Vergangenheit reden. Ihre Eltern nicht. Jedenfalls nicht, wenn sie nüchtern waren. Da habe ich mich halt gefragt, warum das so ist.«

»Hatten Sie eine Vermutung?« Pine verstand durchaus, dass Myron das Verhalten ihrer Eltern ein wenig sonderbar erschienen war.

»Ich habe mich gefragt, ob sie vielleicht nicht die sind, als die sie sich ausgeben. Dazu passt, dass Ihre Mutter möglicherweise Amanda geheißen hat. Dann kommt sie hierher und heißt plötzlich Julia Pine.«

»Und mein Dad?«

»Das weiß ich nicht. Seine Identität hat möglicherweise gestimmt. Ich habe es jedenfalls nicht überprüft.«

»Weiß Britta davon?«

»Dass ich die Vergangenheit Ihrer Mutter ausgeforscht habe? Nein. Aber sie war dabei, als Amanda … Julia einmal verraten hat, dass sie eine Zeit lang als Model gearbeitet hat.«

Pine ließ sich in einen Stuhl sinken und betrachtete das Bild, das ohne jeden Zweifel ihre Mutter auf einem Laufsteg in London zeigte. Sie las ein paar Sätze des Artikels. *»Karl Lagerfeld?«*, staunte sie. »Das war eine Präsentation, die Karl Lagerfeld für Chanel gemacht hat! Ich weiß so gut wie nichts über das Modegeschäft, aber den Namen kenne ich.«

»Dieser Modekenner hat mir erzählt, dass Ihre Mutter damals auf allen internationalen Modeevents aufgetreten ist.«

»Wie kann es sein, dass ich nichts davon weiß?«

»Das war lange vor Google. Woher hätten Sie es wissen sollen? Und wie gesagt – sie hat nur wenige Jahre gemodelt. Sie war keine Cindy Crawford oder Claudia Schiffer, die Karriere gemacht haben und weltberühmt wurden. Ihre Mutter war größer und beeindruckender als alle diese Supermodels. Aber sie hat zu früh aufgehört und verschwand in der Versenkung. Es gibt keine Wikipedia-Seite oder sonst etwas über sie.«

»Warum? Was war der Grund?«

»Ich habe nicht die leiseste Ahnung. Julia und Tim sind eines Tages mit ihren zwei kleinen Mädchen in diese Stadt gekommen. Nach dem wenigen, was sie uns über sich erzählt haben, haben sie sich angeblich bei einem Blind Date kennengelernt.«

»Dann waren sie also nicht schon auf der Highschool zusammen?«

Myron nahm ihr das Modemagazin aus der Hand und betrachtete das Foto der langbeinigen Julia Pine, die in einem exquisiten Lagerfeld-Kleid über den Laufsteg tänzelte, die Haare hochgesteckt, sodass sie aussah, als gehöre ihr die Welt.

»Sieht sie so aus, als hätte sie eine Highschool in Kansas besucht? Auf dem Foto kann sie kaum älter als siebzehn gewesen sein.« Er musterte Pine eindringlich. »Als ich eben sagte, dass Ihre Eltern mit Ihnen und Ihrer Schwester hergekommen sind, waren Sie gar nicht überrascht. Offenbar wussten Sie schon, dass Sie nicht hier geboren sind.«

»Ich habe vor längerer Zeit herausgefunden, dass ich in New York geboren bin. Das war allerdings eine Überraschung. Bis dahin hatte ich immer gedacht, ich käme aus Georgia.«

Myron nickte schweigend.

»Sie sagen, meine Eltern haben nie über sich gesprochen, wenn sie nüchtern waren. Hat mein Dad manchmal von seiner Vergangenheit erzählt, wenn er getrunken hatte?«

Myron legte das Magazin weg und rieb sich das Kinn. »Ja, schon. Ihr Dad wollte mal Schauspieler werden. Hat er jedenfalls gesagt. Deshalb ist er damals nach New York gegangen, um an seiner Karriere zu arbeiten. So könnte er Ihre Mom kennengelernt haben. Das war so ziemlich alles, was er mir je über sich erzählt hat.«

Pine atmete scharf aus. Das alles war schwer zu glauben. »Mein Dad wollte Schauspieler werden, und meine Mom war ein internationales Model? Sie reden über das Leben anderer Menschen. Das sind nicht meine Eltern, wie ich sie gekannt habe. Von alldem haben sie nie ein Wort gesagt.«

»Ich weiß nicht, warum sie es für sich behalten haben. Vielleicht ist es ihnen einfach nicht so wichtig erschienen. Oder sie wollten nicht, dass Sie denken, sie hätten ihre Karrieren für ihre Kinder geopfert. Aber das ist natürlich reine Spekulation.«

»Ich weiß nur, dass Mom und Dad beide keine Geschwister hatten, und dass ihre Eltern nicht mehr lebten. Das haben sie mir jedenfalls erzählt. Stimmt wenigstens das? Oder habe ich Großeltern, Onkel und Tanten, von denen ich nichts weiß? Obwohl nie jemand versucht hat, Kontakt mit mir aufzunehmen.«

»Über diesen Teil ihres Lebens weiß ich leider auch nichts«, sagte Myron.

»Aber warum sollte meine Mutter ihren Namen von Amanda zu Julia ändern?«

Obwohl Pine nur laut nachdachte, antwortete Myron: »Vielleicht wollte sie untertauchen und alles hinter sich lassen. Es ist ja auch nicht illegal, seinen Namen zu ändern.«

Pine warf einen Blick auf die Modezeitschrift. »Kann ich die haben?«

»Aber sicher.« Er nahm das Heft und gab es ihr.

»Haben meine Eltern je erwähnt, warum sie sich in Andersonville niedergelassen haben? Wenn man so wie meine Mom um die ganze Welt gereist ist, muss einem das hier wie das entlegenste Kaff vorkommen.«

»Tja, die großen Metropolen sind nicht für jeden das Richtige. Britta und ich könnten überall leben, aber wir haben uns entschieden, wieder hierherzukommen. Vielleicht hatte Ihre Mutter genug von der Glitzerwelt und wollte etwas Einfacheres.«

Pine blickte auf die Modezeitschrift. »Sie haben mir ganz schön was zum Nachdenken gegeben.«

»Was werden Sie mit den Informationen anstellen?«

»Ich bin hier, um herauszufinden, was mit meiner Schwester geschehen ist. Jetzt muss ich mich auch noch mit der Frage beschäftigen, wer meine Eltern eigentlich waren.«

»Womit Sie vermutlich nicht gerechnet haben.«

»Da liegen Sie nicht ganz falsch.«

28

»Worüber möchte Lee mit Myron sprechen?«, fragte Britta, als sie in der Küche Kaffee machte. Durchs Fenster hatte sie gesehen, dass Pine zum Pool ging, wo ihr Mann auf dem Schwimmkissen lag.

»Vermutlich hat sie noch ein paar Fragen über ihre Eltern«, antwortete Carol Blum. »Sie ist eine gute Ermittlerin und weiß genau, wie sie fragen muss, um etwas Brauchbares zu erfahren.«

Britta stellte den Kaffee und einen Teller mit warmen Maismuffins auf den Tisch und setzte sich Blum gegenüber.

Blum fragte: »Sie haben Julia doch sicher nahegestanden. Was für einen Eindruck hatten Sie von ihr?«

Britta nahm sich einen Moment, um ihre Gedanken zu ordnen. »Sie war eine tolle Frau. Und damit meine ich jetzt nicht nur ihr Aussehen. Groß und schlank, wunderschönes Haar, perfekte Gesichtszüge. Lee hat einiges von ihr, obwohl sie viel athletischer ist als ihre Mutter.«

»In der Welt, in der Lee sich bewegt, ist Fitness nun mal wichtiger als gutes Aussehen. Sie wollte immer in der Lage sein, sich notfalls wehren zu können. Dafür hat sie hart gearbeitet.«

»Kann ich mir vorstellen. Julia war jedenfalls ein schwieriger Mensch.«

»Inwiefern?«

»Sie hat so gut wie nie über ihre Vergangenheit gesprochen. Aber aus manchen Bemerkungen konnte man heraushören, dass sie in der Welt herumgekommen ist, auch im Ausland. Myron hat mir erzählt, dass sie früher einmal als Model gearbeitet hat. Ehrlich gesagt hat es mich nicht überrascht. Sie hatte die ideale Figur, die Größe und das Gesicht. Lange kann sie den Job allerdings nicht gemacht haben.«

»Wie kommen Sie darauf?«

»Sie war noch sehr jung, als sie die beiden Mädchen bekommen hat.«

»Waren Sie eigentlich schon befreundet, als die zwei geboren wurden?«

»O nein, sie sind ja nicht hier zur Welt gekommen.«

Blum ließ sich nicht anmerken, wie überrascht sie war.

»Die Mädchen waren ungefähr zwei Jahre alt, als Tim und Julia nach Andersonville kamen.«

»Verstehe«, sagte Blum. »Ich habe nur ein Foto von Lee und ihrer Schwester gesehen, aber keins von ihren Eltern. Es ist das einzige Foto, das Lee Pine von früher hat.«

»Nur eins? Seltsam.«

»Haben Sie ein Foto von den Pines?«

»Lassen Sie mich nachsehen. Ich bin gleich wieder da.«

Blum nutzte die Gelegenheit und beobachtete durchs Fenster, wie Myron aus dem Becken stieg, sich abtrocknete, ein T-Shirt überstreifte und mit Pine über eine Außentreppe zum ersten Stock hinaufstieg. Pine wirkte irgendwie überrascht. Vielleicht hatte Myron ihr ähnliche Dinge erzählt, wie Blum sie von Britta erfahren hatte.

»Hier.«

Blum drehte sich um und sah Britta mit einem kleinen Foto zum Tisch kommen. Britta reichte ihr die Aufnahme. »Ich glaube, da hatten die Mädchen ihren vierten Geburtstag.«

Die Pines standen nebeneinander. Tim an einem Ende, die etwas größere Julia am anderen. Dazwischen Atlee und Mercy. Blum betrachtete die Zwillingsschwestern.

»Meine Güte, die sind wirklich nicht zu unterscheiden, außer dass Atlee eine Hose anhat und Mercy ein Rüschenkleid – glaube ich wenigstens.«

»So ist es. Lee war immer schon die Burschikose und Mercy die Mädchenhafte. Daran hat man sie unterscheiden können. Lee hat nur selten ein Kleid getragen, und wenn, dann sicher keins mit Rüschen.«

»Julia ist wirklich umwerfend schön.«

»Tim war aber auch nicht zu verachten. Im Sommer ist öfter mal die eine oder andere Lady bei den Pines vorbeigekommen – rein zufällig, versteht sich –, wenn Tim in Shorts und mit nacktem Oberkörper draußen im Garten gearbeitet hat. Ich muss zugeben, dass auch ich selbst mal einen Blick riskiert habe.«

Blum lächelte. »Ich hätte sicher auch nicht weggeguckt. Haben die Pines Ihnen mal etwas über ihr früheres Leben erzählt? Über die Zeit, bevor sie nach Andersonville gekommen waren?«

»Nein. Julia war sehr verschlossen, was das betraf, und Tim war sowieso nicht der Gesprächigste.«

Blum biss von ihrem Muffin ab und nahm einen Schluck Kaffee.

»Wie sind Sie und Ihr Mann eigentlich hier gelandet?«

Brittas Gesicht entspannte sich. »Myron hatte einen Freund, der im Bergbau beschäftigt war. Er hat Myron einen Job bei der Bauxitfirma verschafft.«

»Als Computergenie im Bergbau? Hat ihm das gefallen?«

»Er hat ja nicht in der Mine geschuftet. Sein Job war wissenschaftlicher Art. Er hat dem Unternehmen sogar ein, zwei Vorschläge gemacht, wie Bauxit sich nutzen ließe – Verwendungsmöglichkeiten, von denen man damals noch gar nichts wusste. Myron hat sich immer schon seine eigenen Gedanken über alle möglichen Dinge gemacht.«

»Wie haben Sie beide sich kennengelernt?«

»Bei einem Blind Date in Huntsville, Alabama. Ich hatte gerade das College abgeschlossen, und Myron hatte es schon ein Jahr hinter sich. Er war groß und sah gut aus, auch wenn er mehr der schweigsame Typ war. Ich hatte keine Ahnung, dass er auf seine Art ein Genie ist. Auf viele hat er ein bisschen spröde und distanziert gewirkt, aber wir haben uns auf Anhieb verstanden. Wir sind schon sehr lange zusammen …« Ihre Stimme verebbte. »Ich habe immer gedacht, dass ich in meinem jetzigen Alter Großmutter sein würde. Was habe ich mir nicht alles ausgemalt! Aber es ist ganz anders gekommen.«

Blum legte ihr die Hand auf den Arm. »Tut mir leid, Britta. Das muss sehr wehgetan haben.«

»Ja. Aber wie heißt es immer? Das Leben geht weiter. Wir haben das Beste daraus gemacht … unter den gegebenen Umständen. Aber es vergeht kein Tag, an dem ich nicht an meine Kinder denke. An das, was hätte sein können.«

Blum drückte mitfühlend ihren Arm und lehnte sich dann zurück.

Britta seufzte noch einmal, nahm einen Schluck Kaffee und blickte auf. »Sie und Atlee scheinen gut miteinander auszukommen.«

Blum nahm den Themenwechsel dankbar an. »Sie ist eine tolle Chefin und eine noch bessere Agentin.«

»Sie sind bestimmt stolz auf sie.«

»Sie hat sich alles hart erarbeitet. Das FBI ist immer noch eine Männerdomäne, aber sie ist ins kalte Wasser gesprungen und hat die Herausforderung vom ersten Tag an angenommen. Sie lässt sich von niemandem verarschen, und wer ihr mit frauenfeindlichem Gehabe kommt, kann sich auf was gefasst machen. Glauben Sie mir, ich habe es mit eigenen Augen gesehen.«

Britta blickte zum Fenster. »Wie sie wohl mit Myron zurechtkommt?«

»Ich nehme an, auch Myron weiß all das, von dem Sie mir gerade erzählt haben.«

»Ja. Vielleicht sogar mehr.«

»Dann hat er ihr wahrscheinlich einiges anvertraut.«

»Kann sie Julia denn nicht selbst fragen, was damals genau passiert ist? Sie ist doch noch am Leben, oder?«

»Ich weiß es nicht.«

»Aber Lee wird es doch wissen.«

»Das kann ich nicht sagen«, erwiderte Blum ausweichend. »Ich halte mich mit Fragen nach ihrer Vergangenheit zurück.«

»Verstehe.«

»Jack Lineberry war weniger zurückhaltend«, fuhr Blum fort. »Er hat Agentin Pine nach ihrer Mutter gefragt.«

»Wirklich?«

»Überrascht Sie das?«

»Nein, eigentlich nicht. Sie waren gut befreundet.«

Wie gut?, wollte Blum fragen, behielt es aber für sich.

»Arbeiten Sie gern beim FBI?«, wollte Britta wissen.

»Sehr sogar. Und mit Agentin Pine wird es nie langweilig. Kurz bevor wir herkamen, hat sie ein kleines Mädchen aus den Händen eines Entführers gerettet. Der Dreckskerl war ein verurteilter Pädophiler, der schon mehrere Mädchen vergewaltigt und wahrscheinlich ermordet hat. Agentin Pine hat ihn ganz allein zur Strecke gebracht. Der Kerl kommt nie wieder aus dem Knast – dank ihr.«

»Sie scheint mir eine taffe Frau zu sein.«

»Da kann ich Ihnen nicht widersprechen.«

»Ihre Mutter muss stolz auf sie sein.«

Tja, wer weiß?, dachte Blum.

29

Pine und Blum saßen beim Abendessen im *Clink*.

Zuvor hatten sie sich von ihren Gesprächen mit Myron und Britta erzählt.

»Da haben Sie jetzt einiges zu verarbeiten, stimmt's?«, sagte Blum.

»Was meinen Sie? Dass ich all die Jahre keine Ahnung hatte, woher ich komme und wer meine Eltern wirklich waren? Dass sie mir nur Märchen und Lügen erzählt haben?«

»Gibt es denn überhaupt nichts aus der Vergangenheit Ihrer Eltern, an das Sie sich erinnern können?«

»Nur das, was sie mir erzählt haben, und das war sehr wenig.«

»Und nachdem Sie von hier weggezogen waren?«

»Wie gesagt, wir haben uns in einer kleinen Stadt in South Carolina niedergelassen. Nach ein paar Jahren haben sich meine Eltern getrennt.«

»Wegen dem, was hier passiert ist?«

Pine fummelte an ihrer Papierserviette herum. »Wahrscheinlich. Sie haben sich ständig gestritten. Es ging um alles Mögliche, aber Mercys Name ist immer wieder gefallen.«

»Wie ging es dann weiter?«

»Ich habe mich dafür entschieden, bei meiner Mom zu leben. Wie gesagt, das war in South Carolina, und mein Dad hat nicht weit weg gewohnt. Aber dann wurde plötzlich alles anders.«

»Inwiefern?«

»Ich war schon an der Highschool angemeldet, als meine Mutter mir plötzlich sagte, dass wir wegziehen.«

»Wohin?«

»Das hat sie mir erst gesagt, als der Umzugswagen vor der Tür stand. Am Ende sind wir in Texas gelandet.«

»Hat sie mal erwähnt, warum dieser Umzug stattgefunden hat?«

»Nein, eigentlich nicht.«

»Haben Sie je erfahren, wo Sie wirklich geboren sind? Britta ist sich nämlich sicher, dass es nicht hier gewesen sein kann.« Blum stockte kurz, fügte dann hinzu: »Ich war ziemlich von den Socken. Aber keine Bange, ich hab's mir nicht anmerken lassen.«

Pine schaute sie an. Sie wusste genau, was ihrer Assistentin durch den Kopf ging. »Ich weiß, wo ich geboren bin. Tut mir leid, dass ich es Ihnen nicht vorher gesagt habe.«

»Es ist Ihr gutes Recht, persönliche Dinge für sich zu behalten, Agentin Pine. Aber Sie wissen doch wohl, dass ich alles, was Sie mir je erzählen, streng vertraulich behandle?«

»Das weiß ich, Carol.« Sie hielt einen Moment inne, um ihre Gedanken zu ordnen. »Ich bin in New York geboren. Allerdings weiß ich das nicht von meinen Eltern. Ich habe es erst erfahren, als ich auf dem College war und einen Pass beantragt habe. Wie Sie wissen, war ich als Gewichtheberin ziemlich erfolgreich und musste auch zu Wettkämpfen ins Ausland reisen. Ich erinnere mich noch, wie erstaunt ich war, als ich meine Geburtsurkunde gesehen habe, die ich für den Pass brauchte. Meine Mutter hat sie mir gegeben. Ich habe nur dagesessen und auf die Urkunde gestarrt. Bis dahin hatte ich gedacht, ich wäre in Georgia geboren. An die Zeit in New York hatte ich überhaupt keine Erinnerung.«

»Tja, wenn es stimmt, was Britta sagt, sind Sie mit ungefähr zwei Jahren nach Georgia gekommen. Da ist es kein Wunder, dass Sie sich nicht an New York erinnern.«

»Ich habe meine Mom danach gefragt, aber sie hat so getan, als wäre es überhaupt nicht wichtig. Sie hat behauptet, sie hätte mir erzählt, dass ich nicht hier geboren bin und dass wir erst später nach Georgia gezogen sind. Aber ich glaube nicht, dass ich es vergessen hätte.«

»Nein, bestimmt nicht.«

»Es war hart, kurz vor der Highschool nach Texas zu ziehen. In South Carolina hatte ich Freunde, und auf einmal war alles weg. Ich hatte niemanden.« Sie stockte kurz. »Und Dad hatte ich auch nicht mehr in der Nähe. Ich habe rebelliert, mich ständig betrunken, Gras geraucht. Wegen Ladendiebstahls bin ich mit der Polizei in Konflikt geraten. Ehrlich, ich war auf der schiefen Bahn.«

»Wie haben Sie am Ende die Kurve gekriegt? Hat Ihre Mom Ihnen geholfen?«

»Nein, nicht wirklich. Natürlich hat sie mir ins Gewissen geredet, aber ich habe nicht auf sie gehört. Ich war viel zu sauer auf sie, weil sie mit mir fortgegangen war und ich meinen Vater nicht mehr in der Nähe hatte. Vor allem habe ich Mercy vermisst. Ich habe mich so verdammt allein gefühlt.«

»Wie ging es dann weiter?«

»Ich weiß, es klingt dumm, was ich jetzt sage …«

»Ich habe in meinem Leben schon viel gesehen und gehört. Lassen wir's drauf ankommen.«

»Auf einem Jahrmarkt in unserer Stadt war eine Wahrsagerin. Ich weiß nicht, warum ich es getan habe, aber ich bin zu ihr reingegangen, um mir etwas über mein Schicksal erzählen zu lassen. Die Lady hat mir tatsächlich etwas Interessantes gesagt.«

»Was?«

»Sie hat sich meine Hand angesehen und gemeint, sie spüre zwei Herzschläge in mir, nicht einen. Und ich wüsste, woran das liegt.«

Blum lehnte sich zurück. »Mercy?«

Pine nickte. »Es war, als hätte jemand einen Schalter in mir umgelegt. Von dem Tag an habe ich mich in der Schule angestrengt, habe mit Sport angefangen, habe mich abgerackert, um …«

»… um nicht nur Ihr eigenes Leben zu führen, sondern das Ihrer Schwester noch dazu … *für* Ihre Schwester?«

»So was in der Art«, sagte Pine gequält. »Und als ich dann im Sommer nach Hause gekommen bin, war meine Mutter nicht mehr da. Nur ein Zettel mit einer kurzen Nachricht – dass sie neu anfangen müsse. Sie hat mir genug Geld hinterlassen, dass ich meine Ausbildung beenden konnte. Wiedergesehen habe ich sie seither nicht mehr.«

»Mein Gott«, murmelte Blum sichtlich erschüttert. »Sie hat Sie einfach so alleingelassen?«

»Ich war erwachsen, also kann man es streng genommen nicht so ausdrücken. Aber natürlich lief es für mich genau darauf hinaus. Ich habe bei der Polizei angerufen und Mom als vermisst gemeldet, aber es gibt kein Gesetz, das einem erwachsenen Menschen verbietet, seinen Wohnort zu wechseln. Und es gab keine Hinweise auf ein Verbrechen.«

»Trotzdem müssen Sie verzweifelt gewesen sein.«

»War ich auch, ziemlich lange sogar. Ich habe nach ihr gesucht. Später, als FBI-Agentin, habe ich die Suche in meiner Freizeit fortgesetzt, aber nicht die kleinste Spur gefunden. Sie war wie vom Erdboden verschwunden. Wer weiß, vielleicht lebt sie längst nicht mehr.« Pine senkte den Blick, schaute zu Boden. »Ich wäre schon zufrieden, wenn ich nur Bescheid wüsste, was aus ihr geworden ist.«

»Trotzdem hat sich für Sie alles zum Guten gewendet. Immerhin sind Sie FBI-Agentin geworden.«

»Da ist das Urteil noch nicht gesprochen«, erwiderte Pine düster und nahm einen Schluck Bier. »Es kann immer noch geschehen, dass Dobbs mich fallen lässt. Warum sollte er wegen mir seine Laufbahn aufs Spiel setzen?«

»Ja, er kann manchmal ein bisschen ruppig sein, aber vielleicht überrascht er Sie, Agentin Pine. Immerhin hat er Ihnen eine Chance gegeben, die Dinge ins Lot zu bringen. Das hätte er nicht tun müssen.«

»Auch wieder wahr.«

»Was hat Ihre Mutter gearbeitet, nachdem Sie in Texas angekommen waren?«

»Warum fragen Sie?«

»Ich versuche nur, die Situation zu verstehen.«

»Sie hat nicht gearbeitet, jedenfalls nicht sofort.«

»Wie hat sie dann für Sie und sich selbst gesorgt?«

»Sie hat gesagt, sie hätte etwas Geld von einer entfernten Verwandten geerbt.« Pine bemerkte Blums ungläubigen Blick. »Ich weiß. Ich war jung und dumm und hab's einfach geglaubt.«

»Aber irgendwann hat sie einen Job angenommen?«

»Ja. Aber sie hat nie über ihre Arbeit gesprochen – nur, dass sie irgendwelchen Papierkram zu erledigen hätte. Und ich hatte genug zu tun mit Schule und Sport. Für ihren Job habe ich mich nicht weiter interessiert.«

»Hat sie in der Zeit auch mal eine Reise unternommen? Vielleicht ins Ausland?«

»Nein, nie.«

»Und Ihr Vater? Ist er in South Carolina geblieben?«

»Ja. Das war wirklich schlimm. Er war schließlich mein Dad. Mom hat es damit erklärt, dass sie ein Jobangebot in Texas bekommen hätte und es nicht ablehnen wollte. Dad würde es verstehen. Aber das ergab überhaupt keinen Sinn, weil Mom in der ersten Zeit ja gar nicht gearbeitet hatte.«

»Ich kann verstehen, dass Sie ihr geglaubt haben – schließlich ist sie Ihre Mutter. Hat Ihr Vater später mal darüber gesprochen, warum sie mit Ihnen nach Texas gegangen ist?«

»Ich habe mit ihm telefoniert – da hatte er, glaube ich, gerade Probleme in seinem Job, weil er zu viel getrunken hat. Vielleicht waren auch Drogen im Spiel. Aber er hat nie ein böses Wort über meine Mutter gesagt.« Sie senkte den Blick. »Er hat mir oft gesagt, dass er mich lieb hat. Und … dass es ihm schrecklich leidtut um Mercy. Aber dass er froh ist, mich in seinem Leben zu haben.«

»Und dann?«

»Eines Tages – ich war schon auf dem College – bekam meine Mom einen Anruf. Man hatte Dad tot aufgefunden. Selbstmord. Angeblich in einem Motel in Louisiana, aber das hat ja wohl nicht gestimmt, wie sich nun herausstellt.«

»Ja. Laut Jack Lineberry muss es in der Wohnung Ihres Vaters in Virginia passiert sein. Obwohl Ihr Dad Ihnen gegenüber nie erwähnt hat, dass er dorthin übergesiedelt ist, oder?«

»Nein. Jedenfalls hat meine Mom sich um alles gekümmert, hat sie zumindest gesagt. Ich wollte zur Beerdigung, aber sie war dagegen. Dad wurde eingeäschert. Mom sagte mir, sie hätte seine Asche an einem Ort ausgestreut, den er geliebt hat.«

»Wissen Sie, wo?«

»Nein, sie hat es mir nie gesagt. Und jetzt stellt sich heraus, dass Jack Lineberry ihn gefunden hat. Auch das hat meine Mutter mir verschwiegen.«

»Vielleicht wusste sie es gar nicht.«

»Lineberry muss doch gewusst haben, dass meine Mutter hinkommen würde, nachdem mein Dad sich das Leben genommen hatte. Aber sie hat nie erwähnt, dass sie Lineberry dort begegnet ist. Und er behauptet, sie nicht gesehen zu haben.«

»Und wenig später ist Ihre Mutter fortgegangen?«

»Ja. Vielleicht zwei Monate später.«

»Das ist alles ganz schön merkwürdig«, meinte Blum.

Pine schüttelte resignierend den Kopf. »Wozu bin ich eigentlich FBI-Ermittlerin? Wozu habe ich gelernt, die Wahrheit herauszufinden und zu erkennen, wenn jemand lügt oder irgendwas faul ist? Aber wenn ich jetzt über mein Leben spreche, sehe ich jede Menge Alarmsignale. Wie zum Teufel konnte ich sie übersehen? Warum ist mir nie der Verdacht gekommen, dass irgendwas nicht stimmt?«

»Damals waren Sie noch nicht beim FBI. Und wir neigen nun mal dazu, den Menschen, die uns nahestehen, zu vertrauen. Kinder haben einen unerschütterlichen Glauben an ihre Eltern.«

»Aber jetzt ist es höchste Zeit, der Wahrheit ins Gesicht zu sehen.«

»Sie haben gesagt, Ihre Mutter hat Ihnen Geld hinterlassen, als sie fortging. Haben Sie irgendeine Idee, woher sie das Geld hatte?«

»Nein. Es war nicht wenig, aber für die Bank war alles in Ordnung. Das Geld hat Mom gehört, da gab es keinen Zweifel.«

»Tja, bevor Ihre Mutter gegangen ist, hat sie sich wenigstens darum gekümmert, dass Sie fürs Erste versorgt sind.«

»Aber warum ist sie überhaupt weggegangen? Ich hätte viel lieber meine Mutter gehabt als das Geld!«

Eine Zeit lang schwiegen beide, bis Blum sagte: »Ihre Mutter war eine außerordentlich schöne Frau. Britta hat mir ein Foto gezeigt. Ich kann nur sagen – wow.«

»Britta Pringle hat ein Foto von meiner Mutter?«

»Ja. Sorry, das konnten Sie natürlich nicht wissen.«

»Ich kann mich erinnern, dass Mom allen Männern in der Gegend den Kopf verdreht hat. Obwohl ich ein kleines Mädchen war, ist es mir nicht entgangen.«

»Glauben Sie, es gibt einen Zusammenhang zwischen den vielen offenen Fragen und dem Verschwinden Ihrer Schwester?«

Pine trank einen Schluck Bier. »Sie meinen, die mysteriöse Vergangenheit meiner Eltern könnte irgendwie damit zu tun haben, dass Mercy entführt und ich beinahe umgebracht wurde?«

»Ja.«

»Ich habe auch schon an diese Möglichkeit gedacht. Aber jetzt sind wir erst einmal hier und müssen weiter in der Vergangenheit graben. Vielleicht finden wir einen Hinweis, wohin meine Mom gegangen ist.«

»Hallo zusammen.«

Sie blickten auf und sahen Cy Tanner und Agnes Ridley an ihren Tisch kommen.

Tanner trug dieselbe Jeans wie immer, aber ein frisches Baumwollhemd. Seinen alten Stetson hielt er in den Händen. In die riesige Gürtelschnalle war eine Budweiser-Dose eingraviert.

Agnes Ridley trug ein langärmeliges gelbes Baumwollkleid und Leinenschuhe, die ihre rot geschwollenen Fußknöchel sehen ließen. Ihr graues Haar hing schlaff auf die Schultern herab.

»Hallo«, grüßte Blum zurück.

»Stören wir, oder dürfen wir uns zu Ihnen setzen?«, fragte Tanner.

»Bitte«, sagte Pine und musterte Ridley.

Die zwei setzten sich zu ihnen an den Tisch. Tanner hängte seinen Hut auf eine Stuhllehne, hob die Hand und bestellte ein Bier.

»Noch ein Toter«, sagte Ridley. »Mein Gott.«

»Weiß man schon, wer es ist?«, fragte Tanner.

»Noch nicht.«

»Ich habe gehört, er soll fein angezogen gewesen sein«, setzte Ridley nach.

»Von wem haben Sie das?«, fragte Pine scharf.

»Hier bei uns bleibt nichts lange geheim«, erklärte Tanner. »Ermitteln Sie jetzt auch in diesem Fall?«

»Ich helfe dem Detective, so gut ich kann. Aber nach diesem zweiten Mord rufen sie jetzt Verstärkung.«

»Wen?«, wollte Tanner wissen. Die Kellnerin brachte sein Bier, und er nahm einen kräftigen Schluck und wischte sich mit dem Handrücken den Schaum von der Oberlippe.

Alle vier blickten auf, als die Eingangstür des Restaurants geöffnet wurde.

»Den da«, sagte Blum.

In der Tür stand ein gut eins achtzig großer, breitschultriger Mann Ende dreißig. Dunkler Anzug, weißes Hemd, gestreifte Krawatte und darüber eine dunkelblaue FBI-Windjacke.

Als Pines Blick auf ihn fiel, klappte ihre Kinnlade herunter. »Ich glaub's nicht«, murmelte sie.

»Kennen Sie ihn?«, fragte Blum, der Pines überraschte Reaktion nicht entgangen war.

»FBI Special Agent Eddie Laredo«, sagte Pine.

»Ein alter Bekannter von Ihnen?«

»So kann man's auch nennen.«

30

Eddie Laredos scharfe hellgrüne Augen fixierten Pine, als würden sie magnetisch von ihr angezogen. Laredo hatte ein kantiges Kinn und eine schmale, gerade Nase, die sein Gesicht symmetrisch teilte. Die buschigen Brauen waren so dunkel wie seine Haare. Sein kräftiger Hals ging in breite Schultern über, die Taille war schmal. Die Anzughose spannte sich über den muskulösen Schenkeln.

Doch es waren die Augen, die die Aufmerksamkeit des Betrachters auf sich zogen. Ruhig, aber ein klein wenig bedrohlich in ihrer Intensität.

Er durchquerte die Gaststube und blieb vor Pine stehen.

»Hallo, Eddie«, sagte sie, ohne ihn anzuschauen.

»Ich habe gehört, dass du auch in der Stadt bist, Atlee«, erwiderte er leise.

Nun schaute sie doch zu ihm auf. »Von wem?«

»Jemand hat es erwähnt.«

»Jemand in Phoenix?«

»Nicht wichtig. Hab's nur aufgeschnappt.«

Er zog sich einen Stuhl heran, stellte ihn neben ihren und setzte sich. Dann schaute er in die Runde und nickte grüßend. »Agent Laredo, FBI.«

Blum blickte zu Pine, die wie versteinert dasaß; dann musterte sie Laredo von oben bis unten. »Ich bin Carol Blum, Agentin Pines Assistentin im Bureau«, stellte sie sich vor. »Hat man Sie hergeschickt, um wegen der beiden Morde zu ermitteln?«

Laredo nickte. »Ich bin nach Atlanta geflogen und von dort hergefahren.«

»Du allein?«, fragte Pine.

»Fürs Erste. Das könnte sich aber noch ändern, kommt ganz drauf an.«

»Verstehe.«

Agnes Ridley blickte zwischen Pine und Laredo hin und her. »Sie kennen sich von früher?«

Laredo sah Pine an, bevor er antwortete. »Ist lange her. Wir haben mal in derselben Einheit gearbeitet – bei der Unit Four an der Abteilung für Verhaltensanalyse.«

»Aber nur kurz«, fügte Pine hinzu.

»Kurz, aber intensiv«, konterte Laredo.

»Hast du schon mit Max Wallis gesprochen?«, fragte Pine, ohne auf seine Bemerkung einzugehen.

»Ich wollte mich hier mit ihm treffen.« Laredo schaute auf die Uhr. »Er müsste jeden Moment da sein.«

Pine stand abrupt auf. »Dann will ich nicht stören.«

Laredo schaute sie überrascht an. »Ich dachte, du arbeitest auch an dem Fall. Hat man mir was Falsches erzählt?«

»Ich *habe* an dem Fall gearbeitet. Aber da du jetzt hier bist, wird meine Hilfe wohl nicht mehr benötigt.«

Sie ging zur Tür und trat hinaus.

Blum sah ihr einen Moment lang nach; dann schweifte ihr Blick zu Laredo, der auf seine Hände schaute.

»Sie und Agentin Pine haben enger zusammengearbeitet?«

Statt zu antworten, fragte Laredo seinerseits: »Sie arbeiten also bei Agentin Pine in Shattered Rock?«

»Das wissen Sie auch schon?«

»Das Bureau ist nicht so groß, wie manche meinen.«

»Groß genug jedenfalls. Wir können Ihnen berichten, was wir bislang herausgefunden haben, gemeinsam mit Detective Wallis.«

»Wäre nicht schlecht.« Sein Blick schweifte zu Ridley und Tanner. »Und Ihre Freunde sind …?«

»Cy Tanner und Agnes Ridley. Cy wohnt jetzt in dem Haus, in dem Agentin Pine aufgewachsen ist und in dem sich damals dieses Drama abgespielt hat.«

Laredo schaute Blum überrascht an.

»Ja, *deswegen* sind wir hier. Jedenfalls war es der ursprüngliche Grund. Dann aber ging es mit den Morden los.«

»Verstehe. Sind Sie mit der … anderen Sache weitergekommen?«

»Ein wenig. Ist aber noch ein langer und steiniger Weg. Tja, jetzt will ich mich mal Agentin Pine anschließen.«

Blum stand auf, verabschiedete sich und verließ das Restaurant. Sie brauchte nicht weit zu gehen: Pine saß auf einer Bank vor dem Gebäude. Sie erhob sich, als Blum zu ihr kam, und fragte: »Sind Sie hier fertig?«

»Bin ich. Sie hätten aber nicht auf mich warten müssen.«

»Kein Problem. Ich kann ein bisschen Gesellschaft gebrauchen.«

Sie gingen in Richtung *Cottage*.

»Dieser Eddie Laredo«, begann Blum. »Möchten Sie mir ein bisschen was über ihn erzählen?«

»Nicht so gern. Es gibt auch nicht viel zu erzählen.«

»Na, na. Ich weiß, dass Sie die Dinge manchmal ein bisschen runterspielen.«

»Wir waren Kollegen, bis ich mich habe versetzen lassen.«

»Er weiß bereits, dass Sie das Büro in Shattered Rock leiten.«

Pine ging nicht darauf ein. »Er ist ein guter Agent. Wir haben nur gewisse Dinge unterschiedlich betrachtet.« Sie schaute Blum von der Seite an. »Sonst noch was, das ich wissen sollte?«

»Ich habe ihm Cy und Agnes vorgestellt und ihm gesagt, dass Cy in Ihrem alten Elternhaus wohnt.«

»Und?«

»Ich habe einen Köder ausgeworfen, um zu sehen, wie viel er über Sie weiß.«

»Und?«

»Er scheint jedenfalls zu wissen, warum Sie ursprünglich hergekommen sind.«

Pine nickte langsam.

»Haben Sie damals, als Sie Kollegen waren, mit ihm über die Sache gesprochen?«, fragte Blum.

»Nein, aber meine Vergangenheit ist kein Geheimnis, Carol. Mit ein bisschen Googeln können Sie einiges über mich erfahren.«

»Dann hat er einfach zwei und zwei zusammengezählt.«

»Wie man es als FBI-Agent eben so macht.«

»Als Sie Detective Wallis empfohlen haben, das FBI einzuschalten, haben Sie da schon geahnt, dass die Laredo herschicken könnten?«

Pine schüttelte den Kopf. »Ich habe seine Karriere nicht weiterverfolgt. Ich wusste nicht, dass er noch bei Unit Four ist.«

»Dann ist er schon ziemlich lange dabei?«

»Entweder das, oder er war mal weg und hat sich irgendwann zurückversetzen lassen. So was kommt vor. Ich bin aus der Abteilung Verhaltensanalyse ausgestiegen, weil es im Grunde ein Bürojob ist. Ich will die Täter vor Ort zur Strecke bringen.«

»Tja, jetzt ist dieser Laredo jedenfalls hier. Haben Sie wirklich vor, ihm das Feld zu überlassen und sich zurückzuziehen? Das sieht Ihnen gar nicht ähnlich.«

»Das ist nicht meine Entscheidung, Carol. Offiziell bin ich im Urlaub. Es spielt keine Rolle, was Detective Wallis sagt oder will – ich habe mit seinem Fall offiziell nichts zu tun. Sie wissen ja selbst, dass man es beim FBI mit den Regeln sehr genau nimmt und darauf achtet, dass die Agenten einander nicht in die Quere kommen.«

»Aber wenn Laredo Sie bittet, weiter zu ermitteln?«

Pine warf ihr einen Blick zu. »Wieso? Hat er das gesagt?«

»Gesagt hat er nichts. Ich meine nur, falls er Sie *fragt.*«

Pine zuckte mit den Schultern. »Das entscheide ich, falls es dazu kommt. Jetzt müssen wir uns erst mal um andere Dinge kümmern.«

»Okay, was steht im Fall Mercy als Nächstes an?«

»Wir haben neues Material und neue Hinweise. Vor allem habe ich den Eindruck, dass die Leute uns nicht die Wahrheit sagen … Jackson Lineberry zum Beispiel, und die Pringles. Selbst bei Lauren Graham habe ich das Gefühl, dass sie uns irgendwas verheimlicht.«

»Klingt fast nach einer Verschwörung. Könnte es sein, dass die alle in die Sache verwickelt sind? Aber in *was* genau?«

»Das ist die Frage. Es ist nur so ein Verdacht, aber ich glaube immer mehr, dass die Leute uns nicht alles erzählen, was sie wissen. Warum tut man das? Meistens, weil man etwas zu verbergen hat. Die Frage ist nur, was. Vielleicht etwas, das mit dem Verschwinden meiner Schwester zu tun hat? Welchen Grund könnten sie dafür haben? Immerhin scheinen sie alle meine Eltern gemocht zu haben.«

»Es ergibt keinen Sinn. Womit wir wieder bei dem Ansatz wären, dass der Täter ein Fremder war. Jemand, der weit weg von hier lebt. Oder längst tot ist.« Sie sah Pine an. »Was, wenn Sie nie Gewissheit bekommen?«

»Ich habe es mir angewöhnt, die Latte hoch zu legen, Carol. Damit ich nicht Gefahr laufe, mich mit weniger zufriedenzugeben.«

»Aber in diesem Fall liegt es möglicherweise nicht in Ihrer Hand. Es sind zu viele Faktoren im Spiel, auf die Sie keinen Einfluss haben.«

»Das ist keine Ausrede.«

Sie gelangten zum *Cottage* und traten ein.

»Ist Agent Laredo eigentlich verheiratet?«, fragte Blum.

Pine zuckte mit den Schultern. »Er war es, als ich mit ihm zusammengearbeitet habe.«

»Er trägt nämlich keinen Ehering.«

Pine musste unwillkürlich lächeln. »Worauf Sie so alles achten, Carol.«

»Vielleicht ist er inzwischen geschieden. Wenn man fürs FBI arbeitet, kann das leicht passieren.«

Pine nickte. »Es ist ein undankbarer Job. Und für die Partner oft ein einsamer.«

»Ist das der Grund, warum Sie den Schritt nie gewagt haben?«, wollte Blum wissen.

»Nein. Es war einfach nicht der Richtige dabei.«

»Es gibt aber schon welche, die richtig wären?«

»Klar. Bloß laufen die mir nie über den Weg. Bis später, Carol.«

Während Pine in ihrem Zimmer verschwand, blieb Blum unten an der Treppe stehen und traf eine stille Entscheidung.

Sie machte einen Anruf, stellte ein paar gezielte Fragen und beendete das Gespräch. Fünf Minuten später klingelte es. Blum nahm den Anruf entgegen, bedankte sich bei der Frau am anderen Ende und trat hinaus auf die Straße.

Auf die legendären Mitarbeiterinnen in den FBI-Büros ist halt immer wieder Verlass.

31

Detective Wallis und Agent Laredo saßen am selben Tisch wie zuvor Pine und Blum. Tanner und Ridley waren gegangen.

Blum trat ein, sah die zwei Männer, ging schnurstracks zu ihrem Tisch und setzte sich neben Wallis.

»Hallo, Carol«, sagte Wallis. »Warum ist Agentin Pine nicht ein bisschen länger geblieben?«

»Sie hatte etwas zu erledigen. Aber sie hat mich zurückgeschickt, um auf dem Laufenden zu bleiben.«

Laredo warf ihr einen prüfenden Blick zu, schwieg jedoch.

»Das freut mich.« Wallis nickte. »Wie ich Agent Laredo und Ihrer Chefin schon gesagt habe, scheinen wir im Fall Hanna Rebane gegen eine Wand zu laufen. Es gibt nicht den kleinsten Hinweis, was sie getan hat, als sie am Tag ihrer Ermordung aus dem Haus gegangen ist. Wie es aussieht, hat sie niemanden angerufen und weder Kreditkarte noch Bankkarte benutzt. Niemand hat sie gesehen. Ab diesem Zeitpunkt ist sie wie vom Erdboden verschluckt.«

»Bis sie wenig später in Andersonville, Georgia, wieder auftaucht«, fügte Blum hinzu.

»Haben Sie die Wohnung auf Fingerabdrücke untersucht?«, fragte Laredo.

»Ja. Die einzigen Abdrücke stammen von Rebane, Clemmons und ihrem Freund – und der war zur fraglichen Zeit in Miami.«

»Was ist mit dem zweiten Opfer? Wissen wir da schon mehr?«

»Ja, da war das Glück auf unserer Seite. Die Fingerabdrücke haben einen Treffer ergeben. Der Mann heißt Layne Gillespie. Zweiunddreißig Jahre alt. Die letzte bekannte Adresse ist in Savannah.«

»Was wissen wir sonst noch über ihn?«, hakte Laredo nach.

»Er war ein paar Jahre in der Army. Mit einer allgemeinen Entlassung aus dem Dienst ausgeschieden.«

»Also keine ehrenhafte Entlassung, aber auch keine unehrenhafte«, sagte Laredo nachdenklich.

»Und auch keine Entlassung aus disziplinarischen Gründen«, fügte Blum hinzu. »Was mich interessieren würde: War es eine Entlassung unter ehrenhaften *Bedingungen* oder nicht?«

Beide Männer musterten sie verdutzt.

»Mein ältester Sohn ist Militärpolizist in der Army«, erklärte Blum. »Von daher kenne ich den Sprachgebrauch. Eine Entlassung unter ehrenhaften Bedingungen bedeutet, dass die Leistungen des Betreffenden zufriedenstellend waren, sein Verhalten aber nicht dem entsprochen hat, was von einem Militärangehörigen erwartet wird. Wenn die Entlassung hingegen unter *anderen* als ehrenhaften Bedingungen erfolgt, waren auch die Leistungen nicht ausreichend. Das taucht dann in den Entlassungspapieren auf. Wie war es bei Gillespie?«

»Er wurde unter *anderen* als ehrenhaften Bedingungen entlassen«, sagte Wallis nach einem kurzen Blick in die Unterlagen.

»Und die Gründe?«, hakte Blum nach.

»In den Unterlagen steht nur, dass sein Verhalten nicht den Ansprüchen der Army entsprochen hat – genau wie Sie gesagt haben.« Er stockte einen Moment. »Aber in seinen Militärunterlagen wurde offenbar das eine oder andere gestrichen. Jedenfalls in dem Teil, den man mir gegeben hat.«

Blum und Laredo wechselten einen Blick.

»Stellt sich die Frage, warum«, sagte Laredo.

Wallis zuckte mit den Schultern. »Ich habe nachgefragt, aber keine wirkliche Erklärung bekommen. Nachdem Gillespie aus der Army ausgeschieden war, hatte er verschiedene Jobs angenommen, aber nie für sehr lange.«

»Was hat er in Savannah gemacht?«, wollte Laredo wissen.

»Das müssen wir noch überprüfen. Es sind drei Autostunden von hier. Ich werde morgen hinfahren.«

»Gibt es Hinweise, warum er gerade *hier* ermordet wurde?«, hakte Laredo nach.

»Bisher nicht. Morgen ist die Obduktion. Agentin Pine wollte auch dabei sein, wenn sie Gillespie aufschneiden.« Er schaute zu Blum. »Gilt das noch? Dass ich das FBI offiziell eingeschaltet habe, heißt nicht, dass ich auf Agentin Pines Mithilfe verzichten möchte.« Er warf Laredo einen kurzen Blick zu. »Wenn das für Sie in Ordnung ist.«

Laredo nickte nur, was Blum weder als begeisterte Zustimmung noch als heftige Ablehnung wertete.

»Ich glaube, Agentin Pine ist weiterhin bereit, mitzuarbeiten«, erklärte Blum.

»Gut, das wär's dann für heute.« Wallis erhob sich. »Ich muss nach Hause. Meine Frau weiß kaum noch, wie ich aussehe.«

Er nickte den anderen zu und ging.

Blum beugte sich vor und sah Laredo auffordernd an. »Möchten Sie darüber sprechen, Agent Laredo?«

Er fummelte an der Papierhülle eines Trinkhalms und beäugte sie aus zusammengekniffenen Augen. »Ich weiß nicht, was Sie meinen, Mrs. Blum.«

Sie lehnte sich auf ihrem Stuhl zurück. »Wie lange sind Sie schon beim FBI?«

»Sechzehn Jahre. Ich habe kurz nach dem College angefangen.«

»Nicht schlecht. Ich bin seit fast vier Jahrzehnten dabei.«

Seine Augen weiteten sich leicht. »In der Abteilung, die das Organisatorische und den Papierkram erledigt, nicht wahr?«

Sie seufzte. »Ich hatte gehofft, dass Sie ein bisschen besser Bescheid wüssten, wie die Dinge bei uns laufen.«

»Was soll das jetzt wieder heißen?«

»In meiner Zeit beim FBI habe ich wahrscheinlich an die vierhundert Agenten gecoacht.«

Laredos Lippen verzogen sich zu einem Lächeln, bis Blums Blick ihm klarmachte, dass sie es todernst meinte.

»Es gibt ungefähr elftausend männliche Special Agents, aber nur zweitausendsiebenhundert weibliche. Das Verhältnis liegt also bei etwa vier zu eins. In der Abteilung für Papierkram, wie Sie es nennen, haben wir neuntausendfünfhundert Männer und über dreizehntausend Frauen.«

»Die genauen Zahlen wusste ich nicht«, sagte er. »Danke für die Info.«

»Das Verhältnis bei den Agenten hat sich über die Jahre kaum in Richtung eines Gleichgewichts verändert«, fuhr Blum fort.

»Es ist nun mal ein harter Job. Womit ich nicht sagen will, dass er für Frauen nicht geeignet wäre. Ihre Chefin beweist es ja. Aber wenn Sie Kinder und ein Familienleben haben wollen, ist es nicht einfach. Was das angeht, ist das FBI nicht sehr entgegenkommend.«

»Ja, in dieser Hinsicht müsste einiges verbessert werden, weil wir dann nämlich viel mehr qualifizierte Frauen an Bord hätten.«

»Ich weiß nicht, warum Sie mir das erzählen. Für so was bin ich nicht zuständig. Ich bin bloß ein einfacher Soldat, den man dorthin schickt, wo es brennt.«

»Ich arbeite jetzt schon eine ganze Weile mit Agentin Pine zusammen. Sie macht ihren Job hervorragend.«

»Hat jemand was anderes behauptet?«

»Ich habe mich ein bisschen über Sie erkundigt, Agent Laredo.«

Er richtete sich auf, und sein Gesicht verfinsterte sich. »Wie bitte?«

»Bevor ich hergekommen bin, habe ich eine Freundin beim FBI angerufen. Eine Dame aus der Abteilung Papierkram. Sie hat ein paar Erkundigungen für mich eingeholt und mich zurückgerufen. Und schon wusste ich mehr über Sie. Das ging übrigens sehr flott – immerhin reden wir hier von der *Papierkram*-Abteilung.«

Laredos hellgrüne Augen sprühten Funken. »Was soll das? Ich glaube nicht, dass Sie das Recht dazu haben.«

»Haben Sie sich noch nie im Bureau über jemanden erkundigt?«

Laredo wollte etwas erwidern, blieb dann aber stumm.

»Es wird Sie vielleicht freuen, dass das Ergebnis meiner Erkundigungen positiv war. Die Leute haben eine hohe Meinung von Ihnen. Es ist nichts Nachteiliges über Sie bekannt.«

»Das hätte ich Ihnen selbst sagen können, wenn Sie mich gefragt hätten.«

»Hätten Sie es mir denn gesagt?«

»Wahrscheinlich nicht. Ich hätte mir gesagt, dass es Sie nichts angeht. Meine Dienstmarke sollte Beweis genug für meine Eignung sein.«

»Ich informiere mich gern selbst und mache mir dann ein eigenes Bild.«

»Jetzt reden Sie, als wären Sie selbst Special Agent und nicht … na, Sie wissen schon.«

»Sie würden sich wundern, wie sehr man manchmal als Agentin denkt und handelt, auch wenn man hauptamtlich für Papierkram zuständig ist. Ich bin mir nicht sicher, ob das umgekehrt auch so ist.«

Die buschigen Brauen hoben sich. »Das heißt *was* genau?«

»Kennen Sie die vielen Schleichwege, über die man schneller an die nötigen Ressourcen herankommt, als die Bürokratie es normalerweise erlaubt?«

»Ähm …«

»Wissen Sie, wie man eine Telefonkonferenz für mehr als fünf Teilnehmer organisiert, von denen einige im Ausland sitzen?«

»Ich …«

»Oder wie hoch die Reisespesen für Feiertagsarbeit sind? Welche Support-Mitarbeiter im Hoover Building Ihnen am besten helfen können, wenn Sie in eine Datenbank für brisantes Material verschiedener Geheimhaltungsstufen hineinmüssen? Oder etwas so Grundlegendes wie das Problem, welche Abteilung für Anfragen zum Thema Kaffeesorten zuständig ist?«

»Ich schätze mal, wir haben spezielle Mitarbeiter, die genau dafür zuständig sind.«

»Richtig. Wir sind ein *Team*. Zusammen bewältigen wir einen verdammt kniffligen Job, so gut wir können.«

»Worauf wollen Sie eigentlich hinaus?«

»Meine ursprüngliche Frage: Möchten Sie mir erzählen, in welcher Weise Sie mit Agentin Pine zu tun hatten? Das habe ich zuvor gemeint, obwohl Sie das natürlich genau gewusst haben.«

»Ich glaube nicht, dass es da viel zu erzählen gibt.«

Blum lehnte sich enttäuscht zurück. »Habe ich schon erwähnt, dass ich nebenbei vielen Agenten beigebracht habe, woran man erkennt, wenn jemand die Wahrheit verschleiert?«

»Sie meinen, wenn jemand lügt? Ich kann Sie beruhigen – das lernen Agenten schon in der Ausbildung.«

»Ein Auffrischungskurs kann nie schaden.«

»Okay, dann zeigen Sie doch mal, was Sie können. Wie kommen Sie darauf, dass ich lüge?«

»Sie haben nach unten und zur Seite geschaut, und noch dazu abwehrend die Arme verschränkt, als Sie sagten, es gäbe nicht viel zu erzählen. Die klassische Ausweichstrategie. Wissen Sie, ich habe sechs Kinder großgezogen. In dem Moment haben Sie dreingeschaut wie mein Sohn mit neun Jahren, wenn er etwas angestellt hatte, es aber nicht zugeben wollte. Also, bleiben Sie bei Ihrer Behauptung, dass es darüber nichts zu sagen gibt?«

Sein Gesicht verdunkelte sich noch mehr. »Sie bewegen sich gefährlich nahe an einer roten Linie, Mrs. Blum. Ich möchte nicht, dass Sie irgendwas tun, das Ihre *langjährige* Laufbahn beim FBI gefährden könnte.«

Blum schaute ihn an. Nicht ängstlich, nicht zornig, eher betrübt. »Schade, dass Sie so reagieren. Meinen Kindern habe ich von klein auf beigebracht, dass Ehrlichkeit der beste Weg ist, Agent Laredo. Aber da sind wir uns anscheinend nicht einig.« Sie erhob sich, fügte hinzu: »Agentin Pine ist hartnäckig, klug, anpassungsfähig und physisch auf der Höhe.«

Er zuckte mit den Schultern. »Da sagen Sie mir nichts Neues.«

»Sie ist aber auch unnachgiebig. Sich selbst und anderen gegenüber. Sie hat null Toleranz für Leute, die ihre hohen Standards nicht erfüllen.«

Laredo blickte zu ihr auf, ein hartes, abweisendes Funkeln in den Augen. »Ich habe meine eigenen Standards. Und die sind verdammt anspruchsvoll, wenn Sie's genau wissen wollen.«

»Dann sollten Sie und Agentin Pine keine Probleme miteinander haben. Davon gehe ich jetzt einfach aus – nach dem, was Sie mir gerade versichert haben. Besten Dank.« Sie drehte sich um und ging.

Laredos finsterer Blick folgte ihr bis zur Tür.

32

Pine hatte nicht schlafen können. Bis weit nach Mitternacht hatte sie angezogen auf dem Bett gesessen. Irgendwann hatte sie gehört, wie Blum ihr Zimmer betrat. Natürlich hätte sie zu ihr gehen und mit ihr reden können, doch sie tat es nicht. Warum, wusste sie selbst nicht genau.

Feigling.

Um ein Uhr nachts schließlich stand sie auf, stieg die Treppe hinunter und trat hinaus in die feuchtkalte Nacht von Andersonville. Sie zog ihre Jacke enger um sich und schlug spontan eine bestimmte Richtung ein.

Sie überquerte den Highway, hielt zielsicher auf die nationale Gedenkstätte von Andersonville zu. Fast hätte ein unaufmerksamer nächtlicher Autofahrer, der mit überhöhter Geschwindigkeit unterwegs war, sie übersehen.

Pine betrat das historische Gelände und gelangte schnell zu der Stelle, an der die Leiche Layne Gillespies, des zweiten Opfers, abgelegt worden war. Das Absperrband war zwar noch da, aber kein Cop, der den Tatort bewacht hätte. Anscheinend waren alle verfügbaren Spuren gesichert. Vielleicht lag es aber auch daran, dass die örtliche Polizei hoffnungslos unterbesetzt war, wie sich bereits im Fall Hanna Rebane gezeigt hatte.

Obwohl durch das Einschalten des FBI jetzt zusätzliche Ressourcen zur Verfügung stehen, überlegte Pine. Allerdings hätte sie nicht im Traum daran gedacht, dass diese zusätzlichen Ressourcen in Gestalt von Eddie Laredo daherkommen würden.

Pine blickte auf die Stelle, an der man den Toten gefunden hatte. Sie wusste noch nicht, dass der Mann als Layne Gillespie identifiziert worden war, dass er der U.S. Army angehört und aus unbekannten Gründen entlassen worden war. Auch nicht, dass er zuletzt in Savannah gelebt hatte. Und schon gar nicht, warum ihn jemand ermordet und als Bräutigam verkleidet hatte.

Der Killer verfolgte eindeutig einen bestimmten Plan, sowohl mit der Auswahl seiner Opfer als auch der merkwürdigen Art und Weise, sie zu präsentieren. Doch Pine wusste noch immer viel zu wenig, um verstehen zu können, welche Absicht der Täter verfolgte.

Diese Typen machen es einem niemals leicht. Das liegt in der Natur der Sache.

Sie duckte sich unter dem Absperrband hindurch.

Von Norden her machte sich kalter Wind bemerkbar. Als Kind hatte Pine es in Georgia nie als besonders kalt empfunden, doch im Moment fror sie.

Ein nächtlicher Spaziergang auf einem Friedhof ist da wohl auch nicht allzu hilfreich.

Sie ging in die Hocke, blickte auf den Grabstein. Es war der erste ganz links.

»Patrick Delaney aus Pennsylvania«, las sie. Die anderen Namen in der Reihe lauteten Charles Curtis, William Collins, John Sarsfield, W. Rickson und A. Munn, die beiden Letzteren von der U.S. Navy.

Hatte es irgendeine Bedeutung, dass der Tote ausgerechnet auf Delaneys Grab abgelegt worden war? Das Opfer war ein Schwarzer, auch das durfte man nicht aus den Augen verlieren. Doch dies waren Gräber von Unionssoldaten. Auch wenn sie hier in der Gefangenschaft eine unrühmliche Rolle gespielt hatten, so hatten sie doch ihren Teil zur Sklavenbefreiung beigetragen.

Oder kann es sein, dass ich da zu viel hineininterpretiere? Hat dieser Mord überhaupt nichts mit den geschichtlichen Ereignissen zu tun?

Der Täter war jedenfalls ein ziemliches Risiko eingegangen, den Toten auf diesen Friedhof zu schleppen und auf diesem Grab zurückzulassen. Nicht viel weniger riskant war es gewesen, Hanna Rebane an einer Straße abzulegen. Der Täter liebte anscheinend den Nervenkitzel.

Pine hatte das Gefühl, dass es hier immer noch nach Tod roch, obwohl die letzte Bestattung über hundertfünfzig Jahre her war. Doch der Gestank hatte sich nicht verflüchtigt. Er würde dem Ort wahrscheinlich für immer anhaften, so, wie die Beerdigten für immer hier ruhen würden.

Pine wusste nicht, ob es das Knacken eines Zweiges war oder ob einfach nur ihre innere Alarmglocke schrillte – jedenfalls griff sie blitzschnell zur Waffe und fuhr herum. Ihr Blick huschte in die Runde.

Vielleicht nur ein Eichhörnchen, sagte sie sich, *oder ein mitternächtlicher Besucher wie du selbst.*

Oder der Killer, der aus irgendeinem Grund zurückgekehrt war.

Vielleicht weil er es auf dich abgesehen hat.

Wieder knackte ein Zweig.

Ohne zu zögern, rannte sie los, um sich nicht als Zielscheibe zu präsentieren. Es ging darum, aus dem Blickfeld des potenziellen Angreifers zu verschwinden, falls der sie beobachtet hatte. Pine sprintete quer über den Friedhof zum Büro des Park Service. Das zweistöckige Gebäude aus Ziegeln und Holz war rot gestrichen und von getrimmten Hecken umgeben. Dahinter befand sich ein großes Nebengebäude. An einer Wand hing verschiedenes Werkzeug an Haken, davor waren Schubkarren aufgereiht. Es musste der Lagerschuppen für die Friedhofsarbeiter sein.

Hinter einer Hecke ging Pine in Deckung und lauschte auf Schritte. Doch der Wind machte es immer schwerer, leise Geräusche aufzuschnappen. Die Glock im Anschlag drehte Pine sich in die Richtung, aus der sie gekommen war.

Wieder das Knacken. Offenbar lagen eine Menge Zweige herum, auch wenn die Anlage gepflegt wirkte. Und irgendjemand schien auf jeden einzelnen Zweig zu treten.

Scheiße.

Pine wirbelte herum. Im selben Moment prallte etwas mit verheerender Wucht gegen sie, schleuderte sie in die Hecke, hinter der sie in Stellung gegangen war. Eine Sekunde später war der Angreifer über ihr. Sie roch seinen Schweiß, die Alkoholausdünstungen. Die langen, fettigen Haare des Mannes peitschten ihr ins Gesicht.

Für einen Moment blieb ihr der Atem weg, als der Kerl sie mit seinem ganzen Gewicht auf den Boden drückte. Er war eindeutig im Vorteil – bis Pine ihm die Pistole an den Schädel schmetterte.

Der Angreifer schrie auf, fasste sich mit der Rechten an den Kopf und drosch Pine die linke Faust gegen die Schulter. Pine steckte den Hieb mit zusammengebissenen Zähnen weg, drückte dem Mann das Knie zwischen die Beine und schlug ihm mit der flachen Hand gegen die Nase. Der Angreifer konterte, indem er sich noch einmal mit seinem ganzen Gewicht auf sie warf und ihr die Luft aus den Lungen presste.

Er packte ihre Hand mit der Pistole.

Verdammt!

Pine wusste, dass es brenzlig wurde.

Bis es ihr gelang, den Ellbogen gegen seine Kehle zu drücken, sodass er keine Luft mehr bekam. Als er zurückwich, um Atem zu holen, versetzte sie ihm einen Kopfstoß gegen die bereits gebrochene Nase. Die Nase war ein empfindlicher Körperteil. Ein gezielter Schlag tat verdammt weh – ein zweiter setzte fast jeden Gegner außer Gefecht.

Der Mann stemmte sich schwerfällig hoch, sodass Pine von seinem Gewicht befreit war, und schwankte hin und her. Pine sprang auf und versetzte ihm einen harten Tritt in die Niere und einen Faustschlag mitten ins Gesicht. Der Kopf des Mannes wurde in den Nacken gerissen. Er kippte zur Seite, schlug lang ins Gras. Die grünen Halme unter seinem Gesicht färbten sich rot.

Zur Sicherheit trat Pine ihm in die Rippen. Der Mann wurde steif; dann erschlaffte sein Körper, und er rührte sich nicht mehr.

Pine konnte sich ihres Triumphs gerade einmal zwei Sekunden lang erfreuen, dann wurde sie erneut von den Beinen gerissen. Der zweite Angreifer packte sie an der Taille, wuchtete sie hoch und schleuderte sie durch die Luft. Er schien unbändige Kraft zu haben. Instinktiv streckte Pine eine Hand aus, um nicht auf dem Kopf oder dem Rücken zu landen, weil sie dann kaum noch eine Chance gehabt hätte. So aber kam sie mit der Hand zuerst am Boden auf und rollte sich ab. Wahrscheinlich war sie schneller wieder auf den Beinen, als der Angreifer es für möglich gehalten hätte. Der Nachteil war nur, dass sie einen stechenden Schmerz in Arm und Schulter spürte. Zudem hatte sie durch den Aufprall ihre Waffe verloren – und damit ihren größten Trumpf.

Der Mann baute sich vor ihr auf. Er war ein Riese, über eins neunzig groß und fast doppelt so schwer wie sie. Trotz der Dunkelheit sah sie ihm an, dass er so richtig angepisst war. Und fest entschlossen, seine Wut an ihr auszulassen.

Pine war noch in der Hocke und ließ ihn nicht aus den Augen. Er funkelte sie drohend an und machte einen Schritt auf sie zu.

»Stopp. Ich bin FBI-Agentin«, stieß sie hervor.

Der Kerl, der schwer atmend vor ihr stand, war Mitte zwanzig. Er trug ein fleckiges Sweatshirt, darüber eine Jeansjacke. Seine Jeans war ebenso verdreckt wie die Stiefel. Um ein Handgelenk hatte er eine Kette gewickelt. Sein Bart reichte fast bis zur Brust. Er schien gar nicht zu begreifen, was Pine sagte.

»Guck dir meinen Kumpel an!«, brüllte er und deutete auf den Kerl, der reglos dalag. »Scheiße, vielleicht ist Deke sogar tot!«

»Deke ist selbst schuld, wenn er nachts herumrennt und Leute anfällt.«

»Du Dreckstück! Wir wollten nur Spaß. Hätte richtig nett sein können, auch für dich.« Er blickte auf seinen bewusstlosen Kumpan. »Dafür mach ich dich alle, du Schlampe! Für Deke!«

Der Mann schüttelte wild den Kopf, hämmerte sich mit der Faust an die Brust, spuckte irgendeinen Klumpen aus, brüllte wie ein Stier und stürmte auf sie zu.

Pine schnellte hoch, wich ihm spielend aus und versetzte ihm einen kräftigen Tritt ins Gesäß, als er an ihr vorbeistürmte. Der Tritt und sein eigener Schwung ließen den Mann über einen niedrigen Strauch hinwegfliegen. Mit dem Gesicht voraus landete er im Gras.

Er wälzte sich am Boden, stieß heisere Flüche aus und rappelte sich hoch.

»Jetzt bist du dran!«, brüllte er.

Und griff erneut an.

Im nächsten Augenblick zielte die Beretta, die Pine aus dem Fußholster gezogen hatte, genau zwischen seine Beine. Er bremste so abrupt ab, dass er mit den Stiefelspitzen im Dreck hängen blieb, nach vorn stolperte und vor Pines Füßen zu liegen kam.

Schwerfällig hob er den Kopf und starrte in die Mündung der Waffe, die auf sein Gesicht gerichtet war.

»Sie haben das Recht zu schweigen«, sagte Pine, während heftige Schmerzen in ihrem Körper wühlten. »Und ich rate Ihnen dringend, von diesem Recht Gebrauch zu machen.«

33

Bescheuert.

Das war das erste Wort, das Pine eingefallen war, als sie im Sheriff's Office von Sumter County eintraf. Was hatte sie sich dabei gedacht, sich mitten in der Nacht und mutterseelenallein an einem solchen Ort herumzutreiben, ohne dass jemand wusste, wo sie war? Genau das jedenfalls hätte Pine jedem, der sich so dumm verhalten hatte wie sie, ins Gesicht geschrien. Vor allem wenn es eine Frau gewesen wäre.

Pine kühlte ihre geprellte Schulter mit einem Eisbeutel, was nicht ganz einfach war, denn sie trug einen Verband um die schmerzenden Rippen und ihr rechtes Handgelenk. Ihre Stirn zierte eine gelb und violett verfärbte Beule – ein Andenken an den Kopfstoß, mit dem sie den ersten Angreifer niedergestreckt hatte.

»Deke« lag im Krankenhaus. Er hatte eine Gehirnerschütterung und verschiedene andere Verletzungen davongetragen, von denen er sich jedoch früh genug erholen würde, um auf direktem Weg hinter Gitter zu wandern. Sein Kumpel saß bereits in einer Gefängniszelle und rief: »Ich will einen Anwalt!« und »Das Miststück hat angefangen!«

Die Cops waren schnell eingetroffen – keine zehn Minuten nachdem Pine sie gerufen hatte. Deke war noch bewusstlos gewesen, und sein Kumpan hatte noch immer vor sich hin geflucht und gerufen: »Wir wollten doch nur ein bisschen Spaß!

Was ist daran verkehrt?«, als wäre es die vernünftigste Erklärung der Welt für das, was er und sein Freund versucht hatten.

Pine hatte ihre Geschichte zuerst den beiden Cops erzählt, die auf ihren Anruf hin erschienen waren, und wenig später noch einmal einem Detective, der mit müdem Blick alles notierte.

»Die haben wohl nicht gewusst, dass Sie bewaffnet sind«, sagte der Mann.

»Kann schon sein«, entgegnete Pine. »Obwohl die Waffe in dem Fall nicht so wichtig war.«

Der Detective hatte sie einen Moment lang schief angesehen. »Das sind zwei richtige Schränke.«

»Die größten Schränke fallen am leichtesten um.«

»Hmm. Ich kümmere mich dann mal um den Papierkram. Sie müssen dann noch Ihre Aussage unterschreiben, wenn ich so weit bin.«

»Mit Vergnügen.«

Pine hatte eine Zeit lang gewartet, die Papiere unterschrieben und wollte gerade gehen, als Max Wallis mit besorgtem Blick auf sie zukam. Pine stöhnte innerlich auf, als sie sah, wer ihn begleitete.

Eddie Laredo.

Es war sechs Uhr morgens. Sie hatte noch nicht einmal Carol Blum angerufen – die ihr bestimmt die gleichen Vorwürfe machte, wie Pine selbst sie an alle richten würde, die dumm genug waren, sich nachts auf Friedhöfen herumzutreiben. Das war auch der eigentliche Grund, weshalb sie Blum noch nicht angerufen hatte: Sie konnte sich gut vorstellen, wie die ältere Frau ihr ins Gewissen reden würde, und das völlig zu Recht.

Wallis nahm sich einen Stuhl und setzte sich ihr gegenüber. Laredo blieb stehen, die Arme verschränkt, während sein Gesicht irgendetwas zwischen leiser Belustigung und einem stummen Vorwurf ausdrückte. So kam es Pine jedenfalls vor.

»Wollen Sie uns nicht erzählen, was passiert ist?«, forderte Wallis sie auf. Er klopfte auf seine Taschen, offensichtlich auf der Suche nach irgendetwas, fummelte darin herum, brachte eine verbogene Zigarette zum Vorschein und schob sie sich zwischen die Lippen.

»Ich habe es schon zweimal erzählt und meine Aussage unterschrieben«, erklärte Pine.

»Dann seien Sie so gut und erzählen Sie es auch uns.« Wallis zückte sein Notizbuch.

»Warum sind Sie überhaupt hier?«, fragte Pine.

»Ein Anruf hat mich aus dem Bett geholt. Ein FBI Special Agent hat Ärger. Eine Frau. Und Sie sind nun mal die einzige Person hier in der Stadt, die beide Kriterien erfüllt.«

»Gut, dass die Leute hier so präzise Angaben zum Geschlecht machen.«

»Nun ja, als FBI-Agentin ist man hier eine Kuriosität. So was bleibt nicht verborgen.«

Die Bemerkung kam von Laredo.

Pine ignorierte ihn. Stattdessen berichtete sie, was sich zugetragen hatte. Mit fünf inzwischen gut eingeübten Sätzen, die nicht mehr als zwanzig Sekunden in Anspruch nahmen.

»Was hast du mitten in der Nacht da draußen gemacht?«, wollte Laredo wissen.

»Mir war ein Gedanke gekommen. Es hat mit der Position der Leiche auf dem Grab von Patrick Delaney zu tun, der übrigens zu den Raiders gehörte, der Bande aus dem Bürgerkrieg.«

Laredo warf Wallis einen Blick zu. »Von diesen Typen habe ich schon gehört.« Er wandte sich wieder Pine zu. »Und welcher Gedanke war dir in dem Zusammenhang gekommen?«

»Warum hat der Täter sein Opfer genau dorthin gelegt, wo es ungefähr zehntausend andere Möglichkeiten gegeben hat?« Pine vermied es immer noch, Laredo anzuschauen. Ihr Blick war auf Wallis und dessen Notizbuch gerichtet.

»Glaubst du, das hat was zu bedeuten? Vielleicht ein Hinweis auf eine Verbindung zwischen diesem Delaney und dem Mörder?«

»Wenn, muss es wohl eine indirekte Verbindung sein. Delaney ist seit 1864 tot.«

»Also etwas Symbolisches?«, warf Wallis ein.

»Könnte sein. Der Typ scheint mir nichts zufällig zu machen. Im Gegenteil. Alles, was er bisher getan hat, war sorgfältig geplant und inszeniert.«

»Trotzdem hättest du bis morgen früh damit warten können, auf den Friedhof zu gehen«, meinte Laredo. »Ich habe von Einheimischen gehört, dass es gefährlich sein kann, sich nachts dort herumzutreiben. Und selbst wenn mir das keiner sagt, muss ich in einer solchen Gegend mit so etwas rechnen.«

Pine war nicht gewillt, Laredos Seitenhieb kommentarlos hinzunehmen. Sie musterte ihn eindringlich. »Ja, es hat sich wirklich als gefährlich herausgestellt – für die zwei Trottel.«

Laredo schüttelte den Kopf. »Du warst schon immer für riskante Aktionen gut. Zu riskant, wie manche finden.«

Pine sah ihn an, bis er den Blick senkte.

Sie wandte sich an Wallis. »Sonst noch was? Oder sind wir hier fertig?«

»Das wär's. Die beiden Idioten sind übrigens keine Unbekannten hier in der Stadt. Ihr Vorstrafenregister kann sich sehen lassen. Hauptsächlich kleinere Delikte, aber die bringen diese beiden Komiker jetzt für einige Zeit in den Knast.«

»Meine Aussage steht gegen ihre. Sie werden behaupten, ich hätte sie angegriffen. Der eine Kerl hat es vorhin immer wieder rausposaunt.«

»Ich denke, wir werden die beiden überzeugen können, dass es besser für sie ist, sich schuldig zu bekennen, damit sie eine Strafminderung bekommen. Zwei Männer gegen eine Frau? Das würde denen keine Jury der Welt abkaufen, nicht hier in

Georgia. Und es würde mich überraschen, wenn diese Dumpfbacken den Mumm hätten, es auch nur zu versuchen. Sie werden den Gefängnisaufenthalt stillschweigend akzeptieren, statt hinauszuposaunen, dass ihnen eine Frau den Arschtritt des Jahres verpasst hat. Sie könnten sich in keiner Bar in Georgia mehr blicken lassen.«

»Schön zu wissen, wie fortschrittlich man heute in den Südstaaten eingestellt ist.«

»Okay, was hat uns dein nächtlicher Ausflug jetzt gebracht?«, fragte Laredo mit hörbarem Spott. »Wie siehst du das?«

Pine antwortete gelassen: »Zumindest hat es dafür gesorgt, dass zwei gewalttätige Trottel für vielleicht fünf Jahre aus dem Verkehr gezogen werden. Wer weiß, was sie mit der nächsten jungen Frau angestellt hätten, die ihnen über den Weg gelaufen wäre.«

»Ich weiß. Und ich bezweifle, dass es jemanden wie dich ein zweites Mal gibt.«

Wallis blickte verwirrt zwischen den beiden hin und her. »Tja, also«, sagte er schließlich. »Ich glaube, wir sind hier fertig. Sie beide wollen sich bestimmt noch ein bisschen aufs Ohr legen.«

Pine schaute auf die Uhr. »Was ich jetzt wirklich brauche, ist Kaffee und ein Frühstück.« Sie warf Laredo einen kurzen Blick zu. »Über Friedhöfe spazieren und Leuten in den Hintern treten macht ganz schön hungrig.«

»Gut, das Frühstück geht auf mich«, erklärte Laredo. »Komm, ich bin mit dem Wagen hier.«

Er drehte sich um und ging, bevor die verduzte Pine etwas erwidern konnte.

Wallis blickte sie mitfühlend an. »Die Situation ist wohl ein bisschen kompliziert, was?«

Pine, die offenen Mundes dastand, fing sich wieder, nickte Wallis zu und ging hinaus auf den Parkplatz.

34

»Wo bist du abgestiegen?«, fragte Pine. Sie saß auf dem Beifahrersitz des schwarzen SUV, den Laredo fuhr.

»In einem Motel, ungefähr zwei Meilen außerhalb von Andersonville. Und du?«

»Es nennt sich *Cottage* und liegt mitten in der Stadt.«

Er zuckte mit den Schultern. »Alles, was besser ist als eine billige Absteige, lässt das FBI in der Spesenabrechnung nicht durchgehen.«

»Wem sagst du das. Diese Reise mache ich aber auf eigene Kosten.«

»Ich mag diese Fernsehserien, in denen die Agenten im Gulfstream-Jet durch die Gegend fliegen, nur Designerklamotten tragen und im Ritz absteigen. Die kriminaltechnischen Befunde sind immer hundertprozentig korrekt und in zwei Sekunden fertig. Und noch mal zwei Sekunden später legt der Täter unter Tränen ein volles Geständnis ab, weil ihn ein Haar überführen könnte. Danach gehen sie alle zusammen in diese richtig coole Cop-Bar und feiern mit Hundert-Dollar-Champagner.«

»Du meinst, du *hasst* diese Serien.«

Laredo nickte lächelnd. »Und wie. Die machen mich krank.«

»Wo fahren wir hin?«

»Es gibt da einen Diner ein Stück die Straße runter. Ist mir unterwegs aufgefallen.« Laredo stockte und tippte mit den

Fingern aufs Lenkrad. »Du musst groggy sein, wenn du die ganze Nacht nicht geschlafen hast.«

»Du hast wahrscheinlich auch nicht viel mehr Schlaf gehabt.«

»Doch. Ich hab gepennt wie ein Baby.«

»Das kannst du deinem Friseur erzählen.«

Sie hielten vor dem Diner, der den treffenden Namen *Hole in the Wall* trug, parkten gleich rechts beim Eingang und stiegen aus.

»Echt stilvoll mit dem vielen Sperrholz an den Außenwänden«, bemerkte Pine skeptisch.

»He, du bist hier aufgewachsen, nicht ich. Ich bin aus Queens und hab in einem sechsstöckigen Haus ohne Fahrstuhl gewohnt. Ich weiß nicht mal, aus was die Wände bestanden. Ich weiß nur, dass man nirgends einen Grashalm gesehen hat. Wer einen Aufzug im Haus hatte, war reich. Und wenn es einen Portier gab, war man Milliardär.«

Sie traten ein. Eine matronenhafte Frau beim Eingang forderte sie auf, sich einen Platz auszusuchen. Sie setzten sich an einen Tisch ganz hinten, um ungestört zu sein. Eine Vorsichtsmaßnahme, die nicht wirklich notwendig schien, weil zu dieser frühen Stunde noch kaum Gäste da waren.

Sie bestellten Kaffee und Frühstück bei einer dünnen Kellnerin in den Sechzigern, deren abgetragene, fleckige Dienstkleidung vor etlichen Jahren weiß gewesen sein mochte. Ihr Gesicht trug die Spuren eines mühevollen Lebens, in dem sich vermutlich nicht viele Träume erfüllt hatten. Es sprach für sie, dass sie ihre Gäste trotzdem mit einem Lächeln und einem gut gelaunten »Morgen zusammen« begrüßte.

Obwohl ihr die Beule auf Pines Stirn ebenso auffallen musste wie die etwas steife Haltung, verlor sie kein Wort darüber. *Vielleicht,* überlegte Pine, *bekommt sie hier öfter Leute zu Gesicht, die verprügelt worden sind.*

Sie tranken ihren Kaffee.

Laredo musterte sie prüfend. »Wie geht's deinem Kopf?«

Statt zu antworten, fragte sie: »Warum bist du wirklich hier?«

»Weil es mein Job ist.«

»Blödsinn. Bist du jetzt der einzige Agent in der Unit Four, oder was?«

»Jedenfalls der Einzige, der hierhergeschickt wurde.«

»Red keinen Quatsch.« Sie beugte sich vor. »Warum werde ich das Gefühl nicht los, dass du dich vorgedrängt hast, als Wallis die Unterstützung des FBI angefordert und dabei meinen Namen erwähnt hat?«

»Bilde dir bloß nichts ein, Pine.«

»Dann sag mir doch ins Gesicht, dass es nicht so war, Laredo.«

Er fummelte an seiner Papierserviette herum und riss sie in saubere Dreiecke. Pine beobachtete ihn einen Moment lang. »Hast du dir deine kleinen Rituale noch immer nicht abgewöhnt?«

»Wir alle haben unsere Rituale. Vielleicht ist das, was du hier machst, in gewisser Weise auch eins.«

»Ich bin zum ersten Mal wieder in Andersonville, seit ich ein kleines Mädchen war.«

»Körperlich vielleicht.«

»Bist du jetzt auch schon Psychologe? Ich liege hier nicht auf der Couch. Also ehrlich, Eddie, ist das wirklich alles, was dir einfällt?«

Eine Weile herrschte angespanntes Schweigen.

»Vielleicht hast du recht. Vielleicht bin ich wirklich hier, weil ich gehört habe, dass du mit der Sache zu tun hast.«

»Spielt das eine Rolle für dich? Wir haben uns alles gesagt, was zu sagen war.«

Er schob die Serviette zur Seite. »*Du* vielleicht. Ich hatte überhaupt keine Gelegenheit dazu.«

Sie deutete auf seinen Ringfinger. »Was ist damit passiert?«

Er rieb sich die Stelle mit dem Daumen. »Denise hat sich scheiden lassen und die Jungs mitgenommen. Ist aber schon lange her.«

»Aus einem bestimmten Grund?«

»Nun ja … wo soll ich anfangen? Ich war nie zu Hause, weil ich ständig zu den unmöglichsten Zeiten Dienst hatte. Oft konnte ich ihr nicht mal sagen, wo ich mich aufhielt oder womit ich zu tun hatte. Bis dann irgendwann der Tropfen fiel, der das Fass zum Überlaufen brachte. Ich hatte einen Undercover-Einsatz, bin aufgeflogen, und irgendein Mafia-Dreckskerl hat meine Familie bedroht.«

»Warst du da noch in Washington?«

»Nein. Bevor es aus war, habe ich mich nach New York versetzen lassen. In meine Heimatstadt. Ich dachte mir, das würde uns allen guttun. Ein neuer Anfang und so.«

»Und?«

»Denise hat einen Halbtagsjob an der Wall Street gefunden und sich in einen Hedgefonds-Manager verknallt, der an guten Tagen mehr verdiente als ich in meinem ganzen Leben. Heute sind sie in London zu Hause, haben eine nette Villa in Südfrankreich und gondeln im Privatjet durch die Welt. Denise genießt das Leben, seit sie ihren FBI-Gemahl abserviert hat.«

»Ich habe sie kaum gekannt, aber so oberflächlich ist sie mir gar nicht vorgekommen.«

Laredo zerknüllte die Überreste der Serviette und legte sie neben den Salzstreuer. »Ist sie auch nicht. Sie wäre bei mir geblieben, selbst wenn ich nur noch einen lausigen Penny in der Tasche gehabt hätte. Wenn ich bloß einen normalen Job hätte, in dem ich nicht jeden Tag Kopf und Kragen riskieren muss. Das Gefährlichste, was ihr Neuer zu tun hat, ist, einen Golfschläger zu schwingen. Für Denise ist das natürlich weit weniger nervenaufreibend.«

»Und die Kinder?«

»Die sehe ich ein paarmal im Jahr, wenn sie zu mir kommen. In meiner kleinen Wohnung in Virginia kriegen sie die andere Seite des Lebens zu sehen.« Die Anspannung in seinem länglichen Gesicht verriet, wie sehr ihn das Thema belastete. »Tatsache ist, dass er für die Kinder heute mehr der Vater ist als ich. So ist es nun mal, ob's mir passt oder nicht. Ich bin so was wie der schrullige Onkel, der manchmal zu Besuch kommt. Und alle sind erleichtert, wenn er wieder weg ist. Alle außer mir«, fügte er leise hinzu.

Pine senkte den Blick, als sie spürte, wie ihre aggressive Haltung schwand. »Tut mir leid, Eddie. Das muss hart sein.«

Er zuckte mit den Schultern. »Wie sagt man? Die Suppe, die man sich selbst einbrockt …«

»Siehst du das wirklich so?«

»Wenn's dir lieber ist, kann ich auch in mein Bier heulen, das ich wahrscheinlich heute Abend zum Essen trinken werde. Aber ich glaube, ich ertrage die Sache lieber auf die stoische Art. So lernt man's bei uns im Bureau.«

»Deine Söhne sollten die Chance bekommen, dich besser kennenzulernen, damit sie verstehen, wie du dein Leben führst und warum du es tust. Ich kenne diesen Hedgefonds-Typen nicht. Vielleicht ist er ja supersympathisch. Aber er setzt sein Leben nicht für sein Land aufs Spiel. Er opfert nichts für niemanden. Kein Vergleich zu dem, was du machst.«

»Das wissen meine Jungs. Glaube ich zumindest. Vielleicht werden wir irgendwann einmal mehr Zeit miteinander haben, wenn sie älter sind.«

»Dann könnte es zu spät sein.«

Er warf ihr einen fragenden Blick zu. »Was ist mit dir? Ist es für dich auch zu spät?«

»Was meinst du?«, konterte sie mit steinerner Miene.

»Du könntest heute die Nummer drei im WFO sein.« Laredo sprach vom renommierten Washington Field Office des FBI. »Und mit vierzig wärst du vielleicht die Nummer zwei. Das Talent hast du jedenfalls. Und den Ehrgeiz hattest du damals auch.«

»Aber keine Lust.«

»Irgendwie habe ich dich nie verstanden. Du hättest nur zugreifen müssen – stattdessen sitzt du jetzt in einem Ein-Personen-Büro in irgendeinem Wüstenkaff in Arizona.«

»Und fühle mich sauwohl dabei.«

»Klar, wer würde sich nicht sauwohl fühlen in einem solchen Wüstenparadies?«

Seine Bemerkung zauberte ein flüchtiges Lächeln auf ihre Lippen. »Du hast also gewusst, dass ich hier bin. Warum wolltest du diesen Job übernehmen?«

»Ich glaube, das weißt du.«

»Ich würde es gern von dir hören.«

»Ich hab mich dir gegenüber mies benommen. Der Mister Testosteron, der dir zeigen wollte, wer der Boss ist. Ich war der idiotischen Ansicht, dass Frauen beim FBI nichts verloren haben, und hab dir das Leben schwer gemacht. Auch wenn du was anderes behauptest – ich habe das blöde Gefühl, dass ich dich von dort vertrieben habe, wo du hingehörst. Und …«

»Und?«

»Ich habe mich nie dafür entschuldigt. Um dir das zu sagen, bin ich hergekommen. Und um mich zu entschuldigen. Du hattest das nicht verdient. Und es ist niemand schuld außer mir.«

»Okay.«

»Okay.«

Sie beugte sich vor. »Aber ich bin wirklich nicht wegen dir vom WFO weggegangen, Eddie. Es stimmt, du hast dich so benommen, wie du gesagt hast. Aber wenigstens hast du dich nicht an mich rangemacht wie ein paar andere Typen dort, die geglaubt haben, ich täte nichts lieber, als mit ihnen ins Bett zu hüpfen.«

»Damals war ich glücklich verheiratet. Und selbst wenn ich's nicht gewesen wäre, hätte ich das nicht gemacht. Ich kann manchmal ein Arsch sein, aber nicht auf diese Art.«

»Ich bin vom WFO weg, weil mir dort zu viele Leute auf zu engem Raum zusammenhocken. Ich mag das weite Land. Und ich arbeite gern allein, ohne dass mir ständig irgendein Bürokrat über die Schulter guckt. Ich war nie scharf darauf, irgendwo die Nummer drei, zwei oder eins zu sein. Ich beackere meine Fälle und versuche, die Bösen zu erwischen. Fertig.«

»Okay, das verstehe ich.« Er beugte sich vor. »Weißt du, nach der Scheidung habe ich professionelle Hilfe in Anspruch genommen. Das hat mir geholfen, ein paar Dinge klarer zu sehen. Das Bureau hat es mir vermittelt. Die bieten so was an, wenn man Probleme hat.« Er warf ihr einen kurzen Blick zu. »Hast du das gewusst?«

»Warum fragst du?«, erwiderte sie kühl.

»Weil du jetzt schon dreimal bei Daniel James Tor warst.«

Ihr Gesicht spannte sich an. »Woher weißt du das? Und was zum Henker geht es dich an?«

»Das FBI ist ein kleines Ökosystem.«

»Das ist keine Antwort. Nicht auf meine zweite Frage.«

»Eine Vermisstenmeldung in Colorado. Ein Kindesentführer, den du bei der Festnahme beinahe zu Tode prügelst. Du nimmst dir eine Auszeit, um mit deiner Vergangenheit ins Reine zu kommen. Deswegen bist du doch hier, oder?«

Pine blickte zur Seite. Sie wirkte mit einem Mal sehr müde. »Manche Dinge sprechen sich schnell herum.«

»Darauf kannst du dich verlassen. Du bist hier, um herauszufinden, was mit deiner Schwester geschehen ist, und um deine Karriere beim FBI zu retten. Ich hoffe, dir gelingt beides, weil ich nicht will, dass das Bureau dich verliert.«

Sie lehnte sich zurück und sah ihn erstaunt an. »Die professionelle Hilfe, die du dir geholt hast, hat's voll gebracht. Oder du bist ein verdammt guter Schauspieler.«

»Ich habe eine Weile gebraucht, aber dann hat es klick gemacht. Trotzdem hast du *meine* Frage nicht beantwortet.«

Pine schwieg zunächst. Als sie schließlich antwortete, klang ihre Stimme wie aus der Ferne. »Du liegst richtig, was den Grund betrifft, warum ich hier bin. Mir ist klar geworden, dass es höchste Zeit ist, ein paar Dinge auf die Reihe zu kriegen. Falls dir das irgendwas sagt.«

»Tut es.«

»Ich habe sozusagen eine zweite Chance bekommen. Die will ich nicht vermasseln.«

»Okay. Ich bin zwar hier, um in den Mordfällen zu ermitteln, aber wenn du mal Unterstützung bei der anderen Sache brauchst, bin ich für dich da. Vielleicht kann ich dir helfen, auch wenn ich kein Genie bin, nur ein Agent, der seine Arbeit macht.«

»Soll das eine Wiedergutmachung sein für das, was damals in Washington gelaufen ist? Damit du dich besser fühlst? Falls ja, ist es nicht nötig. Ich will das nicht.«

»Wir sind Agenten, du und ich. Wir haben einen Eid geleistet, zu dienen und zu beschützen, wo immer es nötig ist. Das schließt alle und jeden mit ein, auch dich und mich. Wir tragen das gleiche Abzeichen am Gürtel. Du willst den Kerl erwischen, der dich damals fast umgebracht und deine Schwester entführt hat. Das ist ein schweres Verbrechen. Für so was bin ich zuständig. Genau deswegen bin ich hier. Einen anderen Grund braucht es nicht. Für das, was früher mal war, habe ich mich entschuldigt.«

Sie musterte ihn prüfend. »Ich habe fast den Eindruck, du hast dich wirklich verändert.«

»Wir alle ändern uns, Atlee. So oder so. Und das immer wieder, bis sie uns irgendwann sechs Fuß tiefer einquartieren.«

35

Carol Blum versicherte Pine, sie mache ihr keinen Vorwurf wegen des nächtlichen Trips, hielt ihr dann aber doch eine Standpauke. Als sie fertig war, fragte Pine: »Fühlen Sie sich jetzt besser?«

»Nicht so richtig. Und Sie?«

»Auch nicht.«

»Wie geht es Ihrem Kopf?«

»Schon besser.«

Sie saßen wieder im Frühstückszimmer des *Cottage*. Pine hatte fünf Stunden tief und fest geschlafen, anschließend geduscht, frische Sachen angezogen und sich einen Lunch genehmigt, der ihr jedoch schwer im Magen lag – vor allem weil sie im Moment andere Dinge zu verdauen hatte.

Sie hatte Blum nicht nur von ihrem nächtlichen Besuch auf dem Friedhof erzählt, sondern auch von der Ahnung, der sie gefolgt war und die mit dem Ablegen der Leiche auf einem ganz bestimmten Grab zu tun hatte.

Blum trank eine Tasse heißen Tee und musterte ihre Vorgesetzte aufmerksam.

»Was war eigentlich, nachdem ich gestern Abend auf mein Zimmer gegangen bin?«, wollte Pine wissen. »Ich habe Wallis und Laredo heute früh auf dem Polizeirevier getroffen, aber wir haben gar nicht über den Fall gesprochen.«

»Ich war noch mal im *Clink*. Dabei habe ich einiges von Wallis erfahren.« Sie berichtete Pine, dass der Tote als Layne Gillespie identifiziert worden sei und einige Jahre in der Army gedient habe.

»Er wurde also nicht unter ehrenhaften Bedingungen entlassen«, sagte Pine nachdenklich. »Gibt es eine Vermutung, was das bedeuten könnte?«

»Mir selbst ist nichts eingefallen, also habe ich meinen Sohn angerufen. Der ist bei der Militärpolizei und konnte mir ein paar interessante Dinge erzählen.«

»Zum Beispiel?«

»Dieser Gillespie muss irgendwas getan haben, das den hochrangigen Militärs gegen den Strich gegangen ist, aber sie wollten es anscheinend nicht an die große Glocke hängen. Folglich haben sie das Problem mit einer allgemeinen Entlassung gelöst, aber eben nicht unter ehrenhaften Bedingungen. Die Army wirft Gillespie zwar raus, legt ihm für seine Zukunft aber keine Steine in den Weg. Nur ein Soldat würde diesen feinen Unterschied verstehen. Außerdem hatte Gillespie wahrscheinlich keine große Lust, bei einer anderen Waffengattung anzuheuern.«

»Was steckt wohl dahinter?«, überlegte Pine laut.

»Kann alles Mögliche gewesen sein.«

»Hatte Ihr Sohn eine Vermutung?«

»Er hat mich zurückgerufen und gemeint, es dürfte sich um etwas Persönliches handeln. Wäre es um etwas Dienstliches gegangen, hätte man das klar und deutlich gesagt.«

»Schön, dass Sie Ihren Sohn angerufen haben. Nur … sagten Sie nicht, Ihr Verhältnis zu Ihren Kindern wäre nicht das allerbeste?«

Blums Lächeln hatte einen Hauch von Traurigkeit. »Mit den Jahren wird es besser. Ich glaube, sie erkennen so langsam, dass ihr Dad nicht so toll war, wie sie immer dachten, und dass ich mich bemüht habe, das Beste aus der Situation zu machen.« Sie stockte kurz. »Trotzdem bin ich für alles mitverantwortlich. Immerhin habe ich ihn geheiratet.«

Pine lächelte. »Ich finde es bewundernswert, dass Sie sich nie vor der Verantwortung drücken, Carol.«

»Vor der Wahrheit wegzulaufen wäre zwecklos. Am Ende holt sie einen doch immer ein.«

»Dieser Gillespie lebte in Savannah?«, kam Pine auf den Fall zurück.

»Ja.«

»Und Wallis will hinfahren?«

»Hat er gesagt.«

»Wann?«

»Sobald Sie so weit sind.«

»Ich bin so weit.«

»Das dachte ich mir, deshalb habe ich ihn vorhin angerufen. Er ist schon unterwegs hierher.« Blum verstummte und musterte ihre Chefin einen Moment lang.

»Was ist?«, fragte Pine.

»Wallis hat mir erzählt, dass Sie heute mit Laredo frühstücken waren.«

»Stimmt.«

»Wie ist es gelaufen?«

»Ganz okay, ob Sie's glauben oder nicht.«

»Haben Sie ein paar Dinge ausräumen können?«

»Sie glauben, es ist darum gegangen?«

»Ich weiß es nicht. Nur so eine Vermutung.«

»Wallis hat den Eindruck, dass es ein bisschen kompliziert sein könnte zwischen Laredo und mir. Ich habe ihm nicht widersprochen.«

»Okay.«

»Das heißt, es *ist* kompliziert, Carol. Mehr gibt es dazu nicht zu sagen.«

»Und er ist nur hier, um an dem Fall zu arbeiten?«

»Nicht nur. Er ist auch bereit, mir bei der Sache mit meiner Schwester zu helfen.«

»Wäre das für Sie okay?«

»Er ist ein erfahrener Ermittler. Und ich kann jede Hilfe gebrauchen. Wann wird Wallis hier sein?«

»In ungefähr zehn Minuten. Er holt vorher Agent Laredo ab.«

»Klar. Er ist ja seitens des FBI für den Fall zuständig.«

»Und der Fall Ihrer Schwester? Ich meine, jetzt, wo Laredo da ist, können Sie sich darauf konzentrieren. Wallis hat ja jetzt die Ressourcen des FBI zur Verfügung.«

»Wollen Sie nicht mehr an diesem Fall arbeiten?«

»Das ist nicht meine Entscheidung. Ich bin hier, um Sie zu unterstützen. Ich will nur nicht, dass Sie sich zu viel aufhalsen und dann nicht erreichen, was Sie sich vorgenommen haben.«

»Sie machen es mir nicht leicht, wissen Sie das?«

»Haben Sie selbst es sich je leicht gemacht? Wir hatten es doch beide nie ganz einfach, oder?«

»Wir sind Frauen, Carol. Für uns ist Multitasking eine Selbstverständlichkeit.«

»Ein wahres Wort, nur beantwortet es nicht meine Frage.«

Pine schaute auf ihre Hände hinunter. »Als junges Mädchen hätte ich nie gedacht, dass ich mal zur Polizei gehe. Als Mercy nicht mehr da war, habe ich mich ganz in mich selbst zurückgezogen. Ich hatte keine Freundinnen. Meine Eltern waren noch da, aber das hat nichts an der Leere in meinem Innern geändert, verstehen Sie?«

»Ich glaube schon.«

»Erst der Sport hat mich aus der düsteren Ecke rausgeholt. Allerdings nicht die Mannschaftssportarten, denn ich konnte mich einfach nicht einfügen. Ich fand nie den richtigen Draht zu den anderen. Irgendwie hatte ich immer Angst, die anderen könnten über das Thema Familie reden – und was hätte ich dann sagen sollen? Ständig hatte ich das Gefühl, mit einem dunklen Geheimnis herumzulaufen. Ich weiß, es ergibt keinen Sinn, aber ich habe mich geschämt.«

»Ich kann mir vorstellen, dass das nicht einfach für Sie war.«

»Dann habe ich mit dem Gewichtheben angefangen und bald auch an Wettkämpfen teilgenommen. Endlich konnte ich mich ganz auf mich und meine Leistung konzentrieren. Ich musste nicht mit anderen kommunizieren, sondern mit ihnen wetteifern und sie besiegen, wenn es ging.«

»Verstehe. Trotzdem muss es sich ein bisschen einsam angefühlt haben.«

Pine atmete langsam aus und blickte zu ihrer älteren Freundin auf. »Sehr sogar. Vor allem nachdem auch meine Mom fort war. Nach dem College hatte ich ein wenig die Orientierung verloren. Ich wusste nichts Richtiges mit mir und meinem Leben anzufangen … bis eines Tages etwas passiert ist, das alles verändert hat.«

»Was war das?«

»Es war an einem späten Abend. Ich schlenderte durch die Stadt, als plötzlich ein Mann aus einer Gasse gestürmt kam. Er hätte mich beinahe umgerannt. Ich konnte ihm gerade noch ausweichen. In dem Moment habe ich gesehen, dass er bewaffnet ist. In dieser Sekunde überfiel mich die nackte Panik. Ich dachte, das war's, jetzt knallt er dich über den Haufen.«

»Was dann?«, fragte Blum gespannt.

»Ich habe mich hinter eine Mülltonne geworfen. In dem Moment kam noch jemand aus der Gasse. Ein weiblicher Cop, ebenfalls eine Waffe in der Hand. Der Typ hat sich zu ihr umgedreht und geschossen, hat sie aber verfehlt. Im nächsten Moment war sie bei ihm und hat ihn so schnell entwaffnet, dass ich es kaum mitbekommen habe. Ich sah nur, wie der Kerl plötzlich auf dem Boden lag, mit Handschellen gefesselt. Augenblicke später sind weitere Polizisten gekommen. Als es vorbei war, hat die Frau mich gefragt, ob alles in Ordnung sei. Sie war supernett und total cool, wenn man bedenkt, was gerade erst passiert war. Ich selbst zitterte immer noch.«

»Wer war die Frau?«

»FBI Special Agent Marilyn Shales. Sie war zwei Wochen hinter dem Burschen her gewesen. Ein ganz übler Dreckskerl. Drogen, bewaffneter Raub, Morde in mehreren Bundesstaaten. Marilyn war zwei Köpfe kleiner als ich und wog vielleicht gerade mal fünfzig Kilo, aber ich hatte noch nie jemanden gesehen, der so taff war. Das habe ich ihr damals auch gesagt … dass ich es kaum glauben könne, was sie getan hat. Bevor sie ging, hat sie mir ihre Telefonnummer gegeben. Eine Woche später habe ich sie angerufen. Wir haben uns getroffen, und noch mal eine Woche später habe ich meine Bewerbung fürs FBI eingereicht.«

»Sind Sie mit ihr in Kontakt geblieben?«

Pine nickte. »In meiner Ausbildungszeit war sie eine Art Mentorin für mich. Als ich die Akademie in Quantico absolviert hatte, ist sie auch gekommen.«

»Sehen Sie sie manchmal noch?«

»Das geht leider nicht mehr. Sie ist vor drei Jahren gestorben. Brustkrebs.« Pine zog scharf den Atem ein. »Ich bin sehr gern FBI-Agentin, Carol. Ich mag alles an diesem Job. Vor allem, dass er mir die Möglichkeit gibt, mich für etwas Sinnvolles einzusetzen. Die kleine Holly, die dieser Kerl entführt hatte, bevor wir hierherkamen – sie war überrascht, dass eine Frau FBI-Agentin sein kann. Ich habe ihr gesagt, dass Mädchen alles können, wenn sie es wirklich wollen. Genau das hatte Marilyn Shales mir auch vermittelt.«

»Möglicherweise haben *Sie* jetzt die kleine Holly inspiriert. Wer weiß, vielleicht können Sie ihr auch eines Tages zur absolvierten FBI-Ausbildung gratulieren.«

Pine lächelte bei dem Gedanken. »Das wäre was«, sagte sie leise. Dann erhob sie sich abrupt. »Okay, auf nach Savannah.«

»Die Stadt soll ziemlich attraktiv sein, habe ich gehört. Ich selbst war noch nie dort.«

»Ich schon, und es stimmt – Savannah ist wirklich schön. Kennen Sie *Mitternacht im Garten von Gut und Böse?*«

»Ja. Ein toller Roman.«

»Der zeigt, dass auch der schönste Ort seine dunkle Seite hat.«

36

Layne Gillespies letzte bekannte Adresse lag in einem Viertel von Savannah, das nicht die geringste Ähnlichkeit mit dem historischen Garden District hatte. In den kümmerlichen Gärten zwischen den bescheidenen Häusern war Wäsche zum Trocknen aufgehängt. An manchen Gebäuden waren die Fenster mit Brettern vernagelt, und an den Straßenecken lungerten Leute herum, die nichts Besseres zu tun hatten.

Sie saßen zu viert im Wagen: Wallis und Laredo vorne, Pine und Blum auf der Rückbank.

»Wenigstens sehe ich keine Anzeichen von Drogenkriminalität«, stellte Wallis fest.

Pine zuckte mit den Schultern. »Kein Wunder. Heute können Sie Fentanyl bequem per Handy-App bestellen und kriegen es schneller nach Hause geliefert als eine Pizza.«

»Verdammt traurig, wenn Sie mich fragen«, meinte Wallis.

»Tja, wir wissen nicht, womit Gillespie seinen Lebensunterhalt verdient hat, aber ein gut bezahlter Job kann es nicht gewesen sein«, stellte Laredo fest, als sie sich ihrem Ziel näherten, einem heruntergekommenen Apartmenthaus, zwei Blocks von der Hauptstraße des Viertels entfernt. Sie hielten auf dem kleinen asphaltierten Parkplatz bei einem Eingang mit der Aufschrift »Office« und stiegen aus.

Drinnen trafen sie auf einen dünnen, dunkelhäutigen Mann um die sechzig. Er blickte so erschrocken drein, als wären sie eine einmarschierende Armee, die gekommen war, um ihm auch noch das wenige wegzunehmen, das er besaß. In seinem strahlend weißen T-Shirt und seiner verwaschenen Jeans stand er hinter seinem Tresen, der aus einer zerschrammten Holzplanke bestand, und beäugte Pine und die anderen argwöhnisch. Als sie nähertraten, zündete er sich erst einmal eine Camel an.

»Kann ich was für euch tun, Leute?«, fragte er mit dem breiten Akzent, wie man ihn sonst eher in South Carolina hörte. Sein Blick verriet, dass er wenig geneigt war, ihnen zu helfen.

Wallis zeigte ihm seine Dienstmarke. »Detective Wallis, Georgia Bureau of Investigation. Diese Leute sind vom FBI. Wir möchten mit Ihnen über Layne Gillespie sprechen.«

»Über wen?«

»Layne Gillespie«, übernahm Laredo. »Er wohnt hier. Oder hat hier gewohnt.«

Der Mann grinste und ließ seine perlweißen Zähne aufblitzen. »Oh, Layne … ich hab *Wayne* verstanden. Okay, was is' mit ihm?«

»Wann haben Sie ihn zum letzten Mal gesehen?«, fragte Wallis.

Der Mann nahm die Zigarette aus dem Mund und kratzte sich die Bartstoppeln am Kinn. »Schwer zu sagen. Die Leute sagen mir ja nich' Bescheid, wenn sie kommen und gehen. Das is' kein Kindergarten hier.«

»Denken Sie nach, Mann«, drängte Laredo. »Es ist wichtig.«

»Würde vielleicht helfen, wenn Sie mir sagen, was mit dem Typ los is'.«

»Dazu kommen wir gleich. Eins nach dem anderen«, sagte Wallis.

»Okay, wann hab ich Layne zum letzten Mal gesehen? Das muss so … so vor einer Woche gewesen sein.«

»Haben Sie mit ihm gesprochen?«, fragte Pine.

»Nee. Bloß Hallo gesagt.«

»Wie hat er auf Sie gewirkt?«

»Na, ganz normal. Gut drauf. Immer mit ’nem Grinsen im Gesicht, so is’ Layne.«

»Haben Sie ihn gut gekannt?«, wollte Laredo wissen.

Der Mann ließ seinen Blick zum FBI-Agenten schweifen und musterte ihn mit zusammengekniffenen Augen, als ginge er in Gedanken hundert mögliche Schachzüge durch. Er nahm einen langen Zug von seiner Camel und blies den Rauch bedächtig aus. »Nicht, wenn er was so Schlimmes angestellt hat, dass das FBI deswegen herkommen muss.«

»Darf man in Savannah eigentlich im öffentlichen Raum qualmen?« Laredo wedelte den Rauch von sich weg.

Wieder ließ der Mann seine Zähne aufblitzen. »Ich bin hier zu Hause, Kumpel. Das is’ kein öffentlicher Raum.«

»Es ist ein Apartmenthaus, in dem eine Menge Leute wohnen«, hielt Laredo dagegen.

»Wenn Sie es sagen, Mann.« Er paffte ungerührt weiter.

»Also, was können Sie uns über Gillespie sagen?«, hakte Pine nach und warf Laredo einen warnenden Blick zu.

»Er is’ vor ungefähr einem Jahr hier eingezogen. Macht keine Schwierigkeiten, kümmert sich um seinen eigenen Kram. Wenn jemand eingezogen oder ausgezogen is’, hat er immer geholfen. Der Typ kann gut mit Werkzeug umgehen. Hat die Klimaanlage und die Waschmaschine repariert, so was alles. Ich kann ihn gut leiden.« Die Camel wanderte von einem Mundwinkel in den anderen. »Is’ alles okay mit ihm?«

»Gibt es einen Grund, warum es nicht so sein sollte?«, fragte Wallis zurück.

»Ich seh gleich vier Gründe.« Der Mann deutete auf jeden Einzelnen von ihnen.

»Wir müssen uns in seinem Zimmer umsehen«, sagte Laredo.

Der Mann zog an seiner Kippe. »Sie haben doch sicher ’nen Durchsuchungsbeschluss, oder?«

»Sie kennen sich aus mit so was?« Wallis hob eine Braue.

»Ich hab 'ne Glotze und guck mir *Law and Order* an, wie alle andern auch. Diese Mariska Hargitay … also echt jetzt, die is' so was von heiß.« Er beäugte Pine. »Sie erinnern mich ein bisschen an sie.«

Wallis zog den Durchsuchungsbeschluss hervor und zeigte ihn dem Mann.

»Okay, aber Layne wird das nich' recht sein.«

»Irrtum«, sagte Laredo trocken. »Layne hat garantiert nichts dagegen.«

Der Manager öffnete die Zimmertür und bedeutete ihnen, einzutreten.

»Ich hab unten was zu tun«, erklärte er. »Sagen Sie Bescheid, wenn Sie fertig sind.«

»Machen wir, danke«, gab Pine zurück.

Der Mann zögerte, die Hand an der Türklinke. »Er is' tot, oder?«

Pine sah ihn an. »Gibt es irgendeinen Grund für diese Vermutung, außer dass wir hier sind?«

Er zuckte mit den Schultern, warf die Zigarette auf den Betonboden und trat sie aus. »Ich lass Sie mal allein, damit Sie sich umsehen können.«

»Es wird nicht lange dauern«, erwiderte Wallis mit einem Blick in das kleine Zimmer. »Ich übernehme das Bad.«

»Wandschrank«, sagte Blum, öffnete die Tür und warf einen Blick hinein.

Laredo schaute Pine an. »Dann haben wir zwei das Schlafzimmer für uns.«

Pine warf ihm einen schiefen Blick zu, schwieg jedoch.

Die gründliche Suche nahm nicht mehr als eine halbe Stunde in Anspruch.

Wallis hatte im Badezimmer nichts Ungewöhnliches entdeckt. Die Medikamente im Arzneischrank waren allesamt rezeptfrei in der Apotheke erhältlich.

Pine und Laredo hatten das Schlafzimmer auf den Kopf gestellt, aber auch sie hatten so gut wie nichts gefunden.

Dafür war Blum im Wandschrank fündig geworden. Sie breitete ihre Ausbeute auf dem Bett aus.

»Jetzt sieh sich das einer an«, sagte Wallis, während alle Blicke auf das reiche Sortiment an Damenkleidung gerichtet waren, samt Unterwäsche, Schuhen und Handtaschen.

»Das sieht mir nach professionellem Outfit aus«, meinte Pine. Sie hielt ein Kleid hoch, dazu die passenden Schuhe.

»Sehe ich auch so«, pflichtete Blum ihr bei. »Das sind keine billigen Sachen. Alles hochwertiges Material und beste Verarbeitung.«

»Trotzdem wohnt er in einer solchen Bruchbude?«, wandte Wallis ein.

»Vielleicht hat er sein ganzes Geld für Klamotten ausgegeben«, mutmaßte Laredo.

Pine hielt ein weißes Höschen hoch. »Das erklärt vielleicht, warum er aus der Army geflogen ist.«

»Das habe ich mir auch schon gedacht«, pflichtete Blum ihr bei.

»Gilt für Homosexuelle beim Militär nicht der Grundsatz ›Don't ask, don't tell‹?«, warf Wallis ein. »›Frag nicht, sag nichts?‹«

»Nicht mehr«, klärte Pine ihn auf. »Aber dass er diese Sachen besitzt, heißt ja noch nicht, dass er schwul war. Wir dürfen keine voreiligen Schlüsse ziehen. Außerdem könnten die Klamotten jemand anderem gehören. Vielleicht einer Frau, die hin und wieder bei ihm war.«

Blum nickte. »Gillespie könnte aber auch Transvestit oder eine Art Dragqueen gewesen sein. Das würde erklären, warum die Army ihn mit einer allgemeinen Entlassung losgeworden ist. Andernfalls hätten sie rechtliche Probleme kriegen können. Aber so, wie sie ihn gefeuert haben, wollten sie ihm wohl zeigen, was sie von seinem Lebensstil halten.«

»Wen juckt's«, meinte Pine. »Wen interessiert sein Lebensstil, solange er seinen Job gemacht hat?«

»Er könnte Unruhe in die Truppe gebracht haben«, gab Wallis zu bedenken. »Oder er hat was ausgefressen. Ich würde der Army da nichts unterstellen.«

»Vielleicht ist Gillespie in irgendeinem Club in der Gegend aufgetreten«, mutmaßte Pine. »In Savannah gibt es eine rege Schwulenszene.«

»Woher wissen Sie das?«, staunte Wallis.

»Ich war schon mal hier. Und wenn Sie wissen, worauf Sie achten müssen, ist es nicht zu übersehen.«

»Bemerkenswert für eine so idyllische Stadt im Süden«, fügte Blum hinzu. »Wer hätte das gedacht?«

»Ich weiß, ich bin ein alter Sack, der mit so was nicht viel anfangen kann«, warf Wallis ein. »Aber mein Motto ist: ›Leben und leben lassen.‹«

»Der Typ, der Gillespie umgebracht hat, sieht das anscheinend anders«, gab Pine zurück. »Tja, dann wollen wir uns noch mal mit dem Manager unterhalten.«

»Warum?«, fragte Wallis.

»Weil ich mir ziemlich sicher bin, dass er Bescheid weiß.«

»Der Bursche ist garantiert nicht schwul«, erwiderte Wallis.

»Das habe ich auch nicht behauptet. Ich sage nur, er weiß mehr, als er uns erzählt hat. Vielleicht haben wir nicht höflich genug gefragt.«

37

Der Manager hieß Clarence Spotter, wie er ihnen mitteilte. Er war achtundsechzig Jahre alt, hatte einen männlichen Partner und war mit der Schwulenszene in Savannah bestens vertraut. Ebenso wusste er, dass Gillespie als Tänzer in einem Nachtclub namens *Silver Shell* aufgetreten war.

Er schüttelte traurig den Kopf, als sie ihm berichteten, dass Gillespie tot war.

»Jammerschade um ihn. Layne war ein feiner Kerl.«

»Hatte er Freunde?«, fragte Pine. »Leute, mit denen er sich getroffen hat und die uns weiterhelfen könnten?«

»Jedenfalls hat ihn nie jemand hier besucht. Sie können ja mal im *Silver Shell* nachfragen, vielleicht wissen die mehr. In Andersonville, sagen Sie?« Er schüttelte bedrückt den Kopf.

»Hat er die Stadt mal erwähnt?«, wollte Wallis wissen.

»Nein. Er hat in der Army gedient, bis sie ihn abserviert haben. Danach ist er viel gereist und kam schließlich hierher. Hat er mir jedenfalls erzählt. Vielleicht wollte er einfach nur sesshaft werden.«

»Wir wussten, dass er aus der Army ausgeschieden ist, aber nicht, unter welchen Umständen.«

»Ganz sicher weiß ich es auch nicht. Ich nehme an, dass es denen nicht gepasst hat, wie Layne veranlagt war.« Er lächelte bitter. »Wahrscheinlich erwartet die Army von ihren Soldaten, dass sie immer Hosen anhaben, und nichts anderes.«

»Das hätten Sie uns auch vorhin schon erzählen können«, hielt Wallis ihm vor.

Spotter lächelte, »sicher, aber ich hab's lieber für mich behalten.«

»Warum?«, hakte Laredo nach.

»Sie haben mir ja auch nicht gesagt, was mit Layne los ist – deswegen. Wenn Sie die ganze Wahrheit von mir wollen, müssen Sie selbst auch die Karten auf den Tisch legen.«

»Da ist was dran«, meinte Blum.

Als sie zum Wagen gingen, schüttelte Wallis den Kopf. »Ich hätte nie gedacht, dass der Mann schwul sein könnte. Er schien mir einfach nicht der Typ zu sein.«

»Nicht der Typ? Wie sieht so jemand denn Ihrer Meinung nach aus?«, fragte Blum.

»Nun ja, Sie wissen schon …«

»Sie meinen, irgendwie … *tuckig?*«

Wallis zuckte mit den Schultern. »So was in der Art.«

»Meine jüngste Tochter ist lesbisch«, erklärte Blum. »Ich habe es erst erfahren, als sie es mir mit zweiundzwanzig verraten hat. Sie werden lachen, aber sie ist mir gar nicht wie eine Lesbe vorgekommen.«

»Okay, Leute«, sagte Pine, als sie im Wagen saßen. »Es ist fast sechs. Wir könnten noch zu diesem Club fahren und mit ein paar Leuten sprechen, bevor sich der Laden füllt. Wäre das okay für Sie?«, fragte sie mit einem Blick zu Wallis.

»Wenn Sie meinen.«

»Irgendein Problem damit?«

»Nee, kein Problem.«

»Die Welt ist groß genug für alle Arten von Leuten«, meinte Pine.

»Weiß ich, verdammt. Und mir ist auch schon einiges untergekommen. Es ist nur … dieses ganze LGB oder wie es sich nennt, das kann einen schon verwirren.«

»LGBTQ«, warf Blum ein. »Von lesbisch bis queer. Kann gut sein, dass noch ein paar Buchstaben dazukommen.«

»Ja, eben. Wie soll sich da noch einer auskennen?«

»Müssen Sie ja gar nicht«, sagte Blum. »Diese Abkürzung ist vor allem für die Leute da, die sich in diesen Gruppen wiederfinden. Und die *kennen* sich damit aus, das können Sie mir glauben.«

Als Wallis sie verständnislos anschaute, fügte sie hinzu: »Sehen Sie's doch einfach so: Sie sind eindeutig ein MH.«

»Ein *was?*«, fragte Wallis, nun gänzlich verwirrt.

»Ein männlicher Hetero«, erklärte Pine. »Oder besteht die Gefahr, dass Sie selbst das vergessen?«

»Wie sollte ich es je vergessen?«, rief Wallis aus.

»Dann müssten Sie ja verstehen, was Carol sagen wollte.«

Wallis blinzelte und nickte schließlich. »Ja … mag sein. Wenn Sie es so sehen.«

»Also, *Silver Shell*, wir kommen«, sagte Blum.

Zwanzig Minuten später hielten sie vor dem Nachtclub, der in einem zweistöckigen Backsteinbau untergebracht war – in einem Viertel, das man mit Wohlwollen als »im Übergang befindlich« bezeichnen konnte.

»Denen liegt echt was dran, dass man den Namen des Schuppens nicht vergisst«, meinte Blum mit einem Blick aus dem Seitenfenster.

Unter dem Schriftzug *Silver Shell* war eine riesige silberne Muschelschale auf die Mauer gemalt.

»Was soll das ausdrücken?«, fragte Wallis unbehaglich.

»Vielleicht sind Muscheln das Leibgericht vom Besitzer dieses Etablissements«, meinte Pine.

Sie klopften an eine Seitentür, und ein Mann im Overall öffnete ihnen. Clarence Spotter hatte vorher angerufen, sodass man sie bereits erwartete. Der Mann geleitete sie zu den

Umkleideräumen und blieb bei einer Tür mit der Aufschrift MANAGER stehen. Er klopfte an.

»Herein«, rief eine Männerstimme.

Pine und die anderen betraten das winzige Zimmer. Hinter ihnen schloss der Mann im Overall die Tür. Pine hörte seine Schritte draußen auf dem Gang verhallen.

In dem Kämmerchen gab es zwei Stühle und ein abgewetztes Sofa mit Zebramuster. Die Wände waren auberginefarben gestrichen. Von der Decke hing ein Kronleuchter, der aus einer Million geschliffenen Glaskristallen zu bestehen schien. An der gegenüberliegenden Wand stand ein Toilettentisch mit einem Spiegel, der von Glühbirnen umrahmt wurde. Davor saß jemand mit dem Rücken zu ihnen. Der Mann trug einen langen roten Bademantel mit Fellbesatz, wahrscheinlich Webpelz, am Kragen und an den Ärmeln.

Wallis räusperte sich. »Sie wissen vermutlich, warum wir hier sind«, begann er.

Pine bemerkte, dass die breiten Schultern der Person vor dem Toilettentisch leicht zitterten.

Dann drehte sich der Angesprochene auf seinem Stuhl zu ihnen.

Er war in den Vierzigern, hatte ein kantiges Gesicht und dichtes blondes Haar, das mit einer ganzen Batterie von Spangen gebändigt wurde, sodass es flach am Kopf anlag. Nach Pines Schätzung war er knapp eins neunzig groß und höchstens siebzig Kilo schwer, aber durchaus athletisch. Er war gerade beim Schminken, hatte bereits die Grundierung auf die Wangen aufgetragen. Die Augen unter den sorgfältig ausgezupften Brauen waren strahlend blau.

»Layne«, sagte der Mann.

»Layne Gillespie. Wir haben gehört, dass er hier gearbeitet hat, Mister …?«

»Sorry, ich bin Ted Blakely. Mir gehört der Club. Ich bin …« Er hob eine Hand vors Gesicht und fing an zu schluchzen.

Carol Blum zog ein paar Taschentücher aus einer Box auf der Frisierkommode und reichte sie Blakely.

Er bedankte sich mit einem Nicken und trocknete sich die Augen. Die Tränen hatten dunkle Spuren auf seinen Wangen hinterlassen.

»Tut mir leid, aber das … das macht mich einfach fertig.«

»Klar«, sagte Wallis, »das ist sicher ein Schock … ähm, Mr. Blakely. Sollen wir später wiederkommen?«

»Nein, nein. Ich will Ihnen ja helfen, damit Sie … dieses Monster erwischen.« Blakely putzte sich die Nase, warf die Taschentücher in einen Abfalleimer und sah zu ihnen auf. »Können Sie mir sagen, was geschehen ist?«

»Mr. Gillespie wurde erschossen aufgefunden«, sagte Wallis. »Auf einem Friedhof in Andersonville, Georgia.«

»Andersonville, Georgia?«

»Sie kennen das Städtchen?«, fragte Pine.

»Nein. Und Layne hat den Namen auch nie erwähnt.«

»Dann waren Sie beide gut befreundet, nehme ich an«, hakte Pine nach.

»Wir waren gute Freunde und Kollegen. Wir haben gemeinsam auf der Bühne gestanden.«

»Wie lange hat er hier gearbeitet?«, wollte Wallis wissen.

»Ungefähr ein Jahr. Aber ich kannte ihn schon vorher. Ich hatte ihn überredet, nach Savannah zu kommen. Weil ich wusste, dass er hier ein Star wird.«

»Also haben Sie seine … professionellen Fähigkeiten gekannt?«, fragte Laredo.

Blakely musterte Laredo einen Moment lang prüfend; dann lächelte er hintergründig. »Ja, seine *professionellen* Fähigkeiten.«

»Wann haben Sie ihn zum letzten Mal gesehen?«, fragte Pine.

»Hier in diesem Zimmer, vor drei Tagen. Wir hatten gerade den letzten Auftritt des Abends hinter uns. Es muss so zwei Uhr nachts gewesen sein. Nach einem Drink ist er gegangen.«

»Hat es Sie nicht beunruhigt, dass er nicht zur Arbeit erschienen ist?«, hakte Pine nach.

»Nein. Er hatte sich wegen einer Oberschenkelzerrung ein paar Tage freigenommen. Das kann bei unserem Job schon mal passieren.«

»Kann ich mir vorstellen. Wissen Sie, ob er sich für seine freien Tage etwas vorgenommen hat?«

»Er wollte sich vor allem erholen. Dass er vorhatte wegzufahren, wusste ich nicht. Schon gar nicht nach … wie heißt die Stadt noch mal?«

»Andersonville«, sagte Wallis.

»Davon hat er kein Wort gesagt.«

»Hat er sich öfter mit jemandem getroffen? Oder hatte er mit irgendwem Ärger?«

»Weder noch. Nicht dass ich wüsste jedenfalls. Ich habe eine Regel hier eingeführt, an die wir uns alle halten: Wir sind Kollegen, nicht mehr. Jeder kann in seinem Privatleben tun und lassen, was er will. Es gab mal eine Zeit, da hatte sich das Private zu sehr mit der Arbeit vermischt. Also habe ich da eine Grenze gezogen.«

»Wie viele Leute treten bei Ihnen auf?«, wollte Pine wissen.

»Mit mir sind es ungefähr ein Dutzend. Wir haben zwei Abendshows und eine Matinee am Samstag. Bei uns kriegen Sie eine gute Show geboten. Sie sollten mal vorbeikommen und es sich ansehen. Wir sind Sänger, Tänzer und Schauspieler. Wir machen alles, auch Comedy und Sketche.« Er sah Laredo an. »Es ist gute, ehrliche Unterhaltung für die ganze Familie.«

»Nichts dagegen einzuwenden«, gab Laredo zurück.

»Ich war mal Firmenanwalt«, erzählte Blakely. »Irgendwann hatte ich den Job satt. Ich bin für das hier geboren.«

»Hat Layne Gillespie es genauso empfunden?«, fragte Pine.

»Ich denke schon, ja. Er war mal bei der Army, aber die haben ihn rausgeworfen.«

»Aus welchem Grund?«, fragte Pine.

»Sie haben ihn dabei erwischt, wie er kostümiert aufgetreten ist. Es war ganz harmlos und nicht mal auf dem Stützpunkt. Trotzdem haben sie nicht lange gefackelt und ihn gefeuert. Dabei war Layne nach allem, was ich gehört habe, ein guter Soldat. Er konnte kämpfen, war stark wie ein Stier, ein hervorragender Athlet. Er hatte eine artistische Nummer bei uns, ist auf Seile geklettert und da oben herumgeturnt. Er war der Einzige hier, der solche Dinge konnte. Würde ich so was versuchen, würde ich mir den Hals brechen.« Blakely stockte, starrte auf seinen Schoß hinunter. »Ich kann nicht glauben, dass er tot ist.«

»Er hatte also keine Probleme mit irgendjemandem?«, hakte Pine nach. »Und keinen Lebenspartner?«

»Nein, mir ist nichts bekannt. Layne war beliebt, alle haben ihn gemocht.«

»Es gab keinen enttäuschten Liebhaber oder einen Stammgast hier bei Ihnen, der mehr wollte, als Layne auf der Bühne zu sehen?«, hakte Laredo nach.

»So was kommt schon mal vor, aber Layne war nicht davon betroffen, soweit ich weiß.«

Pine fiel etwas ein. »Was hat Layne gemacht, bevor er hierherkam? Wie haben Sie ihn kennengelernt?«

»Über einen Freund von mir.«

»Welchen Freund?«

»Er lebt nicht mehr. Hatte einen Bootsunfall in Miami. Er war im … äh, Filmgeschäft.« Blakely lächelte nervös.

Sie sahen einander vielsagend an. »Filmgeschäft?«, hakte Pine nach. »Meinen Sie Pornofilme?«

»Ja. Layne hat in solchen Filmen mitgewirkt.«

»Und wo?« Pines aufgeregter Ton verriet, dass sie sich von dieser Information einen Durchbruch im Mordfall erhoffte.

Blakely zerknüllte ein Papiertaschentuch und betrachtete sich ein paar Sekunden lang im Spiegel. Geistesabwesend rieb er sich eine dünne Spur verlaufener Schminke von der Wange. »Die Dreharbeiten fanden in Miami oder irgendwo in der Nähe statt. Der Job wurde offenbar gut bezahlt. Ich habe selbst mal daran gedacht, hab's dann aber gelassen. Für mich ist das nichts. Ich … ich könnte das nicht vor einer Kamera machen.« Er errötete und schaute in die Runde. »Tut mir leid, ich plappere nur so daher. Das interessiert Sie ja nicht.«

Pine griff den Faden wieder auf. »Hat Layne mal eine Frau namens Hanna Rebane erwähnt? Oder Beth Clemmons?«

»Ich glaube nicht.«

»Bitte denken Sie scharf nach. Es ist wirklich sehr wichtig«, drängte Pine.

Blakely nahm sich noch einen Moment und schüttelte schließlich den Kopf. »Tut mir leid. Die Namen sagen mir wirklich nichts.«

Pine konnte ihre Enttäuschung kaum verhehlen.

»Wir haben eine Frau besucht, die in Pornofilmen mitspielt«, erklärte Wallis. »Ihre Wohnung ist ziemlich luxuriös, wogegen die von Mr. Gillespie eher … bescheiden war. Haben Sie eine Erklärung, woran das liegen könnte?«

»Layne hat seine Mutter unterstützt, außerdem seine Großmutter, eine Schwester und einen Bruder. Da ist ihm selbst nicht viel geblieben. Aber Geld war ihm ohnehin nie besonders wichtig. Ich glaube, er hat die Filme gemacht, um seiner Familie Geld schicken zu können. Soweit mir bekannt ist, hat er aber mit diesen Filmen aufgehört, als er hier angefangen hat.«

Wallis räusperte sich. »Es spricht für ihn, dass er sich um seine Familie gekümmert hat. Egal, auf welche Weise er das Geld verdient hat.«

»Verstehe ich das richtig, dass er in Schwulenpornos mitgespielt hat?«, fragte Pine.

Blakely schaute sie verwirrt an. »Ah, jetzt kapiere ich, worauf Sie hinauswollen. Nein, es waren ganz normale Heterofilme.

Sie denken wahrscheinlich, wenn jemand als Dragqueen auftritt, muss er zwangsläufig schwul sein?«

Wallis sah die anderen an. »Ich muss gestehen, auch ich bin davon ausgegangen.«

»Ehrlich gesagt«, erklärte Blakely, »weiß ich gar nicht, wie Laynes sexuelle Orientierung war. Ich habe ihn auch nie danach gefragt. Es stimmt schon, dass viele Männer, die sich als Dragqueen verkleiden, schwul sind, aber das ist bei Weitem nicht immer so. Tatsache ist, dass ich Layne zusammen mit jungen Frauen gesehen habe, und sie schienen mehr als nur befreundet zu sein. Sie können Ihre eigenen Schlüsse daraus ziehen.«

»Das werden wir«, sagte Pine. »Hoffentlich bringt es uns weiter.«

38

Sie verbrachten die Nacht in Savannah und fuhren erst am Nachmittag des nächsten Tages nach Andersonville zurück. In Savannah überprüften sie noch ein paar Hinweise, die Blakely und Spotter ihnen gegeben hatten, die jedoch zu keinen brauchbaren Ergebnissen führten. Gillespie war allseits beliebt und hatte allem Anschein nach keine Feinde.

Als sie um halb sechs Uhr abends in Andersonville eintrafen, teilten sie sich in zwei Teams auf. Wallis und Laredo würden der Obduktion von Layne Gillespie beiwohnen, während Pine und Blum nach Columbus, Georgia, weiterfuhren, um noch einmal mit Beth Clemmons zu sprechen, der Pornodarstellerin.

»Immerhin haben wir jetzt eine Verbindung zwischen den Opfern: Pornofilme«, stellte Blum fest, während sie die kurze Strecke nach Columbus in Angriff nahmen.

»Das kann etwas zu bedeuten haben, muss es aber nicht. Noch wissen wir nicht, ob Layne Gillespie Hanna Rebane gekannt oder gar mit ihr zusammengearbeitet hat. Aber selbst wenn es nicht so sein sollte, deutet einiges darauf hin, dass der Mörder einen Hass auf Pornofilme und ihre Darsteller hat. Das könnte tatsächlich eine handfeste Spur sein.«

»Weiß man schon mehr über den Schleier und den Smoking?«

»Bis jetzt nicht. Vielleicht wollte der Täter auf diese Weise seine Opfer verspotten. Pornostars, die wie altmodische Figuren auf einer traditionellen Hochzeitstorte zurechtgemacht sind.«

»Falls Rebane mit Gillespie zusammengearbeitet hat, könnte er auch Beth Clemmons gekannt haben.«

»Genau das hoffe ich. Rebane können wir ja nicht mehr fragen.«

»Was halten Sie von der Sache, Agentin Pine? Womit haben wir es zu tun?«

»Es scheint mir ziemlich kompliziert zu sein.« Pine verstummte, blickte schweigend durch die Frontscheibe nach draußen. »Aber wer weiß? Vielleicht ist in Wahrheit alles ganz einfach.«

»Einfach? Also, das kann ich mir schwer vorstellen.«

»Sehe ich auch so, Carol. Aber das will nicht viel heißen.«

Gegen sieben Uhr abends trafen sie in Columbus ein. Es war wärmer als in Andersonville, aber kühler und weniger feucht als in Savannah. Pine hatte Clemmons vorher angerufen, sie aber nicht erreicht.

Sie hielten vor dem Apartmenthaus, stiegen aus und betraten die Lobby. Pine zeigte dem Portier ihre Dienstmarke, und sie fuhren mit dem Aufzug in den sechsten Stock hinauf. Oben angekommen, klopften sie an Clemmons' Tür. Niemand reagierte.

»Vielleicht ist sie ausgegangen, aber das hätte der Portier uns doch sagen müssen«, meinte Pine.

»Oder es gibt eine andere Erklärung, weshalb sie nicht aufmacht«, sagte Blum besorgt.

»Wir haben keinen triftigen Grund, in die Wohnung einzudringen. Ich kann nicht einfach die Tür aufbrechen.«

Pine klopfte lauter. Immer noch keine Reaktion.

»Seltsam«, sagte eine Stimme hinter ihnen.

Pine und Blum drehten sich um. In der Tür der Wohnung gegenüber stand ein junger Mann mit Brille.

»Was ist seltsam?«, fragte Pine.

»Beth müsste eigentlich da sein. Ich bin vor ein paar Stunden nach Hause gekommen, da hatte sie gerade ihre Wohnung betreten.«

»Sie könnte noch mal weggegangen sein«, meinte Blum.

»Nein. Sie hat gesagt, sie will ein heißes Bad nehmen und den Abend zu Hause verbringen. Und ich habe die ganze Zeit in meinem Wohnzimmer gesessen und gelesen. Ich hätte es bestimmt gehört, wäre sie noch mal weggegangen.«

Pine blickte zu Blum, dann zur Tür. »Was meinen Sie? Ist das jetzt ein triftiger Grund, in die Wohnung einzudringen?«

Blum nickte. »Ich würde sagen, ja.«

»Sind Sie von der Polizei?«, fragte der Mann.

Pine zeigte ihm ihre Dienstmarke. »Gehen Sie runter und sagen Sie dem Portier, er soll mit einem Schlüssel raufkommen. Schnell!«

Der Mann erschrak, eilte aber sofort los. Sekunden später hörten sie den Aufzug klingeln.

Eine Minute später kam der junge Mann in Begleitung des Portiers zurück, der einen Schlüssel in der Hand hielt.

»Was gibt's?«

»Wir haben allen Grund zu der Annahme, dass Ms. Clemmons zu Hause ist, sie reagiert jedoch nicht auf unser Klopfen. Wir befürchten, dass ihr etwas zugestoßen sein könnte. Sie müssen uns die Tür aufmachen, damit wir nachsehen können.«

Der Portier wurde blass, trat zur Wohnungstür und schloss auf. Pine zog ihre Pistole und bedeutete den anderen, draußen zu warten. Dann betrat sie die düstere Wohnung und blickte sich flüchtig um.

»Ms. Clemmons?«, rief sie leise. »Beth? Hier ist Agentin Pine, FBI. Sind Sie da?«

Keine Antwort. Pine hörte nicht das leiseste Geräusch.

Vorsichtig drang sie tiefer in die Wohnung vor, schaute im Wohnzimmer und in der Küche nach und ging dann über den Flur zu den Schlafräumen.

Sie betrat Clemmons' Zimmer.

Leer.

Im Wandschrank lagen ein paar Kleidungsstücke auf dem Boden. Die Handtasche mit dem Handy stand auf dem Nachttisch.

Sie ist hier! Zumindest war sie es.

Die Tür zum angrenzenden Badezimmer stand offen, drinnen brannte Licht.

Pine spannte sich innerlich an. Zuerst ließ sie sich auf die Knie nieder und schaute nach, ob sie im schmalen Spalt unter der Tür Füße erkennen konnte. Doch hinter der Tür hielt sich niemand verborgen. Dann trat sie entschlossen ein und schwenkte die Pistole hin und her.

Das Bad war riesig. In die Dusche war eine Badewanne auf Füßen integriert.

Von der Tür aus konnte Pine erkennen, dass die Wanne randvoll gefüllt war.

Verdammt.

Ihr erster Gedanke war, dass die Frau sich eine Überdosis verpasst hatte, während sie in der Wanne saß, und ertrunken war.

Langsam trat Pine in den Duschbereich, schaute hinunter.

Bis auf das Wasser war die Wanne leer.

Verblüfft trat Pine wieder heraus und checkte die breiten Schränke an den Wänden. Auch sie lieferten keinen Hinweis darauf, wo Beth steckte.

Die volle Badewanne ging ihr nicht aus dem Kopf. Das war höchst merkwürdig.

Dann erst fiel ihr ein, dass sie noch nicht in Hanna Rebanes Zimmer nachgesehen hatte. Aber warum sollte Beth sich bei Hanna aufhalten, wenn sie sich ein Bad einließ?

Pine wollte hinausgehen und erstarrte, als ihr Blick auf den Spalt zwischen der offenen Tür und der Wand fiel.

Vorsichtig schob sie die Tür weiter auf.

Beth Clemmons hing an einem Haken auf der Rückseite der Badezimmertür, mit einer Schlinge um den Hals und einem Plastikbeutel über dem Kopf.

39

In dem sonst so ruhigen Apartmenthaus wimmelte es von Polizei. Es herrschte geschäftige Aktivität, die bei allem Bemühen dennoch ziellos erschien.

Während die örtliche Polizei die Leiche untersuchte und die Wohnung durchkämmte, sprachen Pine und Blum mit dem Nachbarn von gegenüber, dem jüngeren Mann mit Brille.

Er saß auf der eleganten Couch in seiner schick eingerichteten Wohnung und sah aus, als würde er jeden Moment auf seinen kostbaren Orientteppich kotzen.

»Ich … ich bin vielleicht der Letzte, der sie lebend gesehen hat«, stammelte der Mann, der sich als Gene Martin vorgestellt hatte. Er war Anfang dreißig und hatte allem Anschein nach einen Beruf, von dem es sich nicht schlecht leben ließ.

»Abgesehen vom Täter natürlich«, warf Blum ein, worauf Martin sie mit weit aufgerissenen Augen ansah.

»Ja … ja, klar.« Er blickte zu der stoisch ruhigen Pine. »Moment mal, Sie denken doch nicht etwa …? Ich habe damit nichts zu tun!« Er sprang auf. »Um Himmels willen, ich würde nie jemanden umbringen! Ich bin Wirtschaftsprüfer!«

»Ich glaube ja auch nicht, dass Sie die Frau umgebracht haben, Mr. Martin. Mich interessiert nur, was Sie gesehen oder gehört haben.«

»Aber ich weiß überhaupt nichts!«

»Jetzt beruhigen Sie sich erst mal. Lassen Sie sich Zeit, denken Sie in Ruhe nach. Sie sagen, Sie haben gelesen. Vorher haben Sie draußen auf dem Flur Beth Clemmons gesehen, die Ihnen gesagt hat, sie wolle ein Bad nehmen und einen ruhigen Abend zu Hause verbringen. Beth hat ihre Wohnung betreten, und Sie Ihre. Fangen wir an diesem Punkt an. Wie spät war es da ungefähr?«

Martin setzte sich wieder, nahm die Brille ab, putzte die Gläser mit dem Taschentuch, das er in seiner zitternden Hand hielt, und setzte sie wieder auf.

»Ja, ich habe mit Beth gesprochen und bin dann in meine Wohnung gegangen. Ich weiß noch, dass ich auf die Uhr geguckt habe. Es war kurz nach vier.«

»Das heißt, Sie haben ein paar Minuten vorher noch mit Beth gesprochen?«

»Ja.«

»War es das einzige Mal, dass Sie sie heute gesehen haben?«

»Ja.«

»Warum waren Sie zu dieser Tageszeit zu Hause?«, fragte Blum.

»Ich habe mir ein paar Tage freigenommen, um einige Dinge zu erledigen und mich zu erholen. Ich hatte gerade die Finanzprüfung für ein großes Unternehmen abgeschlossen. Hab vier Monate durchgearbeitet, sieben Tage die Woche. Ich war völlig ausgebrannt.«

»Okay, fahren Sie fort.«

»Also … ich habe mir eine Tasse Tee gemacht, das hat vielleicht zwei Minuten gedauert. Dann habe ich mich mit meinem Buch hingesetzt, eine Churchill-Biografie.« Er nahm das Buch vom Couchtisch. »Faszinierend, aber ein richtiger Wälzer, wie Sie sehen.«

Pine warf einen Blick darauf. »Was war dann?«

»Ich habe meinen Tee getrunken und gelesen.«

»Haben Sie von draußen irgendwas gehört? Vielleicht, dass eine Tür auf- oder zugemacht wurde? Schritte? Stimmen?«

»Die meisten Leute hier oben kommen etwas später nach Hause. Um sechs oder sieben.«

»Aber nicht Beth Clemmons?«

»Nein, die nicht. Gott, es ist so furchtbar, wenn ich mir vorstelle, dass jemand sie umgebracht hat. Hier, in diesem Haus.« Er wurde noch blasser und schien wieder nahe daran, sich zu übergeben.

»Atmen Sie tief durch«, versuchte Pine ihn zu beruhigen. »Wir haben Zeit. Kommen Sie erst mal zur Ruhe und sammeln Sie Ihre Gedanken. Als Wirtschaftsprüfer sind Sie es ja gewohnt, auf Details zu achten. Genau das ist es, was wir brauchen – Details.«

Martin atmete einige Male tief durch, lehnte sich auf der Couch zurück und trommelte mit den Fingern hektisch auf die Armlehne. Nach und nach wurden die Bewegungen langsamer und rhythmischer.

»Jetzt fällt mir ein, dass ich doch etwas gehört habe. Es muss ungefähr eine halbe Stunde später gewesen sein, kurz vor fünf.«

»Was haben Sie gehört?«

»Jemand ist über den Flur gegangen. Aber davor … da wurde eine Tür geöffnet und wieder geschlossen. Sehr leise, aber ich bin mir sicher, dass es eine Tür war.«

»Sind Sie aufgestanden, um nachzusehen?«

»Ich bin aufgestanden, aber nicht deswegen. Hier wohnen so viele Leute, da wird oft irgendeine Tür geöffnet, wenn jemand nach Hause kommt. Nein, mein Tee war kalt geworden, und ich wollte ihn aufwärmen. Da bin ich neugierig geworden und habe einen Blick auf den Flur geworfen. Ich wollte sehen, wer es ist.« Seine Neugier schien ihm ein bisschen peinlich zu sein. »Ich … ich hab gedacht, es könnte Beth sein. Es war ein ganz spontaner Gedanke. Ich … ich fand sie nett, hab mich gern mit ihr unterhalten.«

»Das verstehe ich«, sagte Blum. »Sie war eine wirklich sympathische junge Frau.«

»Und haben Sie jemanden gesehen?«, hakte Pine nach.

»Zuerst habe ich zu den Aufzügen geschaut, weil die Leute normalerweise dorthin gehen, verstehen Sie?«

»Ja«, sagte Pine. »Und?«

»Ich habe niemanden gesehen. Dann hab ich in die andere Richtung geschaut.«

»Und?« Pine wurde ein wenig ungeduldig, weil er nicht weitersprach.

»Also, ich kann es nicht beschwören, aber ich glaube, ich habe gerade noch einen Schuh um die Ecke verschwinden sehen. Da muss jemand weggegangen sein.«

»Wohin kommt man, wenn man in diese Richtung geht?«, wollte Blum wissen.

»Zum Lastenaufzug.«

»War es ein Männerschuh?«, hakte Pine nach.

»Ja. Der Schuh hatte keinen hohen Absatz oder so.«

»Haben Sie sonst noch was gesehen?«

»Nein, nicht richtig. Das heißt … ich glaube, er hatte eine graue Hose an.«

»Eine Anzughose?«

»Nein, das nicht. Ich habe mich falsch ausgedrückt. Es war keine Hose in dem Sinne. Es hat mehr wie ein Overall ausgesehen. Und der Schuh … der könnte eine Art Arbeitsschuh gewesen sein.«

Pine warf Blum einen kurzen Blick zu. »Also ein Arbeiter, der zum Lastenaufzug gegangen ist?«

»Könnte sein.«

Sie stellten Martin noch ein paar Fragen, erfuhren aber nichts Brauchbares mehr.

Eine Minute später ging Pine zum Lastenaufzug. Blum begleitete sie.

Sie mussten zweimal abbiegen, erst nach links, dann rechts, ehe sie am Ende des Ganges zum Aufzug gelangten.

Pine drückte auf eine Taste. Sie fuhren nach unten und gelangten in die Parkgarage des Hauses.

»Das ergibt Sinn«, meinte Pine. »Wenn Sie ein- oder ausziehen, fahren Sie einfach mit dem Transporter hier rein und schaffen die Sachen im Lastenaufzug rauf oder runter.« Sie sah sich um. »Ich sehe hier nirgends eine Kamera. Auch kein Tor, wo jemand einfach so rein oder raus könnte.«

Pine blickte zur Tür, durch die sie die Garage betreten hatten, und versuchte sie zu öffnen. »Man braucht eine Schlüsselkarte, um hier reinzukommen.« Sie deutete auf den Kartenleser.

»Vermutlich hatte dieser Unbekannte im Overall eine Karte.«

»Wir müssen den örtlichen Cops sagen, dass sie der Sache nachgehen und mit den Hausbewohnern sprechen sollen«, meinte Pine. »Vielleicht hat noch jemand diesen Arbeiter auf dem Flur gesehen.«

»Aber Martin sagte doch, dass die Tür nur einmal auf- und zugemacht wurde. Müsste er diesen Mann nicht zweimal gehört haben? Zuerst beim Reingehen, dann beim Weggehen?«

Pine überlegte einen Moment. »Nicht, wenn der Kerl schon in der Wohnung war und auf Clemmons gewartet hat. Die Wanne war randvoll, sie wollte also wirklich ein Bad nehmen. Sie hat sich ausgezogen und ist im Morgenmantel ins Bad gegangen. Er muss sie angefallen haben, bevor sie in die Wanne steigen konnte.«

»Okay, er war also schon in der Wohnung, als Clemmons nach Hause kam. Aber wie ist er reingekommen?«

»Jedenfalls hat er nicht die Tür aufgebrochen, das hätte Spuren hinterlassen. Und wenn Clemmons nicht zu Hause war und ihn nicht reinlassen konnte, muss er einen Schlüssel gehabt haben. Fragt sich nur, woher.« Pine schaute zum Kartenleser an der Hintertür.

»Denken Sie auch, was ich gerade denke?«, fragte Blum.

»Falls Ihre Vermutung dahin geht, dass der Killer den Schlüssel und die Karte benutzt hat, die er Hanna Rebane abgenommen hat, dann ja.«

»Und er hat es getan, um Clemmons zum Schweigen zu bringen. Damit sie uns nichts erzählen kann, was ihn belasten könnte.«

»Die Sache hat nur einen Haken«, meinte Pine. »Wir haben bereits mit Clemmons gesprochen. Wäre es aus der Sicht des Täters nicht naheliegend gewesen, schon vorher zuzuschlagen, also bevor wir das erste Mal bei ihr waren?«

Blum schüttelte den Kopf. »Vielleicht wurde Clemmons erst gefährlich für ihn, nachdem er Layne Gillespie umgebracht hatte. Vielleicht hat das die Situation verändert.«

»Das würde bedeuten, Clemmons hat möglicherweise etwas über Gillespie und seine Verbindung zu Hanna Rebane gewusst.«

»Genau. Dem Mörder war klar, dass wir zurückkommen, um mit Clemmons über diesen zweiten Mord zu sprechen.«

»Wäre eine Möglichkeit. Trotzdem … bei diesem Fall scheint mir so gut wie alles möglich zu sein.«

»Aber ist es jetzt nicht umso wahrscheinlicher, dass es eine Verbindung zwischen Gillespie und Rebane gegeben hat?«

»Tja, seit heute ist es jedenfalls nicht *unwahrscheinlicher*«, gab Pine zurück.

»Nur können wir Beth Clemmons nicht mehr danach fragen. Wie sollen wir jetzt weiterkommen?«

»Clemmons war nicht die Einzige, die in diesen Pornofilmen mitgespielt hat. Es gibt noch mehr Leute, die uns vielleicht etwas erzählen können.«

»Dann lassen Sie uns hoffen, dass wir diese Leute finden, bevor der Kerl auch sie zum Schweigen bringt.«

40

Meine ganze Vergangenheit ist eine einzige Lüge. Nein, das stimmt so nicht. Nicht alles ist Lüge – nur das meiste.

Ein schwacher Trost.

Pine saß auf ihrem Bett im *Cottage* und nahm das Modemagazin zur Hand, das Myron Pringle ihr gegeben hatte. Sie schlug es auf der Seite mit dem Foto ihrer Mutter auf. Eine ganze Weile saß sie da, betrachtete das Bild und strich mit dem Finger über das hochgesteckte Haar jener Frau, die Atlee Pine geboren hatte. Sie las die Bildunterschrift. London. Karl Lagerfeld. Der Runway. Amanda soundso. Sie sah wunderschön aus, wenn auch ein bisschen zu stark geschminkt und in einem besonders freizügigen Kleid, wie es für Models auf dem Laufsteg nicht ungewöhnlich war.

Von London nach Andersonville. Eine ziemlich ungewöhnliche Ortsveränderung. Für Pine ergab es einfach keinen Sinn.

Sie legte die Zeitschrift weg, öffnete ihren zusätzlichen Koffer und nahm ihre alte Puppe heraus. Gedankenversunken zupfte sie an den Haaren, während es draußen wieder zu regnen anfing. Sie waren im Regen von Columbus zurückgefahren; es hatte erst aufgehört, als sie in Andersonville angekommen waren. Doch nun wurden die Wolken wieder dichter, und auch der Wind frischte auf. Das nächste Unwetter kündigte sich an.

Auf der Fahrt zurück hatte sie Wallis angerufen und ihm berichtet, was mit Beth Clemmons passiert war. Er hatte sie seinerseits über Layne Gillespies Obduktion informiert. Das Ergebnis war wenig überraschend. Gillespie war an seiner Schusswunde gestorben. Keinerlei Spuren. Keine Hinweise, dass er sich gewehrt hatte. Auch der Smoking, der Zylinder und das Ansteckst räußchen hatten nichts Brauchbares ergeben. Der Leichnam hatte ihnen nichts verraten, was sie der Ergreifung des Mörders näher bringen könnte.

Pine hatte der Polizei von Columbus mitgeteilt, was Gene Martin, Clemmons' Wohnungsnachbar, ihr über den Mann im Overall erzählt hatte, der den Lastenaufzug genommen hatte. Die Cops gingen diesem Hinweis nach, bislang jedoch ohne Erfolg. Es gab zwar eine Kamera vor der Parkgarage, doch sie war außer Betrieb gewesen. Pines Verdacht, dass jemand Hanna Rebanes Schlüsselkarte benutzt hatte, um sich Zutritt zur Garage zu verschaffen, hatte sich inzwischen bestätigt. Der Killer war zweifellos auf diesem Weg hinein- und hinausgelangt. Pine war überzeugt, dass er außerdem einen Schlüssel zur Wohnung besessen und auf Beth Clemmons gewartet hatte.

Drei Menschen waren gestorben. Drei Personen, zwischen denen es eine Verbindung gab. Rebane und Clemmons waren Zimmerpartnerinnen und Freundinnen gewesen; darüber hinaus hatten beide – ebenso wie Layne Gillespie – in Pornofilmen mitgewirkt.

Pine blickte auf die anderen Dinge, die sie auf ihrem Bett ausgebreitet hatte, und legte die Puppe dazu, noch immer in Gedanken versunken.

Ein weiterer Name kam ihr in den Sinn. *Barry Vincent.* Warum war der Kerl damals auf ihren Vater losgegangen? Sie konnte sich nicht einmal an einen Barry Vincent erinnern. Doch Myron Pringle hatte den Mann gekannt. Er war dazwischengegangen und hatte die beiden getrennt. Pine fragte sich, was aus diesem Vincent geworden war. Niemand sonst hatte den Mann erwähnt. Auch im Polizeibericht hatte nichts über ihn gestanden.

Vielleicht ließ sich etwas herausfinden.

Pine ging nach unten und klopfte an eine Tür bei der Lobby, die die Aufschrift OFFICE trug.

»Ja?«

Pine öffnete und sah Lauren Graham an ihrem Schreibtisch vor einem Laptop sitzen.

»Störe ich? Dann komme ich später wieder«, bot Pine an.

»Nein, ich habe sowieso gerade eine Schreibblockade.«

Pine trat ein und schloss die Tür. »Ich habe mich gefragt, ob Sie mir bei einer Sache helfen könnten.«

Graham nahm ihre Lesebrille ab und legte sie auf den Tisch. »Ja, sicher. Haben Sie auch über meine Bitte nachgedacht?« Jetzt erst bemerkte sie die Beule auf Pines Stirn. »Was ist passiert?«

»Ach, nichts. Bin gegen eine Wand gelaufen. Und was Ihre Bitte angeht … sicher, ich könnte Ihnen ein paar Dinge über meine Fälle erzählen. Natürlich ohne Namen und Fakten.«

»Wunderbar. Vielleicht heute Abend beim Essen? In Americus gibt es ein italienisches Bistro, das ich schon lange ausprobieren will. Okay?«

Pine zögerte nur einen kurzen Moment. »Okay.«

»Großartig. Also, was wollten Sie wissen?«

Pine setzte sich ihr gegenüber. »Es geht um Barry Vincent. Erinnern Sie sich an ihn?«

»Barry Vincent?«

»Er hat damals meinen Vater beschuldigt, mit dem Verschwinden meiner Schwester zu tun zu haben. Myron Pringle hat es mir erzählt. Er ist dazwischengegangen, bevor mein Vater und Vincent vor unserem Haus handgreiflich werden konnten.«

Graham überlegte einen Moment und schürzte die Lippen. »An den Namen kann ich mich beim besten Willen nicht erinnern. Sind Sie sicher, dass der Mann in Andersonville gewohnt hat?«

»Das habe ich jedenfalls angenommen. Was hätte er sonst an unserem Haus zu suchen gehabt?«

»Ja, sicher. Vielleicht weiß Agnes Ridley mehr.«

Pine hatte Mühe, ihre Enttäuschung zu verbergen. »Okay, ich werde sie fragen. Und jetzt zu Ihrer Bitte. Sie müssen deswegen nicht mit mir essen gehen. Ich kann Ihnen auch hier von ein paar Fällen erzählen.«

»Aber es wäre doch viel angenehmer bei gutem Essen und einem schönen Glas Wein.« Graham schaute auf die Uhr. »Wir könnten gegen sechs Uhr fahren.«

»Na gut. Um sechs bin ich hier.«

Graham musterte Pines Outfit: Jeans, Pullover, Stiefel, FBI-Windjacke.

»Oh, keine Bange«, sagte Pine, der Grahams Blicke nicht entgangen waren. »Ich werde schon was Passendes finden.«

»Sie denken jetzt hoffentlich nicht, dass ich ein hoffnungsloser Snob bin.«

Pine schwieg.

Graham betrachtete sie eingehend. »Sie sind sehr attraktiv, Atlee. Sie kommen nach Ihrer Mutter. Die Größe, die langen Beine. Ihnen würde wahrscheinlich alles stehen.«

»Danke«, erwiderte Pine knapp.

»Haben Sie vor, jetzt gleich mit Agnes zu sprechen?«

»Ja.«

»Glauben Sie, dieser Barry Vincent könnte irgendwie wichtig sein?«

»Solange nicht das Gegenteil erwiesen ist. So läuft das bei solchen Ermittlungen, zumindest bei mir. Aber für einen Roman ist das zu langweilig, oder?«

»Nun ja«, entgegnete Graham, »es liegt an mir, dafür zu sorgen, dass es sich nicht langweilig liest.«

»Da kommt dann wohl die Fantasie ins Spiel.«

Graham lächelte. »Ich hoffe nur, meine reicht dafür aus.«

»Das wird sich ja zeigen. Wir sehen uns heute Abend.« Pine verließ das Arbeitszimmer, ging die Straße hinunter zu ihrem Wagen und fuhr zu Agnes Ridley, deren Adresse sie schon bei ihrem ersten Gespräch mit der Frau bekommen hatte.

Ridleys Haus lag ein paar Meilen außerhalb des Zentrums, auf dem Weg zu Pines einstigem Elternhaus. In der Auffahrt stand ein verrosteter alter Buick. Das Kennzeichen des Bundesstaates Georgia war schon vor drei Jahren abgelaufen. Das Haus kam Pine fast ein bisschen vertraut vor, obwohl sie sich nicht erinnern konnte, schon einmal hier gewesen zu sein.

Agnes Ridley war zu Hause und öffnete die Tür, kaum dass Pine angeklopft hatte. Sie folgte Ridley ins Wohnzimmer mit seinen klobigen alten Möbeln und den zahllosen Andenken. Es gab kaum eine ebene Fläche, die nicht von irgendwelchem zerbrechlichem Krimskrams bedeckt war. Auf einer Armlehne des zerschlissenen Sofas lag eine wohlgenährte Katze, die mit ihren großen, leuchtenden Augen desinteressiert zu Pine aufblickte.

»Das ist Boo«, erklärte Ridley und deutete auf die Katze.

»Sieht freundlich aus.«

Ridley setzte sich lachend aufs Sofa. »Ja, aber nur, solange es ihm passt. Möchten Sie etwas trinken?«

Pine schüttelte den Kopf und kam gleich zur Sache. »Erinnern Sie sich an einen Barry Vincent?«

Ridley lehnte sich zurück und strich sich mit dem Finger übers Kinn. »Barry Vincent?«

»Myron Pringle hat mir erzählt, dass Vincent und mein Dad einen handfesten Streit hatten, nachdem Mercy verschwunden war. Vincent soll behauptet haben, mein Dad habe mit der Sache zu tun.«

»Oh, davon habe ich gehört, ja. Barry Vincent – du meine Güte, der Name ist mir seit einer Ewigkeit nicht mehr begegnet. Er hat wirklich mal in dieser Gegend gewohnt, vielleicht sogar in der Stadt. Genau weiß ich das nicht mehr.«

»Hat er im Bauxitwerk gearbeitet?«

»Nicht dass ich wüsste.«

»Haben Sie eine Ahnung, wo er jetzt sein könnte?«

»Nein. Ich glaube, er ist kurz vor Ihnen und Ihren Eltern von hier weggegangen. Aber das ist jetzt mehr eine Vermutung.«

»Was war er für ein Mensch? Wie lange hat er hier gelebt? Woher kam er?«

Ridley wirkte überfordert von den vielen Fragen. »Ich … ich kann mich kaum noch an ihn erinnern, Lee. Er war jedenfalls nicht sehr lange hier.«

»War er verheiratet? Kinder?«

»Davon weiß ich nichts. Warum interessieren Sie sich so sehr für den Mann?«

»Ich muss allen Hinweisen nachgehen, die ich habe. Und mir macht die Frage zu schaffen, weshalb Vincent davon überzeugt war, dass mein Dad mit Mercys Verschwinden zu tun hatte. Warum sonst hätte er einen Streit mit Dad anfangen sollen?«

»Nun ja, den Verdacht hatten damals auch andere.«

»Aber Vincent war anscheinend der Einzige, der es meinem Vater ins Gesicht gesagt und sich mit ihm geprügelt hat.«

»Davon weiß ich nichts. Vielleicht sollten Sie noch einmal mit Myron sprechen. Wenn er sich an diesen Streit erinnert, weiß er wahrscheinlich mehr über diesen Vincent als ich.«

»Myron ist der Nächste auf meiner Liste. Aber ich wollte es zuerst bei Ihnen versuchen. Es war Lauren Grahams Vorschlag.«

»Tja, tut mir leid, dass ich Ihnen nicht weiterhelfen kann. Wie kommen Sie mit dem Fall voran?«

»Langsam. Sehr langsam.«

41

Erneut fuhr Pine zu den Pringles hinaus. Diesmal öffnete Myron ihr die Tür. Er trug eine Khakihose, ein orangefarbenes Poloshirt und Leinenschuhe. Britta sei nicht zu Hause, sagte er. Pine erwiderte, dass es ihr nicht um Britta gehe, sondern dass sie ihm, Myron, gern noch ein paar Fragen stellen würde. Doch er schien nicht geneigt, ihrem Wunsch zu entsprechen.

»Ich habe zu tun«, sagte er.

»Es wird nicht lange dauern.«

»Warum habe ich das Gefühl, dass Sie das jedes Mal behaupten?«

»Es ist wirklich wichtig«, sagte Pine so flehend, dass es ihr den Magen zusammenzog. Als FBI-Agentin war sie es gewohnt, die Leute jederzeit über alles befragen zu können, was ihr wichtig erschien, doch dieser Fall war anders. Hier war kein forsches Auftreten gefragt, sondern Fingerspitzengefühl. Und das würde sie hinkriegen, auch wenn es sie einige Mühe kostete.

Myron trat einen Schritt zurück und winkte sie herein. Sein Blick fiel auf die Beule an ihrer Stirn, doch er sagte nichts. Er schloss die Tür, drehte sich zu ihr um und schaute auf sie hinunter.

»Und?«

»Barry Vincent.«

Er sah sie verständnislos an. »Vincent? Was ist mit ihm?«

»Was können Sie mir über ihn sagen?«

»Wieso?«

»Er hatte Streit mit meinem Vater. Ich würde gern wissen, was dahintersteckt.«

»Da gibt es nicht viel zu wissen, das meiste habe ich Ihnen schon gesagt. Vincent hielt Ihren Vater für den Schuldigen. Er hat ihm vorgeworfen, ein schweres Verbrechen begangen zu haben. Zuerst hat er es ihm ins Gesicht gesagt, dann hat er obendrein noch zugeschlagen.«

»Wer war der Mann?«

»Ein Nachbar, soviel ich weiß.«

»Was wissen Sie sonst noch über ihn?«

Myron seufzte, verschränkte seine sehnigen Arme vor der Brust und lehnte sich an die Wand. »Er war eher unauffällig.«

»War er verheiratet? Kinder?«

Myron schüttelte den Kopf. »Nicht dass ich wüsste. Wenn, haben sie nicht hier bei ihm gelebt.«

»Wo hat er gearbeitet?«

Nun wirkte Myron doch ein wenig interessiert. »Schwierige Frage. Jedenfalls nicht im Bauxitwerk. Ich glaube, er hat Gelegenheitsjobs übernommen. Mal hier, mal da. Das haben damals viele getan. Kommt auch heute oft genug vor.«

»Sie sagen, er war ein Nachbar von uns. Wo genau hat er gewohnt?«

»Wenn ich mich recht erinnere, hat er zuerst in der Stadt gewohnt, später in einer Pension. Mehr weiß ich auch nicht, hab ihn kaum gekannt. Hab ihn nur manchmal in der Stadt gesehen.«

»Wie sah er aus? Können Sie ihn beschreiben?«

Myron blickte zur Decke, als er sich zu erinnern versuchte. »Damals war er Ende dreißig. Nicht besonders groß, aber stämmig. Ein bulliger Typ. Ihr Vater war jünger und größer als er, aber wenn ich nicht eingegriffen hätte, wäre es für Tim wahrscheinlich nicht gut ausgegangen.«

»Wann ist Vincent in die Stadt gekommen?«

Myron dachte einen Moment nach. »Ich glaube, nicht lange bevor Ihre Schwester verschwunden ist. Nageln Sie mich nicht darauf fest, aber ich glaube, es war ein paar Monate vorher.«

»Ich habe gehört, er soll kurz vor uns von hier weggegangen sein?«

»Kann schon sein«, erwiderte Myron vorsichtig.

»Was genau hat er damals zu meinem Vater gesagt?«

»Sind Sie sicher, dass Sie das hören wollen?«

»Mir bleibt nichts anderes übrig, Mr. Pringle. Deswegen bin ich hier.«

Myron atmete hörbar aus. »Ich kann es nicht wörtlich wiedergeben, aber sinngemäß hat er behauptet, dass Tim eine Tochter umgebracht habe und die zweite beinahe auch.«

»Wie ist er dazu gekommen, eine solche Anschuldigung zu erheben?«

»Ich weiß es nicht. Er hat's einfach getan. Aber zu dem Zeitpunkt hat schon die ganze Stadt gewusst, was vorgefallen war. Dass Mercy verschwunden war und dass Sie schwer verletzt im Krankenhaus lagen.«

»Vincent hat behauptet, mein Vater habe seine Tochter *umgebracht?*«

»Na ja, man ging ja nun mal davon aus, dass Mercy tot ist. Wenn ein kleines Mädchen mitten in der Nacht verschwindet und die Zwillingsschwester schwer verletzt wird, muss man kein Genie sein, um zu dieser Annahme zu kommen.«

»Haben auch andere diesen Vorwurf gegen meinen Vater erhoben?«

»Ich habe es sonst von niemandem gehört.«

»Was hatte dieser Vincent dann gegen meinen Dad?«

»Ich weiß es nicht. Wie gesagt, ich habe den Mann nicht näher gekannt.«

»Aber Sie haben die Rangelei beendet?«

»Ja. Ich wollte nicht zulassen, dass dieser Kerl Ihren Vater verprügelt, schon gar nicht an einem so schlimmen Tag. Er hatte schon genug durchzustehen – dann kommt auch noch dieser Arsch und fällt über ihn her.«

»Sie selbst waren überzeugt, dass mein Dad nichts mit der Sache zu tun hatte?«

»Das habe ich Ihnen doch schon gesagt. Und ich habe meine Meinung nicht geändert.«

»Sind Ihnen eigentlich schon die Namen der Freunde eingefallen, die am Abend zuvor bei Ihnen waren?«

»Nein. War wohl nichts Besonderes, sonst könnte ich mich erinnern. Oder wissen *Sie* noch, mit wem Sie an einem bestimmten Abend vor dreißig Jahren zusammen waren?«

»Ja. Ich habe neben meiner Schwester im Bett gelegen, und dann ist jemand gekommen und hat mir den Schädel eingeschlagen.«

Myron blickte zur Seite.

»Hören Sie, falls Sie damals irgendwas Illegales getan haben, falls Joints geraucht wurden oder so was – das geht mich nichts an. Meine Eltern haben das auch getan. Was immer damals war, es wäre heute längst verjährt.«

Myron zuckte mit den Schultern. »Ich weiß nicht, was ich Ihnen sagen soll. Ich kann mich beim besten Willen nicht mehr erinnern, wer damals bei uns war. Es war der nächste Tag, der sich eingeprägt hat.«

»Haben Sie diesen Vincent gefragt, warum er auf meinen Dad losgegangen ist?«

»Nein, ich habe ihn nur zurückgehalten und Schlimmeres verhindert. Seine Gründe waren mir egal, um ehrlich zu sein.«

»Hatte mein Dad mit dem Mann zu tun?«

»Nicht dass ich wüsste.«

»In einer so kleinen Stadt läuft man sich oft über den Weg, ob man will oder nicht.«

»Falls sie irgendwie miteinander zu tun hatten, habe ich nichts davon gewusst. Nachdem Mercy verschwunden war, hatten Ihre Eltern nur noch wenig Kontakt mit den Leuten hier. Sie haben sich abgekapselt, sind kaum noch aus dem Haus gegangen. Tim ist zwar jeden Tag zur Arbeit gekommen, aber jeder wusste, dass er nicht mehr bei der Sache ist. Bis Ihre Eltern dann von einem Tag auf den anderen verschwunden waren.«

»Das heißt, Sie und Britta haben meine Eltern danach auch nicht mehr oft gesehen?«

»Nein. Obwohl wir versucht haben, den Kontakt aufrechtzuerhalten. Britta hat euch manchmal was zu essen vorbeigebracht. Sie ist auch mit unseren Kindern zu euch rübergefahren, damit Sie mit Gleichaltrigen spielen können. Aber ich glaube, Ihnen war nicht mehr nach Spielen zumute. Es war, als wäre Ihre Kindheit von einem Tag auf den anderen vorbei gewesen.«

»Da ist was Wahres dran.«

»Ich habe Jahre später meine eigenen Kinder verloren. Das bringt einen zum Nachdenken.«

»Können Sie sich sonst noch an irgendetwas erinnern?«

»Ich habe Tim öfter zur Arbeit gefahren und nach Feierabend zu Hause abgesetzt. Wie gesagt, wir hatten noch Kontakt, aber Ihre Eltern hatten kein Interesse mehr, dass wir uns am Abend mal zusammensetzen oder so. Als wäre in ihrem Leben das Licht erloschen.«

Pine nickte und sah auf ihre Stiefel hinunter. »Kann ich verstehen.«

»An was erinnern *Sie* sich noch von damals?«

»Krankenhäuser, endlose Tests und Untersuchungen.«

»Und von Ihren Eltern?«

»Sie haben sich abgekapselt, wie Sie schon sagten. Das Problem war, dass sie mich irgendwie außen vor gelassen haben.«

»Das kann ich mir nicht vorstellen. Ich weiß noch, dass Ihre Mutter nicht von Ihrer Seite gewichen ist. Am liebsten hätte sie sich noch in der Schule neben Sie gesetzt.«

»Ich meine nicht körperlich. Es stimmt schon, sie hat mich keinen Moment allein gelassen. Aber emotional war da eine Mauer, die nicht mehr zu überwinden war.«

»Sie muss Angst gehabt haben, Sie auch noch zu verlieren.«

Pine erwiderte seinen Blick einige Sekunden. »Tja, am Ende haben wir uns trotzdem verloren.«

42

Pine hatte wieder einmal ihre überschaubare Sammlung von Erinnerungsstücken aus der Kindheit hervorgeholt und auf dem Bett ausgebreitet. Carol Blum saß in einem Stuhl und schaute zu, wie Pine ein Stück nach dem anderen betrachtete.

Pine hatte ihr von den Gesprächen mit Agnes Ridley und Myron Pringle berichtet.

»Glauben Sie, dieser Barry Vincent könnte eine wichtige Rolle in der Sache gespielt haben?«, fragte Blum.

Pine blickte von ihren Erinnerungsstücken auf. »Ich weiß es nicht. Es kommt mir nur merkwürdig vor, dass mir niemand etwas über ihn sagen kann. Er ist später als meine Eltern in die Stadt gekommen und eher als sie wieder von hier weggezogen. Er war der Einzige, der sich wegen des Verbrechens damals mit meinem Vater angelegt hat. Myron glaubt, dass mein Dad ihn kaum gekannt hat. Aber warum kommt der Mann dann plötzlich mit solchen Anschuldigungen daher?«

»Vielleicht gab es zwischen den beiden irgendein Problem, von dem niemand sonst gewusst hat«, mutmaßte Blum.

»Dann wird kaum noch herauszufinden sein, um was es dabei ging.«

»Haben Ihre Eltern den Mann später mal erwähnt?«

»Ich kann mich nicht erinnern. Wahrscheinlich habe ich den Namen zum ersten Mal gehört, als Myron mir von dem Streit erzählt hat.« Sie schaute auf die Gegenstände aus ihrer

Kindheit hinunter. »In meiner Familie gibt es so viel, von dem ich nichts weiß, Carol. Mein Dad ist woanders gestorben, als meine Mom mir erzählt hat. Jack Lineberry hat seine Leiche gefunden. Ich habe keine Ahnung, ob meine Mutter überhaupt hingefahren ist und sich um alles gekümmert hat. Ob sie wirklich seine Asche verstreut hat, wie sie gesagt hat. Sie ist zwar weggefahren, hat mir dann aber so gut wie nichts darüber erzählt.«

»Wenn Lineberry Ihren Vater gefunden hat und Ihre Mutter hingefahren ist, müssten sie sich doch begegnet sein.«

»Er behauptet das Gegenteil. Die Frage ist, wie ich es überprüfen soll.«

Blums Blick schweifte zu den Erinnerungsstücken auf dem Bett. »Das ist alles, was Ihnen geblieben ist?«

»Nicht viel, was?«

»Tja, es macht jedes einzelne Stück umso kostbarer«, meinte Blum.

»Mir wäre es lieber, die Dinge würden mich der Wahrheit näherbringen.«

»Ihre Schwester hatte auch so eine Puppe, nicht wahr?« Blum stand von ihrem Stuhl auf und nahm Pines Puppe vom Bett.

»Ja. Was ist damit?«

»Britta Pringle hat doch gesagt, Ihre Mutter hätte die Puppe gesucht, nachdem Mercy verschwunden war.«

»Sie hat gemeint, dass man in so einer Situation halt absurde Dinge macht, und das stimmt ja auch. Vielleicht hat meine Mom irgendwie gedacht, wenn sie die Puppe findet, würde sie das zu Mercy führen.«

»Vielleicht.«

Blum legte die Puppe zurück, während Pine einen der Untersetzer zur Hand nahm.

»Die haben wir als Damesteine benutzt«, erklärte sie als Antwort auf Blums fragenden Blick.

»Sehr einfallsreich.«

Pine lächelte bei der Erinnerung und betrachtete den Untersetzer ein wenig genauer.

»Den habe ich von meinem Dad«, sagte sie. »Er stammt aus einer Bar in New York. *Cloak and Dagger.*«

»Cooler Name für eine Bar.«

Pine betrachtete ihre Sammlung von Untersetzern. »Warum hatte mein Dad so viele Untersetzer aus einer bestimmten Bar? Was meinen Sie?«

»Vielleicht war er dort Stammgast. Oder er hat dort als Barkeeper gejobbt.«

»Ich weiß nicht, ob er damals überhaupt schon alt genug war, um Alkohol zu trinken.«

»In manchen Bundesstaaten darf man als Barkeeper arbeiten, bevor man Alkohol trinken darf. Es ergibt zwar wenig Sinn, ist aber so. Ich weiß nicht, wie das Gesetz damals in New York war.«

»Dad wollte angeblich Schauspieler werden. Da ist es wahrscheinlich normal, sich erst mal mit solchen Jobs über Wasser zu halten.«

»Stimmt.«

»Die *Cloak and Dagger* Bar. Ich frage mich, wie sie auf den Namen gekommen sind.«

»Sie meinen, ob sie ihn einfach nur ausgesucht haben, weil er flott klingt, oder ob er irgendeine Bedeutung hatte.«

Pine griff nach ihrem Handy und führte eine schnelle Suche durch. »Es gibt eine *Cloak and Dagger* Boutique in New York City und eine *Cloak and Dagger* Bar in Washington, D. C. Aber in den Achtzigerjahren gab es beide noch nicht. Über eine *Cloak and Dagger* Bar in New York ist nichts zu finden. Hat wohl inzwischen dichtgemacht.«

»Wahrscheinlich lässt sich online ohnehin nichts finden, wenn es die Bar schon länger nicht mehr gibt.«

»Auf dem Untersetzer steht keine Adresse oder Telefonnummer. Nur der Name, und dass die Bar in New York ist.«

»Ich habe solche Untersetzer schon öfter gesehen. Da stehen diese Informationen nicht immer drauf.«

»Vielleicht klammere ich mich an einen Strohhalm.«

»Sie dürfen Ihren eigenen Grundsatz nicht vergessen: Alles ist wichtig, solange nicht das Gegenteil erwiesen ist.«

Pine wollte das Handy schon weglegen, als ihr noch etwas einfiel. »Vielleicht lässt es sich doch nachprüfen.« Sie rief ihre Kontaktliste auf, wählte eine Nummer und drückte die Anruftaste.

»Hallo, Stan, Atlee Pine hier. Ja, ich weiß, es ist eine Weile her. Wie geht es dir? Ja? Freut mich zu hören. Ja, das FBI ist immer für eine Überraschung gut. Nein, in Utah bin ich nicht mehr. Ich arbeite jetzt in Arizona, beim Grand Canyon. Ja, wunderschön. Hör mal, ich wollte dich um einen kleinen Gefallen bitten. Könntest du dich für mich nach einer Bar erkundigen, die es in den Achtzigern in New York gegeben hat? *Cloak and Dagger.*« Pine hörte ein paar Augenblicke zu. »Alles, was du mir darüber sagen kannst … bitte? Ja, schnell, wenn's geht. Okay, danke.«

Sie beendete das Gespräch und schaute zu Blum. »Stan Cashings. Er arbeitet im New York Field Office. Seit über zwanzig Jahren. Falls es Informationen über diese Bar gibt, findet er sie.«

»Und dann könnten Sie ein bisschen was über die Vergangenheit Ihres Vaters erfahren, was Sie noch nicht gewusst haben.«

»Vielleicht erklärt es auch, warum ein vielversprechendes Model ihre Karriere aufgibt, schwanger wird, meinen Dad heiratet und mit ihm von New York City nach Andersonville in Georgia zieht, mit zwei Kleinkindern im Schlepptau.«

»Ja. Das passt alles irgendwie nicht zusammen.«

Pine legte ihr Handy weg. »Doch, es passt zusammen. Wir wissen nur noch nicht, wie. Aber jetzt muss ich mich umziehen.«

»Wofür?«

»Ich gehe mit Lauren Graham essen, irgendwo in Americus.« Pine schaute in den Drehspiegel auf der Frisierkommode und betrachtete den blauen Fleck auf ihrer Stirn. »Die Schwellung ist zurückgegangen, dafür ist die Haut jetzt ziemlich bunt.«

»Das kann man mit ein bisschen Schminke verschwinden lassen. Ich helfe Ihnen, wenn Sie möchten.«

»Das wäre nett. Ist nicht gerade mein Fachgebiet.«

»Warum gehen Sie mit Graham essen?«

»Vordergründig, weil sie einen Roman schreibt und von mir etwas über meine Fälle hören will. Aber der wahre Grund ist ein anderer. Ich habe das starke Gefühl, dass die Lady uns etwas verschweigt.«

Blum verzog das Gesicht. »Das scheint mir in dieser Stadt ein ziemlich verbreiteter Charakterzug zu sein.«

43

»Sie sehen wie verwandelt aus.«

Lauren Graham blickte im *Cottage* die Treppe hinauf, als Pine zu ihr herunterkam. Graham selbst trug einen knielangen dunkelroten Rock, der ihre Hüften betonte, dazu eine weiße Bluse und eine jagdgrüne Jacke. Strümpfe und Stilettos waren schwarz.

Pine trug das einzige Kleid, das sie im Gepäck hatte. Es war schwarz, schlicht geschnitten und betonte ihre schlanke Figur. Die türkisfarbene Stola hatte sie von Carol Blum ausgeliehen. Dazu trug sie zehenfreie High Heels, mit denen sie knapp eins neunzig groß war. Ihre dunklen Haare hatte sie nicht wie sonst nach hinten zusammengebunden, sondern ließ sie offen auf die Schultern herabfallen. Der blaue Fleck auf der Stirn war mit Puder kaschiert.

»Danke. Und Sie sehen toll aus«, erwiderte Pine.

»Wissen Sie, an wen ich bei Ihrem Anblick im ersten Moment gedacht habe? An Ihre Mutter. Genau so hat sie ausgehen.«

»Nett, dass Sie das sagen. Ich glaube aber nicht, dass ich mich mit ihr messen kann. Bei Weitem nicht.«

»Ich weiß nicht. Vielleicht haben Sie Ihre Berufung verfehlt«, meinte Graham.

»Ach, ich denke, ich habe es ganz gut getroffen. Sind Sie so weit? Ich fahre, okay?«

»Haben Sie sich schon überlegt, was Sie mir über Ihre Fälle verraten können?«, fragte Graham, als sie im Auto saßen.

»Ein bisschen über unsere Ermittlungsmethoden, dazu ein paar Einzelheiten, obwohl ich Ihnen natürlich nicht sagen kann, um welche konkreten Fälle es sich handelt. Und ich kann auch gern versuchen, ein paar allgemeine Fragen zu beantworten.«

»Das ist wirklich nett von Ihnen. Dann kann ich also loslegen?«

»Nur zu.«

»Okay, meine erste Frage: Was sind Ihrer Meinung nach die wichtigsten Eigenschaften einer guten Ermittlerin?«

Pine tat so, als müsse sie kurz überlegen, obwohl sie diese Frage auf Anhieb hätte beantworten können. »Geduld und Hartnäckigkeit. Das geht Hand in Hand. Manche Fälle werden schnell aufgeklärt, weil der Täter sich dumm anstellt. Es kann aber auch Jahre dauern, bis eine Spur zum Ziel führt. Dann braucht es zähe Kleinarbeit und die Bereitschaft, Hinweisen immer wieder nachzugehen. Ich habe beides schon erlebt.«

»Könnten Sie mir ein bisschen genauer erklären, worauf es ankommt?«

»Details sind oft ganz entscheidend. Viele Täter stolpern über vermeintliche Kleinigkeiten – Blutspritzer, Gewebefasern, Fingerabdrücke, ballistische Übereinstimmung, DNA. Viele glauben, Blutspuren lassen sich mit irgendeinem Putzmittel restlos beseitigen. In Wahrheit brauchen Sie ein Bleichmittel auf Sauerstoffbasis, um zu verhindern, dass die Kriminaltechnik Blutspuren mit Luminol sichtbar macht, wie es normalerweise geschieht. Dann ist es für Ermittler kaum mehr möglich, DNA-Spuren zu sichern. Der Täter kann aber auch andere Tricks anwenden, etwa, indem er DNA-Proben von Personen sammelt, die in irgendeiner Verbindung zum Opfer stehen, und diese

DNA am Tatort zurücklässt – was dem Anwalt des Täters einigen Spielraum verschafft. Das alles sind Dinge, mit denen man als Ermittler früher oder später konfrontiert wird.«

»Sind Sie eigentlich immer bewaffnet?«

Pine legte einen Finger auf ihre Handtasche. »Beretta Nano, acht Schuss. In diesem Job braucht ein Mädel einen zuverlässigen Helfer.«

»Den Spruch würde ich gerne in meinem Roman verwenden. Darf ich?«

»Klar.«

Zwanzig Minuten und eine Menge Fragen und Antworten später trafen sie in dem Restaurant ein, einem gemütlichen italienischen Bistro mit gehobener Weinkarte und Kellnern mit schwarzer Fliege und gestärktem Hemd. Sie wurden zu einem Tisch beim Fenster geleitet.

»Tja, mit einem solchen Restaurant kann mein Geldbeutel nicht mithalten«, meinte Pine nach einem kurzen Blick auf die Preise.

»Oh, das geht auf mich«, sagte Graham. »Tut mir leid, wenn ich es nicht deutlich genug gesagt habe.«

»Das ist wirklich nicht nötig. Ich kann mich mit Mineralwasser und einer Vorspeise begnügen.«

»Nein, bitte, Sie haben mir so großartige Informationen gegeben. Da möchte ich mich gern erkenntlich zeigen.«

Sie bestellten jede ein Glas eines Rotweins aus dem Sonoma Valley. Als sie den ersten Schluck nahmen, hörten sie eine vertraute Stimme.

»Wenn ich gewusst hätte, dass Sie hierherkommen, Ladys, hätte ich Sie gerne abgeholt.«

Jack Lineberry kam zu ihnen an den Tisch, elegant wie immer: perlgraue Hose, gestreiftes Hemd, dunkelblauer Blazer, Quastenslipper. Die Brusttasche der Jacke zierte ein buntes Einstecktuch. Seine Haut war leicht gebräunt, die Haare makellos frisiert.

Pine registrierte zum ersten Mal so richtig, was für ein attraktiver Mann er war.

Graham strahlte ihn an. »Jack! Was für eine Überraschung, dass Sie auch hier sind.«

»War eine spontane Entscheidung. Ich habe schon gegessen und wollte gerade gehen. Aber ich will nicht stören.«

»Bitte, setzen Sie sich doch auf ein Glas Wein zu uns«, lud Graham ihn ein.

In dem Moment, als Lineberry sich Pine zuwandte, erstarrte sein Gesicht.

»Alles in Ordnung?«, fragte sie.

»Ich … es tut mir leid«, sagte er mit einem gezwungenen Lächeln. »Einen Moment dachte ich …«

»… dass es Julia ist«, führte Graham den Satz zu Ende, und ihr strahlendes Lächeln schwand.

Lineberry setzte sich langsam neben Pine und nickte, ohne sie anzusehen. »Ja«, sagte er leise. Sein Gesicht war blass, die Stimme heiser.

»Tut mir leid, wenn ich Ihnen einen Schock versetzt habe.«

»Nein, im Gegenteil, es war ein unglaublicher Moment, im positiven Sinn.« Sein Geständnis machte ihn verlegen, und er schaute zu Graham. »Sagten Sie nicht was von einem Glas Wein, Lauren?«

Der Kellner musste ihn gehört haben, denn er kam sofort an den Tisch und schenkte ihm ein Glas ein.

»Danke, William«, sagte Lineberry.

Als der Kellner sich vom Tisch entfernte, fragte Pine: »Sie sind vermutlich Stammgast hier, oder?«

Lineberry nickte.

»Jack hat das Restaurant finanziert«, warf Graham ein. »Sonst wäre nie etwas daraus geworden.«

»Gutes Essen und erlesenen Wein sollte es nicht nur in großen Städten geben«, meinte Lineberry und schaute zu Pine.

»Sie sehen wirklich bezaubernd aus, Lee. Ich …« Er blickte zur Seite.

»Sie hätten nicht gedacht, dass mir auch andere Sachen stehen als Hose, Windjacke, Pistole und der spröde Charme einer Polizistin?«, sagte Pine mit einem Lächeln, das ihrer Bemerkung die Schärfe nahm.

»So in der Art.« Er lächelte verlegen.

»Lee hat mir ein paar professionelle Informationen gegeben«, warf Graham ein. »Für den Roman, an dem ich arbeite.«

»Wirklich?« Lineberry hob die Brauen. »Das ist sehr hilfsbereit von Ihnen, Lee.«

Pine wandte sich Graham zu. »Sie dürfen nur nicht vergessen, dass DNA und Luminol keine geeigneten Zutaten für einen *historischen* Kriminalroman sind.«

»Schon klar, aber mein zweiter Roman soll in der Gegenwart spielen. Da kann ich das alles dann gut gebrauchen.« Graham erhob sich vom Tisch. »Ich gehe mal kurz für kleine Mädchen.«

Pine dachte sich, dass Graham vielleicht ihr Make-up auffrischen wollte, nun, da Lineberry aufgekreuzt war. Das verschaffte ihr selbst eine unerwartete Gelegenheit.

»Da Sie schon mal hier sind, Jack – ich hätte da noch ein paar Fragen.«

Sie hatte den Eindruck, dass er kurz zusammenzuckte. »Worum geht es?«

»Meine Eltern.«

Er nickte langsam. »Okay, ich werde antworten, soweit es mir möglich ist.«

Seine Reaktion kam ihr merkwürdig vor. Sie wusste nicht recht, was sie davon halten sollte.

»Myron Pringle«, begann sie, »hat mir eine Modezeitschrift gegeben, in der meine Mutter als Model auf einem Laufsteg in London zu sehen ist. Anscheinend hat sie sich damals Amanda genannt. Kein Nachname, nur Amanda.«

Lineberry sah sie ausdruckslos an. »Sie kennen den Mädchennamen Ihrer Mutter nicht?«

»Nein, so seltsam es klingen mag. Sie hat nie über ihre Herkunft gesprochen. Kein einziges Mal. Mein Vater genauso wenig. Ich habe immer angenommen, dass sie keine nahen Angehörigen mehr hatten.«

»Okay.«

»Haben Sie das gewusst? Dass meine Mutter als Model gearbeitet hat?«, hakte Pine nach.

Er trank einen Schluck Wein und stellte das Glas vorsichtig ab. »Ich kann mich erinnern, dass sie mal so was erwähnt hat.«

»Es hat Sie gar nicht überrascht?«

»Dass Ihre Mutter einmal Model war? Nein, natürlich nicht. Sie war die schönste Frau, die ich je gesehen hatte. Ich …« Er hustete, starrte verlegen in sein Weinglas.

»Aber dass sie ihre Karriere aufgibt und sich in Andersonville niederlässt?«

»Ja, das fand ich auch ein bisschen merkwürdig. Aber Ihre Eltern haben nie darüber gesprochen, warum sie hierhergekommen sind, und ich wollte nicht neugierig sein. Ich meine, wir alle haben doch ein paar Dinge in unserem Leben, über die wir nicht so gerne reden.«

»Sie haben meine Mutter gemocht, das sieht man«, sagte Pine.

Lineberry griff nach seinem Weinglas, zog die Hand aber wieder zurück. Er räusperte sich und sagte, ohne sie anzusehen: »Ich habe Ihre Eltern gemocht … beide. Was ihnen widerfahren ist, war furchtbar. Ich finde es heute noch genauso schrecklich wie damals.«

»Sie haben versucht, meine Mutter zu finden?«

»Ich wollte wissen, ob es ihr gut geht, ja.« Er schaute sie an. »Sie haben erwähnt, dass Ihre Mutter eine schwere Zeit durchgemacht hat. Ich hoffe, sie kann das alles hinter sich lassen.«

Sein Gesicht verriet, wie viel Mühe es ihn kostete, sich danach zu erkundigen.

»Ehrlich, ich weiß es nicht.«

Er nickte. »Das Leben ist schon seltsam.«

»Wie meinen Sie das?«

»Man hat eine Vision, eine Idee von der Zukunft, und dann kommt alles ganz anders.«

»So, wie *Ihr* Leben sich entwickelt hat, würden die meisten Leute es nehmen, ohne eine Sekunde zu zögern.«

Als er sie erneut anschaute, sah Pine eine Traurigkeit in seinen Augen, die sie zutiefst verwirrend fand.

»Die Dinge sind nicht immer so, wie sie scheinen.« Er trank seinen Wein aus, erhob sich und wünschte ihr eine gute Nacht, ehe er davonging.

Während Pine ihm hinterherschaute, kam Graham an den Tisch zurück. Pine hatte mit ihrer Vermutung richtiggelegen. Ihr Lippenstift war nachgezogen, ihre Haare frisch gebürstet.

»Kommt Jack noch mal zurück?«, fragte sie hoffnungsvoll.

»Nein, er muss los.« Pine kam ein Verdacht. »Haben Sie gewusst, dass er heute herkommt?«

»Was? Äh … nein. Ich hatte keine Ahnung.«

Pine erkannte, dass Graham eine miserable Lügnerin war.

Sie beobachteten beide, wie Lineberry das Lokal verließ. Pine glaubte, draußen vor der Tür Jerry zu erkennen, den einen der beiden Bodyguards.

»Er ist ein wunderbarer Mann, aber sehr empfindsam. Vielleicht zu empfindsam«, meinte Graham.

Pines Gedanken waren längst woanders.

Wann hat Jack Lineberry sich so unsterblich in meine Mutter verliebt?

44

Zum zweiten Mal an diesem Abend bekam Pine ein erstauntes »Wow« zu hören.

Nach dem Abendessen in Americus war sie ins *Cottage* zurückgefahren. Lauren Graham hatte sich bereits in ihr Zimmer zurückgezogen, während Pine unten im Empfangsraum geblieben war und über ihr Gespräch mit Lineberry nachdachte, als ein Mann aus einem dunklen Winkel hervorkam und sich ihr näherte.

Pine blickte auf und sah Eddie Laredo vor sich stehen.

»Was machst du denn hier?«

Er lächelte. »Das Bureau hat unerwartet mein Spesenkonto aufgestockt. Jetzt kann ich mir sogar diese Luxusunterkunft leisten. Ich habe vorhin eingecheckt. Sie hatten noch ein Zimmer frei – viel besser als die Absteige, in der ich vorher war.« Er begutachtete sie von oben bis unten. »Wo warst du in diesem Aufzug? Auf irgendeinem internationalen Ball oder so was?«

»Ich war mit Lauren Graham zu Abend essen.«

»Weißt du, dass ich dich noch nie in einem Kleid gesehen habe?«

»Wie auch. Zur Arbeit hatte ich nie eins an.«

»Auch wieder wahr«, sagte er hastig und trat einen Schritt zurück. »Und, wie war das Abendessen?«

»Ganz okay, aber irgendwie bin ich noch durstig.«

»Was?«

Sie schaute auf die Uhr. »Gehen wir noch ins *Clink?*«

Laredo blickte sie verdutzt an, nickte dann aber. »Klar. Willst du dich noch umziehen?«

Sie musterte ihn eindringlich. »*Willst* du, dass ich mich umziehe?«

»Was?«, fragte er verwirrt. »Ich … nein … ich meine, das ist deine Sache.« Er betrachtete sie von oben bis unten. »Du siehst absolut … äh, ich hab nur gedacht … ist schon okay …«

Sie stöckelte an ihm vorbei zur Tür. »Gut, dann hätten wir das auch geklärt.«

Das *Clink* war zu drei Vierteln voll. Pine zog die Blicke aller Anwesenden auf sich, als sie in Begleitung Laredos eintrat.

Er verharrte einen Moment lang und schaute zu ihr.

»Was ist?«, fragte sie, als sie seinen Blick bemerkte.

»Mit den Absätzen bist du größer als ich.«

»Wenn es deinen männlichen Stolz verletzt, kann ich sie ja ausziehen und barfuß gehen.«

»Später vielleicht. Hängt davon ab, wie viel wir trinken.«

Sie schnaubte abfällig.

Sie fanden einen Tisch ganz hinten, in der Nähe der behelfsmäßigen Bühne, auf der ein Sänger und ein Gitarrist die Gäste unterhielten.

Pine bestellte ein Budweiser, Laredo einen Gin Tonic on the rocks mit Limette.

»Deine Trinkgewohnheiten haben sich jedenfalls nicht verändert«, stellte sie fest.

»Deine auch nicht.«

»Als junge Agentin waren Cocktails sowieso über meiner Gehaltsstufe, da habe ich es mir gar nicht erst angewöhnt.«

Als die Getränke kamen, stieß Pine mit ihrer Bierdose mit seinem Glas an.

Sie saßen bei ihren Drinks, lauschten der Musik und wiegten die Köpfe im Rhythmus, bis Laredo irgendwann fragte: »Worum ging es bei dem Abendessen?«

»Es war Grahams Idee. Ich habe es als Gelegenheit betrachtet, die Frau ein bisschen auszuhorchen. Was dann kam, hatte ich allerdings nicht erwartet.«

»Erzähl schon.«

Sie erzählte ihm von Jack Lineberry.

»Tatsache? Er war in deine Mutter verknallt?«

»Sieht ganz danach aus. Und einen Moment lang …«

»Was?«

»Meine Mutter ist heute in den Fünfzigern, aber einen Moment lang hat es so ausgesehen, als würde er mich für meine Mutter halten.«

Laredo betrachtete sie anerkennend. »Du siehst ja wirklich aus wie so ein Supermodel.« Hastig fügte er hinzu: »Ich meine, wenn du so elegant bist.«

Sie musterte ihn ungläubig. »Komm schon, ich bin wirklich nicht der Typ. Ich schaffe Kniebeugen mit fast fünfhundert Pfund. Meine Oberschenkel sind eindeutig dicker als die eines Supermodels.«

Laredos Blick schweifte kurz zu ihren langen, muskulösen Beinen. »Na ja, ich kenne dich nur mit der Pistole in der einen Hand und der Dienstmarke in der anderen. Ist vielleicht auch besser so.«

»Jedenfalls«, kam Pine auf das Thema zurück, »ist Lineberry ein schwerreicher Mann. Er hat seinen eigenen Jet und eine riesige Villa. Ein Ex-Secret-Service-Agent leitet sein Sicherheitsteam.«

»Und?«

»Wenn so einer jemanden finden will – könnte er dann nicht die besten Privatdetektive engagieren? Meine Mom hat ja nicht mal ihren Namen geändert, als wir von Andersonville weggezogen sind. Und ich war eine ziemlich bekannte Gewichtheberin. Wie viele Atlee Pines wird es denn geben? Jemand hat sogar eine Wikipedia-Seite über mich angelegt, wo auch von meiner Schwester die Rede ist.«

»Ich weiß. Ich hab's gelesen.«

»Mit der Seite habe ich nichts zu tun, Eddie.«

»Hab ich auch nicht angenommen.«

Laredo nahm einen Schluck von seinem Cocktail, während er darüber nachdachte. »Das heißt also, Lineberry hätte dich und deine Mutter ohne große Mühe finden können, hat es aber nicht getan. Die Frage ist, warum.«

»Kommt dir das nicht auch merkwürdig vor?«

»Alles an der Sache ist merkwürdig. Es fängt schon bei dieser Grütze an, die sie einem hier zum Frühstück vorsetzen.«

»Ich wusste noch gar nicht, dass du Humor hast, Eddie.«

»War eigentlich ernst gemeint.«

»Ach ja?«

»Was ist eigentlich mit deiner Assistentin los, Carol Blum?«

»Wie meinst du das?«

»Sie hat mich einem regelrechten Verhör unterzogen. Vor allem hat sie sich dafür interessiert, was zwischen uns vorgefallen ist.«

»Und was hast du gesagt?«

»Dass es sie nichts angeht. Worauf sie mir erklärt hat, dass sie Erkundigungen über mich eingeholt hat.«

Pine lachte. »Mann, sie hat wirklich alle Register gezogen.«

»Findest du das lustig?«

»Du nicht?«

Laredo schmunzelte. »Vielleicht. Jedenfalls sagte sie mir, sie habe eine positive Rückmeldung über meine Person erhalten.«

»Dann hat sie wohl nicht die richtigen Leute gefragt«, versetzte Pine, aber mit einem Lächeln, damit er sie nicht falsch verstand.

Laredo leerte sein Glas und hob die Hand, um noch einen Gin Tonic zu bestellen. Pine blieb beim Budweiser.

»Was Jack Lineberry angeht«, griff er den Faden ihres Gesprächs wieder auf, als die Drinks vor ihnen standen. »Ich habe mich ein bisschen über ihn schlaugemacht.«

»Über Lineberry? Warum?«

»Weil er steinreich ist und hier in der Gegend wohnt.«

»Glaubst du etwa, er rennt in der Gegend rum, bringt Leute um und legt sie in alten Klamotten auf den Friedhof?«

»Das habe ich nicht gesagt.«

»Okay, was haben deine Nachforschungen ergeben?«, fragte Pine.

»Dass er schwerreich ist, wie du schon sagtest. Sein Investmentgeschäft ist absolut legal. Er spendet viel für wohltätige Zwecke und ist allgemein beliebt.«

»Wann ist er nach Andersonville gekommen? Oder ist er hier geboren?«

»Hier geboren ist er nicht, jedenfalls sagen meine Informationen etwas anderes.«

»Woher kommt er?«

Laredo schaute sie unschlüssig an. »Tja, das scheint irgendwie nicht ganz klar zu sein.«

»Was soll das heißen?«

»Ehrlich gesagt, ich weiß es nicht. Nicht jeder hat eine Geburtsurkunde. Manche Leute wissen wirklich nicht, wo sie geboren sind.«

Pine überlegte einen Moment. Sie selbst hatte ihren Geburtsort nicht gekannt, bis sie ihre Geburtsurkunde gesehen hatte, als sie einen Reisepass beantragen wollte.

»Er dürfte Mitte sechzig sein, also ist er in den Fünfzigerjahren geboren. Wenn er irgendwo auf dem Land zur Welt gekommen ist, könnte seine Mutter ihn zu Hause entbunden haben, vielleicht mit einer Hebamme, aber nicht im Krankenhaus.«

»Schon möglich. Aber soweit wir wissen, ist der Typ nie mit der Polizei in Konflikt geraten.«

»Er ist also irgendwann in diese Stadt gekommen und hat im Management des Bauxitwerks gearbeitet.«

»So sieht's aus, ja.«

»Weiß man, wann er sich hier niedergelassen hat?«

Laredo zog sein Handy hervor und scrollte in seinen Informationen.

»Irgendwann in den Achtzigern. Ein exaktes Datum habe ich nicht. Das müsste sich aber feststellen lassen.«

»Ist wahrscheinlich nicht so wichtig.«

»Glaubst du, er könnte mit dem Verschwinden deiner Schwester zu tun haben?«

»Möglich, aber nicht sehr wahrscheinlich. Offenbar hatte er tatsächlich ein enges Verhältnis zu meinen Eltern, vor allem zu meiner Mutter. Außerdem hat er meinem Vater einen Job in seiner Investmentfirma angeboten. Er wollte sich deswegen mit ihm treffen, fand ihn dann aber tot auf.«

»Muss ein schlimmer Schock gewesen sein.«

»Mom hat mir erzählt, Dad habe sich in Louisiana umgebracht. Lineberry hingegen meint, es sei in Virginia gewesen. Ich war damals neunzehn. Dad hat sich an meinem Geburtstag erschossen.«

»Tut mir leid, Atlee. Das muss hart gewesen sein.«

Sie trank einen Schluck Bier. »Leicht war es nicht. Vor allem habe ich mir Vorwürfe gemacht. Warum war ich nicht da, um es ihm auszureden? Vielleicht hat er gedacht, dass er mir nicht mehr wichtig ist, oder so was. Es hätte nie so weit kommen dürfen.«

»Es ist schwer, sich in jemanden hineinzuversetzen, der sich das Leben nehmen will. Aber du solltest dir keine Schuld geben. Wenn jemand wirklich gehen will, findet er einen Weg, das weißt du so gut wie ich.«

»Normalerweise würde ich das auch sagen. Aber er war mein Vater, verstehst du? Da sieht man so etwas anders.«

Laredo hob sein Glas, wie um auf sie zu trinken. »Da hast du sicher recht.«

Sie bestellten noch eine Runde. Als kurz darauf einige Gäste zur Musik zu tanzen begannen, schaute Pine ihn fragend an. »Hast du Lust?«

Er sah sie verdutzt an. »Äh … worauf?«

Statt etwas zu sagen, nahm sie Laredos Hand und zog ihn hoch. Bevor sie zur Tanzfläche gingen, streifte sie ihre High Heels ab, stellte sie auf ihren Stuhl und blickte zu Laredo auf. »Besser so?«

Er grinste. »Was soll ich sagen? Du hast nun mal was Einschüchterndes an dir – das hat gar nicht so viel mit der Größe zu tun.«

Sie tanzten eine Weile, die meiste Zeit getrennt, wiegten und drehten sich im Rhythmus der Countrysongs.

»Für einen FBI-Agenten bewegst du dich ganz gut«, stellte Pine fest.

»Ich bin in Queens aufgewachsen und wollte unbedingt in einer Band mitspielen. Das schien mir der kürzeste Weg zu Geld und Mädchen zu sein.«

»Warum ist nichts daraus geworden?«

»Ich bin nicht musikalisch genug. Es war eine ziemliche Enttäuschung.«

»Warst du als Student nicht ein guter Leichtathlet?«

»Es hat immerhin für ein Sportstipendium gereicht. Ich war ein ganz annehmbarer Läufer.«

Es folgte ein langsamer Song. Beide zögerten einen Moment, ehe Laredo seinen Arm um ihre Taille legte, und sie die Hand auf seine Schulter. Sie atmete seinen Duft ein und war sich bewusst, dass er wahrscheinlich das Gleiche bei ihr tat. Beinahe hätte sie sich an ihn geschmiegt, überlegte es sich dann aber anders.

Wann immer ihre Blicke sich kurz trafen, schauten sie schnell zur Seite.

Als der Song verklungen war, sagte Pine: »Es ist spät. Wir sollten langsam aufbrechen.«

»Okay.«

Sie spazierten zurück zum *Cottage*. Die Luft war feuchtwarm. Pine trug ihre Schuhe in der Hand; das Pflaster fühlte sich kühl unter ihren Füßen an. Auf der Straße war niemand mehr unterwegs. Es war stockdunkel, nur der Mond spendete ein wenig Licht.

»Ein paar Lampen wären nicht schlecht hier draußen. Allein schon, damit man nicht gegen eine Mauer rennt«, meinte Laredo.

»Ist nun mal keine Großstadt hier.«

»Stimmt, kann man nicht behaupten.«

Im *Cottage* angekommen, stiegen sie die Treppe hoch.

»Wo ist dein Zimmer?«, wollte Pine wissen.

Laredo deutete nach rechts. »Gleich da vorne.«

»Meins ist in der anderen Richtung.«

Er nickte. Pine ebenso.

»Okay. Gute Nacht, Eddie. Danke für den netten Abend.«

»War wirklich nett, Atlee. Gute Nacht.«

Sie schaute ihn an und sah so etwas wie Enttäuschung in seinem Gesicht. Vielleicht war es auch nur Einbildung.

Sie gingen zu ihren Zimmern.

Pine blickte kurz zurück, Laredo nicht. Er ging schnurstracks zu seinem Zimmer, schloss auf und trat ein.

Als Pine ebenfalls in ihrem Zimmer verschwand und die Tür schloss, ging eine andere auf.

Carol Blum warf einen Blick auf den Flur, zuerst in die Richtung von Pines Zimmer, dann in die andere. Ihre Miene war schwer zu deuten, irgendwo zwischen Belustigung und Verwunderung.

Sie schloss die Tür wieder, und es war still ringsum.

Pine schlüpfte aus ihrem Kleid, hängte es auf und stand einen Moment lang in der Unterwäsche da. Kurz schaute sie zur Tür. Schüttelte den Kopf.

Für eine solche Dummheit hab ich dann doch nicht genug getrunken.

Doch Eddie Laredo war wirklich nett gewesen und schien die Geschehnisse von damals ehrlich zu bereuen. Vielleicht hatte er sich tatsächlich geändert. Er schien aufrichtig enttäuscht gewesen zu sein, dass sie ihn nicht aufgefordert hatte, noch in ihr Zimmer zu kommen, und in ihr Bett. Aber das war sein Problem, nicht ihres.

Du hast ihm ja nicht irgendwelche Hoffnungen gemacht und ihn dann abgewiesen. Oder?

Ganz sicher war sie sich nicht.

45

»Der Arbeiter im Overall ist eine Sackgasse«, berichtete Wallis am folgenden Morgen.

Er, Pine, Laredo und Blum saßen im Frühstücksraum des *Cottage.* Lauren Graham hatte ihnen Kaffee serviert und war wieder gegangen.

»Wie es aussieht, hat niemand den Mann beobachtet«, fuhr Wallis fort. »Es gibt auch keine Aufnahmen einer Sicherheitskamera.«

»Genau wie bei Hanna Rebane«, meinte Laredo.

»Unser Täter scheint genau zu wissen, wo er Kameras fürchten muss und wo nicht«, mutmaßte Pine. »Außerdem hatte er Rebanes Schlüssel, sodass er jederzeit kommen und gehen konnte. Was wissen wir über das Pornofilm-Unternehmen, für das Rebane und Clemmons gearbeitet haben?«

Wallis' Miene hellte sich auf. »Da haben wir mehr Glück. Es hat sich herausgestellt, dass Layne Gillespie für dieselbe Produktionsfirma als Schauspieler tätig war.«

»Hat er auch gemeinsam mit Rebane oder Clemmons vor der Kamera gestanden?«, wollte Laredo wissen.

»Mit beiden. Die haben mir eine Videodatei geschickt.« Wallis' Gesicht verfärbte sich dunkelrot. »Ich ... äh, hab genug gesehen, um bestätigen zu können, dass alle drei mitgewirkt haben. Gillespie hat sich im Film *ZZ Shaft* genannt. Hab ich im Nachspann gelesen.«

»Sehr fantasievoll«, bemerkte Pine trocken.

»Damit wird diese Produktionsfirma noch interessanter«, befand Laredo. »Sie ist die einzige Verbindung, die wir im Moment haben.«

»Das Problem ist nur, dass die Firma nicht wirklich greifbar ist«, erwiderte Wallis. »Leider handelt es sich um eine Strohfirma mit Sitz auf den Bermudas. Ich habe angerufen, gemailt, gefaxt, gesimst, aber das Ergebnis ist Schweigen.«

»Was ist mit den Leuten, die die Filme machen?«, fragte Carol Blum.

»Die Schauspieler wissen anscheinend nichts. Der Produzent, den ich am Telefon hatte, konnte mir nur den Namen der Firma nennen. Er hat nie irgendeinen Firmenvertreter persönlich getroffen. Das Geld für die Dreharbeiten und die Gagen der Schauspieler werden von einem Auslandskonto überwiesen. Den Vertrieb der Filme übernimmt ein anderes Unternehmen, das legal zu sein scheint. Die Gewinne landen im Ausland in einem schwarzen Loch. Ich bin nur ein Cop vom GBI. Wir sind nicht dafür ausgerüstet, einen solchen Schutzschild zu knacken.«

Laredo und Pine sahen sich an. »Für das FBI ist so was auch nicht einfach«, erklärte Pine. »Jeder denkt, die Feds könnten sich überall Zutritt verschaffen. Fragen Sie die Steuerbehörde, wie es läuft – und die ist für so was besser ausgerüstet als wir. Oder fragen Sie die Milliardäre, hinter denen der IRS her ist. Es ist ein ungleicher Kampf. Die Reichen finden immer ein Schlupfloch.«

»Es könnte auch eine Verbindung zu Andersonville geben«, mutmaßte Blum. »Immerhin wurden die Toten hier gefunden.«

»Ja, das ist möglich«, räumte Pine ein. »Auf jeden Fall hat der Täter irgendeinen Bezug zu Pornofilmen.«

»Möglicherweise ein Feind solcher Filme«, warf Laredo ein. »Der seine Ablehnung kundtut, indem er die Schauspieler umbringt.«

»Aber warum präsentiert er die Opfer in dieser seltsamen Aufmachung?«, wandte Wallis ein. »Was soll das?«

»Ein Schleier und ein Smoking«, sagte Pine nachdenklich. »Braut und Bräutigam, so viel ist klar. Nur wissen wir im Moment noch zu wenig, um uns einen Reim darauf zu machen.«

»Das heißt, wir stehen wieder ganz am Anfang«, stellte Wallis ernüchtert fest und erhob sich. »Ich muss zurück ins Büro und meinen Vorgesetzten Bericht erstatten. Nicht besonders lustig, wenn man kaum etwas vorzuweisen hat. Sagen Sie mir Bescheid, falls Sie Neues erfahren.«

Nachdem er gegangen war, sah Laredo zu Pine. »Ich habe heute früh eine Nachricht von Stan Cashings bekommen.«

Pines Miene blieb ausdruckslos, doch Blums Augen weiteten sich leicht.

»Okay«, sagte Pine.

»*Cloak and Dagger* – was soll das sein?«, hakte Laredo nach.

»Woher kennst du Stan?«

»Ich habe mal mit ihm zusammengearbeitet. Ich dachte, das weißt du.«

»War mir nicht bekannt.«

»Was hat es mit diesem *Cloak and Dagger* auf sich?«

»Es war vermutlich eine Bar in New York, in den Achtzigerjahren. Könnte sein, dass mein Vater dort gearbeitet hat. Warum hat Stan dich deswegen kontaktiert?«

»Weil er sich letztes Jahr nach D. C. hat versetzen lassen. Ins WFO«, fügte er hinzu. Er meinte das Washington Field Office.

»Dann habe ich mich wahrscheinlich an den Falschen gewandt. Das hat er am Telefon nicht erwähnt.«

»Nein, er ist der Richtige für so etwas. Keiner kennt New York besser als er. Wenn es diese Bar gegeben hat, wird er etwas über sie herausfinden.«

»Das erklärt immer noch nicht, warum er dich angerufen hat.«

»Weil ich ihm mitgeteilt habe, wo ich hingehe und dass du auch dort sein würdest.«

»Das hat er mir ebenfalls verschwiegen.«

»Stan ist nun mal keine Plaudertasche. Wie die meisten beim FBI. Wir sind ja auch nicht anders, oder?« Sie blickten sich an, während unbehagliche Stille herrschte.

Schließlich räusperte sich Blum. »Also, können wir uns dann wieder den Mordfällen zuwenden?«

Pine nickte. »Wir müssen der Verbindung zu den Pornofilmen nachgehen. Der Mörder muss persönliche Informationen der Darsteller gekannt haben – ihre wahren Identitäten, Wohnorte, Adressen …«

»Glaubst du, sie haben den Täter persönlich gekannt?«, fragte Laredo.

»In Rebanes Leben gab es einen Mann, das hat Clemmons uns bestätigt. Von Gillespie wissen wir zwar nichts dergleichen, aber es ist denkbar, dass auch er in irgendeiner Beziehung zum Täter gestanden hat. Vielleicht hat der Mörder Hanna Rebane unter einem Vorwand hierhergebracht, getötet und ihre Leiche so deponiert, dass wir sie finden mussten. Offenbar hatte der Mörder die Befürchtung, Beth Clemmons könnte ihn verraten, also hat er sie ebenfalls ermordet. Möglicherweise musste sie sterben, weil sie uns von der Verbindung zwischen Rebane und Gillespie hätte erzählen können.«

»Vielleicht hat jemand sie zusammen gesehen«, meinte Blum.

»Für ein so kleines Team wie uns ist das eine gewaltige Aufgabe«, meinte Laredo.

»Du erwartest doch nicht etwa Verstärkung vom Bureau?«, fragte Pine.

»Im Moment nicht. Das FBI arbeitet sowieso schon am Limit. Wir haben einfach zu viele Fälle.«

»Drei Morde sind keine Kleinigkeit. Da sollte man alle verfügbaren Ressourcen aufbieten«, sagte Pine.

»Da rennst du bei mir offene Türen ein, und ich werde auch Unterstützung anfordern. Aber erwarte bloß nicht zu viel.«

In diesem Moment hörten sie rasche Schritte draußen auf dem Flur. Sekunden später platzte Lauren Graham ins Zimmer. Ihr Gesicht war bleich und vor Entsetzen verzerrt. Pine und Laredo sprangen zugleich auf, beide die Hand am Pistolengriff.

»Was ist?«, stieß Pine hervor.

»Sie müssen kommen! Schnell! O Gott, beeilen Sie sich!«

Graham drehte sich um und eilte zurück auf den Flur. Pine und die anderen zögerten keine Sekunde.

Sie rannten die Hauptstraße hinunter, bis sie Graham eingeholt hatten, die vor einem Gebäude stehen geblieben war.

Es war das Drummer Boy Civil War Museum, ein grau gestrichener Backsteinbau mit schwarzen Fensterläden und einem Vordach am Eingang. Davor wehte die Flagge der Konföderierten neben lebensgroßen Holzfiguren in Uniform und kleineren, ebenfalls uniformierten Trommlern. Die Soldatenfiguren hatten keine Gesichter; stattdessen gab es Löcher, in die Besucher den Kopf stecken konnten, um sich als »Konföderierter« knipsen zu lassen. Das Gleiche war mit der Figur einer Südstaatendame möglich.

Beim Eingang stand eine Frau in den Vierzigern mit gewelltem braunem Haar. Sie trug ein marineblaues Kleid, Schuhe mit flachen Absätzen und Nylonstrümpfe. Offenbar war die Frau ins Cottage gekommen und hatte Lauren Graham alarmiert. Sie wirkte noch erschütterter als Graham und musste sich mit der Hand an der Wand abstützen.

»Lily!«, rief Graham. »Ich habe die Leute vom FBI geholt.«

Laredo und Pine eilten an Graham vorbei zu der sichtlich geschockten Frau.

»Was ist passiert?«, fragte Laredo, die Hand am Pistolengriff.

Lily deutete zum Museumseingang. »Es ist … es ist da drin«, flüsterte sie atemlos.

Laredo und Pine schauten zum Eingang.

»*Es?*«, fragte Pine.

»Hinten. In … in der Uniform. Es ist furchtbar!«

Sie schlug die Hände vors Gesicht und fing an zu schluchzen.

Pine bedeutete Blum mit einem raschen Blick, bei Lily zu bleiben. Sie selbst und Laredo öffneten die Tür zum Museum und traten ein.

In zahlreichen gläsernen Schaukästen waren Erinnerungsstücke aus der Zeit des Bürgerkriegs ausgestellt. An den Wänden hingen Waffen verschiedener Art. In der Mitte des Raumes stand ein maßstabsgetreues Modell des Kriegsgefangenenlagers, komplett mit Palisaden, Figuren von Gefangenen und Wachmännern, Zelten, Sand und Erde.

An den Wänden waren Puppen in originalen Militäruniformen aufgereiht. Vor einer anderen Wand stand eine schwarz gekleidete Frauenfigur mit einem Sonnenschirm. Neben ihr ein Soldat mit Hut, goldener Schärpe und Säbel.

Pine sah es zuerst. Sie hatte starke Nerven, doch der Anblick ließ sie heftig zusammenzucken.

Laredo folgte ihrem Blick und stieß ein scharfes Zischen aus. »Verdammt, ist das …?«

Langsam gingen sie zu der Stelle an der Wand. Hinter einem schwarzen Geländer standen zwei lebensgroße Soldatenfiguren, die Musketen im Anschlag. Hinter ihnen prangte die Fahne der Konföderierten. Doch Pine nahm das alles kaum wahr. Ihr Blick war auf die kleine Gestalt dazwischen gerichtet, den Trommler in der grauen Uniform mit seiner umgehängten Trommel und den Stöcken in den Händen. Denn im Gegensatz zu allen anderen Figuren war dieser Trommler noch vor kurzer Zeit ein lebender Mensch gewesen.

46

Die Fenster waren mit braunem Papier verhängt, um die Sicht von draußen ins Museum zu verwehren. Vor dem Gebäude war ein Absperrband gespannt. Draußen hatte sich eine kleine Menschenansammlung gebildet. Ein paar Leute sprachen mit dem diensthabenden Polizisten. Alle wirkten geschockt.

Drinnen herrschte eine angespannte Atmosphäre.

Pine und Blum standen bei dem Toten, der immer noch die Uniform trug, da die Forensiker noch mit der Spurensicherung und dem Fotografieren des Tatorts beschäftigt waren.

Das Opfer war ein Junge, etwa zehn Jahre alt und hispanischer Herkunft.

Pine schaute auf die großen braunen Augen hinunter, die ins Leere starrten. Vielleicht hatten diese Augen als Letztes auf Erden den Mörder gesehen.

»Ein Mord ist immer etwas Furchtbares«, murmelte Blum, den Blick abgewandt. »Aber wenn es ein Kind trifft ...« Sie führte den Satz nicht zu Ende. Es war nicht nötig.

Laredo und Detective Wallis sprachen mit zwei uniformierten Deputys. Lily, die geschockte Museumsangestellte, war nach Hause geschickt worden, nachdem sie den Ermittlern berichtet hatte, was sich aus ihrer Sicht zugetragen hatte. Sie sei ins Museum gekommen wie an jedem anderen Morgen, hatte Lily ausgesagt, habe ihre Handtasche abgestellt und sich eine Tasse Tee gemacht. Als sie dann mit der Arbeit an einem der Ausstellungsstücke begann, sei ihr etwas aufgefallen.

»Die Puppe des Trommlers sah irgendwie anders aus als sonst«, berichtete Lily. »Ich habe genauer hingeschaut, und da habe ich dann gesehen, dass …« Mit einem Mal hatte sie am ganzen Körper gezittert und konnte nicht mehr weitersprechen.

Die Ermittler hatten festgestellt, wie die Leiche des Jungen aufrecht gehalten worden war: Unter der Uniformjacke befand sich ein Riemen, der mit einem Nagel an der Wand befestigt war.

Pine musste an die kleine Holly denken, das Mädchen, das sie aus den Händen des Entführers befreit hatte. Diesen Jungen hatte sie nicht retten können. Sie rieb sich die Augen, in denen Tränen brannten.

Laredo trat zu ihr.

»Kein gewaltsamer Zutritt. Die Frau ist gestern Abend um halb sieben gegangen. Der Täter muss einen Schlüssel besessen haben.«

Pine nickte. »Am Dach über dem Eingang ist eine Sicherheitskamera. Ich habe sie beim Hereinkommen gesehen. Es gibt auch einen Hintereingang – durch den muss der Kerl den Jungen hier ins Museum getragen haben. Offenbar hatte er viel Zeit, sonst hätte er das alles nicht so … arrangieren können.« Pine verstummte und schaute auf das tote Kind.

»Ja, stimmt.« Laredo folgte ihrem Blick.

»Wissen wir schon etwas über das Opfer?«, fragte Pine.

»Noch nicht. Ist noch zu früh.«

»Uns läuft langsam die Zeit davon. Dieser Kerl wird so weitermachen, wenn uns nicht bald etwas einfällt.«

Wallis kam zu ihnen. »Das ist unfassbar. Ein Kind.«

Pine nickte. »Ich habe die Museumsangestellte gefragt, ob ihr jemand aufgefallen ist, der sich irgendwie seltsam benommen hat. Fremde Gesichter und so etwas – obwohl das natürlich nicht viel heißen will, wo so viele Touristen herkommen.

Lily hat mir erzählt, dass es in den letzten Tagen immer ziemlich voll war.«

»Könnte es sein, dass die Eltern des Jungen mit dem Pornogeschäft zu tun haben?«, mutmaßte Laredo.

»Wer weiß. Trotzdem müssten sie ihn als vermisst gemeldet haben«, erwiderte Pine. »Wir sollten sein Foto veröffentlichen. Jemand *muss* ihn doch kennen.«

Laredo überlegte einen Augenblick. »Zuerst eine abgelegene Stelle an der Hauptstraße, nur ein paar Blocks von hier, dann der Friedhof. Jetzt das Museum.«

»Und wie passt Beth Clemmons ins Bild?«, warf Blum ein.

»Sie gehört nicht zum Muster des Täters«, erwiderte Pine. »Sie musste sterben, weil sie eine Bedrohung darstellte. Sie war ja auch nicht kostümiert wie die anderen. Er hat sie allein aus dem Grund ermordet, um sie zum Schweigen zu bringen.«

Laredo schüttelte den Kopf. »Wieso? Wir haben doch aus einer ganz anderen Quelle erfahren, dass Clemmons, Rebane und Gillespie gemeinsam in Pornofilmen mitgespielt haben. Dafür haben wir Clemmons doch gar nicht gebraucht.«

»Stimmt. Aber das wiederum bedeutet, dass Clemmons etwas *anderes* gewusst hat, das für uns vielleicht sogar noch wichtiger ist.«

»Was aber nichts daran ändert, dass sie sterben musste, nachdem Gillespie tot war«, fügte Blum hinzu. »Weil der Mörder gewusst hat, dass wir Clemmons noch einmal befragen würden.«

»Genau.«

»Ich kümmere mich darum, dass die Beschreibung des Jungen rausgegeben wird, zusammen mit einer Zeichnung seines Gesichts«, sagte Wallis und blickte auf den Toten. »Leider müssen wir dafür dieses Bild von ihm verwenden. Ein anderes haben wir nicht.«

»Außerdem können wir es durch unsere Datenbanken laufen lassen«, schlug Laredo vor.

»Und die Fahndungsstelle für vermisste und missbrauchte Kinder einspannen«, fügte Pine hinzu.

»Wird gemacht.« Wallis nickte und ging davon.

Pine sah, dass Carol Blum zu ihr trat. Leise sagte sie: »Der Täter weicht von seinem ursprünglichen Thema ab.«

»Sie meinen den Schleier und den Smoking?«

»Ja. Dafür hat er den Jungen mit einer Uniform von hier kostümiert und …« Pine stockte, starrte auf den Leichnam und kniete sich hin.

Ein Kriminaltechniker, der gerade dabei war, den Schauplatz von allen Seiten zu fotografieren, beschwerte sich lautstark. »He, ich versuche hier ein paar brauchbare Bilder zu knipsen, wenn's Ihnen nichts ausmacht.«

Pine drehte sich zu ihm um und warf ihm einen Blick zu, der ihn verstummen ließ. Der Mann sah zur Seite und fingerte an seiner Kamera herum.

»Was ist?«, fragte Blum und ging neben Pine in die Hocke, während Laredo ihnen über die Schulter schaute.

Pine streifte Latexhandschuhe über und öffnete den Kragen der Uniformjacke. Sie hatte eine dünne silberne Kette bemerkt, die der Junge um den Hals trug. Vorsichtig schob sie Daumen und Zeigefinger unter den Kragen und zog die Kette hervor.

»Eine Christophorus-Medaille«, stellte Blum fest.

»Ja.« Pine strich mit dem Finger über eine beschädigte Stelle des Anhängers. »Sehen Sie sich den Rand an. Er ist gezackt und nach innen gebogen. Das muss durch einen Schlag entstanden sein.«

»Ob dieser Schlag die Todesursache war?«, fragte Blum.

»Möglich, aber es sind keine Wunden zu sehen. Oder Spuren einer Strangulation.« Pine begutachtete den Kopf des toten Jungen. »Sein Hals ist seltsam schief.«

»Vielleicht ist das Genick gebrochen«, meinte Laredo.

»Könnte sein.«

Pine rief den Fotografen herüber und ließ ihn mehrere Aufnahmen von dem Christophorus-Anhänger machen. Als Wallis zu ihnen kam, berichtete Pine ihm davon.

»Der Anhänger war bestimmt kein Bestandteil des Originalkostüms«, überlegte der Detective laut. »Ob er dem Jungen gehört hat?«

»Ich glaube eher, dass der Täter ihm die Medaille umgehängt hat«, meinte Pine.

Laredo nickte. »Das passt in sein Muster. Die beiden ersten Opfer hat er als Braut und Bräutigam kostümiert, diesen Jungen hier als Trommler der Konföderierten, auch wenn die Uniform in diesem Fall aus dem Museum hier stammt.«

»Aber die Medaille hat er extra hinzugefügt«, überlegte Pine. »So etwas hat er bei den anderen nicht getan. Bei denen hat er sich allein auf das Outfit konzentriert, die Aufmachung als Braut und Bräutigam.«

»Also weicht er in diesem Fall geringfügig von seinem Muster ab«, meinte Blum.

»Sieht so aus.«

»Und das tun Serienkiller normalerweise nicht«, sagte Laredo. »Nicht, wenn sie sich auf ein bestimmtes Muster festgelegt haben.«

Pine nickte. »Die meisten tun es nicht, manche aber schon. Außerdem wissen wir in diesem Fall noch nicht, wie das Muster des Täters genau aussieht und welches Motiv er verfolgt. Die Schlussfolgerung, dass er seine Vorgehensweise geändert hat, könnte voreilig sein, denn für den Täter gehört das alles möglicherweise zu seinem ursprünglichen Plan.«

»Okay«, sagte Wallis. »Ich frage die Museumsangestellte wegen dieses Anhängers. Aber wenn sich wirklich herausstellt, dass der Täter ihn dem Jungen umgehängt hat, was bedeutet das dann für uns?«

Statt einer Antwort zog Pine ihre eigene Medaille hervor, die sie ebenfalls an einer Halskette trug. »Der Legende zufolge hat Christophorus ein Kind über einen Fluss getragen. Später stellte sich heraus, dass dieses Kind Jesus Christus gewesen ist. Seither gilt Christophorus als Beschützer der Reisenden.«

»*Dieses* Kind hier hat er jedenfalls nicht beschützen können«, warf Blum voller Bitterkeit ein.

»Vielleicht betrachten Sie es aus der falschen Warte, Carol«, meinte Pine.

»Und wie betrachtet man es richtig?«, fragte Laredo.

»Wenn wir herausfinden, auf welche Weise die Medaille beschädigt wurde, könnte das deine Frage beantworten«, erwiderte Pine.

»Sie halten das wirklich für wichtig?«, fragte Wallis.

Pine nickte. »Es könnte das wichtigste Detail sein, das wir bisher haben.«

47

»Von wem haben Sie Ihren Christophorus-Anhänger?«, wollte Blum wissen, als sie und Pine zurück zum *Cottage* gingen.

»Von meiner Mutter. Er war ihr letztes Geschenk an mich.«

»Sie meinen, bevor sie fortgegangen ist?«

»Ja. Da muss sie schon beschlossen haben, mich zu verlassen. Es war wohl ihr Abschiedsgeschenk. Als wollte sie sagen: ›Ich werde nicht mehr da sein, um dich zu beschützen, das soll jetzt dieses dumme Stück Metall übernehmen.‹«

»Wenn Sie es so empfinden, warum tragen Sie den Anhänger dann?«, wunderte sich Blum.

»Weil er so ziemlich das einzige Erinnerungsstück von ihr ist. Deshalb ist er mir trotz allem wichtig. Es ist eine Art … na ja, Hassliebe. Manchmal berühre ich die Medaille und fühle mich genauso verlassen wie damals. Ein andermal gibt sie mir Wärme und Sicherheit, als wäre ich wieder sechs Jahre alt. Als wäre Mom noch da und würde meine Hand halten.«

Blum nickte nachdenklich. »Mutter-Tochter-Beziehungen sind oft kompliziert. Vielleicht das Komplizierteste überhaupt. Bei mir war es jedenfalls so. Mit meinen Söhnen war es im Vergleich dazu das reinste Kinderspiel.«

Der Anhänger, den der tote Junge getragen hatte, war bereits auf Fingerabdrücke untersucht worden, doch ohne Erfolg. Für Pine stand fest, dass jemand gezielt alle Spuren von der Medaille entfernt hatte.

»Hoffentlich können uns die Kriminaltechniker sagen, auf welche Weise die Medaille beschädigt wurde.«

»Halten Sie das wirklich für wichtig? Vielleicht gehört der Anhänger dem Jungen selbst. Und wer weiß, wie alt die Beschädigung schon ist.«

»Die scharfe Kante ist nach innen gebogen, Carol. Das hätte Spuren auf der Haut hinterlassen. Es gibt aber keine. Außerdem hätte der Junge die Medaille nicht getragen, wenn sie ihm die Haut aufgekratzt hätte.«

»Stimmt auch wieder. Dann hat der Mörder sie ihm umgehängt?«

»Ich bin mir sicher. Es muss irgendetwas Persönliches sein. Die Medaille hat wahrscheinlich jemand getragen, der in einer besonderen Beziehung zum Mörder steht. Wenn wir bloß herausfinden könnten, wem sie gehört hat …«

»Lee?«

Sie blickten auf und sahen Agnes Ridley vor dem *Cottage* stehen.

»Ist es wirklich wahr?«, fragte die alte Dame. »Schon wieder ein Mord?«

Pine und Blum gingen zu ihr. »Leider ja«, antwortete Pine. »Diesmal ein kleiner Junge.«

»*Was!*«, rief Ridley entsetzt. »O Gott. Ein Kind? Was hat dieser Verrückte vor?«

»Wir wissen nicht, was er bezweckt«, erklärte Pine. »Deshalb können wir nicht einschätzen, auf wen er es abgesehen hat.«

»Weiß man schon, wer das Kind ist?«, wollte Ridley wissen.

»Noch nicht. Die Polizei wird eine Beschreibung und eine Zeichnung veröffentlichen. Die Frage ist, ob irgendwo in der Gegend ein Kind vermisst wird.«

»Mir ist nichts bekannt. Und wenn das Kind von hier wäre, hätten die Eltern doch sicher schon die Polizei verständigt.«

»Stimmt.«

»Kann ich irgendetwas tun?«, fragte Ridley.

»Halten Sie Augen und Ohren offen. Wenn Ihnen etwas Verdächtiges auffällt, verständigen Sie die Polizei.«

Sie betraten das *Cottage,* wo Lauren Graham sie bereits im Empfangsraum erwartete.

»Du lieber Himmel, was ist nur aus dieser Stadt geworden?«, jammerte sie, als sie die beiden Frauen hereinkommen sah.

»Warum ist die Museumsangestellte eigentlich hierhergekommen, nachdem sie den Jungen gefunden hatte?«, fragte Pine. »Ich habe ganz vergessen, sie das zu fragen.«

»Lily? Sie hat gewusst, dass Sie hier wohnen«, erklärte Graham. »Es wird ihr als Erstes eingefallen sein.«

»Was genau hat Lily gesagt?«, hakte Blum nach. »Wissen Sie das noch?«

»Dass sie im Museum einen toten Jungen gefunden hat, der in einer Uniform steckt. Sie wäre beinahe in Ohnmacht gefallen, sagte sie mir, und dass sie dann losgerannt sei, so schnell sie konnte – direkt hierher.«

»Wie lange kennen Sie Lily schon?«

»Fast mein ganzes Leben lang. Sie arbeitet schon eine halbe Ewigkeit im Museum. Ob sie je wieder hingehen kann? Wie soll man nach so etwas weitermachen, als wäre nichts gewesen?«

Pine blieb beim Thema. »Die Puppe, deren Uniform der Täter dem Jungen angezogen hat, wurde im Hinterzimmer gefunden«, sagte sie. »Von dort dürfte der Mörder ins Museum gekommen sein. Das Schloss wurde nicht geknackt, der Täter muss also einen Schlüssel gehabt haben. Können Sie sich das erklären?«

»Jemand muss einen Nachschlüssel angefertigt haben«, vermutete Graham. »Ich glaube nicht, dass Lily ihre Tasche jede Sekunde im Blick hat. Außerdem hat sie mal erwähnt, dass die Schlösser ziemlich veraltet sind.«

»Das Museum ist mit einer Alarmanlage gesichert. Wir wissen, dass sie eingeschaltet war, als Lily zur Arbeit kam, weil sie uns erzählt hat, sie habe die Anlage abgeschaltet. Was wiederum bedeutet, dass der Täter den Code gekannt haben muss. Ist es so leicht, an den heranzukommen?«

»Keine Ahnung. Ich weiß nur, dass so etwas noch nie vorgekommen ist.«

»Jetzt *ist* es aber passiert«, erwiderte Pine. »Und wir müssen herausfinden, warum.«

48

»Hör mal, Atlee, wegen letzter Nacht …«, begann Laredo.

Er und Pine saßen allein im Frühstücksraum. Blum war auf ihr Zimmer gegangen.

»Da gibt es nichts zu sagen«, erwiderte Pine knapp.

»Findest du?«

»Wir haben ein bisschen was getrunken und getanzt. Na und?«

Er atmete langsam aus, wirkte zerknirscht. »Es tut mir leid, Atlee. Ich führe mich auf wie ein Idiot.« Er stockte einen Moment. »Es war nur so …«

»Was?«

»Es lag wohl an den Drinks und am Tanzen …«

»Ich wollte dich nicht ermutigen. Wenn du das gedacht hast, entschuldige ich mich.«

»Wofür? Dass du dich schick gemacht und umwerfend ausgesehen hast? Ja, so was sollte nicht vorkommen.«

»Wir sollten uns auf unsere Arbeit konzentrieren. Immerhin waren wir beide klug genug, es nicht auf die Spitze zu treiben und uns auf etwas einzulassen, das wir wahrscheinlich bereut hätten. Lassen wir es dabei bewenden. Ist das okay für dich?«

»Ich glaube nicht, dass ich eine Wahl habe.«

Als Pine die Enttäuschung in seinem Gesicht sah, legte sie ihm die Hand auf den Arm. »Es war meine Idee, auf ein paar Drinks ins *Clink* zu gehen. Und *ich* hab dich zum Tanzen aufgefordert. Vielleicht habe ich ein bisschen geflirtet, ohne dass es mir so richtig bewusst war. Und als wir zurückkamen, hatte ich längst bemerkt, dass du dir mehr vorstellen kannst. Das muss ich auf meine Kappe nehmen.«

»Wie hast *du* es dir denn vorgestellt?«, fragte er mit ernstem Blick.

»Zuerst vielleicht so ähnlich wie du, Eddie.«

»Und dann?«

»Dann ist mir klar geworden, dass wir mehr als zehn Jahre lang überhaupt keinen Kontakt hatten. Ich kann so was nicht machen – das ist einfach nicht mein Ding.«

»Ich habe nie etwas anderes vermutet, falls es dich beruhigt.« Er schob die Hände in die Hosentaschen. »Es ist lange her, dass Denise mich verlassen hat. Und in meinem Job ist es nicht so einfach, jemanden kennenzulernen und was Bleibendes anzufangen.«

»Wem sagst du das.«

»Na, na, komm schon. Ich bin sicher, dass alle Typen in Stunted Rock …«

»*Shattered Rock*«, verbesserte sie ihn. »Wie du ganz genau weißt.«

Beide mussten lachen.

»Okay, ich bin mir sicher, dass alle Typen in Shattered Rock hinter dir her sind. Wahrscheinlich schaffst du's nur mit vorgehaltener Pistole, sie dir vom Leib zu halten.«

»*Alle* Typen sicher nicht, aber einer hat möglicherweise Interesse.« Pine dachte an Sam Kettler, einen Park Ranger im Grand Canyon, mit dem sie sich einige Male getroffen hatte.

»Dann ist er ein Glückspilz. Ich hoffe, er ist der Herausforderung gewachsen.«

»Das wird die Zeit zeigen.«

»Solange er dich nicht behandelt wie ein zerbrechliches Pflänzchen, das man beschützen muss.«

»Da brauchst du dir keine Sorgen zu machen.«

»Dann freut es mich für dich, Atlee.«

»Du hast dich wirklich verändert, Eddie. Wie kommt das?«

»Weil ich so war, wie ich war, habe ich das verloren, was mir am wichtigsten gewesen ist. Das hat mich dazu gebracht, über mich nachzudenken und ein paar Dinge zu ändern. Wenn man weitermacht wie immer, wie soll dann jemals was anderes herauskommen?«

»Stimmt.«

»Ich hoffe jedenfalls, wir können Freunde sein, du und ich.«

Pine schaute ihn an. »Ich glaube, wir sind auf dem richtigen Weg.«

Eine junge Angestellte kam in den Frühstücksraum und fragte, ob sie etwas bräuchten.

»Nein, danke«, sagte Pine. Als die Frau wieder gegangen war, fügte sie bitter hinzu: »Jetzt hätte ich beinahe ›alles bestens‹ gesagt. Aber das kann man nun wirklich nicht behaupten.«

Laredo nickte düster. »Dieser Junge im Museum …«

»Ja.«

»Ich habe mir ein paar Gedanken gemacht, Atlee.«

»Lass hören.«

»Es mag verrückt klingen …«

»Es kann nicht verrückter sein als das, was hier abgeht. Komm schon, raus damit.«

»Wir haben drei Opfer: eine Braut, einen Bräutigam und jetzt einen kleinen Jungen.«

»Ja, als Trommler verkleidet. Das weiß ich alles schon, Eddie«, erwiderte sie ungeduldig, stockte dann aber, als ihr plötzlich ein Licht aufging. »Moment mal, willst du damit sagen …«

»Ja«, fiel er ihr ins Wort. »Genau das.«

»Nur damit wir uns richtig verstehen. Du meinst, dieser Verrückte will uns seine Opfer als *Familie* präsentieren? Eine Familie von Toten?«

»Sozusagen.«

Pine lief es eiskalt über den Rücken »Mein Gott.«

»Wie nennt man das noch mal – Mutter, Vater, Kind?«

»Die Kernfamilie«, sagte Pine. »Im Gegensatz zu einer Familie mit nur einem Elternteil.«

»Gibt es da nicht einen Unterschied zwischen dem traditionellen Modell, wie man es früher als Ideal hingestellt hat, und dem, womit wir es hier zu tun haben?«

»Inwiefern?«

»Besteht die traditionelle Kernfamilie nicht aus den Eltern und *zwei* Kindern?«

Pine lehnte sich an die Wand zurück. »Du meinst, wir müssen mit einem weiteren Opfer rechnen?«

»Ein zweites Kind.«

»So weit darf es nicht kommen!«, erwiderte Pine entschieden.

»Leichter gesagt als getan. Wir haben immer noch keine heiße Spur zum Täter.«

»Gibt es in Quantico kein vergleichbares Tatmuster, das zu diesem Fall passt?«, fragte Pine.

»Mir ist jedenfalls nichts Vergleichbares untergekommen. Ich hatte ein bisschen nachgeforscht, bevor ich losgefahren bin – aber mit diesen neuen Erkenntnissen werde ich jetzt noch mal die Datenbanken durchforsten. Nur glaube ich nicht, dass sich ein ähnliches Tatmuster finden lässt.«

»Wir könnten es also mit einem neuen Akteur auf der Bühne zu tun haben?«

Laredo zuckte mit den Schultern. »Oder mit einem alten Akteur, der sich eine neue Handschrift zugelegt hat. Aber welches Motiv verfolgt er?«

»Falls er seine Opfer wirklich als Familie präsentieren will, haben wir es möglicherweise mit jemandem zu tun, der seine eigene Familie verloren hat.«

»Frau und Kinder, meinst du?«

»Ja. Oder er hat den Verlust einer anderen Familie miterlebt, die ihm auf irgendeine Weise nahesteht.«

»Scheiße, wie sollen wir das nachprüfen?«

»Dies hier ist eine kleine Stadt, Eddie. Falls der Mörder von hier ist, dürfte es angesichts der Einwohnerzahl nicht allzu schwierig sein.«

»Aber wenn er *nicht* von hier ist, stehen wir auf dem Schlauch.«

Pine nickte bloß.

»Du hast doch eine Weile hier gelebt, Atlee …«

»Das ist verdammt lange her.«

»Aber seit du wieder hier bist – hat da vielleicht jemand eine Familie erwähnt, die innerhalb kurzer Zeit ausgelöscht wurde?«

Pine dachte darüber nach.

Laredo erschrak, als sie plötzlich kreidebleich wurde.

»Was ist?«, fragte er besorgt.

»Ich glaube, es kommt darauf an, wie du *ausgelöscht* definierst. Mir fällt da eine vierköpfige Familie ein, auf die das in gewisser Weise zutrifft.«

»Welche Familie?«

Für einen Moment war Pine wie erstarrt. »Meine.«

49

Pine saß am Steuer. Neben ihr saß Carol Blum, während Laredo sich auf die Rückbank gezwängt hatte.

Sie hielten vor dem Haus, in dem die Pines einst gewohnt hatten.

Der alte Roscoe, der auf der Veranda gedöst hatte, rappelte sich auf seine altersschwachen Hinterbeine hoch und begrüßte sie mit gutmütigem Gebell und Schwanzwedeln. Cy Tanners rostiger Pick-up stand vor dem Haus.

»Hier hast du mal gewohnt?«, fragte Laredo, als sie ausstiegen.

»Eine ganz andere Welt als Queens«, gab Pine zurück.

»Ein bisschen abgelegen, aber es sieht gemütlich aus.«

Aus der Mülltonne stieg Rauch auf, wie schon beim ersten Besuch, und von hinter dem Haus waren Geräusche zu hören. Pine ging zu Roscoe und kraulte ihm die Ohren. »Wie geht's, alter Junge? Alles in Ordnung?«

Roscoe leckte ihr zur Antwort die Hand.

»Cy?«, rief Blum. »Sind Sie da?«

Als keine Antwort kam, folgten sie den Geräuschen hinters Haus, wo ein alter Holzschuppen stand. Die Tür war offen, die Geräusche kamen von drinnen.

Es klang nach einer Motorsäge.

Pine klopfte an die Tür, dann noch einmal etwas lauter.

Das Kreischen der Motorsäge verstummte. Tanner kam zur Tür und nahm die Schutzbrille ab. Er trug ein weißes T-Shirt, das seine sehnigen Arme sehen ließ, dazu eine Cordhose, die seine schmalen Hüften eng umschloss.

»Hallo, Leute«, sagte er und beäugte sie neugierig.

Zu ihrer aller Überraschung erschien plötzlich ein kleines Mädchen hinter ihm. Sie trug ebenfalls eine Schutzbrille, die ihr ein bisschen zu groß war. Ihre Augen blinzelten scheu hinter den Kunststoffgläsern, als sie zu den Fremden hochschaute.

»Wen haben wir denn da?« Blum blickte das Mädchen strahlend an.

»Das ist Jenny, die Kleine von meiner jüngsten Tochter«, stellte Tanner das Mädchen stolz vor. »Vor einem Monat ist sie sieben geworden. Sie ist zu Besuch bei mir. Stimmt's, Jenny?«

Die blond gelockte Jenny beäugte die Erwachsenen schüchtern mit ihren großen blauen Augen und drückte sich ans Hosenbein ihres Großvaters.

Pine schaute zu Tanner. »Zu Besuch, sagen Sie? Ist ihre Mom auch hier?«

Das Lächeln verschwand aus Tanners Gesicht. »Äh … nein. Linda hat ein paar … Dinge zu erledigen.«

Blum blickte zum Haus. »Jenny wohnt hier bei Ihnen? Haben Sie denn nicht zu viel zu tun?«

»Nun ja, ich hab gehofft, dass Agnes hin und wieder mal vorbeikommt und bei ihr bleibt, wenn's nicht anders geht.«

»Agnes Ridley? Ist die nicht ein bisschen zu alt, um auf ein kleines Kind aufzupassen?«, meinte Pine. »Gibt es denn keine Möglichkeit, Jenny so lange anderswo unterzubringen, bis ihre Mutter zurück ist?«

Tanner wirkte leicht pikiert. »Ich kann mich sehr gut um sie kümmern, okay? Was wollen Sie überhaupt? Ich habe zu tun.«

»Ich hätte ein paar Fragen«, erwiderte Pine. »Aber besser nicht vor Jenny.«

Tanner schaute sie irritiert an. Ehe er etwas erwidern konnte, trat Blum vor und fragte das Mädchen: »Hast du schon gefrühstückt, Jenny?«

Die Kleine blickte zu ihrem Großvater, der auf sie hinunterschaute. »Ich …«, begann er zögernd, »ich wollte uns gleich was zu essen machen.«

»Was haben Sie denn im Haus?«, fragte Blum. »Cornflakes und Milch? Toast?«

»Ist alles da. Aber checken Sie die Milch vorher. Ich … äh, ich wollte heute noch frische Sachen einkaufen. Toaster habe ich aber keinen.«

Blum ging in die Hocke und sah Jenny an. »Ich habe auch Enkeltöchter, und zwei von denen sehen genauso aus wie du, Jenny. Hast du auch Brüder oder Schwestern?«

Jenny schüttelte den Kopf.

»Möchtest du Fotos von meinen Enkeltöchtern sehen?«

Jenny blickte Tanner fragend an. Der nickte.

»Okay«, sagte das Mädchen leise.

Blum richtete sich auf und hielt Jenny die Hand hin. »Dann gehen wir mal rein und machen uns was Schönes zu essen. Vielleicht finden wir auch was für Roscoe, okay?«

»Okay.«

Die beiden gingen zurück zum Haus.

Pine sah ihnen einen Moment lang nach und wandte sich dann wieder Tanner zu.

»Um Himmels willen, Cy, was soll das? Wie ist die Kleine überhaupt hergekommen?«

Tanner seufzte müde, stopfte die Arbeitsbrille in die Hosentasche und fuhr sich mit der Hand durch das dichte Haar.

»Der Freund meiner Tochter hat sie heute früh hergebracht.«

»Haben Sie gewusst, dass sie kommt?«

»Nein, verdammt. Ich wusste nicht mal, dass meine Tochter einen Freund hat. Als ich Jenny bei ihm im Wagen sah, bin ich rüber und wollte ihn mir vorknöpfen. Ich wusste ja nicht, wer der Typ war, und warum er Jenny bei sich im Auto hatte. Aber dann hat er mir erklärt, dass er Lindas Freund sei und dass Linda mich bittet, Jenny für eine Weile zu mir zu nehmen.«

»Für eine Weile? Wo lebt sie denn?«

»In Alabama. In der Nähe von Tuscaloosa.«

»Tuscaloosa!«, rief Pine entsetzt aus. »Das ist vier Autostunden von hier.«

»Ja, sie sind ganz früh losgefahren.«

»Aber warum bringt dieser Freund sie her? Warum nicht Linda selbst?«

»Na ja, der Freund – verdammt, jetzt hab ich seinen Namen vergessen. Jedenfalls, er sagte mir, dass Linda auf Entzug ist.«

»Drogen?«, fragte Laredo.

Tanner nickte. »Sie hat schon lange mit Meth zu tun. Dabei dachte ich, sie wäre endlich davon losgekommen. Einmal ist sie zugedröhnt aus dem Zug gestürzt, als Jenny zwei Jahre alt war. Danach war sie lange clean. Ich dachte, seither sei alles in Ordnung … bis heute Morgen.«

»Ist dieser Freund Jennys Vater?«

»Nein. Verdammt, ich glaube, Linda weiß gar nicht, wer der Vater ist.«

»Wie hat dieser Freund Sie überhaupt hier gefunden?«, wollte Pine wissen.

»Linda und Jenny waren ein paarmal hier. Sie hat es ihm beschrieben.«

»Wie lange sollen Sie die Kleine denn hierbehalten?«, fragte Laredo.

»Tja, das ist nicht so ganz klar.«

»Und der Freund kann nicht auf sie aufpassen? Oder eine Freundin von Linda?«

»Der Typ ist ein Trottel, der kaum auf sich selber aufpassen kann. Mich wundert, dass er überhaupt hergefunden hat. Und Freundinnen hat Linda keine, soviel ich weiß.«

»Und Lindas Mutter? Ihre Frau oder Exfrau?«, hakte Pine nach.

»Die ist vor sechs Jahren gestorben.«

»Das tut mir leid«, sagte Pine.

»Wir waren schon die längste Zeit getrennt. War vor allem meine Schuld. Sie war eine gute Frau. Hat vielleicht manchmal zu viel getrunken, aber passiert das nicht jedem von uns irgendwann mal?«

»Was werden Sie jetzt tun?«, fragte Pine. »Sie können sich nicht allein um eine Siebenjährige kümmern. Das Mädchen kann ja nicht gut mit Ihnen im Sitzsack schlafen. Haben Sie hier überhaupt eine Toilette, die richtig funktioniert? Eine vernünftige Küche? Eine Dusche? Außerdem muss Jenny in die Schule. Wollten Sie sie hier anmelden?«

Tanner kratzte sich am Kinn. »Ich weiß, ich weiß, es gibt ein paar Dinge, die man sich überlegen muss. Aber verdammt, ich hab ja nicht gewusst, was auf mich zukommt.«

»Ich werde sehen, was ich tun kann«, versprach Pine. »Vielleicht gibt es Leute in der Stadt, die Sie ein bisschen unterstützen können. Okay?«

Tanner wirkte erleichtert. »Das wäre mir sehr recht.« Sein Gesicht nahm einen argwöhnischen Ausdruck an. »Aber warum sind Sie überhaupt hier? Sie haben gesagt, Sie hätten ein paar Fragen.«

Pine blickte zu Laredo. »Erzähl ihm von deiner Theorie über die Kernfamilie.«

Tanners Miene verdüsterte sich, als er Laredo zuhörte. »Heilige Scheiße, was ist das für eine Welt, in der solche kranken Dreckskerle herumlaufen«, stieß er hervor, als Laredo geendet hatte.

»Ich weiß, Cy«, sagte Pine. »Aber wenn die Sache irgendwie mit meiner Familie zu tun hat, muss ich wissen, ob Ihnen hier in der Gegend jemand aufgefallen ist. Hat hier mal ein Auto geparkt, aus dem jemand das Haus beobachtet hat? Haben Sie mal einen Fremden bemerkt, der auffälliges Interesse an dem Haus gezeigt hat?«

Tanner lehnte sich an den Türpfosten und dachte nach. Schließlich schüttelte er den Kopf. »Die Einzigen, die schon mal zu mir rauskommen, sind Sie und Agnes. Nein, stimmt nicht – diese Graham war auch zweimal hier.«

»Lauren Graham? Warum?«

Tanner lachte. »Sie hat mir einen Blaubeerkuchen gebracht, und dann noch mal Kekse.« Er grinste. »Vielleicht bilde ich es mir nur ein, aber manchmal glaube ich fast, sie hat ein Auge auf mich geworfen. Dabei bin ich viel zu alt für sie.« Er ließ den Blick über den verwahrlosten Hinterhof schweifen. »Vielleicht hat sie es auf mein Geld abgesehen.« Er lachte bitter über seinen Scherz.

»Sonst noch jemand?«, hakte Laredo nach. »Selbst wenn es nur jemand war, der nach dem Weg gefragt hat.«

»Na ja, jetzt, wo Sie's sagen … da hat wirklich mal jemand hier in der Nähe seinen Wagen geparkt. Das muss so vor drei Wochen gewesen sein. Ich war schon sehr früh auf und hab aus dem Fenster geschaut, da sah ich ihn.«

»Was für ein Auto?«, hakte Laredo nach.

»'ne verdammt heiße Kiste. So knallrot, dass es einen fast geblendet hat. Hat ausgesehen wie dieses Batmobil. So einen Wagen hatte ich vorher noch nie zu Gesicht bekommen.«

»Was für ein Fabrikat? Wissen Sie das?«

»Ich bin näher rangegangen, um besser sehen zu können. Ich meine, wir sind hier in einer abgelegenen Gegend in Georgia. Ein solcher Schlitten hier draußen – das ist wie ein Rolls-Royce auf dem Mond.«

»Was ist Ihnen aus der Nähe aufgefallen?«, fragte Pine.

»Das Ding war flach wie 'ne Flunder und hatte vier Auspuffrohre, die aussahen, als würden sie aus dem Kofferraum kommen.«

»Haben Sie irgendeine Aufschrift gesehen?«

Tanner kniff die Augen zusammen. »Ja. Irgendwas wie *Pag*... soundso.«

»Pag?« Pine warf Laredo einen fragenden Blick zu.

»Moment mal, vielleicht ein Pagani Huayra?«, rief Laredo aus.

»Den zweiten Namen hab ich nicht gesehen, aber Paganny oder so ähnlich, das kommt hin.«

»Du kennst das Auto, Eddie?«, fragte Pine.

Laredo nickte, immer noch verblüfft.

»Ein teurer Schlitten?«, hakte Pine nach.

»Unter einer Million geht da gar nichts.«

»Was!«, stieß Tanner ungläubig hervor. »Und das für einen fahrbaren Untersatz, der einen von A nach B bringt?«

»Was soll ich sagen«, erwiderte Laredo. »Das kommt daher, dass manche Leute einfach nicht wissen, wohin mit ihrem Geld. Für irgendwas muss man's ja ausgeben. Das Problem werde ich nie haben.«

Pine blickte von Laredo zu Tanner. »Hat jemand in dem Auto gesessen, Cy?«

»Ich hab jedenfalls keinen gesehen. Die Scheiben waren dunkel getönt. Ich bin auch nicht näher ran, weil ich nicht wollte, dass man mich sieht.«

»Warum?«

Tanner wirkte mit einem Mal verlegen. »Nun ja, ich wohne ja nur hier, weil ich nichts anderes habe. Ich hab gedacht, vielleicht ist das der Eigentümer. Warum sonst hätte er herkommen sollen? Ich wollte mich auf keine Diskussionen einlassen.«

»Haben Sie sich das Kennzeichen gemerkt?«

»Das ist das Komische an der Sache. Der Schlitten hatte kein Nummernschild, jedenfalls nicht hinten.«

»Okay, falls der Wagen noch mal vorbeikommt oder Ihnen irgendwas einfällt, sagen Sie uns Bescheid, ja?«

»Geht klar.«

Sie gingen wieder nach vorne.

»Ein Pagani. Es kann hier nicht viele Leute geben, die einen solchen Wagen in der Garage haben«, sagte Laredo.

»Mir fällt eigentlich nur einer ein«, entgegnete Pine. »Jack Lineberry.«

Laredo nickte. »Da könntest du recht haben. Ich check das.«

Er zog sein Handy hervor, machte einen Anruf und verschickte mehrere E-Mails. Als er das Handy wieder einsteckte, spiegelte sich Enttäuschung auf seinem Gesicht. »Es gibt keinen Pagani, der auf Jack Lineberry zugelassen ist.«

»Er könnte ihn unter einem Firmennamen gemeldet haben«, meinte Pine.

Laredo zuckte mit den Schultern. »Möglich. Aber warum sollte er in einem so auffälligen Wagen hierherkommen, um dein altes Zuhause auszukundschaften?«

»Das wüsste ich auch gern.«

»Wir werden der Sache nachgehen.«

»Oh ja«, sagte Pine. »Das werden wir.«

Als sie zur Eingangstreppe gingen, warf sie einen Blick in die Mülltonne, in der immer noch kleine Flammen züngelten.

»So ein Feuer in der Tonne ist keine gute Idee, wenn ein kleines Kind im Haus ist.«

»Ja, das Zeug entzündet sich immer wieder von selbst. Da muss irgendwo noch Glut sein. Ich schütte gleich Wasser drauf.«

»Gute Idee.«

Sie gingen ins Haus, wo Carol Blum der kleinen Jenny etwas zu essen gemacht und auch den alten Roscoe versorgt hatte. Blum aß fertig und nahm Pine beiseite. »Hören Sie, die Kleine kann unmöglich hierbleiben. Spätestens nach einer Woche würde sie entweder an Unterernährung sterben, sich auf der klapprigen Treppe den Hals brechen oder sich mit irgendwelchen Bakterien vergiften.«

»Ich arbeite daran«, sagte Pine, zog ihr Handy hervor und machte einen Anruf. Nach einem kurzen Gespräch steckte sie das Mobiltelefon weg und schaute Blum an.

»Sie ruft mich zurück.«

»Wer?«

»Lauren Graham. Sie hat schon eine Idee, wie man das Problem lösen könnte.«

Nachdem Pine und Blum wenig später zurück in die Stadt gefahren waren, zeigte sich, dass Lauren Graham tatsächlich etwas eingefallen war. Jenny würde bei einer Familie unterkommen, der zwei Mädchen in ihrem Alter angehörten und die unweit der Hauptstraße wohnte. Der Vater war Pastor in der örtlichen Kirche; seine Frau war zu Hause und galt als sehr fürsorglich.

Zwei Stunden später fuhren Pine und Blum zu Cy Tanner zurück, um Jenny abzuholen, nachdem sie Tanner die Situation erklärt hatten. Der alte Mann hatte sich anfangs gesträubt, gab aber nach, als Pine und Blum deutliche Worte fanden.

»Jennys Wohl ist doch wohl das Wichtigste, oder?«, sagte Blum. »Sie lieben die Kleine, Cy, ich weiß, aber Sie müssen zugeben, dass Sie im Moment nicht in der Lage sind, ihr alles zu bieten, was sie braucht. Das macht Sie noch lange nicht zu einem schlechten Menschen. Aber jetzt müssen wir an Jenny denken und daran, was für sie das Beste ist.«

Tanner blickte über die Schulter auf das halb verfallene Haus und seufzte tief. »Sie haben recht«, gab er sich geschlagen. »Für mich ist es okay hier, aber nicht für ein kleines Mädchen.«

Blum lächelte. »Jetzt reden Sie wie ein fürsorglicher Großvater.«

Als Jenny wenig später auf der Rückbank von Pines Mietwagen saß und ihre wenigen Habseligkeiten im Kofferraum verstaut waren, beugte Tanner sich ins Fahrzeug und versprach seiner Enkeltochter: »Ich komme dich jeden Tag besuchen, okay?«

Das Mädchen lächelte tapfer. »Okay.«

Blum legte ihm die Hand auf die Schulter. »Wir werden nach ihr sehen, Cy. Es wird ihr an nichts fehlen.«

Tanner schaute sie an und erwiderte leise: »Ich weiß. Ich hätte es mir trotzdem anders gewünscht.«

»Es kommt oft anders, als wir es uns vorstellen, und dann muss man irgendwie damit klarkommen. Aber ich an Ihrer Stelle würde jetzt erst einmal meine Tochter anrufen und mich vergewissern, dass sie wirklich den Entzug macht.«

»Genau das habe ich vor, Carol.« Die beiden wechselten einen wissenden Blick.

Blum nickte ihm zu. »Niemand will Schlechtes von seinen Kindern denken, aber manchmal ist es klüger, die Augen offen zu halten. Es gibt Zeiten, da kann man ihnen nur so helfen.«

50

Pine setzte Blum und Jenny am neuen vorübergehenden Zuhause des Mädchens ab, ehe sie mit Laredo zum *Cottage* zurückfuhr.

»Du und Carol, ihr handelt wohl gern aus dem Bauch heraus?«, sagte er.

Pine warf ihm einen Seitenblick zu. »Ich bereite eine Sache auch ganz gern vor, wenn ich die Zeit dafür habe. Leider hat man die nicht immer.«

»Ich schätze, in Arizona ist oft schnelles Handeln gefragt.«

»Da liegst du richtig. In den meisten Fällen bin ich auf mich allein gestellt.«

»Und das gefällt dir?«

Sie warf ihm einen scharfen Blick zu. »Warum nicht?«

»Ich habe gern die Ressourcen des FBI im Rücken. Du rufst jemanden an und hast ein paar Minuten später Verstärkung. Oder du kannst irgendeine Routinearbeit auf den Innendienst abwälzen.«

»Mir macht Routinearbeit nichts aus, wenn sie am Ende zu einer Festnahme führt. Carol ist der gleichen Meinung.«

»Apropos – deine Freundin Carol hat mir neulich die Leviten gelesen.«

»Wieso?«

»Es ging ihr darum, dich zu verteidigen. Sie hat mir klargemacht, dass du die Messlatte bei dir selbst immer sehr hoch legst. Wahrscheinlich wollte sie bloß sichergehen, dass ich nicht gekommen bin, um dir eins auszuwischen.«

»Wahrscheinlich.« Pine schmunzelte. »Sie passt gut auf mich auf.«

»Außerdem hat sie mir zu verstehen gegeben, dass in Wahrheit sie die Fäden zieht, obwohl sie offiziell nur für den Bürokram zuständig ist.«

»Dem würde ich nicht widersprechen.«

»Ich weiß, dass Clint Dobbs das Field Office in Phoenix leitet. Angeblich kann er ein ziemlicher Kotzbrocken sein.«

»Mag sein, aber er hat mir die Chance gegeben, Licht in Mercys Entführung zu bringen. Dafür respektiere ich ihn.«

»Und wenn es nicht klappt?«

»Damit beschäftige ich mich, falls es so weit kommt.«

Sie parkten vor dem *Cottage* und stiegen aus. Auf einer kleinen Wiese gegenüber spielten ein paar Kinder Kickball.

Laredo ging zur Eingangstür, als er bemerkte, dass Pine stehen geblieben war und den Kindern zuschaute.

Er ging zu ihr zurück.

»Denkst du an deine Schwester oder an Jenny?«

»Ich schätze, an beide.«

Auch Laredo beobachtete die spielenden Kinder eine Zeit lang. Zwei größeren Jungen standen einer Gruppe kleinerer Kinder gegenüber. »Manchmal wäre es schön, wenn man so jung und unschuldig bleiben und ewig Kickball auf einer Wiese spielen könnte«, murmelte er.

»Wäre das nicht verdammt langweilig?«, erwiderte Pine.

»Nun ja, diese Kids haben noch gewaltige Herausforderungen vor sich, wenn sie erst erwachsen sind. Die werden es bestimmt nicht leicht haben – nicht nur, weil sie in einer so kleinen Stadt aufwachsen. Die Welt ändert sich rasend schnell.«

»Manches hat sich leider nicht geändert. Es gibt immer noch genug üble Typen, vor denen man die Welt schützen muss.«

»Ja, arbeitslos werden wir nicht so schnell.«

»Obwohl es ganz nett wäre, wenn man uns nicht mehr bräuchte.«

Pine wollte sich schon umdrehen und zum *Cottage* gehen, als die Kinder noch einmal ihre Aufmerksamkeit auf sich zogen.

»Ene, mene, muh«, begann einer der größeren Jungen und deutete abwechselnd auf zwei kleinere. Als er den Abzählreim beendete, freute sich der Auserkorene, in die Mannschaft gewählt worden zu sein. Der andere zog ein enttäuschtes Gesicht.

»Verdammt«, murmelte Pine. »Verdammt, verdammt, verdammt.«

»Was ist?«, fragte Laredo verwirrt.

»Derjenige, bei dem der Abzählreim aufhört, hat gewonnen. Er kommt ins Team, der andere nicht.«

»Und?«

»Ich dachte immer, dass derjenige *verliert,* bei dem der Reim aufhört.«

»Nun ja, man kann es so oder so machen. Kommt darauf an, wie man die Regeln festlegt. Du kennst bestimmt *Pulp Fiction* und *Natural Born Killers,* die Spielfilme. Da wurde mittels Abzählreim bestimmt, wer sterben muss. Der, auf den die letzte Silbe fiel, musste dran glauben. Das kann man dann wohl als *verlieren* bezeichnen.«

Pine schwieg.

»Was ist?«, fragte Laredo. »Weshalb beschäftigt dich das so?«

Pine erzählte ihm, dass der Täter vor dreißig Jahren mit diesem Reim darüber entschieden hatte, welchen von den Zwillingen er mitnehmen sollte – sie oder Mercy.

»Der Abzählreim hat bei Mercy aufgehört, das weiß ich noch genau. Und ich dachte immer, dass Mercy deshalb verloren hat. *Sie* hat er mitgenommen, nicht mich, also muss ich wohl gewonnen haben …«

»Wie war das damals genau?«

»Der Kerl hat mir den Schädel eingeschlagen. Die Ärzte meinten, es sei ein Wunder, dass ich überlebt habe. Aber ich *habe* überlebt. Deshalb war ich immer der Meinung, dass es Mercy viel schlimmer getroffen habe als mich. Dass dieses Ungeheuer sie mitgenommen hat, um sie zu töten.«

»Du meinst, es könnte auch anders gewesen sein? Dass das Ergebnis von diesem Abzählreim bedeutet, dass *du* damals verloren hast? Das könnte ja heißen …«

Sie blickte zu ihm auf. »Dass Mercy noch lebt.«

51

Pine ging auf ihr Zimmer, zog sich aus, stellte sich unter die Dusche und ließ das heiße Wasser über ihren Körper laufen.

Atlee Pine, dachte sie voller Bitterkeit. *Der größte Trottel der Welt seit dreißig Jahren. Davon dreizehn Jahre lang der größte Trottel des FBI.*

Sie drückte den Kopf an die Plexiglaswand der Dusche.

Sie wusste nicht, ob sie lachen oder weinen sollte. Es war dumm von ihr gewesen, unfassbar und unverzeihlich dumm, keine andere Möglichkeit in Betracht gezogen zu haben, was den Zweck des Abzählreims anging. Zugleich aber war sie unendlich dankbar für den Hoffnungsschimmer, den ihre plötzliche Erkenntnis ihr schenkte. Denn wenn sie selbst in jener Nacht »verloren« hatte, musste Mercy gewonnen haben.

Und wer gewinnt, den tötet man nicht.

Natürlich war sie sich bewusst, dass sie sich Spekulationen hingab. Ihre Hoffnung beruhte allein auf einer Beobachtung, die sie vor ein paar Minuten bei einer Gruppe ballspielender Kinder gemacht hatte. Vielleicht kam Laredos Sichtweise der Wirklichkeit näher. Er hatte ihr von den beiden Spielfilmen erzählt, in denen diejenigen umgebracht wurden, mit denen der Reim aufhörte. So, wie auch sie selbst es immer vermutet hatte.

Es war so absurd, dass sie hätte schreien können.

Sie leckte sich das Wasser von den Lippen, schloss die Augen, konzentrierte sich mit aller Kraft. In der Erinnerung sah sie den Finger des Entführers, der zuerst ihr, dann Mercy auf die Stirn getippt hatte, als er den Abzählreim aufgesagt hatte. Immer wieder, im Rhythmus des Verses. Dann hatte die Faust sie an der Schläfe getroffen, vielleicht mehr als einmal. Sie wusste es nicht, konnte es nicht wissen, weil sie schon beim ersten Schlag das Bewusstsein verloren hatte.

Ich muss die Verliererin gewesen sein. Ich, nicht Mercy. Bei Mercy hat der Reim geendet. Mich *wollte er umbringen. Er muss davon ausgegangen sein, dass ich tot bin. Aber warum hat er Mercy mitgenommen?*

Es war nie eine Lösegeldforderung gekommen. Wozu auch? Ihre Eltern waren arme Leute gewesen.

Warum hatte der Täter Mercy dann verschleppt, wenn er nicht die Absicht hatte, sie zu töten?

Eine denkbare Erklärung war Menschenhandel. Aber im Jahr 1989 in einer abgelegenen Gegend in Andersonville, Georgia? Wohl kaum. War der Entführer zwanghaft auf Zwillinge fixiert? Hatte er die Familie längere Zeit beobachtet? War er gekommen, um Atlee zu töten und Mercy …

Ja, was?

Und warum?

Ich war sechs Jahre alt. Der Mann war maskiert. Ich hätte ihn nicht beschreiben können. Wäre es ihm nur darum gegangen, mich daran zu hindern, um Hilfe zu rufen, hätte es andere Möglichkeiten gegeben. Dafür hätte er mir nicht den Schädel einschlagen müssen.

Aber da war noch ein Gedanke, der Pine nicht mehr aus dem Kopf ging. Eine Sache, der sie dringend nachgehen musste.

Sie stieg aus der Dusche, trocknete sich ab, setzte sich aufs Bett, ins Badetuch gewickelt, und griff nach ihrem Handy. Sie hatte sämtliche Unterlagen der alten Polizeiakte fotografiert, die damals über den Fall angelegt worden war. Nun holte sie die Fotos auf das kleine Display.

Eine Sache gab ihr zu denken. Die Uhrzeit an jenem schicksalhaften Tag. Sechs Uhr morgens. Der Zeitpunkt, als laut Polizeibericht ihre Mutter ins Zimmer gekommen war und sie, Atlee, besinnungslos und schwer verletzt vorgefunden hatte.

Pine warf einen Blick auf die entsprechenden Notizen. Der Zeitpunkt war von mehreren Zeugen bestätigt worden.

Das Problem dabei war, dass ihre Mutter nie von ihrer gewohnten Routine abgewichen war. Sie hatte die Zwillinge jeden Abend um neun ins Bett gebracht. Um zehn kam sie noch einmal kurz herein, um nachzusehen, ob sie auch tatsächlich im Bett lagen und nicht noch irgendwelchen Unsinn anstellten. Atlee war so oft beim Herumtollen erwischt worden, dass ihr diese Regel im Gedächtnis geblieben war. Morgens hatte Julia die Mädchen dann um Punkt halb acht geweckt, damit sie sich waschen, anziehen und frühstücken konnten und den Schulbus um halb neun erwischten.

Obwohl es drei Jahrzehnte her war, hatte diese Routine sich ihr eingeprägt, weil jeder Schultag so begonnen hatte.

Die Frage war, warum ihre Mutter an jenem Morgen um sechs Uhr ins Zimmer gekommen war statt um halb acht. Und jetzt, da Pine darüber nachdachte, konnte sie sich auch nicht erinnern, dass ihre Mutter an diesem schrecklichen Tag um zehn Uhr abends noch einmal nach ihnen gesehen hätte.

Pine hatte ein zwiespältiges Verhältnis zu solchen Ungereimtheiten. Einerseits waren sie ihr zuwider, weil es sehr oft keine Erklärung dafür gab. Andererseits führten sie in manchen Fällen zum entscheidenden Durchbruch.

Sie hoffte, dass diesmal Letzteres der Fall sein würde.

Es war natürlich möglich, dass ihre Mutter nach einer Nacht mit zu viel Alkohol und Marihuana aufgewacht und rasch nach oben gelaufen war, um nach den Mädchen zu sehen. Vielleicht hatte sie nicht auf die Uhr geschaut, hatte befürchtet, verschlafen zu haben, sodass die Kinder zu spät zur Schule kommen würden.

Pine schüttelte den Kopf.

Um sechs Uhr morgens war es um diese Jahreszeit noch dunkel. Wie also hätte ihre Mutter auf den Gedanken kommen sollen, dass es schon später war?

Als Pine sich anzog, war sie sich ziemlich sicher: Ihre Mutter hatte die Zeit damals nicht falsch eingeschätzt. Es musste eine andere Erklärung geben.

Als sie ins Erdgeschoss kam, sah sie Carol Blum in einem Stuhl sitzen.

»Jenny ist bei den Quarles in guten Händen«, sagte Blum erleichtert. »Ich habe mich gründlich umgesehen, bevor ich sie bei der Familie gelassen habe.«

»Das glaube ich gern.«

»Mrs. Quarles hat mich zurückgefahren, und wir haben uns nett unterhalten. Sie ist wirklich eine sehr fürsorgliche Frau.«

»Freut mich.«

»Und Jenny ist ein wirklich aufgewecktes Mädchen. Als sie ein bisschen aufgetaut war, hat sie gar nicht mehr aufgehört zu erzählen.«

»Kann ich mir denken.«

Blum musterte sie. »Das sind ja begeisterte Kommentare. Warum werde ich das Gefühl nicht los, dass Sie schon wieder eine Eingebung hatten?«

»Sieht man mir das an?«

»Vielleicht fällt es nicht jedem auf, aber mir schon. Also schießen Sie los.«

Pine setzte sich ihr gegenüber und erzählte ihr von dem Rätsel mit der Uhrzeit.

»Das könnte wirklich wichtig sein. Haben Sie schon eine Theorie?«

»Ich weiß nicht. Es könnte verschiedene Gründe dafür geben. Völlig harmlose, aber auch ernste.«

»Ich bin ganz Ohr.«

Pine schüttelte den Kopf. »Noch nicht, Carol. Ich muss mir erst über ein paar Dinge Gedanken machen.« Sie holte tief Luft. »Auf jeden Fall bin ich erleichtert, dass wir für Jenny einen guten Platz gefunden haben. Es war nett von diesem Pastor und seiner Familie, die Kleine bei sich aufzunehmen.«

»Wer hätte gedacht, dass Cy Tanner eine süße kleine Enkeltochter hat? Nur dass er sich nicht genug um sie kümmern konnte. Er kann sich ja kaum um sich selbst kümmern. Das Mädchen hat Glück gehabt.«

»Im Unterschied zu dem Jungen im Museum«, sagte Pine bedrückt.

»Weiß man schon mehr über ihn?«, fragte Blum.

»Ich habe jedenfalls noch nichts gehört. Aber es gibt eine Spur, die wir verfolgen können.« Pine erzählte ihr von dem Pagani, den Tanner in der Nähe des Hauses gesehen hatte.

»Glauben Sie, das Auto gehört Jack Lineberry?«

»Das können wir noch nicht sagen. Aber solche Luxusschlitten wachsen in dieser Gegend wohl kaum auf den Bäumen.«

»Aber warum sollte Lineberry Ihr altes Elternhaus beobachten?«

»Immer langsam, Carol. Selbst wenn es sein Auto gewesen ist, heißt das ja nicht, dass er selbst der Beobachter war.«

»Stimmt. Wie wollen Sie das rauskriegen?«

»Ich weiß es noch nicht. Eddie hat versucht, den Besitzer des Pagani zu ermitteln. Leider ohne Erfolg. Es ist aber auffällig, dass der Besitzer einiges unternommen hat, um unerkannt zu bleiben.«

Pines Handy summte. Sie warf einen Blick aufs Display und zuckte zusammen.

»Eine Mail von Stan Cashings.«

»Geht es wieder um diese *Cloak and Dagger*-Sache, die er für Sie überprüfen wollte?«

Pine nickte und las die E-Mail.

Blum beobachtete, wie Pines Gesichtsausdruck sich von Neugier in ungläubiges Staunen verwandelte.

»Ich muss schon sagen, einen solchen Blick habe ich selten von Ihnen gesehen«, meinte Blum besorgt.

Pine schaute zu ihr auf. »So etwas wie das hier habe ich auch selten gesehen«, sagte sie leise.

»Und? War das *Cloak and Dagger* eine Bar, wie Sie vermutet haben?«

»Ja und nein«, lautete Pines überraschende Antwort.

»Also, das ist mir zu hoch. Beides kann ja wohl nicht zutreffen.«

»Doch. Sie werden es gleich verstehen. Stan hat alle Hebel in Bewegung gesetzt, um eine Antwort zu finden, aber es hat sich als unerwartet schwierig erwiesen. Zum einen, weil es so lange zurückliegt und es nicht mehr viele Leute gibt, die man befragen kann. Vor allem aber, weil die Sache als *geheim* eingestuft ist.«

Blum blickte sie entgeistert an. »*Geheim?* Was war das denn für eine Bar?«

»Die Geheimdienste haben sie für *Sting*-Operationen genutzt – Undercovereinsätze, um Verdächtige zu überführen«, erklärte Pine.

»Sting-Operationen in einer Bar? Auf wen hatten sie es abgesehen?«

»Nach dem wenigen, was Stan herausgefunden hat, geht er davon aus, dass es sich um ausländische Spione gehandelt hat.«

»Und dann nennen sie den Schuppen *Cloak and Dagger?* Ist das nicht ein bisschen offensichtlich?«

»Stan hat jemanden gefragt, der es wissen muss. Demnach gab es zu der Zeit viele Bars mit ironischen Namen. Da wurde die Atmosphäre der alten Flüsterkneipen heraufbeschworen, wo man durch eine verborgene Tür reinkam, wenn man die Parole kannte. Oder man rief aus einer alten Telefonzelle eine bestimmte Nummer an. Der Kalte Krieg neigte sich dem Ende zu, war aber noch nicht überwunden.«

»Hat man damals in der Bar jemanden erwischt?«

»Scheint so. Stan hat zwar keine Namen genannt, aber die Operationen waren erfolgreich.«

»Und was hat das mit Ihren Eltern zu tun? Warum hat Ihr Vater diese Bar-Untersetzer besessen?«

»Das hat Stan auch nicht herausgefunden. Niemand hat ihm die Namen der Leute verraten, die dort gearbeitet haben.«

»Das heißt …?«

Pines Gesicht wurde blass. »Das heißt, entweder hat mein Dad dort gearbeitet und vielleicht sogar mitgeholfen, die Schurken zu schnappen …«

»Oder?«, fragte Blum nervös.

Pine schaute bedrückt auf ihre Hände. »Oder Dad ist aus irgendeinem Grund ins Visier der Behörden geraten, musste fliehen und ist mit seiner Familie hier untergetaucht.«

52

Das Leichenschauhaus.

Schon wieder.

Pine hatte sich oft genug in dieser Situation befunden; diesmal aber krampfte sich ihr Magen zusammen wie nie zuvor. Sie wusste, warum.

Die Person, die obduziert werden sollte, war ein Kind.

Pine, Wallis und Laredo standen vor dem Metalltisch, auf dem der Leichnam des Jungen lag.

Die Gerichtsmedizinerin, die sie bereits kannten, stand auf der anderen Seite des Tisches, ein iPad in der Hand, und blickte auf das Display.

Carol Blum hatte darauf verzichtet mitzukommen, was Pine nur zu gut verstand. Eine Mutter von sechs Kindern mit einem Dutzend Enkelkindern sollte sich so etwas nicht ansehen müssen.

Verdammt, niemand sollte sich so etwas ansehen müssen.

»Todesursache?«, fragte Wallis sichtlich mitgenommen.

»Wenn ich es mit der landläufigen Bezeichnung ausdrücken darf – es handelt sich um eine Henkerfraktur«, antwortete die Pathologin.

»Das erklärt, warum der Kopf in einem so auffälligen Winkel weggebogen war«, meinte Laredo.

»Heißt das, er wurde gehängt?«, fragte Wallis. »Er ist erstickt?«

»Nein. Die Henkerfraktur kann zwar zum Tod durch Ersticken führen, aber dieser Junge wurde nicht gehängt. In der medizinischen Fachsprache handelt es sich um eine Fraktur beider *Partes interarticulares* des zweiten Halswirbels. Dadurch wurde das Rückenmark zerquetscht. Der Tod muss augenblicklich eingetreten sein.«

»Aber wie wurde ihm die tödliche Verletzung zugefügt?«

»Zu solchen Verletzungen kommt es manchmal bei Autounfällen, manchmal sogar beim Kampfsport. Es ist in sämtlichen Fällen ein Aufprall mit dem Kinn, bei dem der Kopf nach hinten gerissen wird. Wenn das Hindernis hart genug ist und der Betreffende mit großer Wucht dagegenprallt, kann es zum Bruch der Halswirbelsäule kommen.«

»Haben Sie eine Vermutung, wie es in diesem Fall abgelaufen ist?«, hakte Pine nach.

»Ich kann es nicht mit Sicherheit sagen, aber die anderen Verletzungen lassen bestimmte Schlussfolgerungen zu. Sie sehen hier, dass das Kinn verfärbt ist. Der Kiefer ist gebrochen, und das passiert nicht so leicht, weil es der stärkste Knochen des Gesichts ist.«

»Moment mal«, warf Laredo ein. »Könnte es sein, dass der Junge bei einem Autounfall gestorben ist?«

Die Gerichtsmedizinerin schüttelte den Kopf. »Das glaube ich nicht. Dann gäbe es noch andere Spuren, die darauf hindeuten. Außerdem kann das kaum passieren, wenn man angeschnallt ist. Und auch wenn nicht, müsste es viele andere Verletzungen geben. Nein, ich bin mir ziemlich sicher, dass der Täter ganz genau wusste, was er da tut. Es war ein glatter Bruch.«

»Vielleicht jemand mit einer militärischen Ausbildung?«, mutmaßte Wallis. »Gillespie war bei der Army. Möglicherweise kannte der Täter ihn von früher und hegte irgendeinen Groll auf ihn.«

Pine blickte zu Wallis. »Über die Identität des Jungen ist noch nichts bekannt?«

»Bis jetzt nicht. Wir haben seine Beschreibung und eine Zeichnung an die Medien weitergegeben und um Mithilfe gebeten.«

»Bei der Fahndungsstelle für vermisste und missbrauchte Kinder gibt es auch keine Übereinstimmung«, warf Laredo ein.

»Beinahe so, als hätte es ihn nie gegeben.« Pine schaute auf den Leichnam hinunter. »Aber es *gab* ihn. Und er hatte sein ganzes Leben noch vor sich. Jemand hat es ihm genommen. Und dafür wird er bezahlen.«

Auf der Fahrt zurück nach Andersonville blickte Laredo zu Pine, die am Steuer saß.

»Alles in Ordnung?«, fragte er.

»Na klar, in bester Ordnung, Eddie. Wen juckt schon so ein kleiner Besuch im Leichenschauhaus. Gehen wir doch was essen, vielleicht ein Bierchen dazu. Bisschen Spaß haben.«

»Du weißt genau, dass ich es nicht so gemeint habe.«

Pine schwieg.

»Ich würde dem Kerl auch am liebsten den Kopf wegpusten, Atlee. Aber so läuft das nun mal nicht. Unser Job ist, den Drecksack zu schnappen – nicht, ihn zu exekutieren.«

»Danke, aber ich bin keine blutige Anfängerin und brauche keine Lektion darüber, was ich als Polizistin darf und was nicht. Ich mache nur meinem Frust Luft. Ist das ein Verbrechen?«

»Im Gegenteil, es ist sogar gesund. Also nur zu.«

»Wir dürfen nicht zulassen, dass noch jemand stirbt, Eddie. Nicht noch ein Kind.«

»Glaubst du, er hat sich den Jungen ausgesucht, weil er ein leichtes Ziel war? Vielleicht hatte er keine Familie und niemanden, der sich um ihn gekümmert hat.«

»Kann schon sein, dass der Mistkerl dort zugeschlagen hat, wo es am leichtesten war. Aber wie krank muss man sein, um einem Kind so was anzutun?«

»Wir haben es nun mal hauptsächlich mit Irren zu tun, Atlee. Das liegt in der Natur der Sache.« Er tippte mit den Fingern auf die Armlehne. »Denkst du manchmal an das kleine Mädchen, das du vor Kurzem gerettet hast?«

Sie schwieg, deshalb fuhr er fort: »Du darfst das nicht zu etwas Persönlichem werden lassen, das weißt du so gut wie ich. In Washington warst du es, die mir das unter die Nase gerieben hat. Erinnerst du dich?«

»Der McAllister-Fall«, sagte Pine, ohne auch nur eine Sekunde nachdenken zu müssen.

»Der Kerl hat jahrelang kleine Mädchen gefangen gehalten und vergewaltigt. Sie haben sogar Kinder von ihm geboren. Wenn sie achtzehn wurden, hat er sie umgebracht. Kranker geht es nicht. Ich hätte ihm beinahe eine Kugel in den Kopf gejagt, als wir ihn endlich hatten. Du hast mich davon abgehalten.«

»Ich weiß, Eddie«, sagte Pine leise. »Du hast in allem recht. Ich werde keinen Mist bauen, wenn wir den Kerl haben.«

»Daran habe ich auch nie gezweifelt«, sagte Laredo entschieden.

Sie schaute ihn überrascht an. »Wirklich? Auch nicht nach der Sache mit dem Entführer?«

»He, so was passiert jedem irgendwann mal.«

Pines Gesicht entspannte sich. »Also, ich finde Eddie 2.0 eindeutig besser als die alte Version.«

»Das hat sogar meine Ex gesagt. Sie meinte, es wäre verdammt schlechtes Timing von mir.«

»Tja, im Leben kommt es meistens auf das Timing an.«

Laredos Handy klingelte. Er nahm den Anruf entgegen und hörte zu. Als er das Gespräch beendete und schwieg, sah Pine ihn beunruhigt an.

»Bitte sag jetzt nicht …«

»Nein. Wallis hat gute Neuigkeiten. Sie wissen anscheinend, wer der Junge ist, und haben sogar die Adresse.«

»Wo?«, fragte Pine.

»Wir müssen zurück nach Columbus.«

Pine wendete mit kreischenden Reifen und trat das Gaspedal durch.

53

Francisco Gomez.

Genannt Frankie, wie Wallis, Pine und Laredo erfuhren. Die Kurzform sollte ihm wohl die Anpassung an sein neues Leben erleichtern.

Sie saßen im Wohnzimmer eines kleinen Hauses weit weg von der Luxuswohnanlage, in der Hanna Rebane und Beth Clemmons sich eine Wohnung geteilt hatten. Es war ein traditionelles Arbeiterviertel, das schon bessere Zeiten gesehen hatte. Ein Stück Amerika ohne große Zukunftsperspektive.

Die Frau, die ihnen gegenübersaß, war in den Vierzigern, hatte glanzlose braune Haare und trug ein bedrucktes Baumwollkleid und flache Schuhe. Sie hieß Genie Duncan und hatte dicke Tränen in den Augen.

»Frankie war ein guter Junge.« Sie wischte sich mit einem Taschentuch über die Augen.

Über ihnen hörte Pine helle Stimmen lärmen und lachen, dazu das Poltern flinker Kinderfüße.

»Wann haben Sie ihn zu sich genommen?«, fragte Wallis und hielt sein Notizbuch bereit.

»Vor ungefähr einem halben Jahr. Er ist aus Texas gekommen, obwohl sie sich da nicht ganz sicher waren. Wir nehmen schon seit Jahren Kinder auf. Derzeit haben wir drei.« Sie unterdrückte ein Schluchzen. »Ohne Frankie.«

»*Wir?*«, fragte Pine. »Sie meinen, Sie und Ihr Mann?«

»Ja. Roger arbeitet in einer Autohandlung.«

»Als Verkäufer?«, fragte Laredo.

»Nein, er ist Automechaniker. Verkäufer arbeiten dort auf Provisionsbasis. Wir haben was Fixes gebraucht. Roger ist gut in seinem Job und verdient ganz ordentlich. Aber bei dem, was sie den Kunden für eine Arbeitsstunde verrechnen, sollte er eigentlich mehr kriegen«, fügte sie mit einem Hauch von Bitterkeit hinzu. »Wir kommen gerade so über die Runden.«

»Haben Sie auch eigene Kinder?«, wollte Laredo wissen.

Duncan schüttelte den Kopf. »Leider nicht. Es liegt an mir. Darum wollten wir wenigstens Pflegeeltern sein. Diese Kinder brauchen erwachsene Bezugspersonen, die ihnen beim Großwerden helfen.«

»Das stimmt«, pflichtete Wallis ihr bei. »Ich finde es großartig, was Sie tun.«

»Es läuft über unsere Kirche. Die ist Anlaufstelle für Kinder aus allen Teilen des Landes. Man hat uns vorher gründlich geprüft, und dafür habe ich volles Verständnis, weil Kinder etwas Wertvolles sind. Außerdem bekommen wir ja Geld dafür. Das meiste brauchen wir für die Kinder, aber ein bisschen was bleibt für uns übrig. Es ist natürlich ein Haufen Arbeit.«

»Das kann ich mir vorstellen.« Wallis zog etwas aus seiner Jackentasche. »Es ist leider notwendig, Ma'am, dass Sie den Jungen für uns identifizieren. Ich … äh, habe ein Foto hier.«

Genie Duncan erstarrte. »Ich habe die Zeichnung in den Nachrichten gesehen. Deshalb hab ja ich angerufen. Muss ich … muss ich mir das wirklich ansehen?«

»Wenn Sie so freundlich wären, Ma'am«, sagte Wallis mitfühlend. »Nur um sicherzugehen.«

Wallis hielt ihr das Foto hin.

Duncan warf einen Blick darauf, zuckte zusammen, wurde kreidebleich und gab das Bild schnell wieder zurück.

Sie nickte. »Das … das ist Frankie.«

Wallis steckte das Foto weg. »Es tut uns sehr leid, Mrs. Duncan.«

Der Lärm von oben wurde stärker. »Die anderen Kinder wissen nichts davon«, sagte Duncan leise. »Sie sind noch so klein. Ich dachte mir, es ist vielleicht besser, wenn sie nicht erfahren … was passiert ist. Ich sage ihnen einfach, dass Frankie zu einer anderen Familie kommt.«

Wallis nickte. »Wenn Sie es für das Beste halten, Mrs. Duncan.«

Pine meldete sich zu Wort. »Wann haben Sie Frankie zum letzten Mal gesehen?«

Duncan lehnte sich auf dem Stuhl zurück, über dessen zerschlissene Polsterung eine kleine Decke gebreitet war.

»Vor drei Tagen. Er ist ganz normal zur Schule gegangen. Als er nicht nach Hause kam, habe ich herumgefragt, ob jemand ihn gesehen hat. Er hat hier ja schon ein paar Freunde gefunden. Ich dachte mir, vielleicht ist er zu jemandem nach Hause gegangen.«

»Wie ist er in die Schule und wieder nach Hause gekommen?«

»Mit dem Bus. Normalerweise habe ich ihn morgens zur Haltestelle begleitet. Nach der Schule ist er zum Bus gegangen, wie viele andere Kinder auch. Oft waren auch Eltern dabei.«

»Haben Sie ihn auch an diesem Morgen zum Bus gebracht?«, hakte Wallis nach.

Sie schüttelte den Kopf, und ihre Augen füllten sich aufs Neue mit Tränen. »Nein. Er … er hat den Weg schon gut gekannt und wollte einmal allein gehen. Ich … ich glaube, es war ihm ein bisschen peinlich, dass ich ihn begleitet habe. Wissen Sie, die meisten Kinder gehen allein zum Bus. Vielleicht haben sie ihn deswegen gehänselt.«

»Wissen Sie, ob er an dem Tag in der Schule war?«

»Ja, er hat keine Stunde versäumt.«

»Und er war auch im Bus nach Hause?«

»Ja.«

»Ist er bei der Haltestelle hier in der Nähe ausgestiegen?«

Nun wirkte Duncan unsicher. »Die Kinder und Eltern, mit denen ich gesprochen habe, sind sich nicht sicher. Die Polizei hat auch den Busfahrer gefragt, aber der lässt so viele Kinder an so vielen Haltestellen raus, dass er nicht mitbekommt, wer wo aussteigt. Und … und es gibt ja viele kleine Jungs, die wie Frankie aussehen.«

»Sie meinen Hispanos?«, fragte Pine.

»Ja.«

»Das heißt, bisher hat niemand bestätigen können, dass Frankie an der gewohnten Haltestelle ausgestiegen ist?«

»Nein. Aber warum hätte er woanders aussteigen sollen? Er hat genau gewusst, wo er rausmuss.«

»Vielleicht hat er es getan, weil jemand ihn aufgefordert hat.«

»Wer sollte das tun? Und selbst wenn – Frankie hätte das nicht getan. Ich habe ihm gesagt, er soll nicht mit Fremden sprechen.«

»Vielleicht war es ja kein Fremder«, meinte Pine.

»Ich kann nicht glauben, dass jemand, der uns kennt, Frankie etwas angetan hätte«, sagte Duncan entschieden.

»Könnte es sein, dass er mit einem Ihrer anderen Kinder nach Hause gehen wollte?«

»Nein, die sind noch im Kindergarten und haben andere Zeiten als er. Frankie war in der vierten Klasse. Ich habe mir nie was dabei gedacht, dass er mit dem Bus fährt. Er hat schon gut Englisch gesprochen. Seine Mutter hat es ihm beigebracht.«

»Wo sind seine Eltern?«, wollte Laredo wissen.

»Ich weiß es nicht, das hat man mir nicht gesagt. Frankie hatte auch keine Bilder von ihnen. Ich glaube aber, er ist hier geboren.«

Laredo warf Pine einen kurzen Blick zu, und sie übernahm wieder die Befragung. »Was haben Sie getan, als Sie Frankie nirgends finden konnten?«

»Ich habe alle möglichen Leute angerufen, auch in der Schule. Danach die Polizei.«

»Und die sind gekommen und haben Ihre Aussage aufgenommen?«, fragte Wallis.

»Ja. Aber danach habe ich nichts mehr von ihnen gehört. Bis ich … bis ich das Bild in den Nachrichten gesehen habe. Sie haben ja auch eine Beschreibung durchgegeben. Mir war sofort klar, dass es Frankie sein muss.« Sie kräuselte die Lippen. »Kann ich … können Sie mir sagen, was passiert ist?«

Wallis blickte kurz zu den beiden FBI-Agenten; dann sagte er: »Er ist jedenfalls keines natürlichen Todes gestorben. Es tut mir leid, aber so ist es.«

Die Tränen rollten ihr über die Wangen. »Jemand hat ihm … etwas angetan? So ist es doch, oder?«

»Leider ja.«

Pine beugte sich vor. »Darum ist es so wichtig, dass Sie uns alles sagen, was Ihnen einfällt. Seine Freunde. Irgendetwas, das er vielleicht mal erwähnt hat. Haben Sie irgendwann mal jemanden hier in der Gegend herumlungern sehen?«

»Ich wüsste nicht, nein. Aber Frankie war ja auch noch nicht so lange hier.«

»Was hat er an dem Tag angehabt?«

»Jeans, einen roten Pullover und Turnschuhe. Hat man ihn … so gefunden?«

»Nicht direkt, nein. Was ist mit Ihrem Mann? Könnte er etwas wissen?«

»Roger hat nicht so viel Zeit mit Frankie verbracht. Ich meine, er kann wirklich gut mit den Kindern umgehen. Er mag sie genauso wie ich. Aber er arbeitet oft bis spätabends.«

»Hat er Frankie mal zur Arbeit mitgenommen?«, wollte Laredo wissen. »Kleine Jungs lieben Autos.«

»Also, jetzt, wo Sie's erwähnen … das hat er wirklich getan. Ein-, zweimal. Am Wochenende.«

»Welche Automarken verkauft der Händler?«, fragte Pine und warf Laredo einen flüchtigen Blick zu.

»Mercedes-Benz.« Sie lächelte. »Schon komisch.«

»Was?«, fragte Pine nach.

»Roger fährt einen zehn Jahre alten GMC Pick-up, und ich habe einen uralten Kia.« Sie blickte auf und lächelte durch ihre Tränen hindurch. »Aber wenn man ein schickes Auto braucht, um glücklich zu sein, dann stimmt irgendwas nicht.«

»Das erinnert mich an den Janis-Joplin-Song – dass Gott ihr einen Mercedes-Benz kaufen soll«, warf Laredo ein. »Aber im Gegensatz zu Janis fahren meine Freunde auch keinen Porsche«, fügte er hinzu.

»Ihr Mann ist jetzt auf der Arbeit?«, hakte Pine nach.

»Ja. Das mit Frankie hat ihn sehr mitgenommen. Er und ein paar andere Väter hier im Viertel haben ihn gesucht und überall nach ihm gefragt. Aber keiner hatte ihn gesehen.«

»Wir müssen mit Ihrem Mann sprechen.«

»Ich kann Ihnen die Adresse geben. Es ist am anderen Ende der Stadt.«

»Danke. Ach, noch etwas – kennen Sie zufällig eine Hanna Rebane oder eine Beth Clemmons?«

Pine verfolgte aufmerksam, wie die Frau reagierte, doch ihre Verwirrung schien echt zu sein. »Nein«, sagte sie. »Wer sind die zwei?«

»Es könnte sein, dass sie irgendwie mit dem Fall zu tun haben. Sagen Sie, hätten Sie vielleicht ein Foto von Frankie?«

»Ja, ich habe eins gemacht, gleich als er zu uns gekommen ist. Ich habe es ausgedruckt und gerahmt. Das machen wir bei unseren Kindern immer so, damit sie sich von Anfang an als Teil der Familie fühlen.«

»Gute Idee. Können wir uns das Foto für eine Zeit lang ausleihen?«, fragte Wallis. »Wir bringen es wieder zurück, ganz bestimmt.«

Duncan holte das Bild, gab es Wallis und führte sie dann zur Tür.

»Ich kann Roger anrufen und ihm sagen, dass Sie vorbeikommen.«

»Nein, nein, nicht nötig«, erwiderte Pine rasch. »Wir werden ihn sicher nicht lange aufhalten.«

»Okay.« Genie Duncan musterte sie ein wenig verdutzt.

»Eine Frage hätte ich noch.« Wallis holte die Christophorus-Medaille hervor. »Kennen Sie die? Hat Frankie sie getragen?«

»Nein, bestimmt nicht. Das hätte ich mitgekriegt.«

»Dann vielen Dank.«

Sie gingen zum Wagen.

»Tja«, meinte Wallis, »entweder hat Frankie die Medaille irgendwo gefunden, oder der Mörder hat sie ihm umgehängt. Wahrscheinlich Letzteres.« Er schaute zu Pine. »Sieht so aus, als hätten Sie recht gehabt.«

»Warum wolltest du nicht, dass Mrs. Duncan ihren Mann anruft, Atlee?«, fragte Laredo.

»Nur so ein Gefühl. Ich frage mich, wie viele Autohändler in Georgia Paganis verkaufen.«

»Was ist ein Pagani?«, fragte Wallis.

»Ein italienischer Sportwagen, der eine Million kostet«, erklärte Laredo. »Oder drei Millionen, je nach Modell.«

Wallis sah den FBI-Agenten ungläubig an. »Drei Millionen Dollar! Für ein Auto?«

»Es gibt Leute, die sich so was leisten.«

»In *Georgia?*«, fragte Wallis, immer noch ungläubig.

»Tja, so was soll's geben.«

»Aber Genie Duncans Mann arbeitet bei einem Mercedes-Händler. Die werden keine solchen Pagani-Schlitten verkaufen«, meinte Wallis.

»Stimmt«, sagte Pine abwesend. Ihre Gedanken waren bereits ein paar Schritte weiter.

»Und was hat so ein Pagani überhaupt mit unserem Fall zu tun?«, wollte Wallis wissen.

»So ein Auto wurde bei Atlees altem Elternhaus gesehen«, antwortete Laredo.

Wallis schüttelte den Kopf. »Ein Drei-Millionen-Dollar-Auto in Andersonville? Also, damit hätte ich nicht gerechnet, dass ich so was hier bei uns mal zu sehen kriege.«

»Ich hoffe, wir bekommen den Pagani auch *wirklich* zu sehen, vor allem den Fahrer«, sagte Pine. »Aber jetzt ist erst mal Mercedes dran. Und Roger Duncan.« Sie warf Laredo einen kurzen Blick zu. »Von meinen Freunden fährt übrigens auch keiner einen Porsche.«

»Und Gott muss uns ja nicht gleich einen Mercedes kaufen. Mit einer heißen Spur in diesem Fall wäre uns mehr gedient.«

»Dem Gebet kann ich mich nur anschließen«, sagte Wallis.

»Amen«, fügten Pine und Laredo hinzu.

54

Roger Duncan wischte sich die Hände an einem schmierigen Lappen ab und bedeutete ihnen, ihm in ein kleines Zimmer bei der Werkstatt zu folgen, in der er gerade an einer mattgrauen Mercedes-Limousine arbeitete.

Er war groß und schlank und hatte muskulöse Oberarme.

Sie hatten ihm erklärt, weshalb sie hier waren. Duncan lehnte sich an die Wand, strich sich die dichten blonden Haare aus dem Gesicht, verschränkte die Arme vor der Brust und seufzte.

»Himmel noch mal, ist er wirklich tot? Der kleine Frankie? Wie zum Teufel ist so was möglich? Sie sind ganz sicher?«

»Ja, leider«, erwiderte Wallis. »Ihre Frau hat uns erzählt, dass der Junge manchmal bei Ihnen in der Werkstatt war.«

»Ja. Zweimal, glaube ich. Wir haben strenge Sicherheitsbestimmungen. Aber es war am Wochenende, und ich habe ihm nur ein paar Dinge gezeigt, die ich hier mache. Ich habe ihn in einem Auto sitzen lassen, das hat er natürlich cool gefunden. Ich habe ihm nicht gesagt, wie viel so ein Schlitten kostet. Er hätte sich wahrscheinlich nie ein solches Auto leisten können, genauso wenig wie ich.«

»Haben Sie ihn jemandem vorgestellt, als Sie mit ihm hier waren?«, hakte Laredo nach.

»Ja, ein paar anderen Mechanikern. Und Don, der im Büro arbeitet. Er hat sich eine Weile mit Frankie unterhalten, während ich schnell was erledigt habe. Und einer Verkäuferin. Warum fragen Sie?«

»Wir müssen herausfinden, wie es dazu gekommen ist, dass Frankie tot in Andersonville, Georgia, gefunden wurde. Deshalb müssen wir alle Kontakte überprüfen, die er hatte, auch wenn er mit jemandem nur ein paar Worte gewechselt hat.«

»Also, ich kann mir nicht vorstellen, dass irgendjemand hier ihm was getan haben könnte. Das sind alles Leute, die schon lange hier arbeiten, so wie ich.«

»Wann haben Sie Frankie zum letzten Mal gesehen?«, fragte Pine.

Duncan überlegte einen Moment. »An dem Tag war ich schon auf der Arbeit, als er zum Bus ging. Am Abend davor hatten wir noch zusammen gegessen. Dann ging er ins Bett, und am nächsten Tag fuhr er zur Schule.« Wie zur Rechtfertigung fügte er hinzu: »Genie ist eine großartige Mom. Sie beschützt die Kinder wie eine Adlermutter. Aber sie müssen halt zur Schule gehen.«

»Ihre Frau hat sich Sorgen gemacht, als Frankie nach der Schule nicht nach Hause gekommen ist?«

»Natürlich. Genie war völlig aus dem Häuschen. Die Bushaltestelle ist ja nur ein paar Blocks entfernt. Da steigen viele Kinder aus, darum haben wir uns nie Sorgen gemacht. Sie hat mich auf der Arbeit angerufen, dann bei der Behörde, durch die wir Frankie bekommen haben, aber dort hat man ihr nicht wirklich weitergeholfen. Danach hat sie alle möglichen Leute gefragt. Aber keiner hat Frankie nach der Schule gesehen, also hat Genie die Cops angerufen. Ich bin früher von der Arbeit weg und habe mit ein paar anderen Vätern die Gegend abgesucht.«

»Das hat Ihre Frau uns schon erzählt«, sagte Wallis.

»Wie zum Teufel ist Frankie nach Andersonville gekommen? Wie weit ist das überhaupt von hier?«

»Ungefähr anderthalb Autostunden«, erklärte Wallis.

»Das ist total verrückt. Halten Sie es für möglich, dass irgendein Perverser ihn entführt hat? Das Schwein hat ihn doch nicht etwa …?«

»Er wurde nicht missbraucht, falls Sie das meinen«, erklärte Wallis.

»Man hört so viel heutzutage«, sagte Duncan angewidert. »Wer so was tut, ist das noch ein Mensch?«

»Haben Sie irgendeine Vermutung, was sich zugetragen haben könnte?«, warf Pine ein. »Haben Sie vielleicht mal ein fremdes Auto bei Ihnen in der Straße gesehen? Oder einen Fremden, der sich in der Gegend herumgetrieben hat?«

»Nein, nichts dergleichen. Unser Viertel ist eine enge Gemeinschaft. Wir helfen uns gegenseitig. Wenn irgend so was gewesen wäre, hätte es jemand erwähnt.« Er stockte, senkte den Blick. »Ich … ich nehme an, wir müssen uns um die … Beerdigung kümmern.«

»Ja. Wir sagen Ihnen Bescheid, sobald wir den Leichnam freigeben können, Mr. Duncan«, erwiderte Wallis. »Es wird nicht so lange dauern.«

»Okay. Verdammt, wer kann einem Kind so was antun?«

»Sie wären überrascht«, sagte Pine und musterte ihn aufmerksam. »Haben Sie eigentlich nur mit Mercedes zu tun oder auch mit anderen Autos?«

»Zu neunzig Prozent Mercedes, würde ich sagen.«

»Und die restlichen zehn Prozent?«

»Das sind hauptsächlich ausgefallenere Wagen.«

»Welche genau?«

»Aston Martin. Rolls-Royce. Einmal hatte ich sogar einen Lamborghini Veneno hier. Der Hammer, kann ich Ihnen sagen.« Er grinste verlegen. »Die Kiste kostet mehr, als ich in meinem ganzen Leben verdienen werde.«

»War auch mal ein Pagani dabei?«, hakte Pine nach.

»Ein Pagani«, schnaubte er. »Also, einen Pagani werden Sie hier in der Gegend nicht finden.«

»Sie kennen die Marke?«, schaltete Laredo sich ein.

»Ja, aber nur von Fotos in Zeitschriften. Verdammt schönes Auto. So einen hätte ich gerne mal hier in der Werkstatt.«

»Wie heißt der Kollege im Büro, den Sie erwähnt haben?«

»Don. Don Bigelow. Der arbeitet schon ewig hier.«

»Danke.«

Pine ging voraus zum Büro, wo sie auf Bigelow trafen, einen korpulenten Mann Anfang sechzig, der Unterlagen auf seinem Schreibtisch durchsah und zugleich auf seiner Computertastatur tippte.

»Was kann ich für Sie tun?«, fragte er. Seine Brille hatte er auf die Stirn hochgeschoben. »Wollen Sie ein Auto kaufen oder geht es um die Finanzierung? Normalerweise kriege ich zuerst die Unterlagen herein.«

Pine zeigte ihm ihre Dienstmarke, Laredo und Wallis ebenso.

»Wir wollen nichts kaufen, wir brauchen ein paar Informationen«, erklärte sie.

Bigelow beäugte sie nervös. »FBI? Bitte, sagen Sie nicht, jemand hier hätte was unterschlagen oder so. Hören Sie, Sie können meine Unterlagen überprüfen. Ich bin blitzsauber, glauben Sie mir.«

»Darum geht es nicht. Wir haben erfahren, dass Roger Duncan eines seiner Pflegekinder mal hierher mitgenommen hat.«

Bigelow blickte sie einen Moment lang verständnislos an. »Oh, Sie meinen den kleinen mexikanischen Jungen?«

»Ja.«

»Ja, der war mal hier. Netter Bursche. Er mag Autos. Verdammt, wer hätte nicht gern einen Mercedes vor dem Haus stehen?« Er stockte und sah argwöhnisch von einem zum andern. »Warum fragen Sie nach dem Jungen? Ihm ist doch nichts passiert, oder?«

»Haben Sie es nicht gehört?«, fragte Pine.

»Was?«

»Ihm *ist* etwas passiert«, warf Wallis ein.

»Was?«

»Jemand hat ihn ermordet.«

Bigelow erhob sich sichtlich erschüttert hinter seinem Schreibtisch. »Großer Gott. Diesen netten kleinen Burschen? Wer zum Teufel hat das getan?«

»Das wollen wir herausfinden«, sagte Pine. »Haben Sie mit ihm gesprochen, als er hier war?«

»Ja, Roger hat ihn kurz ins Büro gebracht. Ich habe sechs Enkelkinder, auf die wir oft aufpassen. Der Kleine war sehr aufgeweckt, hat auch gut Englisch gesprochen. Er hat mit Roger herumgealbert – man hat gesehen, dass die zwei sich gut verstehen.«

»War er lange hier?«

»Bei mir war er vielleicht zehn Minuten. Roger musste kurz was erledigen. Ich habe dem Jungen erklärt, was ich hier mache, es hat ihn aber nicht besonders interessiert.« Er grinste säuerlich. »Das ist wohl zu langweilig für einen kleinen Jungen. Er wollte lieber in einem Auto sitzen und so tun, als würde er fahren, als sich von mir anzuhören, wie man diese Schlitten verkauft. Irgendwie verständlich. Ich finde die Autos selbst auch interessanter als den Papierkram. Ich habe ihm ein kleines Modell eines Mercedes-Rennwagens geschenkt – die kriegen wir manchmal zu Werbezwecken. Zufällig hatte ich gerade einen in der Schublade. Der Junge hat gestrahlt, als hätte ich ihm eine Million Dollar geschenkt.«

»Roger sagt, dass Sie hier auch mit anderen Fabrikaten zu tun haben, nicht nur mit Mercedes?«, sagte Pine.

»Das stimmt, meistens für Mercedes-Kunden, die noch andere Autos haben.«

»Auch exotische Modelle?«

»Ja. Es ist nicht so leicht, qualifizierte Mechaniker zu finden, die sich damit auskennen. Da müssen Sie normalerweise nach Atlanta fahren. Wir bieten das hier an, so können sich die Leute den Weg sparen. Unsere Mechaniker sind erstklassig. Die kennen sich mit vielen verschiedenen Marken und Modellen aus.«

»Roger hat erwähnt, dass er mal an einem Lamborghini Veneno gearbeitet hat«, warf Laredo ein.

»Ja, stimmt. Der gehört Mr. Driscoll. Ich glaube, er ist der Einzige in der Gegend, der so einen hat. Driscoll ist mit Immobilien reich geworden. Der macht sogar Geschäfte mit Fort Benning.«

»Gibt es vielleicht jemanden in der näheren Umgebung, der einen Pagani besitzt?«, hakte Laredo nach.

Bigelow schüttelte den Kopf. »Nein, einen Pagani hatten wir noch nie hier. Ich habe überhaupt noch nie einen in echt gesehen.«

»Kennen Sie vielleicht einen Händler in der Gegend, der die verkauft?«, fragte Pine.

»Es gibt einen in Atlanta, der Ferrari und Maserati anbietet. Vielleicht auch Pagani, wenn er auf Italiener spezialisiert ist.«

»Haben Sie schon mal ein Auto an einen Jack Lineberry verkauft? Oder hat er mal einen Wagen in die Werkstatt gebracht?«

Wallis warf Pine einen Blick zu, schwieg jedoch.

Auch Laredo sah sie unverwandt an.

»Lineberry? Der Name sagt mir nichts. Aber ich kann ja mal nachsehen. Jeden Kunden kann ich mir nicht merken.«

Er setzte sich an seinen Schreibtisch und tippte etwas in den Computer ein. »Nee. Bei uns hat nie jemand unter diesem Namen ein Auto gekauft.«

»Vielleicht eins zur Reparatur gebracht?«

Wieder tippte Bigelow auf ein paar Tasten, dann schüttelte er den Kopf. »Nein, nichts.«

»Okay, danke.«

»Was glauben Sie, wer den Jungen umgebracht hat?«, fragte Bigelow.

»Das müssen wir herausfinden.«

»Hoffentlich erwischen Sie den Bastard.«

»Das hoffen wir auch«, gab Pine zurück.

Wallis' Handy klingelte. Er ging dran und zog sich in einen Winkel des Büros zurück. Als er das Gespräch beendet hatte, kam er zu ihnen zurück.

»Wir haben eine Spur.«

»Was für eine?«, fragte Pine gespannt.

»Ein kleines Mädchen hat beobachtet, wie ein Mann mit Frankie gesprochen hat, als der Junge zur Bushaltestelle ging. An dem Tag, als er verschwunden ist. Das Mädchen will gesehen haben, wie der Mann dem Jungen einen Umschlag und Geld gab.«

55

Sarah Toomey war ungefähr zehn Jahre alt. Mit ängstlicher Miene saß sie neben ihren bedrückt dreinblickenden Eltern. Das Mädchen hatte schwarze Zöpfe, Sommersprossen, große Augen und eine breite Zahnlücke. Bekleidet war sie mit einer verwaschenen Jeanslatzhose, einem weißen T-Shirt und pinkfarbenen Crocs.

Pine, Laredo und Wallis saßen in dem kleinen Wohnzimmer der Familie den dreien gegenüber auf Stühlen.

»Sarah, wir möchten, dass du uns erzählst, wie das war, als Frankie mit dem Mann gesprochen hat. Alles, was du gesehen oder gehört hast. Okay, Schätzchen?«, sagte Pine.

Sie hatte sich auf ihrem Stuhl vorgebeugt, sodass sie auf Augenhöhe mit dem Kind war.

»Okay«, sagte Sarah mit leiser, zittriger Stimme. »Ich versuch's.«

»Sehr gut, Sarah. Hast du Frankie eigentlich gut gekannt?«

»Ja, ganz gut. Ich hab ihn gemocht. Wir waren in derselben Klasse. Er war so lustig, hat immer Späße gemacht. Und er hat mir ein bisschen Spanisch beigebracht.«

»Hey, das ist toll. Ihr zwei habt euch anscheinend gut verstanden.«

»Ich hab ihn gemocht«, wiederholte sie. »Er war nett.«

»Das glaube ich. Ich habe auch schon gehört, dass er ein richtig netter Bursche war. Kannst du uns jetzt erzählen, was du an dem Tag gesehen und gehört hast?«

Sarah blickte zu ihrer Mutter. Diese nickte ihr aufmunternd zu. »Erzähle ihnen alles, an das du dich erinnern kannst, Sarah«, sagte sie. »Nur zu, Liebes, du machst das sicher gut.«

Sarah nickte und legte die Hände in den Schoß. »Frankie … also, er ist ein Stück vor mir zur Bushaltestelle gegangen. Ich hatte ihn fast eingeholt und wollte was auf Spanisch zu ihm sagen, weil ich ihn überraschen wollte, da ist auf einmal dieser Mann gekommen und hat Frankie angesprochen …«

»Kannst du mir beschreiben, wie der Mann ausgesehen hat, Sarah?«, unterbrach Pine. »Jede Kleinigkeit, die dir einfällt. Lass dir ruhig Zeit. Wir haben überhaupt keine Eile.«

»Er war groß. Größer als du und deine Freunde.«

»War er weiß oder schwarz?«

»Weiß, ganz sicher.«

»Wie alt?«

»Schon älter. Er hatte weiße Haare, so ein bisschen länger, und einen Hut auf.«

»Was für ein Hut war das?«, hakte Pine nach und blickte kurz zu Wallis und Laredo.

»Wie ein Cowboyhut. So einen habe ich manchmal im Fernsehen gesehen.«

»Was hatte er sonst noch an?«

»Jeans und ein Hemd. Ein dunkles Hemd, glaub ich.«

»Schuhe?«

»Kann ich mich nicht dran erinnern.«

»Macht nichts. Was hat er getan, als er auf Frankie zugekommen ist?«

»Er hat was zu ihm gesagt und ihm einen Umschlag gegeben.«

»Hast du gesehen, was da drin war?«

»Nein, aber es war so ein normaler weißer Umschlag.«

»Okay. Was war dann?«

»Dann hat er Frankie Geld gegeben. Ein paar Scheine. Ich weiß nicht, wie viel. Hab ich nicht genau gesehen.«

»Und was hat Frankie getan?«

»Er hat irgendwas gesagt. Dann hat ihm der Mann auf die Schulter geklopft und auch was gesagt. Frankie hat gelächelt, das weiß ich noch.«

»Und dann?«

»Dann ist der Mann weggegangen. Ich hab ihm noch nachgesehen. Zuerst hatte ich ein bisschen Angst, weil man ja nicht mit Fremden sprechen soll. Frankie darf das sicher auch nicht. Aber dann ist der Mann weggegangen. Ich hab mir gedacht, vielleicht kennt Frankie ihn ja.«

»Was hat Frankie mit dem Umschlag und dem Geld gemacht?«

»Das Geld hat er eingesteckt. Dann hat er den Umschlag aufgemacht und einen Zettel rausgenommen. Ich glaub, er hat im Gehen gelesen. Ich war aber zu weit weg und hab nicht gesehen, was da draufstand. Dann hat er den Zettel eingesteckt.«

»Hast du ihn später gefragt, was der Mann wollte? Warum er ihm Geld gegeben hat und was in dem Umschlag war?«

Sarah ließ die Mundwinkel hängen. »Ich wollte ihn fragen, aber da kam der Bus an uns vorbeigefahren. Wir mussten rennen, um ihn nicht zu verpassen. Frankie war schneller als ich. Als ich zur Haltestelle kam, war er schon eingestiegen und hat sich zu ein paar Jungs gesetzt. Ich musste ganz nach hinten gehen. Ich wollte ihn später noch fragen, aber dann war in der Schule so viel los … da hab ich's vergessen.«

»Bist du nach der Schule mit dem Bus nach Hause gefahren?«, warf Wallis ein.

Sarahs Mutter antwortete für ihre Tochter. »Sarah hatte einen Arzttermin am Nachmittag. Ich habe sie eine Stunde früher von der Schule abgeholt. Vom Arzt sind wir direkt nach Hause gefahren, deshalb hat sie Frankie nicht wiedergesehen.«

Sarah sah die drei Besucher zögernd an, und ihre Augen füllten sich mit Tränen. »Wenn … wenn ich Frankie bloß gefragt hätte, was der Mann wollte, dann wäre er vielleicht nicht …«

Pine legte ihr die Hand auf die zitternde Schulter. »Du hast überhaupt nichts falsch gemacht, Sarah. Jemand anderes ist schuld, dass das passiert ist. Und den werden wir finden, weil du uns so geholfen hast. Das hast du wirklich gut gemacht, Sarah. Okay?«

»Okay.« Sarah drückte ihr Gesicht an die Schulter ihrer Mutter und fing an zu weinen.

Als sie zum Wagen gingen, meinte Laredo: »Okay, der Kerl gibt dem Jungen Geld. Ich wette, auf dem Zettel stand, dass er an einer anderen Haltestelle aussteigen soll, weil da jemand auf ihn warten wird, um ihn … vielleicht nach Hause zu bringen, oder zur Autohandlung, wo er mit einem Mercedes mitfahren darf.«

Pine nickte. »Oder sie haben ihm gesagt, seine Eltern würden ihn dort erwarten.«

»Und?«, warf Wallis ein. »Glauben Sie, dass seine Eltern wirklich dort waren?«

»Genie Duncans Tränen sahen echt aus«, erwiderte Pine. »Und ihr Mann scheint mir auch nicht in die Sache verwickelt zu sein. Aber der Täter könnte ihre Namen benutzt haben, um Frankies Vertrauen zu gewinnen.«

»Wäre jedenfalls nicht schwer für ihn gewesen, die Namen der Eltern rauszukriegen«, meinte Wallis.

»Ein großer älterer Kerl mit Cowboyhut«, sagte Pine nachdenklich.

»Ich weiß, keine besonders hilfreiche Beschreibung«, meinte Laredo. »Aber es hört sich verdammt nach deinem Freund Cy Tanner an. Das hätte ich wirklich nicht erwartet.«

»Ich auch nicht«, murmelte Pine.

56

»Wie wollen Sie jetzt vorgehen?«, fragte Wallis.

Sie saßen im Wagen vor Cy Tanners Haus. Sein Pick-up war davor geparkt, und der alte Roscoe schlief auf der Veranda.

»Wir brauchen ein Foto von ihm, das wir Sarah zeigen können«, schlug Pine vor. »Nur sollte er möglichst nichts mitkriegen.«

»Ja, gut«, stimmte Wallis zu. »Aber eins stört mich.«

»Und was?«

»Carol Blum hat doch gesagt, dass Tanner im Restaurant war, als Rebanes Leiche gefunden wurde.«

»Sie war sich aber nicht sicher, was die genaue Zeit betrifft. Er hätte die Leiche ablegen und direkt zum Restaurant gehen können, um sich ein Alibi zu verschaffen. Vom Fundort zum *Clink* sind es gerade mal zwei Minuten zu Fuß. Carol kann unmöglich die exakte Zeit angeben, wann er gekommen ist. Genauso wenig, wie wir wissen, wann die Tote dort deponiert wurde.«

»Da haben Sie wohl recht«, räumte Wallis ein.

»Ich kann so tun, als würde ich ein paar Fotos vom Haus knipsen«, schlug Laredo vor. »Da werde ich ihn dann schon mal mit drauf haben.«

»Klingt nach einem Plan«, meinte Pine gedankenverloren.

»Was überlegst du? Traust du es ihm nicht zu?«, fragte Laredo.

»Keine Ahnung. Dafür wissen wir im Moment noch viel zu wenig. Aber wenn er unser Mann ist, sollten wir ihn nicht alarmieren.«

Sie stiegen aus dem Wagen. Wie beim letzten Mal drang auch jetzt wieder das kreischende Geräusch an ihre Ohren.

»Er ist hinten in seiner Werkstatt«, sagte Pine. »Das ist die Motorsäge.«

»Was er da wohl zurechtschneidet?«, meinte Wallis beunruhigt.

Pine ging zu dem Hund auf der Veranda und kraulte ihn an den Ohren. »Na, Roscoe. Wie geht's, alter Junge?«

»Ich glaube, der gute Roscoe pfeift auf dem letzten Loch«, meinte Laredo. »Seine Atmung klingt gar nicht gut.«

Pine ging zu Tanners Pick-up.

»Von einer illegalen Durchsuchung würde ich dringend abraten«, warnte Laredo.

»Keine Bange, ich habe sowieso nicht vor, mögliche Spuren zu vernichten.« Pine warf einen Blick auf die Ladefläche und erstarrte.

Laredo hatte ihre Reaktion bemerkt. »Was ist?«

»Seht euch das an.«

Die Männer eilten zu ihr und inspizierten die Ladefläche.

»Was meinen Sie? Da ist nichts«, wunderte sich Wallis.

»Die Bolzen in der Plane.«

Laredo und Wallis sahen genauer hin. Laredo verstand, was sie meinte.

»Die Abdrücke auf Hanna Rebanes Rücken und Beinen. Ich habe mir gleich nach meiner Ankunft die Fotos von der Obduktion angesehen. Sie passen zu dem Muster, das wir hier sehen.«

»Verdammt, ja.«

Laredo blickte zu der alten Tonne, in der Tanner Abfälle verbrannte. Immer noch stieg Rauch daraus auf. Er eilte dorthin, griff sich einen langen Stock und stocherte in der Glut herum.

Pine und Wallis traten zu ihm.

»Du glaubst …?«, begann Pine.

»Nur so ein Gedanke.«

Mithilfe des Stocks zog Laredo ein paar Überreste aus der Tonne und legte sie auf den Boden.

»Brauchen wir dafür nicht einen Durchsuchungsbeschluss?«, fragte Wallis unsicher.

»Das Muster der Bolzen in der Plane des Pick-ups, dazu Sarahs Beschreibung – ich glaube, das genügt fürs Erste«, meinte Pine. »Außerdem hat er mir die Erlaubnis gegeben, mich ein bisschen umzusehen, auch im Haus. Ich denke, davon sollten wir jetzt Gebrauch machen.«

Wallis wirkte nicht überzeugt, erhob aber keinen Einwand, als Laredo das nächste Stück aufspießte und aus der Tonne fischte.

Pine schnappte sich den halb verbrannten Stofffetzen, warf ihn auf den Boden und trat die Glut mit dem Stiefel aus. Dann beugte sie sich hinunter und hob den verkohlten Überrest auf.

»Sieht das nicht stark nach einem roten Nike-Pullover aus?«

»Oder was davon übrig ist«, meinte Wallis.

»He, was macht ihr hier?«

Sie drehten sich um und sahen Tanner an der Hausecke stehen, die Schutzbrille auf die Stirn hochgeschoben.

Pine versteckte die Überreste des Pullovers hastig hinter ihrem Rücken. »Hallo, Cy. Wie geht's?«

Tanner kam auf sie zu. »Carol war vorhin hier. Sie sagt, Jenny kommt bestens mit ihren neuen Leuten klar. Ich fahre später rüber.«

»Hört sich gut an«, erwiderte Pine. »Sagen Sie, Cy, können wir kurz reingehen? Ich würde gern ein paar Fotos machen. Vielleicht hilft das meiner Erinnerung auf die Sprünge, was damals geschehen ist.«

»Klar.« Sein Blick fiel auf den Müll, den Laredo aus der Tonne gefischt hatte. »Was soll das hier werden?«

»Das Zeug da drin hat sich schon wieder entzündet«, erklärte Pine. »Laredo hat es rausgeholt und ausgetreten.«

»Okay. Danke, Partner.«

»Gern geschehen.« Laredo zog sein Handy hervor. »Ich mach mal schnell ein Foto, ob die Einstellung stimmt.«

Bevor irgendjemand widersprechen konnte, knipste er ein Foto von Tanner und Pine. Tanner machte nicht den Eindruck, als hätte er irgendwelche Einwände.

Sie traten ins Haus. Tanner ging voraus. Pine nutzte die Gelegenheit und steckte Wallis rasch den Fetzen des Pullovers zu. Der Detective ließ ihn unter seinem Trenchcoat verschwinden.

Im Haus schauten sie sich um. Laredo schoss mehrere Fotos mit seinem Handy.

»Wie kommen Sie mit Ihrer Suche nach dem Kerl voran, der diese Leute umgebracht hat?«, fragte Tanner, als sie über die Treppe vor dem Haus wieder hinunter zum Hof gingen.

»Wir arbeiten daran. Den Jungen konnten wir bereits identifizieren. Wir haben auch schon mit seinen Pflegeeltern gesprochen.«

»Die sind fix und fertig, was?«

Pine warf Laredo einen kurzen Blick zu. »Es könnte sein, dass jemand den Täter gesehen hat.«

»Tatsache?«, platzte Tanner heraus. »Wer?«

»Ein Zeuge in Columbus hat den Unbekannten zusammen mit dem kleinen Jungen gesehen, den wir tot aufgefunden haben.«

»Das … das ist ja großartig! Dann werden Sie den Reckskerl ja bald haben.«

»Wir werden alles versuchen. Fahren Sie jetzt gleich zu Jenny rüber?«

»Ja, ich wasche mich nur schnell. Schauen Sie mal, das hier habe ich für Jenny gemacht. Wie finden Sie's?«

Er nahm eine Puppe von dem großen Sitzsack und reichte sie Pine.

»Die haben Sie selbst gemacht?« Pine betrachtete die Puppe. »Woraus?«

»Aus Lumpen und altem Zeug, das hier rumgelegen hat.«

»Sieht toll aus. Alle Achtung, Cy.«

»Ich hoffe, sie gefällt Jenny.«

»Ganz bestimmt.« Pine gab ihm die Puppe zurück, und Tanner legte sie wieder auf den Sitzsack. »Was halten Sie davon, Cy, wenn wir auf Sie warten und dann zusammen rüberfahren?«

»Ja, klar. Bin gleich so weit. Mach mich am Waschbecken mal eben frisch, okay? Duschen kann ich ja nicht.«

»Warum nicht?«

»Kein warmes Wasser.«

Er stieg die Treppe hinauf.

Pine schaute zwischen Laredo und Wallis hin und her. »Und?«

Wallis antwortete leise: »Falls er der Täter ist, muss er der kaltblütigste Bastard sein, der mir je untergekommen ist. Ich meine, er bringt drei Leute um und bastelt in aller Seelenruhe eine Puppe für seine Enkeltochter? Das muss man sich mal vorstellen!«

Sie schaute Laredo an. »Was denkst du?«

»Ich weiß noch nicht«, antwortete er. »Die Geschworenen beraten noch. Wir müssen dem Mädchen erst das Foto zeigen.«

»Sehe ich auch so. Aber solange Tanner unser Verdächtiger ist, lassen wir ihn nicht mehr aus den Augen.«

57

Die Quarles waren eine ausgesprochen nette Familie. Das war jedenfalls Pines erster Eindruck.

Das Haus der Familie hatte schon bessere Zeiten gesehen, war aber geräumig und gemütlich, mit einem großen Garten, in dem die Kinder sich austoben konnten. Außerdem gab es zwei schlappohrige Hunde, drei Katzen – jedenfalls, soweit Pine erkennen konnte; es mochten noch mehr sein –, ein Schwein namens Oinks und einen Wellensittich in einem Käfig im Wohnzimmer.

Ted Quarles und seine Frau Emma hatten sie freundlich begrüßt und hereingebeten. Pine hatte ihren eigenen Mietwagen in der Auffahrt gesehen und wusste daher, dass Carol Blum ebenfalls hierhergekommen war. Tanner war in Wallis' Crown Victoria mitgefahren, wie Pine es ihm angeboten hatte.

Als Tanner in die Hocke ging und Jenny die Puppe reichte, blickte Pine zu Carol Blum, die die Szene gerührt verfolgte. Pine ging zu ihr und flüsterte ihr in wenigen Worten zu, was sie herausgefunden hatten. Sie kannte ihre Assistentin gut genug, um deren Entsetzen zu bemerken, doch Blum war professionell und erfahren genug, keine Regung zu zeigen. Sie schaute von Pine zu Laredo, ehe ihr Blick wieder zu Tanner schweifte, dem Jenny vor Freude um den Hals fiel.

»Was dagegen, wenn ich mal was probiere?«, flüsterte Blum.

»Und was?«, fragte Pine.

»Vertrauen Sie mir?«

»Natürlich.«

»Okay.«

Wenig später flitzte Jenny los, um die Puppe den anderen Kindern der Familie zu zeigen. Blum ging zu Tanner, der von Mrs. Quarles ein Glas Limonade bekommen hatte.

»Jenny sieht glücklich aus«, meinte Blum.

Tanner nickte, obwohl er ein bisschen bekümmert dreinblickte. »Dabei bin ich ihr Großvater. Ich sollte eigentlich imstande sein, mich um meine Familie zu kümmern.«

»Sie können Jenny jederzeit sehen, Cy. Sie können vorbeikommen, so oft Sie wollen. Die Quarles haben bestimmt nichts dagegen.«

»Mag schon sein. Aber ich will ihnen was dafür bezahlen. Oder als Gegenleistung wenigstens ein bisschen für sie arbeiten … Reparaturen und so was. Ich will keine Geschenke.«

»Klar, das dürfte sich einrichten lassen.«

»Na dann, okay …«, sagte er ein wenig verlegen.

»Aber es trifft sich schon gut, dass die Familie Jenny aufgenommen hat. Dann haben Sie mehr Zeit, sich um die andere Sache zu kümmern.«

»Wie meinen Sie das?«

»Na, ich kann mir vorstellen, dass Sie Ihre Tochter mal besuchen wollen, jetzt, da sie den Entzug macht.«

»Oh, ja, sicher. Das hab ich mir für nächste Woche vorgenommen. Ich wollte ein bisschen warten, bis Linda sich eingewöhnt hat. Sie wird ja zwei Monate dort sein, hat ihr Freund gesagt.«

»Fahren Sie mit Ihrem Pick-up hin?«

»Na klar. Ich kann ja nicht gut zu Fuß bis Tuscaloosa laufen. Die Karre ist vielleicht nicht mehr ganz so zuverlässig, aber was anderes habe ich nicht. Ich benutze den Wagen für jeden Weg.«

»Ja, ich erinnere mich. Auch neulich, als wir uns im *Clink* getroffen haben, stimmt's? Als Sie mit Agnes gekommen sind. An dem Abend, als die tote Frau gefunden wurde.«

Tanner schüttelte den Kopf. »Nee. Ausgerechnet an dem Abend war ich mal nicht mit der alten Karre unterwegs.«

»Sagen Sie bloß, Sie sind zu Fuß gegangen? Das ist eine ziemliche Strecke. Warum sind Sie nicht gefahren?«

Pine stand zwei Meter entfernt und lauschte gespannt.

»Die verdammte Schrottmühle wollte nicht anspringen.«

»Ist Ihnen das schon öfter passiert?«

»Nein. Es gibt zwar immer wieder Probleme mit der alten Kiste, aber angesprungen ist sie bisher noch jedes Mal. Bis zu dem Abend.«

»Wie sind Sie dann in die Stadt gekommen?«

»Ich bin zu Fuß zu Agnes und hab sie dann in ihrem Wagen zum *Clink* gefahren. Sie selbst fährt nicht mehr oft, so gut wie gar nicht mehr. Dabei läuft ihr Wagen wie geschmiert. Hat ihrem Mann gehört. Ein Buick – gutes altes Auto. Das Kennzeichen ist zwar längst abgelaufen, aber was soll's.«

Blum warf Pine einen verstohlenen Blick zu. »Verstehe. Darum also sind Sie zusammen mit Agnes ins Café gekommen.«

»Ja. Obwohl es wie verhext war.«

»Was meinen Sie?«

»Na, das mit meinem Wagen. Am nächsten Morgen wollte ich ihn mir ansehen und reparieren, aber kaum drehe ich den Zündschlüssel um, läuft das Ding wie geschmiert.«

Wieder schaute Blum zu Pine. »Tja, Wunder gibt es immer wieder.«

»Hier draußen bist du einfach auf ein Auto angewiesen. Wie soll ich sonst meinen Job machen? Die meisten Leute erwarten, dass ich zu ihnen rauskomme und die Arbeit vor Ort erledige. Oder dass ich die kaputten Teile hole und bei mir in der Werkstatt repariere.«

»Wann sind Sie an dem besagten Abend denn vom Restaurant nach Hause gekommen?«

»Was? Oh, ich bin noch kurz zu Agnes rein. Wir haben ein bisschen geplaudert. Sie hat Kaffee gemacht. Anschließend bin ich nach Hause gegangen. Muss so gegen elf gewesen sein. Roscoe, der Halunke, hat auf meinem Sitzsack gepennt, also habe ich auf dem Boden geschlafen. Keine Wohltat für meinen alten Rücken, das kann ich Ihnen sagen.«

Blum lächelte. »Der Hund ist Ihnen wirklich ans Herz gewachsen.«

Tanners Augen wurden feucht. »Er war alles, was ich hatte, bis Jenny gekommen ist.«

Blum klopfte ihm auf die Schulter. »Tja, jetzt müssen Sie sich um beide kümmern.«

Sie ging zu Pine zurück.

»Gute Arbeit, Carol.«

»Ich glaube, da gibt sich jemand große Mühe, Cy Tanner etwas anzuhängen, was er nicht getan hat.«

Pine nickte erleichtert. »Ich glaube, Sie haben recht. Tanner wäre das perfekte Bauernopfer. Möglicherweise hat der Täter an diesem Abend Tanners Wagen sabotiert, damit er ihn selbst benutzen kann. Und ein paar Tage später zieht er sich an wie Tanner und trifft sich mit dem kleinen Frankie Gomez – und zwar so, dass er dabei gesehen wird.«

»Das heißt, der Mörder beobachtet das Geschehen und manipuliert den Lauf der Dinge in seinem Sinn.«

Pine nickte, überlegte einen Moment und entgegnete: »Dieser Kerl in dem Pagani. Ob das der Grund war, dass er Tanners Haus beobachtet hat?«

»Um sein Alltagsleben zu studieren? Wann er wo hingeht? Kann gut sein.«

»Trotzdem müssen wir der kleinen Sarah Tanners Foto zeigen.«

»Schon klar. Aber Sie wissen ja, dass die Aussagen von Zeugen oft unzuverlässig sind.«

»Trotzdem, uns bleibt keine Wahl. Und dann gibt es noch das andere Beweisstück, das wir gefunden haben, die Plane auf der Ladefläche.«

»Wie wahrscheinlich ist es, dass Cy Tanner einen Brautschleier, einen Smoking und ein Ansteckstraäußchen besorgt hat? Er hat kaum genug Geld, sich über Wasser zu halten. Und wenn man ihn dabei beobachtet, wie liebevoll er mit seiner Enkeltochter umgeht – halten Sie es wirklich für möglich, dass er einen kleinen Jungen umbringt?«

»Alles, was Sie sagen, hat was für sich, da will ich Ihnen gar nicht widersprechen. Aber Cy scheidet nicht als Verdächtiger aus, nur weil ich es ihm nicht zutraue. Ich muss auch die Fakten berücksichtigen.«

»Und wenn Sarah aussagt, Cy Tanner sei der Mann, den sie gesehen hat?«

Pine blickte zu Tanner, der einen der Hunde der Familie am Kopf kraulte.

»Ich weiß es nicht, Carol«, sagte sie kleinlaut. »Ich weiß es wirklich nicht.«

58

Am Tag darauf rief Laredo aus dem *Cottage* an, nachdem er aus Columbus zurückgekehrt war, wo er der kleinen Sarah Toomey das Foto gezeigt hatte, auf dem Tanner zu sehen war. »Sarah ist sich nicht sicher«, berichtete er. »Sie sagt, sie habe ihn nur von hinten gesehen.«

»Verstehe.« Pine, die in dem Mietwagen vor ihrem alten Elternhaus saß, das Handy am Ohr, wusste nicht, ob sie erleichtert oder enttäuscht sein sollte. »Tja, und was heißt das jetzt für uns?«

»Dass wir vorerst auf der Stelle treten«, meinte Laredo. »Wir müssen den Pulloverfetzen auf DNA-Spuren untersuchen und einen Gipsabdruck von den Bolzen in der Plane von Tanners Pick-up nehmen, um sie mit den Abdrücken zu vergleichen, die an Hanna Rebanes Leiche gefunden wurden.«

»Nur dass wir dafür einen Durchsuchungsbeschluss brauchen.«

»Das wird kein Problem sein. Wallis kümmert sich darum. Wir haben mehr als genug in der Hand.«

Pine schwieg.

»Was ist?«, fragte Laredo.

»Ich glaube nicht, dass Tanner zu so etwas fähig wäre. Ich bin jetzt den ganzen Vormittag hier draußen und beobachte, was er macht. Er hat fast die ganze Zeit in seinem Sitzsack gepennt, und der Hund liegt neben ihm. Auf dem Boden sind ein halbes Dutzend Bierdosen verstreut, und das Radio spielt stundenlang Countrysongs von Charlie Daniels. Und du willst mir weismachen, dass diese Mann der Killer ist, der vier Leute umgebracht und sorgfältig kostümiert hat? Der es uns so verdammt schwer macht, ihn aufzuspüren? Und dann verbrennt er einfach so Beweismaterial in der Mülltonne und macht sich nicht mal die Mühe, die Tote in irgendwas einzuwickeln, damit sich die Bolzen nicht in die Haut der Leiche drücken?«

Laredo seufzte. »Wenn du es so siehst …«

»Und da ist noch etwas.«

»Was?«

»Roscoe.«

»Wer?«

»Tanners Hund. Wie viele Serienmörder kennst du, die einen Hund haben, den sie verhätscheln?«

Laredo zögerte einen Moment. »Auf die Schnelle fällt mir keiner ein.«

»Serienkiller fangen oft als Tierquäler an. Nicht als Tierfreunde.«

»Mag schon sein, aber es gibt immer Ausnahmen von der Regel.«

»Trotzdem kann ich mir beim besten Willen nicht vorstellen, dass unser Mörder ein Hundenarr ist. Dass er einen altersschwachen Hund mit Nierenproblemen hat, der ihm das ganze Haus vollpinkelt. Ich schlage vor, wir warten noch mit dem Durchsuchungsbeschluss und behalten Cy erst mal weiter im Auge. Vielleicht ergeben sich andere Spuren, denen wir nachgehen können.«

»Zum Beispiel?«

»Das sage ich dir, wenn ich so weit bin. Ich fahre jetzt erst mal zurück.«

Sie beendete das Gespräch, während Tanner sich im Schlaf von dem Charlie-Daniels-Song *The Devil Went Down To Georgia* berieseln ließ.

Pine ließ den Wagen an, wendete langsam und fuhr los.

Tja, jetzt ist der Teufel wirklich nach Georgia gekommen, ging es ihr durch den Kopf. *Ich muss ihn nur noch finden. Aber ich bin mir ziemlich sicher, dass er nicht in meinem alten Elternhaus auf einem Sitzsack liegt und pennt, während neben ihm sein alter Hund schlummert und auf dem Hof sein klappriger Pick-up vor sich hin rostet.*

Bei diesem Gedanken kam Pine der 3-Millionen-Dollar-Sportwagen in den Sinn. Was den Besitzer des Pagani anging, waren sie noch keinen Schritt weiter.

Kurz entschlossen fuhr sie zu Jack Lineberrys Anwesen.

Das Tor stand offen, also lenkte sie den Wagen geradewegs zum Haupthaus. Als sie ausstieg, kam ein Mann auf sie zu: Jerry, der Kotzbrocken. Wie immer im dunklen Anzug, mit weißem Hemd und Krawatte, den Knopf seines Funkgeräts im rechten Ohr.

»Was wollen Sie?«, fragte er schroff.

»Ich will mit Jack sprechen.«

»Haben Sie einen Termin bei *Mr. Lineberry?*«

»Nein. Ist ein reiner Freundschaftsbesuch. Ist Jack da?«

»Das hat Sie nicht zu interessieren.«

Pine trat einen Schritt zurück und musterte ihn abschätzig. »Wie heißen Sie mit Nachnamen?«

»Warum?«

»Muss es für alles einen Grund geben?«

»Bei mir schon.«

»Wo waren Sie beim Secret Service im Einsatz?«

»Das geht Sie nichts an.«

»Waren Sie auch mal für den Schutz des Präsidenten zuständig?«

»Was sollen die blöden Fragen?«

Pine nickte amüsiert. »Okay, Jerry. Kleinen Moment.«

Sie zog ihr Handy hervor und tippte eine Nummer ein. »Hallo, Jack, ich bin's, Atlee. Ja, ich bin draußen vor dem Haus. Jerry steht gerade hier bei mir. Er will einen Grund hören, bevor er mich mit Ihnen sprechen lässt. Was? Oh, klar, sehr gern.«

Sie hielt Jerry ihr Handy hin. »Ihr Boss will mit Ihnen reden.«

Jerry beäugte das Mobiltelefon, als wäre es eine Kobra kurz vor dem Angriff. Dann riss er es Pine aus der Hand und räusperte sich. »Ja, Sir?« Er hörte zu, nickte. »Ja, Sir«, sagte er noch einmal und gab Pine das Handy zurück.

»Und?«, fragte sie.

»Hier lang.«

Er drehte sich um und stapfte zum Haus. Pine folgte ihm schmunzelnd und gab sich keine Mühe, ihre Genugtuung zu verbergen.

Lineberry erwartete sie an der Haustür, begrüßte sie mit einem freundlichen Lächeln und führte sie in sein Arbeitszimmer.

An diesem Tag trug er eine blaue Hose, ein weißes Buttondown-Hemd mit offenem Kragen und Quastenslipper. Wieder musste Pine sich eingestehen, dass er ein gut aussehender Mann war. Doch hinter dem markanten Gesicht verbarg sich etwas schwer Fassbares, eine seltsame Melancholie, vielleicht sogar Traurigkeit.

»Tut mir leid wegen Danvers«, sagte er.

»Wer?«, fragte Pine verwirrt.

»Jerry. Er ist manchmal ein bisschen übereifrig. Aber sagen Sie mir doch erst mal, wie ich zu der Ehre Ihres Besuchs komme.«

Pine blickte zu den Papierstapeln auf seinem Schreibtisch. »Sind Sie sehr beschäftigt?«

»Nein, das kann warten. Bitte, nehmen Sie doch Platz. Möchten Sie etwas trinken?«

»Nein, danke.«

Sie setzten sich einander gegenüber.

»Also. Was kann ich für Sie tun?«

»Mich über Ihren Wagenpark informieren.«

»Bitte?«

»Fahren Sie einen Pagani?«, fragte Pine geradeheraus.

Er musterte sie verdutzt. »Pagani? Was ist das?«

»Ein sehr teurer Sportwagen. Kostet drei Millionen Dollar.«

»Eine Menge Geld für etwas, das ziemlich schnell an Wert verliert, sobald man damit rumkutschiert.«

»Ich will nicht neugierig sein, aber könnten Sie sich einen solchen Wagen leisten?«

»Ja. Und bevor Sie jetzt fragen – ich fahre einen Jaguar in Racing Green.«

»Besitzen Sie noch mehr Autos?«

»Ja. Ich habe noch den Porsche SUV, mit dem wir in Americus waren. Und ein Aston Martin Cabrio. Warum?«

»Hat mich nur interessiert.«

Er musterte sie einen Moment lang. »Warum will ich das nicht so recht glauben?«

»Sagt Ihnen der Name Barry Vincent etwas? Er hat früher hier gewohnt. Angeblich kannte er meine Eltern.«

Lineberrys Miene wurde abweisend. Langsam lehnte er sich in seinem Stuhl zurück.

»Barry Vincent? Der Name kommt mir irgendwie bekannt vor.«

Pine erzählte ihm, dass Myron Pringle damals eingeschritten war, als Vincent ihren Vater angegriffen hatte.

»Ja, jetzt erinnere ich mich wieder. Myron hat es mal erwähnt. Aber um auf Ihre Frage zurückzukommen, ich habe diesen Vincent nicht gekannt. Ich glaube, er war nicht lange in der Stadt.«

»Woher kam er?«

»Ich habe keine Ahnung.«

»Er muss etwas gegen meinen Vater gehabt haben. Irgendwie seltsam, wenn man bedenkt, dass er nicht lange hier gelebt hat und auch nicht mit Dad zusammengearbeitet hat. Was für ein Problem hatte er mit meinem Vater?«

»Da müssen Sie diesen Vincent schon selbst fragen.«

»Das würde ich ja, wenn ich wüsste, wo er steckt. Es ist fast dreißig Jahre her.«

»Tja, das ist ein Rätsel.«

Er verstummte, und sie schauten sich schweigend an.

»Wissen Sie«, sagte er in die Stille hinein, »Sie sehen Ihrer Mutter wirklich unglaublich ähnlich.«

»Das nehme ich als Kompliment.«

»So ist es auch gemeint.«

Wieder herrschte angespanntes Schweigen, bis Lineberry fragte: »Möchten Sie heute Abend essen gehen? In Atlanta?«

»Das ist eine Autostunde von hier. Ein weiter Weg für ein Essen.«

»Es ist ein schöner Tag, und für den Abend ist strahlendes Wetter angesagt. Und mein Aston Martin müsste mal wieder bewegt werden. Wir könnten um sechs losfahren und wären so gegen elf oder zwölf Uhr wieder zurück. Ich kann Sie abholen.«

Sie überlegte einen Moment. »Einverstanden. Aber ich komme lieber zu Ihnen. Es liegt ja auf dem Weg. Und wenn wir schon so offen miteinander reden, hätte ich dann vielleicht noch ein paar weitere Fragen an Sie.«

»Klar. Dann kann ich Ihnen hoffentlich mehr sagen als jetzt.«

Pine ging hinaus und kam an Jerry vorbei, der die Haustür bewachte. Der andere Sicherheitsmann war ebenfalls erschienen und beäugte sie aufmerksam.

»Mr. *Danvers!* Freut mich, Sie wiederzusehen.«

Jerrys Gesichtszüge spannten sich.

Pine schaute zu dem anderen Mann. »Sie sind Tyler, nicht wahr?«

Der Mann lächelte und hielt ihr die Hand hin. »Tyler Straub. Freut mich, Agentin Pine.«

Pine schüttelte ihm die Hand. »Schön, dass wenigstens einer hier weiß, was sich gehört.«

»Sie gehen?«, fragte Danvers finster.

Pine lächelte. »Freuen Sie sich nicht zu früh. Heute Abend komme ich wieder. Ich gehe mit Ihrem Boss in Atlanta essen.«

Jerry beäugte ihre Aufmachung. »Dann hoffe ich, Sie haben etwas Besseres anzuziehen. Mr. Lineberry besucht nur die vornehmsten Restaurants.«

»Hey, Mann, was soll das?«, warf Straub zornig ein. »Sie ist mit dem Boss befreundet. Also mach keinen Stunk.«

Pine warf Straub einen anerkennenden Blick zu. »Ein guter Rat. Ich bin nicht der Feind hier.«

»Ich hoffe, Sie haben was Schickes im Schrank«, ätzte Danvers. »Mr. Lineberry geht nicht in Jeans und T-Shirt Abend essen.«

»Ich normalerweise auch nicht, Jerry«, erwiderte Pine. »Übrigens, es tut nicht weh, auch mal zu lächeln«, fügte sie hinzu und ging zu ihrem Wagen.

Hinter sich hörte sie, wie Danvers Straub anschnauzte, weil der sich eingemischt hatte.

Jack Lineberry hat einen wirklich interessanten Hausstand, dachte sie.

59

Auf dem Rückweg nach Andersonville rief sie Max Wallis an.

»Ich suche nach einem gewissen Barry Vincent, der in den Achtzigerjahren mal hier gewohnt hat. Da habe ich mich gefragt, ob Sie mir vielleicht helfen könnten.«

»Klar. Worum geht's? Könnte er etwas mit den Morden zu tun haben?«

»Nein«, gab Pine zurück. »Eher mit dem Verschwinden meiner Schwester. Da dachte ich, Sie … na ja, Sie könnten mir einen kleinen Gefallen tun.«

»Wie könnte ich Nein sagen, wo Sie mir schon die ganze Zeit helfen«, gab er gutmütig zurück.

»Das weiß ich wirklich zu schätzen, Max.«

»Nicht der Rede wert. Was wollen Sie über diesen Vincent wissen?«

»Alles, was Sie über ihn herausfinden können. Auch ein Foto wäre hilfreich.«

»Ich werde sehen, was sich machen lässt. Irgendwas sollte sich auf jeden Fall auftreiben lassen.«

»Das wäre großartig.«

»Eins noch. Laredo hat mich angerufen und mir gesagt, dass Sie Cy Tanner vorerst nur beobachten wollen …«

»Ja, das habe ich vor. Aber das letzte Wort haben natürlich Sie, Max. Wenn Sie den Durchsuchungsbeschluss durchpauken und Tanner festnehmen wollen, machen wir es so.«

»Aber Sie halten es für den falschen Schritt?«

»Der falsche Schritt zu diesem Zeitpunkt. Das kann sich ändern.«

»Na gut.« Wallis' Stimme klang ein wenig skeptisch. »Was haben Sie jetzt vor?«

»Jack Lineberry hat mich zum Abendessen eingeladen. Wir fahren mit seinem Aston Martin nach Atlanta, in irgendein nobles Restaurant.«

»Wow. Was für ein glamouröses Leben Sie führen«, scherzte Wallis.

»Abgesehen von dem schicken Auto und dem guten Essen möchte ich vor allem mehr über eine bestimmte Nacht vor dreißig Jahren herausfinden.«

»Sie glauben, er verschweigt Ihnen etwas?«

»Nicht nur er – die ganze Stadt. Und davon hab ich allmählich die Nase voll.«

Carol Blum saß in Pines Zimmer, als diese sich für das Abendessen zurechtmachte.

»Das schwarze Kleid, das Sie neulich anhatten, wäre genau richtig.«

»Das hoffe ich doch sehr, ein anderes habe ich nämlich nicht im Gepäck. Aber ich finde, hohe Absätze werden maßlos überschätzt.«

»Bei Ihrer Größe können Sie auch darauf verzichten.«

»Tja, ich schaue nun mal gern auf die Männer hinunter«, sagte Pine lächelnd und schlüpfte in ihr Kleid. Als Blum eine Augenbraue hob, fügte sie rasch hinzu: »Das war ein Scherz.«

Sie schaute in den Wandspiegel. »Mir macht es ja nichts aus, aber Lineberry hat mich schon damit gesehen.«

»Wann?«

»An dem Abend, als ich mit Lauren Graham in Americus essen war. Er war auch dort und hat sich auf einen Drink zu uns gesetzt.«

»Und Sie hatten es auch noch an, als Sie später mit Eddie Laredo ausgegangen sind.«

»Woher wissen Sie das?«

»Ich habe Sie zurückkommen gehört.« Ein wenig zögernd fügte sie hinzu: »Wo Sie danach hingegangen sind, weiß ich aber nicht.«

»Wir sind auf unsere Zimmer gegangen und dort geblieben«, stellte Pine klar. Obwohl ihr bewusst war, dass es auch anders hätte verlaufen können, wenn sie ein paar Drinks mehr intus gehabt hätte und nicht bis zum Hals in wichtigen Ermittlungen stecken würde.

»Daran habe ich auch nicht gezweifelt.«

Pine warf ihr einen schiefen Blick zu. »Beim Lügendetektortest würden Sie damit nicht durchkommen.«

Blum lächelte. »Ich habe noch eine andere Stola als die, die ich Ihnen beim letzten Mal geliehen habe. Das verleiht Ihrem Outfit einen frischen Touch für Ihr Treffen mit Mr. Lineberry.«

»Nur damit keine Missverständnisse aufkommen, Carol – ich will nichts von dem Mann.«

»Nun ja, so wie ich es sehe, stimmt das nicht ganz. Sie wollen Informationen von ihm. Da halte ich es für legitim, innerhalb der Grenzen des guten Geschmacks alle Waffen einzusetzen, die man zur Verfügung hat.«

Pine warf ihr einen schiefen Blick zu. »Warum fällt mir der Begriff ›weibliche List‹ ein, wenn ich Sie so reden höre?«

»Sie können es nennen, wie Sie wollen, aber ich finde nichts Verwerfliches daran, von seinen Möglichkeiten Gebrauch zu machen. Wenn's der guten Sache dient.« Ihr Blick fiel auf Pines Ohrläppchen. »Haben Sie noch andere Ohrringe als diese Diamantstecker? Türkis würde wunderbar zu der Stola passen, an die ich dachte.«

»Nein. Ich habe mir die Ohrlöcher erst mit vierzehn stechen lassen, viel später als meine Freundinnen. Es war einfach nicht mein Ding. Darum habe ich auch nur die Ohrstecker, die ich beim letzten Mal getragen habe.«

Blum stand auf, ging hinaus und kam zwei Minuten später mit Kreolen zurück, die mit türkisfarbenen Steinen besetzt waren. »Die werden toll an Ihnen aussehen und Ihren langen Hals betonen.«

Pine nahm die Ohrringe dankend an, hatte aber einige Mühe, sie anzulegen, sodass Blum ihr half.

»Tut mir leid, aber Mom hat mir so was nie gezeigt«, gestand Pine verlegen.

»Vielleicht hatte sie nach ihrer Modelkarriere genug davon, sich ständig herauszuputzen«, meinte Blum. »Außerdem waren Sie als Kind ja mehr der burschikose Typ.«

»Ja, aber manchmal wäre es … schon ganz nett gewesen.«

Blum strich mit den Fingern durch Pines dichtes Haar, um es einigen Stellen zu glätten. »Das denke ich auch. Ganz sicher.«

Pine begann sich zu schminken und Lippenstift aufzutragen. »Jack Lineberry war in meine Mutter verliebt«, sagte sie unvermittelt.

»Woher wissen Sie das?«

»So wie er über sie spricht, muss man kein Genie sein, um es zu bemerken. Aber wahrscheinlich waren viele Männer in sie verliebt.«

»Wie die Mutter, so die Tochter.«

Pine warf ihr einen verständnislosen Blick zu. »Carol, was soll das jetzt heißen? Ich bin kein bisschen wie meine Mutter. Sie hat in ihrem ganzen Leben nie eine Hantel in die Hand genommen, geschweige denn hochgehoben. Und von Mixed Martial Arts hatte sie keinen blassen Schimmer. Wenn sie wüsste, dass ich FBI-Agentin bin …«

»Was würde sie dazu sagen?«

Pine war mit dem Schminken fertig und steckte Puderdose und Lippenstift in ihre kleine Handtasche. »Ich weiß es nicht«, sagte sie beiläufig. »Und wen interessiert's?«

»Ihnen ist es aber nicht egal, oder?«

»Darüber will ich jetzt wirklich nicht sprechen.«

»Vielleicht heute Abend, hm?«

Pine warf ihr einen scharfen Blick zu. »Wie meinen Sie das?«

»Lineberry war in Ihre Mutter verliebt. Und jetzt lädt er Sie zum Essen ein.«

»Ja, und?«

»Sie sind eine fabelhafte Ermittlerin, aber Ihr Instinkt, was Männer betrifft, ist unterentwickelt.«

»Ich verstehe nicht …« Pine bürstete ihr Haar.

»Das ist es ja gerade. Sie verstehen nicht.«

»Denken Sie etwa, Lineberry hat sich in mich verguckt?«

»Kommt es Ihnen nicht auch so vor?«

Pine legte die Bürste weg und sah Blum an. »Als ich vorhin bei ihm war, gab es einen peinlichen Moment, als …«

»Als was?«

»Es kam mir so vor, als sähe er plötzlich meine Mutter vor sich, nicht mich.«

Blum klatschte in die Hände. »Da haben Sie's!«

»Es war schon ein bisschen seltsam.«

»Es bedeutet vor allem, dass Sie vorsichtig sein müssen.«

»Carol, Sie wissen doch am allerbesten, dass ich auch mit schwierigen Situationen gut zurechtkomme.«

»Ja, wenn es darum geht, Männer zu überwältigen, die doppelt so schwer sind wie Sie, oder Hinweise zu entdecken, die andere übersehen, oder eine brisante Situation zu entschärfen. Aber das hier ist etwas anderes.«

Pine setzte sich aufs Bett, um ihre High Heels anzuziehen, und schaute ihre ältere Freundin an. »Okay, was würden Sie an meiner Stelle tun? Ich meine, wenn sich tatsächlich herausstellt, dass er …«

»Dass er sich Hoffnungen macht? Sie tun gar nichts. Er ist ein erwachsener Mann. Was immer er für Gefühle hat – Sie müssen sich nicht im Geringsten verpflichtet fühlen, darauf einzugehen. Seien Sie einfach Sie selbst. Und wenn er etwas tut oder sagt, das Ihnen peinlich oder zuwider ist, dann sagen Sie es ihm. Wenn er es nicht begreift oder nicht akzeptiert, dann gehen Sie einfach.« Sie lächelte. »Aber bitte schlagen Sie ihn nicht gleich zusammen.«

Pine schnaubte missbilligend.

»Sie müssen eine klare Grenze ziehen. Lassen Sie ihn wissen, dass Ihr Interesse rein professioneller Natur ist. Sie sollten aber nicht zu streng mit ihm sein, falls er mal ein falsches Wort sagt.«

»Warum nicht?«

»Weil Sie Informationen von ihm brauchen. Wir sind hier, um ein dreißig Jahre altes Rätsel zu lösen. Das dürfen Sie nicht vergessen.«

Pine lächelte und tätschelte ihr die Hand. »Was sollte ich ohne Sie anfangen.«

»Hoffen wir, dass Sie es nicht so bald herausfinden müssen.«

60

»Ist es Ihnen zu luftig?«, fragte Lineberry.

Sie waren in seinem Aston Martin mit offenem Verdeck in Richtung Atlanta unterwegs.

»Nein, es fühlt sich angenehm an. Das ist Georgia, wie ich es in Erinnerung habe. Warm und feucht.«

Lineberry lächelte.

Er trug jetzt einen dunkelbraunen Blazer, dazu eine hellbraune Hose und ein gemustertes Hemd. Ein Einstecktuch komplettierte sein Outfit.

»Und … geht's Ihnen gut?«, fragte Pine.

»Ich kann nicht klagen.« Er sah sie an. »Wie ist es mit Ihnen? Sie haben Dinge durchgemacht, mit denen ich nie konfrontiert war.«

Sie strich sich ein paar Haarsträhnen aus dem Gesicht und schaute auf die schnurgerade Straße hinaus. »Für Probleme gibt es meistens eine Lösung. Man muss sie nur finden.«

»Das ist die richtige Einstellung«, sagte er anerkennend. »Sind Sie mit den Ermittlungen in diesen grauenhaften Mordfällen schon einen Schritt weitergekommen?«

»Einen Schritt, ja. Aber es ist noch ein weiter Weg. Das letzte Opfer war ein kleiner Junge.«

»Ich habe davon gehört«, sagte er bestürzt. »Es will mir einfach nicht in den Kopf, wie so etwas hier bei uns passieren kann. Ich meine, das ist so ungefähr der letzte Ort, wo man so was erwarten würde.«

»Ein Mord kann überall geschehen, weil sich die Täter überall herumtreiben. Dafür gibt es keine Grenzen.«

»Wahrscheinlich, ja«, sagte er nachdenklich.

»Wo essen wir heute in Atlanta?«

»In einem kleinen Restaurant, das ich vor einem Jahr entdeckt habe. Die Speisekarte ist überschaubar, dafür ist das Essen exzellent. Und die Weine sind ein absoluter Geheimtipp.«

»Von Wein verstehe ich leider nicht viel. Bier ist eher meins.«

»Wissen Sie, dass Ihre Mutter genau das Gleiche gesagt hat, als ich Ihre Eltern mal zum Essen bei mir eingeladen hatte?«

»Tatsächlich?«, erwiderte Pine ohne große Begeisterung und starrte weiter auf die Straße hinaus.

»Aber sie hat sich dann doch mit Wein angefreundet. Zuerst mit Weißwein, dann auch mit Rotweinen. Sie hat schnell gelernt und einen feinen Geschmack entwickelt. Es würde mich freuen, wenn ich Sie auch dafür gewinnen kann.«

Pines Puls beschleunigte sich ein wenig, als sie sich an Blums Warnung erinnerte. »Wie sind Sie zum Wein gekommen? Sicher nicht durch die Arbeit im Bauxitwerk, oder?«

»Ähm, nein.« Es war, als wäre ihm plötzlich bewusst geworden, dass er schon zu viel gesagt hatte. »Ich bin ein bisschen herumgekommen, da habe ich manches aufgeschnappt.«

Klar, dachte Pine und rief sich in Erinnerung, dass Laredo nicht hatte feststellen können, woher Jack Lineberry stammte und wo er gelebt hatte, bevor er nach Andersonville gekommen war.

»Das ist das Gute am Reisen. Man lernt so einiges kennen«, sagte Pine kryptisch. »Ich sammle auch gern neue Eindrücke.«

Er warf ihr einen prüfenden Blick zu, schwieg jedoch.

Das Restaurant war klein und intim, doch die Tische schienen durchweg mit gut betuchten Gästen besetzt zu sein. Der Eigentümer kannte Lineberry offensichtlich, begrüßte ihn überschwänglich und führte ihn an einen Tisch in einer von Büchern gesäumten Nische, die sich mit einem Vorhang vom Speisesaal abtrennen ließ.

»Die Karte unserer Reserveweine«, sagte der Besitzer und reichte Lineberry ein schwarzes iPad.

»Danke, Ben.«

Nachdem der Mann gegangen war, eilte eine junge, hübsche Kellnerin herbei, die Lineberry beinahe ehrfurchtsvoll gegenübertrat.

»Guten Abend, Sir. Freut mich, Sie wiederzusehen«, sagte sie und schenkte ihnen stilles Mineralwasser ein.

»Freut mich auch, Wendy. Die junge Dame hier ist eine gute Freundin, Atlee Pine.«

»Ms. Pine«, sagte Wendy nicht minder respektvoll.

Als sie gegangen war, zog Lineberry eine Lesebrille aus der Jackentasche und studierte die Weinkarte auf dem iPad. »Haben Sie eine Vorliebe? Italienisch, Französisch, Spanisch, Argentinisch? Vielleicht Napa oder Sonoma?«

»Solange es flüssig ist und Alkohol enthält, kann es nicht verkehrt sein.«

Lineberry lachte, wählte einen Wein und gab ihn in das elektronische Gerät ein. Dann steckte er die Brille weg und lehnte sich zurück.

»Das ist ein wirklich schönes Plätzchen hier«, sagte Pine. »Essen Sie immer in dieser Nische?«

»Ich habe gern ein bisschen Ruhe.«

»Kann man die Vorhänge zuziehen?« Pine hätte sich am liebsten auf die Zunge gebissen. Sie wusste selbst nicht, wie sie darauf kam.

»Ich weiß es nicht. Hab's nie ausprobiert.«

Wendy kam mit den Speisekarten zurück an den Tisch. »Ihr Wein kommt sofort. Möchten Sie ihn dekantiert?«

»In diesem Fall ja. Der muss ein bisschen atmen.«

»Sehr wohl, Sir.«

Wendy brachte zwei langstielige Weingläser, dazu frisches warmes Brot und Öldips, ehe sie wieder davoneilte.

»Mir scheint, Sie machen die Kellnerin ein bisschen nervös«, meinte Pine.

Er zuckte mit den Schultern. »Ich weiß auch nicht, warum. Ich glaube nicht, dass ich ein besonders schwieriger Gast bin oder mich wie ein arroganter Kotzbrocken aufführe.«

»Wenn es so wäre, hätte ich Ihre Einladung mit Sicherheit nicht angenommen.«

»Ich behandle die Leute so, wie ich selbst behandelt werden möchte. Mit Respekt.«

»Das haben meine Eltern bestimmt zu schätzen gewusst.«

Er brach ein Stück Brot ab und tauchte es ins Öl. »Das hoffe ich«, sagte er nachdenklich. »Sie waren nette Leute.«

»Wie war es, als Sie meinen Dad tot aufgefunden haben?«

Die Frage traf Lineberry so unerwartet, dass er sich beinahe an dem Bissen Brot verschluckte. Er trank einen Schluck Wasser und räusperte sich.

»Sorry«, sagte Pine. »Das war jetzt wohl kein so gelungener Themenwechsel.«

»Nein … ist schon in Ordnung. Ich kann verstehen, dass Sie das wissen wollen.«

Er lehnte sich zurück und wischte sich die Hände an der Serviette ab. »Um ehrlich zu sein, es war furchtbar, Lee. Ich hatte noch nie einen toten Menschen gesehen. Jedenfalls nicht so. Und ich bete zu Gott, dass es mir nie wieder passiert.«

»Kann ich mir denken.«

»In Ihrem Job sehen Sie vermutlich ziemlich oft schlimme Dinge.«

»Ja, leider.«

»Wird es mit der Zeit leichter?«

Pine dachte an den kleinen Frankie Gomez. »Im Endeffekt nicht, nein.«

»Das ist wahrscheinlich gut so. Ich meine, wenn man sich an so etwas gewöhnt, was wäre man dann für ein Mensch?«

»Sehe ich auch so.«

Er musterte sie eingehend. »Ich habe es noch nicht erwähnt, aber Sie sehen wirklich toll aus. Bezaubernd. Wunderschön.«

»Danke.«

Er blickte verlegen zur Seite. »Ich weiß nicht, aber ich habe irgendwie Hemmungen, einer Frau so etwas zu sagen. Es gibt so viele Männer, die keine Grenzen respektieren … Das kommt in Ihrem Job sicher oft genug vor. Ist das FBI nicht immer noch eine Männerdomäne?«

»Ja, obwohl die Dinge sich langsam zum Besseren wenden. Und es sollte ja auch nie so weit kommen, dass ein nettes Kompliment nicht mehr möglich ist.«

Er lächelte. »Da haben Sie recht.«

»Deshalb kann *ich* Ihnen das Kompliment machen, dass Sie etwas Kultiviertes ausstrahlen.«

»Etwas Kultiviertes?« Er lächelte säuerlich. »Das muss dann wohl an den weißen Haaren liegen.«

»Das sieht bei Männern oft vorteilhaft aus, stimmt. Bei Frauen weniger – wir werden bloß alt.«

»Eine von vielen Ungerechtigkeiten im Leben.«

Als der Wein kam und eingeschenkt war, stießen sie mit ihren langstieligen Gläsern an. Pine nahm zögernd einen Schluck.

»Wow, der hat echt Pep.« Ein wenig verlegen fügte sie hinzu: »Das war jetzt wahrscheinlich kein korrekter Ausdruck für einen Wein.«

»Er *ist* korrekt, wenn Sie es so empfinden. Und nur damit Sie's wissen, ich habe das selbst schon mal über einen Wein gesagt.«

»Was ist das für einer?«

»Ein Amarone, aus Verona in Italien. Die Trauben werden auf spezielle Weise getrocknet und verarbeitet. Das gibt dem

Wein die leicht bittere Note und den intensiven Geschmack.« Er lächelte verlegen. »So, das war jetzt mein kleiner Vortrag über Weine.«

»Nein, ich finde es faszinierend. Ich wüsste gern mehr darüber.«

»Warten Sie's ab – wenn dieser Wein ein bisschen atmet, entfaltet er erst so richtig seine Fülle. Dann hat er noch mehr Pep.«

Sie bestellten das Essen, und es dauerte eine Weile, bis es serviert wurde. Der Restaurantbesitzer kam zweimal vorbei, um nach ihnen zu sehen.

Als sie fertig waren, wurde zu Pines Erstaunen keine Rechnung vorgelegt.

»Essen Sie hier gratis, oder was?«, fragte sie verwundert.

»Ich habe ein Konto hier. Das vereinfacht die Sache.«

»Verstehe.«

»Falls Sie mal in Atlanta sind und einen Platz zum Übernachten brauchen – ich habe eine kleine Wohnung hier, in Buckhead. Die können Sie jederzeit in Anspruch nehmen, wenn Sie möchten.«

»Das ist sehr großzügig.« Pine wandte den Blick ab.

»Im Ernst, es wäre mir eine Ehre.«

Pine schwieg eine Weile, während sie die Frage vorbereitete, die sie schon den ganzen Abend stellen wollte.

»Wann haben Sie meine Mutter zum letzten Mal gesehen?«

Lineberry nahm einen Schluck Wein und wischte sich mit der Serviette über die Lippen. Dann griff er nach dem Salz- und Pfefferstreuer und stellte beides vor sich auf den Tisch, ehe er antwortete.

»An dem Tag, bevor Ihre Eltern mit Ihnen die Stadt verlassen haben.«

»Und sie haben Ihnen nicht gesagt, wo sie hinziehen?«

»Nein«, sagte er knapp. »Ich muss zugeben, es hat mich ein bisschen … gekränkt.«

»Später haben Sie den Kontakt zu meinem Vater wieder aufgenommen, nicht wahr?«

»Ja.«

»Aber nicht zu meiner Mutter. Warum nicht? Mein Dad hätte Ihnen doch sagen können, wo wir leben.«

»Er wollte es mir wohl nicht verraten.«

»Aber Sie waren doch Freunde.«

»Ihre Eltern waren zu dem Zeitpunkt schon geschieden. Vielleicht wollte Tim Ihre Mutter nicht wiedersehen und auch nicht über sie sprechen. Ich weiß es nicht.«

»Ich habe das Gefühl, dass Sie ihr nahegestanden haben.«

»Ich war mit *beiden* befreundet«, erwiderte er entschieden. »Wie ich Ihnen schon mal erzählt habe, habe ich Ihrem Vater einen Job in meiner Firma angeboten.«

»Und ein paar Tage später hat er sich umgebracht.«

»Ja. Es war grauenhaft. Ich konnte es nicht glauben.«

»Meine Mutter ist hingefahren, um alles zu regeln. Aber Sie haben sie nicht gesehen?«

»Sie hat mich nicht angerufen.«

»Und Sie sind nicht lange genug geblieben, um sich mit ihr zu treffen?«

Er zuckte mit den Schultern, ohne Pine anzusehen. »Ich war gerade dabei, meine Firma aufzubauen. Bin um die halbe Welt gereist, um Kunden zu gewinnen und mein Team zu erweitern. In den ersten zwanzig Jahren habe ich selten mehr als eine Woche am selben Ort verbracht. Zum Glück kann ich es heute ein bisschen ruhiger angehen lassen.« Er lächelte in sich hinein. »Schließlich bin ich ja auch nicht mehr der Jüngste.«

»Wir sind alle älter geworden. Zumindest diejenigen von uns, die noch am Leben sind.«

»Ja. Ich muss dankbar sein für das, was ich habe.« Doch seine Miene schien seine Worte Lügen zu strafen, als würde er es in Wahrheit ganz anders empfinden.

Als draußen der Aston Martin vorgefahren wurde, fragte Lineberry: »Was halten Sie von einem Schlummertrunk?«

»Wo?«

»Meine Wohnung ist ganz in der Nähe.«

Pine zögerte einen Moment. »Sollten wir nicht zurückfahren?«

»Wenn wir müde werden, können wir ja hier übernachten. Ich habe ein Gästezimmer.«

Sie sah ihn unnachgiebig an. »Ich habe keine Sachen zum Übernachten dabei.«

»Bei mir findet sich bestimmt etwas, das Sie benutzen können.«

Pine blickte unbehaglich zur Seite.

»Sie könnten mir noch ein paar Fragen stellen«, schlug er vor. »Und ich werde mich bemühen, sie zu beantworten.«

Pines Blick ging zu ihm zurück. »Fahren wir.«

61

Lineberrys »kleine Wohnung« in Buckhead war ein zweigeschossiges Penthouse in einem neu erbauten Wolkenkratzer, das über einen eigenen Aufzug erreichbar war.

»Wenn ich es in nur einem Wort zusammenfassen müsste: *Wow*«, sagte Pine, als er sie ins Wohnzimmer führte, von dem man eine atemberaubende Aussicht auf die Hauptstadt von Georgia genoss. Sie trat an die große Fensterfront und blickte hinaus.

»Keine Vorhänge oder irgendwas? Da würde mir ein bisschen die Privatsphäre fehlen.«

»Das ist spezialbehandeltes Glas. Ich kann nach draußen blicken, aber reinschauen kann man nicht.«

»Oh, verstehe. Aber ich vermute mal, dass Vorhänge die kostengünstigere Lösung gewesen wären.«

»Da vermuten Sie richtig.« Lineberry lächelte, zog seine Jacke aus und hängte sie über einen Lehnstuhl. »Was möchten Sie trinken? Die Bar ist gut bestückt.«

»Wenn Sie zufällig so einen Amarone zu Hause hätten …«

»Zufällig ja. Ich habe schon gesehen, dass er Ihnen geschmeckt hat. Kommen Sie, ich zeige Ihnen den Weinkeller.«

Er führte sie durch einen langen, holzgetäfelten Flur und bog nach rechts ab. Sie gelangten zu einer Wand mit einer riesigen verglasten Doppeltür.

Lineberry betätigte einen Schalter, worauf hinter der Tür Licht aufflammte. Er öffnete, ließ Pine eintreten, folgte ihr und schloss die Tür.

Pine zitterte leicht.

»Hier drin herrschen eine konstante Temperatur von ungefähr vierzehn Grad und gleichbleibende Luftfeuchtigkeit«, erklärte er. »Ich habe kostbare Flaschen hier. Wäre doch jammerschade, wenn der Wein verdirbt, nur weil das Raumklima nicht passt.«

Pine sah, dass die Ziegel an der Decke und im Boden uralt waren. Auch die Holzbalken sahen dunkel und antik aus. Und die eingebauten Schränke waren von Meistern ihres Fachs gezimmert worden.

»Das ist unglaublich. Man kommt sich vor wie im Mittelalter.«

»Das ist genau die Wirkung, die ich erzielen wollte.«

Er öffnete ein Regal und ließ den Blick über die Flaschen schweifen.

»Ich glaube, die hier ist richtig.« Er zog eine Flasche heraus und hielt sie hoch. »Die ist nicht vom selben Weingut wie die im Restaurant, aber ich denke, sie hat sogar noch mehr Pep!«

»Ich habe vollstes Vertrauen in Ihr Urteil.«

»Wirklich?«

»Gibt es einen Grund, warum es nicht so sein sollte?«

»Nein, aber ich habe von Anfang an eine gewisse Skepsis bei Ihnen gespürt, seit Sie nach Andersonville gekommen sind.«

»Nehmen Sie es nicht persönlich. Das ist meine Art.«

Sie tranken den Wein auf der verglasten Terrasse, die sich über drei Seiten des Apartments erstreckte. Sie saßen in gepolsterten Korbstühlen an einem Glastisch. Pine ließ sich den warmen Wind durchs Haar wehen. Überall auf der Terrasse standen große Topfpflanzen; es gab sogar ein kleines Putting

Green, falls man Lust bekam, den Golfschläger zu schwingen. Am Himmel zogen Flugzeuge ihre Kreise, die den Hartsfield-Jackson Airport in Atlanta anflogen oder von dort gestartet waren. Ihre Lichter blinkten in der Ferne wie eine fliegende Weihnachtslichterkette.

»Das ist beeindruckend, Jack. Ich muss schon sagen, Sie wissen, wie man lebt.« Pine erhob ihr Glas. »Trinken wir darauf, dass es möglich ist, reich und erfolgreich und zugleich ein netter Kerl zu sein.« Mit einem Lächeln fügte sie hinzu: »Sie wissen doch sicher, dass das nicht selbstverständlich ist.«

»Das ist mir bewusst. Trotzdem bedeutet das alles nichts, wenn man niemanden hat, mit dem man es teilen kann.«

»Sie haben nie die Richtige gefunden?«

Lineberry füllte sein Glas aufs Neue und schenkte auch Pine nach. »Doch, eigentlich schon.«

Pine stellte langsam ihr Glas ab. »Darf ich fragen, wen?«

»Ich glaube, das wissen Sie, Lee.«

Sie lehnte sich in ihrem Stuhl zurück. »Wann haben Sie sich in meine Mutter verliebt?«

»Das ist nicht schwer zu beantworten. Als ich sie zum ersten Mal gesehen habe.«

»Aber sie war verheiratet und hatte zwei Kinder.«

»Sie gehen davon aus, dass ich sie in Andersonville kennengelernt habe.«

»So haben Sie es mir erzählt.«

»Nein. Ich habe nie gesagt, dass ich ihr hier zum ersten Mal begegnet bin«, erwiderte er kopfschüttelnd.

»Wo haben Sie meine Eltern dann kennengelernt?«

»Ihre Mutter kannte ich schon länger. Tim bin ich erst später begegnet.«

»Moment mal. Wollen Sie damit sagen, Sie haben meine Mutter eher kennengelernt als meinen Vater?«

»Ja.«

»Wo? Und wie?«

»Das kann ich Ihnen nicht sagen.«

»Das ist doch Unsinn«, stieß Pine gereizt hervor. »Sie können nicht damit anfangen und dann in der Mitte aufhören.«

»Wenn es nach mir ginge, würde ich Ihnen alles erzählen, aber das ist nicht meine Entscheidung.«

»Wer hindert Sie daran?«

»Das kann ich Ihnen auch nicht sagen.«

»Warum zum Henker haben Sie dann überhaupt davon angefangen?«

»Weil Sie mich gefragt haben, wann ich mich in Ihre Mutter verliebt habe. Und ich habe mir gedacht, es wäre ein günstiger Zeitpunkt, es Ihnen zu sagen. Genau deshalb habe ich vorgeschlagen, dass wir noch hierherfahren.«

»Aber warum?«

»Weil sich vielleicht keine Gelegenheit mehr ergeben hätte, es Ihnen zu sagen.«

»Jetzt verstehe ich überhaupt nichts mehr.«

»Denken Sie doch mal nach, Lee. Wenn ich Ihre Mutter schon gekannt habe, bevor sie hierhergekommen ist, ich selbst aber nicht hier gewohnt habe – was bedeutet das?«

Plötzlich begriff Pine. »Sie sind ihr hierher gefolgt.«

»Ja.«

»Warum?«

»Es war meine Pflicht.«

»Wie soll ich das verstehen? Wieso war es Ihre Pflicht, nach Andersonville zu ziehen?«

»Was hat Ihre Mutter Ihnen über ihre Vergangenheit erzählt?«

»Ist das wichtig? Es war ja doch alles gelogen.«

»Woher wollen Sie das wissen?«

»Ich bin Ermittlerin. Es ist mein Job, die Wahrheit herauszufinden.«

Pine öffnete ihre Handtasche, nahm den Untersetzer heraus, den ihr Vater ihr einst gegeben hatte, und legte ihn auf den Tisch.

Lineberry zeigte keine erkennbare Reaktion. Er trank einen Schluck Wein und schaute auf die Stadt hinaus.

»Heißt das, Sie haben mir nichts mehr zu sagen?«, hakte sie nach. »Sie haben versprochen, mir einige Erklärungen zu liefern.«

»Das habe ich immer noch vor. Ich muss nur kurz nachdenken. Ist so eine Angewohnheit von mir. Es hilft mir manchmal, mich nicht lächerlich zu machen.«

Pines Miene verlor die Härte, und ihre Stimme wurde weicher. »Wie kommen Sie darauf, Sie könnten sich lächerlich machen, wenn Sie mir etwas über sich selbst erzählen?«

»Irgendwann kommt jeder in eine Situation, in der ihm das leicht passieren kann. Ich bin da keine Ausnahme.«

Pine stellte ihr Weinglas ab. »Sprechen Sie absichtlich in Rätseln?«

»Ihre Mutter hätte Ihnen alles erzählen können.« Seine Stimme klang plötzlich hart und angespannt. »Sie hat es nicht getan, und deshalb habe auch ich nicht das Recht dazu. Es wäre ein Vertrauensbruch. Dafür respektiere ich Julia zu sehr. Ich hoffe, Sie verstehen das, Lee. Wenn nicht, dann … sind Sie nicht der Mensch, für den ich Sie gehalten habe.«

Pine war einen Moment lang wie vor den Kopf gestoßen. Sie griff nach ihrem Weinglas.

»Okay, vielleicht kann ich es irgendwie nachvollziehen.« Sie blickte auf den Untersetzer. »Ein Bekannter von mir hat Recherchen für mich angestellt. Über die *Cloak and Dagger Bar*.«

»Tatsache? Und?«

»Es war keine richtige Bar. Sie wurde damals von gewissen Leuten benutzt, um Spione zu enttarnen.«

»Das stimmt so nicht ganz.«

Pine lehnte sich zurück und blickte ihn verblüfft an. »Sie hatten auch damit zu tun? Worum ging es damals?«

»Lee …«

»Bitte, Jack, ich muss es wissen. Es geht um meine Familie. Ich habe ein Recht, die Wahrheit zu erfahren. Seit damals sind dreißig Jahre vergangen. Es wird langsam Zeit, können Sie das denn nicht verstehen?«

Er überlegte einen Moment und nickte schließlich. »Wie Sie schon sagten – Sie sind professionelle Ermittlerin. Also gehen wir zurück ins New York der Achtzigerjahre. Was fällt Ihnen ein, wenn Sie das Wort *Sting-Operation* hören?«

Pine dachte einen Moment nach. »In den Achtzigern ging der Kalte Krieg allmählich zu Ende. Die Spionageabwehr hatte sich wahrscheinlich ins Ausland oder nach Washington verlagert, während New York …« Sie schaute ihn an, als ihr etwas dämmerte. »Moment mal. Dann kann es nur eines sein. Die Achtziger. Der Big Apple. Das organisierte Verbrechen?«

»1985 wurden die Bosse der fünf großen Mafiafamilien in New York angeklagt und jeder Einzelne zu hundert Jahren Gefängnis verurteilt. Es bedeutete ihre nahezu völlige Vernichtung. Spätere Anklagen sowie die Aussage von Sammy Gravano, dem ersten ranghöheren Mitglied der Cosa Nostra, das geplaudert hat, trugen dazu bei, dass 1992 auch John Gotti gefasst werden konnte. Aber wirklich entscheidend waren die Ereignisse von 1985 und das, was sich *davor* zugetragen hat.«

»Woher wissen Sie das alles?«, fragte Pine verblüfft.

»Ich hab's gelesen. Ich habe mich immer schon für Geschichte interessiert.«

Sie musterte ihn skeptisch. »Und mein Vater hat dabei mitgewirkt? Ich habe gehört, dass er mal Schauspieler werden wollte. Wie ist er im *Cloak and Dagger* gelandet?«

»Wer behauptet denn, dass Tim damit zu tun hatte?«

Pine war perplex. »Was wollen Sie damit sagen?«

Lineberry stand auf, nahm sein Weinglas und ging zur Glaswand der Terrasse.

Pine eilte hinterher. »Jack?«, sagte sie erwartungsvoll.

Ohne sie anzusehen, stellte er sein Glas auf die Fensterbank und stützte sich mit den Ellbogen auf.

Sie fasste ihn am Arm und drehte ihn zu sich.

»Was wollen Sie damit sagen, Jack?«

Er schaute ihr einen unbehaglich langen Moment in die Augen. In seinem Blick lagen widersprüchliche Emotionen, doch am Ende waren da vor allem Zärtlichkeit und ein Gefühl der Erleichterung, vielleicht auch Resignation.

»Ihre Mutter ist in jungen Jahren als Model um die Welt gereist. In dieser Zeit hat sie interessante Leute kennengelernt. Leute, die sie mochten und die ihre Nähe gesucht haben.«

»Was für Leute waren das?«, fragte Pine leise, obwohl sie bereits eine dunkle Ahnung erfasste.

»Leute mit viel Geld und zwielichtigem Hintergrund. Doch am Ende hat Julia die richtige Entscheidung getroffen, obwohl sie damit ein großes persönliches Risiko eingegangen ist.«

»Soll das heißen, sie war mit Mafiosi befreundet? Ist es das, was Sie mir sagen wollen?«

»Julia war nicht einmal alt genug, um wählen zu können. Wie reif waren Sie in dem Alter?«

»Ich hätte jedenfalls genug von der Welt gewusst, um mich nicht mit Gangstern einzulassen.«

»Können Sie sich so sicher sein? Es war verlockend, was diese Leute zu bieten hatten. Außerdem hatten die meisten von ihnen niemanden persönlich ermordet. Dafür hatten sie ihre Fußsoldaten. Diese schmutzige Seite des Geschäfts hat Ihre Mutter nie zu Gesicht bekommen. Anfangs wusste sie nicht einmal, dass diese Männer Verbrecher sind. Sie laufen ja nicht mit einem Schild herum, auf dem ›Mafioso‹ steht.«

»Aber … warum hat meine Mutter dann doch die richtige Entscheidung getroffen, wie Sie es ausdrücken?«

»Nun, irgendwann *bekam* sie die dunkle Seite zu sehen. Von dem Augenblick an wollte sie nichts mehr mit diesen Leuten zu tun haben.«

»Wer hat ihr die Augen geöffnet? Waren Sie das? Warum? Was hatten Sie überhaupt damit zu tun? Erzählen Sie mir jetzt bitte nicht wieder, Sie hätten es irgendwo in einem Buch gelesen, weil Sie sich ja so sehr für Geschichte interessieren.«

»Ich habe nicht immer im Bauxitwerk gearbeitet, Lee. Oder die Investments anderer Leute gemanagt.«

»Waren Sie Cop? Spion?«

»Sagen wir mal so, ich habe damals … Spezialaufgaben übernommen.«

»Und Sie haben meine Mutter rekrutiert … um was zu tun?«

»Sie hat nie öffentlich gegen diese Leute ausgesagt, falls Sie das meinen. Aber sie war unser Maulwurf. Sie war verkabelt und hat uns Dinge erzählt, die sie aufgeschnappt oder gesehen hat. Dadurch konnten wir viele Menschenleben retten und Verbrechen verhindern.«

»Aber die Mafia hat sie enttarnt, oder? Sie musste untertauchen?«

»Der große Prozess gegen das organisierte Verbrechen hat 1985 begonnen, die Arbeit daran aber schon Jahre früher, bevor Sie und Ihre Schwester geboren waren. Die Operation *Cloak and Dagger* war ein wirkungsvolles Mittel, das uns entscheidende Informationen geliefert hat – zusätzlich zu den anderen Ermittlungen, die wir damals am Laufen hatten. Julia hat ganze Arbeit geleistet. Sie hat sich das Vertrauen hochrangiger Personen in mehreren Mafiaclans erworben.«

»Und mein Vater?«

»Julia hat Tim im *Cloak and Dagger* kennengelernt. Das war kurz vor dem Ende der Sting-Operation. Der Prozess stand bald bevor. Tim hatte mit alldem nichts zu tun. Er hat als Hilfskellner in der Bar gearbeitet, während er versuchte, als Schauspieler Tritt zu fassen. Die beiden … sie haben sich ineinander verliebt.«

»Wie ging es weiter?«

»Ihre Mutter hat ihm anvertraut, was in der Bar vor sich ging. Welche Aufgabe sie übernommen hatte. Das hat sie mir aber erst später erzählt – ich wäre nämlich strikt dagegen gewesen, dass sie Tim einweiht. Er hat sich um sie gekümmert, das muss man ihm lassen. Sie haben geheiratet und sind untergetaucht.«

»Aber Sie haben gewusst, wo meine Eltern sich aufhielten, und sind nach Andersonville gekommen, um auf sie aufzupassen.«

»Ja. Wir haben ihnen geholfen, ein neues Leben anzufangen. Das war meine Aufgabe.«

»Haben Sie es auch deshalb getan, weil Sie meine Mutter immer noch liebten?«

Er schaute auf die Stadt hinaus. »Vielleicht«, gab er zu. »Aber ich habe mich ehrlich bemüht, sie beide zu beschützen. Nach ein paar Jahren sah es so aus, als wären sie in Sicherheit. Die Mafia war empfindlich geschwächt, die Bosse saßen im Gefängnis, und ihre Nachfolger haben sich kaum damit befasst, was vor ihrer Zeit war – sie hatten genug damit zu tun, ihr Territorium zu behaupten.«

»Und dann?«

»Dann ist Ihre Schwester verschwunden, und Sie wurden beinahe umgebracht.«

»Wissen Sie, wer es getan hat?«

»Nein.«

»Wenn Sie mich jetzt anlügen …«

»Es ist die Wahrheit, Lee. Ich weiß es wirklich nicht«, fügte er entschieden hinzu.

»Aber Sie hatten sofort den Verdacht, dass es mit der Vergangenheit meiner Mutter zu tun hat.«

»Natürlich, das war naheliegend. Und das habe ich auch nach oben weitergegeben. Es wurde einiges unternommen, um herauszufinden, was geschehen war. Und um Ihre Schwester zu finden.«

»Aber Sie sind nicht zur Polizei gegangen? Haben auch nicht das FBI eingeschaltet? Mit den Ressourcen des Bureaus wären die Aussichten, Mercy zu finden, viel besser gewesen.« Pines Gesicht war rot vor Zorn, das Blut rauschte in ihren Ohren. »Sie haben wichtige Informationen für sich behalten, die meiner Schwester das Leben hätten retten können.«

»Es war nicht meine Entscheidung.«

»Und meine Eltern haben es einfach so hingenommen? Das glaube ich nicht!«

»Alles auszuplaudern hätte euch alle in Gefahr gebracht.«

»Waren wir nicht ohnehin schon in Gefahr?«, stieß sie empört hervor. »Ich wäre beinahe gestorben.«

»Ich weiß, Lee«, sagte er bedrückt. »Ich weiß.«

Sie atmete tief durch, um sich zu beruhigen. »Sie sagen, Sie haben es nach oben weitergegeben. Haben die Verantwortlichen irgendetwas über meine Schwester herausgefunden?«

»Nein. Es war ein schwarzes Loch. Niemand hat auch nur die kleinste Spur entdeckt.«

»Die Sache scheint mir ziemlich klar zu sein. Hat jemand sich die Mühe gemacht, die verdammte Mafia zu checken?«

»Die Drahtzieher saßen im Gefängnis. Zumindest diejenigen, die bei der Operation *Cloak and Dagger* festgenommen wurden. Außerdem hat jahrelang niemand etwas gegen Ihre Eltern unternommen. Ich glaube nicht, dass diese Leute dahinterstecken.«

»Wer dann?«, rief Pine und packte Lineberrys Arm. *»Wer?«*

In seinen Augen schimmerten Tränen. »Es tut mir leid. Ich würde Ihnen liebend gern sagen, wer es war. Aber ich habe wirklich keine Ahnung. Ich weiß, wie schwer das für Sie sein muss …« Er schaute sie mitfühlend an, was ihren Zorn weiter anfachte.

»Einen Scheißdreck wissen Sie!«, fuhr sie ihn an.

Er trank seinen Wein aus. »Vielleicht haben Sie recht.«

»Wie hieß meine Mutter wirklich?«

»Warum fragen Sie?«

»Weil ich ihre Tochter bin und das Recht habe, es zu erfahren.«

»Nein, haben Sie nicht. Sie glauben, Sie haben ein Recht darauf, aber da irren Sie sich.«

Pine starrte ihn an, als stünde sie kurz davor, auf ihn loszugehen.

»Ich sage das nicht einfach so daher, Lee.«

»Mein Name ist *Atlee*«, stellte sie klar.

»Okay, Atlee. Ich sage das, weil Ihre Mutter alles aufs Spiel gesetzt hat, weil sie ihr Leben riskiert hat, um das Richtige zu tun – und das in einem Alter, in dem die meisten jungen Leute es nicht mal schaffen, rechtzeitig aus dem Bett zu kommen. Ich habe ihr versprochen, ihr Geheimnis mit ins Grab zu nehmen. Dieses Versprechen habe ich bereits gebrochen, indem ich Ihnen so viel erzählt habe. Weiter gehe ich nicht.«

Er sagte es mit einer solchen Aufrichtigkeit und Loyalität, dass Pine trotz ihrer Wut sprachlos war. Sie trat einen Schritt zurück und schaute auf Atlanta hinaus.

»Ich kann mir denken, dass das alles auch für Sie nicht leicht ist«, sagte sie ein wenig ruhiger.

»Freut mich, dass Sie das sagen. Trotzdem sind meine Probleme nichts im Vergleich zu dem, was Sie und Ihre Mutter durchgemacht haben.« Er schaute auf sein leeres Glas hinunter. »Sie haben wirklich keine Ahnung, wo sie ist?«

»Nein. Obwohl ich alle Hilfsmittel eingesetzt habe, die mir als FBI-Agentin zur Verfügung stehen, konnte ich sie nicht aufspüren.«

»Daran bin wohl ich schuld.«

»Wieso?«

»Ich habe ihr beigebracht, wie man seine Spuren verwischt und sich so gut versteckt, dass man nicht gefunden werden kann. Ich wollte, dass sie in Sicherheit ist. Diejenigen, die hinter ihr her sind, würden keine Sekunde zögern, sie zu töten. Obwohl sie untergetaucht war, hat sie dem Frieden nie getraut. Sie hatte vor allem Angst um ihre beiden Töchter.«

»Warum haben Sie sie nicht unter Zeugenschutz gestellt?«, fragte Pine. »Diese Jungs verstehen ihren Job.«

»Wir haben es versucht«, lautete seine überraschende Antwort.

»Und was ist passiert?«

»Sie und Ihre Familie wurden beinahe getötet. Zweimal. Sie und Mercy waren damals vielleicht ein Jahr alt.«

»Was sagen Sie da?« Pine war völlig perplex.

»Ich kann mir vorstellen, wie unglaublich sich das für Sie anhört. Jedenfalls, von diesem Zeitpunkt an haben andere die Sache in die Hand genommen – ich spreche von dem Team, dem ich angehört habe. Die Verantwortlichen haben einen Plan für eure Sicherheit ausgearbeitet.«

»Und so sind meine Eltern mit Mercy und mir in Andersonville gelandet?«

»Genau. Es liegt in einer abgelegenen Gegend, in der man niemals ein internationales Ex-Model vermuten würde. Außerdem würde es sofort auffallen, wenn plötzlich ein Fremder hier herumschnüffelt.«

Lineberry ging zurück zum Tisch und ließ sich auf seinem Stuhl nieder. Pine setzte sich zu ihm.

Er schaute sie über den Tisch hinweg an. »Das alles tut mir schrecklich leid.«

»Ich nehme an, Ihnen blieb damals keine andere Wahl. Und meiner Mutter auch nicht.«

»Was werden Sie jetzt tun?«

»Das, was ich tun muss«, sagte Pine entschieden. »Könnten Sie mich jetzt zurückbringen? Ich muss nachdenken, und das kann ich hier nicht.«

Als sie im Aufzug zur Tiefgarage fuhren, fragte Pine: »Haben Sie was dagegen, wenn ich fahre?«

»Nein, aber warum?«

»Ich brauche etwas, über das ich die Kontrolle habe, verstehen Sie?«

»Ja.« Er gab ihr den Schlüssel. »Das verstehe ich.«

Auf der Fahrt zurück nach Andersonville sprachen sie kein Wort.

Bis die Schüsse krachten.

62

Pine griff instinktiv nach ihrer Handtasche mit der Beretta, entschied sich dann aber anders, packte das Lenkrad mit beiden Händen und riss es herum, um weiteren Schüssen auszuweichen.

»Ist was passiert, Jack? Jack!«

Sie schaute zu ihm und sah, dass er auf seinem Sitz zusammengesunken war, das Gesicht kreidebleich. Er beugte sich zur Seite und übergab sich. Sein Atem ging stoßweise, und auf seinem Hemd breitete sich ein Blutfleck aus.

O Gott!

Pine lenkte den Aston Martin von der Straße und hielt an. Sie beugte sich zu ihm, öffnete sein Hemd und drückte ihre Stola auf die Schusswunde rechts im Oberkörper. Die Kugel konnte in diesem Bereich großen Schaden anrichten, aber wenigstens war er nicht ins Herz oder in den Kopf getroffen worden.

Sie beugte ihn ein wenig nach vorne und tastete über seinen Rücken. Keine Austrittswunde.

Mit raschen Blicken hielt sie nach dem Schützen Ausschau, zog dabei ihr Handy heraus und rief Laredo an. Schon beim zweiten Klingeln meldete er sich. Sie teilte ihm mit, was er wissen musste.

»Bin schon unterwegs«, war alles, was er sagte.

Sie befanden sich nicht weit von Andersonville entfernt. Hoffentlich nahe genug.

Pine wandte sich wieder Lineberry zu, der sehr still geworden war. »Jack! Halten Sie durch!« Sie tastete nach dem Puls. Er war schwach, aber einigermaßen regelmäßig.

»Hilfe ist unterwegs, Jack. Halten …«

Die Kugeln jagten höchstens zwei Zentimeter über ihren Kopf hinweg. Sie duckte sich, zog Lineberry mit sich. Ihre freie Hand zuckte zur Waffe, dann aber entschied sie sich anders.

Sie hörte, wie ein Motor angelassen wurde.

Interessant. Das verriet ihr einiges.

Sie roch Lineberrys Erbrochenes, das sich mit den süßlichen Düften der feuchtwarmen Luft von Georgia und dem Geruch ihres eigenen Schweißes vermischte.

Sie öffnete die Fahrertür, streifte die High Heels ab und ließ sich auf die Knie nieder, sodass sie den Wagen als Deckung benutzen konnte.

Ungefähr hundert Meter vor ihr flammten Scheinwerfer auf. Den Wagentyp konnte sie nicht erkennen, ebenso wenig den Fahrer, doch sie sah, dass der Wagen anrollte.

Sie zog die Beretta aus der Handtasche. Acht Schuss. Hoffentlich genug.

Pine benutzte die Seite des Cabrios, um ihre Schusshand abzustützen, und zielte auf das entgegenkommende Fahrzeug. Die Angreifer konnten nicht wissen, dass sie bewaffnet war. Vielleicht nahmen sie an, dass ihre Opfer bereits außer Gefecht waren. Deshalb hatte Pine zuerst nicht zurückgeschossen. Außerdem hätte sie kein wirkliches Ziel gehabt. Das war jetzt anders.

Das Auto beschleunigte.

Abwarten, ermahnte sie sich. *Nichts überhasten.*

Sie strich eine Haarsträhne von ihrem rechten Auge, atmete ruhig aus und wartete, bis sich das Ziel in der bestmöglichen Entfernung befand, so wie sie es gelernt hatte.

Der Fahrer beschleunigte, allem Anschein nach mit der Absicht, den Aston Martin zu rammen. Pine konnte jetzt erkennen, dass es ein schwerer SUV war, der herangedonnert kam, um die Sache zu beenden.

Sie wartete, bis das Fahrzeug nur noch fünfzehn Meter entfernt war.

Ihr erster Schuss schlug in die Frontscheibe direkt vor dem Fahrer ein. Die zweite Kugel vergrößerte das Einschussloch. Sie richtete die Beretta auf die Beifahrerseite und feuerte zweimal schnell hintereinander. Dann schoss sie ein Loch in den Kühlergrill und nahm den rechten Vorderreifen aufs Korn. Sie hatte noch zwei Kugeln übrig und hielt die Pistole im Anschlag.

Nach den ersten Schüssen war der SUV nach rechts ausgeschert und etwa zehn Meter vor ihr zum Stehen gekommen.

Sie wartete ab. Die Gegenseite ebenfalls.

Pines Beretta zielte auf die Fahrertür. Sobald jemand ausstieg, würde sie abdrücken.

Zwei, drei Minuten verstrichen.

Als Pine die Sirenen hörte, hätte sie schreien können vor Erleichterung.

Die Insassen des SUV mussten das Geheul ebenfalls gehört haben. Der Wagen setzte zurück. Die Hinterräder drehten kurz durch, dann beschleunigte das Fahrzeug und brauste in die Richtung, aus der Pine und Lineberry gekommen waren.

Pine rannte auf die Straße, brachte die Pistole in Anschlag und feuerte ihre beiden letzten Kugeln auf den flüchtenden SUV, der eine weiße Rauchfahne hinter sich her zog, weil Dampf aus dem durchlöcherten Kühler aufstieg.

Weit würden sie mit dem Wagen nicht kommen.

Pine rannte zurück zum Aston und sah nach Lineberry. Er atmete noch. Seine Lider flatterten, als er die Augen aufschlug.

»Hilfe ist unterwegs, Jack. Halt durch.«

»L-Lee.«

»Ja, ich bin da.«

Seine Augen blieben offen und fixierten sie eindringlich. Er hob eine zitternde Hand und berührte ihr Gesicht. »A-Aman-da.«

Amanda?

Seine Augen fielen zu.

Pine sah einen Streifenwagen heranjagen, dicht gefolgt von einem Rettungsfahrzeug.

Pine rannte ihnen entgegen und winkte.

Der Polizeiwagen fuhr auf sie zu und kam zum Stehen. Pine wartete nicht ab, bis die Cops ausgestiegen waren. Sie lief zu ihnen, zückte ihre Dienstmarke und beugte sich durchs offene Fenster zu den beiden Deputys.

»Ein Schütze in einem SUV, der in diese Richtung flieht.« Sie streckte den Arm aus, zeigte die Richtung an. »Ich hab die Frontscheibe erwischt, den Kühler und einen Reifen. Holt sie euch und ruft Verstärkung, um alle Fluchtwege zu blockieren. Ich kümmere mich um den Verletzten hier.«

»Okay, Ma'am.«

Die Deputys jagten los. Pine sprintete zum Rettungswagen und dirigierte ihn zum Aston Martin, den sie gleichzeitig erreichten.

»Schusswunde«, rief sie den Sanitäterinnen zu, die aus dem Fahrzeug sprangen. »Rechts im Oberkörper. Er hat viel Blut verloren und ist bewusstlos. Schnell.«

Die beiden jungen Frauen schnappten sich ihre Ausrüstung und rannten zu dem Cabrio. Ohne einen Moment zu zögern, lösten sie Lineberry mit geübten Handgriffen aus dem Sicherheitsgurt und kümmerten sich um ihn, checkten Atmung und Puls, setzten ihm eine Infusion und konzentrierten sich dann darauf, die Blutung zu stillen.

Pine blickte auf, als Laredo in seinem Mietwagen eintraf, in Begleitung von Carol Blum.

Beide kamen zum Aston Martin.

»Ist er …?«, begann Blum.

Eine Sanitäterin blickte zu ihnen auf. »Er ist stabil. In kritischem Zustand, aber stabil. Wir haben die Blutung gestoppt, aber er muss sofort ins Krankenhaus nach Americus.«

Eine der Frauen holte eine Trage aus dem Rettungswagen; dann hoben sie Lineberry aus dem Aston. Bevor sie die Hecktür des Krankenwagens schlossen, sagte Pine: »Ich komme mit.«

»Was ist mit dem Schützen?«, fragte Laredo, während Pine hinten einstieg.

»Die Cops sind hinter ihm her. Könnte sein, dass ich den Fahrer erwischt habe. Ihr Wagen ist jedenfalls kaum noch fahrtüchtig.«

»Ich kümmere mich darum«, versprach Laredo. »Wir kommen ins Krankenhaus nach.« Er blickte auf ihren Arm. »Scheiße, dich haben sie auch erwischt.«

Pine schaute auf die blutverschmierte Wunde.

»Die Kugel hat mich nur gestreift. Ich mach ein Pflaster drauf.«

»Das braucht ein bisschen mehr als ein Pflaster«, sagte Blum entschieden. Die Sanitäterin, die den Wortwechsel mitgehört hatte, nickte ihr beruhigend zu. »Ich kümmere mich darum, Ma'am.«

Die Hecktür wurde zugeschlagen, und der Rettungswagen jagte mit Sirenengeheul davon.

Pine saß neben Lineberry, während die Sanitäterin seine Vitalfunktionen überwachte und ihren Patienten nicht aus den Augen ließ. Anschließend wandte sie sich Pine zu, reinigte die Armwunde und legte ihr einen Verband an.

»Glauben Sie, er kommt durch?«, fragte Pine leise.

»Er hat auf jeden Fall eine Chance. Nach dem Röntgen wird man mehr sagen können. Ich habe schon ins Krankenhaus gemailt, was wir über seinen Zustand wissen, damit sie dort alles vorbereiten können. Er wird sofort operiert. Jetzt hängt alles davon ab, welchen Schaden die Kugel angerichtet hat und ob es innere Blutungen gibt. Aber im Moment ist sein Blutdruck stabil, das ist ein gutes Zeichen.«

Pine nahm Lineberrys Hand. »Sie müssen es schaffen, Jack. Unbedingt.«

Sie strich ihm eine Haarsträhne aus dem Gesicht, beugte sich zu ihm hinunter und gab ihm einen Kuss auf die Stirn. Als sie sich aufrichtete, lief ihr eine Träne über die Wange und kullerte bis zu den Lippen, ohne dass Pine sie wegwischte. Sie war von sich selbst überrascht.

Seltsam. Das letzte Mal habe ich geweint, als Mercy verschwunden war. Damals muss ich tagelang geheult haben.

Sie atmete langsam und tief aus, drückte Lineberrys Hand und riss sich zusammen, während sie in Richtung Americus über die Landstraßen jagten.

63

Pine lauschte dem schrillen, nervtötenden Piepen der Monitore, als sie in einem Stuhl in der Intensivstation des Krankenhauses saß.

Nach der Notoperation lag Lineberry in einem Gewirr aus Schläuchen und Kabeln auf seinem Bett. Pines Blick war ständig auf den Monitor gerichtet, auf dem Blutdruck, Atmung und Puls überwacht wurden, in der bangen Erwartung, dass erneut ein Alarm losgehen könnte, was bereits zweimal geschehen war. Beide Male waren augenblicklich die Schwestern und Ärzte herbeigeeilt, um alles Nötige zu tun, damit Lineberrys Zustand sich wieder stabilisierte.

Pine erhob sich und schaute unruhig auf ihn hinunter. Zuvor hatte sie mehrmals kurz mit dem Chirurgen und einem Arzt gesprochen. Die Kugel hatte einen Knochen zerschmettert und Blutgefäße zerrissen. Die Ärzte hatten das Projektil entfernt und die inneren Verletzungen behandelt. Sie zeigten sich vorsichtig optimistisch, dass Lineberry sich vollständig erholen würde, vorausgesetzt, er erlangte das Bewusstsein wieder, und es traten keine zusätzlichen Komplikationen auf.

Blum, Wallis und Laredo waren gekommen und gegangen.

Der SUV, den Pine mit ihren gezielten Schüssen fahruntüchtig gemacht hatte, war ein paar Meilen vom Ort der Schüsse entfernt gefunden worden. Von den Insassen fehlte jede Spur, doch es gab Blutflecken auf dem Vordersitz, die nun untersucht wurden.

»Der SUV war in der Nähe von Atlanta als gestohlen gemeldet worden«, hatte Laredo berichtet. »Ungefähr drei Stunden, bevor er in Andersonville aufgetaucht ist.«

»Die haben auf uns gewartet«, hatte Pine erwidert. »Die sind uns nicht gefolgt – die waren vor uns an der Straße postiert.«

»Dann müssen sie gewusst haben, dass ihr aus Atlanta zurückkommt«, folgerte Laredo. »Die Frage ist, woher.«

Darauf wusste auch Pine keine Antwort.

Draußen vor dem Zimmer stand Jerry Danvers und bewachte die Tür zusammen mit einem Polizisten von Sumter County.

Danvers war sichtlich erschüttert im Krankenhaus eingetroffen. Er machte sich Vorwürfe, dass er Lineberry und Pine nicht selbst nach Atlanta gefahren hatte.

»Das ist mein Job«, hatte er immer wieder betont.

»Und Mr. Lineberry ist Ihr Chef und wollte nun mal selbst fahren«, hatte Pine ihm vergeblich klarzumachen versucht.

Sie stand von ihrem Stuhl auf, als Lineberry leise aufstöhnte. Ihr Blick huschte zum Monitor, doch sämtliche Werte waren im normalen Bereich.

Sie beugte sich hinunter, betrachtete ihn. Es erschien ihr kaum vorstellbar, dass sie und dieser Mann eben noch in seinem traumhaften Penthouse gesessen, erlesenen Wein getrunken und die Skyline von Atlanta bewundert hatten.

Und dort habe ich erfahren, dass Mom sich mit Mafiosi eingelassen hat.

Ihr schwirrte immer noch der Kopf von dem, was Lineberry ihr erzählt hatte. Es war, als hätte jemand sie von einem Schiff auf hoher See über Bord geworfen, sodass sie nicht mehr wusste, wo oben und unten war. Aber sie hatte ja Lineberry. Er wusste alles. Deshalb durfte sie ihn nicht verlieren.

»Hören Sie mich, Jack? Sie haben die Operation gut überstanden. Die haben Sie erfolgreich zusammengeflickt. Sie werden wieder ganz gesund.« Sie legte ihm die Hand auf die unversehrte Schulter und drückte sie leicht.

Zu ihrem Erstaunen schlug er zögernd die Augen auf und schaute sich benommen um.

»Jack«, sagte sie leise. »Es ist alles in Ordnung. Sie sind im Krankenhaus. Alles wird gut.«

Endlich fand sein suchender Blick ihr Gesicht. Er schaute zu ihr auf, und seine Lippen öffneten sich. Offenbar wollte er ihr irgendetwas sagen.

Pine beugte sich zu ihm hinunter. »Was ist, Jack?«

»Amanda?« Seine Stimme war kaum mehr als ein Flüstern. »Bist du da, Amanda?«

Pine wusste nicht, was sie tun oder sagen sollte. Sein Blick war so flehend, dass sie schließlich seine Hand nahm und nickte. »Ja, Jack, ich bin's. Und ich bin für dich da.«

Sie spürte, wie seine Finger sich um ihre schlossen. Er nickte. »Ich … liebe dich.«

Er suchte in ihrem Gesicht nach einer Antwort.

»Ich liebe dich auch«, sagte sie leise.

Lineberry brachte ein schwaches Lächeln zustande. Seine Lider flatterten erneut; dann versank er wieder in Bewusstlosigkeit.

Pine ließ seine Hand los und lehnte sich zurück.

Sie zitterte unwillkürlich, als sie sich bewusst machte, was sie getan hatte.

Ich habe die Rolle meiner Mutter übernommen, um ihn zu trösten.

In diesem heiklen Moment war ihr nichts anderes eingefallen. Dennoch fühlte sie sich nicht wohl dabei. Es war eine Lüge mehr, auch wenn es noch so gute Gründe dafür geben mochte. Doch Pine hatte die vielen Lügen satt, die sie enthüllt hatte, seit sie nach Andersonville zurückgekommen war.

Sie verließ das Krankenzimmer und traf Jerry Danvers draußen auf dem Flur an. Sein Anzug war zerknittert, und er wirkte fahrig und nervös.

»Haben Sie Zeit für einen Kaffee?«, fragte sie ihn.

In diesem Moment bog Tyler Straub um die Ecke, Danvers' Kollege. Er war wie aus dem Ei gepellt und wirkte nicht annähernd so betroffen über die Geschehnisse wie Danvers.

»Hi, Jerry, ich wollte dich ablösen. Wie geht's dem Boss?«

»Mr. Lineberry wird sich erholen«, erwiderte Danvers mit fester Stimme.

Straub warf Pine einen argwöhnischen Blick zu. »Na prima. Dann behalten wir unseren Job.«

»Das ist verdammt unpassend, findest du nicht?«, blaffte Danvers.

Straub hob beschwichtigend die Hände. »He, Mann, ich versuche doch nur, die Stimmung ein bisschen aufzulockern. Und nur damit du's weißt – ich habe selbst mit der Schwester gesprochen. Sie hat mir die gute Nachricht schon mitgeteilt. Ich mag den Mann auch, okay?«

Danvers beruhigte sich und wandte sich an Pine. »Worüber wollen Sie mit mir sprechen?«

»Über letzte Nacht.«

»Tut mir leid, ich habe nichts weiter zu sagen. Ich werde meinen Posten sowieso nicht verlassen.«

Pine blickte zu Straub. »Haben *Sie* vielleicht Zeit für einen Kaffee?«

Straub schaute nervös zu Danvers, der seinen Blick nicht erwiderte. »Klar. Einverstanden, Jerry?«

Danvers nickte nur.

Pine ging mit Straub zu der kleinen Küche, die mit einem Tisch und ein paar Stühlen eingerichtet war. Sie bedienten sich aus einer vollen Kaffeekanne und setzten sich.

Pine musterte Straub einen Moment lang. Er war ein wenig älter als sie, vielleicht Ende dreißig. Ungefähr eins neunzig groß und schlank, doch die breiten Schultern verrieten, dass er sehr kräftig sein musste. Eine Ausbuchtung unter der Jacke verriet, wo er seine Pistole trug. Sein Haar war blond und gewellt, sein Gesicht auf raue Art attraktiv. Pine vermutete, dass er sich in der hiesigen Damenwelt einiger Beliebtheit erfreute.

»Was ist eigentlich mit Jerry los?«, fragte sie.

Straub zuckte mit den Schultern und schaute sie ein wenig unbehaglich an. »Wissen Sie, Jerry würde für Lineberry durchs Feuer gehen. Und das ist ja auch gar nicht verkehrt.«

»Manchmal wirkt er ganz schön verbissen. Er war mal beim Secret Service, habe ich gehört.«

»Ja, bei der Uniformed Divison«, präzisierte Straub.

Pine lehnte sich zurück. »Tatsache? Das wusste ich gar nicht.«

»Das sehe ich.«

»Warum ist er nicht geblieben? Für einen Pensionsanspruch ist er jedenfalls zu jung.«

»Wissen Sie, es gehört sich eigentlich nicht, aus der Schule zu plaudern …«

»Machen Sie eine Ausnahme. Es könnte sehr wichtig sein.«

»Okay. Angeblich war Jerry auf dem besten Weg, ein erstklassiger Secret-Service-Agent zu werden. Aber daraus wurde nichts.«

»Warum nicht?«

»Keine Ahnung. Sie sind bei den Feds. Sie wissen ja, wie es manchmal geht. Ein kleiner Fehltritt, und die Beförderung ist futsch. Aber für Jerry ist es ja trotzdem gut gelaufen. Heute verdient er viel mehr, als ihm die Bewachung des Präsidenten eingebracht hätte.«

»Was halten Sie von ihm?«

»Er ist hin und wieder ein bisschen reizbar, das haben Sie ja selbst gesehen. Und er hat einen ausgeprägten Beschützerinstinkt gegenüber Lineberry. Ich bin selbst Profi in diesem Metier, aber ich betrachte es mehr als Job. Für Jerry ist es so was wie eine …«

»… Lebensaufgabe?«

Straub nahm einen Schluck Kaffee. »Ja, so in der Art.«

»Wie teilen Sie beide sich eigentlich Ihre Arbeit ein? Wie läuft das?«

»Je nach Situation sind wir allein oder zu zweit im Dienst – so wie neulich, als Sie da waren. Nachts wird das ganze Gelände elektronisch überwacht. Das System kann jederzeit einen Alarm auf unsere Handys schicken. Darum müssen wir auch nicht die ganze Nacht auf den Beinen sein und patrouillieren oder vor einem Monitor hocken. Der Boss ist zwar reich, aber nicht berühmt oder so.«

»Übernachten Sie auf dem Grundstück?«

»Ja, nur ein paar Hundert Meter vom Haupthaus entfernt.«

»Und letzte Nacht?«

»Mr. Lineberry hatte uns gesagt, dass er mit Ihnen nach Atlanta fährt und unsere Dienste nicht mehr benötigt.«

»Wie hat Jerry reagiert?«

»Er mag es grundsätzlich nicht, wenn Mr. Lineberry allein unterwegs ist.«

»Hat Ihr Chef jemanden, der sich um sein Penthouse in Atlanta kümmert?«

»Ja, einen Hausmeister und ein Dienstmädchen, die beide dort übernachten.«

»Ich war letzte Nacht mit Ihrem Chef dort, habe aber niemanden gesehen.«

Straub lehnte sich zurück. »Echt? Sie waren im Penthouse?«

»Es war Lineberrys Vorschlag.«

»Na ja, vielleicht hat er den beiden vorher freigegeben. Keine Ahnung.« Er beäugte sie neugierig. »Vielleicht wollte er mit Ihnen allein sein.«

»Was haben Sie und Jerry letzte Nacht gemacht?«

»Ich hab mich früh hingelegt. Wie gesagt, wir wohnen hinter dem Haupthaus, jeder in einem kleinen Cottage. Obwohl das untertrieben ist. Es ist schöner als jedes Haus, in dem ich je gewohnt habe.«

»Und was hat Jerry getan?«

Straub schüttelte müde den Kopf. »Er hat gesagt, dass er Mr. Lineberry auf der App verfolgt.«

»Auf der App?«

»Ja. Ist heute nichts Besonderes mehr. Mithilfe eines GPS-Trackers im Auto lässt sich der Standort des Aston Martin auf dieser App verfolgen.«

»Das heißt, Jerry hat gewusst, wann wir zurückkommen?«

»Das ist nun mal Sinn und Zweck einer solchen App, oder?«

»Wann haben Sie erfahren, was vorgefallen ist?«

»Jerry hat mich noch in der Nacht angerufen ... nein, eigentlich war es schon früher Morgen. Er sagte, auf Mr. Lineberry sei geschossen worden und dass man ihn ins Krankenhaus in Americus gebracht hat. Deshalb ist er auch so mit den Nerven runter. Er macht sich Vorwürfe, weil er Mr. Lineberry nicht beschützt hat. Jerry würde sich in die Kugel werfen, wenn jemand auf den Chef feuert, das kann ich Ihnen sagen. So gesehen, wäre er ein richtig guter Secret-Service-Agent geworden.«

Pine schwieg nachdenklich. Wenn Jerry über diese App die Position des Aston Martin verfolgen konnte, wäre es ihm ein Leichtes gewesen, an der Straße zu warten und das Feuer zu eröffnen.

Aber warum hätte er den Mann töten sollen, dem er so hingebungsvoll diente? Und wie Straub gesagt hatte – ihre Jobs hingen davon ab, dass Lineberry überlebte. Wenn er starb, waren sie arbeitslos.

Jerry hatte jedenfalls die Mittel und Möglichkeiten gehabt, einen solchen Anschlag zu verüben. Aber was wäre sein Motiv?

»Agentin Pine?«

Als sie aufblickte, bemerkte sie, dass Straub sie besorgt musterte.

»Alles in Ordnung?«, fragte er.

»Ich weiß nicht«, antwortete sie abwesend. »Ich weiß es wirklich nicht. Aber Sie können etwas für mich tun.«

»Gern.«

»Wenn Ihnen irgendetwas nicht ganz koscher vorkommt, rufen Sie mich an.« Sie gab ihm ihre Karte.

»Nicht ganz koscher? Inwiefern?«

»Folgen Sie einfach Ihrem Instinkt. Es ist wirklich sehr wichtig.«

»Alles klar.«

Mit langsamen Schritten verließ Pine die kleine Küche, doch ihre Gedanken rasten.

64

Pine und Blum saßen im Frühstücksraum des *Cottage* beim Kaffee. Pine hatte Carol alles berichtet, was Lineberry ihr über ihre Eltern erzählt hatte.

Blum saß eine ganze Weile sprachlos da. Schließlich beugte sie sich vor. »Ich muss schon sagen, das ist unglaublich. Aber es erklärt einiges.«

Pine nahm einen Schluck Kaffee und stellte die Tasse mit zittrigen Fingern ab. »Ich fühle mich, als hätte mich ein Güterzug gerammt.«

Blum schenkte ihr Kaffee nach und tätschelte ihr die Hand. »Das ist ja auch kein Wunder. Sie haben erfahren, dass Ihre Mutter als Maulwurf in der Mafia aktiv war. Ihre Eltern mussten untertauchen, weil sie nicht einmal im Zeugenschutz sicher waren. Und letzte Nacht wären Sie selbst fast erschossen worden. Also, das ist mehr Aufregung, als die meisten Leute in ihrem ganzen Leben durchmachen.«

»Die Vergangenheit meiner Mutter muss der Grund dafür sein, dass Mercy entführt wurde. Aber ich glaube immer noch, dass sie die Glücklichere von uns beiden war, die Gewinnerin des Abzählreims, wenn man es so ausdrücken kann. Sonst hätte der Täter uns doch beide an Ort und Stelle umbringen können, was meinen Sie? Warum sollte er sich die Mühe machen, Mercy mitzunehmen?«

»Ich weiß es nicht, Agentin Pine. Aber was Sie sagen, klingt plausibel«, antwortete Carol nachdenklich.

»Aber Sie glauben trotzdem nicht, dass es so war.«

»Wie Sie selbst immer sagen – wir sollten keine voreiligen Schlüsse ziehen.«

»Sie haben recht, Carol. Das ist im Moment alles Spekulation.«

»Eines aber dürfte klar sein.«

»Und was?«

»Daniel Tor hat nichts damit zu tun.«

Pine verzog das Gesicht. »Dieses Ungeheuer hat mir die ganze Zeit eine Karotte vor die Nase gehalten. Ich kann's nicht glauben, dass ich so viel Zeit mit dem Bastard verschwendet habe.«

»Sie mussten diese Möglichkeit in Betracht ziehen – eine andere Spur hatten Sie ja nicht. Aber wie es mit Spuren halt so ist, die meisten erweisen sich als falsch.«

»Trotzdem, ich hätte es erkennen müssen. Was damals geschehen ist, passt überhaupt nicht zu Tors typischer Vorgehensweise. Er hat selbst gesagt, er habe nie ein Kind auf diese Weise verschleppt. Und was wir über seine Verbrechen wissen, erhärtet diese Aussage. Ich habe mit Gewalt versucht, einen Zusammenhang herzustellen, wo es keinen gab. Ich habe einen Schuldigen gesucht, und Tor hat sich angeboten.«

»So sieht es wohl aus.«

»Ein Gutes hat das Ganze jedenfalls.« Pine dachte an ihr letztes Treffen mit Tor zurück, bei dem er sie aufgefordert hatte, ihn »Dan« zu nennen. »Ich muss diesen Drecksack nie wiedersehen.« Sie verzog das Gesicht zu einem grimmigen Lächeln.

»Genau.«

»Okay, dann wollen wir mal sehen, welche Schlussfolgerungen sich aufgrund der Fakten anbieten.« Pine stellte die Kaffeetasse ab und beugte sich vor. »Wenn das, was mir und meiner Schwester passiert ist, mit den Dingen zu tun hat, in die meine Mutter in New York verwickelt war, dann heißt das, dass jemand aus dieser Welt sie in Andersonville aufgespürt hatte.«

»Aber wäre ein Mafioso aus New York in einer so kleinen Stadt nicht aufgefallen?«

»Nicht alle Mafiosi sehen aus wie Al Pacino oder Marlon Brando, und sie reden auch nicht unbedingt wie bei den *Sopranos*.«

»Aber wie ist es dem Täter gelungen, in der Nacht der Entführung an Ihren Eltern vorbeizukommen? Auch wenn wir davon ausgehen, dass beide betrunken waren. Ich kann mir nicht vorstellen, dass sie einen Fremden ins Haus spazieren und die Treppe hinaufgehen lassen. Da hätten sie schon bewusstlos gewesen sein müssen, anders ergibt es für mich keinen Sinn.«

»Ich habe da eine Theorie«, sagte Pine.

»Lassen Sie hören.«

»Meine Mutter hat in dieser Nacht ein paar Dinge anders gemacht als sonst. Das hatte ich ja schon erwähnt.«

»Ja. Sehen Sie eine mögliche Erklärung dafür, warum Ihre Mutter von ihrer gewohnten Routine abgewichen ist?«

»Die sehe ich.« Pine hielt einen Moment inne, um ihre Gedanken zu sammeln. »Sie hat uns zur gewohnten Zeit ins Bett gebracht, hat dann aber nicht mehr nach uns gesehen. Und am Morgen ist sie ungewöhnlich früh ins Zimmer gekommen. Laut Polizeibericht um sechs Uhr.«

»Und was sagt Ihnen das?«

Pine blickte auf. »Dass sie und mein Vater in dieser Nacht gar nicht zu Hause waren. Sie müssen irgendwo anders gewesen sein.«

»Aber wo?«

»Bei den Pringles. Die haben eine kleine Party veranstaltet, mit jeder Menge Bier und Gras. Bestimmt waren alle zugedröhnt. In der Früh ist meine Mutter aufgewacht und sofort nach Hause gelaufen, um nach uns zu sehen. Und da habe ich halb tot im Bett gelegen, und Mercy war verschwunden.«

»Daran müssten die Pringles sich doch erinnern können.«

»Sie haben gelogen«, stellte Pine klar. »Myron behauptet, er wäre im Büro gewesen, als seine Frau ihn angerufen und ihm berichtet hat, was passiert war. Ich aber glaube, dass er betrunken zu Hause gelegen hat. Vielleicht ist er später zur Arbeit gegangen. Sie haben gelogen, weil sie sich schämen. Und weil sie nicht mit dem Verbrechen in Verbindung gebracht werden wollen. Deshalb konnten sie sich angeblich nicht mehr erinnern, was sie an dem Abend gemacht haben, bis Myron endlich zugegeben hat, dass sie Freunde eingeladen hatten. Nur hat er uns verschwiegen, dass diese Freunde meine Eltern waren.«

»Ihre Mutter findet Sie also schwer verletzt im Bett, während Mercy verschwunden ist. Daraufhin bricht bei Ihren Eltern die Panik aus.«

»Leider ein bisschen spät.« Pine atmete tief durch. »Das Unglück war schon geschehen.«

»Aber warum dieser Abzählreim? Wieso hat der Täter eine von Ihnen beiden mitgenommen?«

»Ich weiß es nicht. Vielleicht war es eine spontane Entscheidung.«

»Was haben Sie jetzt vor?«

»Ich brauche Informationen über diesen Barry Vincent. Vielleicht hat der Mann Verbindungen nach New York. Wenn es so wäre, hätte ich einen Anhaltspunkt. Wenn nicht, stehe ich wieder ganz am Anfang.«

In diesem Augenblick kam Lauren Graham in den Frühstücksraum, blass und sichtlich erschüttert.

»Was ist?«, fragte Pine.

»Ich mache mir schreckliche Sorgen um Jack.«

»Als ich das Krankenhaus verlassen habe, sah es gut aus. Der Chirurg hatte gerade nach ihm gesehen und gesagt, dass von den inneren Verletzungen keine Gefahr mehr drohe. Es wird länger dauern, bis Jack sich von den Folgen erholt hat, aber er ist über dem Berg. Und er kann sich ja die bestmögliche Betreuung leisten. Ich glaube, er wird wieder ganz der Alte.«

»Hat … hat er nach mir gefragt?«

Pine warf Blum einen kurzen Blick zu, bevor sie antwortete. »Ähm, er war bewusstlos, Lauren. Er konnte nach niemandem fragen.« Sie dachte nicht daran, der Frau zu erzählen, dass Lineberry sie als »Amanda« angesprochen hatte.

»Kann man ihn schon besuchen?«

»Er wird aus naheliegenden Gründen ständig bewacht. Sie müssten da schon mit Detective Wallis sprechen. Vielleicht kann er Ihnen Auskunft geben.«

Graham bedankte sich und ging.

»Ich glaube, die hat's voll erwischt«, meinte Blum.

»Hat ganz den Anschein. Na ja, Lineberry sieht gut aus, ist steinreich und noch dazu ein netter Typ.«

»Ja, ein attraktives Paket«, meinte Blum. »Bestimmt gibt es nicht wenige Frauen, die gern etwas mit ihm hätten.«

Pine dachte an die Stunden zurück, die sie mit Lineberry verbracht hatte. Wie er sie angeschaut hatte. »Vielleicht hat Lauren ja eine Chance bei ihm. Ich glaube, er steht auf jüngere Frauen.«

Blum wollte etwas erwidern, als Pines Handy summte.

»Ja?«, meldete sie sich.

Es war Don Bigelow aus dem Büro der Mercedes-Vertretung.

»Agentin Pine, ich habe etwas gefunden, das Sie vielleicht interessieren wird«, sagte er.

»Ich höre.« Pine richtete sich gespannt auf.

»Ich habe in verschiedenen Dateien nach dem Namen gesucht, den Sie mir gegeben haben – Jack Lineberry. Ich habe ihn tatsächlich gefunden.«

»Wirklich? Heißt das, Lineberry hat bei Ihnen ein Auto gekauft?«

»Nein, nicht er selbst. Ein anderer hat bei uns einen Mercedes AMG S63 erworben. Schickes Auto. Mit allem Drum und

Dran kostet er locker zweihundert Riesen. Ist zwar kein Pagani, aber auch ein toller Schlitten.«

»Was hat das mit Lineberry zu tun?«

»Nun ja, der Käufer hat das Auto bar bezahlt, aber wir brauchen trotzdem ein paar Daten von unseren Kunden, damit wir ihnen die Unterlagen schicken können und das alles. Er hat als Arbeitgeber ›Jackson Lineberry and Associates‹ angegeben. Da habe ich mir gedacht, das könnte der Jack Lineberry sein, nach dem Sie gefragt haben.«

»Ist er. Wie heißt der Mann, der den AMG gekauft hat?«

Pine glaubte bereits zu wissen, um wen es sich handelte: Jerry Danvers. Umso überraschter war sie von Bigelows Antwort.

»Der Kunde heißt Myron Pringle.«

65

»Myron Pringle? Im Ernst?«

Eddie Laredo saß auf dem Beifahrersitz von Pines Mietwagen.

»Hat der Mann von der Autohandlung mir jedenfalls gesagt.«

»Wie viel zahlt Lineberry dem Burschen, dass der sich ein Zweihunderttausend-Dollar-Auto leisten kann?«

»Pringle hat mal was von einem Algorithmus gesagt, den er für einen sechsstelligen Betrag verkauft hat. Außerdem ist er der IT-Chef von Jack Lineberrys Unternehmen. Glaub mir, der Mann kann ein Zweihunderttausend-Dollar-Auto locker bar bezahlen.«

»Na ja, es ist ja auch nicht verboten, sich einen solchen Schlitten zuzulegen.«

»Nur dass Myron ihn in der Autohandlung gekauft hat, wo der kleine Frankie Gomez ein paarmal gewesen ist.«

»Du hältst Pringle für unseren Killer?«

»Er ist ein bisschen größer als Cy Tanner, aber mit der richtigen Verkleidung könnte man ihn schon mit Tanner verwechseln – vor allem wenn jemand Cy Tanner nicht kennt und nur ein Foto sieht.«

»Und sein Motiv?«

»Um diese Frage zu klären, fahren wir jetzt zu ihm raus.«

Als sie sich der Villa der Pringles näherten, ging Pine vom Gas. Nach der letzten Biegung sahen sie das beeindruckende Gebäude vor sich. »Wow«, sagte Laredo. »Jetzt weiß ich, dass ich den falschen Job habe.«

»Du solltest mal Jack Lineberrys Bleibe sehen. Dagegen ist das hier ein Gästehaus.«

»Auch noch nachtreten, wenn ich eh schon am Boden liege, was?«

Auf ihr Klingeln und Klopfen erfolgte keine Reaktion.

»Niemand zu Hause?« Laredo blickte an der Fassade hoch.

»Versuchen wir's hinten«, meinte Pine. »Mal sehen, ob die Autos in der Garage stehen.«

Sie gingen um die Villa herum und gelangten zu einer Garage, die sechs Fahrzeugen Platz bot. In die breiten Holztore waren in etwa zweieinhalb Metern Höhe Glasfenster eingelassen.

»Hilf mir mal hoch, Eddie«, forderte Pine ihn auf.

Laredo verschränkte die Hände zu einem Steigbügel und ließ Pine hinaufsteigen, sodass sie einen Blick durchs Fenster werfen konnte.

»Heilige Scheiße!« In ihrer Aufregung stieß sie mit der Hüfte gegen Laredos Kopf.

»Was ist? Siehst du den Mercedes?«

»Lass mich runter, Eddie!«

Er gehorchte und schaute sie gespannt an. »Was hast du gesehen? Nun sag schon.«

»Ich bin mir nicht hundertprozentig sicher, aber ich glaube, wir haben den Pagani gefunden.«

»Was?«

Diesmal legte Pine die Hände zu einem Steigbügel zusammen. »Sieh selbst.«

Sie hob Laredo mit Leichtigkeit hoch. Gebannt blickte er durch die Scheibe.

»Ich glaub's nicht … ein Pagani Huayra!«

Pine ließ ihn herunter. Beide standen einen Moment lang sprachlos da, den Blick auf die Garage gerichtet.

»Was denkst du?«, fragte Laredo schließlich.

»Ich denke, ich will in diese Garage. Und ins Haus.«

»Wir haben keinen Durchsuchungsbeschluss.«

»Aber einen hinreichenden Verdacht.«

»Verdacht auf was?«, hielt er dagegen.

Beide drehten sich um, als sie das dumpfe Grollen eines hubraumstarken Motors hörten. Dann kam auch schon der Wagen in Sicht. Es war der Mercedes AMG. Britta Pringle ließ die Seitenscheibe herunter. »Agentin Pine? Ich habe Ihren Wagen vor dem Haus gesehen. Was gibt's?«

»Ist Ihr Mann zu Hause?«

»Im Moment nicht.«

»Wo ist er, wenn ich fragen darf?«

»Auf Geschäftsreise. Mehr sagt er mir leider auch nicht.«

»Haben Sie gehört, was mit Jack Lineberry passiert ist?«

Sie riss die Augen auf. »Nein, was denn?«

»Heute Nacht hat jemand auf ihn geschossen.«

»Großer Gott!« Britta wurde kreidebleich. »Ist er …?«

»Er lebt und hat gute Chancen durchzukommen.«

Britta Pringle atmete einige Male tief durch. »Weiß man schon, wer geschossen hat? Wo ist es überhaupt passiert? In seinem Haus? Jack hat doch Sicherheitsleute.«

»Er war mit seinem Wagen unterwegs. Ich war bei ihm.«

»Sie?« Britta musterte Pine. »Sind Sie auch verletzt?«

»Nur ein Kratzer. Wann kommt Myron zurück?«

»Ich weiß es wirklich nicht. Er hat es mir nicht gesagt.«

»Gehört der Pagani in der Garage ihm?«, fragte Laredo. »Wir haben durchs Fenster reingeschaut.«

Britta machte ein säuerliches Gesicht. »Können Sie sich vorstellen, dass man so viel für ein Auto ausgibt? Ich habe schon ein schlechtes Gewissen, mit diesem Mercedes herumzufahren. Wir haben ihn erst letztes Jahr gekauft, und Myron will ihn schon wieder gegen ein neueres Modell eintauschen. Aber sagen Sie, wo ist Jack jetzt?«

»Im Krankenhaus in Americus.«

»Hat man den Täter schon?«

»Die Polizei ist noch hinter ihm her. Sagen Sie, könnten wir kurz reinkommen?«

»Ja, gut. Ich stelle nur rasch den Wagen rein.«

»Könnten wir uns bei der Gelegenheit den Pagani näher ansehen?«, fragte Laredo.

»Okay, warum nicht«, sagte Britta ein wenig verwirrt.

Sie öffnete das Garagentor und fuhr den AMG hinein. Pine und Laredo folgten ihr. Beinahe ehrfürchtig näherte Laredo sich dem extrem seltenen Sportwagen.

»O Mann«, sagte er. »Ein Pagani BC.« Er ging hinter dem exotischen Flitzer in die Knie. »Benannt nach einem gewissen Benny Caiola.«

Pine hockte sich zu ihm. »Wie kommt der Mann zu dieser Ehre?«

»Er war ein fanatischer Autosammler und ein guter Freund von Horacio Pagani – dem Mann, der diese Geschosse hier baut. Der hier hat einen V-12-Motor mit achthundert PS, ein Sieben-Gang-Getriebe und wiegt dank der Titan-Karbon-Karosserie gerade mal zwölfhundert Kilo.«

»Mit Autos kennst du dich aus, was?«

»Ist eine Art Krankheit von mir, die ich schon seit der Kindheit mit mir herumschleppe. Früher bin ich gern auf Auto-Auktionen gegangen, nur um Exoten wie den hier zu sehen. Kaufen könnte ich mir nie einen.«

»Cy Tanners Beschreibung ist jedenfalls nicht verkehrt. Das Ding erinnert tatsächlich an das Batmobil.«

»Cy Tanner?«

Sie drehten sich um und sahen Britta mit einer Einkaufstasche zu ihnen kommen.

»Ja. Er wohnt in meinem früheren Elternhaus. Vor Kurzem hat er diesen Wagen am frühen Morgen in der Nähe des Hauses gesehen.«

»Das kann ich mir nicht vorstellen.«

»Wieso nicht?«, fragte Pine.

»Weil nur Myron den Wagen fährt, und das auch nur ganz selten. Und selbst wenn er mal wieder eine Runde gedreht hat – warum sollte er ausgerechnet zu Ihrem alten Haus fahren?«

»Genau das wollte ich ihn fragen. Aber ich habe auch eine Frage an Sie. Ich habe mir sagen lassen, dass dieser Wagen drei Millionen Dollar kostet. Kann Myron es sich leisten, so viel Geld für ein Auto auszugeben?«

»Myron ist nicht nur sehr gut in seinem Job – er ist auch ziemlich clever, wenn es um Geld geht.«

»Stimmt es, dass er in Las Vegas mit einem eigenen System große Gewinne abgeräumt hat?«

»Ja, aber das ist Jahre her. Er ist regelmäßig nach Vegas gefahren und mit einem Haufen Geld zurückgekommen. Bis man ihm zu verstehen gab, dass er dort nicht mehr erwünscht ist.«

»Hat er seitdem andere Geldquellen außer seinem Job?«, hakte Laredo nach.

»Ich wüsste zwar nicht, was Sie das angeht, aber soviel ich weiß, hat Myron keine anderen Einkünfte. Ich kann es allerdings nicht beschwören.«

»Hätten Sie was dagegen, wenn wir uns kurz in seinem Büro umsehen?«, fragte Pine.

»Das ist leider nicht möglich.«

»Warum nicht?«

»Weil nicht einmal ich in sein Büro komme.«

»Wollen Sie damit sagen, er ist der Einzige, der den Netzhautscanner passieren kann?«, fragte Pine. Laredo warf ihr einen scharfen Blick zu.

»Genau das. Ich hatte ja auch nie einen Grund, Myrons Büro zu betreten. Ich verstehe absolut nichts von den Dingen, mit denen er sich beschäftigt. Ich bin froh, wenn ich den Fernseher bedienen kann.«

»Was ist mit dem kleinen Arbeitszimmer? Da hat er mich mal reingelassen, und die Tür ist nicht gesichert.«

»Suchen Sie etwas Bestimmtes?«, fragte Britta misstrauisch.

»Ich gehe gerne gründlich vor, und da wir nun mal hier sind …«

Britta wirkte unschlüssig. »Ich weiß nicht. Es ist Myrons Zimmer, verstehen Sie? Ich glaube nicht, dass ich das Recht habe …«

»Es ist wichtig, Britta«, fiel Pine ihr ins Wort. »Sonst würde ich Sie nicht darum bitten. Es könnte sein, dass Myron etwas zugestoßen ist.«

Britta wurde blass und hob die Hand an die Kehle. »Was sagen Sie da? Heißt das, Myron ist in Schwierigkeiten?«

»Ich bin mir nicht sicher, aber vielleicht entdecke ich da drin etwas, das mir hilft, ihn zu finden. Es könnte sein, dass er Hilfe braucht.«

Britta schien noch einen Moment zu schwanken, dann aber nickte sie. »Also gut.«

Sie gingen ins Haus.

66

Britta führte die beiden zum Arbeitszimmer ihres Mannes im ersten Stock und ließ sie allein. Einen Moment lang standen sie im Zimmer und schauten sich um.

»Wonach suchen wir eigentlich?«, wollte Laredo wissen.

»Das weiß ich, wenn ich es sehe«, erwiderte Pine und fügte hinzu: »Hoffe ich.«

Sie ging im Zimmer umher und ließ den Blick schweifen, während Laredo sich dem Computer auf dem Schreibtisch zuwandte.

»Du sagst, der Typ ist ein Computergenie?« Er setzte sich und drückte auf mehrere Tasten.

»Jedenfalls wird es von ihm behauptet.«

»Irgendeine Ahnung, welches Passwort er haben könnte?«

»Ich habe keinen blassen …«

Pine stoppte abrupt, ging zum Schreibtisch und schaute Laredo über die Schulter.

»Was ist?«, fragte er.

»Probier's mal mit … eins, drei, fünf, sieben, neun, sieben, fünf, drei, eins.«

»Wie kommst du darauf?«

»Manchmal halten Genies sich für zu klug, um Fehler zu machen.«

Laredo tippte die Zahlenfolge ein. »Tja, das war's schon mal nicht, du *Genie*. Hast du noch einen Vorschlag?«

Pine überlegte rasch. »Versuch's noch mal, aber nimm statt der Eins am Schluss eine Null.«

Laredo tat es, und der Bildschirm erwachte zum Leben.

»Wow, wie bist du da drauf gekommen?«

»Ich habe mich an etwas erinnert, das Myron mal gesagt hat. Er mag ungerade Zahlen – bis zu einem gewissen Punkt. Verstehst du?«

»Bis zu einem gewissen Punkt? Die Null?«

»Genau.«

Laredo drückte auf ein paar Tasten und scrollte nach unten. »Ich sehe mir mal seinen Suchverlauf an. Dann erfahren wir vielleicht, womit er sich in letzter Zeit beschäftigt hat.«

Eine lange Reihe von Titeln mit aufreizenden Bildern erschien auf dem Bildschirm.

»Pornos«, sagte Pine.

»Welcher Titel hat dir das verraten? *Das Stöhnen der Lämmer? Der Sperminator? Schneeflittchen und die sieben Schlampen? Schwanz der Vampire?*«

»Das heißt dann wohl, Myron ist pornosüchtig.«

»Da ist er nicht der Einzige.« Als Pine ihm einen fragenden Blick zuwarf, fügte er hastig hinzu: »Anwesende definitiv ausgenommen.«

Pine blickte zu einem in die Wand eingebauten Schrank. Sie ging hinüber und versuchte ihn zu öffnen.

»Verschlossen. Aber die Hausherrin hat uns reingelassen, also ...«

Sie zückte ihr Taschenmesser, klappte eine Klinge aus und bearbeitete das Schloss, bis der Riegel sich löste.

»Schau, schau, was haben wir denn da?«

Sie trat einen Schritt zurück, damit Laredo die Regale sehen konnte, die prall gefüllt waren mit DVDs.

Sie zog eine Handvoll hervor. »Pornos, nichts als Pornos.« Sie warf einen Blick auf die Rückseite einer Hülle. »Moment mal.«

»Was ist?«

Pine zog weitere DVD-Boxen aus dem Regal. »Da steht überall *Stardust Productions.*«

»Ja, und?«

»Stardust ist der Name der Software, die Myron sich hat patentieren lassen. Er hat sie nach dem Stardust Casino in Vegas benannt, wo er gern gespielt hat.« Sie blickte Laredo an. »Apropos Glücksspiel – was wollen wir wetten, dass diese Stardust Productions die geheimnisvolle Geldquelle hinter den Filmen ist, in denen Rebane, Clemmons und Gillespie mitgespielt haben?«

»Ich kann mich aber nicht erinnern, dass wir bei den Recherchen auf den Namen ›Stardust‹ gestoßen sind.«

»Nein, nur auf eine Strohfirma. Vielleicht können wir jetzt hinter die Fassade blicken.«

»Willst du damit sagen, Myron Pringle ist der unbekannte Geldgeber hinter diesen Pornofilmen?«

»Das glaube ich, ja.«

»Verdammt.«

»Und vielleicht ist das Geschäft lukrativer, als wir gedacht haben.«

»Was meinst du damit?«

»Der Mann hat einen Pagani in der Garage stehen.«

Laredo blickte sie entgeistert an. »So viel Geld lässt sich mit Pornos machen?«

»Sie haben Hanna Rebane und Beth Clemmons dicke Gagen bezahlt. Das lässt darauf schließen, dass der Boss dahinter noch viel mehr kassiert. Hanna und Beth waren nur zwei von vielen, die in diesen Filmen auftreten.«

»Worauf willst du eigentlich hinaus? Dass Pringle seine eigenen Schauspieler umgebracht hat?«

»Frankie Gomez hat sicher nicht in seinen Pornos mitgespielt«, erwiderte Pine.

»Wohl kaum. Aber Rebane, Clemmons und Gillespie. Und nach deiner Theorie musste Clemmons nicht sterben, weil sie Pornodarstellerin war, sondern weil sie uns etwas über die Verbindung zwischen Rebane und Gillespie hätte erzählen können. Aber warum wurden Rebane und Gillespie ermordet?«

»Vielleicht hatten sie irgendwas Belastendes gegen Myron in der Hand, mit dem sie ihn erpresst haben«, mutmaßte Pine.

»Du meinst, er hat sie umgebracht und aus irgendeinem Grund in dieser Aufmachung abgelegt? Und danach dasselbe mit Frankie?«

»Könnte doch sein? Vielleicht, damit es nach dem Werk eines Serienkillers aussieht. Um uns auf eine falsche Fährte zu locken. Außerdem hat er seinen Wagen in der Autohandlung gekauft, die Frankie ein paarmal besucht hat. Er könnte Frankie dort gesehen haben.«

»Ich weiß nicht, das scheint mir doch ziemlich weit hergeholt«, meinte Laredo skeptisch.

»Der Typ ist extrem clever. Der denkt in anderen Bahnen als der Rest der Welt. Aber selbst wenn alles ganz anders abgelaufen ist – irgendwas Abartiges steckt sicher dahinter.«

»Darauf kannst du wetten.«

»Okay, dann lautet jetzt die große Frage: Wo steckt Myron? Ist er unterwegs, um noch jemanden zu beseitigen? Oder ist er in Florida, wo er sich um sein Porno-Imperium kümmert?«

»Glaubst du, seine Frau weiß von der Pornosache?«

»Sie sieht mir nicht danach aus. Vielleicht haben sie Myron ja genau damit erpresst. Entweder du zahlst, oder deine Frau erfährt alles.«

»Wie auch immer, wir müssen den Burschen schnellstens finden.«

Pine nickte, schaute dabei aber geistesabwesend zur Decke.

»Worüber denkst du nach?«, fragte Laredo.

»Dass jemand auf Jack Lineberry geschossen hat.«

»Glaubst du, Lineberry hat auch mit den Pornos zu tun? Ich hab dir doch gesagt, dass ich ihn gecheckt habe. Der Mann hat es nicht nötig, Pornos zu verkaufen. Seine Investmentfirma ist eine Geldmaschine.«

»Das habe ich nicht gemeint.«

»Was dann?«, fragte Laredo gespannt.

»Vielleicht hat die Kugel gar nicht Jack gegolten, sondern mir.«

»Dir?

»Jemand hat an der Straße auf uns gewartet. Jemand, der gewusst hat, wann wir wohin unterwegs sind. Es ist auf der Rückfahrt aus Atlanta passiert. Tyler Straub, der zweite Sicherheitsmann, der für Jack arbeitet, sagte mir, dass Jerry Danvers eine App auf seinem Handy hat, mit der er verfolgen kann, wo sein Chef sich zu einem bestimmten Zeitpunkt aufhält.«

»Das heißt, dieser Danvers hat immer gewusst, wo ihr wart.«

»Der Schütze ist uns jedenfalls nicht gefolgt. Er hat auf uns gewartet. Ich habe gehört, dass er den Motor angelassen hat, *nachdem* er auf uns geschossen hat.«

»Aber warum sollte Danvers dich umbringen wollen?«

»Weil er erstens ein Arschloch ist und mich nicht mag. Und zweitens scheint er mir ein ziemlich dubioses Verhältnis zu seinem Boss zu haben. Er lässt niemanden an Lineberry heran. Außerdem gehörte er zur Uniformierten Abteilung des Secret Service, hat es aber aus irgendeinem Grund nicht geschafft, ein richtiger Agent zu werden.«

»Du meinst, er hat irgendwelche Komplexe, oder so?«

»Wäre denkbar. Die Frage ist, ob er mit Myron zusammenarbeitet, und ob die zwei mich beseitigen wollen, weil ich zu viele Fragen stelle.«

»Das sind im Moment alles Spekulationen, Lee.«

»Das weiß ich«, erwiderte Pine gereizt. »Ich denke ja auch nur laut nach.«

Sie gingen wieder nach unten und fanden Britta in der Küche.

»Haben Sie gefunden, wonach Sie gesucht haben?«, fragte sie und stand von ihrem Stuhl auf. »Wissen Sie jetzt, wie Sie Myron helfen können?«

»Könnte sein«, antwortete Pine ausweichend.

»Bitte, Lee, sagen Sie mir ganz offen, was hier vor sich geht.«

»Das würde ich wirklich gern. Das Problem ist nur, dass ich selbst noch zu wenig weiß.«

»Herrgott, und ich kann Myron nicht mal anrufen«, beklagte sich Britta. »Er hat ja kein Handy!« Sie schien jeden Moment in Tränen auszubrechen.

Pine zögerte, fühlte sich hin- und hergerissen.. Auf der einen Seite bestand die Notwendigkeit, eine groß angelegte Suche nach Myron zu starten, bevor er erneut zuschlagen konnte, auf der anderen Seite drängte es sie, Britta eine bohrende Frage zu stellen, die sie nicht mehr losließ. Schließlich setzte sich Letzteres durch.

»Britta, kann ich Sie etwas fragen?«

»Was denn?«, erwiderte Britta vorsichtig.

»Es geht um die Nacht, in der meine Schwester verschwunden ist.«

»Ja?« Britta schien überrascht von dem abrupten Themenwechsel.

»Meine Eltern waren an dem Abend bei Ihnen zu Hause, nicht wahr?«

Britta senkte den Blick. »Ich …«

Pine trat zu ihr. »Wissen Sie, es gibt da ein paar Dinge, die einfach nicht zusammenpassen. Dass meine Mutter an dem Tag nicht nach uns gesehen hat, wie sie es jeden Abend getan hat. Oder dass Sie und Myron sich so gar nicht mehr erinnern können. Myron erzählte mir, dass Freunde bei Ihnen gewesen seien, aber wer diese Freunde waren, weiß er angeblich nicht mehr.«

Britta schaute sie an, Tränen in den Augen. »Ihre Eltern hätten nie gedacht, dass so etwas passieren kann. Nie im Leben. Keiner von uns hätte so etwas für möglich gehalten.«

»Sie haben uns allein gelassen. Zwei kleine Mädchen.«

Wieder senkte Britta den Blick. »Julia ist aufgewacht und sofort losgeeilt. Den ganzen Weg bis nach Hause ist sie gelaufen, um nach euch zu sehen. Doch als sie dort ankam, da … da …«

»Da war Mercy verschwunden und ich halb tot. Obwohl es keiner für möglich gehalten hätte.«

Als Britta den Kopf hob, waren ihre Augen trocken, und ihr Gesicht hatte einen überraschend harten Ausdruck angenommen.

»Julia hat euch geliebt. Euch beide. So wie jede gute Mutter, verstehen Sie? Eine Mutter liebt ihre Kinder und beschützt sie, so gut sie kann.«

»Dann hätte sie nicht so leichtsinnig sein dürfen«, erwiderte Pine kalt. »Sie war gewarnt.«

Britta blickte sie verwirrt an. »Wie meinen Sie das? So etwas ist bei uns in der Gegend noch nie passiert.«

»Mag sein, aber wir haben nicht immer hier gewohnt, stimmt's?« Pine wechselte erneut das Thema. »Falls Sie von Myron hören, sagen Sie ihm bitte, er soll sich bei uns melden. Und falls Sie erfahren, wo er ist, lassen Sie es mich bitte wissen.«

»Aber sagten Sie nicht, er könnte in Schwierigkeiten stecken?«

»Ich bin mir nicht sicher. Es geht mir einfach nur darum, die Wahrheit herauszufinden.« Sie hielt einen Moment inne; dann fragte sie: »Wer hatte damals eigentlich die Joint-Kippen und die leeren Bierflaschen in unserem Wohnzimmer verteilt?«

Britta blickte sie ausdruckslos an.

»Irgendjemand muss es getan haben, damit es so aussieht, als wären meine Eltern in dieser Nacht zu Hause gewesen. Sonst hätte niemand diese Geschichte geglaubt.«

»Es war Myrons Idee«, sagte Britta tonlos. »Er hatte Angst, dass er Ärger kriegen könnte. Ich glaube, Ihre Eltern haben es gar nicht bemerkt.«

Angewidert drehte Pine sich um und ging zur Tür, doch Laredo wandte sich noch einmal an Britta. »Hat Ihr Mann irgendwelche Hobbys?«

Pine blieb abrupt stehen und wartete auf Brittas Antwort.

»Er ist ein Autonarr, aber das haben Sie ja gesehen. Wenn Sie mich fragen, gibt er viel zu viel dafür aus. Aber es ist ja sein Geld.«

»Mag er Filme?«, hakte Pine nach.

»Filme? Eher weniger.«

»Ist er manchmal in Südkalifornien?«, fragte Laredo.

»Südkalifornien? Ich … er hat es jedenfalls nie erwähnt.«

»Könnte es sein, dass er jetzt dort ist?«

»Er hat nichts von einem Flug gesagt.«

»Aber er hat eine Reisetasche mitgenommen, weil er vorhat, über Nacht zu bleiben?«

»Ich glaube schon. Ich war noch nicht auf, als er weggefahren ist.«

»Sie haben ihn aber wegfahren gehört?«

»Wir … wir haben getrennte Schlafzimmer.« Hastig fügte sie hinzu: »Sie wissen ja, Myron ist eine Nachteule, und ich gehe gern früh ins Bett.«

»Welchen Wagen hat er genommen? Den Pagani schon mal nicht, wie wir wissen.«

Britta schaute sie verwirrt an. »Ich weiß es nicht. In der Garage fehlt keins von unseren Autos.« Sie legte Pine die Hand auf den Arm. »Was hat das alles zu bedeuten?«

»Wenn ich das wüsste.«

67

Auf der Rückfahrt zur Stadt blieben sie im dichten Verkehr in Richtung Andersonville stecken. Alle Arten von Fahrzeugen waren unterwegs – Wohnmobile, Pick-ups, Pkws und SUVs, sogar ein Hummer, lackiert mit den Gesichtern der Südstaatenhelden, die in einem Relief auf dem Stone Mountain verewigt waren.

»Was zum Henker ist hier los?«, fragte Laredo. »Ich hätte nie gedacht, dass es in Andersonville eine Rushhour gibt.«

»Morgen findet hier ein großes Fest zum Gedenken an den Bürgerkrieg statt«, erklärte Pine. »Da marschieren die Armeen ein.«

»Wird das so groß aufgezogen?«

»Wir sind hier im Süden. Der Bürgerkrieg ist hier immer ein Spektakel, bei dem erwachsene Männer mal Gelegenheit haben, ein bisschen Soldat zu spielen. Auf der Hauptstraße findet eine große Parade statt, und am Wochenende werden Schlachten nachgestellt.«

Als sie endlich im *Cottage* eintrafen, saß Carol Blum im Frühstücksraum und tippte auf ihrem Laptop. Sie blickte auf und fragte ohne Umschweife: »Gibt's was Neues von Myron Pringle?«

Pine und Laredo setzten sich zu ihr und berichteten, was sie herausgefunden hatten.

»Also, für einen Pornoproduzenten hätte ich ihn nun wirklich nicht gehalten«, meinte Blum sichtlich überrascht.

»Wir vermuten, dass nicht mal Britta davon weiß. Aber da ist noch mehr.«

»Erzählen Sie«, drängte Blum.

»Britta hat zugegeben, dass meine Eltern in der Nacht der Entführung damals bei Myron und ihr gewesen sind. Am nächsten Morgen ist meine Mutter früh aufgewacht und sofort nach Hause gelaufen.«

»Und was sie dort zu sehen bekam, muss ein unfassbarer Schock für sie gewesen sein«, meinte Blum.

»Sie ist selbst schuld.«

»Das ist jetzt ein bisschen übertrieben, findest du nicht?«, wandte Laredo ein.

»Nein, finde ich nicht. Und noch weniger verstehe ich, dass sie nicht einmal die Verantwortung dafür übernommen hat. Sie hätte mir irgendwann die Wahrheit sagen können, aber sie hat's nicht getan. Und die Polizei haben sie auch belogen und damit die Ermittlungen behindert. Die Behörden sind immer davon ausgegangen, dass der Täter entweder durchs Fenster gekommen ist oder sich irgendwie an meinen Eltern vorbeigeschlichen hat. Dabei waren sie gar nicht zu Hause.«

»Ihre Mutter hat es bestimmt für unmöglich gehalten, dass euch beiden was passieren könnte«, wandte Blum leise ein.

»Ja, das hat Britta auch gesagt. Auch sie hat Julia in Schutz genommen.«

»Britta hat sicher auch Schuldgefühle, weil sie ihre eigenen Kinder nicht beschützen konnte«, meinte Blum. »Wahrscheinlich hätte sie die Tragödien gar nicht verhindern können, aber als Mutter fühlt man sich immer schuldig, wenn den Kindern etwas zustößt. Was wäre, wenn ich dies und das getan hätte – solche Fragen verfolgen einen und können einen fertigmachen.«

Pine schaute Blum beinahe reumütig an. »Ich hatte gar nicht daran gedacht, was Britta selbst durchmachen musste, als ich sie vorhin befragt habe.«

»Sie haben sich auf Ihre Situation und die eigenen Probleme konzentriert. Das ist nur zu verständlich.«

»Ich frage mich, ob meine Eltern bei den Pringles waren, um diese Party zu feiern, oder ob es noch einen anderen Grund gab«, sinnierte Pine.

»Nun ja«, meinte Blum, »beide Paare hatten kleine Kinder. Vielleicht haben sie sich gegenseitig besucht, wenn die Kinder im Bett waren. An diesem Abend waren halt die Pringles an der Reihe.«

»Und haben mit Joints und Fusel auf meine Eltern gewartet«, meinte Pine voller Bitterkeit. »Kiffen und Spaß haben, während die Kinder allein zu Hause sind.«

»Sie konnten nicht damit rechnen, was dann passiert ist, Lee«, warf Laredo ein.

»Es war … ein einziges Desaster«, stieß Pine frustriert hervor.

»Aber glauben Sie wirklich, dass es ein Zufall war?«, fragte Blum plötzlich.

»Was?«

»Dass ausgerechnet in der Nacht, in der Ihre Eltern nicht zu Hause sind, jemand ins Haus kommt, Sie halb tot schlägt und Mercy entführt?«

Pine stöhnte laut auf. »Der Täter hat möglicherweise das Haus beobachtet.«

»Das hat er ganz sicher.«

Blum sagte es mit solcher Gewissheit, dass Pine ihr einen fragenden Blick zuwarf und auf den Laptop deutete. »Was haben Sie herausgefunden?«

Blum drehte den Bildschirm so, dass Pine ihn sehen konnte. »Nach unserem letzten Gespräch habe ich mich ein bisschen über die Mafiaszene im New York der Achtzigerjahre informiert. Sehen Sie den Typen hier?«

Beide beugten sich näher zum Bildschirm und betrachteten das Foto eines grimmig dreinblickenden Mannes im dunklen Anzug. Er stand auf den Stufen eines Gerichtsgebäudes in New York City.

»Wer ist das?«, wollte Laredo wissen.

»Bruno Vincenzo.«

»Bruno Vincenzo? Was hat er mit der Sache zu tun?«

Laredo scrollte zum Text unter dem Bild. »Vincenzo war ein Fußsoldat des Castellano-Clans. Er wurde verurteilt, hat ein paar Leute verpfiffen, ging ins Gefängnis und starb schon nach zwei Monaten an einer durchschnittenen Halsschlagader. Die Vergeltung für seinen Verrat. Er ist verblutet, bevor sie ihm helfen konnten.«

Pine sah Blum fragend an. »Vielleicht bin ich ein bisschen schwer von Begriff, aber was wollen Sie mir damit sagen?«

»Bruno Vincenzo – Barry Vincent? Ist das nicht eine auffällige Ähnlichkeit?«

Pine überflog den Artikel. »Ja, stimmt, nur kann Vincent nicht dieser Vincenzo sein. Hier steht ja, dass er 1987 im Gefängnis gestorben ist. Was mit Mercy und mir passiert ist, war zwei Jahre später.«

»Aber Bruno hatte einen jüngeren Bruder namens Ito. Ich hab auch von dem ein Foto aufgestöbert.«

Blum rief eine andere Website auf.

»Dafür, dass sie Brüder sind, sehen die sich aber nicht sehr ähnlich«, meinte Pine.

»Dafür gibt es eine andere Ähnlichkeit, die Sie interessant finden werden.« Blum öffnete eine E-Mail. »Sie hatten doch Max Wallis gefragt, ob er diesen Barry Vincent checken könne. Nachdem ich das hier über die Vincenzo-Brüder gefunden hatte, habe ich Wallis angerufen. Er hat in der Kfz-Zulassungsstelle tatsächlich etwas über Barry Vincent gefunden – das hat er mir geschickt. Es ist ein fotokopierter Führerschein, der

Anfang 1989 im Bundesstaat Georgia ausgestellt wurde. Das ist Barry Vincent – der Mann, der Ihren Dad angegriffen hat. Na, kommt er Ihnen nicht bekannt vor?«

Pine nahm die Kopie zur Hand und verglich sie mit dem Foto von Ito Vincenzo.

»Mein Gott. Ito Vincenzo ist Barry Vincent!« Sie blickte auf, wandte sich an Laredo. »Warum ist das niemandem aufgefallen, verdammt?«

»Schau mich nicht so an. Ich war damals in der dritten Klasse.«

»Ito war ja nicht lange hier«, erklärte Blum. »Und er hat so zurückgezogen gelebt, dass sich kaum jemand an ihn erinnern konnte, außer Myron Pringle.«

»Das heißt, dieser Ito ist damals hergekommen, um seinen Bruder zu rächen«, folgerte Pine.

Blum nickte. »So sieht's aus.«

»Aber wie hat er meine Eltern gefunden? Woher hat er gewusst, dass meine Mutter in die Sache verwickelt war? Lineberry sagte mir, Julia habe nie öffentlich ausgesagt. Sie war nur als Undercover-Agentin tätig und die ganze Zeit verkabelt.«

»Was?«, rief Laredo ungläubig.

»Tut mir leid, Eddie. Ich habe ganz vergessen, dir von meinem Gespräch mit Lineberry zu erzählen.«

In den nächsten Minuten holte sie es nach.

»Es wird sich kaum feststellen lassen, ob dieser Ito Vincenzo herausgefunden hatte, dass deine Eltern hier leben«, meinte Laredo, nachdem Pine geendet hatte. »Die einzige Möglichkeit wäre, den Mann zu finden und selbst zu fragen.«

»Warum hat er uns nicht einfach umgebracht? Die Mafia hatte das angeblich schon früher versucht.«

»Vielleicht war Vincenzo kein Killer«, mutmaßte Blum. »Ich habe jedenfalls keinen Hinweis gefunden, dass er mit der Mafia in Verbindung stand. Ich glaube, er hat das nur für seinen Bruder getan. Offenbar gab er Ihrer Mutter die Schuld an Brunos Tod.«

»Bruno hatte sein Schicksal selbst zu verantworten«, sagte Pine entschieden. »Aber wenn dieser Ito gar nicht vorhatte, mich zu töten, wenn er mich nur k. o. schlagen wollte, dann … dann wollte er vielleicht auch Mercy nichts tun.«

»Schon möglich«, meinte Blum. »Nur können wir es leider nicht wissen.«

»Immerhin, es gibt einen Hoffnungsschimmer, was Mercy angeht«, meinte Laredo. »Trotzdem solltest du keine zu großen Erwartungen haben.«

»Das ist mir klar.«

»Wir müssen diesen Ito Vincenzo finden«, schlug Blum vor. »Ich könnte sämtliche verfügbaren Datenbanken durchforsten, Leute anrufen, E-Mails verschicken …«

»Ich helfe euch«, erbot sich Laredo und blickte zu Pine.

Sie hob abwehrend die Hand.

»Du bist aus anderen Gründen hier, Eddie. Ich kann nicht zulassen, dass du meinetwegen Ärger bekommst. Überlassen wir das Recherchieren Carol. Du und ich gehen den Hinweisen nach, die wir heute gefunden haben.«

»Mit anderen Worten, wir müssen Myron Pringle finden«, sagte Laredo.

Doch Pine hörte gar nicht mehr richtig zu. Da nun erwiesen zu sein schien, dass Ito Vincenzo alias Barry Vincent die kleine Mercy entführt und sie, Atlee, beinahe umgebracht hatte, fiel ihr Myrons Aussage ein, was Vincent am Morgen nach der Tat angeblich zu ihrem Vater gesagt hatte. Er hatte Tim Pine vorgeworfen, die eine Tochter umgebracht und die zweite halb totgeschlagen zu haben.

Hatte er Mercy also *doch* getötet?

Pine saß ratlos und wie versteinert da.

68

Am nächsten Morgen erwachte Pine nach einer fast schlaflosen Nacht. Als sie aus der Dusche kam, summte ihr Handy.

Es war eine Nachricht aus der Gerichtsmedizin, mit der Antwort auf eine ihrer Fragen.

Sie setzte sich aufs Bett und las die kurze, aber detaillierte E-Mail.

Die Christophorus-Medaille war allem Anschein nach durch einen Einschuss beschädigt worden. Die Gerichtsmedizinerin hatte Schmauchspuren sowie eine Delle gefunden, die möglicherweise durch eine Schrotkugel verursacht worden war. Auf einen Verdacht hin hatte sie das Metall mit Luminol behandelt. Die dabei zutage geförderten Blutspuren stimmten jedoch nicht mit Frankie Gomez' Blutgruppe überein.

Ein Rätsel mehr, ging es Pine durch den Kopf.

Sie rief im Krankenhaus an und erkundigte sich nach Jack Lineberry. Sein Zustand sei unverändert, sagte man ihr, was ein gutes Zeichen sei. Die Ärzte rechneten damit, dass es Jack mit jedem Tag ein wenig besser gehen würde.

Pine legte das Handy weg, zog sich an und überlegte einen Moment, was sie tun sollte.

Vor allem mussten sie so schnell wie möglich Myron finden. Vielleicht hatte er geahnt, dass sie ihm auf der Spur waren, und das Weite gesucht. Mit seinem Geld konnte er leicht einen Privatjet gechartert und sich ins Ausland abgesetzt haben. Obwohl der Mann bei ihrem letzten Besuch kein bisschen nervös gewirkt hatte. Eher besorgt, wie Pine die Dinge verkraftete, die sie über ihre Eltern, vor allem ihre Mutter, erfahren hatte.

Anders ausgedrückt: Myrons plötzliches Verschwinden hatte vielleicht gar nichts damit zu tun, dass es enger für ihn wurde. Doch falls er der gesuchte Killer war, konnte es sein, dass er bereits den nächsten Mord vorbereitete …

Pine trat ans Fenster und schaute auf die Hauptstraße hinunter. Auf den Gehsteigen zogen sich lange Reihen von Festivalbesuchern in Bürgerkriegsuniformen hin. Manche trugen Musketen, andere nur aufgerollte Schlafsäcke oder die Flagge der Konföderierten. Entlang der Straße hatte sich eine ansehnliche Menschenmenge versammelt. Es war der Tag der großen Parade.

Pine hatte gelesen, dass viele Teilnehmer es sehr genau nahmen mit ihren Uniformen und der Ausrüstung. Nach Möglichkeit sollte jeder Knopf originalgetreu sein. Pine hatte nie so recht verstanden, was so reizvoll daran war, die alten Schlachten nachzustellen, doch wenn es dringend benötigte Tourismusdollars in die Kassen spülte, war wohl nichts dagegen zu sagen. Vor allem kleine Städte mussten alle Möglichkeiten nützen, um zu überleben.

Und die Menschen ebenso.

Sie legte sich wieder aufs Bett und schaute zur Decke.

So viele Jahre hatte ihre Mutter die Wahrheit gekannt. Vielleicht hatte Julia oder Amanda – oder wie immer ihr richtiger Name sein mochte – nicht gewusst, wer Barry Vincent war und warum er nach Andersonville gekommen war, aber allein aufgrund ihrer Vergangenheit musste ihr klar gewesen sein, dass sie und ihre Familie in Gefahr schwebten. Allem Anschein nach hatten nicht einmal die U.S. Marshals sie ausreichend schützen können. Dennoch hatte Julia sich nichts dabei gedacht, den Abend bei Freunden zu verbringen und ihre kleinen Töchter schutzlos zu Hause zu lassen.

Pine setzte sich abrupt auf, als hätte ein elektrischer Schlag sie getroffen. Es war kein Geistesblitz, keine plötzliche Erinnerung, keine Eingebung, es war einfach nur Wut, die abrupt in ihr hochschoss, heiß und bitter. Eine Wut, die sich gegen ihre Mutter richtete.

Es dauerte eine ganze Weile, bis sie sich wieder beruhigt hatte. Sie fühlte sich schwach und ausgebrannt, schnappte sich die Wasserflasche vom Nachttisch und trank in gierigen Schlucken. Noch immer in Gedanken, wischte sie sich Wasserspritzer vom Hemd und stellte die Flasche ab.

So kommst du nicht weiter. Konzentrier dich. Du bist kein hilfloses kleines Mädchen mehr, du bist FBI-Agentin – also verhalte dich auch so.

Ihr Handy summte. Pine blickte aufs Display. Sie kannte die Nummer nicht, nahm den Anruf aber trotzdem entgegen.

»Agentin Pine?« Es war ein Mann. Die Stimme kam ihr bekannt vor, doch erschöpft und aufgewühlt, wie sie war, konnte sie diese Stimme nicht sofort zuordnen.

»Ja. Wer ist da?«

»Tyler Straub. Ich arbeite für Mr. Lineberry. Wir haben uns im Krankenhaus kurz unterhalten, falls Sie sich erinnern.«

»Er ist doch nicht …«

»Nein, ihm geht's gut. Er ist aufgewacht. Die Ärzte sind bei ihm und untersuchen ihn.«

»Warum rufen Sie an?«

»Sie hatten mir gesagt, ich soll mich melden, wenn mir irgendwas eigenartig vorkommt.«

»Ja. Was gibt's?«

»Jerry ist verschwunden.«

»Jerry? Ihr Kollege? Wie kann das sein? Er war doch gestern noch im Krankenhaus. Und er wollte unbedingt die Stellung halten.«

»So war es auch. Aber jetzt ist er nicht zu erreichen. Und es ist schon eine Weile her, seit er zum letzten Mal gesehen wurde.«

»Haben Sie bei Mr. Lineberry zu Hause angerufen?«

»Ja, aber dort wissen sie genauso wenig.«

»Wann haben Sie Jerry das letzte Mal gesehen?«

»Kurz nachdem Sie gegangen waren. Das Problem ist, ich bin schon ziemlich lange im Dienst, und es wäre nicht schlecht, wenn mich bald mal jemand ablöst. Leider sind wir ja nur zu zweit.«

»Die Cops bewachen doch Jacks Zimmer.«

»Das schon, aber ich bin für den Mann verantwortlich. Er zahlt mein Gehalt. Also …«

»Vielleicht ist Jerry aus irgendeinem Grund nach Hause gefahren.«

»Mag sein, aber ich erreiche ihn nicht. Und ich kann hier nicht weg und ihn suchen.«

»Okay. Ich fahre rüber und sehe selbst nach.«

»Das wäre toll. Rufen Sie mich an, sobald Sie etwas wissen. Er wohnt im blauen Cottage, ungefähr dreihundert Meter hinter dem Haupthaus, direkt neben meinem.«

Pine beendete das Gespräch, eilte nach unten zu ihrem Mietwagen, fuhr aus der Stadt hinaus und in Richtung Norden.

Am Schauplatz der Schießerei legte sie einen Halt ein. Die Polizei hatte das Gelände teilweise mit Absperrband gesichert. Der Aston Martin stand noch da und wurde von zwei Kriminaltechnikern untersucht. Ein Cop überwachte das Ganze von seinem Streifenwagen aus.

Pine stieg aus, ging zu dem diensthabenden Polizeibeamten und zückte ihren FBI-Ausweis.

»Ich bearbeite den Fall zusammen mit Detective Wallis vom GBI«, erklärte sie.

Der Cop beugte sich vor, überflog den Ausweis, nickte und lehnte sich wieder an seinen Streifenwagen.

Pine duckte sich unter dem Absperrband hindurch und ging zu den Technikern, die sich am Cabrio zu schaffen machten.

»Haben Sie was gefunden?«, erkundigte sie sich.

»Wir haben eine Kugel aus dem Armaturenbrett geholt«, berichtete eine junge Kriminaltechnikerin.

»Welches Kaliber?«

»Fünf-sechsundfünfzig.«

»Das ist NATO-Munition«, sagte Pine. »Hohe Durchschlagskraft auch auf weite Entfernung.« Lineberry hatte großes Glück gehabt.

»Es ist viel Blut im Wagen«, stellte der andere Kriminaltechniker fest, ein Mann in den Vierzigern.

»Das wundert mich nicht«, meinte Pine.

»Geht es dem Mann gut?«, erkundigte sich die Technikerin.

»Er wird durchkommen.«

Pine ging zurück zu ihrem Wagen, fuhr weiter und gelangte zu der Stelle, wo der ramponierte SUV ihrer Angreifer soeben auf die Ladefläche eines Abschleppwagens gehievt wurde. Sie zeigte dem Deputy vor Ort ihre Dienstmarke, worauf der Mann ihr mitteilte, dass sie das Fahrzeug zu einer Polizeidienststelle bringen und gründlich auf Blut- und DNA-Spuren sowie auf Fingerabdrücke absuchen würden.

Pine warf einen Blick auf die Einschusslöcher in der Frontscheibe und den zerschossenen Reifen.

Der Deputy bemerkte es. »Muss ein verdammt guter Schütze gewesen sein«, sagte er.

»Danke.«

Der verdutzte Deputy schwieg und blickte ihr misstrauisch hinterher, als sie zu ihrem Wagen ging.

Knapp eine Stunde später erreichte Pine die Villa Jack Lineberrys. Eine unheimliche Stille lag über dem riesigen Anwesen.

Das Tor war verschlossen, und niemand kam, um ihr aufzumachen. Sie fuhr um die Umzäunung herum zur Rückseite des

Anwesens und stieg aus. Rasch fand sie eine Stelle, an der sie die Mauer überklettern konnte, und landete im Inneren. Einen Moment lang stand sie da und schaute sich um. Vor ihr erstreckte sich ein üppiger Landschaftsgarten, teils makellos gepflegt, teil mit leicht verwildertem Anstrich. Lineberry hatte keine Kosten gescheut, um sein Zuhause zu einem außergewöhnlichen Ort zu machen.

Pine folgte einem Kiesweg und war überrascht, dass sie auch hier niemandem begegnete, denn sie vermutete, dass Lineberry Leute beschäftigte, die sich um die Anlage kümmerten. Doch im Moment hatte sie das Gefühl, ganz allein auf dem riesigen Anwesen zu sein.

Kein gutes Gefühl.

Dann sah sie die beiden Cottages, das blaue und das grüne.

Straub hatte recht – sie entsprachen wirklich nicht dem, was man sich unter einer bescheidenen Hütte vorstellte. Jedes der beiden Häuser schien eine Grundfläche von über dreihundert Quadratmetern zu haben.

Pine ging um das blaue Cottage herum und versuchte, einen Blick durch die Fenster zu werfen, doch überall waren die Jalousien heruntergelassen. Sie klopfte an die Tür, aber drinnen rührte sich nichts.

Sie umrundete das Haus ein weiteres Mal, gelangte zur Hintertür und schlug die darin eingelassene Scheibe mit dem Ellbogen ein. Entschlossen griff sie durch die Öffnung, entriegelte das Schloss und drückte die Tür auf. Beinahe rechnete sie mit dem Schrillen einer Alarmanlage, doch es blieb still.

Pine trat ein, schloss die Tür und schaute sich um. Sie befand sich in der Küche, die makellos sauber und aufgeräumt war. Alles lag an seinem Platz. Danvers war vielleicht ein Serienmörder, doch er hatte offenbar einen ausgeprägten Sauberkeitsfimmel.

Pine durchsuchte ein Zimmer nach dem anderen und stieg dann die Treppe zum ersten Stock hinauf. Oben gab es ebenfalls drei Zimmer. Die ersten beiden hatten nichts Interessantes zu bieten, das dritte jedoch, das als Homeoffice eingerichtet war, umso mehr. Ein Aktenschrank erwies sich als wahre Fundgrube. Pine entdeckte darin einen alten Stetson-Hut und eine weiße Perücke, zudem Fotos von Frankie Gomez, Hanna Rebane, Beth Clemmons und Layne Gillespie.

Sie setzte sich an den Schreibtisch, starrte eine Zeit lang auf die Gesichter der Toten und ließ den Blick dann durch den Raum schweifen. Dabei fragte sie sich, ob sie sich in der Wohnung eines Serienkillers befand, der vier Menschen auf dem Gewissen hatte, möglicherweise auch mehr.

Ihr Blick fiel auf ein Stück Draht, das sich unter dem Bett hervorschlängelte. Es war kaum zu erkennen, doch das Licht fiel genau im richtigen Winkel darauf. Pine bückte sich, um zu sehen, wohin der Draht führte. Dann sah sie das rote Licht.

Sie sprang auf, hob die Matratze vom Bett, rannte damit ins Bad, knallte die Tür zu, warf sich in die Wanne und zog die Matratze über sich.

Im nächsten Moment ging die Bombe hoch.

69

»Lee, komm sofort von dem Baum runter, sonst tust du dir noch weh. Fall bloß nicht!«

»Nicht schimpfen, Mom. Lee kann das. Sie klettert gern herum. Lee weiß bestimmt, wie sie von dem Baum runterkommt.«

Pine schaute zu ihrer Mutter, dann zu ihrer Schwester. Beide standen auf der ausgetretenen Veranda ihres Hauses. Julia Pine war wütend, dass Atlee sich wieder einmal wie ein richtiger Wildfang benahm, doch Mercy hatte ihren Spaß an den Eskapaden ihrer Schwester.

So war es immer gewesen: Lee tat, was sie wollte, und bekam deswegen Ärger, und ihre Schwester nahm sie in Schutz.

Der Nebel vor Pines Augen verdichtete sich, als die beiden wichtigsten Menschen in ihrem Leben langsam verblassten.

Im nächsten Augenblick setzte sie sich auf. Die Luft brach so explosionsartig aus ihr hervor, dass sie das Gefühl hatte, mit dem Atem zugleich ihre Lungen auszustoßen. Es war, als wäre sie von einem langen Tauchgang aufgetaucht.

Sie schob die Matratze beiseite, hustete und spuckte Staub und Dreck, den sie eingeatmet hatte. Das Bad war ein Trümmerfeld, die Matratze voller Schutt.

Ich lebe noch.

Doch sie roch den Rauch und das Feuer, und das bedeutete, dass sie noch lange nicht in Sicherheit war. So schnell sie konnte, rollte sie sich aus der Wanne und rappelte sich auf, stand mit wackligen Beinen da, während ihre Ohren noch immer von der Explosion dröhnten. Die Badezimmertür war aus den Angeln gerissen worden, und draußen vor dem Zimmer sah sie nichts als eine Feuerwand.

Pine wählte den einzig möglichen Fluchtweg – das Fenster über der Wanne. Sie musste es nicht erst zertrümmern; das hatte die Explosion schon besorgt. Ein Handtuch um die Faust gewickelt, stieß sie die scharfkantigen Reste der Scheibe aus dem Rahmen und stieg durchs Fenster auf das Dach hinaus.

Vorsichtig schob sie sich bis zur Dachkante vor, schwang die Beine über den Rand und hielt sich mit den Händen an der Dachrinne fest. Sekundenlang hing sie da und starrte nach unten, um die Fallhöhe abzuschätzen.

Dann ließ sie los, prallte hart auf, rollte sich ab und war sofort wieder auf den Beinen.

Und rannte, was das Zeug hielt.

Das Feuer musste irgendwo im Haus eine Gasleitung beschädigt haben, denn in diesem Augenblick kam es zu einer zweiten, noch viel stärkeren Explosion. Die Druckwelle traf Pine von hinten und schleuderte sie drei Meter durch die Luft. Auf dem Boden rollte sie noch ein paar Meter weiter und blieb keuchend und stöhnend liegen, während eine Woge heißer, staubiger Luft über sie hinwegtoste.

Langsam rappelte sie sich auf, doch ihr linker Arm hing schlaff nach unten – die Schulter war ausgekugelt.

Verdammter Mist.

Das war ihr schon einmal passiert, beim Gewichtheben, als sich eine der Verschlussschrauben zur Fixierung der Gewichte an der Hantelstange gelöst hatte und die Scheiben zu Boden gedonnert waren. Pine war auf die Seite mit den schweren Gewichten gerissen worden und so hart auf dem Boden aufgeprallt, dass ihre Schulter aus dem Gelenk gesprungen war. Ein anwesender Arzt hatte ihr die Schulter an Ort und Stelle wieder eingerenkt. Nie zuvor hatte sie einen solchen Schmerz erlebt. Zum Glück nur für eine Sekunde. Nun war es fast genauso schlimm, und sie wusste, der Schmerz würde nicht nachlassen, solange sie nicht das einzig Notwendige tat. Sie wusste es deshalb, weil der Arzt ihr gezeigt hatte, wie sie sich die Schulter selbst einrenken konnte, falls es ihr noch einmal passierte.

Pine fand einen geeigneten Baum, legte die Schulter im richtigen Winkel an, schloss die Augen, atmete dreimal durch und drückte die verletzte Seite ihres Körpers mit aller Kraft gegen das harte Holz.

Sie schrie vor Schmerz. Und vor Wut.

Dann war es vorbei. Für einen Moment wurde ihr schwindlig vor Erleichterung, auch wenn die Schulter immer noch wehtat. Sie schüttelte den Arm aus, drehte sich um und blickte auf die Überreste von Jerry Danvers' Cottage. Es war nicht mehr zu erkennen; nichts erinnerte daran, wie es noch wenige Minuten zuvor ausgesehen hatte.

Über ihr Handy rief Pine die Polizei und die Feuerwehr; dann wandte sie sich dem Haupthaus zu. Niemand war herausgekommen, als das Cottage explodiert war. Wo steckte das Hauspersonal?

Langsam humpelte sie zu ihrem Auto. Sie war noch nicht wieder imstande, über die Mauer zu klettern, doch das Haupttor ließ sich von innen öffnen.

Sie stieg in ihren Mietwagen, saß einen langen Moment da und atmete ein paarmal tief durch.

Ihre Gedanken schweiften wieder zu ihrer Mutter und ihrer Schwester zurück, wie sie vor dem Baum gestanden und zu ihr heraufgeschaut hatten.

»Nicht schimpfen, Mom. Lee kann das. Sie klettert gern herum. Lee weiß bestimmt, wie sie von dem Baum runterkommt.«

Pine lächelte gequält.

Ja, Mercy, so etwas kann ich gut. Einen Weg finden. Irgendwie.

Ihre Schwester hatte immer an sie geglaubt. Pine hoffte nur, Mercys Vertrauen zu rechtfertigen.

Sie rief Tyler Straub an und erzählte ihm, was sich ereignet hatte.

»Um Himmels willen!«, rief er entsetzt. »Ist alles in Ordnung?«

»Einigermaßen. Wo ist Jerry?«

»War er denn nicht da?«

»Nein.«

»Dann weiß ich es auch nicht. Der Kerl ist wie vom Erdboden verschluckt.«

Pine beendete das Gespräch. Entgegen allen FBI-Regeln beschloss sie, nicht auf die Feuerwehr zu warten. Sie ließ lediglich das Tor für die Einsatzfahrzeuge offen.

Auf dem Weg zurück nach Andersonville atmete sie einige Male tief durch und zwang sich, ruhig und klar zu denken.

Lee findet schon einen Weg, Mom. Das hat sie noch jedes Mal geschafft.

In Gedanken rief sie die Fakten auf, die sie kannte.

Es gab eine eindeutige Verbindung zwischen Myron Pringle und den toten Pornodarstellern.

Über die Autohandlung konnte sich außerdem eine Verbindung zwischen Myron Pringle und Frankie Gomez ergeben haben.

Pine fuhr rechts ran und scrollte durch ihre Anrufe der letzten Tage. Als sie den einen gefunden hatte, den sie suchte, drückte sie die Anruftaste.

»Don Bigelow«, meldete sich der Angerufene.

»Don, hier Atlee Pine, FBI.«

»Agentin Pine! Ich hoffe, Sie haben den Kerl gefunden, der dem Jungen das angetan hat.«

»Wir sind nahe dran. Hören Sie, ich weiß, dass Myron Pringle voriges Jahr einen AMG bei Ihnen gekauft hat. Meine Frage: Hat er ihn vielleicht in den letzten Monaten mal zum Service gebracht? Es ist sehr wichtig.«

»Einen Moment, ich frage in der zuständigen Abteilung nach. Bleiben Sie dran.«

Etwa eine Minute lang lauschte Pine der Warteschleifenmusik, bis Bigelow sich wieder meldete.

»Wir hatten den Wagen tatsächlich vor einem Monat zur Inspektion da.« Er teilte ihr das Datum mit.

»Okay. Meine zweite Frage: War Frankie Gomez an dem Tag bei Ihnen in der Autohandlung?«

»Keine Ahnung. Da muss ich Roger Duncan fragen, der müsste es wissen. Eine Sekunde, ich geh mal eben zu ihm.«

»Verbinden Sie mich doch einfach mit ihm, dann kann ich ihn selbst fragen.«

»Ja, klar, kann ich machen. Einen Moment.«

Eine halbe Minute später meldete sich Roger Duncan.

»Don sagt, Sie möchten wissen, wann der kleine Frankie hier war?«

»Ja. Können Sie sich erinnern?«

»Frankie war genau zweimal bei uns. Das weiß ich noch, weil es die beiden einzigen Samstage waren, an denen ich in den letzten Monaten gearbeitet habe.« Er nannte ihr die beiden Tage. Tatsächlich war am zweiten Samstag Pringles Mercedes zur Inspektion gebracht worden.

»Danke, Roger. Sie haben mir sehr geholfen.«

»Was hat das alles mit Frankie zu tun?«

»Es gibt da vielleicht eine Verbindung zwischen ihm und einem Kerl, der am selben Tag einen AMG zu Ihnen gebracht hat.«

»Einen AMG S63?«

»Ja. Sie erinnern sich?«

»Davon verkaufen wir nicht so viele. Das Auto ist ziemlich teuer und im Prinzip das gleiche Modell wie der S560, nur mit deutlich mehr Power unter der Haube.«

»Können Sie sich an den Mann erinnern, der den Wagen gebracht hat? Myron Pringle heißt er. Mitte fünfzig, sehr groß.«

»Nein, tut mir leid. Aber die Frau war sehr nett zu Frankie. Hat ihm einen Schokoriegel aus dem Automaten spendiert.«

»Welche Frau?«

»Na, die Lady, die den Wagen gebracht hat. Sie hat Frankie gesehen und sich nach ihm erkundigt. Ich hab ihr erzählt, dass wir ihn zu uns genommen haben. Wie gesagt, sie war richtig nett zu ihm.«

»Moment mal, Sie sind sicher, dass eine *Frau* den AMG zum Service gebracht hat, und nicht ein Mann?«

»Ja.«

Das Bild von Lauren Graham blitzte in Pines Gedanken auf. »Können Sie die Frau beschreiben?«

Als Duncan fertig war, bedankte sie sich, stieg in ihren Wagen und jagte los – in eine andere Richtung als zuvor.

Es war nicht Lauren Graham. Duncan hatte ihr eine andere Frau beschrieben.

Britta Pringle.

70

Unterwegs rief sie Laredo an und berichtete ihm, was sie herausgefunden hatte. Auch dass sie beinahe in die Luft geflogen wäre.

»Ich habe nicht auf die Einsatzkräfte gewartet. Ich weiß, das ist gegen unsere Regeln, aber es ließ sich nicht vermeiden.«

»Du hast richtig gehandelt«, bekräftigte Laredo. Er versprach, ebenfalls zu den Pringles zu kommen und auch Wallis zu verständigen.

Pine jagte die von Bäumen gesäumte Straße entlang und erreichte wenig später das ultramoderne Haus. Sie hielt an, stieg aus und schaute sich um, während ihre Gedanken sich überschlugen.

Es war Britta gewesen, die den Mercedes in die Werkstatt gebracht hatte. Dort war sie dem kleinen Frankie begegnet und hatte ihm einen Schokoriegel gekauft. Aber warum? War sie ebenso wie Myron in die Sache verwickelt? Oder gar *nur* sie? Falls dem so war – wo steckte dann Myron?

Pine wollte zur Haustür, überlegte es sich dann aber anders, ging um die Villa herum und blieb stehen. Ihr Blick schweifte nicht zur Rückseite des Haupthauses, sondern zu Brittas Cape-Cod-Häuschen. Sie sah sich kurz um, konnte aber niemanden entdecken.

Mit gezogener Pistole ging sie am Pool vorbei, nahm mit langen Sätzen die Stufen zu Brittas Privathaus und spähte durch das Fenster, von dem man den Pool überblickte. Dann wandte sie sich der Tür zu, die zu ihrem Erstaunen nicht verschlossen war. Lautlos huschte sie ins Innere und zog die Tür hinter sich zu.

Durch die Glasscheibe fiel genug Sonnenlicht ins Haus, um etwas erkennen zu können. Es war ansprechend eingerichtet, wirkte aber seltsam kühl und unbewohnt. Pine hatte angenommen, dass Britta hier viel Zeit verbrachte, um ihren Gedanken nachzugehen. Aber dies hier war offenbar nicht Brittas Rückzugsort. Wo war er dann?

Im Obergeschoss fand sie die Antwort. Ein Zimmer auf der Rückseite des Hauses, dem Pool abgewandt, war als einziges verschlossen.

Pine sprengte das Schloss mit einer Kugel aus ihrer Glock und stieß die Tür auf.

Die Vorhänge waren zugezogen, sodass das Zimmer fast völlig verdunkelt war.

Sie fand den Lichtschalter und betätigte ihn. Der Raum machte einen sterilen Eindruck. Sparsam möbliert, ohne einen Funken Wärme. Ihr Blick fiel auf einen Sekretär, den sie kurz entschlossen öffnete. Was sie darin fand, war so etwas wie ein Schrein zum Gedenken an Britta Pringles Kinder.

Neben zahlreichen Erinnerungsstücken aus ihrer Kindheit und Jugend waren auf vielen Bildern Mary und Joe zu sehen. Pine erkannte sie von den Fotos wieder, die Britta ihr gezeigt hatte.

Eine Aufnahme zeigte die beiden am Pool. Mary trug einen Bikini, Joe saß in Jeans mit nacktem Oberkörper neben ihr. Pine betrachtete Joe etwas genauer, trat mit dem Foto ans Fenster und zog die Vorhänge zurück.

Im hellen Sonnenlicht bestätigte sich, was sie zu erkennen geglaubt hatte.

Joe trug eine Christophorus-Medaille um den Hals. Er war durch den Schuss einer Schrotflinte ums Leben gekommen.

Ein Unfall, hatte Britta gesagt. Der Christophorus-Anhänger, den der tote Frankie Gomez getragen hatte, war durch einen Einschuss beschädigt worden. Die Gerichtsmedizinerin hatte am Metall Spuren von Blut und einer Schrotkugel gefunden.

Pine war jetzt überzeugt, dass es Joe Pringles Medaille war. Er hatte sie getragen, als er durch eine Schusswunde ums Leben kam. Aber war es wirklich ein Unfall gewesen, wie Britta behauptete? Oder hatte ihr Sohn Selbstmord verübt? War er vielleicht sogar ermordet worden? Und wenn ja, warum?

Im Schrank stand ein Fernseher. Pine zog die Schublade darunter auf und entdeckte eine DVD. Auf der Hülle stand, mit einem Stift geschrieben: *Dorothys rubinrote Knospen.*

Pine nahm die Scheibe heraus und legte sie in das Gerät ein, das an den Fernseher angeschlossen war.

Sie griff nach der Fernbedienung und drückte die Vorlauftaste, bis die ersten Szenen begannen. Nach ungefähr drei Minuten wurde es interessant.

Mary Pringle trat vor die Kamera. Sie war gekleidet wie einst Judy Garland in *Der Zauberer von Oz,* bis hin zu den rubinroten Schuhen, wenngleich ihr Outfit einiges mehr preisgab. Es klingelte, und Mary ging zur Tür. Draußen standen drei Männer, die als Vogelscheuche, Zinnmann und der ängstliche Löwe verkleidet waren. Es folgte ein kurzer, gekünstelter Dialog, und keine zwei Minuten später waren alle Beteiligten nackt und auf der Couch zugange, drei Männer mit nur einer Frau. Mary stöhnte, wie es von ihr erwartet wurde, doch Pine bezweifelte, dass sie auch nur eine Sekunde davon genossen hatte. Es war ein quälendes, erniedrigendes Schauspiel.

Pine hielt den Film an und legte die Fernbedienung weg.

In der Schublade, in der sich die DVD befunden hatte, lag der verblasste Ausschnitt einer Zeitung aus Florida.

Pine nahm ihn an sich, entfaltete ihn und las die Überschrift des Zeitungsberichts.

Pornodarstellerin stirbt an Überdosis.

In dem kurzen Artikel stand, dass Joe Pringle, der Bruder, die Tote gefunden hatte.

Und wenig später stirbt Joe an einer Schusswunde, ging es Pine durch den Kopf. *Selbstmord?*

Sie fotografierte alles mit ihrem Handy, auch einzelne Filmszenen.

In dem Moment, als sie fertig war, hörte sie es.

Ein Platschen.

Hastig steckte sie DVD und Zeitungsausschnitt ein, schloss den Sekretär und eilte die Treppe hinunter. Unten angekommen, warf sie einen raschen Blick aus dem Fenster.

Am Pool stand eine rote Sackkarre. Die Wasseroberfläche kräuselte sich.

Pine zog ihre Pistole und eilte nach draußen.

Sie blickte sich um, konnte aber niemanden sehen. Vorsichtig trat sie an den Pool. Als sich die Wasseroberfläche beruhigte, sah sie den reglosen Körper in den Tiefen des Beckens.

Myron Pringle starrte zu ihr herauf. Er war nackt bis auf die Badehose. Am Beckenrand trieb ein gelbes Schwimmkissen.

Pine legte die Pistole weg, zog ihr Handy heraus und legte es zusammen mit der DVD und dem Zeitungsausschnitt auf einen Klubsessel. Dann sprang sie ins Wasser, tauchte bis auf den Grund, packte Myron unter den Achseln und stieß sich mit den Füßen ab. Mit einiger Mühe zog sie den hochgewachsenen Mann an die Oberfläche und atmete tief durch, ehe sie mit dem schlaffen Körper zum Beckenrand schwamm. Als sie die Stufen erreichte, zog sie Myron aus dem Wasser und legte ihn neben den Pool.

Sie tastete nach dem Puls. Nichts. Keine Atmung. Die Augen waren geschlossen, die Brust völlig unbewegt.

Pine begann sofort mit der Wiederbelebung und zählte stumm mit, während sie Myrons Brust mit kräftigen Pumpstößen bearbeitete.

Komm schon, komm schon. Du darfst mir jetzt nicht sterben!

Unbeirrt machte sie weiter, um das Herz des Mannes wieder zum Schlagen zu bringen und das Wasser aus der Lunge zu drücken.

Endlich rang Myron nach Luft. Ein Ruck ging durch seinen Körper, und seine Atmung setzte ein.

Pine drehte ihn auf die Seite und drückte auf sein Zwerchfell, bis er das verschluckte Wasser erbrach. Wieder prüfte sie seinen Puls. Er war schwach, aber sein Herz schlug wieder. Falls Myron erst in dem Moment ins Wasser gefallen war, als sie das Platschen gehört hatte, hatte sie ihn vielleicht noch rechtzeitig herausgeholt, bevor ein irreparabler Hirnschaden eingetreten war.

Sie musste ihn auf schnellstem Weg ins Krankenhaus bringen.

Pine drehte sich um, griff nach ihrem Handy.

Es war das Letzte, was sie mitbekam, ehe ein wuchtiger Schlag auf den Kopf sie zu Boden streckte.

71

Pine erwachte wie aus einem tiefen, traumlosen Schlaf.

Wo bin ich?

Benommen schaute sie sich um. Ihr Kopf pochte vor Schmerz, und ihre nasse Kleidung fühlte sich bleischwer an.

Nach und nach erkannte sie, dass sie sich wieder im Cape-Cod-Haus der Pringles befand. Sie lag auf einer Couch, und irgendjemand saß ihr stumm gegenüber. Als Pines Blick sich klärte, erkannte sie die Frau, die still dasaß und sie beobachtete, eine Glock in der Hand – Pines eigene Waffe, wie sie jetzt erst sah.

Britta Pringle wirkte erstaunlich gefasst. Ihr Haar war perfekt gestylt, und an ihrer cremefarbenen Hose war nicht die kleinste Falte. Ebenso makellos waren die hellblaue Bluse und der weiße Pullover. Sie machte den Eindruck, als wollte sie eine Gartenparty oder ein schickes Restaurant besuchen.

»Wo ist Myron?«, fragte Pine.

»Wieder dort, wo er vorhin gewesen ist«, antwortete Britta ruhig und gelassen. »Wo er hingehört.«

»Sie meinen, im Pool?«

»Ja. Wo er hingehört.«

»Ist er tot?«

»Das will ich doch sehr hoffen. Ein tragischer Unfall. So was passiert, wenn man als Nichtschwimmer vom Schwimmkissen fällt und keiner da ist, der einen retten kann. Und wenn man noch dazu getrunken hat. Bei der Obduktion meines geliebten Ehegatten wird man einen hohen Alkoholspiegel feststellen. Sie wissen ja, wie das ist – man verfällt in Panik, Wasser dringt in die Lungen, und schon ist es vorbei.«

Pine starrte Britta fassungslos an. Das war eine ganz andere Frau als die scheinbar unsichere, überforderte Ehegattin, als die sie ihnen bisher begegnet war.

»Es war wirklich bühnenreif, was Sie uns vorgespielt haben«, sagte Pine. »Ich habe Ihnen voll und ganz abgenommen, dass Sie keine Ahnung hatten und sich Sorgen um Myron gemacht haben.«

»Sorgen habe ich mir tatsächlich gemacht, nur nicht um Myron.«

»Sie *wollten,* dass wir die Pornovideos finden, nicht wahr?«, fuhr Pine fort.

Als Britta schwieg, fügte sie hinzu: »Geht es Ihnen nur um Rache? Ich habe das Video von Mary gesehen. Und der Unfall Ihres Sohnes war in Wahrheit Selbstmord, ist es nicht so?«

Britta starrte auf die Pistole in ihrer Hand, als hätte sie die Waffe erst jetzt bemerkt. Mit leiser Stimme sagte sie: »Können Sie sich vorstellen, dass ein Mann, der seine Tochter verliert, weil irgendwelche Bastarde sie überreden, in Pornofilmen mitzuspielen, und sie auch noch drogenabhängig machen – dass ein solcher Mann dann selbst Pornofilme produziert, weil es ja so lukrativ ist? Und das, nachdem sein zweites Kind die tote Schwester gefunden hat und sich daraufhin eine Schrotladung in den Kopf schießt? Verdient es ein solcher Mann überhaupt noch zu leben? Meine Antwort ist nein.«

Pine, noch immer ein wenig benommen, setzte sich langsam auf. Britta hatte sich nicht einmal die Mühe gemacht, sie zu fesseln, schien sich ihrer Sache vollkommen sicher zu sein.

»Ich kann Ihre Wut auf Myron verstehen«, sagte sie. »Aber warum die anderen Morde?«

»Ich war Mutter, hatte zwei wunderbare Kinder und glaubte, auch einen wunderbaren Mann zu haben. Ein bisschen schrullig vielleicht, und nicht so voller Liebe und Güte, wie ich es mir gewünscht hätte, aber ein Mann, der uns ein Leben in Wohlstand ermöglicht hat.«

»Bis Sie erkannt haben, dass die Wahrheit anders aussieht?«

Britta beugte sich vor. »Bis er angefangen hat, genau den Dreck zu produzieren und mit genau den Mistkerlen zusammenzuarbeiten, die meine Tochter umgebracht haben und schuld daran waren, dass mein Sohn sich das Leben nahm.«

»Aber Frankie Gomez hatte mit alldem nichts zu tun. Er war noch ein Kind.«

Britta lehnte sich wieder zurück, schürzte die Lippen. Sie zögerte einen Moment, ehe sie antwortete. »Als ich den Jungen gesehen habe, war mir auf den ersten Blick klar, was für ein Leben auf ihn wartete. Wahrscheinlich war er illegal im Land, würde in Armut aufwachsen und in irgendeinem Bandenkrieg umkommen. Wer weiß, wie viel Unheil er angerichtet hätte. Ich habe ihm bloß ein Leben voller Trauer, Schmerz und Leid erspart – ihm und anderen.«

»Wer gibt Ihnen das Recht, die Entscheidung über Leben und Tod eines kleinen Jungen zu treffen?«

»Ich habe nicht vor, mit Ihnen zu diskutieren.«

»Und was ist mit dem Brautschleier und dem Smoking? Und mit der Uniform, in die Sie Frankie gesteckt haben? War das Ihr Werk oder das Ihres Komplizen?«

»Was für ein Komplize?«

»Sie selbst haben Layne Gillespies Leiche bestimmt nicht über den halben Friedhof getragen. Und Sie haben sich auch nicht als Cy Tanner ausgegeben, als der mit Frankie gesehen wurde.«

»Das alles spielt jetzt keine Rolle mehr.«

»Warum haben Sie sich ausgerechnet die Pornodarsteller als Opfer ausgesucht?«

»Gillespie hatte meine kleine Mary in einer Bar kennengelernt. Anscheinend hat sie ihm gefallen. Er hat ihr erzählt, womit er sein Geld verdient und ihr gesagt, sie könne das auch. Er hat sie für diese … *Filme* angeworben.« Britta verzog angewidert den Mund.

»Und Hanna Rebane?«

»Sie ist in einigen Filmen mit meiner lieben, süßen, unschuldigen Tochter aufgetreten. Sie hatten Sex miteinander. Später haben diese Leute Mary auch noch zu den Drogen gebracht. Ich habe meine Tochter nicht wiedererkannt. Diese Verbrecher haben sie mir genommen.«

»Und Beth Clemmons?«

Britta winkte ab. »Wie ich schon sagte, das ist jetzt nicht mehr wichtig.«

»Woher wissen Sie über die Pornofilmszene so gut Bescheid?«, hakte Pine nach.

»Meine Kinder mussten deswegen sterben. Das war Grund genug, mich damit zu beschäftigen«, erwiderte Britta voller Bitterkeit. Leise fügte sie hinzu: »Es ist mir nicht leichtgefallen.«

»Was glauben Sie, wie es erst für die Leute war, die Sie getötet haben«, sagte Pine kalt.

»Ich hätte ein bisschen mehr Verständnis von Ihnen erwartet. Schließlich haben Sie Ihre Schwester verloren.«

»Lassen Sie meine Schwester aus dem Spiel. Es gibt keine Rechtfertigung für die kaltblütigen Morde, die Sie begangen haben. Und hätten Sie außerdem damals, vor dreißig Jahren, der Polizei die Wahrheit gesagt, hätte man Mercy vielleicht gefunden.«

Britta rieb sich die Stirn. »Ich sehe schon, Sie begreifen es genauso wenig wie alle anderen. Niemand versteht, was die Familie für mich bedeutet hat.«

Pine überlegte fieberhaft. »Ihre ›Familie‹ ist fast komplett, nicht wahr? Layne Gillespie, der Vater, ist tot. Hanna Rebane, die Mutter, ebenfalls. Und auch der Sohn, der kleine Frankie. Bleibt noch die Tochter. Wer ist sie? Wer soll als Tochter sterben?«

»Bald ist es vorbei«, sagte Britta abwesend. »Nicht mehr lange, dann ist der Albtraum zu Ende.«

Pines Stimme zitterte leicht. »So weit muss es nicht kommen, Britta. Sie können damit aufhören, jetzt und hier, damit nicht noch mehr passiert.«

»Nein, kann ich nicht. Ich muss es zu Ende bringen.«

»Sie wollten es Myron heimzahlen, und das haben Sie getan. Es ist zu Ende. Geben Sie mir die Waffe, und alles ist vorbei. Es ist das einzig Richtige, das wissen Sie selbst.«

»Ich habe meine Kinder über alles geliebt. Ich wollte immer nur das Beste für sie. Und plötzlich waren sie fort, für immer und ewig. Alle beide. Deshalb muss ich es jetzt zu Ende bringen. Ich tue es für sie.«

»Ich weiß, dass Sie mit Jerry Danvers zusammenarbeiten, Britta. Rufen Sie ihn an, jetzt gleich. Sagen Sie ihm, dass er niemanden mehr umbringen soll. *Bitte.*«

Britta schüttelte den Kopf. »Sie haben ja keine Ahnung.«

»Dann klären Sie mich auf!«, rief Pine mit wachsender Verzweiflung. »Was haben Sie vor? Wollen Sie mit Myrons Vermögen irgendwo neu anfangen, wenn das alles hier vorbei ist?«

Brittas Gesicht verzerrte sich zu einer hässlichen Fratze. »Mit seinem Blutgeld will ich nichts zu tun haben.« Kurz senkte sie den Blick. »Wenn das hier vorbei ist, habe ich nichts mehr, wofür es sich zu leben lohnt.« Ihre Miene wurde weicher. »Es tut mir leid, Atlee. Ich hätte nie gedacht, dass ich Sie jemals wiedersehe. Ich habe Ihre Eltern wirklich gemocht. Sie und Mercy … ihr wart süße Kinder. Ihr habt mit meinen beiden gespielt, wissen Sie? Wenn alles anders gekommen wäre, wärt ihr vier vielleicht zusammen aufgewachsen, und alles wäre gut gewesen. Aber es sollte nicht sein.«

»Wer ist das vierte Opfer, Britta? Wer ist die Tochter? Bitte, sagen Sie es mir.«

»Sie können es nicht verhindern.«

»Wenn Sie mich schon töten, können Sie es mir wenigstens anvertrauen.«

»Also gut. Sie wird zu Füßen der Mutter sterben.«

»Zu Füßen der Mutter? Was meinen Sie damit?«, fragte Pine verwirrt.

Britta lächelte verzerrt. »Finden Sie's heraus.«

»Atlee!«

Die Stimme kam von draußen.

Eddie Laredo.

»Agentin Pine!«

Die Stimme von Max Wallis.

Britta, für einen Moment abgelenkt, schaute zum Fenster.

Das war die Chance, auf die Pine gewartet hatte.

Sie zog die Beretta aus dem Fußholster und schleuderte sie mit aller Kraft. Die Waffe war nass geworden, als Pine in den Pool gesprungen war. Möglicherweise hätte sie vergeblich abgedrückt – ein Risiko, das sie nicht eingehen konnte. Doch auch als Wurfgeschoss erfüllte die Waffe ihren Zweck. Sie traf Britta Pringle mitten im Gesicht. Britta schrie auf.

Pine warf sich über die Lehne der Couch und landete in dem Sekundenbruchteil, als Britta auf sie feuerte, auf dem Teppichboden. Die Kugel durchschlug die Polsterung und bohrte sich in die Wand.

Pine robbte die Rückseite der Couch entlang, schnappte sich eine Lampe und schleuderte sie in Brittas Richtung.

Keine Reaktion.

Vorsichtig hob sie den Kopf, riskierte einen Blick über die Couch.

Britta war verschwunden. Nur die Glock, Pines eigene Waffe, lag auf dem Boden.

Pine sprang auf, schnappte sich die Pistole, riss die Tür auf und stand vor Laredo und Wallis, die ebenfalls ihre Waffen gezogen hatten.

»Atlee …«, begann Laredo, doch Pine stürmte an ihm vorbei zum Pool.

Wieder lag Myron auf dem Grund. Diesmal aber kam jede Hilfe zu spät. Die Augen des Toten starrten leblos zu Pine hinauf.

»Verdammt noch mal«, fluchte sie.

Laredo blickte über ihre Schulter und sah nun ebenfalls die Leiche im Wasser.

»Ist das Pringle?«

Pine nickte. »Ich habe ihn vorhin schon aus dem Pool gezogen – diesmal käme ich zu spät.«

»Wir haben einen Schuss gehört und dachten …«, setzte Laredo an.

In diesem Augenblick hörten sie das Wummern eines hochgezüchteten Motors.

»Der Pagani!«, rief Laredo.

Pine sprintete bereits in Richtung des Motorgeräuschs, Laredo dicht hinter ihr, während Wallis ihnen keuchend zu folgen versuchte. Sie erreichten den Hof vor den Garagen in dem Moment, als der Pagani mit infernalischem Brüllen aus einem der Tore schoss und mit aberwitziger Beschleunigung davonjagte.

Pine änderte ihre Richtung und rannte zu ihrem SUV, gefolgt von Laredo. Beide erreichten den Wagen gleichzeitig. Pine schwang sich hinters Steuer, Laredo auf den Beifahrersitz. Mit fliegenden Fingern drehte Pine den Zündschlüssel, ließ den Motor an und jagte hinter dem Pagani her, während Wallis fünfzehn Meter entfernt stehen blieb.

»Den Schlitten holen wir nie ein«, rief Laredo über das Aufheulen des Motors hinweg.

»Abwarten.«

Auf der Straße vor ihnen war vom Pagani nichts mehr zu sehen; sie sahen nur noch die Staubwolke, die der Supersportwagen aufwirbelte. Als sie ihm zu folgen versuchten und durch die Staubschleier rasten, war es, als wären sie ins Innere eines Tornados eingetaucht.

»Halt dich fest«, warnte Pine. *»Jetzt!«*

Sie riss das Steuer nach rechts, fuhr vom Weg ab und raste zwischen zwei mächtigen Eichen hindurch. Dann beschleunigte sie wieder und schoss mitten durch eine Hecke hindurch. Es war ein riskantes, aber geschicktes Manöver, denn nun hatten sie den Pagani seitlich vor sich und mussten nicht mehr den Staub der Fahrbahn schlucken.

»Schieß auf einen Reifen«, rief Pine. »Pass auf, dass du nicht die Frau triffst. Sie muss uns sagen, wer das letzte Opfer sein soll.«

Laredo zog seine Waffe und zielte.

Bevor er abdrücken konnte, beschleunigte der Pagani erneut.

»Verflucht!« Pine trat das Gaspedal durch, doch der Pagani zog unaufhaltsam davon.

Sekunden später hatte er die Straße erreicht und flog förmlich über den Asphalt, sodass Pine und Laredo die flache Silhouette des Wagens kaum noch ausmachen konnten, als auch sie auf die befestigte Straße abbogen.

»Sie entkommt uns!«, rief Pine und hämmerte die Faust aufs Lenkrad.

Laredo zückte sein Handy. »Wir brauchen Straßensperren. Der Pagani hat eine Schwachstelle – den Benzinverbrauch. Bei dem Tempo ist der Tank bald leer.«

Doch so lange mussten sie nicht warten.

Als sie nach einer Biegung den Pagani wieder im Blick hatten, sprang plötzlich ein Reh auf die Straße, direkt vor den Sportflitzer. Der Pagani scherte nach rechts aus, dann nach links. Doch es war zu spät – das Heck geriet ins Schlingern, die Hinterreifen verloren die Bodenhaftung.

»Sie verliert die Kontrolle!«, rief Laredo.

Im nächsten Moment wurde das Heck des Pagani hochgerissen. Die Vorderräder schlingerten hin und her, dann hob der Wagen von der Straße ab.

Der Pagani flog an dem Reh vorbei, das starr vor Schock auf der Fahrbahn stand. Im nächsten Augenblick flitzte das Tier zur anderen Straßenseite und verschwand zwischen den Bäumen.

Der Pagani krachte seitwärts in eine Gruppe alter Eichen am Straßenrand. Der Benzintank hielt der Wucht des Aufpralls nicht stand und explodierte in einem grellen Feuerball. Augenblicklich stand der Wagen in Flammen.

Pine trat voll auf die Bremse, ehe sie die Unfallstelle erreichten, legte den Rückwärtsgang ein, als der SUV stand, und gab Gas, um nicht selbst vom Feuer erfasst zu werden.

Dann saßen sie und Laredo hilflos da und starrten auf die fette schwarze Rauchsäule, die vor ihnen zum Himmel stieg.

»Der Wagen ist hinüber«, murmelte Laredo, der kreidebleich geworden war.

»Und sie ist da drin«, fügte Pine hinzu. »Und das heißt, das letzte Opfer ist so gut wie tot.« Wieder hämmerte sie mit der Faust auf das Lenkrad.

72

Nachdem Pine die Feuerwehr und die Cops zum Unfallort gerufen hatten, fuhr sie mit Laredo zurück zur Villa der Pringles und berichtete Wallis, was sich zugetragen hatte. Kurz darauf trafen die Polizei und ein Team der Spurensicherung ein. Sie zogen Myrons Leiche aus dem Pool und legten sie auf die Terrasse.

Einen Moment lang standen alle da und schauten auf den Toten hinunter.

Pine hatte Laredo und Wallis inzwischen berichtet, was sie über Mary und Joe Pringle herausgefunden hatte, die Kinder der Familie. Auch, was Britta ihr erzählt hatte.

»Myron hat tatsächlich Pornofilme finanziert?«, fragte Wallis ungläubig.

»Kaum zu glauben, nicht wahr?«, erwiderte Pine.

»Und das nach allem, was seiner Tochter widerfahren ist«, warf Laredo ein. »Und seinem Sohn. Der Kerl war wirklich ein gefühlloser Bastard.«

»Jedenfalls schien er sich mehr für Zahlen zu interessieren als für Menschen. Ihm ging es immer nur darum, Geld zu machen, und noch mehr Geld. Für Gefühle war da anscheinend kein Platz mehr. Ich kann mir vorstellen, wie schwer es für Britta gewesen sein muss, mit so einem Mann zu leben.«

»Das rechtfertigt nicht, was sie getan hat«, betonte Wallis.

»Natürlich nicht«, erwiderte Pine. »Dafür gibt es keine Entschuldigung.«

Ihr Handy summte. Es war Carol Blum. Pine war augenblicklich alarmiert, denn sie hörte an der zittrigen Stimme, dass es Carol schwerfiel, ihre gewohnte Ruhe zu bewahren.

»Cy Tanner war gerade hier.«

»Was ist passiert?«

»Es geht um Jenny, seine Enkeltochter.«

»Was ist mit ihr?«

»Sie ist verschwunden.«

Pine und die anderen waren in Rekordzeit zurück in der Stadt. Carol Blum erwartete sie bereits vor dem *Cottage*.

»Wo ist Cy?«, fragte Pine.

»Unterwegs. Er sucht Jenny.«

»Wie ist es passiert?«, wollte Laredo wissen.

»Sie hat im Garten hinter dem Haus gespielt. Als Mrs. Quarles rausging, um nach ihr zu sehen, war sie verschwunden. Sie haben überall gesucht und dann die Polizei verständigt.«

»Wie lange ist das her?«

»Ungefähr zwei Stunden.«

Laredo blickte zu Pine. »Dann könnte sie noch leben. Rebane, Gillespie und Frankie wurden lange vor ihrer Ermordung entführt.«

Pine ließ den Blick über die leere Straße schweifen. Irgendwo in der Nähe waren Schüsse zu hören.

»Was ist das?«, fragte sie alarmiert.

»Das ist dieses Bürgerkriegsspektakel«, erklärte Blum. »Die Schlacht, die nachgestellt wird, fängt jetzt an. Die ganze Stadt ist da drüben versammelt.«

»Die Schlacht …«, murmelte Pine mehr zu sich selbst.

»Woran denkst du?« Laredo hatte ihren seltsamen Blick bemerkt.

»Hanna Rebane hat in einem alten Brautschleier an der Hauptstraße gelegen. Gillespie im Smoking auf einem Soldatengrab.

Frankie haben wir als Armeetrommler im Museum gefunden. Und jetzt die nachgestellte Schlacht.«

»Sie meinen, der Täter könnte mit dem Mädchen hier auftauchen?«, sagte Wallis. »Ich weiß nicht … bei so vielen Leuten wird es ihm zu gefährlich sein.«

»Sehe ich auch so«, schloss sich Laredo an.

»Aber wir wissen, dass er kein Risiko scheut«, hielt Pine dagegen.

»Wissen Sie denn schon, wer dahintersteckt?«, fragte Blum.

»Ich habe eine Vermutung«, erwiderte Pine, der soeben ein Gedanke gekommen war. Sie tippte eine Nummer auf ihrem Handy ein und drückte die Anruftaste, doch zu ihrer Verwunderung meldete sich niemand. Sie versucht es beim Krankenhaus in Americus und wurde mit Jack Lineberrys Zimmer verbunden.

Als sie die Männerstimme hörte, hätte es ihr beinahe die Sprache verschlagen.

»Jerry?«, fragte sie fassungslos. »Sie?«

»Ja, wieso? Wer spricht denn da?«

»Atlee Pine.«

»Was wollen Sie?«, fragte Jerry ungeduldig.

»Man hat mir gesagt, Sie wären verschwunden.«

»Was soll der Unsinn? Ich bin seit heute früh hier.«

»Warum hat Ihr Partner mich dann angerufen und mir gesagt, Sie seien unauffindbar?«

»Straub? Der ist schon den ganzen Tag weg. Ich bin stocksauer, das können Sie mir glauben. Wird Zeit, dass mich hier endlich jemand ablöst.«

Pine konnte es kaum fassen. »Was sagen Sie da? Haben Sie mit Straub gesprochen?«

»Er hat mich heute früh angerufen. Hat gemeint, es wäre besser, wenn ich nach Hause fahre und die Dinge von dort aus im Auge behalte.«

»Aber Sie sind im Krankenhaus geblieben?«

»Ja, verdammt. Ich war fast schon unterwegs, hab's mir im letzten Moment dann aber anders überlegt. Mein Platz ist hier bei Mr. Lineberry.«

Pine dachte an die Bombe in Jerrys Cottage. »Sie sind ein Glückspilz.«

»Wie meinen Sie das?«

»Erzähle ich Ihnen später. Bleiben Sie bei Jack und passen Sie auf ihn auf.«

»Was haben Sie vor?«

»Ich muss etwas Wichtiges erledigen.«

Pine beendete das Gespräch und blickte zu Laredo. »Es ist nicht Danvers, es ist der andere Sicherheitsmann. Tyler Straub.«

»Was sagst du da?«, stieß Laredo hervor. »Du meinst, er hat mit Britta zusammengearbeitet?«

»Glauben Sie, er hat Jenny entführt?«, fragte Blum.

»Ich weiß es nicht. Aber Britta kann leicht herausgefunden haben, dass Jenny bei den Quarles untergebracht ist. Ich glaube, es war Straub, der in dem Pagani Cy Tanners Haus beobachtet hat. Damit es so aussieht, als wäre es Myron.«

»Sie meinen, Britta und dieser Straub wollten Myron die Morde anhängen?«, fragte Wallis.

»Das vermute ich stark. Aber das ist erst einmal nebensächlich. Wir müssen Jenny finden.«

In diesem Augenblick kam eine völlig aufgelöste Lauren Graham aus dem Eingang des *Cottage*.

»Das müssen Sie sehen!«, rief sie aufgeregt. »Kommen Sie!«

Rasch folgten die anderen ihr ins Haus. Graham eilte zu der Vitrine mit ihrer Puppensammlung und öffnete die Glastür.

Pine trat zu ihr. »Was ist damit?«

Graham deutete auf eine der Puppen im Schrank, ein sehr großes Exemplar, fast so groß wie eine Schaufensterpuppe. Ihre Kunststoffhaut war nackt.

»Jemand hat ihr die Kleider ausgezogen«, stieß Graham hervor.

Pine starrte auf die Puppe. »Wann ist das passiert?«

Noch immer war Graham völlig außer sich. »Ich weiß es nicht, habe es eben erst bemerkt.«

»Kennen Sie einen Tyler Straub?«, fragte Pine.

»Tyler?«

»Sie kennen ihn?«

»Wir sind ein paarmal ausgegangen. Warum fragen Sie?«

»Wann haben Sie ihn das letzte Mal gesehen oder mit ihm gesprochen?«

»Ich glaube, vor zwei Tagen.«

»Haben Sie eine Ahnung, wo er jetzt sein könnte?«

»Nein, tut mir leid.«

»Sind jetzt alle drüben beim Fest?«, fragte Pine.

Graham blickte sie verwirrt an. »Ja, natürlich. Wo sollen sie sonst sein? Es ist das größte Fest des Jahres. Wenn Sie jetzt hinfahren, finden Sie garantiert keinen Parkplatz mehr. Bei der Parade haben die Leute in mehreren Reihen an der Straße gestanden, und jetzt schaut sich alle Welt die nachgestellte Schlacht an. Sie hören ja die Schüsse.«

Alle Welt schaut sich die nachgestellte Schlacht an.

»Ist der historische Park noch geöffnet?«, fragte Pine.

»Ich glaube schon, aber es wird niemand dort sein. Die Ranger werden sich ebenfalls die Schlacht anschauen. Manche sind sogar verkleidet und machen dabei mit.«

Laredo hatte den gleichen Gedanken wie Pine. »Alle Welt schaut sich die Schlacht an …«, sagte er.

»… und niemand ist im Park.« Pine nickte. »Kein Mensch würde mitkriegen, wenn im Park etwas passiert. Komm!«

Beide rannten zum Wagen.

73

Der Parkplatz in der Nähe des historischen Parks war bis auf den letzten Platz besetzt, was aber nur daran lag, dass zahllose Besucher ihren fahrbaren Untersatz hier abgestellt hatten, weil in der Nähe des »Schlachtfelds« nichts mehr frei war. Der historische Park selbst schien menschenleer zu sein.

Pine, Laredo und Wallis besprachen sich kurz und beschlossen, sich zu trennen, um bei der Suche schneller voranzukommen.

»Die Verstärkung habe ich angefordert«, berichtete Wallis. »Die Jungs werden allerdings frühestens in einer halben Stunde hier sein.« Er schaute zu Pine. »Was, wenn Sie sich irren? Dann ist das kleine Mädchen so gut wie tot.«

»Es ist unsere einzige Chance«, hielt Pine dagegen, blickte über Wallis' Schulter hinweg und ließ den Blick schweifen, als ihr etwas auffiel. »Und wie es aussieht, liege ich richtig.«

Sie rannte zu einer Stelle beim Parkplatz, wo das Heck eines großen, golden lackierten Wagens ein Stück aus dem Gebüsch ragte.

Atemlos blieb sie stehen und betrachtete den Porsche SUV.

Als die anderen bei ihr waren, erklärte sie: »Das ist Jack Lineberrys Porsche. Er und ich sind damit zum Lunch nach Americus gefahren. Danvers saß am Steuer, Straub auf dem Beifahrersitz.«

»Dann muss dieser Straub hier sein!« Wallis versuchte, die Fahrertür zu öffnen, doch sie war verschlossen.

»Schaut euch das an«, meldete Blum sich zu Wort. Sie spähte durch die Heckscheibe ins Innere des Porsche. Die anderen kamen zu ihr. »Da, seht ihr?« Blum deutete auf ein paar leuchtend rote Blütenblätter im Wageninneren. »Diese Blumen haben die Quarles im Garten.«

»Die müssen an Jennys Kleidung und den Schuhen hängen geblieben sein, als Straub sie verschleppt hat«, meinte Laredo.

Pine unterteilte das Gelände in drei Abschnitte und übertrug jedem der beiden Männer einen davon. »Carol kommt mit mir mit. Wer etwas bemerkt, schlägt Alarm. Los, gehen wir.«

Sie eilten in verschiedenen Richtungen davon. Pine und Blum begannen ihre Suche auf dem Gelände des alten Kriegsgefangenenlagers. Es war menschenleer, ebenso das Museum. Aus der Ferne drang der Lärm des Bürgerkriegsspektakels an ihre Ohren – in dieser stillen Umgebung ein gespenstisches Geräusch. Die beiden Frauen gingen die Reihen der Soldatengräber entlang.

»Schrecklich«, meinte Blum bedrückt. »Ich habe einen Sohn in der Army. Der Gedanke, dass ich ihn verlieren könnte, ist unerträglich.« Sie betrachtete die verwitterten Grabsteine. »Jeder dieser armen Jungs hatte eine Mutter, die den Verlust am eigenen Leib verspürt hat. So viel Leid, so viel Schmerz …«

Pine zuckte unvermittelt zusammen, als sie Blums Worte hörte. »Die Mutter …«

»Was?« Blum musterte sie verwirrt.

»Britta sagte, die Tochter wird zu Füßen der Mutter sterben!«, stieß Pine hervor. »Sie meinte das Standbild! Die Mutter der Kriegsgefangenen!«

Pine eilte los.

»Agentin Pine«, rief Blum ihr nach. »Wo wollen Sie hin?«

Pine gab keine Antwort. Sie rannte, als ginge es um Leben und Tod.

Und so war es auch.

Pine stand vor der Statue, die der Staat Michigan zu Ehren seiner gefallenen Soldaten und Matrosen hatte errichten lassen, und blickte hinauf zu der trauernden Frau, von der Barry Lamb, der Park Ranger, ihr damals erzählt hatte, sie werde allgemein als »Mutter aller Kriegsgefangenen« angesehen.

Sie wird zu Füßen der Mutter sterben.

Das also hatte Britta gemeint.

Zu ihrer Erleichterung erkannte Pine, dass sie sich zumindest in einem Punkt geirrt hatte. Ihre Befürchtung, Jennys Leiche im Puppenkostüm zu Füßen der Statue vorzufinden, war unbegründet gewesen. Auf dem Marmorsockel war nichts zu sehen.

Oder kam Straub erst noch?

Aber wie wollte er die Leiche unbemerkt hierherbringen? Er konnte sie ja schlecht den ganzen Weg tragen.

Als Pine suchend den Blick schweifen ließ, bemerkte sie in einiger Entfernung einen Mann in Khakihose und hellem Hemd mit einem Strohhut auf dem Kopf. Der Mann schien sie nicht bemerkt zu haben, da sie halb von der Statue verdeckt wurde. Bedächtig schob der Mann eine Schubkarre am Büro der Park Ranger entlang, das etwa fünfzig Meter entfernt war, und kam in ihre Richtung. Was auf der Karre lag, war unter einer Decke verborgen.

Jenny?

Pine zog ihre Waffe, sprang aus der Deckung des Denkmals hervor und rannte auf den Fremden zu.

Im nächsten Augenblick tauchte Wallis an einer Ecke des Gebäudes auf, nur wenige Meter vom Mann mit der Schubkarre entfernt. Er schien den Unbekannten verfolgt zu haben.

»He!«, rief er ihm zu. »Bleiben Sie stehen!«

Pine sah es, bevor Wallis es bemerkte.

Sie riss ihre Waffe hoch und richtete sie auf den Mann mit dem Hut, aber der hatte bereits abgedrückt. Die Kugel traf

Wallis in die Brust. Er taumelte zwei, drei Schritte nach hinten, stürzte zu Boden und lag regungslos da.

»Straub!«, rief Pine, den Finger am Abzug.

Bevor sie abdrücken konnte, duckte der Mann sich hinter die Schubkarre, riss die Decke weg und zerrte eine zierliche Gestalt in die Höhe.

Jenny. Ihr Körper war seltsam schlaff und leblos.

Straub drückte sie an sich. In der anderen Hand hielt er die Pistole, mit der er auf Wallis geschossen hatte.

»Straub, legen Sie das Mädchen auf den Boden, ganz vorsichtig, und werfen Sie die Waffe weg«, forderte Pine ihn auf.

Statt einer Antwort drückte er ab.

Pine duckte sich, schoss aber nicht zurück, da er Jenny vor sich hielt. Sie wusste nicht, ob das Mädchen noch lebte, konnte das Risiko aber unmöglich eingehen.

Straub rannte los, Jenny noch immer an sich gedrückt, und verschwand hinter der Gebäudeecke.

Pine eilte zu Wallis und kniete sich zu ihm. Mit zitternder Hand tastete sie nach einem Puls, doch da war nichts mehr. Behutsam drehte sie den Körper auf den Rücken und sah die Wunde in der Brust. Wallis' Augen waren geöffnet, der Blick starr und leer. Pine streckte die Hand aus und schloss ihm die Augenlider. »Es tut mir leid, Max«, flüsterte sie. »Es tut mir so schrecklich leid …«

»Pine!«

Sie blickte auf und sah Laredo, der in vollem Lauf zu ihr gerannt kam. Sie richtete sich auf. »Wallis ist tot. Straub, der Mistkerl, hat ihn erschossen. Er hat Jenny. Wir müssen hinterher. Schnell!«

Sie machten sich an die Verfolgung.

74

Obwohl sie sich auf dem weiten, offenen Gelände eines Friedhofs befanden, war es Straub irgendwie gelungen, spurlos zu verschwinden.

Mitsamt Jenny.

Pine und Laredo blieben an der nächsten Hausecke stehen und blickten über das Gelände hinweg. Weit und breit war niemand zu sehen.

»Glaubst du, Jenny lebt noch?«, fragte Laredo.

»Ja.«

»Wie kannst du dir sicher sein?«

»Der Dreckskerl hat sie mitgenommen. Das hätte er nicht getan, wenn sie tot wäre«, antwortete Pine.

»Da hast du recht«, gab Laredo zu.

»Du suchst auf der rechten Seite, ich links«, sagte Pine. »Okay?«

»Okay.« Laredo rannte los.

Pine war zehn Schritte weit gekommen, als sie abrupt stehen blieb.

Natürlich!

Mit einem Mal glaubte sie die Antwort auf die Frage zu kennen, wie es Straub gelungen war, spurlos abzutauchen. Er hatte einen Fluchtplan vorbereitet. Für alle Fälle. Und er hatte gewusst, wie man in dieser Parkanlage von einer Sekunde auf die andere von der Bildfläche verschwinden konnte.

Pine erinnerte sich, was Lamb, der Park Ranger, ihr über die Fluchtversuche der Kriegsgefangenen erzählt hatte.

Eine Gruppe von Unionssoldaten hat damals Fluchttunnels gegraben.

Pine eilte zu der Stelle, die der Park Ranger ihr bei ihrem ersten Besuch der Gedenkstätte gezeigt hatte.

Jemand hatte das Stahlgitter geöffnet. Einen Moment lang schaute Pine sich nach Laredo um, konnte ihn aber nirgends entdecken. Sie zückte ihr Handy, rief ihn an und teilte ihm mit, was sie entdeckt hatte. Sie fluchte leise, als er ihr eröffnete, dass er sich auf der anderen Seite des Parks befand – zu weit weg. Pine blieb nicht die Zeit, auf ihn zu warten. Sie musste allein in den Tunnel vordringen.

Pine schob eine Maglite-Stablampe in die dafür vorgesehene Schiene am Lauf ihrer Pistole und sprang in das Erdloch. Sie landete auf beiden Füßen, stolperte ein paar Schritte nach vorn und fand dann festen Stand. Der Tunnel verlief etwa zwei Meter unter der Erde. Erstaunt stellte Pine fest, dass es sich hier unten zehn Grad kühler anfühlte als oben im freien Gelände.

Sie setzte sich in Bewegung, lauschte angespannt nach Geräuschen vor ihr in der Dunkelheit. Immer tiefer drang sie in den Stollen vor, langsam zuerst, dann beschleunigte sie ihre Schritte.

Und dann rannte sie, als sie ein Mädchen schreien hörte.

Jenny. Sie hatte das Bewusstsein wiedererlangt.

Pine stolperte durch den Stollen, während das Licht ihrer Lampe die Dunkelheit durchschnitt. Sie konnte nicht wissen, ob Straub ihr auflauerte, musste es aber darauf ankommen lassen.

Schließlich sah sie das sprichwörtliche Licht am Ende des Tunnels. Vorsichtig näherte sie sich dem Ausgang – und zuckte heftig zusammen, als sie die Stimme hörte.

»Lass mich los!«

Jenny.

Das Mädchen schrie noch etwas; eine zornige Männerstimme antwortete. Doch die Stimmen wurden rasch leiser.

Beeil dich! Pine rannte los und gelangte an das Ende des Stollens, wo mehrere Ziegelsteine in der Stirnwand steckten. Pine stieg an den Steinen hoch, bis das Licht des Tages sie blendete. Sie brauchte ein paar Sekunden, um sich zu orientieren; dann schaute sie sich suchend um, schwenkte die Waffe hin und her.

Sie befand sich auf einer kleinen Waldlichtung.

Wo sind Straub und das Mädchen?

In diesem Augenblick hörte sie ein Geräusch zu ihrer Linken und glaubte, eine schemenhafte Gestalt zwischen den Bäumen verschwinden zu sehen.

Pine stieg aus dem Loch, rannte los und gelangte zu einem Pfad, der sich durch den Wald schlängelte. So leise sie konnte, huschte sie weiter.

Und dann sah sie ihn. Dreißig Meter vor sich, mit dem Rücken zu ihr, das Mädchen über der Schulter. Er schien erschöpft zu sein, denn seine Schritte wirkten müde.

»Straub!«

Abrupt blieb er stehen, drehte sich langsam um.

»Legen Sie das Mädchen auf den Boden!«

Straub ließ Jenny von der Schulter gleiten, kauerte sich dann aber hinter sie und benutzte ihren Körper als Schild. Erst jetzt sah Pine, dass Jenny das Kleid der großen Puppe trug.

»Bitte, lass mich los!«, schrie das Mädchen voller Angst.

»Halt's Maul!« Straub drückte ihr die Pistole an den Kopf. Jenny erstarrte.

Er blickte zu Pine, die mit der Glock auf ihn zielte.

»Die Waffe weg, Pine«, forderte Straub sie mit ruhiger Stimme auf. »Es ist doch ganz einfach. Ich will abhauen, und Sie wollen das Mädchen. Ich finde, wir sollten uns auf einen Deal einigen. Sie haben doch Erfahrung mit solchen Situationen.«

»Kann man wohl sagen«, gab sie zurück.

»Gut. Ich habe einen Wagen hier in der Nähe. Sie lassen mich gehen, und ich gebe Ihnen mein Wort, dass ich die Kleine hier unversehrt zurücklasse. Ich rufe Sie an und sag Ihnen, wo Sie das Mädchen finden.«

»Ich soll mich auf das Wort eines fünffachen Mörders verlassen?«

»Fünf? Da haben Sie sich verrechnet. Der Junge im Museum, das war nicht ich. Das war Britta.«

»Blödsinn. Dem Jungen wurde das Genick gebrochen!«

»Die Lady hat eine dunkle Seite, Pine, das ist Ihnen vielleicht entgangen. Ich habe ihr gezeigt, wie man so etwas macht.« Er packte Jennys Nacken. »Ein kräftiger Schlag an der richtigen Stelle, und es ist vorbei.« Er grinste. »Soll ich?«

Pine ging nicht darauf ein. »Wo haben Sie das gelernt?«

»Bei der Army. Da kann man viel fürs Leben lernen.« Er nahm die Hand aus Jennys Nacken. »Bei einem Kind wäre es allerdings eine Premiere für mich«, fügte er hinzu.

Pine blickte zu Jenny. Das Mädchen war starr vor Angst.

»Wieso hat Britta den Jungen umgebracht?«, fragte Pine.

»Sie hat sich eingebildet, ihm damit einen Gefallen zu tun. Sie wissen ja, die arme Frau war total von der Rolle. Also, was ist jetzt? Haben wir einen Deal?«

Pine überlegte fieberhaft. Sie musste den Kerl hinhalten, bis ihr irgendetwas einfiel.

»Wenn Sie mich nicht gehen lassen«, sagte Straub mit Nachdruck, »ist die Kleine tot. Machen wir den Deal, hat sie eine Chance. Machen wir ihn nicht, bekommen Sie ihre Leiche. Also?«

»Sie kommen hier nicht weg. Nicht mit Jenny.«

Straubs Gesicht verzerrte sich zur Grimasse.

»Denken Sie doch mal nach, Pine. Ich habe nichts zu verlieren. In Georgia gibt es noch die Todesstrafe. Ich glaube, ich wäre ein Kandidat.«

»Wie viel hat Britta Ihnen versprochen?«

»Sie wollen es aber genau wissen.«

»Ja.«

»Zehn Millionen Dollar von Myrons Lebensversicherung. Britta will den Trottel abservieren.«

»Das hat sie schon. Und sich selbst gleich mit.«

»Oh, wie schade«, höhnte Straub. »Na ja, ich muss mich ohnehin um meine eigenen Probleme kümmern. Aber jetzt wird es Zeit, dass ich von hier wegkomme.«

Du musst ihn hinhalten!

Wie zur Antwort heulten in der Ferne Sirenen. »Hören Sie das, Straub? Die Kavallerie wird bald hier sein.«

»Damit können Sie mir keine Angst machen«, konterte Straub. »Töten oder getötet werden – das ist sozusagen mein Lebensmotto. Ihre Einschüchterungsversuche können Sie sich sparen.«

»Sie wollten es zuerst Cy Tanner in die Schuhe schieben, nicht wahr? Und dann Ihrem Kollegen Jerry Danvers.«

»Tja, leider haben Sie Tanner nicht festgenommen, trotz der Beweise, die wir Ihnen geliefert haben.«

»Das war ein bisschen *zu* auffällig, Straub. Angefangen damit, dass Sie das Haus vom Pagani aus beobachtet haben. Wollten Sie Myron damit belasten?«

»Ja. Es war Brittas Idee. Ich selbst hielt es für ein bisschen zu viel des Guten, aber sie wollte es nun mal so.«

»Und der Anschlag auf Jack Lineberry? Das waren doch Sie, oder? Nur dass *ich* das eigentliche Ziel war. Sie haben nur nicht damit gerechnet, dass Jack mich ans Lenkrad lässt.«

»Stimmt, Sie waren ein Problem. Da Sie Tanner nicht festnehmen wollten, haben wir mit Plan B weitergemacht.«

»Und Jerry Danvers ist auch nicht in Ihre Falle getappt. Dafür wäre beinahe ich in die Luft geflogen. Deshalb wollten Sie, dass ich zu Jerrys Cottage rausfahre, stimmt's?«

»Richtig. Mit etwas Glück wären es zwei Fliegen mit einer Klappe gewesen. Dazu genügend Hinweise, dass Jerry der Killer war.«

»Aber als sich herausstellte, dass Jerry das Krankenhaus nie verlassen hat, war Ihr Plan im Eimer.«

»Tja, ich hatte leider nicht viel Zeit. Britta wollte unbedingt noch ein viertes Opfer – dieses Mädchen.« Straub drückte Jenny die Pistolenmündung an den Kopf. Sie wimmerte kläglich. »Und wenn Sie mich jetzt nicht gehen lassen, drücke ich ab. Also?«

Pine sah ein, dass ihr keine Wahl blieb. Sie öffnete den Mund, um Straubs Forderung nachzugeben, als der Schuss peitschte.

Die Kugel traf Straub ins linke Bein, zertrümmerte Knochen und zerriss Blutgefäße. Straub brüllte auf, ließ die Pistole fallen und packte seinen Oberschenkel.

Pine sprintete los. Ehe Straub reagieren konnte, schnappte sie sich seine Waffe, packte Jennys Hand und zog das Mädchen zu sich.

Straub kreischte vor Wut und Schmerz.

Pine hörte schnelle Schritte. Als sie aufblickte, sah sie Laredo herankommen, ein Gewehr in der Hand. Pine gab Jenny in seine Obhut und ging neben Straub in die Hocke.

»Scheiße!«, schrie er mit schmerzverzerrtem Gesicht. »Helfen Sie mir! Verdammt, ich verblute!«

Pine zog ihren Gürtel aus der Jeans und band damit seinen Oberschenkel ab. Die Blutung verlangsamte sich augenblicklich. Dann blickte sie zu Straub hinunter, der vor Schmerz die Zähne zusammenbiss. »Sie haben Glück – es hat nicht die Schlagader erwischt.«

»Woher wollen Sie das wissen?«, stieß er mühsam hervor.

»Weil Sie sonst schon tot wären.«

»Ich bin so oder so ein toter Mann. Na los, bringen Sie's zu Ende. Drücken Sie ab!«

»Würde ich ja gerne, aber so machen wir es nicht beim FBI.«

Zehn Minuten später traf der Rettungswagen ein, den Pine per Handy alarmiert hatte. Die Sanitäter hoben Straub auf eine Liege. Ein Polizeibeamter setzte sich zu ihm in den Wagen. Die düstere Miene des Cops verhieß nichts Gutes.

Als der Rettungswagen abfuhr, blickte Pine zu Laredo, der Jenny an der Hand hielt. Das Gewehr hatte er geschultert.

»Wo hast du das her?«, fragte Pine.

»Von einem Park Ranger. Damit vertreiben sie hier Raubzeug. Er hat es mir geliehen, weil ich so nett gefragt und ihm meine Dienstmarke gezeigt habe.«

»Das war ein riskanter Schuss.«

»In Quantico war ich der beste Schütze meines Jahrgangs. Außerdem war ich zwei Jahre als Scharfschütze beim Geiselrettungsteam.« Er lächelte, fügte hinzu: »Du bist nicht die Einzige beim FBI, die im Notfall ein kalkuliertes Risiko eingeht.«

»Du warst schnell hier.«

»Ich habe Leichtathletik als Leistungssport betrieben, schon vergessen?«

Pine lächelte. »Jetzt, wo du's sagst.« Sie ging vor Jenny in die Hocke. »Alles in Ordnung?«

Das Mädchen nickte.

»Jetzt bist du in Sicherheit. Möchtest du zu deinem Grandpa?«

Wieder nickte Jenny.

»Gut, dann fahren wir gleich zu ihm, damit er sieht, dass alles gut ist. Machen wir's so?«

»Okay«, sagte Jenny mit zittriger Stimme.

Pine wollte sie hochheben, aber das Mädchen klammerte sich noch fester an Laredos Hand und blickte mit großen Augen zu ihm hoch.

Pine richtete sich auf. »Vielleicht kannst du besser mit Kindern umgehen, als du glaubst«, flüsterte sie ihm zu.

Während von der Stadt der Lärm herüberwehte, verließen sie den stillen Friedhof mit langsamen Schritten und kehrten zurück in die Welt der Lebenden.

75

»Sie haben sich auf einer Technologiemesse in Las Vegas kennengelernt, zu der die Pringles gefahren sind«, berichtete Pine, die mit Laredo, Blum und Lauren Graham im Empfangsraum des *Cottage* beisammensaß.

Jenny hatten sie erst zu Cy Tanner gebracht, um anschließend mit den beiden zu den Quarles zu fahren. Pine war soeben aus dem Krankenhaus zurückgekommen, wo Straub vernommen worden war.

»Straub und Britta hatten eine Affäre«, berichtete sie, »was man irgendwo verstehen kann, wenn man bedenkt, wie abgekühlt Brittas Verhältnis zu Myron gewesen ist. Als Jack Lineberry einen zweiten Sicherheitsmann suchte, gab sie Straub eine Empfehlung mit, und er bekam den Job. Straub war in der Army, hat in Afghanistan gedient und wurde wegen einer Drogengeschichte entlassen. Er hat einen Entzug gemacht und sich im privaten Sicherheitsgeschäft nach oben gearbeitet.«

»Er hat diese Leute aus reiner Geldgier umgebracht?«, fragte Blum angewidert.

»Zehn Millionen.«

»Wieso hatte er Jenny auf die Schubkarre gelegt?«, wollte Lauren Graham wissen.

»Weil er auf Nummer sicher gehen wollte, hat er sich als Friedhofsarbeiter getarnt. Deshalb auch die Schubkarre. Es hätte ja sein können, dass jemand ihn beobachtet, trotz des Bürgerkriegsspektakels. Jenny lag halb bewusstlos unter der Decke, vollgepumpt mit Beruhigungsmitteln. Ich hatte übrigens recht – Straub wollte tatsächlich zu der Statue, um das Mädchen dort abzulegen.«

»Warum hatte er sie noch nicht getötet?«, fragte Laredo.

»Das ist das Allerverrückteste«, antwortete Pine. »Britta hat die Quarles gekannt und von ihnen erfahren, dass sie Jenny eine Zeit lang aufgenommen haben. Als Britta hörte, dass Jennys Mutter drogenabhängig ist, hat sie offenbar zu Straub gesagt, das Mädchen sei tot besser dran. Vermutlich hat sie dabei an ihre eigene Tochter gedacht, die ja an einer Überdosis starb. Und Straub wollte die zehn Millionen, also blieb ihm keine Wahl, als Britta zu gehorchen. Er hatte es dann ziemlich eilig, Jenny zu entführen, weil er und Britta von Anfang an geplant hatten, das letzte Opfer während des Festivals zu töten und auf dem Friedhof abzulegen – zu Füßen der Mutter, wie Britta es in ihrem Wahn bezeichnet hat.«

»Und dann kam Wallis ihm als Erster auf die Schliche«, warf Laredo ein.

»Und hat dafür mit dem Leben bezahlt«, sagte Pine betrübt.

»Die Orte, an denen die Leichen abgelegt wurden – hat Straub die ausgesucht oder Britta?«, fragte Blum.

»Straub behauptet, er selbst habe sich darum gekümmert – außer im letzten Fall.«

»Und wie ist er ins Museum gekommen, wo er die Leiche des armen Jungen ausstaffiert hat?«, wollte Blum wissen.

»Er hatte sich an die Angestellte herangemacht, diese Lily«, berichtete Pine. »So hat er sich einen Abdruck vom Museumsschlüssel und den Sicherheitscode beschafft.«

»Tja, wo die Liebe hinfällt …«, meinte Blum.

»Und warum die bizarre Aufmachung? Diese Trommler-Uniform?«, fragte Lauren Graham.

»Straub wollte uns irreführen. Wir sollten glauben, wir hätten es mit einem Serienkiller zu tun, der auf irgendeine perverse Weise auf den Bürgerkrieg abfährt, auf die Südstaaten, was auch immer. Beim Brautschleier und dem Smoking sah die Sache anders aus. Die waren eine Anspielung auf die Familie, die Britta symbolisch töten wollte.«

»Und die Sache mit den Raiders?«, fragte Blum.

»Dass er Gillespie als Schwarzen auf dem Grab eines kriminellen Unionssoldaten zurückgelassen hat, war einer von Straubs bösen Scherzen. Ein eigenartiger Sinn für Humor.«

»Und das alles hat Straub Ihnen einfach so erzählt?«, wunderte sich Graham.

»Nein. Er hat mit den Behörden einen Deal ausgehandelt. Wenn er mit der ganzen Wahrheit herausrückt, kommt er um die Todesstrafe herum.«

»Wie konnte Britta nur so etwas Furchtbares tun«, murmelte Graham.

»Straub zufolge wollte sie damit ihre Kinder rächen. Sie hat Gillespie die Schuld gegeben, dass Mary in die Pornoszene hineingeraten ist und drogenabhängig wurde. Und Hanna Rebane hat sie dafür gehasst, dass sie in mehreren Filmen Marys Geliebte gespielt hat.«

»Und Beth Clemmons?«, warf Blum ein. »Warum musste sie sterben?«

»Straub war der ›Neue‹ in Hanna Rebanes Leben, den Beth erwähnt hatte. Deshalb war es nicht schwer für ihn, Hanna zu töten – sie hat diesem Mistkerl vertraut. Er hat darauf geachtet, dass nicht einmal Beth ihn zusammen mit Hanna zu sehen bekam. Trotzdem hat er nach Hannas Ermordung befürchtet, sie könne mit Beth über ihn gesprochen und ihr etwas verraten haben. Als wir Beth aufgesucht und sie befragt haben, war das ihr Todesurteil. In diesem Moment hat Straub beschlossen, sie zu beseitigen.« Sie blickte zu Laredo. »Und was Britta betrifft –

ich bin mir gar nicht mal sicher, ob ihr Unfall mit dem Pagani wirklich ein Unfall war.«

»Wie kommst du darauf?«

»Straub sagte mir, dass Britta vorhatte, sich das Leben zu nehmen, wenn alles vorbei ist.«

»Der Frau war wirklich nicht mehr zu helfen«, meinte Laredo. »Mit deinem Meisterschuss hast du Jenny jedenfalls das Leben gerettet, Eddie. Sonst wäre sie nicht davongekommen.«

Er lächelte matt. »Tja, dafür sind Partner da.«

Als Pine wenig später in ihrem Zimmer saß, klopfte Blum an ihre Tür.

Sie trat ein und sagte geradeheraus: »Ein Rätsel haben wir noch zu lösen.«

Pine erhob sich und schaute aus dem Fenster. »Nicht eins, Carol. Es sind noch viele Fragen offen. Zum Beispiel, wo Ito Vincenzo steckt. Und meine Mutter. Und das Allerwichtigste: Was ist mit Mercy geschehen? Wer weiß, ob ich je Klarheit haben werde.«

»Sie halten es aber doch für möglich, dass Mercy noch lebt, nicht wahr?«

Pine setzte sich wieder aufs Bett. »Ich würde es gerne glauben, aber Ito hat zu meinem Vater gesagt, er sei dafür verantwortlich, dass eine Tochter tot und die andere schwer verletzt ist. Also …«

»Aber wenn Mercy noch lebt, müsste es heutzutage doch Mittel und Wege geben, sie zu finden.«

»Welche?«, fragte Pine.

»Es gibt Webseiten für Ahnenforschung und dergleichen. Manche arbeiten bereits mit DNA-Analyse.«

Pine schaute sie an. »Lieb von Ihnen, dass Sie mir Hoffnung machen wollen, Carol, aber wir haben nicht einmal den Hauch einer Spur von meiner Schwester. Außerdem habe ich das alles schon versucht. In unserem Fall ist das nicht so einfach, weil bei der üblichen Vorgehensweise nicht zwangsläufig eine genetische Übereinstimmung mit Mercy gefunden werden kann.«

»Aber wenn das FBI mithilft …«

»Sie glauben, die wären dazu bereit?«

»Nun ja, Sie haben gerade ein Mädchen vor dem sicheren Tod gerettet und einen Mehrfachmord aufgeklärt. Ich würde sagen, die Gelegenheit ist günstig, vom FBI jede Unterstützung zu bekommen, die wir brauchen.«

»Wieso habe ich das Gefühl, dass Sie die Dinge schon in die Hand genommen haben?«

»Vertrauen Sie mir, wenn ich sage, ich habe meine Fühler ausgestreckt?«

Pine atmete resigniert aus. »Bleibt mir etwas anderes übrig?«

76

Zwei Tage nachdem Pine eine DNA-Probe eingereicht und das FBI sie mit Millionen anderen abgeglichen hatte, wurde tatsächlich eine Übereinstimmung gemeldet.

Nur betraf sie nicht Mercy Pine.

Das Ergebnis der Analyse war für Atlee wie ein Schock – nach dem Verlust ihrer Schwester der zweitgrößte Schock ihres Lebens.

Als sie davon erfuhr, saß sie lange Zeit sprachlos in ihrem Zimmer im *Cottage* und starrte an die Wand. Es war wie ein Identitätsdiebstahl, der in diesem Fall jedoch nichts mit der Cyberwelt des Internets zu tun hatte, sondern mit ihrer Verwandtschaft, mit Fleisch und Blut.

Irgendwann stand sie auf und ging aus dem Zimmer.

Im Empfangsraum wurde sie bereits von Carol Blum erwartet.

»Möchten Sie, dass ich Sie begleite?«, erbot sich Blum. »Das mache ich gern.«

Pine schüttelte den Kopf. »Dabei können Sie mir nicht helfen.«

»Okay, dann warte ich hier.«

Draußen begegnete Pine Eddie Laredo, der sein Gepäck in den Mietwagen lud.

»Ich denke, wir sehen uns bald wieder, Atlee. Was meinst du?«

Ihre Gedanken waren tausend Meilen entfernt, doch sie klopfte ihm freundschaftlich auf die Schulter. »Du hast mir in diesen Tagen mehr als einmal den Hintern gerettet.«

»Wie gesagt, dafür sind Partner da.«

»Dann ist zwischen uns alles in Ordnung?«

»Warum denn nicht? Ich habe übrigens gestern noch Denise angerufen. Wir werden darüber reden, wie ich mehr Zeit mit meinen Söhnen verbringen kann.«

»Das wäre großartig, Eddie. Kinder brauchen ihren Vater. Ihren *richtigen* Vater.«

Ich weiß, wovon ich rede, fügte sie in Gedanken hinzu.

Laredo musterte sie eindringlich. »Und für dich geht's wieder zurück nach Shattered Rock? Als einzige FBI-Agentin im Grand Canyon?«

Sie lachte. »Als beste, weil einzige Agentin.«

»Vielleicht komme ich mal raus und besuch dich.«

»Würde mich freuen.«

»Rein freundschaftlich, versteht sich«, fügte er lächelnd hinzu.

»Das ist nicht das Schlechteste, Eddie.«

Sie umarmte ihn und küsste ihn auf die Wange.

Als er davonfuhr, schaute sie ihm mit einem Anflug von Wehmut hinterher. Dann stieg sie in ihren SUV und machte sich ebenfalls auf den Weg.

Zum Glück war es nicht weit bis Americus, denn sie war keineswegs sicher, wie lange sie ihre Nerven im Zaum halten konnte. Sie fühlte sich, als ginge sie ihrer eigenen Hinrichtung entgegen.

Oder dem Beginn eines neuen Lebens.

Du wirst es sehr bald wissen.

Jerry Danvers saß vor Lineberrys privatem Krankenzimmer. Jack war zwei Tage zuvor aus der Intensivstation verlegt worden und würde voraussichtlich schon in wenigen Tagen das Krankenhaus verlassen können.

Danvers blickte Pine unerwartet respektvoll an und sagte reumütig: »Sie haben mir den Hintern gerettet. Ich weiß nicht, wie ich Ihnen danken soll.«

»Schon okay«, sagte sie ungeduldig. »Kann ich zu Jack?«

»Klar, gehen Sie rein. Er hat gerade gegessen. Er freut sich bestimmt, Sie zu sehen.«

»Da bin ich mir nicht so sicher«, sagte Pine.

Sie trat ein und schloss die Tür.

Jack Lineberry saß aufrecht auf dem Krankenbett. Er wirkte deutlich kräftiger als zuletzt.

Langsam trat sie näher und setzte sich auf den Stuhl neben dem Bett, ohne den Blick auch nur eine Sekunde von Lineberry abzuwenden.

Er schaute sie an – beklommen, traurig, aber auch ein klein wenig erleichtert. »Du weißt es, nicht wahr?«

»Du bist mein Vater«, sagte Pine.

»Ja.« Tränen liefen ihm über die Wagen. »Ich bin dein Vater.«

Pines Kehle war wie zugeschnürt, doch sie hatte ihm noch etwas Wichtiges zu sagen – hier und jetzt. »Aber du hast noch eine Tochter irgendwo da draußen. Und die Mutter deiner Kinder. Meine Mutter. Vielleicht schaffen wir es gemeinsam, die beiden zu finden.«

Lineberry streckte zögernd die Hand nach ihr aus. »Hältst du das wirklich für möglich?«

Pines Finger schlossen sich um die seinen, und ihre Stimme klang entschlossen. »Was ich für möglich halte, ist nicht wichtig. Wir müssen es versuchen, nur das zählt.«

Danksagungen

Zuallererst geht mein Dank an dich, Michelle, dass du Atlee Pine und mich auf dieser Reise begleitet hast.

Dank auch an Michael Pietsch, einen großartigen Verleger.

Des Weiteren danke ich Ben Sevier, Andy Dodds, Elizabeth Kulhanek, Jonathan Valuckas, Brian McLendon, Karen Kosztolnyik, Beth deGuzman, Albert Tang, Bob Castillo, Kristen Lemire, Anthony Goff, Michele McGonigle, Cheryl Smith, Andrew Duncan, Joseph Benincase, Tiffany Sanchez, Morgan Swift, Matthew Ballast, Alison Lazarus, Rachel Hairston, Karen Torres, Christopher Murphy, Ali Cutrone, Tracy Dowd, Martha Bucci, Rena Kornbluh, Jeff Shay, Carla Stockalper, Thomas Louie, Sean Ford, Laura Eisenhard, Mary Urban, Barbara Slavin, Kirsiah McNamara und all den anderen bei Grand Central Publishing, weil ihr so unglaublich viel für mich tut.

Dank auch an Aaron und Arleen Priest, Lucy Childs, Lisa Erbach Vance, Frances Jalet-Miller, John Richmond und Juliana Nador, weil ihr mich auf dem rechten Weg haltet.

Mich Hoffman danke ich für seine wie immer erstklassige Arbeit!

Dank auch an Anthony Forbes Watson, Jeremy Trevathan, Trisha Jackson, Alex Saunders, Laura Sherlock, Sara Lloyd, Claire Evans, Sarah Arratoon, Stuart Dwyer, Jonathan Atkins, Anna Bond, Leanne Williams, Natalie Young, Stacey Hamilton, Laura Ricchetti, Charlotte Williams und Neil Lang von Pan Macmillan, weil ihr ein so toller Verlag und eine positive Konstante in meinem Leben seid.

Praveen Naidoo und seinem Team bei Pan MacMillan in Australien danke ich dafür, dass sie das Ding auch in Down Under unermüdlich am Laufen halten!

Bei Caspian Dennis und Sandy Violette möchte ich mich dafür bedanken, dass ihr einfach toll seid und Wein genauso liebt wie ich!

An Mark Steven Long geht mein Dank für sein sorgfältiges Korrektorat.

Außerdem möchte ich den Gewinnern der letzten Versteigerung danken – Beth Clemmons (Gloucester-Mathews Humane Society) und Max Wallis (Light of Christ Anglican Church). Danke, dass ihr so großartige Organisationen unterstützt habt.

Last but not least danke ich Kristen White und Michelle Butler, weil ihr euch um alles andere kümmert – und das ist eine Menge!